MARINERO RASO

International Languages Dept.

S

FRANCISCO GOLDMAN

MARINERO RASO

Traducción de
FERNANDA MELCHOR

HOTEL DE LAS **LETRAS**

MARINERO RASO

Título original: THE ORDINARY SEAMAN

© 1997, Francisco Goldman

Traducción: Fernanda Melchor

Diseño de portada: Éramos tantos

D. R. © 2017, Editorial Océano de México, S.A. de C.V.
Eugenio Sue 55, Col. Polanco Chapultepec
C.P. 11560, Miguel Hidalgo, Ciudad de México
Tel. (55) 9178 5100 • info@oceano.com.mx

Primera edición: 2017

ISBN: 978-607-527-278-8

Impreso en México / Printed in Mexico

Para Verónica
y en memoria de Robert Rosenhouse

Passa, lento vapor, passa e não fiques…
Passa de mim, passa de minha vista,
Vai-te de dentro de meu coração.
Perde-te no Longe…

Pasa, lento vapor, pasa y no permanezcas…
Pasa de mí, pasa de mi vista,
sal del interior de mi corazón,
piérdete en la Lejanía…

FERNANDO PESSOA, «Oda marítima»

MILAGRO

MILAGRO

Cuando Esteban llegó por fin al aeropuerto de Managua, eran casi las tres de la madrugada y el lugar estaba cerrado. Tomó asiento en la acera, sobre su maleta, en aquella húmeda noche infestada de insectos, y esperó a que abrieran. Doña Adela Suárez le había dicho que estuviera ahí a las seis. Por segunda vez en dos semanas había viajado en autobús desde el puerto de Corinto, en el Pacífico, hasta Managua. El viaje en colectivo desde la parada del autobús le había costado más de lo que pensaba, y ahora sospechaba que tal vez hubiera sido mejor haber caminado, aunque el aeropuerto Sandino se encontraba muy lejos del lugar aquel de donde se había apeado del autobús, en esa ciudad invisible que se desbordaba en la noche sin centro ni periferia aparentes: una vaca parada al borde de la carretera, de tanto en tanto; un trozo de muro decorado con consignas; el locutor de la radio del colectivo dedicándole baladas románticas a los muertos insomnes de la guerra.

Permaneció sentado sobre su maltratada maleta de cuero y escuchó el barullo de las aves de madrugada y el canto de los gallos cercanos y de otros que se escuchaban tan lejanos como las estrellas mismas, mientras se mordía compulsivamente la uña de su dedo pulgar y trataba de no pensar demasiado. Apretar los párpados y luego abrirlos para contemplar ciegamente la oscuridad le parecía una buena manera de apagarle la luz a los pensamientos que desfilaban por su cabeza. Por ratos dejaba de morderse la uña y musitaba:

—Chocho.

Varias veces se sacó el reloj del bolsillo para ver la hora –el reloj que era de ella, hasta que se lo regaló–, y luego volvía a guardarlo y encendía otro cigarrillo y dejaba que la primera bocanada se mezclara con un largo suspiro mientras pronunciaba su nombre en silencio. Incluso una vez llegó a decir, en voz alta y con entusiasmo:

—Hoy empezás una nueva vida.

Y enseguida volvió a sentir en la boca del estómago la emoción y el nerviosismo que había estado sintiendo intermitentemente desde hacía semanas, desde aquella tarde en que tomó asiento en la oficina de doña Adela Suárez en Managua y ésta le comunicó que el trabajo era suyo.

Aún estaba oscuro cuando una doble columna de soldados pasó marchando como parte de sus maniobras de madrugada, cantando consignas al unísono. Y entonces, justo cuando el cielo comenzaba a clarear detrás de las palmeras, comenzaron a llegar los primeros empleados del aeropuerto, primero sólo unos cuantos hombres y mujeres vestidos con ropas de faena de color verde, y después grupos más numerosos. Entretanto, los viajeros empezaron a llegar con sus montañas de equipaje a cuestas: familias enteras y gente que viajaba sola; todos gradualmente se fueron formando en una fila detrás de Esteban. Los trabajadores barrían las aceras y los jardineros, machete en mano, se hicieron presentes, igual que los vendedores de comida y de chicles, los taxistas, los niños mendigos, los policías: todos emergieron de la brumosa alborada para tomar sus puestos. Y Esteban permaneció ahí sentado, mirándolo todo como si aquello fuera un espectáculo montado en su honor, una de esas escenificaciones alegóricas con las que los indios representaban la creación del mundo. Cuando la única entrada del aeropuerto finalmente se abrió, Esteban trató de explicarles su situación a los soldados que la custodiaban, pero de cualquier forma perdió su puesto en la fila, pues doña Adela aún no llegaba con sus documentos ni su pasaporte. Se movió hacia la acera y colocó su maleta en el suelo. A los pocos segundos, un anciano de ralos cabellos plateados que había estado formado unos cuantos lugares detrás abandonó también la fila. El viejo, que vestía una guayabera blanca y pantalones cafés planchados, se acercó campechanamente a Esteban con su maleta de plástico oscuro en la mano, el rostro iluminado por una desconcertante sonrisa plena de excitación, y dirigiéndole una mirada radiante y entusiasta le dijo:

—Hasta que te escuché hablando en la puerta, chavalo, pensé que me había equivocado de día.

El viejo soltó una carcajada y su sonrisa se agrandó aún más. Le extendió la mano a Esteban y se presentó:

—Bernardo Puyano, a tus órdenes.

—Esteban. Mucho gusto –respondió aquél con reserva al estrecharle la mano al viejo guasón. No le gustaba que le dijeran «chavalo».

—¿Ya has estado embarcado antes?

—Pues no –respondió Esteban.

—¡Claro que no! Un cipote como vos…

—Esteban –le corrigió.

—Sí, pues, yo soy el camarero –continuó diciendo el viejo efusivo, mientras asentía–. Al parecer no habrá camarero para los oficiales, que es mi puesto habitual, pues, sino un solo camarero para toda la embarcación. Pero, vaya, en tiempos como éstos un trabajo así es como una bendición de Dios, ¿no? ¡Qué suerte para un chavalito como vos! –el viejo bajó el tono de su voz y acercó su rostro al de Esteban, que alcanzó a percibir en su aliento un olor a pasta de dientes, café y algo agrio, cuando éste susurró–: ¡Abandonemos este país de mierda! Vos, no me sorprendería que esta misma noche terminaras en los brazos de una gringa de ojos azules. ¡Tu primera noche en el mar! ¡Ya verás lo que es ser un marinero joven y guapo suelto por el mundo, chavalo!

—¿Y qué tal que los dos nos equivocamos de día? –preguntó Esteban.

—Imposible –dijo el viejo–. Sé que doña Adela dijo el domingo. Y ayer que fui a misa definitivamente era sábado. El arzobispo en persona bendijo nuestro viaje, patroncito.

Esteban, veterano de guerra de diecinueve años, no se considera a sí mismo un muchacho, pero Bernardo no dejará de referirse a él llamándolo chavalo, muchacho, chigüín, chico, patroncito y, lo que más le fastidia: cipote.

Doña Adela Suárez, secretaria de la Corporación Tecsa, una agencia naviera de Managua, había entrevistado y contratado a los cinco nicaragüenses –incluidos Esteban y Bernardo– que debían partir aquella mañana del aeropuerto Sandino con destino a la ciudad de Nueva York, donde el *Urus* se hallaba amarrado: el viejo camarero, un cocinero de mediana edad y tres marineros rasos, estos últimos sin ningún tipo de experiencia previa en el oficio. Cuando doña Adela por fin llegó al aeropuerto, llevaba con ella los pasaportes y las visas de tránsito para marineros expedidas por la Embajada de Estados Unidos. Era el 20 de junio y se suponía que el *Urus* zarparía de Nueva York cuatro días más tarde con un cargamento de fertilizante hacia Puerto Limón, Costa Rica. La mujer lucía unas enormes gafas de sol con montura octagonal de plástico claro y cristales entintados de un tono rosa, pantalones color aguamarina y una blusa blanca con las palabras «Sobre el», seguidas de un pequeño arcoíris multicolor impreso varias veces en el tejido. Para Bernardo, el estampado de la blusa de doña Adela no podía ser más apropiado:

—¡Mi reina de la suerte! –exclamó entusiasmado, agradeciéndole a doña Adela por enésima vez aquel trabajo de camarero en el barco, mientras la estrechaba torpemente en un medio abrazo en el diminuto bar del aeropuerto, donde el cocinero de rostro abotargado y ojos como rendijas se empujó una cubalibre mientras que los demás sólo bebieron Coca-Cola, todo a cuenta de doña Adela. La «reina de la suerte» era cuñada de Constantino Malevante, un capitán griego que durante muchos años trabajó en la naviera Mameli cuando el dictador Somoza era propietario de varios barcos, y que ahora se ganaba la vida en Miami reclutando tripulaciones de centroamericanos para embarcaciones con bandera de conveniencia. Veintitrés años atrás, Bernardo había laborado como camarero en la sala de oficiales del capitán Malevante.

—¿Y cuál es el nombre de mi nuevo capitán, doña Adela? –preguntó Bernardo en el bar.

Por un instante, doña Adela frunció el ceño detrás de los enormes vidrios de sus gafas, y después dijo que no lo recordaba, aunque estaba segura de que el capitán Malevante se lo había informado.

—Será griego, supongo –dijo Bernardo, disimulando el desprecio que sentía por los capitanes helénicos, incluido Constantino Malevante; un desprecio que, durante los pasados dieciocho años de nostalgia que Bernardo había pasado prisionero en tierra y alejado del mar, había llegado a exagerar tanto como ensalzaba las virtudes de los capitanes de navío ingleses.

Esteban era el más alto de los cinco. Su piel morena tenía el brillo uniforme del cuero recién lustrado, y su complexión era tan delgada y huesuda que sus pantalones de mezclilla y su camisa blanca de manga corta parecían colgar precariamente de sus caderas y sus clavículas. Llevaba puestas las mismas botas negras de combate que lo acompañaron durante los dos años que pasó en la guerra.

Uno de los otros dos marineros rasos era un adolescente de piel cobriza llamado Nemesio, que parecía llevar pegada a los talones, como un chicle adherido a la suela de sus zapatos, una masa de seriedad superconcentrada: tenía ojos tristones y mustios, una frente que descendía, casi en el mismo plano, hasta una imponente nariz; hombros descomunales pero caídos, piernas regordetas y achaparradas que hacían que sus pantalones de mezclilla clara zigzaguearan hasta sus pies, y una gruesa panza que le colgaba por encima del cinturón. Más tarde, ya a bordo del *Urus*, a Nemesio le apodarían Panzón, pero no sería sólo por ese motivo. Esteban pronto se dio cuenta de que Nemesio también había estado en el ejército, pero sirviendo en la ciudad de Managua, como observador en una unidad antiaérea. Pasaba el día entero sobre la cumbre de una colina rala con otros dos soldados con los que se turnaba cada noventa minutos para otear el horizonte con binoculares; un trabajo aburrido a muerte, porque la aviación enemiga únicamente atacó Managua en una sola ocasión durante toda la guerra. Por eso tiene los ojos tan caídos, pensó Esteban de pronto: por pasársela mirando el cielo incandescente con binoculares, día tras día, los ojos se le habían fundido.

El otro marinero, Chávez Roque, casi tan alto como Esteban y con la piel aún más oscura, aparentaba más años de los veinte que en realidad tenía, con su oscuro mentón partido y la mata de vello pectoral que asomaba por el cuello de su camisa polo color azul. Llevaba pantalones de mezclilla negra y un par de botas vaqueras muy viejas. Chávez Roque dijo que él nunca estuvo en el ejército, o no exactamente. Había trabajado en una cuadrilla reclutada por el gobierno para construir una carretera a lo largo de la frontera con Costa Rica, en la jungla del río San Juan, aunque sí recibió entrenamiento militar y un fusil AK, que sólo llegó a disparar una vez «en combate», cuando lo asustó un tapir que salió de pronto de entre la maleza en la orilla del río, y pues había fallado el tiro.

—Yo estuve en un BLI –dijo Esteban, al tiempo que encendía un cigarrillo. Le pareció ver que por los rostros de sus compañeros pasaba algo parecido al respeto, como la sombra pasajera de un halcón al acecho. No tuvo que agregar nada más; acababa de decirles que había combatido en uno de los batallones de tropas irregulares.

—Quizá la guerra haya acabado ya –dijo el antiguo observador de aeronaves.

—Quizá –dijo Esteban, en tono neutral. Chávez Roque se volvió para mirar a una hembra que pasó cerca de ellos enfundada en pantalones entallados y tacones de aguja, y dijo:

—A saber, vos.

A bordo del *Urus* su apodo sería Roque Balboa.

Cuando abordaron el avión, Esteban se decepcionó de que le tocara sentarse junto al viejo parlanchín. Después del despegue, estiró el cuello para atisbar, más allá de la cabeza de Bernardo, las instalaciones del aeropuerto militar allá abajo, pensando en los helicópteros en los que había viajado en el frente. Vio cinco ambulancias militares de color verde, dispuestas en batería, con las compuertas traseras abiertas, camillas de lona extendidas sobre el asfalto, y varias figuras de pie en traje de faena o vestidas de blanco, aguardando... Así que los helicópteros y los aviones aún seguían trasladando cuerpos machacados y acribillados por las balas entre ardientes y vibrantes charcos de sangre sobre las selvas, las montañas y los valles. A pesar del cese al fuego y a pesar de las conversaciones por la paz. Las ambulancias se encogieron hasta quedar reducidas a una hilera de pequeñas cápsulas antes de desaparecer por completo de su vista, y los techos de lámina corrugada de los hangares dieron paso a chozas, las palmeras se convirtieron en maleza, y el paisaje verde y marrón fue cayendo y cayendo en picada, como si el país entero se despeñara por un precipicio. Bernardo se volvió hacia él y con una sonrisa extática exclamó:

—¡Una vez más, chavalo! ¡El viejo lobo vuelve a la mar!

Y se recostó contra el asiento y palmeó casualmente los apoyabrazos, como asegurándose de que estuvieran bien atornillados, y clavó la vista al frente, sonriendo beatíficamente al aire que flotaba por encima de las cabezas de los pasajeros; todo lo cual le pareció a Esteban una exhibición más de la gratitud que el viejo sentía hacia su «reina de la suerte». Un sudoroso sobrecargo de mediana edad, de carrillos henchidos y barba de candado, empujaba ya por el pasillo central el tintineante carrito de las bebidas. La azafata de labios escarlata, con una cabellera que era un remolino de rizos lustrosos del color del ébano, continuaba impartiendo su lección sobre normas de seguridad. Agitaba en sus manos un par de tubos rosáceos por los que, según la voz que provenía del intercomunicador, había que soplar, y que sobresalían de las almohadillas salvavidas que la mujer llevaba sobre los pechos. El resplandor de sol que entraba por la ventanilla convertía la frente amplia y salpicada de lunares de Bernardo en una superficie tan plateada como sus cabellos canos, y Esteban pensó que el vejestorio realmente lucía como un viejo lobo aquejado de alguna especie de locura inofensiva: tenía el mentón anguloso y sus labios estirados parecían abarcar todo su rostro, de una oreja a la otra: dos largos y finos costurones que desbordaban satisfacción.

Las bebidas eran gratis.

—¿Chivas? –preguntaba una y otra vez el malhumorado sobrecargo, mientras se enjugaba la frente sudorosa con el antebrazo, la tela debajo de sus axilas ya completamente oscurecida por la transpiración. ¿Y vino francés? Unos asientos más allá, el cocinero alargó el brazo para recibir otro ron con Coca. Un brazalete de oro colgaba de su gruesa y velluda muñeca.

Vertido en vasos desechables de plástico traslúcido e iluminado por la luz del sol, el vino parecía la llama de una vela colocada en el interior de un vaso oscuro. O sangre de oso.

—Nunca he tomado vino –dijo Esteban. Ni siquiera en la iglesia. Los hombres de su familia, sus tíos y sus primos, no iban a la iglesia, aunque su madre sí lo hacía.

—Todos los capitanes de barco toman vino en las comidas. O bueno, por lo menos en las de los domingos –dijo Bernardo–. Y los griegos todas las noches. Ya trataré de pasarte uno que otro vasito de contrabando, patroncito.

—Bueno –dijo Esteban.

—Los ingleses prefieren la cerveza –continuó el viejo–. Todas las tardes, a las tres en punto, el capitán Osbourne decía: «¡Hora de una pinta!». Pero nunca se emborrachaba. Un gran hombre, muchacho. Capitán John Paul Osbourne era su nombre, pero sus amigos lo llamaban Yei Pi.

Bernardo sólo acompañó sus cacahuates con Coca-Cola, y Esteban decidió hacer lo mismo, a pesar de que se sentía con derecho a pedir lo que él quisiera pues aquél era un día importante, el comienzo de una vida nueva, y porque el boleto de avión le había costado un ojo de la cara. Le debía a sus tíos el total del precio del boleto y la comisión que doña Adela Suárez había cobrado por conseguirle el trabajo. Con el sueldo de dos meses en el *Urus* podría pagarles la deuda, y le quedarían todavía otros cuatro meses más de ingresos. Luego tal vez podría conseguir que lo contrataran por un año entero, si su capitán estaba satisfecho con su labor.

—Los mejores años de mi vida, muchacho…

Aparentemente, no había puerto de altura en el mundo por el que Bernardo no se hubiera paseado con sus garbosos andares y su elegante y desenfadada sonrisa de camarero de salón de oficiales. Pero hacía ya más de dieciocho años que no se hacía a la mar, no desde que Clara, su segunda mujer, muriera. Clara… O más bien, Clarita, porque sólo tenía veintinueve años de edad cuando falleció. De tétanos, una cosa espantosa. Era alemana por la parte de su papá, chavalo. Y lo dejó con tres nenas que él tuvo que sacar adelante en tierra. Todas ellas de piel clara, un poco rellenitas como su madre, y una, la más pequeña, tiene incluso los ojos azules, aunque su mami no los tenía. Las crio en la misma casita de cemento, con porche también de cemento, en la que aún viven ahora, en la colonia Máximo Jerez de Managua. Una casita pagada con dos décadas de ahorros de su sueldo como camarero y un préstamo que les hizo un primo mayor de Clara, un inspector de aduanas de Corinto que había sido como un padre para ella. ¿Tal vez conoces a la familia, muchacho? Pero no, no creo, sos demasiado joven; ahora viven en Panamá, se marcharon justo después de que el señor Somoza se fuera del país. Nunca le pagó el préstamo, aunque el primo de Clara jamás le reclamó nada. María, Gertrudis y Freyda son unas muchachas maravillosas, educadas, preparadas. Maestra una, y secretaria del Ministerio de Comercio la otra; y Freyda, la menor, aún estudia. El novio de María y el cipote de Gertrudis, que ahora tiene ocho años, viven también en la casita: pequeña y abarrotada pero siempre bien arreglada y limpia. Nunca tuvo un hijo varón, pues, pero tiene tres nietos, tres pequeños cipotes: el hijito de Gertrudis, y otros dos que no conoce, aunque sueña con poder hacerlo algún día. Porque tiene otras dos hijas de su primer matrimonio. La más joven, que por desgracia no se ha casado ni lo ha perdonado aún, vive en Greytown, con su madre y el nuevo marido de ésta, que es pastor evangélico; pero la otra, Esmeralda, inquieta como su papi, vive en Jerusalén. Sí, pues, en Israel. ¡Y allá fue reina de belleza, chavalo! Se casó con un policía israelí, y tienen una hija y dos hijos. Los israelitas son la raza más antigua de la tierra. No hagas caso de las mentiras que cuentan en nuestro pobre país enloquecido por el odio, muchacho. ¡Cuántas veces no se habrá sentado él en el porche de su casa, al atardecer, a lamentarse por la situación de nuestra amada Nicaragua, deseando la llegada de unos comandos israelíes que acabaran con los Nueve

Comandantes, de la misma forma en que lo hicieron con esos terroristas que secuestraron aquel avión en un aeropuerto de África!

Bernardo miraba a Esteban fijamente, y la docilidad de sus ojos nublados contradecía la vehemencia forzada de su discurso. Esteban se limitó a sostenerle la mirada hasta que el viejo desvió la suya. Sus tíos siempre hablaban así, aunque no eran tan ridículos. Y a él no le importaba en absoluto lo que los viejos pensaran, aunque, ¡chocho!... ¿Por qué todos ellos parecían creer que él estaba obligado a escuchar sus opiniones categóricas, y tener a su vez él mismo opiniones categóricas sobre las mismas cosas que les enfurecían a ellos?

Enfurruñado, apenas prestó atención a la cháchara de Bernardo sobre sus días como chofer en Managua y sobre las familias para las que trabajó, incluyendo una anécdota relacionada con los Petroceli. Bernardo no había tocado el almuerzo que les habían servido mientras iba a la mitad de la historia de su vida –y en el que Esteban, malhumorado, había vuelto a rechazar el vino–, pero ahora el viejito rasgó con su tenedor de plástico la envoltura de su paquete de galletas, peló cuidadosamente la cera amarilla que cubría su porción de queso y lo cortó en delgadas rebanadas que colocó sobre dos galletas. Fue todo lo que comió. Y después volvió a hablarle de sus hijas. Esteban, por su parte, mientras devoraba en pocos bocados la carne blanda como berenjena y bañada en una salsa espesa que no consiguió quitarle el hambre, se preguntó cómo sería la hija más joven del viejo, y quién habría sido capaz de echarse a la de en medio, dejándola embarazada cuando la chica tenía… ¿Qué? ¿Unos catorce años? Bernardo se quejaba de que los sueldos de las hijas ya no alcanzaban para nada. ¡Vaya, pues, como los de todo el mundo! Sentía que se había convertido en una carga para ellas. Desgraciadamente hacía ya dos años que no conseguía empleo, desde que la última familia para la que trabajó como chofer tuvo que partir precipitadamente a Venezuela. Por eso había estado yendo desde entonces una vez al mes a ver a doña Adela Suárez, para suplicarle que convenciera al capitán Constantino Malevante de enrolarlo en una de sus tripulaciones, a pesar de su edad. Con el dinero que gane en este viaje, muchacho, ¡me voy a comprar dos incubadoras de pollos! Así ya no será una carga para las hijas, y podrá tener una vejez digna, porque la gente siempre necesita pollos y huevos, especialmente en estos tiempos en que ya no se puede comprar un pollo o siquiera un huevo en Managua:

—¡Hijo de las cien mil putas! ¿Cuándo se había oído que un país se quedara sin pollos? –dijo, y golpeó el descansabrazos con el puño y se quedó callado unos instantes. Y después, con gran destreza, intercambió las bandejas de comida diciendo–: Tené, tomá la mía.

Esteban tomó el pastel de piña y comenzó a comerlo. Bernardo dijo:

—Toda la carne que no va a parar con los Comandantes, o con los cubanos, o los rusos, o sabé vos quién más, va para los soldados.

Esteban había escuchado esa queja tan a menudo que simplemente se limitó a encogerse de hombros. Él tampoco sabía a dónde iba a parar la carne. Pero su batallón de infantería, un BLI, patrullaba la selva por periodos de tres semanas, con una semana de descanso en la base o acampando a las afueras de alguna población, y rara vez le aprovisionó de algo, ya no digamos de carne. Los pocos campesinos con los que se tropezaban en las zonas despobladas por el conflicto podían tener algunas pencas de plátanos, o quizás un buey, pero casi nunca suficientes pollos para alimentar a un batallón. Por eso vivían de los pescados que sacaban de los ríos y los arroyos, o cazaban pájaros y roedores, y macheteaban árboles de maquengue para extraer la pulpa chorreante, de sabor tan parecido al pan, que se encontraba en el corazón de los troncos. En la jungla todo estaba siempre húmedo y chorreante, pero había veces que no podías hallar ni un limón que chupar; a veces el río o el arroyo más cercano se hallaba a un día de camino, aunque por todas partes hubiera charcas de agua negra cuajada de insectos, en absoluto potable.

—¿Sabés qué aprendimos a beber en la selva? Lo llamábamos refresco.

—¿Estuviste en el ejército? ¿Un cipote como vos?

—¿A que no adivinás qué bebíamos? –ahora Esteban se sentía realmente irritado con el viejo, que fijaba en él sus ojos blandos con intensidad, como si estuviera preguntándole algo muy personal.

—Agua de coco, me imagino, pues.

—¿Tan lejos de la costa? –rio Esteban–. No, bebíamos el jugo del estómago de los monos. Matás un mono, le sacás el estómago y le hacés un hoyo… –y levantó las manos para llevárselas a la boca, fingiendo que sostenía una especie de vejiga temblorosa que se vaciaba poco a poco bajo la presión de sus largos dedos extendidos. El jugo del estómago de los monos sabía a pulpa de fruta dulce mezclada con orina y hierba.

Bernardo blandió su dedo en el aire con furia.

—¡Mandar a muchachitos como vos a morir luchando, hermano contra hermano! ¿Cómo es eso posible?

—Y muchachas también –agregó Esteban con llaneza mientras contemplaba su charola. Ahora ese viejo pesado iba a querer también que le explicara lo que era la guerra–. No sé –suspiró Esteban. Tomó un paquetito de azúcar, mordió una esquina con los dientes y vació un poco de su contenido sobre su lengua.

Después de un largo silencio, Bernardo dijo:

—La primera vez que te marees, ¿ya sabés lo que tenés que hacer?… Irte a proa y morder el ancla.

—Bueno.

—O beber gasolina.

No hablaron mucho después de eso, aunque ninguno de los dos fingió dormir. La película que se proyectaba en el avión arrancaba en los pasajeros una continua algazara de carcajadas aullantes y exclamaciones quejumbrosas de «¡Ay, qué lindo!». Esteban se puso los audífonos. Un perro enorme y babeante estaba prendado de una perra igualmente enorme y babeante que llevaba un lazo rosa en su collar, y dado que los dos perros no estaban dispuestos a separarse, sus sonrientes y compasivos dueños debían decidir cómo resolver aquella situación tan bochornosa, pero luego los perros decidían fugarse juntos. Todos ellos vivían en esa típica América de enormes casas blancas levantadas en medio de jardines sombreados por grandes árboles. El enemigo es el gobierno y sus políticas bélicas, no el pueblo americano, ¿verdad? En el momento en que Esteban se quitó los audífonos, el viejo se volvió hacia él y le preguntó.

—¿Vos sos padre de familia?

—Pues, no –respondió Esteban, frunciendo el ceño.

La luz que entraba por la ventanilla había empezado a palidecer. Esteban se forzó a fantasear larga y metódicamente con imágenes de carne femenina y encuentros sexuales. Pero no funcionó; no se excitó en lo absoluto y se sintió miserable al tratar de recordarla, de rememorar los detalles de lo que había pasado en Quilalí con esta chica, la última de las tres jóvenes a las que Esteban se había cogido en toda su vida, y la única que lo dejó metérsela por el culito, y que ahora yacía enterrada en la jungla, con algo de él todavía en su cuerpo, algo científicamente imposible de comprobar pero que seguía ahí, dentro de ella, disolviéndose en la tierra podrida, ¿verdad? Dentro de medio siglo él tendrá la edad de este viejo camarero y, puta, ¿será que para entonces habría conseguido olvidarla? ¿Olvidar esa muerte que secaba su deseo cada vez que intentaba conjurar el amor? Era algo totalmente jodido: como lo que había sucedido con esa puta en Corinto, la semana pasada. Ella estaba desnuda sobre su cama de burdel y de repente en lo único en lo que Esteban podía pensar era en la carne de aquella otra, su carne perfumada y sedosa y desgarrada sobre la maleza verde salpicada de sangre, mientras la puta se ponía en cuatro patas como un perro y le ofrecía sus pequeñas y redondas nalgas, ¡sonriendo! *No te preocupés, amorcito, no pasa nada, chupame aquí.* Si esa putita hubiera sabido lo que él estaba pensando, habría sido *ella* la que se habría largado de ahí corriendo, ¿no? *No pasa nada.* Ni verga. No pasa nada, mi amor… ¿Habrá una chica para él, una chica en alguno de los puertos en donde harán escala? Alguien a quien tal vez pudiera conocer en Nueva York en los próximos días, o en algún otro punto de su travesía por esa parte del mundo en donde la ciudad y el aire del océano se entremezclan, donde la gente vive acariciada por dentro y fuera por toda clase de vientos contrarios y brisas, y ésa es la razón por la que les es imposible guardarse las cosas para sí mismos, mantener escondido su amor, ¿no? ¿Habrá allí alguna chica que pueda devolverle el amor, llenarlo de amor con el aliento tibio de los besos que él devoraría; una chica que ahora mismo, aun sin conocerlo, lo aguardara en la titilante nebulosa formada por la ciudad tórrida y el aire marino? Esteban permaneció inmóvil en su asiento, en suspenso, haciendo un esfuerzo por imaginársela. ¿Debería representársela joven o vieja? ¿Rica o pobre? ¿Rubia o morena? ¿Y cómo se llamaría? ¿Y en qué idioma hablaría? ¿Se quitaría ella misma la blusa, sacándola por la cabeza y alzando sus codos por encima de la tela mientras sus chichis turgentes aparecían y se bamboleaban, o tendré que ser yo quien le desabotone…? Volvió la cabeza hacia el pasillo para que el viejo no viera la humedad ardorosa que le escocía los ojos: Estoy jodido, no sirvo para nada.

Más tarde, cuando pasaron por unas turbulencias, Bernardo le contó de las sillas atadas a las patas de las mesas de la sala de oficiales cuando el mar embravecía, y de que el remedio para evitar que los platos y los vasos y los cubiertos se deslizaran por la mesa era humedecer el mantel, con agua, o mejor aun, con el agua usada para hervir el arroz, si el cocinero del barco era lo suficientemente disciplinado y previsor como para guardarla.

—Un hombre precavido vale por dos, muchacho. Pero no este cocinero. Éste bebe demasiado. Su primer día de trabajo y miralo: llega borracho. ¿Viste cuántos rones se ha bebido ya?

Tal vez me haga un tatuaje, pensaba Esteban. ¿Debería hacerme un tatuaje? En la parte de arriba del brazo, no alrededor, como los tatuajes que se hacen los presos. Algo elegante, con significado: un auténtico tatuaje de marinero. Algo que diga: Abandono la tierra firme para renacer. Un esqueleto trepando por una escalera hacia las estrellas. O navegando en una embarcación entre ellas. Otilio de la Rosa tenía un pez amarillo delineado en rojo, tatuado sobre el pecho, y un colibrí en su brazo, y en la playa una chavala le dijo: ¿Pues qué sos vos? ¿Una tienda de mascotas? Y apenas entonces su amigo se dio cuenta del error que había cometido.

De camino a Miami, donde cruzaron la aduana y las oficinas de Inmigración, el avión había hecho escala en San Pedro Sula, Honduras. Ahí, entre los pasajeros que subieron y ocuparon los asientos restantes, se encontraban diez marineros jóvenes que también se dirigían a Nueva York para formar parte de la tripulación del *Urus*. Pero no se reunirían con ellos hasta llegar al aeropuerto Kennedy, cuando se congregaron alrededor del gigantesco y peludo gringo que llegó a recibirlos en la zona de llegadas, vestido con bermudas de baloncesto y sosteniendo con las dos manos a la altura del pecho un cartón en donde se leía la palabra «Urus» garabateada con marcador negro. No volverían a verlo jamás después de aquel día, pero cada vez que la tripulación llegaba a recordarlo, se referían a él como el Pelos, o simplemente Pelos. El sujeto llevaba el pelo negro rapado como un soldado yanqui, usaba botas con cordones de color naranja brillante y vestía, además de las bermudas, una camiseta sin mangas que mostraba sus brazos musculosos totalmente cubiertos de hirsuto vello negro.

—*Hi, how are ya* –decía el hombre, una y otra vez, mientras se reunían en torno a él. Los escrutaba con ojos grises, mansos pero vigilantes, como los de un niño desconfiado. Cuando finalmente contó a los quince, señaló: *All here? Okey, let's go.*

Aquel peculiar gringo receloso los condujo hacia el bochorno de un atardecer tan caluroso y agobiante como el que cotidianamente abrasaba las llanuras costeras de Nicaragua, y los dejó ahí, de pie en la acera, con las caras ardiendo, mientras iba a recoger la furgoneta. Un maletero moreno, que regresaba al interior de la terminal empujando un carro portaequipajes vacío, les gritó:

—¿Qué vaina? ¿Son un equipo de beisbol, que no? ¡Campeones! –y soltó una carcajada estridente.

¿Así era como se veían, como un equipo de beisbol? El sol y las nubes se habían disuelto en una neblina amarillenta, del color de la coliflor hervida. El aeropuerto, aquella inmensidad de concreto renegrido, vidrio y tráfico, era por mucho el sitio más extraño y ruidoso que Esteban hubiera pisado en toda su vida, aunque ya había visto esos lugares en la televisión y el cine. Permaneció ahí parado, boquiabierto, escuchando el incesante clamor de los taxis amarillos que se detenían entre gritos, ruidos de puertas y maleteros que se abrían y se cerraban de golpe, y que arrancaban rugiendo. Pero la atmósfera, a pesar de toda aquella conmoción y del constante y estrepitoso fragor de los aterrizajes y los despegues sobre sus cabezas, se sentía tremendamente vacía: una atmósfera húmeda, impregnada de vapores de gasolina y de un tenue hedor a caparazón de cangrejo que delataba la presencia cercana del océano.

Detrás del maletero abierto de un flamante auto rojo, una azafata rubia de almidonada blusa blanca se hallaba íntimamente entrelazada en un apasionado beso con un joven muy apuesto. Parecía que querían excavarse el uno al otro con las bocas. Los brazos de ella, del color de la miel, se enroscaban en torno al cuello del hombre, como queriendo apretarse aún más contra él, cadera contra cadera, y tenía la cabeza echada hacia atrás y su cabello descendía por su espalda como una resplandeciente cascada de trigo. El hombre deslizó su mano por el talle de la muchacha hasta alcanzar sus nalgas, y la falda almidonada se abolló como suave hojalata bajo aquellos dedos de gruesos nudillos, al tiempo que la carne debajo se estremecía y realizaba movimientos ondulatorios que agitaban la tela que rodeaba aquellas marcas flagrantes. Siguieron besándose mientras el grupo los observaba, cada uno participando a su manera del ardor que consumía a esos dos cuerpos entrelazados, relamiéndose los labios salados por el sudor y sintiendo cómo las camisas humedecidas se les pegaban a la piel. Pero entonces los enamorados se separaron de improviso, como si hubieran acordado hacerlo exactamente después de tantos minutos y segundos; el hombre cerró el maletero y cada uno se dirigió a un costado diferente del vehículo, abrieron las puertas, subieron y se marcharon.

—Hijo de la gran puta –gruñó, sin poder evitarlo, uno de los marineros, y los demás asintieron asombrados. Se quedaron ahí, maravillados y sonrientes, como si acabaran de saborear su primera y providencial probada de la vida en el mar.

Siguieron los apretones de mano y las presentaciones. Realmente no tenían tanto que decirse: estarían juntos los siguientes seis meses, tal vez incluso más tiempo, ¿cuál era la prisa? Casi todos adoptaron una actitud de amistosa reserva, seria y natural, como diciendo: Soy un buen tipo pero también puedo ser un cabrón. Algunos, sin embargo, desplegaban una suerte de hosquedad recelosa, como si se sintieran superiores al resto. El cocinero, apestando a ron y a sudor, con los ojos casi cerrados, hinchados y enrojecidos, le estrechó la mano a todos los presentes.

—José Mateo Morales. Soy el cocinero.

—Marco Aurelio Artola, electricista.

—Tomaso Tostado, marinero raso.

Tomaso Tostado tenía un diente de oro. Bonnie Mackenzie, el único negro del grupo, un enjuto costeño de rostro angelical proveniente de Puerto Cortés, también era marinero raso. Y, a pesar de su nombre, dijo que no sabía mucho inglés. Bueno, un poco: *mon*, *fock*, *brother*. Se sabe de memoria las letras de ocho canciones de Bob Marley, pero, hermano, cuando agarra las puras letras y trata de usar una que otra palabra para expresar sus propios pensamientos en inglés, parece un cotorro emitiendo sonidos sin sentido. En lo tocante a las aptitudes de Esteban para ser marinero raso, Adela Suárez sólo le había preguntado si sabía leer y escribir y si era capaz de manejar una brocha, y eso fue todo lo que la mujer quiso saber.

La furgoneta parecía un autobús diminuto, con cuatro hileras de asientos. El interior se sentía caliente y sofocante a pesar del aire acondicionado. El cocinero se sentó adelante con el Pelos, cuyos hombros sobresalían por encima del respaldo del asiento como las puntas de dos alas plegadas y peludas. Esteban tomó asiento junto a una de las ventanillas, y el viejo pesado se apretujó a su lado.

Marco Aurelio Artola, el electricista hondureño, un mulato pecoso de unos veinte años a quien apodarían Canario por su voz aguda y aflautada, dijo que él se había imaginado que Nueva York sería un lugar llano, *planito*, *planito*, con un solo edificio que se alzaría por encima de todo, la Atalaya de los Testigos de Jehová. Toda su vida había contemplado aquella Atalaya en las portadas de las revistas que el barbero de su pueblo, un prosélito de los Testigos, estaba siempre regalándoles a sus clientes.

Aquello les pareció gracioso y dio pie a que la tripulación soltara la primera carcajada colectiva: ¿Cómo podía ser tan bobo?

—¿Pero qué nunca has visto la televisión? –se burló uno de ellos–. ¿Nunca has visto *Kojak*?

Cuando las bromas amainaron, Bernardo se volvió hacia el enfurruñado electricista y le preguntó si alguna vez había estado en el mar, como si tamaña inexperiencia fuera imposible en un marinero.

—Nunca. Soy electricista y trabajo en Tela. ¿Y qué?

—¿Y así te contrataron para trabajar en un barco, chavalo?

—Bueno, pues, un barco es como una casa que flota, ¿no?

—Pues no.

—El mes pasado arreglamos la instalación eléctrica de un hotel viejo; estaba tan jodida que los cables todavía llevaban aislamiento de tela, todo roto y desgastado. Lo cableamos todito de nuevo, ¿ve?

Otro marinero, al que más tarde apodarían Cabezón por su enorme testa con forma de calabaza, había sido contratado como mecánico de la sala de máquinas, pero en Honduras se dedicaba a trabajar como mecánico en una fábrica de conservas de pescado que también producía, con los despojos de los animales, cubos de consomé. Turbinas, calderas, motores de diesel, qué tanta diferencia podría haber. Salvo que en el barco ganaría más de un dólar la hora y además ahorraría cada centavo, mientras que en Honduras ganaba cinco dólares por jornada completa.

El negro de la costa dijo que eso no estaba tan mal, que él ganaba tres dólares la jornada. ¿Y en Nicaragua? No jodás, gruñó el cocinero desde el asiento de adelante. En Nicaragua a la gente ya ni le pagan con dinero de verdad; hasta los frijoles se habían convertido en comida para gente rica.

Resultó ser que todos, con la excepción de Bernardo y del cocinero, habían sido contratados en virtud de una serie de hipotéticas aptitudes relacionadas con el manejo de un barco. La tripulación incluía dos electricistas, dos mecánicos, un cocinero, un camarero y nueve marineros rasos; nueve hondureños, cinco nicaragüenses y un guatemalteco. El guatemalteco era el otro electricista del barco, y su último trabajo había sido en una empresa de exploraciones petroleras en la selva del Petén. Como muchos chapines, el hombre manifestaba una conducta reservada, y por eso, y porque también es bien conocido en Centroamérica el chiste de que los guatemaltecos sólo han nacido para que sus militares tengan a quién matar, su apodo en el barco sería Caratumba. El otro mecánico, un muchacho de cara muy linda al que apodaron Pimpollo, había trabajado antes con maquinaria pesada de construcción, tractores oruga con motores diesel. Mientras todo el mundo charlaba en el interior de la furgoneta, Esteban se percató de que Bernardo miraba con preocupación la nuca del cocinero, como si tratara de que éste se volviera y dijera algo al respecto de la conversación.

—Lo que importa es contar con oficiales experimentados a bordo, un jefe de máquinas –dijo, convencido–. Los demás sólo hacen lo que se les ordena.

La furgoneta avanzaba a toda velocidad por la autopista elevada, vibrando y dando pequeños rebotes. Esteban sólo había experimentado aquella misma sensación a bordo de los helicópteros, nunca en los camiones IFA, donde siempre se sentía sudoroso y vagamente mareado, como ahora, por tratar de mirar hacia todas partes. Alcanzó a ver un cementerio tan vasto y desolado que parecía una ciudad miniatura que hubiera sufrido un bombardeo. ¿Cómo podía alguien ser feliz viviendo allí, en aquella extensión interminable de fábricas, refinerías, paredes sin ventanas? ¿Quién sabía qué era todo aquello? Atisbaba hacia las callejuelas laterales como quien trata de ver el fondo de cajas arrebatadas apresuradamente de su mirada, y no conseguía ver más que paredes de sucios ladrillos marrones, letreros amarillos de tiendas, figuras que caminaban serenamente, como borrachos al amanecer, a través de aquella atmósfera ocre. Vio a personas sentadas en sillas en torno a fogatas encendidas en la calle, algunas en ropa interior, como si aparentemente se encontraran en sus casas… Pero todo pasaba tan rápidamente… ¿Era maíz aquello que crecía sobre esa azotea? Él jamás se aventuraría por aquellas calles de noche, jamás. La autopista describió una curva y las ventanillas del otro lado de la furgoneta se llenaron de rascacielos. Esteban se movió y estiró el cuello para ver los brillantes y grises edificios que parecían deslumbrados por el sol. La furgoneta dio un bandazo, el Pelos tocó el claxon y gritó:

—*Fuckin chinese!* —las únicas palabras que Esteban pudo entender, porque el resto de la malhumorada invectiva que el Pelos soltó le resultó incomprensible.

Bernardo murmuró en el oído de Esteban:

—Tendrán que ser muy buenos maestros, esos oficiales, chavalo. Suerte que el Atlántico no se vuelve realmente peligroso sino hasta octubre. O, bueno, generalmente…

Y ahí estaba la Isla de los Rascacielos, el firmamento lleno de luces como luciérnagas antes del crepúsculo y sus monstruosos puentes colgando en la súbita apertura del océano y el cielo. Remolcadores, barcazas, tráfico fluyendo a un costado del río. Allá abajo, un reluciente carguero blanco se encontraba amarrado junto a una ordenada hilera de bodegas azules, rectangulares; pero no era allí a donde se dirigían. La autopista comenzó a descender y a alejarse, conduciéndolos a través de una interminable sucesión de vigas de acero que sostenían el tráfico que circulaba por encima de sus cabezas, dejando a la furgoneta en penumbras. Naves industriales, una fila de angostas y ruinosas casas, una estación de gasolina, un anuncio rosa con la silueta oscura de una mujer desnuda arrodillada como una sirena, con las manos unidas detrás de la cabeza. Negros vestidos con gorras y camisetas sin mangas en una esquina, niños montando bicicletas; una hilera de sombríos edificios de ladrillo oscuro, con árboles alzándose entre ellos. Giraron hacia una calle rodeada de inmensos y viejos almacenes y después avanzaron a lo largo del extenso muro de ladrillos que encerraba el patio de la terminal marítima.

El Pelos le entregó un sobre al sujeto uniformado que se encontraba en la caseta de entrada, quien les franqueó el paso hacia la inmóvil complejidad del puerto. Aquí y allá se podían ver mástiles, grúas y los remates erizados de las superestructuras de los barcos monumentales que sobresalían por encima de los tejados de los edificios numerados de las terminales. Grúas de carga inmóviles contra el firmamento. Camiones estacionados. Cobertizos y almacenes de paredes de aluminio. Un hombre conducía un montacargas vacío por detrás de una hilera de contenedores. Era domingo por la tarde, lo que tal vez explicaba la inactividad del lugar. Pero el Pelos siguió conduciendo durante un rato sorprendentemente largo, internándose en lo que parecían ser los desolados y seguramente abandonados límites del puerto, donde los decrépitos edificios de concreto y ladrillos lucían aún más vetustos y derruidos. Pasaron por una extensión arenosa recientemente descombrada y llena de terraplenes y excavaciones, que de pronto se abría en una franja de tierra abierta al mar que daba a un largo embarcadero mutilado. Vieron luego la carcasa hueca y aplastada de un automóvil que yacía entre los escombros de un lote baldío. Dejaron también atrás un pequeño carguero escorado que parecía descansar a perpetuidad en medio de un viejo dije seco, en el interior de un patio vallado y cubierto de malezas marchitas; las ardillas habían hecho sus madrigueras con hojarasca en el castillo de la embarcación, y un perro negro y rechoncho les ladró desde el puente de mando, de cuya ala colgaba una cámara de neumático atada con una soga. Más allá se levantaba un inmenso almacén de ruinosa madera gris, con sus enormes puertas abiertas de par en par, por donde el vacuo cielo del crepúsculo y el agua del mar refulgían, como en una inmensa pantalla de cine.

Esteban podía escuchar la respiración de Bernardo, sentado a su lado en el ahora silencioso interior de la furgoneta. Podía escuchar sus exhalaciones enérgicas, casi rítmicas. Llegaron entonces a un estacionamiento hundido y parcialmente rodeado por un muro de ladrillos, con una valla de alambre oxidado que yacía derrumbada sobre el suelo a lo largo del terreno, como la ondulada espina dorsal de un dragón muerto hacía mucho tiempo. En el extremo más alejado había un conjunto de cobertizos y edificios bajos con las ventanas rotas clausuradas con tablas, una ruina que asemejaba una hilera de rollos de papel higiénico revestidos de concreto y aplastados por un mazo gigante, y enfrente, una gran estructura cuadrangular de concreto –un viejo silo– alzándose imponente contra las franjas coloridas que comenzaban a pintar el horizonte.

—¿Ya ven? Ahí está la Atalaya –dijo el electricista con su voz trémula, pero esta vez nadie se rio. Cruzaron a través de una sección caída de la valla, rodearon el silo y llegaron a un muelle asfaltado al que estaba amarrado un carguero que bloqueaba casi por completo la vista de aquella cala con forma de ensenada.

Los hombres se bajaron de la furgoneta y se quedaron de pie en el muelle, con sus valijas, contemplando la oscura y silenciosa nave que se alzaba ante ellos como la helada pared de un desfiladero, mientras respiraban el familiar hedor del agua estancada y podrida del puerto. El enorme casco manchado de óxido parecía bañado por un resplandor lavanda que contrastaba con el caluroso y polvoriento cielo azul, veteado de manchas carmesíes y naranjas. A su alrededor, los rostros de los compañeros de Esteban parecían brillar también, lo mismo que sus ojos y sus dientes, sus camisas de manga corta y sus guayaberas blancas.

El Pelos se había quedado detrás del volante de la furgoneta, fumando y escuchando música de rock en la radio, con sus largas y peludas piernas asomando por la portezuela. Estaban esperando al capitán.

—Bueno, es un barquito, ¿no? –dijo Tomaso Tostado al cabo de unos instantes, con cierto regocijo y una sonrisa que dejó al descubierto el brillo de su diente de oro. Alguien sacó un paquete de cigarrillos; se lo fueron pasando, entre sonrisas. Bueno, sí es un barco, pensó Esteban, sorprendido por la sensación de alivio que experimentaba al comprobar, después de aquella larguísima jornada, que al menos el barco sí existía. Contuvo el humo del cigarrillo en los pulmones y alzó la vista para contemplar la nave, sintiéndose cansado y satisfecho. Espantó a un mosquito de una palmada. Aquél era un barco perfectamente normal, sólido y capaz, y él trabajaría allí. ¿A quién le importaba que estuviera amarrado en medio de toda aquella desolación? ¿Qué diferencia habría cuando, dentro de pocos días, se encontraran en alta mar?

Tal vez para los criterios modernos aquél era simplemente un carguero de dimensiones modestas, una nave de 400 pies de eslora y una línea de flotación que dejaba un amplio margen para la carga, pero a Esteban le pareció gigantesco. De la larga cubierta principal sobresalían tres mástiles de carga. El nombre *Urus* aparecía pintado en la parte superior de la proa, sobre una mancha oscura que cubría el que probablemente era el nombre anterior de la embarcación. «*Urus*, Ciudad de Panamá», se leía en la popa. Pero no había ninguna luz a bordo, y todo parecía pintado con sombras. El castillo, blanco y salpicado de chirlos negros, se hallaba situado cerca de la popa; dos hileras de oscuras portillas eran visibles bajo el puente. Una chimenea. La escalerilla del barco estaba levantada. El agua chocaba pesadamente contra el casco y azotaba los pilotes del muelle. El calor seguía pesando por encima de todo, como si el día estuviera conteniendo el aliento.

Entonces Esteban oyó que Bernardo le murmuraba al oído que aquel barco no era otra cosa que un cascarón roto, chavalo. Esteban fijó su mirada en el casco de acero. ¿Por qué el viejo pensaba que era un cascarón?

—No hay luces –susurró Bernardo–. Ni electricidad. Es un cascarón roto, chavalo.

Esteban miró al viejo: Bernardo sostenía su cigarrillo con dos dedos, como si se tratara de un fino puro cubano, y parecía estar estudiándolo cuando añadió:

—Las amarras ni siquiera están protegidas contra las ratas, ¿ves?

Casi había anochecido cuando un automóvil, con los faros encendidos como los ojos de un gato, rodeó el silo y se aproximó al muelle. Era un estilizado Mazda negro. El capitán, pues. Podían ver dentro la parte posterior de su cabeza, una cabeza notablemente alargada, provista de orejas pequeñas y pegadas al cráneo. La puerta se abrió, y el hombre que emergió del asiento del conductor era tan alto, delgado y anguloso que parecía la alargada sombra de sí mismo proyectada en una pared. Llevaba la cabeza rapada casi al ras; vestía pantalones de mezclilla pulcros, cinturón negro, camiseta blanca y un par de relucientes zapatos negros de suela de goma. Dio un paso atrás y cerró con cuidado la puerta del auto, se volvió hacia ellos y los contempló con tiernos ojos de cordero. Probablemente rondaba los treinta años de edad. Su frente era amplia y su nariz pequeña y prominente, y sus delgados labios se hallaban fruncidos como si llevara en la boca un molesto amasijo de hilos, lo que contrastaba con su mirada afectuosa. Parece un cura, pensó Esteban. Un jesuita joven que se hubiera afeitado la barba ayer mismo.

—¡Hola, bienvenidos! –gritó el capitán–. Espero que el viaje no haya sido demasiado cansado… –su voz tenía un timbre juvenil y ligeramente quejumbroso. Se paró frente a ellos con una mano metida en uno de los bolsillos de sus pantalones y el codo pegado a un costado. Y entonces agregó–: un momento… –y caminó sin prisa hacia la furgoneta, balanceando relajadamente el otro brazo.

Bueno, al menos hablaba español. No era precisamente como Esteban se había imaginado que luciría un capitán de navío, pero infundía suficiente respeto, ¿no? Tenía un cierto aire formal. Y parecía una persona instruida. Con porte. Esteban miró a Bernardo: ¿acaso el viejo también se dirigiría al capitán llamándolo «chavalo» y «cipote»? Pero Bernardo tenía la vista fija en la cubierta llena de sombras, y su expresión era a la vez ensimismada y sardónica, con el labio inferior curvado. Pobre viejito, pensó Esteban; ha dejado que todas sus esperanzas se derrumbaran por nada, porque está acostumbrado a que las cosas siempre salgan mal, y toda esa mierda de la buena suerte no era más que una patraña desesperada.

El Pelos había apagado la radio y escuchaba, sentado y con la boca abierta, al capitán. Y entonces éste sacó la cartera de su bolsillo trasero y le tendió al Pelos un montón de billetes que no contó y volvió a guardarse la billetera en el bolsillo como si nada. A Esteban le gustó la manera en que el capitán cerró la puerta de la furgoneta y dio un paso atrás mientras contemplaba cómo el chofer encendía el vehículo y se alejaba del muelle agitando la mano para despedirse del capitán –quien se limitó a inclinar la cabeza–, y volviéndola a agitar para despedirse también de los hombres al pasar frente a ellos, con su pálido rostro, abotargado y fantasmal, asomando detrás de la ventanilla.

Había alguien a bordo; tal vez eso era lo que Bernardo estaba mirando. Porque de pronto oyeron un ruido metálico y, cuando miraron hacia las alturas del barco, vieron que un hombre vestido con pantalones blancos y una camisa desfajada atravesaba la pasarela hasta alcanzar la escalerilla de aluminio, aún levantada y adosada paralelamente a la borda y la barandilla. El hombre aquel comenzó a avanzar por la escalerilla casi como un acróbata de la cuerda floja, con pasos cuidadosos y medidos, mientras su peso la hacía descender. Pero cuando llegó al final de la escalerilla, ésta aún se encontraba muy por encima del muelle, sólo ligeramente inclinada hacia abajo. Fue entonces cuando lo escucharon soltar una carcajada; o lo que tuvo que haber sido una carcajada, aunque más bien sonara como el graznido de un ave lejana, o como el aullido de un mono procedente de la oscura cubierta. Sujetando los dos pasamanos, el hombre dobló las rodillas y se aplicó vigorosamente a saltar una y otra vez sobre la escalerilla, pisoteando y tironeando de la estructura hasta que consiguió hacerla descender en medio de un estruendo de aluminio sacudido y chirridos de cables y bisagras, hasta que el pie de la escalerilla quedó a pocos centímetros del muelle. Ahora podían verlo claramente: pelo rizado y negro, sonrisa amplia, ojos chispeantes, más o menos de la misma edad que el capitán. El hombre pateó la plataforma de la escalerilla que se encontraba plegada contra la barandilla, hasta que ésta quedó en posición horizontal, pero en vez de bajar hasta ella, se quedó mirando a los hombres reunidos en el muelle y les gritó algo en inglés y enseguida se dio la vuelta y volvió a trepar por la escalerilla. ¿Qué había dicho? Eran palabras que Esteban conocía, palabras que sonaban como *I love* y luego algo más… No *you*, por supuesto; tuvo que haber sido otra palabra, ¿no? ¿*I love you*? No, seguramente era otra cosa. Y mientras seguían al hombre con la mirada, Esteban descubrió de pronto la figura de un perro, con sus ojos brillando en la oscuridad; el animal estaba agazapado en la parte superior de la escalerilla, con sus patas delanteras posadas sobre los peldaños inferiores, como congelado a mitad de un bostezo.

Cuando la tripulación subió a cubierta con su equipaje, el hombre sonriente los estaba esperando, y el perro, un pastor alemán, estaba echado junto a su pierna. Era el segundo perro de esa raza que Esteban había visto aquel día. Y, por segunda vez también, Esteban recordó repentina y dolorosamente a Ana, la hembra de pastor entrenada en Alemania del Este a la que su compañía pasó varios días siguiendo, como parte de una práctica de rastreo, a través de la selva de la región del río Coco, a lo largo de la frontera con Honduras. Ana había conducido a una patrulla hasta una emboscada fatal y apenas tuvo tiempo de desgarrarle la garganta a un contra herido antes de que las balas la despedazaran. Pero aquel otro pastor alemán que había visto en el aeropuerto de Miami, sujeto con una correa de la mano de un oficial uniformado mientras paseaba por la zona de recepción de equipaje olisqueando las maletas de los pasajeros con fingida indiferencia, le había recordado mucho más a Ana que este animal, que jadeaba ruidosamente con la lengua de fuera, chorreando filamentos plateados de saliva que formaban un pequeño charco entre sus patas.

El hombre del cabello rizado era más bajo, más pálido y más grueso que el capitán, con labios gruesos, un cuello muy ancho y brillantes ojos oscuros, inquietos y penetrantes. Llevaba los pantalones holgados, raídos del dobladillo que caía sobre los tenis blancos y sucios, y la camisa de manga corta desfajada y prácticamente desabotonada sobre su pecho lampiño. Sostenía entre sus manos una linterna alargada, forrada de goma amarilla.

El capitán lo presentó como Mark, el primer oficial. Y entonces el capitán hizo algo muy extraño: les dijo primero el nombre del perro antes que el suyo propio: *Miracle*, que incluso les tradujo al español: «Milagro». Mark siguió sonriéndoles a todos con los ojos que irradiaban jovialidad.

—Y yo me llamo Elias –dijo finalmente el capitán–. Y soy su capitán.

Griego, probablemente, pensó Bernardo, con amargura. Claro. La gente más carroñera y pervertida de todos los océanos. La tripulación permaneció reunida junto a la barandilla de babor, dándole la espalda a los esqueletos desplomados de los muelles y terminales derruidas, con el capitán Elias, el primer oficial Mark y Milagro observándolos desde el otro lado del hueco de las bodegas abiertas.

No había luces: el barco y la caleta eran como una ciudad afectada por un apagón, y la cubierta, una vasta extensión de formas indiscernibles para Esteban.

—Tengan mucho cuidado cuando caminen, muchachos —aconsejó el capitán Elias, mientras los conducía hacia la otra borda. Era tan delgado, tan flaco y alargado que, en la oscuridad, parecía formar parte de la embarcación: un trozo de mástil desprendido que había cobrado vida—. Todavía quedan agujeros en la cubierta que hay que reparar, y podrían caer en ellos y terminar hasta allá abajo, donde ni siquiera podríamos escucharlos si piden ayuda —les explicó, y se rio por primera vez con una breve y grave carcajada que subió de su pecho y escapó cascabeleando por entre sus dientes.

Detrás de la popa del barco, más allá del silo y dominando el puerto, brillaban los rascacielos apiñados de Manhattan, como gigantes rectángulos de luz refrigerada contra el cielo ardiente. Parecían hallarse más cerca de lo que podrían estar en realidad.

El capitán Elias continuó:

—Me temo que tendré que disculparme por la falta de electricidad y de agua a bordo —dijo. Explicó que había ocurrido un accidente cuando el barco, recién adquirido por su nuevo propietario, se dirigía hacia Brooklyn procedente de un lugar llamado New Brunswick, en Canadá. Una pequeña explosión en la caja del cigüeñal, que provocó una ruptura en la manguera de combustible, que a su vez se derramó sobre un tubo de escape caliente y provocó un incendio. El capitán Elias dijo que el fuego había ocasionado un desastre *tremendo* en la red eléctrica y el cableado del barco. Éstos conectaban con los generadores, los cuales a su vez alimentaban el tablero de mandos, encargado de distribuir la corriente eléctrica a los interruptores de circuito, el radar, los controles de las grúas, la máquina del timón, el agua potable, la ventilación, las bombas hidráulicas que accionaban el motor a diesel, y todo lo demás; equipo que, por lo demás, se encontraba en perfecto estado. Así que la cosa no era tan grave como parecía. Aún estaban esperando la llegada de algunas piezas de repuesto, los interruptores de circuito que en cualquier momento arribarían desde Japón, ¿no es verdad,

Mark? En otras palabras, hombres, hasta que la red eléctrica fuera reparada y el barco se encontrara en perfectas condiciones para ser nuevamente asegurado, permanecerían en el puerto. Había mucho trabajo por hacer en cubierta también: quitar el óxido, pintar, soldar; nada del otro mundo, nada que les llevara mucho tiempo.

El capitán Elias hablaba en un tono tranquilo y franco, explicándoles las cosas meticulosamente como un hombre nada alzado ni autoritario, un hombre que prefería suscitar confianza en sus hombres más que temor. A Esteban le recordaba a esos oficiales del ejército que se granjeaban la confianza de los soldados porque eran cautelosos y siempre les decían lo que necesitaban saber en vez de alborotarlos con charlatanería heroica. Pero Bernardo estaba estupefacto; no podía creer lo que estaba escuchando: había detectado, en el perfecto español náutico del capitán Elias, un dejo tenue y entrecortado del acento británico del capitán J. P. Osbourne, una suerte de condescendencia jovial aunque contenida que inspiraba respeto y obediencia más que resentimiento, tan diferente al desdén cínico de los griegos, cuyos zafios capitanes no son mejores que camioneros. ¡Era imposible que aquel pelele flacucho, vestido como un adolescente, pudiera ser un capitán inglés! Todo aquello era un truco, una alucinación nostálgica conjurada por el creciente temor que nublaba sus ojos y sus oídos… Y, sin embargo, en las siguientes semanas el resto de la tripulación se percataría de que el capitán Elias hablaba como lo hacía, pronunciando «Ni-cah-rah-wua» y «Mah-nah-wua», porque su acento era efectivamente británico, aunque suavizado por todos los años que había pasado conviviendo con otros idiomas y otros acentos. Se darían cuenta también de que su español, especialmente cuando estaba alterado, se salpimentaba a menudo con modismos extraños, principalmente mexicanos, aunque pronto el capitán adoptaría también algunos de los suyos. Una palabra que usaba muchísimo era *güey*. «Pinche güey.» José Mateo, el cocinero, afirmaría haber oído con frecuencia esa expresión en boca de los marineros mexicanos más jóvenes, y que comúnmente significaba «tú», o en plural «ustedes», aunque algunas veces el capitán decía también: «¡No seas tan güey!».

El capitán Elias seguía hablándoles:

—Debo reconocer que el *Urus* fue entregado a su nuevo dueño en un estado que dista mucho de ser el ideal. Pero ni Mark ni yo hubiéramos aceptado el mando, por difícil que el trabajo náutico se ha vuelto en estos días, si no tuviéramos plena confianza en este barco. Las máquinas, el casco, las bodegas y los dispositivos de carga se encuentran en excelentes condiciones. Si no hubiera sido por ese incendio... –extendió las manos y se encogió de hombros–. Tan pronto como nuestra nave esté reparada, zarparemos con una dotación adicional de oficiales y tripulación, que ya han sido contratados y aguardan a que terminemos. Así que éste será *nuestro* trabajo, caballeros. El *Urus* será un barco del que todos nos sentiremos orgullosos.

Desde la lejanía del puerto llegó el prolongado bramido de la sirena de un buque, y el capitán Elias se quedó callado, como disfrutando de aquel sonido y luego del silencio subsecuente, roto de improviso por el maullido de los gatos, que se elevó y luego decreció en algún sitio entre los escombros de la cala. Milagro gimoteó. Y el capitán agregó:

—Una cosa más. Sé que están cansados y que quieren irse a dormir, pero creo que es necesario que les explique esto. El *Urus*, por supuesto, tiene bandera panameña...

Y les dijo que lo vieran de este modo: *a bordo* del barco se encontraban en Panamá y gozaban del estatuto de marineros contratados y protegidos por las leyes internas de ese país. *En tierra* se encontraban en Estados Unidos, donde, al menos durante los próximos cuatro días, hasta que sus visas de tránsito para marineros expiraran, su situación era perfectamente legal. Pero, aunque seguramente ya sabían a qué grado podían ser peligrosas las ciudades portuarias –y aquélla era una de las más difíciles, especialmente si salían del recinto portuario y se aventuraban en las calles que rodeaban «Los Proyectos»–, no tenían idea de la cantidad de marineros asesinados que la policía hallaba sobre las aceras o en los callejones o en el interior de casas abandonadas o flotando en algún canal del puerto, sin carteras ni documentos, por lo que la policía no tenía manera de saber quiénes eran ni de dónde provenían ni cómo contactar a sus familiares y terminaban sepultados en la anónima fosa común del cementerio de menesterosos que se hallaba en una de las islas del puerto, mientras sus barcos zarpaban sin ellos y sus colegas y superiores daban por hecho que el compañero desaparecido simplemente había desertado, una circunstancia que, por lo demás, era bastante común.

—¡Óiganme! –prosiguió el capitán–. Si alguno de ustedes quiere desertar y probar suerte en la ciudad de Nueva York, adelante; no voy a ser yo quien se interponga –y acto seguido comenzó a reír, con una de sus breves y lúgubres carcajadas–. Pero por favor, déjennos una nota o comuníquenselo a uno de sus compañeros si deciden hacerlo, ¿de acuerdo? Sólo para que sepamos qué fue lo que les ocurrió.

Entonces el capitán tradujo apresuradamente lo que había dicho en inglés, para que Mark pudiera entenderlo, y éste sonrió y sacudió la cabeza con la vista clavada en sus pies. Algunos miembros de la tripulación, incluido Esteban, se esforzaron en sonreír también.

—Los Proyectos –prosiguió el capitán Elias– son problemáticos.

La zona de la que hablaba corría paralela a esta parte del muelle, del otro lado de aquel muro que se extendía detrás de esos árboles a lo lejos: bloques y bloques de edificios que el gobierno proporcionaba a los más pobres de entre los pobres, y cuyas calles y manzanas eran controladas por diferentes pandillas de traficantes de drogas, armadas hasta los dientes. No les gustaba toparse con desconocidos vagando por sus territorios, afirmó el capitán, y los marineros que bajaban a tierra con los bolsillos llenos de dinero, sin tener la menor idea de dónde demonios se estaban metiendo, eran como gallinas que ponían huevos de oro para ellos. El capitán Elias les dijo también que él, en su lugar, evitaría por completo Los Proyectos. Y, por supuesto, les dijo que el consumo de drogas a bordo del barco significaría la cancelación inmediata del contrato del infractor. Y que si se ligaban a una mujer se aseguraran de ponerse un condón. Tenían por delante seis meses de provechoso rumbo,

tal vez incluso más… ¿Quién podía saber hasta dónde llegarían?…
Tal vez más allá del Caribe y de Sudamérica, Europa y el Mediterráneo, donde había puertos muchísimo más animados, con más que ofrecer y a precios más baratos que Brooklyn.

Posteriormente, el capitán Elias afirmó que ya era suficiente por hoy y que Mark los conduciría a sus camarotes. Y, acto seguido, Mark encendió su linterna y comenzó a caminar hacia el castillo, con el perro pisándole los talones.

Tan pronto como Bernardo y Esteban se encontraron solos en su sofocante camarote, el viejo exclamó:

—¡Esto no es un milagro, es un desastre!

Más adelante, después de que el viejo camarero adoptara aquella gata callejera, a la que enseñaría a sentarse a su lado como un perro mientras él desempeñaba su cotidiana labor de espulgar el arroz rancio para sacarle las cucarachas y la mierda de las cucarachas, bautizaría a la gata como Desastres, tal vez como una manera de equilibrar la situación. Pero Milagro sobreviviría, y en cambio Desastres tendría un final desastroso y, a la vez, de alguna manera milagroso…

La linterna de Mark había iluminado fugazmente un maltrecho cubículo cuadrado de acero con mamparos de pintura descascarada, un par de colchones sobre el suelo y la ropa de cama doblada encima. Su camarote, que se encontraba a nivel de cubierta, había sido completamente despojado de todo mobiliario o decoración, al igual que el resto de los camarotes y dependencias de los dos primeros niveles del castillo. Se habían llevado incluso las puertas estancas y muchas de las tapas de las portillas. En la cocina y el comedor, el primer oficial barrió con la luz de su linterna la densa oscuridad de aquella cueva de paredes de hierro para mostrarles al cocinero y al camarero la estufa a gas de dos quemadores instalada sobre una mesa, algunas cacerolas, sartenes y utensilios, y el voluminoso tanque de agua con paredes de madera, montado sobre un elevado soporte metálico.

Oyeron que el Mazda arrancaba y se alejaba del muelle, llevándose a sus oficiales y a Milagro de regreso a donde fuera que ellos pasaran sus noches. Los mosquitos zumbaban alrededor de la cabeza de Esteban.

—El capitán lleva puesto un anillo de casado –dijo Bernardo, mientras tendían sus lechos. Ambos sudaban profusamente en aquella oscuridad mal ventilada. Esteban, que se encontraba de rodillas, se inclinó hacia atrás y apoyó la palma de la mano sobre un charco tibio de baba que el perro había dejado.

—Los dos parecen buena onda –respondió Esteban, mientras se limpiaba la mano furtivamente en la parte inferior de su colchón–. Se veían contentos y sinceros, ¿no?

Al vidrio sucio de la portilla de su camarote le faltaba un pedazo, aunque ni un solo soplo de brisa ni el menor rayo de luz diluida alcanzaban a penetrar por la abertura. Bernardo empujó el cierre hasta abrir por completo la claraboya, y después se acostaron sobre sus camas, incapaces de verse el uno al otro. Esteban podía sentir cómo el deseo de dormir recorría palpitante su cuerpo entero, pero su mente permanecía completamente despierta. Qué extraño, pensó. Esta mañana todos estábamos en Nicaragua o en Honduras y ahora nos encontramos aquí, solos en un barco sin electricidad ni agua, al otro lado del mundo, en medio de la nada, en *Bruclin*, Nueva York, no muy lejos de unos tipos que supuestamente están dispuestos a matarnos para robarnos un dinero que no tenemos. Aguzó el oído para ver si alcanzaba a oír el lejano rumor de las malignas actividades que tenían lugar en Los Proyectos, pero lo único que podía percibir era la penosa respiración del viejo y los hondos suspiros que lanzaba.

Después de un rato, como si se estuviera lamentando consigo mismo, Bernardo dijo:

—Pero así es la suerte, ¿verdad? No es para todos.

—Partiremos cuando el barco esté arreglado –le respondió Esteban con vehemencia–. Y de todas formas nos van a pagar. Nos van a pagar por trabajar, vos, ¿y qué?

¡Qué calor hacía ahí dentro! ¡Y los mosquitos!

—Este barco es un cascarón roto –repitió tajante el viejo–. Pura chatarra. ¡Sin electricidad, ni agua, ni ventilación! Y el capitán…

Yo no veo ningún capitán por ningún lado, sólo un niñote bobo, y con aire de pervertido, para colmo.

—Pero ¿para qué nos traerían hasta acá para trabajar en un barco que nomás es un cascarón? ¿Qué lógica hay en eso, Bernardo?

¿Aire de pervertido? ¡Qué viejo tan insoportable! Esteban cerró los ojos y los abrió de nuevo para contemplar la oscuridad; ni siquiera se volvió cuando escuchó el llanto quedito y silbante del viejo camarero. ¿Por qué tenía que compartir el camarote con él? Apretó los dientes y escuchó aquel silencio que no era silencio en lo absoluto, lleno de apagados susurros y golpeteos que resonaban a través de aquella mole insondable de metal flotante. ¡De metal, hijueputa, qué cascarón ni qué nada!

Bueno, por lo menos el viejo no era pato, pensó. Sus tíos se lo habían advertido, aunque él ya sabía que las tripulaciones marítimas estaban siempre llenas de patos empedernidos, a quienes los largos y solitarios viajes habían degenerado de tal modo que en los puertos buscaban hembras y en el mar, muchachos. Un joven como vos tenés que estar dispuesto a pelear como tigre enjaulado para defender tu integridad física, le había advertido el tío Beny. Mucho cuidado con los patos que quieren invitarte una cerveza en el comedor; podrían echarle una pastilla para dormir. Pero no parecía que iban a vender cerveza en aquel barco, y además ninguno de ellos había estado en el mar antes, más que el cocinero y este camarero llorón. ¡Chocho, viejo! ¡Serénese! ¡Ya tendrá sus incubadoras de pollo!

Por la mañana, Esteban fue el último en despertarse. Salió a cubierta y encontró al resto de la tripulación reunido junto a la barandilla de babor, bebiendo el café instantáneo que José Mateo y Bernardo habían preparado en el comedor y servido en tazas de plástico. No había nada para comer, le informó el viejo en tono siniestro a Esteban, porque las ratas se comieron la caja de donas que los oficiales les dejaron la noche anterior. El café les quemaba los dedos a través del plástico, por lo que todos apoyaban cautelosamente sus tazas contra la barandilla mientras contemplaban en aletargado silencio el desolador paisaje que los rodeaba.

Un espigón de tierra, coronado de gravilla, cerraba uno de los extremos de la cala, pero hacia babor se alcanzaban a distinguir, abandonadas y en ruinas, las carcasas de viejas bodegas, oficinas y terminales de carga. Una de estas terminales, con la pintura azul corroída por el tiempo y el salitre, parecía una gigantesca carpa de circo por cuyos agujeros se alcanzaba a entrever el cielo. Sobre su amplia puerta, en letras desvanecidas, alcanzaba a leerse: «Wienstock Spice Co.». Vieron gaviotas posadas sobre una sola pata en los tocones de los embarcaderos derruidos. Y a popa se alzaba el decrépito silo y su fachada descolorida y resquebrajada, entre los escombros de la antigua terminal de cereales.

DESASTRES

1

AHORA, CIENTO ONCE NOCHES DESPUÉS, ESTEBAN YACE DESpierto sobre su colchón en el suelo, tiritando bajo sus dos camisetas apestosas, sus pantalones de mezclilla, sus calcetines podridos y la delgadísima manta, y piensa: ¡Oye! ¿Y si agarra el bote salvavidas? Para largarse de ahí remando, vos, como aquel holandés que huyó de Corinto en un bote de remos. Pero ¿remar a dónde? Remar o escapar. ¿A dónde?

En el interior del camarote, oscuro como el pozo de una mina, no alcanza a ver al viejo pero puede escucharlo durmiendo, o tratando de hacerlo; puede escuchar su suave respiración borboteando como el café que comienza a bullir en la olla. A menudo Bernardo duerme con los ojos abiertos, como las mulas. El frío húmedo de las noches de octubre inunda los lóbregos camarotes como una bruma espesa. Pero sólo Esteban, aunque él aún no se ha dado cuenta, sufre ya los primeros síntomas de una enfermedad pulmonar, causada por todos esos meses que ha pasado respirando los vapores de pintura y solventes y el polvillo del óxido y del hierro, y a causa también del clima y de la escasez de comida y de la fiebre elevadísima y la tos de perro que sufre desde septiembre. Su pecho no silba y su garganta no se cierra nunca por completo, y a pesar de que a menudo su respiración se siente espantosamente constreñida, todavía alcanza a exhalar sin dificultades, así que no es asma lo que padece. Cada vez que está a punto de quedarse dormido, un espasmo rebelde perturba su respiración y lo despierta estremeciéndose, porque siente los pulmones llenos de una intensa luz fría que se extiende por todas sus terminaciones nerviosas como una hormigueante fosforescencia…

Piensa, con los nervios encendidos y cosquilleándole: Esta noche me escapo. Pero entonces, ¿por qué no se levanta y comienza a moverse, hijueputa? Necesita visualizar su escape antes, en una forma práctica y alentadora, pero los detalles se le escapan: lo mismo podría estar planeando su huida a la Vía Láctea que a la ciudad. Así que eso es todo: otra fantasía insomne, una fantasía que ni siquiera resulta tranquilizadora, como casi nunca lo son sus ensueños, pensamientos y conjeturas nocturnas… ¿A dónde iría en la ciudad?

¿Y qué es lo que Bernardo ve, ahí dormido con los ojos abiertos? ¿Cosas alegres o tristes? A pesar de que Esteban no alcanza a verlo en la oscuridad del camarote, el viejo duerme y sueña ahora de esa forma: con los ojos abiertos pero apagados como cabezas de sapo sobresaliendo del agua negra y estancada de una ciénaga bajo el dosel de la jungla. Bernardo sueña que se encuentra en la despensa del salón de oficiales de un buque que se aproxima a un gran puerto; ha terminado de lavar los cubiertos y ahora coloca plátanos dentro de una cesta de mimbre para el desayuno. A pesar de que las máquinas han reducido la marcha, las paredes de la nave se estremecen con el batir de la hélice en el agua poco profunda del canal. Los remolcadores avanzan junto a la nave, sacudiéndola suavemente. Bernardo extiende un mantel limpio sobre la mesa de los oficiales y la arregla para el desayuno. Tanto la sala de fumadores como la cocina resplandeciente se encuentran ya totalmente vacías. Sale al corredor y oye el sonido de las fichas de dominó golpeando la superficie de la mesa en la sala de la tripulación, pero cuando se asoma al interior no ve a nadie allí; no ve nada más que las fichas dispuestas sobre la mesa y cuatro sillas desocupadas. Sube la escalerilla hasta su camarote para cambiarse, pues pasará la noche en tierra, sin toparse con nadie en el camino. Cuando sale a cubierta para fumarse un cigarrillo echa un vistazo hacia el puente de mando y le sorprende no ver a nadie tampoco allí: ni al práctico del puerto, ni al capitán, ni a los oficiales. Trepa por una de las alas del puente y encuentra éste completamente vacío también: los paneles de control y las pantallas del radar están encendidos, pero nadie maneja el vibrante timón. Hay una lámpara iluminando la mesa sobre la que se encuentran extendidas las cartas de navegación, pero no hay ni un alma allí. Justo bajo el ala del puente distingue a un remolcador que avanza pegado al casco del buque formando un ángulo oblicuo, como una rémora que se alimenta de los desechos que arroja el barco, agitando las aguas a su alrededor. Una larga fila doble de boyas rojas y blancas, que se estrecha en el horizonte, señala la entrada al canal a través de las aguas plácidas que conducen a la ciudad iluminada en el horizonte… Cuando el buque finalmente se detiene junto al muelle, Bernardo ve cómo las amarras saltan desde cubierta y serpentean en el aire, pero no hay nadie arrojándolas o alguien en el muelle para asegurarlas. Las grúas de carga se yerguen en la silenciosa noche como petrificados dinosaurios de cuellos larguísimos por encima de los tinglados de los almacenes y el patio abarrotado de contenedores, pero no ve estibadores ni vehículos estacionados que pudieran pertenecer a los empleados de las agencias navieras o a los oficiales de inmigración que esperan la llegada del buque. Sin embargo, cuando abandona la cubierta y desciende la escalerilla hasta el muelle, se encuentra con un taxi amarillo esperándolo. Al menos hay un chofer, un negro con un cuello grueso y arrugado, que no dice una sola palabra ni se vuelve para mirar a Bernardo mientras lo conduce a la ciudad, y cuyo rostro parece no reflejarse en el espejo retrovisor del vehículo. Dejan atrás los barrios empobrecidos que rodean el puerto, las calles oscuras y los edificios miserables, sin tráfico ni peatones. Dejan atrás también un pequeño y desvaído edificio con focos colgando de cables en torno a la entrada y a lo largo del techo, cuyo estacionamiento se encuentra atestado de obreros morenos vestidos con camisetas blancas que sostienen vasos desechables y botellas envueltas en bolsas de papel. Siguen adelante y todo vuelve a estar oscuro como antes, pero ahora el taxi avanza solo, sin chofer; seguramente el taxista debe haberse bajado para unirse a los morenos aquellos. Un pánico silencioso inunda su pecho. El taxi se detiene junto a la acera, y Bernardo abre la puerta y se apea y el taxi sin conductor se aleja. Se encuentra en Bourbon Street, en Nueva Orleans, por supuesto; ya ha estado ahí antes. Pero todo parece estar cerrado, aunque aquí y allá alcanza a ver letreros de neón iluminados por encima de la acera; sus colores atenuados por la neblina que flota sobre la calle y las espirales de vapor plateado que surgen de las farolas. Pasa frente a una larga fila de restaurantes, bares y comercios cerrados, y frente a carteles con imágenes de mujeres desnudas. Ahora no siente ni felicidad, ni tristeza, ni espanto, ni bienestar, aunque sí le alegra no haber tenido que pagar por el taxi. Y tiene una erección tenaz. El barco partirá en unas horas; no tiene mucho tiempo para disfrutar su permiso en tierra, eso es en lo que está pensando. Encuentra un bar con la entrada abierta, letreros luminosos que anuncian marcas de cerveza, una rocola, vasos y botellas alineadas sobre estanterías detrás de la enorme y desierta barra. Toma asiento frente a ella, pero no hay ningún cantinero. Se contempla a sí mismo, vestido con sus ropas limpias y flamantes, con aquella erección imposible e insaciable y, no obstante, muy placentera, y la expresión paciente y satisfecha de haber logrado encontrar, al menos, un lugar que sí estuviera abierto. Al cabo de un rato, se levanta y va detrás de la barra y se sirve un tarro de cerveza de barril que lleva hasta su lugar, donde vuelve a sentarse para beberla despacio mientras contempla la lúgubre calle teñida de luces de neón. Se da cuenta de que está a punto de comprender algo; que algo en lo que él siempre ha creído en realidad no es verdad. Puede sentirla en su pecho, esta nueva certeza que no logra expresar en palabras, despuntando angustiosamente...

Un sapo, una oreja, un gusano, un espasmo, una bestia, un contrabandista del mercado negro, un especulador, un pato: el holandés era dueño de una ferretería con una vivienda anexa, cerca de la entrada al puerto de Corinto, y la turba llegó y pintarrajeó las paredes con insultos, y luego se pararon ahí en la calle a gritar y a corear los insultos a todo pulmón. Y el holandés salió de su casa y atravesó aquella muchedumbre con la mirada en alto, con el rostro y hasta la calva enardecidos por la ira y la humillación, como un sacerdote al que han obligado a colgar los hábitos. Caminó hasta la playa, seguido por el escarnio de la muchedumbre y la excitación de los chiquillos, entre los que se encontraba Esteban, y una vez allí el holandés arrastró por la arena un bote de remos y lo botó al agua sin siquiera quitarse los zapatos o arremangarse los pantalones, y subió a la embarcación y comenzó a remar. Mientras se hallaba aún cerca de la orilla se veía ridículo: un holandés furibundo que remaba con movimientos exagerados, pero en cuanto más se empequeñecía su figura a la distancia, más parecía aumentar su tenaz dignidad. Todos los presentes lo miraron hasta que se convirtió en un punto diminuto en el ocaso, y el cielo inflamado de colores pareció anunciar su radical resistencia. Y cuando la noche se tragó al holandés, hasta el mismo mar pareció estremecerse lleno de preocupación contrita. Esteban había visto todo aquello como una especie de acto de magia, algo desconcertante, y esperaba ardientemente que algún barco que pasaba por la zona o una barcaza de pescadores hubieran finalmente recogido al holandés, o que por lo menos el hombre hubiera podido llegar a una isla antes de toparse con una mina. Pero incluso en ese entonces supo que debía guardarse para sí esos pensamientos y no decirlos delante de sus tíos, que acusaban a la turba de haber cometido un asesinato; sus tíos, que eran unos modestos bisneros, acaparadores de dólares, especuladores y traficantes del mercado negro, igual que el holandés. Ése fue el año en que la CIA sembró minas en el puerto, haciendo volar aquel carguero japonés y ese otro de bandera panameña, igual que éste, además de atacar e incendiar los tanques de almacenamiento de combustible, cuyas flamas y humo negro llenaron el cielo como si hubiera ocurrido una erupción volcánica.

Él remaría hasta el mar abierto, como había hecho el holandés. Luego se quedaría ahí sentado en el bote salvavidas hasta que un barco de verdad pasara –como seguramente le había sucedido al holandés– y lo recogieran y le dieran trabajo: de lavaplatos, de lo que fuera… ¡Y así podría continuar con su vida sin más! El *Urus* dispone de un bote salvavidas, y de otra cubierta de embarco, en donde se supone que tendría que haber un segundo bote. No era como que sus compañeros iban a necesitarlo pronto, ¿verdad? Una tarde, a las pocas semanas de haber llegado, el capitán Elias ordenó de pronto un simulacro de salvamento. La tripulación se había pasado buena parte de la jornada reparando los oxidados y pegados tornos que movilizaban los pescantes del bote salvavidas de proa a popa sobre la cubierta… ¡y finalmente lo habían conseguido! Siete marineros rasos, contando a Esteban, con las manos y los brazos y las ropas negras de tibia grasa lubricante, se apretujaron dentro del bote salvavidas, como risueños astronautas aguardando nerviosos el despegue. Pero el capitán se quedó ahí nada más mirándolos, con la palanca de liberación en la mano y los ojos entornados con una expresión semejante al desprecio, y los delgados labios curvados en una sonrisa burlona que parecía sujetarse a sus mejillas con clips de metal, hasta que un silencio agobiante, más pesado que el agua, llenó el bote. ¡El capitán Elias, que siempre era tan correcto, tan amable! De pronto Esteban se vio acometido por una rabia impotente, semejante a las náuseas que preceden el vómito, pues de golpe comprendió que la única razón por la cual el capitán Elias les había ordenado que se subieran al bote era porque se hallaba molesto y aburrido y había pensado que sería divertido verlos ahí sentados, como si al hacerlo confirmara la idea que él tenía de ellos. Pero la tripulación se había mostrado entusiasmada y dispuesta a probar el bote porque ellos también se sentían molestos y aburridos, ¡y por lo menos habían conseguido reparar los tornos! Pero entonces el capitán Elias les dijo con frialdad que ya estaba bueno. ¿O qué, pensaban que realmente estaba dispuesto a botar el salvavidas? ¿Y cómo iban a subirlo de vuelta al barco? ¿Acaso querían zambullirse en aquella agua asquerosa, nadar en ella y tener que izar solos el bote salvavidas y colocarlo en su sitio? Y se dio la media vuelta y soltó una carcajada breve y aguda. Los hombres permanecieron sentados en el bote, pasmados por la humillación, como si cada uno de ellos estuviera preguntándose a sí mismo cómo podría recobrar de inmediato su orgullo, sin que ninguno pudiera hallar respuesta a esta pregunta. Y, finalmente, sin decir otra cosa más que unas cuantas maldiciones proferidas en voz baja, fueron bajando todos del bote, uno por uno...

A veces, cuando Esteban está solo en el camarote y seguro de que Bernardo se encuentra ocupado en la cocina o realizando algún otro trabajo, busca en su maleta y saca la sucia calceta verde que ahora es su prenda más limpia e intacta, y la cual ha sacrificado para esconder en ella su reloj de pulsera. Cuando no están presentes el capitán ni el primer oficial, es el único reloj que aún funciona a bordo, pues los dos relojes que la anterior tripulación dejó no sirven por ser eléctricos. Se trata de un pequeño reloj de pulsera de Mickey Mouse, con una correa de plástico roja, y a pesar de que aún funciona, Esteban nunca hizo nada para ajustarlo a la zona local después de haber llegado volando a Nueva York. A veces se queda mirando la hora como si ésta fuera un interesante insecto que se agita en la palma de su mano. Normalmente se echa de espaldas en la cama y sostiene el reloj muy próximo a su cara, y acerca su nariz y sus labios a la pulida superficie de la tapa posterior de plástico, que no guarda ningún olor o sabor de ella, a pesar de todo el tiempo que lo llevó pegado a su piel antes de regalárselo. Igual que el tiempo que marca y que transcurre siempre hacia delante, el reloj tampoco conserva ni una sola huella de su propietaria. A veces Esteban deja que pase más de una semana antes de volver a sacar el reloj para contemplarlo. A veces sólo mete la mano a la maleta, aprieta el calcetín entre sus dedos y pasa el pulgar por la dura superficie del pequeño objeto que se encuentra dentro.

A veces llovizna durante días enteros, con el cielo convertido en una fría y lóbrega esponja que se deshace sobre el barco y que forma charcos helados en el interior de sus camarotes. Los hombres extrañan los cálidos y repentinos chaparrones veraniegos que caían como martillazos sobre el navío; extrañan los truenos y los rayos que les hacían sentir como si se encontraran en medio de una tempestad marina, a bordo de un barco tan resistente que ni la más fuerte de las marejadas lograba levantarlo o hacerlo bambolearse.

A veces también divisan halcones y cernícalos que vuelan en

círculos: motas claras pero de colores indefinidos en lo alto del cielo. Jamás han visto que ninguno descienda hasta la cala, aunque sí lo hacen más lejos, en el horizonte cubierto de edificios, más allá del puerto. Y sobre el cielo de Brooklyn regularmente observan lejanas y apretadas bandadas de palomas que ascienden y descienden como papalotes gigantes. La mierda de las gaviotas les llueve encima todo el tiempo.

Algunas noches, Esteban escucha el seco estallido de los disparos a lo lejos, y piensa entonces en las emboscadas que duran lo que tarda en desplomarse una columna de cadáveres, en el tiempo que se requiere para que una columna de soldados apretujados en un camión se convierta en un muro inmóvil de acero desgarrado y retorcido, humo, sangre y gritos…

Ninguno de ellos es la misma persona que llegó ahí en junio, ni por fuera ni mucho menos por dentro: el tiempo los llena como el aire estancado de un sótano infestado de hongos.

Un barco muerto, una mole de hierro inerte a la que provocativamente se le ha dado forma de barco, no alberga sueños confortables sino a quince marineros jodidos que tiritan de frío mientras tratan de dormir. Todas las noches emprenden idénticas marchas forzadas a través de los mismos paisajes interiores de placeres evocados, imaginados y reinventados, y que en su mayor parte tienen que ver con el amor. Pero incluso las escenas amorosas más placenteras y excitantes y aparentemente reales resultan cada vez más difíciles de revivir a fuerza de visitarlas; y aunque ellas siguen sonriendo tentadoramente como si nada hubiera cambiado, sonriendo como si realmente quisieran que nada hubiera cambiado, y tal vez hasta se mienten a sí mismas y niegan que ya están aburridas y que ya no desean ser tocadas por las manos callosas de su marinero solitario, y dicen «mañana será otro día» para entonces las cosas están aún peores, y se apagan, se muestran frías y reacias y finalmente aburridas hasta la exasperación; y te rompen un poco el corazón, cuando ya no consigues infundirle una vida espectral a tu escena de amor favorita. Y entonces no te queda más remedio que recurrir a algo más, a alguien más...

Pero el insomnio es también como tener a otra persona ahí acostada a tu lado en la cama, ¿verdad, Esteban? Sos vos, vos mismo, haciéndote compañía. Tu mente bien despierta a tu lado, mientras intentás darle la espalda y enterrás tu rostro en la colchoneta apestosa, tu cuerpo exhausto de tanto estar exhausto. El insomnio es una mujer que yace completamente inmóvil junto a ti mientras te revuelves y das vueltas, Estebancito; una mujer que en ocasiones extiende su mano seca y fría y acaricia tu pene con tanto sigilo que ni siquiera el viejo que duerme con los ojos abiertos se da cuenta. O a veces extiende su mano y te toca el hombro, extendiéndola desde aquella luminosa habitación pintada de amarillo en León, la habitación que ella comparte con su hermana, Esteban, aunque al mismo tiempo ella se encuentre aquí contigo a tu lado. Es de noche, mañana hay escuela, y escuchan el programa de radio de *El Amante Loco de la Loma*. Por cierto, dicen que a pesar del varonil y untuoso acento castellano de su voz, el famoso Amante Loco de la Loma es en realidad un enano español que llegó a León con un circo mexicano y que al final decidió quedarse a vivir ahí. ¡Pero qué voz la suya! En cierta ocasión, ella le contó a Esteban que sólo de oírla las chicas temblaban y sonreían. ¡Atención todos los hombres, escuchen lo que El Amante Loco de la Loma va a decirles! Las mujeres no quieren saber nada de sus reproches, de sus celos, de sus pensamientos enfermos; eso guárdenlo para la cantina, compañeros, o para las canciones tristes que van a escribir y luego ponerles música y fingir después que no les pertenecen. La mujer quiere alegría, felicidad, placer; y si les dice que quiere que sean hombres modernos, que quiere que le abran la puerta a la jaula que llevan en el pecho para que todas sus quejas, preocupaciones y desgracias salgan brincando, chillando y revoloteando, ¡no les hagan caso, manos! Escuchen al Amante Loco, que él nunca se equivoca; nunca ordeña la pata que no toca, ni amputa la vaca equivocada, ni poliniza el tren que no le toca, ni aborda la flor equivocada, y ahora escuchemos este maravilloso bolero de Bola de Nieve... La Marta está sentada sobre la cama, peinando y peinando sus cabellos mientras suena el bolero, y frunce el ceño con solemnidad mientras se obliga a recordar a los valientes y jóvenes compañeros que luchan en los frentes, mientras que su hermana, sentada en la cama de enfrente con un libro de ejercicios sobre el regazo, usa la goma de su lápiz para borrar suavemente alguna ecuación que no le ha salido bien. Las dos hermanas llevan puestas para dormir camisetas muy grandes y holgadas, y últimamente Esteban se permite saborear brevemente la curva lisa y robusta de aquellos muslos desnudos que se prolonga hasta aquella hendidura sombreada: un brillante centímetro de cicatriz sobre su reluciente pantorrilla, como un presagio, entre el suave vello marrón de ángel. ¿Cuánta vida nos queda, hermana? ¿Cuántos días y cuántos meses nos restan, a ti y a mí? Sucederá veintitrés días después del asunto del amor verdadero. ¡Shhh! ¡Grosera! Buenas noches, ya apagá la ridiculez esa del Amante Loco. ¿Crees que está diciendo la verdad? Dejá la luz encendida para que Esteban pueda vernos. Él no la necesita. Su cerebro y sus pulmones están llenos de luz…

Esteban aparta las mantas y se incorpora jadeando en el aire helado. Nunca se lo ha contado a Bernardo; nunca se lo ha contado a nadie del barco: acerca de aquel BON Pesadilla conformado por voluntarios de León, acerca de la Marta y de su hermana. Una vez le contó al viejo de Ana, la perra pastor alemán que usaban para rastrear, pero el viejo se puso todo histérico y Esteban juró que nunca volvería a hablarle de la guerra.

Está sentado en el borde del colchón y se amarra las botas con cable eléctrico en vez de agujetas. Un instante después cruza el breve corredor hacia la cubierta y contempla las luces de los aviones lejanos que se dispersan como gotas de mercurio hacia los rincones más distantes de la noche. Un helicóptero se dirige a los resplandecientes rascacielos, abandona su inútil búsqueda de alguna señal de vida en el *Urus* y de su tripulación sepultada en algún punto de sus negras entrañas. El trueno distante de otro avión de pasajeros que se dispone a aterrizar. El cielo nocturno siempre está ocupado, siempre está despierto también.

2

ENCONTRARON UN ESQUELETO DE RATA AL FONDO DEL DEPÓsito de agua la primera vez que lo bajaron para llenarlo en el grifo que había al pie del muelle; eso explicaba por qué todos menos Panzón y Milagro se enfermaron durante aquellos primeros días de junio, incluso el capitán Elias y Mark, aunque seguramente *ellos* sí acudieron al médico. El capitán Elias les trajo un recipiente de plástico lleno de un líquido semejante al agua y casi tan insípido como ésta, pero aquel remedio sólo consiguió empeorarles la diarrea y después los dejó estreñidos por tres días. Para entonces ya se han dado cuenta de que, en ocasiones, Mark se dirige al capitán llamándolo «Doctor» con un toque de afectuosa burla. El capitán Elias parece dominar casi todos los aspectos del funcionamiento mecánico del barco, mientras que Mark, el primer oficial, da la impresión de ignorarlo casi todo, aunque no pueden asegurarlo, puesto que el hombre no habla español.

Hacia el final de aquella primera semana a bordo, casi toda la tripulación tiene un apodo: Panzón, con su blanda barrigota, tan resistente que fue el único que no se enfermó por beber el agua de rata; el grandulón al que llamaban el Barbie, por la muñeca: un tipo ruidoso, feo y muy macho; el Tinieblas, con su cuerpo flaco y correoso cubierto de tatuajes carcelarios y un vívido escorpión en cada antebrazo, que habla siempre en susurros como si estuviera al acecho desde algún rincón oscuro; Cebo, siempre afable y de buen carácter, con su cuerpo de Adonis por tantos años de bucear a pulmón en el mar en busca de langostas; nadie sabe bien por qué a

Tomaso Tostado se le ocurrió llamarlo así, pero todo el mundo se carcajeó al escucharlo y el apodo pegó; luego estaba el Faro, aquel tipo que usaba lentes y que se la pasaba sonriendo y asintiendo a todo lo que los demás decían; Bonnie Mackenzie, el Buzo, con su piel que parecía un traje de neopreno de buceador; Cabezón con su enorme testa; Chávez Roque, Roque Balboa; Caratumba, el único guatemalteco; Pimpollo, el agraciado y joven electricista; Canario... A Esteban trataron primero de ponerle Rambo, luego el Piricuaco, o el Piri, que quiere decir «perro sediento de sangre humana» y que era como los hondureños sabían que la contra llamaba a sus enemigos en Nicaragua, pero ambos apodos siempre lo ofuscaban y entristecían, y más tarde le pusieron el Nieto, porque era como el nieto del viejo, pero ese nombre tampoco funcionó, tal vez porque a Esteban no se le pegan los apodos (aunque en su batallón BLI sí tuvo uno que le hacía sonrojarse y sonreír como loco...). Y por último estaba Tomaso Tostado, que con un nombre así no necesita ningún sobrenombre. Bernardo es simplemente el viejo, y José Mateo, el cocinero a secas.

A lo largo de aquel primer mes, el capitán Elias y el oficial Mark aún acudían diariamente al barco, incluso los domingos, para dirigir y colaborar en las tareas de reparación. Ambos trabajaban con la tripulación desde la mañana hasta el anochecer, y a veces hasta más tarde aún, y la entrega que manifestaban en las labores de reparación del barco introducía un elemento de urgencia y de optimismo: tenían prisa. No podían tardarse todo el tiempo del mundo. Las cuotas de amarre del puerto le estaban costando una fortuna al propietario de la embarcación. Pero pronto zarparían. Y a gatas, bajo el sañudo sol, los marineros rasos raspaban, lijaban, rallaban y fregaban la cubierta con cepillos de púas, y lo mismo hacía Mark, derritiéndose en sudor, con la expresión adusta y las muecas silenciosas de un reo que cava un túnel con las uñas para escapar de la prisión. Cables de extensión y conductos neumáticos que subían desde el generador y las compresoras instaladas en el muelle alimentaban las pocas lijadoras de disco, los cinceladores, las esmeriladoras y los sopletes que usaban por turnos, así como las lamparillas que les permitían trabajar bajo cubierta. A lo largo del día, los chillidos industriales de las herramientas embistiendo el acero ensordecían sus oídos y sus dudas. El capitán Elias, los electricistas y los mecánicos se sumergían en la sala de máquinas y batallaban contra aquel bosque muerto de generadores y cables quemados hasta las raíces, apiñados en torno a la pequeña biblioteca del capitán, constituida por unos cuantos y maltrechos manuales de electricidad y de mecánica, todos manchados de grasa...

El capitán Elias y su primer oficial siempre desconectaban el generador y la compresora en el malecón y se llevaban consigo la llave cuando se marchaban de noche, con Milagro en el asiento trasero del Mazda. Mark, cuando viene solo con Milagro –porque el perro le pertenece a él–, llega a bordo de un Honda color maíz. ¿A dónde van por las noches? ¿Dónde viven? *En la ciudad*. El capitán Elias cuenta que su esposa es artista y profesora en la universidad.

—Artista antes que nada –lo escuchó decir Esteban en una ocasión– y profesora después; y aunque me ama, esposa en tercera instancia, aunque próximamente todo apunta a que ocuparé el cuarto lugar...

La esposa del capitán está «esperando un bebé». El capitán dice que el vientre de su mujer «parece un melón». Mmmm, qué rico. ¿Por qué al capitán no se le ocurre traerles unos cuantos melones? Aunque fuera uno. Sería maravilloso comerse un melón.

A veces, cuando está de humor, el capitán Elias muestra curiosidad por sus hombres y educadamente les hace todo tipo de preguntas acerca de ellos mismos, mirándolos tiernamente a los ojos con gran atención mientras le responden. Y a veces es la tripulación la que le hace preguntas a él. El capitán Elias cuenta que su padre es inglés y su madre griega, y que ha vivido principalmente en Londres, y también aquí en Nueva York, y por toda Latinoamérica, incluso en el Amazonas, y que es por eso que habla tan bien el español. Estudió ingeniería mecánica, ingeniería naval y diseño de buques antes de dedicarse a la navegación y a la formación de oficiales en una academia náutica en Grecia. También estudió medicina en Londres por un tiempo. Ha probado una gran cantidad de cosas, y es un hombre muy educado y con mucho mundo. Ésta es la segunda vez que lo contratan como capitán. Dice que algún día le gustaría abrir un restaurante griego de categoría en Nueva York, y tener su propia flota de buques de carga, y todos los años pasar parte del invierno en el Egeo, y los veranos en Wiltshire, el campo de los ingleses. A Mark, las preguntas personales siempre le hacen poner cara de pocos amigos; nunca les cuenta nada por iniciativa propia, y se escuda en su falta de dominio del español. Pero a pesar de ello, la vida privada de Mark parece ser un tema de conversación recurrente entre él y Elias, pues el capitán parece estar siempre dándole consejos que Mark acepta de buena voluntad o con desagrado, asintiendo y sonriendo con tristeza, o frunciendo el ceño o haciendo muecas. Cuando el capitán se dirige a Mark, le habla muy deprisa y hace gestos bruscos con las manos, con sus vivaces cejas uniéndose por encima de sus ojos súbitamente convertidos en dos rendijas; y a veces, cuando da la impresión de haberse exaltado con su propio argumento hace una pausa y después continúa con su discurso en un tono sorprendentemente agudo, casi quejumbroso, enarcando las cejas. En ciertas ocasiones, el capitán se volvía hacia cualquier miembro de la tripulación que tuviera más a la mano para traducirle lo que acababa de decirle a Mark y preguntarle su opinión al respecto, para luego reírse burlonamente del oficial, quien se ofuscaba y hacía girar sus ojos con fastidio o simplemente sonreía avergonzado. Esteban se encontraba a un lado del capitán Elias la vez que éste comentó aquello de que las mujeres no soportaban los reproches, los celos y los pensamientos enfermos de los hombres:

—Mark tiene que aprender a no quejarse enfrente de las mujeres, sin importar lo mucho que ellas lo quieran, ¿verdad, Esteban? –le preguntó el capitán. Y Esteban asintió taciturno, y se pasó el resto del día reflexionando sobre aquel consejo. Aunque no parecía aplicar a nada de lo que hasta entonces había vivido, le parecía que era un consejo que valía la pena recordar. Había algo profundamente neurótico e infeliz en el primer oficial, a pesar de que el hombre sonreía mucho y no parecía tener intenciones mezquinas, al contrario del capitán, que en ocasiones sí las manifestaba.

El capitán también cierra con llave por las noches los accesos al puente de mando, a las habitaciones de los oficiales y a las alas del castillo, aunque todos ellos han subido ahí durante el día y han visto cómo las paredes se encuentran despojadas del revestimiento de madera de teca y de los accesorios de latón que, según Bernardo, normalmente decoran las paredes de las habitaciones de los oficiales en barcos como aquél. El capitán Elias y Mark tienen allí una mesa, un par de sillas, una casetera con radio, y han instalado dos colchonetas en la cabina de controles, aunque nunca se quedan a pasar la noche. El único remanente del lujo que supuestamente había antes en la zona de los oficiales son las tres tinas de baño, casi cuadradas y revestidas de azulejos blancos y negros, cada una empotrada en el suelo de su correspondiente cuartito de baño. El capitán les ha explicado que son japonesas, y que funcionan como saunas.

—Arreglemos el problema de la electricidad, muchachos, y cuando vuelva a funcionar pondremos en marcha estos baños y entonces podremos sumergir nuestros cuerpos en estas tinas de agua caliente y vapor, como los japoneses. *Won't that* –añade el capitán en inglés, exagerando su acento acostumbrado–, *be bloody fucking marvelous?*

Así que, según el capitán, el propietario anterior del barco y sus oficiales eran japoneses. Eso explica los sacos de arroz infestado de cucarachas, la mohosa caja de palillos que encontraron en la cocina y los cajones podridos llenos de latas de sardinas herrumbrosas que dejaron en un apartado rincón de la bodega.

Desde el ala del puente por estribor alcanzan a ver todo el puerto hasta la orilla opuesta: barcos y grúas de carga de apariencia frágil en la lejanía velada por el océano; una refinería de petróleo y sus tanques de almacenamiento, chimeneas industriales, puentes, campanarios de iglesias, colinas brumosas en la lejanía. Y mirando hacia el sur, más allá de los edificios del muelle, de los tejados de las terminales y los árboles, alcanza a distinguirse la parte superior de la Estatua de la Libertad a la salida del puerto, con su brazo verde y oxidado alzado en el aire.

La primera vez que subió allí para echar un vistazo, Bernardo dijo:

—Cuando esa estatua camine, chavalo, este barco zarpará.

Y ahora el viejo no deja pasar ni una sola oportunidad para recordárselos.

Durante los meses más cálidos del verano, y hasta hace unas pocas semanas, ruidosas bandas de adolescentes negros solían aparecer por ahí a altas horas de la noche para sentarse al final del muelle, bajo la proa del *Urus*. El capitán Elias los llamaba «los *blacks*», y pronto la gran mayoría de la tripulación comenzó a llamarlos así también. Eran los únicos seres humanos que los hombres veían desde el barco de noche, aunque algunas veces también llegaban autos al terreno que se extendía detrás de las ruinas de la terminal de cereales, autos que se estacionaban ahí un rato y después partían envueltos en las temblorosas luces de sus propios faros. Normalmente, los *blacks* traían con ellos dos o más equipos de sonido, todos sintonizados en la misma estación de radio; bebían cerveza en botellas de a litro y se rolaban cigarrillos de mariguana mientras escuchaban su música aquella, estruendosa y llena de gritos. Los marineros, sentados en la oscuridad de la cubierta, donde los visitantes no alcanzaban a verlos, percibían el humo dulzón y picante de la mariguana –que a veces olía a deliciosa carne asada–, que enardecía sus sentidos y excitaba sus papilas gustativas y se entremezclaba con el olor a putrefacción del puerto, el olor a hojas de tabaco quemadas, el sonido de la música y los graznidos, las risas y los discursos a gritos del disc-jockey. ¡La vida de la gran ciudad y el sexo, ocurriendo ahí mismo, bajo sus propias narices, en el muelle! La tripulación trataba de evitar cualquier mención a la noche aquella en que abandonaron el barco y atravesaron Los Proyectos para llegar a Brooklyn… y confirmar que las advertencias del capitán Elias estaban justificadas; les deprimía hablar de aquello, de la humillación que sufrieron y el avasallante terror que sintieron y que aún visitaba sus mentes en forma de fogonazos cada vez que pensaban en aquello, o cada vez que imaginaban la posibilidad de bajar la escalerilla para tratar de unirse a las fiestas que los *blacks* celebraban en el muelle. A veces los negros fumaban otra cosa en pequeñas pipas que colocaban ante sus labios como pequeños silbatos de juguete, aunque aquel olor no les llegaba. El capitán Elias decía que era *crack*, y por las mañanas a menudo se detenía a patear distraídamente al agua las pequeñas ampolletas de vidrio en las que venía la droga.

Cuando los *blacks* abandonaban el muelle de madrugada, alejándose con sus aparatos de sonido al hombro como si fueran metralletas de alto calibre, tenían la costumbre de detenerse ante el casco del barco y arrojarle las botellas de cerveza vacías. Y ya fuera que los marineros siguieran en la oscura cubierta, o que ya se hubieran retirado a descansar, de cualquier forma oían el ruido de las botellas estrellándose como lejanos estallidos desde la cumbre de una montaña; aquellos sonidos les recordaban el inmenso vacío de metal sobre el que descansaban. Y el silencio que posteriormente se hacía cuando los negros se marchaban acentuaba la sensación de abandono que sentían.

El calor y el sol ardiente del mediodía persistía lánguidamente en el comedor y los camarotes por la noche, como un febril paciente invisible, así que los hombres preferían cenar afuera, sentados a lo largo de las cuatro brazolas de la escotilla de carga más próxima al castillo, de espaldas a la bodega abierta, casi todos ellos descalzos y con los torsos descubiertos a pesar de los mosquitos. Pero muy rara vez se quitaban sus pesados pantalones impregnados de pintura, sudor, grasa y cochambre, pues despreciaban un poco a los hombres que llevaban pantalones cortos –aunque a veces Mark y el capitán los usaran–, y no se diga a los que se paseaban por ahí en calzoncillos carcomidos; y, de cualquier manera, la mayoría ya no usaba ropa interior. Aún les quedaban cuchillas de afeitar, que compartían entre todos, pero las usaban y reusaban con moderación cuando se afeitaban con agua fría y jabón al pie del muelle; sólo dos veces desde que llegaron el capitán Elias ha recordado traerles una bolsa de maquinillas de plástico desechables. Constantemente les manaba sangre de las heridas que se producían en el rostro al afeitarse con aquellas cuchillas desgastadas. Se lavaban a diario, pero era como si la piel se les estuviera revistiendo de una película resistente al jabón y al agua. Para finales del verano ya no les impresionaba el aspecto que cada uno de ellos ofrecía a la vista de los demás: ojos cada vez más tristes, con las greñas enmarañadas y sucias como cadáveres recién salidos de sus tumbas.

En una ocasión trabajaron hasta bien entrada la noche, y para cuando la cena estuvo lista, los *blacks* ya se encontraban instalados en el muelle. Bernardo se encargó de traer de dos en dos los platos metálicos de la cocina, y hasta el final trajo el suyo y el del cocinero. Comían arroz con chícharos de lata freídos en aceite vegetal, y sardinas, de platos que acomodaron sobre sus piernas, cuando la primera botella de la noche fue a estrellarse sobre la cubierta, muy cerca del lugar en donde ellos se hallaban sentados. Se quedaron mirando los trozos pulverizados de vidrio, que brillaban sutilmente. Algunos se levantaron de sus asientos con sus platos en la mano, maldiciendo entre dientes. Segundos más tarde una nueva botella se hizo añicos contra una de las ventanas del puente de mando, con un estrépito que sonó como el tintineo de un puñado de monedas arrojadas con fuerza al suelo.

Así que, a partir de entonces, a los cotidianos bombardeos de mierda de gaviota se sumaba el problema de las botellas que llovían del cielo. Y ahora la tripulación no podía quitarse los zapatos o las botas ni siquiera de noche, y sus pies ardientes y adoloridos se quejaban indignados.

Después a los *blacks* les dio por organizar competencias, para ver quién de ellos lograba atinarle a distintas partes del barco con sus botellas, apuntando sobre todo al puente y a los palos. Las arrojaban tan alto como podían, describiendo arcos que se elevaban por encima del casco hasta alcanzar la cubierta, y luego se ponían a gritar y a discutir sobre quién de ellos se había aproximado más al blanco. Era muy extraño estar ahí sentados, contemplando lacónicamente la nada o hablando en susurros entre ellos como acostumbraban; algunos apiñados en torno a las fichas de dominó de Pimpollo, mientras que otros se pasaban la cazuela de arroz para rascarla y obtener un puñito de «raspado»: el arroz quemado y crujiente que quedaba pegado al fondo, y que en esos meses todavía podían darse el lujo de espolvorear con un poquito de azúcar, cuando de pronto una botella se estrellaba sobre el puente y los bañaba de vidrios rotos o se hacía añicos contra la cubierta, y los hombres se ponían de pie apresuradamente y se cubrían las cabezas con los brazos cruzados, y Desastres, la gata, echaba a correr para esconderse. Aquello los sumía en silencios miserables o los hacía estallar en una retahíla de maldiciones, a la vez que enviaba por sus impotentes cuerpos y espíritus oleadas de adrenalina. Las botellas siempre se rompían; ni siquiera podían coger alguna y arrojárselas de regreso. ¿Qué se supone que debían hacer ellos, tirarles llaves de tuercas? En la sala de máquinas tenían unas que eran del tamaño de raquetas de tenis. Pero sin necesidad de ponerse de acuerdo, la tripulación sabía que si llegaban a gritar: «¡Oigan, dejen de arrojar botellas!», sólo conseguirían que les aventaran más. Lo bueno era que los *blacks* generalmente bebían cerveza en botellas de a litro y que los proyectiles se les terminaban pronto.

Una noche, Tomaso Tostado y Cebo juraron haber visto cómo una botella caía en picada a través de un pequeño agujero rectangular en cubierta, como de medio metro de ancho –uno de esos agujeros que aún no habían parchado y soldado–, y los dos al mismo tiempo oyeron cómo la botella se rompía y chapoteaba contra el fondo inundado de la bodega, haciendo un ruido tan apagado que aquellos que no la vieron ni siquiera levantaron la cabeza ni preguntaron: «¿Qué fue eso?».

Cuando los *blacks* se hallaban en el muelle, la tripulación evitaba pararse junto a la barandilla y conversaban casi en susurros. Hasta donde ellos sabían, los *blacks* no tenían idea de que hubiera alguien a bordo del barco, o al menos no parecía importarles si así era. La escalerilla permanecía levantada, el barco sumido en el silencio y la oscuridad, un barco muerto camino al deshuesadero, un ejercicio de tiro al blanco, una más de las ruinas de aquel puerto. Aunque también había noches en que los *blacks* no se dedicaban a arrojar botellas, o por lo menos no lo hacían contra la cubierta del barco.

A veces los negros se entregaban a largas y casi serenas fiestas de baile, cuyo extático ritmo extinguía la furiosa vehemencia de su música, justo como el sol disipa la bruma. Los hombres –incluyendo a Bernardo algunas noches, pero nunca al cocinero– trepaban los nueve peldaños de las dos escalerillas de metal que conducían a la parte superior de la cubierta de proa, avanzaban a gatas hasta alcanzar el trancanil y asomaban sus cabezas por la borda, lo suficiente para poder observarlos. Eran bailes hipnóticos y hermosos como los que danzarían las arañas, a menudo cargados de perversidad. Las chicas se restregaban cadenciosamente las ingles al compás de aquella música, a la vista de todos, mientras extendían y agitaban sus brazos libres, y los chicos por su parte adoptaban, una tras otra, poses impactantes, sexuales o mágicamente robóticas, y parecían cuerpos que trataban escapar de sí mismos para transformarse en otros cuerpos. Y también estaban los bailes que asemejaban extravagantes juegos de rayuela, con pasos espectaculares, saltos, deslizamientos y más saltos y brazos que no dejaban de sacudirse. Algunos de los negros lucían cortes de pelo fabulosos, con dibujos y hasta palabras que parecían marcadas con hierro ardiente sobre sus cráneos afeitados; las chicas llevaban los cabellos trenzados como cordones y tentáculos. Vestían camisas sin botones, enormes y holgadas, que ondeaban como túnicas árabes cuando bailaban, y chaquetas deportivas abiertas para lucir los esbeltos y musculosos abdómenes y tórax; algunos iban sin camisa y lucían destellos de oro, tenis de basquetbol como los que usaba Mark, gorras de beisbol con las viseras hacia los lados o hacia atrás; algunas de las chicas lucían blusas sin mangas y vestidos cortos muy ajustados, y el resplandor pardo de sus miembros desnudos y sus hombros destacaba contra las aguas negras y la noche. Gafas de sol en plena oscuridad.

Pero una noche, mientras los marineros contemplaban el espectáculo, un muchacho que vestía camiseta negra ajustada, pantalones militares y botas de combate, súbitamente se alejó de los otros *blacks* y se acercó en silencio y de puntillas, exagerando sus movimientos como un payaso de circo, hasta detenerse justo debajo de donde estaban los marineros, y miró hacia arriba, señalándolos con su atlético brazo. Mantuvo esta postura, apuntándoles con su dedo como una estatua y enfrentándolos con indignación, por un buen rato. Algunos de los marineros se deslizaron o arrastraron hacia atrás, pero otros, incluyendo a Esteban, se quedaron inmóviles y agazapados detrás de la borda. Y entonces el muchacho aquel comenzó a gritar, furioso, bramando como loco, aunque tal vez sólo estaba fingiendo estar furioso, ladrando *fucks* y *motherfucks* y otros insultos que la tripulación no alcanzaba a comprender. Algunos de los otros *blacks* lo miraron desde el extremo del muelle y otros comenzaron a acercarse lentamente, alzando la mirada hacia donde señalaba el muchacho, y se unieron a sus gritos y carcajadas. Una botella se estrelló contra el torno del ancla, cerca de donde Canario y Roque Balboa estaban agazapados, y los vidrios les llovieron sobre las espaldas. Todos se alejaban de la borda cuando otra botella pasó silbando por encima de sus cabezas. Esteban había estado tratando de figurarse los rasgos faciales de una de las muchachas, que se hallaba en uno de los extremos del muelle. Estaba demasiado oscuro y ella demasiado lejos para ver cómo lucía realmente, pero se movía y meneaba con tanta gracia que había despertado algo en él, algo en su interior que clamaba desesperado por algo de belleza, algo de movimiento, por aquellos ojos brillantes y las trenzas que se sacudían en el aire; sí, pues, aquella chica realmente había conseguido excitarlo un poquito, hacerle imaginar una aventura romántica, que la invitaba a su camarote para después huir con ella hacia una nueva vida en la ciudad, una vida llena de baile y movimiento y sexo y todo lo demás. Pero, mirá, ella también está gritando y riéndose de nosotros; podría arrojarle una llave de tuercas en la jeta, romperle esos dientes blancos como si fueran de vidrio. En Nicaragua no nos conformamos con gritarnos y aventarnos botellas: nos matamos los unos a los otros. Y nos dan las mejores armas para hacerlo. ¿Y qué? ¿Qué tiene que ver todo aquello con esto?

Algunos de los *blacks* frecuentaban el muelle a diario, y otros venían de vez en cuando o tal vez una sola vez y ya no volvían. Pero nunca venían cuando llovía. La tripulación no podía reconocer a ninguno de los hombres que los atacaron aquella noche que trataron de cruzar Los Proyectos; el que Esteban siempre buscaba era gordo y lucía pequeñas arracadas doradas en las orejas. Pero ahora que los habían descubierto, los *blacks* comenzaron a interesarse más en ellos, e incluso parecían haber asumido la presencia muda y furtiva de los hombres del barco en las actividades que venían a realizar al muelle por las noches. Y así, casi a diario, no faltaba el que se burlaba a gritos de ellos, a lanzarles insultos que generalmente les resultaban incomprensibles, aunque a veces sí lograban distinguir una misma cantinela: «*You fucked you fucked you po' mothufucks fucked*». Hasta que el Barbie les contestaba a gritos que fueran ellos a cogerse y a mamarles los pedos a las putas de sus madres, u otra fineza por el estilo. Los *blacks* parecían saber algo del *Urus*; o por lo menos parecía que habían logrado deducir de alguna manera cuál era la situación de sus tripulantes. Pintaron con aerosol la leyenda SHIP OF DEATH en una de las paredes del silo, y otra noche alguien incluso escribió en español CAGUERO DE LA MUERTE. Probablemente habrían querido escribir CARGUERO DE LA MUERTE, pero se les olvidó la «r», o tal vez lo hicieron adrede así porque la tripulación usaba el silo como letrina. También cubrieron de pintas las cubiertas del generador y del compresor.

Esteban y los demás estuvieron comentando largamente aquello una noche.

—Esto que nos está pasando –dijo Esteban, tratando de imitar el tono parsimonioso, sombrío y retórico de su antiguo oficial político del BLI– les hace gracia a los negros. Pero también los enfurece. ¿Por qué? Bueno... –y su dedo índice se congeló pensativamente sobre sus labios. Chocho, ¿cuál sería la palabra dominguera que su oficial político hubiera usado para explicar esta situación?

—Porque esto que nos está pasando ahora, vos, Piri –se burló el Barbie– les hace gracia, pero también les caga tener que vivir en el mismo planeta que una bola de perdedores desgraciados que no saben cómo contraatacar. Según el sapo la pedrada, ¿no?

El cocinero gruñó.

—Eso no es justo –alegó.

Y el Faro, mirando a su alrededor con sus ojillos miopes, porque no llevaba puestos sus anteojos, asintió y exclamó:

—¡Sí, pues! ¡Venguémonos de ellos!

Bernardo, entretanto, miraba al Barbie de la misma forma en que siempre mira a quienes molestan a Esteban llamándolo Piri.

Pero Esteban seguía sentado sobre cubierta, con el dedo todavía sobre los labios, porque de pronto había recordado las palabras –*lumpen proletariado*–, pero éstas sólo le habían hecho sentir aún más desganado y distanciado de sí mismo.

—¡Toda esta mierda de vidrios rotos por todas partes! Quedarme de brazos cruzados no es lo mío– exclamó el Barbie–. ¡Omar Usareli no acepta mierda de nadie!

Así se llamaba el Barbie: Omar Usareli.

—Y por eso te la vivís lamiéndole el culo al capitán, ¿eh? –dijo Bernardo–. ¿Qué te crees vos que sos para hablar de contraatacar?

El Barbie se le quedó mirando amenazadoramente a Bernardo, y Tomaso Tostado alzó las manos para imponer la calma y exclamó:

—¡Ya! ¡Dejen de decir babosadas! ¡Hijo de la gran puta! ¡Todos estamos metidos en esto juntos!

Y entonces el bueno de Cebo sugirió que bajaran la escalerilla e invitaran a los *blacks* a conversar. Todo el mundo se le quedó mirando con la boca abierta.

—Sí, ¿por qué no? ¿Por qué no tratamos de hablar con ellos? –dijo el Faro.

—Hombre, ¿ustedes están locos o qué? –replicó Roque Balboa–. ¿Recuerdan lo que pasó en Los Proyectos? ¿Ya se te olvidó cómo perdiste los lentes?

—¡Qué mariconada! –exclamó el Tinieblas, agarrando un trozo de cadena oxidada–. Miren todo lo que tenemos aquí para darles de cachimbazos. Esa noche, en cambio, no teníamos nada.

—¿Y si uno de ellos trae pistola? –preguntó Pimpollo–. Acuérdense de lo que pasaba en la película de Indiana Yons: un maje está a punto de cortarle la cabeza con una espadota, ¡y entonces Indiana Yons saca una pistola y le dispara!

—Es cierto, vos –dijo Caratumba, el guatemalteco lacónico–. Probablemente algunos de ellos van armados.

—¿Por qué no mandamos al Buzo a que hable con ellos? –propuso el Barbie–. Él también es mandingo.

El Buzo, que estaba reclinado sobre la borda, con su rizada barba de chivo y la barbilla apoyada en una de sus manos, miró inexpresivo al Barbie por un instante y luego dijo:

—*Brother*, yo no me meto con nadie.

Ése era uno de los refranes favoritos del Buzo: hasta cuando jugaban dominó en parejas siempre estaba diciendo que él no se metía con nadie.

—No son más que unos delincuentes –dijo Bernardo.

—Vos, ¡son lumpen! –exclamó repentinamente Esteban, y todos se volvieron a mirarlo con curiosidad, esperando a que dijera algo más.

—Lumpen jodidos –añadió–. Jodidos como nosotros.

—¿Y qué? –rezongó Roque Balboa.

—¿Y qué? –respondió Esteban–. Yo lo sé.

—¿Qué es eso de lumpen? –preguntó Canario.

—Pobre Esteban –rio Panzón, dándole una palmadita en el hombro–. Seguís siendo un comunista.

Una noche, el Barbie, obsesionado con la idea de agarrar una botella y transformarla en un coctel molotov para arrojárselas de vuelta, se pasó varias horas en cubierta con la mirada atenta, clavada en el cielo, esperando cachar una botella al vuelo antes de que se estrellara. No tenía la menor oportunidad, pues no había manera de prever cuándo o dónde caería la siguiente botella, pero por poco se rompe la cara al tropezarse con un calzo. Estaban tenía la esperanza de que el Barbie se cayera en uno de esos agujeros de cubierta y desapareciera.

Al principio, cada mañana el capitán Elias interrogaba a la tripulación acerca de los *blacks*. ¿Qué hacían, qué querían, qué decían? Parecía desesperado por obtener más información, pero ellos tenían poco que añadir a lo que ya le habían contado. Obviamente, al capitán Elias no le gustaba que los *blacks* acudieran al muelle por las noches, pero Esteban se percató de que no sabía qué hacer al respecto. Advirtió, por ejemplo, que el capitán nunca dijo nada de llamar a la policía o siquiera a los servicios de seguridad del puerto. Luego el capitán dejó de preguntarles por los negros, aunque todas las mañanas, tan pronto llegaba, se iba al final de muelle pateando las ampolletas de vidrio al agua cada vez que encontraba alguna; y si descubría aunque fuera un trocito de vidrio sobre cubierta, reprendía a sus hombres por no haberlo barrido.

Se figuraban que los *blacks* venían de Los Proyectos, ese laberinto de edificios de ladrillo oscuro que comienza del otro lado del muro que rodea la zona portuaria, más allá de los árboles y de aquellas callejuelas llenas de tinglados que corren paralelas al puerto. Pocas calles atraviesan Los Proyectos, aunque hay aceras y un paseo con césped y árboles y bancas, y por las noches los edificios de ladrillo con las luces encendidas parecen prolongarse hasta el infinito en serena y misteriosa repetición. Apenas llevaban poco más de una semana «retenidos en el puerto a causa de las reparaciones» la noche que decidieron pasar por alto las advertencias del capitán. Querían conocer Brooklyn, querían salir a caminar, enviar algunas cartas, comprar cerveza. José Mateo, el cocinero, había estado en Brooklyn años atrás, probablemente por ahí cerca, y recordaba un bar cuyo dueño, un puertorriqueño, solía conducirlo a él y a sus compañeros de regreso a su barco cuando el bar cerraba sus puertas para que no tuvieran que caminar; también era peligroso hacerlo en aquel entonces. Pero ¿quién atacaría a quince marineros? Les preocupaba más toparse con la policía de Inmigración y terminar en una de esas celdas subterráneas de las que el capitán les había hablado, donde obligaban a los prisioneros a partir nueces con los dientes.

Era una de esas noches tan cargadas de humedad que sofocaban la faz de la luna. Estaban todos reunidos alrededor del grifo que había al pie del muelle y de un barril corroído, lleno de agua sobre la que flotaba una capa de jabón, suciedad e insectos: su ruinoso oasis. Se habían desnudado para lavarse, aunque a Esteban le parecía que lo único que el jabón hacía era engrasar y desplazar un poquito las capas de mugre que lo cubrían. Corrieron desnudos de regreso al barco por la escalerilla, con sus ropas echas un atado en sus manos. En el interior de sus camarotes, algunos se vistieron con sus mejores galas. La colonia de Pimpollo se llamaba Siete Machos, y le compartió a Esteban un chorrito que vertió en sus manos, que le ardieron porque las tenía llenas de ampollas. Pimpollo, con sus ojos de cachorrito, es guapo como una de esas estrellas pop, guapo como Chayanne, y parece mucho más joven de lo que realmente es; a sus diecinueve años actúa como uno de esos galanes con cara de bebé, por eso la tripulación lo llama Pimpollo. Los pantalones planchados y la camisa que brillaba como una explosión de fuegos artificiales contra el cielo nocturno se hallaban envueltos en una bolsa de plástico de tintorería, cuando el muchacho las sacó de su maleta. Sobre sus inmaculadas y blancas botas vaqueras había marcas de besos que una boca femenina untada en lápiz de labios había dejado en cada una de las estrechas punteras. Aquella mujer y Pimpollo habían estado juntos en la cama, los dos completamente desnudos, a excepción de las botas de él, cuando ella se pintó de nuevo la boca y se inclinó para besarle las botas a Pimpollo, poniéndole el chunche jugoso ahí mero en su cara, así, le contó a Esteban en su camarote, sonriendo, con las manos colocadas a ambos lados de su rostro, como si estuviera sujetando un par de nalgas invisibles, y los ojos resplandeciendo con el recuerdo y con el recuento de éste. Esteban contempló los besos en las botas y exclamó:

—¡No jodás!

Pimpollo dijo que sólo se había puesto las botas esa vez; su plan era tenerlas completamente cubiertas de besos para cuando su ruta terminara, recolectándolos uno a uno: uno por cada mujer, en cada puerto. ¿No sería algo de putamadre?

—¡No jodás!

Esteban había oído y visto muchas cosas locas en su vida, pero por alguna razón aquello le recordaba a Rigoberto Mazariego, quien se llevó a la guerra la muñeca que su novia tenía desde niña –una figura de plástico desnuda, con ojos azules de vidrio y una maraña indomable de cabellos pelirrojos–, y la llevaba con él a todas partes: cuando iba de patrulla, en combate, cuando trepaba las pendientes cubiertas de maleza, apretando la muñeca contra sus costillas con una mano y sosteniendo su AK con la otra, o arrastrándose por el suelo bajo el fuego enemigo, o en la retirada, colocando dulcemente la muñeca en el suelo a su lado cuando necesitaba usar las dos manos para apuntar y disparar. Les fue muy bien a los dos, a él y a la muñeca: nunca los hirieron, ni siquiera durante la emboscada en La Zompopera. Dormía con ella, comía con ella, se bañaba con ella. Pero ¿acaso era semejante a lo de Pimpollo y sus botas? ¿O era más bien como los tatuajes del pez y el colibrí de Otilio de la Rosa, de los que ahora se avergonzaba?

Mala suerte la de Canario: le tocó la mula, la ficha de dominó con el doble seis, y no podría ir a Brooklyn. Alguien tenía que quedarse en el barco a hacer guardia.

Decidieron tomar un atajo a través de Los Proyectos, en vez de arriesgarse a recorrer las oscuras calles desiertas, donde remotas figuras acechaban a los marineros extranjeros desde rincones sombríos para arrastrarlos hasta el fondo de aquellos callejones a punta de fusiles Uzi, ¿verdad? Pensándolo bien ahora, la ausencia de gente en las calles de Los Proyectos en una noche tan calurosa debió haberles parecido una señal funesta. Toda la animación del barrio ocurría a puerta cerrada: el aire de la noche era como una sartén en donde chisporroteaban, revueltas, toda clase de músicas: merengue, salsa, rap, reggae; voces que salían de las ventanas, una mujer que rebuznaba cansinamente: «¡Pepinoooo, Pepinoooo!», con una voz que parecía la sirena de un barco, con un acento que a Esteban le pareció cubano. Televisores, timbres de teléfono, el traqueteante runruneo de los ventiladores eléctricos, el rumor sordo de los aires acondicionados. Y abajo, en la calle, ni un alma: pura quietud y sombras. Habían echado a andar en silencio, cruzando las franjas de césped rodeadas de árboles inclinados, a través de las tenebrosas cavernas que se abrían entre los edificios de ladrillo, pasando junto a grupos de jóvenes que se encontraban haraganeando sobre escaleras cubiertas de grafiti y que se volvían para mirarlos mientras que alguien les gritaba algo desde una ventana. Y como si aquel grito ininteligible, proferido desde una ventana mientras cruzaban el hueco negro entre dos edificios, hubiera sido una advertencia, los hombres apuraron el paso y de pronto les pareció que habían sido alcanzados por un relámpago: primero escucharon una súbita y breve estampida de pasos detrás de ellos, y un instante más tarde, borrosos tubos de plomo se estrellaban contra sus carnes y huesos; segundos después la tripulación entera yacía tendida sobre la fría tierra o el césped, como si estuvieran tumbados para echar siesta, aunque con los corazones latiéndoles a martillazos. Los rodeaban unos negros y unos cuantos trigueños de aspecto latino pero con pelo de negros, uno de los cuales sostenía una diminuta pistola en el puño de su brazo extendido. *Quietos, no se muevan, cállense*: eso era lo que probablemente les estaban diciendo. Roque Balboa les gritó: «¡No disparen!», y el que se encontraba más próximo a él lo pateó en la cabeza. Pero la actitud de Roque al gritar que no les dispararan le recordó a Esteban la manera en que la Guardia obligaba a la gente a tenderse bocabajo antes de dispararles en la nuca, y enterró los dedos en la tierra y miró los pies de aquellos hombres, casi todos calzados con esos tenis enormes como los que Mark usaba. Entonces uno de sus atacantes les advirtió en español:

—Tranquilo, tranquilo, muchachos, y no les va a pasar nada.

Tenían prisa, pues pronto comenzaron a moverse como si se hubieran escabullido en el huerto de una granja para recolectar los vegetales que crecían de los cuerpos postrados; avanzaban entre ellos con sus enormes y silenciosos tenis, sacando carteras y dinero de los bolsillos, agachándose para desabrochar las correas de los relojes… Esteban vio que Bernardo, casi inconsciente, la frente chorreándole sangre, se incorporaba para tratar de ponerse de rodillas cuando uno de los asaltantes lo golpeó entre los hombros con su tubo, y Esteban saltó hacia el viejo y enseguida sintió cómo lo agarraban y le sujetaban los brazos a la espalda mientras que un muchachón con aretes en las orejas, pañoleta de pirata y un torso bofo y desnudo se acercaba a él y lo golpeaba cinco, seis veces en el vientre y en la cara y en los labios rotos y la cabeza ahora llena de vapores agrios. Después lo soltaron para que se desplomara de espaldas sobre la hierba. Todo se volvió risas a su alrededor. Alguien estaba parado junto a él, alguien con los ojos atónitos y la boca abierta en una pequeña o muda, alguien que blandía un cuchillo de acero muy cerca de su cara… Mierda, era su cuchillo, el cuchillo de Esteban, fabricado en la Unión Soviética. El que le habían permitido conservar tras su servicio en el BLI. Los asaltantes se perdieron en la noche con su cuchillo y el dinero y los relojes de los demás, incluyendo el del cocinero, de oro de ley, y su brazalete también de oro, y las cadenas y los crucifijos que los negros les arrancaron a los otros; uno incluso se largó con las botas besuqueadas de Pimpollo bajo los brazos. Y también con los cuatro billetes de cinco dólares cuidadosamente doblados que Esteban llevaba en el bolsillo, obsequio de cada uno de sus tíos. Había dejado su reloj en el camarote, pero ¡chocho! Lo del cuchillo por poco le hizo llorar. Los marineros permanecieron ahí tendidos como si una granada acabara de explotar entre ellos, como si apenas comenzaran a despertarse de un sueño mortal: ¿dónde está mi brazo? ¿Alguien ha visto mi cabeza? Esteban tenía la impresión de que no reconocía a nadie, de que no tenía la menor idea de quiénes eran aquellos hombres. Todas esas personalidades que ya habían sido etiquetadas con apodos parecían haber desaparecido también en la noche, dejando puros cuerpos llorosos y gimientes sobre el suelo, cuerpos que comenzaban a removerse y a buscar a tientas las billeteras desperdigadas, las cartas que se disponían a enviar: Mira, éste soy yo, ésta es mi identificación, ésa es mi fotografía, y estas palabras están dirigidas a mi novia, no puedo olvidar su nombre. Y ahí estaba Bernardo también, con los ojos parpadeando en medio de una máscara de sangre, apenas consciente. Esteban trató de alzarlo de los sobacos pero sus propias piernas se encontraban tan débiles y tambaleantes que terminó cayendo de culo con el viejo despatarrado en su regazo. Hijueputa, en la guerra sólo me lastimaron así una vez, y nunca perdí mi cuchillo. Se quedó ahí sentado, mirando a su alrededor, sintiendo que sus labios y su nariz eran un enorme hoyo ensangrentado en medio de su cara, con ganas de gritarles a todos que debían levantarse y largarse de ahí, que la sangre no significa nada, especialmente cuando se trata de la tuya; que era una cosa maravillosa poder sentir su gusto, sentir cómo te llenaba la boca, gordo negro hijueputa de las tetas aguadas y los aretes de maricón…

Deshicieron el mismo camino que habían recorrido para regresar al barco. Cebo y el Barbie, los dos marineros más fuertes, unieron sus brazos y manos para hacerle una especie de silla a Bernardo. Tomaron un atajo a través de un marchito campo de futbol y de un pequeño parque diagonal ubicado en uno de los extremos de Los Proyectos, y luego bajaron por una calle rodeada de achaparrados almacenes, que desembocaba en una cerca de alambre de gallinero cuya verja abierta conducía, más allá de las paredes de ladrillo, hacia un canal flanqueado por tanques de almacenamiento y árboles disecados en la orilla opuesta, hasta donde el camino trazaba una curva para dirigirse después hacia la parte trasera de su cala y del terreno baldío: era el mismo camino que habían tomado la primera noche con el Pelos en la furgoneta, aunque en la dirección contraria.

Se lavaron en el grifo y el barril del muelle. Todos esperaron su turno en silencio, mientras Bernardo yacía echado de espaldas con la cabeza directamente debajo del chorro de agua, parecido a un antiguo santo policromado que hubiera abandonado su pedestal para despojarse de sus hábitos y lavar las heridas de un martirio ocurrido hacía más de dos mil años. El agua teñida de sangre se extendía como una sábana por su rostro y su torso flaco y huesudo, se dividía alrededor de su pequeña panza protuberante y sus aguzadas caderas, y se encharcaba sobre el muelle bajo aquellos muslos que parecían hechos de madera podrida y los testículos arrugados propios de un anciano. Canario bajó corriendo por la escalerilla, piando: «¿Qué pasó? ¿Qué pasó?», aunque nomás de verlos se lo imaginó. Aquella noche algunos se fueron a la cama con las que habían sido sus mejores galas, reservadas para bajar a tierra firme, convertidas en harapos ensangrentados ceñidos a las heridas de sus cabezas, y agradecidos, por primera y última vez, de contar con el tórrido refugio que les proporcionaban aquellos mamparos de acero. Bernardo tuvo durante el resto del verano aquel chichón sucio, y el cocinero cojeó durante varias semanas a causa de un golpe que recibió en la rodilla. El Faro había perdido sus lentes, y Tomaso Tostado dos dientes de su mandíbula inferior, aunque no el de oro, que llevaba en la superior.

Al día siguiente los hombres se vieron atacados por una tristeza inconmensurable, y la apatía y la vergüenza los incapacitaron aún más que la enfermedad estomacal que sufrieron la semana anterior, provocada por haber bebido agua de rata muerta. Dejaron sus herramientas para irse a sentar a la sombra del castillo, en un estado de estupor.

El capitán Elias y el oficial Mark vieron sus rostros amoratados y heridos y se dieron cuenta enseguida de lo que había pasado, por supuesto. Y con una impaciencia rayana en el nerviosismo, y un escueto tono de severa preocupación, el capitán Elias insistió en que le contaran exactamente cómo habían sucedido las cosas. Pero los marineros ya se habían puesto de acuerdo para no decir nada. No sé. Nada. No pasó nada, con la mirada clavada en el suelo.

—¿Vieron? ¿No se los dije? –exclamó el capitán. Rio exasperado y pasó revista a cada uno de sus hombres con los ojos parpadeantes y la nariz oteando el aire como el pico de un avestruz ofendido–. ¿Y así esperan que les pague el día de hoy, muchachos? ¿Cuántos días nos hemos pasado ya tirados sin hacer nada?

Pero lo de la rata en el depósito de agua había sido culpa *suya*, y el capitán *lo sabía*. Él y su primer oficial habían llenado el depósito sin revisar el interior, sin ver aquella rata japonesa. Y aquellos primeros y achicharrantes días a bordo del barco se la habían pasado engullendo agua sin parar, despreocupadamente, pero cuando tuvieron que bajar el depósito por primera vez para rellenarlo, ahí estaba: una rata sin ojos ni orejas, reducida a un esqueleto con dientes y garras y retazos de pelambre empapada pegados a los huesos como los últimos jirones de un sudario desintegrado.

—Descansen hoy, ¿está bien? –dijo el capitán–. No hay trabajo, iniciaremos mañana. ¡Vaya, muchachos! Finalmente ya saben dónde están. A partir de ahora, será mejor que permanezcan en Panamá; es más seguro, a pesar de lo que dicen los periódicos.

¿Que *qué*? ¿Cuáles periódicos? Un momento más tarde el capitán, el primer oficial y Milagro se alejaron del muelle a bordo del Mazda. Y Bernardo dijo:

—Chavalos, zarparemos cuando esa estatua camine.

Y nadie dijo nada, ni siquiera para decirle al viejo que se callara el hocico.

AL PRINCIPIO, LA DILIGENTE CREDULIDAD CON LA QUE LOS hombres se aplicaron al trabajo esclavizante de reparar el *Urus* consternó a Bernardo. Desde la primera noche a bordo él se había maldecido a sí mismo por no tener siquiera el dinero necesario para comprar un boleto de avión que lo llevara de vuelta a casa, diciéndose con amargura que de haber tenido unos cientos de dólares en su poder habría vuelto al aeropuerto a bordo de la furgoneta del Pelos. Por las noches se imbuía en la fantasía de estrangular al pretencioso capitancito, de ver cómo le brotaban gusanos de los ojos sonrientes, de las orejas, de la nariz y la boca del pelón ese. Y con el fervor de un chiquillo rezando, deseaba que la amnesia llegara para borrar de un plumazo todos los recuerdos de aquella vida que lo había conducido hasta este punto; aunque también pensaba que tal vez la amnesia nunca socorre a los viejos que desean olvidar, y que sus brumas voraces sólo devoran a los que atesoran demasiados recuerdos, como buitres que prefieren una vaca bien gorda por encima de un topo chupado.

Los muchachos no tenían la menor idea de lo que era un barco de verdad, un capitán de verdad, y actuaban como si no les quedara otra opción que la de creer que el barco zarparía cuando estuviera reparado. ¡Mirá todas las herramientas a bordo! ¡El centenar de latas de solventes, de pintura base anticorrosión, de barnices y esmaltes! ¿Para qué es todo esto entonces, viejo? ¿Por qué otro motivo nos traerían aquí?

Bernardo no podía responder. Se devanaba los sesos pero no se le ocurría una explicación. Y conforme fueron transcurriendo las semanas y luego los meses, Bernardo sería cada vez más consciente de que los vientos negros del desastre cobraban fuerza invisible durante la noche, alistándose para barrerlos a todos ellos como migajas de la superficie de una mesa, hasta que finalmente cesó de imaginar cuál podría ser *el motivo*, en tanto que los hombres se iban mostrando cada vez más renuentes a dudar de lo prometido. Como si sus esperanzas encalladas y su pesimismo acabaran por llevarlos a la misma conclusión: de que estaban más dispuestos a morir en este barco que volver a sus hogares, aún endeudados, después de todos esos meses pasados en el mar y sin otra cosa que mostrar más que su inocente credulidad, abierta en su pecho como un enorme y sangrante boquete producido por tiburones.

En el comedor de la embarcación ni siquiera había una mesa. Usaban como letrina el interior del silo, al que accedían a través de una puertecita rota en la parte posterior. No tenían lavadora ni secadora de ropa, ni botas de trabajo ni overoles para la tripulación, ya no digamos uniforme para el camarero. Sí, les habían dado un par de docenas de guantes de trabajo, pero la mayoría se rompió pronto y nunca fue reemplazada. El capitán Elias ni siquiera les había dado a firmar un contrato de embarco, cosa que tendría que haber hecho desde el primer día que abordaron el barco. Pero los muchachos no sabían nada de contratos, ni comprendían que los convenios que habían firmado en Nicaragua y en Honduras eran poco más que boletos de resguardo de equipaje con destino a Nueva York; boletos que decían algo como: «Aquí está la tripulación que Constantino Malevante ha conseguido, y aquí están, más o menos estandarizadas, las cláusulas de empleo que el capitán tendrá que legitimar, según las leyes marítimas, mediante contratos de embarco si es que desea reclamar legalmente a estos hombres». Pero ni siquiera el cocinero se había quejado, e incluso había dicho:

—Hace más de veinte años que no te hacés a la mar, viejo. Las cosas han cambiado. Ahora recortan los gastos en todo, las ganancias ya no son lo que antes, y ya ni siquiera podés *esperar* saber cómo se llama el dueño de tu embarcación. Es cierto que nunca he visto un barco peor que éste, pero ahora los empresarios se salen con la suya siempre –dijo, y se encogió de hombros con su habitual y lacónica expresión dura–. Pero no es como que estamos aquí trabajando para convertir este barco en un autobús, ¿no? Es un barco; tendrá que pasar inspecciones, y además tendrán que pagarnos si quieren que zarpe.

El tercer viernes a bordo, el capitán Elias les permitió dejar el trabajo antes del anochecer pues tenía un anuncio que hacerles: habría una junta y, ¡sorpresa!: una parrillada. Mientras guardaban las herramientas y enrollaban y acarreaban los cables, el capitán y el primer oficial bajaron al Mazda y al Honda –aquel día cada uno conducía su propio auto– y subieron un asador con ruedas por la escalerilla, y luego varias bolsas de papel estraza llenas de víveres: delgados, grasientos cortes de carne de res que rezumaban sangre en sus empaques de supermercado, mazorcas de maíz fresco, recipientes de plástico que contenían algo llamado «*potato salad*», enormes hogazas de pan, galletas Oreo, tres botellas de salsa habanera verde, producida en México, y dos hieleras llenas con latas de soda y de cerveza. En aquellos días, los oficiales todavía suministraban carne para las comidas de la tripulación: paquetes de finas y grises chuletas de cerdo, salchichas, muslos y vísceras de pollo, pequeños pescados empaquetados con todo y tripas y huesos. Vegetales enlatados. Las cámaras frigoríficas no funcionaban, por supuesto: no eran más que casilleros caldeados y fétidos, de modo que todo alimento perecedero tenía que ser consumido el mismo día que lo traían a bordo. Todo lo que sobraba se lo comían las ratas, que registraban el comedor por las noches y devoraban todo lo que podían roer sin romperse los dientes: hasta las manecillas del reloj, por lo visto.

Así que aquella parrillada era un evento especial, y la tripulación la tomó como una señal de que el capitán Elias se hallaba satisfecho con sus progresos después del lento inicio. Pensaron que en la junta se valoraría de forma optimista el trabajo que aún restaba por hacer y que, sin lugar a dudas, el tema de sus salarios saldría a colación. Sabían que para ese entonces, al término de sus dos primeras semanas a bordo, ya tendrían que haberles pagado, una parte en efectivo y otra en cheques bancarios, pero cuando el día de raya pasó sin que los oficiales siquiera lo mencionaran, la tripulación supuso que a fin de cuentas no les abonarían los días perdidos por culpa de la golpiza y el envenenamiento ocasionado por el agua de rata. Cuando lo comentaron entre ellos aquella noche, Bernardo había dicho que no era justo, y la mayor parte de la tripulación se mostró de acuerdo, aunque no lo dijeran en voz alta. Pero ¿ante quién podían quejarse? Después de todo, el capitán les había advertido que no fueran a Los Proyectos, y todavía se sentían avergonzados y escarmentados por lo que les ocurrió allí.

Bajaron todos al muelle para lavarse, incluso también el capitán Elias y Mark. Los hombres aguardaron desnudos, reunidos en pequeños grupos en torno al barril de donde sacaban agua para echársela encima, y del grifo frente al cual se arrodillaban, mientras el jabón iba pasando de mano en mano. El silo se cernía sobre ellos como un lúgubre y maloliente molino sin aspas, cada vez más pintarrajeado de mensajes viperinos. Aquél era siempre el momento más melancólico del día: se enjuagaban la suciedad de la jornada laboral pero la piel les quedaba impregnada de algo aún más oscuro que la mugre, como de cansancio y desasosiego. Por las noches se enfrentaban a sus peores angustias y miedos, y la actividad de lavarse en el muelle era siempre una especie de intento por demorar un poco más la llegada de la noche, principalmente con chistes y bromas que hacían para entretener al capitán. Entretanto, Milagro bebía ansiosamente el agua encharcada, llena de espuma de jabón y de los residuos que los hombres se habían enjuagado con ella, mientras Mark le ordenaba que dejara de hacerlo y entornaba los ojos y apartaba al animal a patadas. Mark siempre se dejaba la ropa interior puesta cuando se lavaba, y a menudo ni siquiera se desvestía, una inhibición a la que los marineros no le daban mucha importancia, pues la atribuían al rígido y predecible sentido de la jerarquía del primer oficial, más que a cualquier otra cosa. Les parecía normal que él prefiriera soportar su propia suciedad hasta llegar a su casa. No era de esos jefes que se bañan desnudos con sus subalternos, como el capitán Elias. A Mark no le hacía gracia tocar el agua del barril, en la que flotaban insectos y espuma de jabón. Tendía más bien a guardar las distancias y por ello, pensaba a veces Bernardo, se asemejaba más a un verdadero capitán que el propio Elias, aunque este comportamiento no contribuía en lo absoluto a realzar la autoridad del primer oficial. El capitán Elias, tal vez sin proponérselo y simplemente por la forma en que lo trataba, minaba a diario esta autoridad. Se mofaba afectuosamente de él, como si el primer oficial fuera su hermano menor, y se mostraba altivo e impaciente con él, apretaba los labios cuando escuchaba sus comentarios y a veces le respondía acelerando más que de costumbre el golpeteo de su voz. Bernardo tenía su propio apodo para Mark: el Hipnotizado. Había algo distante y blando en su mirada, algo infantil y autista en su sonrisa. Como si sus pensamientos íntimos fueran un largo, lentísimo tren en el que el oficial viajaba todo el día, con la mirada perdida en el paisaje tras la ventana. A menudo le oían tararear fragmentos inconexos de canciones que repetía, una y otra vez, para sí mismo.

Al igual que Mark, el capitán Elias regresaba a su casa por la noche, se bañaba con agua caliente y se ponía ropa y calzoncillos limpios. Pero el capitán Elias de cualquier forma se desnudaba siempre para lavarse en compañía de sus hombres, incluso cuando llovía. Se alzaba entre ellos como una inmensa grulla desplumada mientras se frotaba el cuerpo entero con jabón, como si tratara de cubrirse con un nuevo manto de plumas espumosas. A gatas sobre el suelo, colocaba su cabeza apenas poblada bajo el grifo y resoplaba exageradamente, tragando y escupiendo ruidosamente el agua mientras se tallaba la cabeza con sus dedos larguísimos.

—… Amarrás un gallo a la pata de la cama –contaba el Barbie aquella tarde, supuestamente para recordarle a Cabezón aquel conocido consejo para la noche de bodas, aunque en realidad trataba de lucirse ante el capitán–, y la primera vez que cante, lo señalás con el dedo y le decís: «Va una, ¿eh?». La segunda vez que cante, «Van dos, ¿eh?». Al tercer canto, te parás de la cama y lo reventás a patadas. Y a la primera que tu mujer quiera darte guerra, te le quedás mirando y la señalás con el dedo y le decís: «Va una, ¿eh?».

El capitán, completamente en cueros, se rio; cruzó sus nervudos brazos a la altura de su pecho velludo, bajó la mirada y soltó una nueva carcajada. El Barbie sonrió con satisfacción mientras el capitán Elias le traducía la historia al inglés a Mark. Alzaba su dedo en el aire y prácticamente gritó el último «Va una, ¿eh?».

Pero Mark sacudió la cabeza con escepticismo.

—Sí, seguro, Elias. Díselo a Kate— respondió, y acto seguido, se volvió para mirar a los hombres con expresión sorprendida, y con el rostro súbitamente convertido en una máscara de exagerada fruición, señaló al capitán y exclamó—: ¡que se lo diga a su mujer!

Y se rio él solo de su propia ocurrencia.

El Buzo contó que su hermano mayor había tratado de seguir el consejo. Sólo que el gallo no murió, y su hermano se pasó las siguientes dos semanas cuidando al animal y alimentándolo con granos de maíz, cacahuates y hasta camarones y cucharadas de leche que le vertía en el pico.

—Ay, *mon*, el pobre estaba deshecho por aquel pobre gallito.

—¡Y la vieja de ese güey seguro lo trata a patadas desde entonces! —exclamó el capitán.

Lo dijo en español, pero Mark meneó la cabeza de nuevo y sonrió con la vista clavada en el suelo.

—Sí, ajá, Elias —dijo—. Por favor…

Y el capitán lo miró fugazmente con los labios apretados.

El capitán Elias y Mark, aún en ropa interior, guardaron sus ropas de faena en los portaequipajes de sus respectivos automóviles, y se vistieron con camisetas y pantalones de mezclilla. Los miembros de la tripulación subieron sus ropas a cubierta, donde algunos se las volvieron a poner, mientras que aquellos que aún tenían alguna prenda limpia para cambiarse la dejaron amontonada y lodosa a la entrada del comedor, para que Bernardo la lavara. Durante los meses estivales, al menos, la ropa que Bernardo lavaba en el muelle y que tendía sobre la cubierta de popa se secaba rápidamente; pero con el transcurrir del tiempo comenzará a parecerles irrelevante que su percudida ropa estuviera lavada o no.

Sobre cubierta, justo frente al castillo, el capitán Elias llenó el asador de carbón e hizo pelotas de papel con tiras que arrancó de las bolsas y luego las impregnó de combustible; encendió un cerillo y lo arrojó encima. Las flamas se alzaron produciendo un sonido semejante al aleteo de banderas agitándose al viento, y enseguida disminuyeron. Mientras el capitán Elias y Mark atizaban las llamas con pedazos de cartón y se inclinaban para soplarles con los carrillos henchidos, la tripulación se arremolinó en torno a ellos para observarlos mientras bebían latas heladas de Budweiser y se estremecían cada vez que las frías burbujas de sabor inundaban deliciosamente sus lenguas y bocas resecas. Era como si nunca antes hubieran probado la cerveza, y unos pocos sorbos bastaron para marearlos y entumirles agradablemente los rostros.

—¡Hijo de cien mil putas! –exclamó Panzón–. Nunca había probado la cerveza de lata. ¡Está búfalo!

—¡Búfalo! –asintió el Faro, con una felicidad que, por primera vez desde la noche en que fueron atacados en Los Proyectos y él había perdido sus lentes, no era fingida.

Esteban, que había estado en la guerra, y el Tinieblas, que había estado en prisión, no se permitieron mostrar demasiada emoción por la cerveza; su actitud parecía proclamar que no era nada nuevo para ellos pasarse tres semanas sin las cosas a las que estaban acostumbrados. Tengo ganas de beberme dieciocho de éstas, pensó Esteban. Se imaginó a sí mismo en su casa en Corinto, bebiendo con sus amigos en la playa, y procedió a saborear el recuerdo más que la cerveza. Pero entonces, en aquella última ocasión, se habían ido desde la playa hasta un burdel, donde ella se había puesto en cuatro patas y le había ofrecido sus nalguitas suaves mientras lo miraba por encima del hombro, y entonces él se imaginó que la muchacha se convertía en un perro diabólico que sonreía, y entonces, ahora, dejó escapar un suspiro profundo y miró con tristeza la lata que sostenía en su mano, y se dijo: Chocho, ni verga. ¡Qué bueno que estaba ahí atrapado en aquel barco descompuesto junto con otros catorce machos!

Había suficiente cerveza para que cada miembro de la tripulación bebiera dos. Cuando José Mateo hurgó en la hielera para sacar otra, Tomaso Tostado anunció que él prefería reservar la *suya* para después de la cena. El Faro dijo que era una buena idea. Y Pimpollo agregó:

—Sí, ¿por qué no?

Todo el mundo miró al cocinero, agachado frente a la hielera. Extáticos como estaban gracias al placer que les proporcionó esa primera lata, la segunda se les presentaba como un inmenso problema: de pronto la perspectiva de una parrillada, una junta de trabajo y toda la noche por delante sin más alcohol, si acaso se bebían demasiado aprisa las dos latas, les pareció terrible; un problema que Tomaso Tostado acababa de resolver. Era un tipo listo, Tomaso Tostado, y siempre sabía qué decir. Con sus mofletes caídos y sus ojos solemnes de indio en aquella cabeza cuadrada parecía un conejo pensativo, uno que ahora exhibía una sonrisa de chiflado, con aquel diente de oro flotando encima del hueco de los que ahora le faltaban. José Mateo lanzó un gruñido, arrojó la lata de vuelta a la hielera y volvió al comedor, donde Bernardo pelaba las mazorcas mientras bebía traguitos de su cerveza, pequeños sorbos que entibiaba lentamente en su boca antes de tragarlos. El agua que llenaba la maltrecha olla sobre la estufa de butano tardaba mucho en hervir. José Mateo tomó la lata de Bernardo y le dio un largo y ávido trago.

—Podés tomártela toda –dijo Bernardo–. Pero tendrás que darme una de tus mazorcas.

Allá fuera, sobre la línea del horizonte, las nubes se agrupaban para formar una negra y gigantesca corbata de moño en el cielo gris amarillento, sobre cuyo nudo sobresalía una media luna jaspeada. Una tenue brisa inodora se filtraba a través del calor salobre del puerto y el novedoso olor del carbón ardiendo, como un fantasma que se desliza a través de una pared.

El capitán Elias dijo que dejaran arder el carbón durante otros veinte minutos, y entonces él y Mark, después de beber cada uno una lata de cerveza, la primera de ambos, se dirigieron al corredor y subieron por las escaleras en zigzag hasta el puente de mando. Los hombres permanecieron en pie en torno al asador, anticipando el sabor de la carne como si la crujiente y exquisita grasa de la carne asada ya estuviera derritiéndose en el interior de sus bocas babeantes, de sus estómagos fruncidos, vacíos y rugientes. Por eso ni siquiera notaron las primeras gotas de lluvia que cayeron lentamente. José Mateo salió del comedor en busca de otra cerveza justo en el instante en el que la lluvia comenzaba a arreciar. Miró a sus compañeros con los ojos entornados de incredulidad y empujó el asador hasta el corredor bajo el segundo nivel del castillo y fue a buscar su «segunda» cerveza. Fue entonces cuando los hambrientos absortos despertaron de su ensueño y corrieron a refugiarse de la lluvia al comedor. Los truenos comenzaron a retumbar en el cielo, y como si fueran la señal para que todo el coro del temporal embistiera al unísono la nave, una lluvia intensa y sostenida azotó el barco e hizo borbotear el agua de la cala.

Cuando los oficiales descendieron del puente de mando, el capitán Elias llevaba consigo una lámpara Coleman y Mark una radiocasetera que normalmente guardaban bajo llave en la cabina de mando. Aquella consola de plástico negro no era tan voluminosa como las que los *blacks* llevaban al muelle por las noches. Mark colocó el aparato sobre el suelo, en un rincón del comedor, y tras sintonizarlo en una estación de música en español, se incorporó y sonrió al tiempo que miraba en derredor, como si quisiera decir algo. Los ojos de todos estaban fijos en la radiocasetera, en su brillante luz roja, mientras que las palabras en español, tan familiares y a la vez tan extrañas para ellos, retumbaban en aquel rincón revestido de mamparos metálicos como si fuera una diminuta tempestad independiente: una masculina voz de barítono tronaba desempeñando el papel de un enjuague bucal en la lucha contra sus derrotados y quejumbrosos némesis: la placa y la gingivitis. Y después, apenas audibles por encima del rugido de la lluvia allá afuera, llegaron los afligidos y apagados tonos femeninos de la canción «Cruz de navajas», del grupo Mecano, una tonada que Esteban había escuchado con frecuencia en la radio y las rocolas en

Nicaragua: se sentó y apoyó su espalda contra uno de los mamparos y cerró los ojos y se sumergió en aquella suave y flotante voz más que en la letra de la canción, que hablaba del amor y de la muerte; en aquel canto susurrante y femenino tan parecido a una voz olvidada tiempo atrás en su propia memoria.

Afuera, en el pasillo que se extendía entre el castillo y la lluvia, resguardado del agua pero con los pies hundidos en un charco, el capitán Elias asaba la carne mientras José Mateo permanecía a su lado, envuelto en el aturdidor abrazo de su creciente embriaguez. Había canjeado su bife por la segunda cerveza de Bernardo y se sentía feliz, arrepentido y sentimental, todo al mismo tiempo: la historia que aquel nuevo calorcillo en su sangre le estaba contando había despertado en él una cálida y desacostumbrada ola de autoestima.

—Tengo un problemita con el alcohol, mi capitán –le anunció José Mateo, en un tono de voz pomposo y formal–. Y el problemita es éste: la verdad es que… pues… Lo quiero mucho…

El capitán Elias miró a José Mateo con una sonrisa divertida en los labios, y le dijo que, aunque a él también le gustaba el alcohol, probablemente jamás iría tan lejos como para decir que estaba enamorado de él… Aunque, ¿quién sabe? Muchas veces no te das cuenta de que estás enamorado hasta que es demasiado tarde, ¿no? Y el cocinero lanzó una carcajada y asintió con la cabeza y dijo:

—Así es, mi capi.

Elias volvió a concentrar su atención en el asador, y procedió a mover la carne a medio cocer hacia el borde de la parrilla mientras colocaba más sobre las brasas ardientes.

José Mateo se encogió torpemente de hombros, cruzó los brazos, ladeó la cabeza y entornó los ojos; luego alzó la barbilla y dijo, en un tono casi desafiante:

—Dos botellas de ron al día, o de tequila, y toda la cerveza que pudiera entrarme, y nunca fue problema para mí… –claro, de joven había participado en cantidad de riñas de borrachos en las cantinas, de las que había salido más o menos ileso, y de vez en cuando se había gastado todo su dinero en suripantas y burdeles, y en algunas pocas ocasiones amaneció tirado en la acera de algún puerto extranjero, sin billetera, pero eso fue todo. Siempre había un barco esperándolo; un lugar donde podía dormir la mona y recobrar la sobriedad y ponerse a trabajar; siempre podía confiar en eso, mi capitán–. …Pero en el último trabajo que tuve, en el carguero *Tamaulipas*, había un radio-operador, un mexicano al que apodaban el Peperami, que, híjoles, era igual de borracho que yo.

El barco se quedó en el puerto de Vancouver dos días, subiendo carga, y él y el Peperami se fueron a la ciudad y se pasaron la noche entera y buena parte de la mañana del día siguiente bebiendo, pero de alguna manera consiguieron abordar a tiempo. Y mientras el barco seguía cargando mercancías, fueron por otra botella de tequila y una caña de pescar y se sentaron al final del muelle, detrás de unos contenedores apilados. Cuando los miembros de la tripulación finalmente los encontraron, los dos estaban tirados en el muelle, ahogados de borrachos. Los cargaron como si fueran dos sacos de cemento, sobre las horquillas de dos montacargas que los estibadores tuvieron que acercar al barco de nuevo, y después los colocaron en una red de carga que izaron, sujeta de un gancho, sobre cubierta. Y ahí se despertó el cocinero de noche, colgado frente al puente, temblando de frío, con el Peperami roncando a su lado, los dos metidos en aquella red y el barco internándose en alta mar… Hasta que el hijueputa del capitán noruego llegó y les dijo que estaban despedidos. Los dejaron en el siguiente puerto: Ancorage, Alaska. Carajo, qué humillación. Hasta donde él sabe, el Peperami todavía sigue allí, trabajando en uno de esos barcos-factorías que enlatan pescado en la costa. Pero José Mateo empleó lo que le quedaba de dinero para regresar en avión a Managua: un grave error, mi capitán. Tiene una casita allá, que le presta a una vieja tía suya y a su hija; él tenía esperanzas de llegar a casarse con esa prima, pero bueno, las cosas no resultaron. Ahora tiene una pequeña fortuna en el banco, pero en córdobas, que no valen nada…

José Mateo rio con un áspero graznido que salió del fondo de su garganta. Y el capitán parrillero sonrió y dijo:

—Ésa es una historia trágica, cocinero.

—Pero lo que le quiero decir –balbuceó José Mateo–, es que…
este… Pues, bueno… –y guardó silencio, observando la lluvia a
través de las rendijas bajo sus párpados caídos, con las pupilas convertidas en dos puntos de oscura perplejidad. Después miró de
nuevo al capitán Elias y dijo–: putamadre, mi capi… ¡Este barco
es único!

El capitán Elias respondió fríamente que sí, que definitivamente aquel barco era único, y le pidió a José Mateo que fuera a avisar-
le a los muchachos que la carne estaba lista.

Los hombres comieron sentados en el suelo del comedor, a oscuras, salvo por la luz cobriza de la lámpara Coleman, la cual apenas proyectaba algunos reflejos sobre los mamparos herrumbrosos,
con los platos sobre las piernas, sobre los regazos o sosteniéndolos
en precario equilibrio bajo sus barbillas. Mascaron y mascaron,
porque la carne estaba dura, con la mirada perdida o los ojos bien
cerrados mientras murmuraban y gruñían de placer y bajaban la
carne con latas de soda helada y trozos de pan que rebañaban en el
jugo y la grasa de la carne. Un charco de agua de lluvia se filtraba a
través de la puerta del comedor y se iba haciendo cada vez más
grande. Desde la radio colocada en la esquina tronaba una música
tocada por instrumentos de viento, mayoritariamente salsa. Los
hombres devoraron sus mazorcas, sorprendidos por la suavidad y
el tamañito de los granos de aquel maíz gringo, y ahogaron su dulzura con la salsa de chile habanero, y sepultaron a su vez la carne
y las mazorcas bajo montones de aquella pegajosa ensalada de
papa. José Mateo roía salvajemente los olotes de sus mazorcas,
desprovistos ya de granos; los sujetaba entre sus dientes y chupaba
ruidosamente la humedad, mordiéndolos para extraerles algo más
de jugo… Bernardo sintió pena por el cocinero y le devolvió la mitad del bistec que le había dado a cambio de su cerveza; la otra
mitad, junto con su mazorca extra, se la pasó a Esteban. Para cuando terminaron de comer, se sentían todos tan llenos que no pudieron terminarse las galletas Oreo.

Después, cuando todos menos Bernardo y el cocinero comenzaron a beber su segunda y postergada cerveza, el capitán Elias se

paró en medio del comedor y dijo que había un par de cosas de las que tenía que hablar con ellos. Tomaso Tostado lo interrumpió, incorporándose del suelo para agradecer a los oficiales por la comida y la cerveza, que claramente era un augurio de que tiempos mejores le aguardaban al *Urus*, y todos aplaudieron y vitorearon mientras el Barbie chiflaba ruidosamente con los dedos en la boca y el capitán Elias asentía secamente con una media sonrisa tiesa en su rostro. Tenía la camiseta empapada a la altura del tórax y bajo las axilas y su gran frente lucía también resbalosa y reluciente a causa del sudor. Tal y como todos esperaban, el capitán inició la junta diciéndoles que estaba muy satisfecho con los progresos hechos hasta el momento.

—Todos han trabajado muy duro, y no puedo pedir más –dijo el capitán, y les aseguró que el propietario se encontraba muy complacido y, previendo que el barco estaría listo para zarpar en un tiempo razonablemente corto, ya había retomado la búsqueda de nuevos cargamentos–. Pero me temo que también debo darles algunas malas noticias, caballeros.

Debido a la demora en el puerto, mucho más larga de lo que originalmente habían previsto, a la cancelación de la carga contratada, al creciente importe de las tasas de atraque, al costo del equipo y los materiales y de un nuevo seguro para el barco… el dueño estaba teniendo actualmente unos cuantos problemas de liquidez. Pero tan pronto el barco fuera declarado apto para navegar y el contrato del nuevo cargamento fuera firmado, se les pagaría inmediatamente, claro está. Incluso él y Mark habían renunciado por el momento a cobrar sus salarios… y él mismo con un bebé en camino, y hasta el culo de facturas pendientes de pago, lo cual no le hacía ninguna gracia en absoluto a su mujer, ¿verdad? Pero había que verle el lado bueno a las cosas, ¿no? ¿Para qué necesitaban dinero ahí en Brooklyn? De cualquier forma, se convertirían en inmigrantes ilegales tan pronto llegaran a pisar tierra. ¿No sería mejor, para todos ellos y para sus familias allá en casa, que les pagaran de contado en cuanto el barco estuviera listo para zarpar? ¿No habían venido todos ellos buscando una oportunidad de mejorar su situación económica y ayudar a sus familiares? Sería mucho mejor que malgastar su dinero comprando televisores, relojes, radios y demás basura en Brooklyn, ¿verdad?

Cuando el capitán Elias terminó de hablar, los hombres permanecieron en hosco silencio, sentados en el suelo o recargados en los mamparos del comedor, mientras miraban con recelo al capitán, como esperando a que dijera algo más. El capitán se quedó ahí parado, con las manos metidas en los bolsillos de sus pantalones de mezclilla, y fue mirándolos de uno en uno a los ojos. Apoyado en la mesa donde colocaban la estufa, Mark jugueteaba con sus llaves. Milagro estaba echado en el suelo, con la cabeza apoyada sobre sus patas delanteras, como si el olor a carne que persistía en el bochornoso y encerrado aire del comedor lo deprimiera.

Bernardo fue el primero en hablar.

—Capitán –dijo, y el oficial se volvió hacia él. El viejo hizo una pausa para organizar sus ideas mientras se rascaba nerviosamente la nariz–. A mí eso no me parece justo, pues –dijo, asintió con la cabeza para darle énfasis a sus palabras–: no neguemos la verdad, capitán, ¡este barco es una burla a las disposiciones de seguridad y a las leyes laborales marítimas, un gran insulto! Creo que todos estos muchachos saben cómo manejar su propio dinero. Una escapadita a Times Square para ver una película, una hamburguesa en McDonald's, nada de eso es una juerga ni un derroche. Usted lo que nos está pidiendo, capitán, es que seamos esclavos...

—¡No, Bernardo! –exclamó el capitán con vehemencia, como queriendo sofocar el eco de las palabras del camarero. Sus ojos despidieron un súbito e intenso resplandor–. ¡Eso no es verdad! –les hizo ver que era un error contemplar las cosas de esa manera; la de Bernardo era una reacción puramente emocional. Porque a los esclavos no se les paga y a ellos, en cambio, ¡les iban a pagar hasta el último centavo que se les debía! Así que, ¿cómo podía Bernardo decir tal cosa, él, que tenía tantos años de experiencia en el mar? ¿Que están violando las disposiciones de seguridad? ¡Pues claro! ¿Pero qué no los habían contratado a ellos para repararlas? Cada día que pasaba eran menos–. ¿Podrías decirme para qué otra cosa estamos aquí entonces, Bernardo? –cierto, era un trabajo difícil, reconoció, una situación peliaguda a la que el propio capitán tampoco se había enfrentado nunca antes. Pero las leyes los respaldaban. Las leyes de Panamá. Las leyes internacionales. Las leyes de Estados Unidos, que amparaban a cualquier barco amarrado en sus puertos, sin importar cuál fuera su bandera–. El propietario tiene que pagarnos o este barco no irá a ninguna parte. ¡Es así de simple! ¿No es cierto, Bernardo?

Cuando el capitán terminó de hablar, Bernardo bajó la cabeza y se miró las manos que tenía enlazadas sobre la cintura; luego se miró la muñeca, como si todavía llevara reloj en ella, y luego volvió a alzar la mirada.

—Espero que sí, capitán –dijo con firmeza.

Aquella parte de la reunión se prolongó un poco más. Varios miembros de la tripulación se obligaron a buscar nuevas maneras de preguntarle al capitán –tratando de no sonar puerilmente quejumbrosos– si estaba absolutamente seguro de que sí iban a pagarles. Y una y otra vez recibieron de aquél las mismas, pacientes respuestas. Finalmente, cuando el capitán Elias preguntó si tenían más preguntas que hacerle, únicamente recibió miradas esquivas y silencio.

—Muy bien –dijo entonces–. Bueno, caballeros, creo que nos merecemos una fiesta, ¿no? –y sacó del bolsillo trasero de sus pantalones un trozo de tela blanca, algo como un enorme pañuelo: un pedazo de sábana cortado con tijeras que desplegó lentamente para que todos pudieran ver lo que decía en él, escrito con marcador negro: EL BAR DEL BARBIE. Halagado y ruborizado, el Barbie soltó una estruendosa carcajada mientras que el capitán Elias ataba el estandarte bajo el depósito de agua colocado en la estantería superior, en uno de los extremos del comedor. Se volvió hacia ellos y puso una cara triste y, mostrándoles las palmas vacías, se disculpó por la falta de mujeres. Después, sonriente, se dirigió al primer oficial:

—Mark, ¿podrías ir por la cerveza ahora? Y por una botella de ron. Coca-Cola. Hielos –y encogió ligeramente un hombro en un gesto de complicidad.

—Oh, vamos, Elias. Está lloviendo.

El capitán lo miró fríamente.

—¿Qué demonios te pasa, Mark? –le dijo, y sin dejar de mirarlo severamente, sacó su cartera–. En lo que vuelves, les comunicaré los ascensos… Si no tienes inconveniente.

—Genial –respondió Mark. Y fue y tomó el dinero de Elias, y salió del comedor con Milagro a la zaga.

—Al primer oficial no le gusta la lluvia –comentó el capitán Elias, y les preguntó si acaso conocían algún marinero al que le asustara un poco de lluvia. No, ¿verdad? Mark estaba impaciente por ir a ver a su nueva chica, eso era lo que en realidad le ocurría. Cómo sufren estos muchachos solteros, ¿no? El capitán había empezado a hablarles de los ascensos cuando escucharon que el Honda arrancaba en el muelle. Estas nuevas designaciones eran para que a partir de entonces su trabajo fuera aún más eficaz y así optimizar la cadena de mando. Si por él fuera, todos merecían ser ascendidos al rango de segundo oficial, ¡o más aún! Pero una tripulación llena de segundos oficiales no funcionaría. Así que Cabezón y Caratumba fueron promovidos a primer y segundo oficiales de máquinas, respectivamente; Canario y Pimpollo, a primer y segundo electricistas. El Barbie fue nombrado contramaestre y encargado de supervisar las labores de los marineros rasos en cubierta y de comunicar las instrucciones de los oficiales. Necesitaban también un sobrecargo, alguien capaz de llevar correctamente el registro de las horas trabajadas por cada hombre y los salarios… ¿Quién es bueno para los números?, preguntó el capitán Elias, y cuando ninguno de los hombres afirmó poseer tal talento, el capitán les planteó un problema matemático: Hay un cerdo, un lobo y un saco de maíz en la orilla de un río, y un granjero que tiene que transportarlos a todos a la otra orilla pero sólo puede llevarlos uno por uno en su pequeña canoa. Si deja al cerdo con el maíz, se lo comerá; si deja al lobo solo con el cerdo, el lobo se lo comerá también. ¿Así que cómo le hace para llevarlos sanos y salvos a la otra orilla?… ¿Qué?, exclamaron todos. El capitán repitió el problema pero nadie pudo resolverlo: el puerco siempre terminaba solo con el maíz, o con el lobo, y los hombres, perplejos y suspicaces, se preguntaban a dónde quería parar el capitán con aquello... Hasta que la lúgubre expresión de Panzón se iluminó de pronto y propuso que primero había que llevar al chancho del otro lado del río, mi capitán, y luego llevarse al lobo pero sin dejarlo con el chancho, el cual había que subir de nuevo a la canoa para dejarlo en la otra orilla y tomar el saco de maíz y llevarlo con el lobo y luego regresar por el cerdo. El capitán Elias nombró sobrecargo a Panzón y le dijo que al día siguiente le llevaría un libro de contabilidad (cosa que efectivamente hizo, pero al tercer día).

—Los marineros rasos –anunció el capitán– serán desde este momento considerados como marineros de primera, puesto que, después de tres semanas de labores en el *Urus*, han aprendido lo que de ordinario, a bordo de cualquier otro barco, les habría tomado cerca de un año aprender para obtener sus certificados de marineros calificados.

El capitán Elias guardó silencio por un momento, tal vez esperando a que Tomaso Tostado iniciara otra ronda de aplausos en honor a los nuevos marineros de primera, lo cual no sucedió. Casi todos los hombres se quedaron boquiabiertos –después de todo se encontraban vulnerables ante aquello, desesperados por una dosis de triunfo, por cualquier buena nueva que pudieran comunicarles por carta a los suyos–, hasta que Tomaso Tostado protestó:

—¿Y dónde están esos certificados? –preguntó.

El capitán, aparentemente, no lo oyó. Pero las palabras de Tomaso abrieron una trampilla bajo el breve instante de optimismo de la tripulación. El Tinieblas se sentó en el suelo y murmuró entre sus rodillas levantadas:

—¿Y nuestro aumento de salario? Más nada encima de nada –y se rio tétricamente.

El capitán Elias, suspicaz pero sin comprender qué sucedía, lo miró y aparentemente se tranquilizó al ver las sonrisas que aparecían en los rostros de los hombres sentados juntos al exconvicto tatuado. Les sonrió de vuelta como si realmente lo hubiera entendido, como si él también se sintiera igual de enredado y fatalista y divitido por aquella farsa de los «ascensos» que de algún modo lo estaban «obligando» a llevar a cabo. Pero entonces oyó que el Buzo, desde el otro rincón del comedor, se ponía de pronto a cantar en inglés, en un suave tono grave, imitando a la perfección las inflexiones del idioma: «*Old pirates, yes, they rob I...*»,[*] pero cuando el capitán se volvió para mirarlo, el Buzo desvió la vista y puso cara de inocencia. Todos vieron cómo la tez pálida del capitán se ensombrecía; se quedó completamente inmóvil un momento, con los labios apretados y la mirada furiosa clavada en un punto situado por encima de la cabeza del Buzo.

—He hablado completamente en serio –declaró el capitán con vehemencia, aunque enseguida sonrió con ojos tristes que se fueron suavizando–. Por supuesto que no pueden ser oficiales hasta que hayan servido un año, lo sé, pero creo que la situación en la que nos encontramos se sale tanto de lo común que bien podemos crear nuestras propias reglas, por ahora, y ajustarnos a ellas. Así que pueden considerarse a sí mismos marineros de primera. Es lo menos que se merecen.

El capitán Elias dejó que sus palabras les calaran, y añadió:

—Probablemente se están preguntando por qué no he nombrado un segundo oficial –clavó sus ojos en Bernardo con lo que parecía ser una dudosa expresión de afecto, que fue borrándose lentamente para descubrir otra de hilaridad, como el agua desvanece las pisadas dejadas sobre la arena de una playa–. Creo que tú mismo te has propuesto ya para ese cargo, Bernardo –dijo–. Aunque me temo que tus obligaciones no sufrirán cambios. Así que serás el segundo oficial hasta que zarpemos y el verdadero segundo se embarque. Y, claro, también sigues siendo el camarero.

Fue como si el capitán hubiera finalmente soltado la frase clave de una larguísima y lacónica rutina cómica que de pronto se hubiera vuelto sumamente graciosa: por primera vez desde el inicio de

---

[*] El Buzo canta aquí el primer verso de la canción «Redemption Song», de Bob Marley, y que en español significa: «Los viejos piratas me secuestraron». *(Nota de la T.)*

la reunión, casi todo el mundo soltó una carcajada ante la idea de que el camarero acababa de ser ascendido a segundo oficial. Si bien la tripulación se había sentido confundida por la estima que el capitán parecía profesar hacia el Barbie, y su suposición de que todos la compartían, aquel asunto les parecía harto menos desconcertante en el contexto de la broma que el capitán le estaba gastando al viejo camarero, broma que les acabó pareciendo que se dirigía tanto al viejo como a todos y cada uno de ellos, y también al jodido barco en el que se encontraban. Pero Bernardo se quedó mirando al capitán con expresión pétrea, y segundos después se inclinó hacia Esteban y murmuró en su oído:

—Este niñote, ¡qué pendejo es!

Sólo días más tarde, mientras sopesaban el significado de aquella broma, los hombres comenzaron a sospechar que tal vez el capitán Elias sí había iniciado aquel discurso de los ascensos completamente en serio, pero que conforme se fue dando cuenta de que su ardid –¿bien intencionado?, ¿fraudulento?– comenzaba a tambalearse, había cambiado de estrategia e improvisado una comedia. Para entonces, los marineros rasos calificados ya se habían vuelto a sentir ordinarios de nuevo, y la realidad de sus días evidenciaba con demasiada claridad lo que realmente eran, como para que una simple etiqueta nueva pudiera hacérselas menos insoportable.

Mark regresó, con el cabello mojado y pegado a la frente, y pidió ayuda para subir las compras al barco. Seis *six-packs* de cerveza, una garrafa de ron Bacardí, vasos de papel, dos botellas de plástico enormes de Coca-Cola, dos bolsas de hielo, un cartón de cigarrillos: todo eso fue lo que Cebo y Roque Balboa trajeron al comedor. Sólo faltaban los limones.

La radio seguía sonando a todo volumen. Esteban se quedó sentado junto a ella durante casi toda la «fiesta», con las rodillas en alto y la uña del pulgar metida entre los dientes. De vez en cuando bebía un sorbo de cerveza. A lo lejos se escuchaba el retumbar de los truenos, el ensordecedor restallido de un relámpago próximo, la lluvia que caía como detritos celestiales. Ron, cerveza, humo de tabaco, el aire caldeado y sudoroso, la música, las voces hablando a gritos, fanfarroneando. El capitán Elias dijo que se sentía como si hubiera vuelto a una de esas remotas cantinas a orillas del Amazonas, ese tipo de lugares en donde la gente bebe hasta desmayarse y los güeyes se van de espaldas al suelo y se parten la cabeza mientras los demás borrachos, con los ojos legañosos, dan tumbos por el local, pisando la sangre y dejando marcas en el piso, lleno de cucarachas más grandes que sus propios pies… Y más tarde, Bernardo, desde el corrillo que los demás formaron para escuchar las historias procaces de José Mateo, alimentadas por el ron que el cocinero había bebido, se volvió para mirar a Esteban. A veces el chavalito se desconecta nomás, pensó, y su corazón se entristeció por él. Después de tres semanas de convivencia, conocía a la perfección los síntomas de Esteban: el incesante mordisqueo de la uña, la mirada ardiente y perdida más allá del vaivén que realizaban sus nudillos; la respiración que contenía por largo rato y que luego dejaba escapar de golpe por la nariz, ruidosamente, como el bufido de una nutria furiosa.

José Mateo, que esa noche, por primera vez en tres semanas, parecía estar animado, les contó de los tugurios de Santos, en Brasil. De cómo podías pasarte la noche entera bebiendo y bailando y besando y metiéndole mano a una puta espléndida de tetas y nalgas enormes, a la que luego subías a bordo, a tu camarote, y cuando la desvestías, ¡hijo de cien millones de putas, mi capitán! ¡Resultaba ser un macho! Pero jamás conoció a un putañero más vicioso y degenerado que su amigo el Peperami, el radio-operador del *Tamaulipas*, quien al descubrir que su puta más bien era puto decidió que no le importaba, e incluso la mañana siguiente le contó a todo el mundo lo que había pensado al respecto: Con todo el dinero que ya me gasté, con todo el tiempo que ya invertí, y aquí estamos los dos desnudos en la cama, yo bien pedo y con la verga parada, pues bueno, ni modo: ¡en el amor como en la guerra cualquier hoyo es trinchera!

Y todos se soltaron a reír y a repetir la última frase, y algunos de los chavalones fruncieron las narices y gritaron:

—¡No, no! ¡Ay, qué asco!

El Barbie miró a Esteban, que seguía sentado en el suelo junto a la radio, y le gritó:

—¡Piri! ¡Oye, sandinista! ¿Es verdad eso de que en la guerra cualquier hoyo es trinchera?

Esteban levantó la vista y lo miró atónito.

—¿Eso es lo que hacen los piris en la selva? ¿Usan cualquier hoyo como trinchera?

—¿Qué? –preguntó Esteban, cada vez más irritado y confundido.

—Ya, Barbie, dejalo –dijo Bernardo.

—¡Mi segundo, es que a este Estebanito...! –respondió el Barbie, volviéndose hacia Bernardo, con una cerveza en una mano y un vaso de papel con ron y hielo en la otra–. ¡No puede uno bromear con él de nada!

El capitán Elias le traducía la historia del cocinero a Mark, que sudaba profusamente al igual que todos los presentes y llevaba la camisa con todos los botones desabrochados. Mark dio un paso atrás como si le molestara que el capitán se le acercara tanto, como si hubiera estado rociándole el rostro con saliva al hablarle, y dijo:

—Ajá, ya entendí. ¡Maldito animal!

Curiosamente, todo aquello le recordaba a Bernardo las borracheras que, veinte años atrás, había vivido a bordo de los barcos. Aunque aquella fiesta aún no se había tornado violenta, lo cual probablemente no sucedería hasta que los oficiales se marcharan. Las historias que ahí se contaban eran como toros enjaulados y enloquecidos que embestían contra la monotonía y la nostalgia del viaje. Burdeles, putas, riñas de cantina, historias de ingeniosos contrabandos, de capitanes chiflados... ¿Acaso no hay otras cosas más interesantes que les ocurran de verdad a los marineros auténticos? A veces también hablaban de sus esposas, pero las historias de esposas no son buen tema de conversación a bordo. Y a pesar de sí mismo y de las persistentes punzadas que su chichón sudoroso enviaba a través de su cabeza, Bernardo estaba disfrutando aquella fiesta; también él poseía recuerdos insólitos y felices, también él quería contar una anécdota... ¿Cuál podría ser? Aquella vez, cuando despertó en su camarote en un puerto amigo, con la luz del sol colándose como un torrente a través de la portilla, y los chirridos y el golpeteo de las grúas izando la carga y los gritos de los estibadores y los acordes de las arpas y de las guitarras de la música jarocha que tocaban en algún lugar cercano y la huella sutil de un perfume que se filtraba por el bochornoso aire del camarote, y que abría el apetito como el olor de los huevos y del tocino friéndose, y de pronto había escuchado que tocaban a su puerta y que una voz exclamaba: «¡Mujeres! ¿Quieres una mujer?», para anunciar que las putas habían abordado la embarcación... O la historia de aquel engreído fanfarrón del capitán Yoyo, que llevó a la esposa y a las dos hijas adolescentes –por cierto, todos los capitanes que conozco tienen la manía de ponerles a las hijas nombres de estrellas y de constelaciones, ¿sabían eso, chavalos?– a conocer el barco, pero el vigilante de la garita de entrada pensó que eran putas y le pidió un soborno, y el capitán Yoyo comenzó a golpearlo y el vigilante, en defensa propia, sacó su arma y le disparó al capitán en la barriga, y éste murió con las lágrimas tibias de sus hijas Maia y Merope goteándole en la cara... O tal vez la historia del Tibio, cuya gonorrea se agravó tanto que el pene se le puso todo negro y verde y goteaba asquerosamente, y todavía faltaba una semana para que arribaran al puerto más próximo, donde los doctores seguramente tendrían que amputárselo, pero el segundo oficial fue a la sala de máquinas y agarró la hoja de sierra más delgada, larga y afilada que encontró, y la esterilizó, y después se la metió al Tibio por la uretra y, como si fuera una gubia, le estuvo escarbando y removiendo y raspando la carne podrida mientras los gritos del Tibio ponían a temblar a todos los hombres de aquel carguero de diez mil toneladas como si fueran niñitas asustadas llorando en un rincón... O de cómo en una ocasión, al entrar al puerto de Hong Kong en una noche lluviosa, la gigantesca proa del barco aplastó un sampán de pesca que no alcanzó a apartarse de su camino, y cómo desde abajo se oyeron los breves gritos de los pescadores y el estrépito de los maderos de la barcaza al partirse y ser arrastrados por debajo del barco hacia la hélice. Casi inmediatamente después de eso ocurrió un accidente en la sala de máquinas: la tapa de un cilindro de pistón salió volando y le dio en la cara a un engrasador birmano, destrozándole los pómulos y el hueso de arriba de la boca. Los birmanos que trabajaban en la sala de máquinas y los marineros latinos se convencieron de que los fantasmas de los pescadores de Hong Kong, quién sabe cómo, habían logrado subir a bordo y embrujado la nave, así que se negaron a trabajar. El barco no podía zarpar del puerto y los oficiales griegos comenzaron incluso a golpear a algunos de los hombres, hasta que finalmente un ingenioso visitador de barcos de la capellanía local se presentó a bordo para ayudarlos a resolver el conflicto. El hombre aquel vio lo que sucedía y se marchó para volver al poco rato con un sacerdote católico y una especie de monje budista, quienes llevaron a cabo unas ceremonias para exorcizar a los espíritus vengativos…

Sin embargo, el capitán Elias se había puesto a contarles una historia de cuando era capitán del *Sea Queen*, dos años atrás. Habían llegado al puerto de Yokohama, pero el tráfico marítimo estaba realmente congestionado e iban a tener que esperar un largo rato para ingresar en el puerto, aunque el bote del práctico ya había ido a su encuentro, y éste había trepado la escalerilla y esperaba sentado en un sofá en un rincón totalmente a oscuras en la cabina de controles, cuando el capitán regresó allí hacia las tres de la mañana. El capitán Elias saludó al práctico como de costumbre, le ofreció una taza de café, e hizo algunos comentarios triviales sobre el retraso, y le sorprendió el perfecto inglés y la gran feminidad de la susurrante voz del práctico: hablaba con un acento que era mitad malayo, mitad inglés de Oxford, el mismo acento con el que hablaría un mariquita malcriado descendiente de plantadores de caucho, ¿me entienden? Una voz que era como el humo, seductora como una manga de seda. El práctico es un jodido maricón, pensó el capitán, ¡un completo mariposón! No es que tenga nada contra los maricones, ¿verdad?, pero ¿un práctico de puerto homosexual? Normalmente uno espera encontrarse con un rudo capitán retirado, o sindicalistas locales con pinta de policías neoyorquinos. Pensó que la situación era bastante cómica, pero nada más. En la completa oscuridad de la cabina de controles, con las ventanillas polarizadas, no alcanzaba a ver el rostro del práctico, sólo el tenue brillo de una cabellera negra y el cuello blanco de una camisa que sobresalía por encima de su rompevientos negro. El capitán salió a una de las alas del puente a fumar y contar las luces de los barcos que esperaban adelante de ellos. El práctico salió también después de un momento, y entonces, a la luz de la luna, el capitán pudo verlo bien, y ¿qué creen?

Era una mujer muy joven. El capitán se quedó boquiabierto a causa de la sorpresa. Y ella le sonrió y lo miró con desdén, como si supiera lo que el capitán había estado pensando en el interior de la cabina de controles. ¡Era una hermosa chica japonesa, con un rostro adorable y sensual! Tenía el cabello así de corto, justo por debajo de las orejas, que dejaba al descubierto su deliciosa nuca desnuda. Incluso llevaba un corbatín negro. Su nombre era Yoriko. Sólo tenía veinticuatro años. Era hija de un capitán; su padre era un capitán mercante retirado y también se desempeñaba como práctico. Se los juro, pinches güeyes. Yoriko también quería ser capitán de navío; había estudiado en Inglaterra y se había graduado de una de las mejores academias náuticas. Pero, a pesar de todo, aún sigue siendo muy difícil para una mujer llegar a convertirse en capitana; ¡hay poquísimas en el mundo! Pero había pasado todos los exámenes y, técnicamente, era la capitana Yoriko. Su padre la había introducido en la asociación de prácticos; la paga era buena y ganaba más que muchos capitanes de navío, y también tocaba en una banda de rock. ¿Te gustan los deportes?, preguntó. No, los odio, respondió ella. ¿Te gusta el rock and roll? Sí, claro que sí. Eres muy joven para ser capitán de barco, le dijo ella. Y tú eres muy joven para ser práctico. De uno de sus bolsillos, Yoriko sacó una mandarina envuelta en un pañuelo blanco. La compartieron. ¿Viste ballenas?, preguntó ella. No, no en este viaje. ¡Hombre! ¿Me entienden? La cosa estaba en el aire, los dos podían sentirlo. El impulso vertiginoso, la atmósfera picante que envuelve el enamoramiento pasajero. No había nadie en el puente de mando, nadie más que el timonel y el tercer oficial, ambos dormidos sobre las cartas de navegación, pero el capitán, fantaseando con lo que podría estar a punto de ocurrir, fue y cerró la puerta de todas formas. Él realmente cree en la fidelidad, ¿saben? No quiere darle problemas a su esposa. Y, además, tiene que reconocerlo: realmente no es tan bueno cogiendo. No, no se rían, está hablando en serio. ¿Cuántos de ustedes realmente se consideran buenos en la cama? Le gusta *pensar* en el sexo; es capaz de pasarse un día entero en la cama, como cuando le da gripe o algo así, pensando en sexo, pero ¿cuándo realmente se le presenta la ocasión de pasar de las fantasías al acto? Bueno, casi nunca, güeyes. El capitán y su esposa se aman, pero es muy distinto. Cuando está con otra mujer siempre siente algo de inseguridad; siempre se le figura, al ver la cara de su amante en turno, que ella se encuentra pensando en alguien más, alguien que lo hace mejor que él. Es un poco reprimido, eso es lo que pasa. Digamos que simplemente es uno de esos perversos reprimidos que andan sueltos por el mundo, con especial énfasis en lo de reprimido, ¿de acuerdo? ¡Ah! ¿No lo creen? Lo que pasa es que es demasiado alto y sus miembros son demasiado largos, y su sangre tarda demasiado en ir de un extremo a otro de su cuerpo, por eso le cuesta trabajo excitarse. Le toma un rato ponerse caliente. Sus manos siempre están frías, a las chicas no les gusta eso. ¡Anden, pinches güeyes! ¡Ríanse! A él no le da vergüenza. Pero lo cierto es que aquella vez, en el ala de puente, el capitán se puso a besar a la capitana Yoriko. Le descorrió la cremallera del rompevientos, le deshizo el nudo de la corbata y desabrochó los botones de su blusa. Ella le soltó el cinturón. Se la chupó un rato. ¡Hombre! Yoriko se contoneó para quitarse los pantalones. Se tumbaron en el suelo del puente. Batallaron un poco para sacarse las botas. Y allí mismo lo hicieron. En pocas palabras, fue chingón: ella arriba y él mirando su rostro, y las estrellas. Pero duró poco. Espontaneidad, romance y lujuria, todo mezclado en un cohete propulsor que dejó una corta estela de vapor en el firmamento. Y terminó. Ella, sin embargo, permaneció un buen rato encima de él, susurrándole al oído, mordisqueándolo. Después de un rato se incorporó en silencio y se puso los pantalones y las botas. Él hubiera podido quedarse dormido ahí en el suelo, pero también se levantó, entró en la cabina de controles y preparó una jarra de café. Cuando volvió a salir, fue como si nada hubiera pasado entre ellos: bebieron el café, fumaron con la espalda apoyada en uno de los laterales del puente, hablaron de cosas náuticas. Él se imaginó que, después de todo, a ella no le había gustado tanto como a él. Nada nuevo en realidad. De cualquier manera, él atesoraría aquel recuerdo y siempre se sentiría agradecido con la capitana Yoriko, la práctica de puerto. Se hizo de día antes de que el barco tuviera vía libre para ingresar en el puerto; le entregó el mando a Yoriko y ella guio con pericia al *Seal Queen* a través del canal mientras daba las órdenes con su dulce, sofisticada y susurrante vocecita. Y cuando el bote del práctico se acercó para recogerla, ella bajó y les dijo a sus hombres que permanecería a bordo, y regresó al puente de mando y se colocó junto al capitán, rozándole apenas el brazo con el suyo. Con voz suave, le informó que los siguientes dos días estaría libre de servicio. Un milagro. Apenas salieron del camarote del capitán, excepto para ir a cenar una noche en el puerto, rentar películas porno japonesas para la videocasetera, comprar vino... Así es, güeyes, porno japonés: muy sofisticado y sucio. Pidieron que les llevaran pizza y sushi. Se enamoró de ella; se enamoró perdidamente de ella. Prometió ir a visitarla. Nunca lo hizo, por supuesto. Bueno, así fue, caballeros. ¡Qué mujer, la capitana Yoriko! Realmente fue un par de días inolvidable. Bueno, ya saben cómo son las cosas; él está casado y quiere mucho a su mujer. La ama. La ama de verdad.

El capitán Elias, con una extraña mueca de compunción y una expresión de aparente timidez en la mirada, recibió solemnemente las afectuosas sonrisas ebrias y la asombrada admiración de sus hombres. Hasta Bernardo –que siempre había sabido que el capitán era un pervertido, pero que jamás había sospechado siquiera que su tímida perversidad pudiera revelarse de una manera tan obsequiosa– se sintió extrañamente conquistado por aquel relato y su revelación. Y aunque Elias había contado su historia en español, Mark, que ya se tambaleaba ligeramente, se acercó a él con la mano extendida, que el capitán estrechó con la suya, sin entusiasmo.

—Yoriko, ¿eh? –dijo Mark, y soltó una risilla.

—Yoriko— asintió el capitán.

—Estupendo, ¿no?

—Realmente estupendo.

—¡Eres un cabrón, Elias! ¡Te pasas! –exclamó el primer oficial, con una sonrisa de borracho, ante la cual el capitán frunció el ceño y se volvió de espaldas.

Luego Bernardo contó la historia de cuando viajó en un barco que zarpó de Estambul cargado, entre otras cosas, de cientos de cajas llenas de bolsas de pistaches teñidos de colorante rojo.

—Chavalones, la tripulación no podía dejar de tragar esos pistaches. ¡Todos se hicieron adictos a ellos! A la menor oportunidad se metían en la bodega y abrían las cajas y las bolsas para llenarse los bolsillos de pistaches. Ahí nomás veías a estos marineros, todos muy machos, ¡con los labios y los dedos pintados de rosa por el colorante de los pistaches!

Aquella historia le encantó a Mark más que ninguna otra, y se rio tanto que tuvo que apoyarse pesadamente contra uno de los mamparos, con los ojos bien cerrados, riendo como si una persona invisible lo tuviera sometido y le estuviera haciendo cosquillas.

Más tarde Esteban levantó la cabeza y vio a Mark dando tumbos y sonriéndole como idiota a Bernardo, mientras gritaba nuevamente:

—¡Los labios y los dedos pintados de rosa! ¡Muy *divertidou, man*!

Esteban le dio un trago a su cerveza ya tibia. Cebo empleaba una escoba para sacar el agua que se metía por la puerta del comedor. El capitán y los demás hacían corro alrededor del Tinieblas, que se había sacado la camisa y presumía los tatuajes que se hizo en prisión y contaba las historias detrás de ellos. Desde donde Esteban se hallaba sentado, en el rincón más sombrío y alejado del fulgor cobrizo de la lámpara, alcanzaba a ver, sobre el costado flaco y moreno del Tinieblas, justo debajo de su caja torácica, un Mickey Mouse agitando su mano enguantada que sobresalía entre el resto de las imágenes y los símbolos que llevaba tatuados por todas partes. Y José Mateo se alzó la camisa para mostrarles sus propios tatuajes de marinero que tenía en el pecho: un timonel ante la rueda y Jesucristo apoyando una de sus manos sobre el hombro del timonel e indicándole el rumbo con la otra.

Y Esteban volvió a pensar en la Marta y aquel horrible día, ocurrido pocos meses atrás, cuando tomó un autobús de Corinto a León para asistir al acto conmemorativo organizado por la Juventud Comunista justo frente a la casa de ella, en el primer aniversario de su muerte. Marta Llardent, gritaron: ¡Presente! Honor a los muertos inmortales de la Revolución, ¿verdad? ¡Ni verga!... La Marta... Había una pequeña banda de músicos, vestidos con trajes de faena verdes y guantes negros, que desfilaban arriba y abajo frente a la casa de Marta, y una chica vestida con un uniforme plateado de bastonera, haciendo girar con torpeza el bastón entre sus dedos enfundados en guantes también negros, y un percusionista que avanzaba con grandes zancadas marcando el ritmo y que giraba hábilmente sobre sus talones para dar media vuelta sobre la calle fangosa y marchar nuevamente frente a la casa de estuco rosa que ocupaba media manzana. Los padres de Marta y de Amelia, y Camilo, el hermano menor, no se asomaron a ver el desfile; las ventanas permanecieron cerradas detrás de las protecciones de hierro, la puerta atrancada mientras los músicos uniformados marchaban una y otra vez por delante de la casa. Y más tarde, al final de la calle, en la margen fangosa de un terreno cubierto de yerbas donde crecían unos cuantos palos de jícaro –las ramas superiores repletas de loros cuyo plumaje color verde caramelo resplandecía con las últimas luces del sol que se evaporaba en un cielo cada vez más cenizo, entre el olor a excremento que despedían los frutos de los jícaros pudriéndose en el suelo–, la multitud colocó una roca pintada de rojo y negro, donde decía MARTA LLARDENT en letras blancas, BON 77-65, su batallón de voluntarios, y la fecha, para que permanezca ahí por los siglos de los siglos, como un ojo infectado mirando al cielo, abierto al sol y a la lluvia y orinado por los perros y los borrachos. Un año después, la hermana de Marta aún vegetaba en el hospital militar de Managua, aunque pronto la enviarían a Cuba para realizarle más operaciones, más tratamientos. Sus padres, los que no salieron a la calle ni quisieron mirar el desfile y no estaban interesados en aquella roca, hubieran podido ser mis suegros, o quién sabe, tal vez para este momento ya hasta serían abuelos. Hubiéramos vivido en León; yo habría tratado de ingresar en la universidad, y ella iba a trabajar a medio tiempo y a terminar sus estudios… ¿Y qué? Hablame, Martita… ¿Qué es lo que debo sentir? ¿Qué deuda tengo con vos? ¿Por qué este vacío aquí dentro?

Y entonces el locutor de la radio dijo: «Nicaragua», y al principio Esteban siguió sumido en sus propios pensamientos, como si hubiera sido él mismo quien hubiera pronunciado la palabra. Pero enseguida escuchó «Nicaragua» otra vez: el locutor de la radio decía que, a pesar del acuerdo de Sapula y del alto al fuego, ambos bandos seguían disputando las cláusulas y las supuestas violaciones, y acto seguido escuchó un breve fragmento de un discurso pronunciado en el fulminante inglés nasal del presidente de Estados Unidos, ahogado enseguida por una traducción al español, que reclamaba nuevos y amplios fondos para poder armar y adiestrar a los «luchadores por la libertad» en Nicaragua. Esteban se percató súbitamente de que las piernas larguiruchas del capitán Elias se hallaban delante de él, y alzó la mirada y vio el rostro del Barbie, plantado detrás del capitán, con un vaso en cada mano y su rostro regordete y de pequeñas orejas, tan parecido a un murciélago, que lo miraba con ojillos somnolientos pero alertas y una extraña y enorme sonrisa de perro. Los otros nicaragüenses se acercaron, atraídos por las noticias de la radio. El capitán Elias gritó:

—¡Maldito idiota! Quiere reanudar la guerra. No sé por qué no dejamos en paz a *Nicah-rah-wua*. ¡No es más que un país diminuto!

Y todos comenzaron a hablar al mismo tiempo, de la misma mierda de siempre: el viejo decía que él no aprobaba la guerra pero que la Revolución había sido una traición de mierda. Y el capitán aseguraba enérgicamente que Estados Unidos había provocado la traición a los ideales revolucionarios, al sofocarlos con una guerra ilegal.

—Ése es el problema de los malditos yanquis –dijo–. No soportan ser una potencia imperialista y por eso se niegan a aceptar que son una; no quieren reconocerlo, ¿no?

Y ahora el capitán miraba a Esteban y le decía que allá, en el año setenta y nueve, durante la insurrección contra Somoza, él quiso alistarse en la brigada internacional de los sandinistas que peleaban en el frente del sur, pero que los negocios que tenía en el Amazonas se lo habían impedido. Y le preguntó:

—¿Fuiste soldado, Esteban? ¿Es cierto que estuviste en la guerra?

No voy a decirle nada, pensó Esteban, y alzó la mirada y observó la barbilla del capitán, aunque terminó por asentir.

—Me siento honrado de tenerte a bordo, Esteban —afirmó el capitán—. Verdaderamente honrado. ¡Ustedes muchachos le patearon el culo a un ejército entrenado, respaldado y dirigido por una de las mayores potencias militares del planeta!

El viejo se puso a decir que sí, pues, los cachorros que enviaron a pelear eran buenos chavalitos, y que ambos bandos estaban llenos de jóvenes maravillosos que peleaban por la democracia. Pero que, si la Contra estaba a favor de la democracia, y los sandinistas también, ¿entonces por qué carajos había una guerra? ¿Cómo podía seguir aquella guerra que mataba de hambre a todos los que no combatían y que sólo era rentable para los fabricantes de ataúdes? ¡Pues porque los líderes de ambos bandos eran unos mentirosos, unos hipócritas, unos títeres traidores!

—¿Tú te sientes traicionado, Esteban? —preguntó el capitán Elias.

—No, señor —respondió Esteban.

Había sobrevivido, ¿no? Sí, pues, les pateó el culo a los yanquis, como decían. Y todo había terminado. Había vuelto a casa y vivía de las tarjetas de racionamiento de mierda, sin trabajo, con los bocones de sus tíos y su madre alimentándose de caldos hechos de cartílagos de tiburón, de caparazones de cangrejos y mohosas papas polacas, y de democracia, claro.

—¿Qué no fue la revolución la que te enseñó a leer, Esteban?

¡Chocho con este capitán!, pensó.

—Fui a la escuela —respondió, encogiéndose de hombros.

Quería salir a tomar aire, aunque aún estuviera lloviendo, pero no lograba ponerse en movimiento. Y el Barbie estaba diciendo:

—No se puede hablar de política con un piri, mi capitán. Éste no fue más que otro perrito rabioso al que le lavaron el cerebro. Es lo que hacen los comunistas, ¿no, mi capitán?

—Comemierda –dijo Esteban con indiferencia.

—Come muchísima mierda, Barbie –añadió Panzón, dándole una torpe pero jovial palmada en la espalda al contramaestre.

—Oiga, mi sobrecargo, yo me la pasé bien con la guerra, con ese diluvio de putillas nicaragüenses que terminaron en Honduras.

El Barbie echó la cabeza hacia atrás y soltó una carcajada parecida el resoplido de una ballena.

—Y dejaron a tu madre sin chamba, pendejo –remató Roque Balboa con una sonrisa.

Todo el mundo rio, y finalmente terminaron por dispersarse. Y Esteban volvió a morderse la uña de su mugroso pulgar hasta que sintió chispas heladas atravesándole los dientes. Antes de apartarse, el capitán le había puesto su enorme mano sobre la cabeza y le había revuelto los cabellos. Comemierda, capitán.

¿Y ahora, qué sucedía? Escuchó risas como aullidos. Algo sobre un juego de taberna que el Barbie solía jugar en La Ceiba. Algunos marineros estaban tirados en el suelo, otros sentados; otros caminaban tambaleándose como si verdaderamente hubiera marejada. Pimpollo salió dando tumbos hacia la puerta para vomitar. El Barbie casi se cae al tratar de bajar la estufa de butano de la mesa, y ahora alinea galletas Oreo sobre el borde de ésta.

—¡Rompa la galleta, mi capi!

—No, no, Barbie –protestó el capitán–. Debemos irnos ya.

—¿Qué? ¿Qué sucede? –balbuceó Mark, mientras el Barbie trataba de explicarle cómo romper la galleta–. ¿Qué dice?

—Con tu verga, Mark –dijo el capitán–. El juego se llama Rompe la galleta.

El Barbie, tambaleándose junto a la mesa, se bajó la cremallera de sus pantalones, se sacó la pija y gritó:

—¡El que gane se queda con la última cerveza!

Y se inclinó sobre la mesa con la pija en la mano, la sacudió de arriba abajo como haciendo puntería, cerró los ojos, los volvió a abrir y azotó violentamente una de las galletas, que saltó en el aire pero no se rompió. El Barbie aulló, tal vez a causa de la emoción o del dolor, dio media vuelta y apenas logró articular:

—Su turno, mi capitán.

—Ni de pedo –respondió aquél.

Y entonces ocurre la siguiente escena: Mark se aproxima a la mesa, caminando como si vadeara un río con el agua hasta la cintura, se baja los pantalones y se la saca con una expresión de concentrado esfuerzo y los ojos muy abiertos, y sorraja su pálido y flácido pene contra la superficie de la mesa, sin acercarse ni remotamente a la galleta, y da uno, dos, tres pasos tambaleantes hacia atrás, cae de culo y luego de espaldas, desternillándose de risa.

Y todos los que no se han desmayado sonríen o miran a Mark boquiabiertos con sorpresa y asombro, y el perro se acerca y se deja caer pesadamente al lado del primer oficial para lamerle el rostro, y el capitán Elias sacude la cabeza y dice, con una sonrisa despectiva y perpleja:

—Muy bien hecho, Mark. ¡Muy bien hecho! Ahora tienes el pito lleno de astillas, ¿no? Eso va a sentirse *increíble* mañana por la mañana.

El capitán ayudó al tambaleante Mark a cruzar la puerta del comedor y, volviéndose por encima de su hombro, les dijo a todos:

—Tómense el día libre mañana. No habrá trabajo, güeyes. ¡Fue una gran fiesta!

Ninguno de ellos salió a levantar la escalerilla aquella noche, y al día siguiente, el comedor amaneció cubierto de hojas y olotes y demás restos del asado mordisqueados por las ratas, y apestaba a cerveza rancia y a vómito. El Honda de Mark seguía estacionado junto al muelle. La temperatura era de 38 grados, por lo menos, y la marea baja de la cala hedía y burbujeaba como una de esas charcas donde las vacas se bañan en el trópico. Los maderos rotos de la terminal abandonada parecían vibrar en el húmedo bochorno. No tenían nada con qué aliviar sus náuseas y su resaca: sólo sardinas y arroz frito en aceite vegetal y, para beber, el agua que manaba del grifo en el muelle…

4

CON UN SOLO VISTAZO A SU LIBRO DE CONTABILIDAD, Panzón puede decirle a cada marinero lo que le deben, hasta el último centavo: los mecánicos, los electricistas y el cocinero ganan cada uno 1.33 dólares la hora por una semana de sesenta y cuatro horas, más 33 centavos por cada hora extraordinaria; los marineros rasos «de primera» ganan 1.22 dólares la hora, más 22 centavos en caso de trabajar horas extra, y el camarero gana 1.06 dólares la hora, sin que se hubiera estipulado una tarifa de horas extraordinarias pues… ¿por qué tendría que trabajar horas extras un camarero? (Y, claro, a pesar de los ascensos, ninguno recibió un aumento de sueldo.) El capitán Elias y Mark llevan relojes de pulsera, pero cuando ellos no se encuentran a bordo nadie más tiene reloj, ni hay alguno que funcione en el barco: a todos los marineros que poseían uno se los robaron aquella noche en Los Proyectos, menos a Esteban, que dejó el suyo en su camarote. Canario posee una radio-reloj, pero necesita ser enchufada a la corriente eléctrica, igual que el reloj de la cocina, así que son inservibles. Pero Roque Balboa había llevado consigo un reloj de baterías, y Pimpollo uno más grande de plástico que funcionaba con cuerda y cuyo tic-tac se asemejaba al ruido que haría un esqueleto golpeando enloquecido la tapa de su ataúd con su cráneo vacío.

Al principio, el reloj de Roque Balboa permaneció junto a la estufa, sobre la mesa del comedor, para que todos pudieran saber qué hora era, pero Desastres –que apenas era una cachorrita, una mirruña esquelética de pelaje anaranjado que apareció un día en el comedor y que había sido adoptada por Bernardo, quien dijo que se trataba de una hembra y que serviría para cazar ratas, y la bautizó Desastres en broma– lo empujó de la mesa con su patita y el pequeño reloj se hizo pedazos contra el suelo metálico, y ahí terminó todo. Después trajeron el reloj de Pimpollo a la cocina, pero lo colocaron en la estantería más elevada, junto al tanque del agua, donde Desastres no podría alcanzarlo, y durante una semana los tictacs del reloj estuvieron devorando los nervios de José Mateo como termitas. Pero una tarde, el cocinero y el camarero escucharon los maullidos desesperados de Desastres y la encontraron agazapada en aquella estantería inaccesible, agitando de un lado a otro su cola rígida por el pánico y empujando poco a poco el reloj hacia el borde del estante con cada coletazo, ante los horrorizados ojos de los hombres. Bernardo se encaramó a un cajón y llegó justo a tiempo para atrapar el reloj en sus manos. Así que José Mateo colocó el aparato dentro de una de las dos cámaras frigoríficas que no funcionaban, donde además ya no tendría que soportar su enloquecedor repiqueteo de plástico. Cada vez que alguien quería saber la hora, tenía que ir hasta la cámara, tirar con todas sus fuerzas de la manija hasta que ésta se abriera con una exhalación de aire caliente y viciado y una lluvia de escamas de pintura y óxido desprendidos, y ahí estaba el reloj sobre las planchas de madera podrida del piso, latiendo ruidosamente con sus manecillas y sus numerales brillando verde fosforescente en la oscuridad. Pero una mañana, Panzón abrió la cámara frigorífica y encontró el reloj tirado de costado, junto a la pared del fondo, y cuando entró y lo recogió vio que marcaba exactamente la una y cinco, lo cual era imposible pues la jornada apenas comenzaba y el sol matutino se hallaba aún muy bajo en el horizonte. La manecilla de las horas estaba estropeada.

Panzón tomó el reloj, que aún seguía produciendo su estridente tictac, y lo sacó a cubierta, a la luz del sol. La tripulación se congregó a su alrededor. ¿Quién le habría arrancado la manecilla de las horas? ¿Por qué alguien querría hacer una cosa así? El delgado arillo que servía de base a la manecilla estaba ligeramente torcido, y había una minúscula y brillante rasgadura ahí donde el metal había sido arrancado. El minutero aún funcionaba, aunque su base también se encontraba ligeramente arañada, igual que el centro de la esfera de plástico. Parecía como si alguien hubiera mutilado el reloj con un tenedor o un destapador de botellas o algo parecido, en vez de limitarse a desprender la manecilla. ¿Quién habría sido capaz de hacerle algo así al reloj, en un solitario arranque de nerviosismo y furiosa inquietud? (¿Acaso había sido Esteban, el huraño mordisqueador de uñas?) La tripulación estaba estupefacta. Alguien había roto el único reloj que les quedaba. Alguien les había infligido un daño muy singular. Se miraron los unos a los otros, perplejos y miserables. (¿Habría sido Esteban...?) ¡Qué cosa tan frágil era, a final de cuentas, la confianza que sentían los unos por los otros! Dependía de que ninguno de ellos hiciera algo tan extraño y perturbador como aquello: ¿quién sabe lo que a un pendejo así podría ocurrírsele en la siguiente ocasión?

Cuando el capitán Elias y el primer oficial Mark llegaron al barco, Panzón les mostró el reloj.

—Bueno, es sólo un pinche reloj jodido –dijo el capitán, imperturbable–. Les traeré uno nuevo.

—*Wow* –exclamó Mark–. Qué cosa tan extraña.

El capitán estudió el reloj con el ceño fruncido. Tomó el minutero y lo presionó contra la cara del reloj, como si fuera una cuerda de banjo. Tiró de la manecilla y la soltó. Volvió a tirar de ella y esta vez se rompió: realmente era un objeto menudo y frágil.

—¿Lo ven? –dijo el capitán Elias–. Es un pedazo de mierda.

Y entonces Cabezón tuvo que abrir su bocota para decir que él podía arreglarlo. Y tal vez si no hubiera dicho aquello, el capitán *realmente* les habría llevado uno nuevo. Cabezón efectivamente había tratado de repararlo; allá abajo, en su mesa de trabajo en la sala de máquinas, había vuelto a soldar el minutero y después el nuevo horario que había fabricado con un trozo de hojalata martilleado. Finalmente consiguió que las manecillas volvieran a moverse, pero no logró que lo hicieran al ritmo necesario para marcar la hora exacta.

Pero ni siquiera el capitán Elias, aparentemente, pudo sacarse aquel asunto de la cabeza, y seguramente, al regresar a su casa por la noche, debió ponerse a reflexionar por qué alguien habría roto la manecilla del reloj de su tripulación, e indudablemente se había puesto a buscar una respuesta en su vasta colección de manuales y enciclopedias náuticas y técnicas. Porque a la mañana siguiente llamó aparte a Panzón y le dijo que creía haber hallado una explicación para lo que había pasado.

—Panzón —le dijo (al capitán le gustaba usar los apodos con que los miembros de la tripulación se habían bautizado)—, a bordo tenemos algunas ratas, ¿no?

Aquello era un eufemismo francamente ridículo. Porque cuando yacían despiertos en sus camarotes a menudo escuchaban el ruido que hacían las ratas al corretear por detrás de los mamparos, bajo los suelos y sobre los techos. Por la noche, cuando todos se habían retirado a sus cabinas, las ratas invadían la cocina y devoraban cualquier resto de comida que hubieran dejado, y, hasta que el cocinero y el camarero hallaron unos casilleros de acero para herramientas donde pudieran guardarlos, rasgaban los sacos de arroz —que ya de por sí estaban infestados de cucarachas— y se lo comían, dejando el suelo perdido de granos mezclados con excrementos que Bernardo barría y arrojaba por la borda mientras se lamentaba por toda aquella comida desperdiciada y, al mismo tiempo, por su vida inútil y desgraciada, dos calamidades que le parecían frustrantemente conectadas... Cierta noche, de madrugada, las ratas habían incluso invadido el insomnio de Bernardo. Atormentado por la idea de que los roedores se comerían viva a Desastres, el viejo se levantó de la cama, corrió a la cocina y se quedó boquiabierto de horror en el umbral al contemplar las repugnantes y oscuras siluetas de ojillos chispeantes que pululaban en el suelo como un ondulante río de lava negra. ¡Ni siquiera en su angustia por Desastres se le hubiera ocurrido imaginar que hubiera tantas! Y entonces descubrió los ojos brillantes de la gata parpadeando en la oscuridad: Desastres se encontraba sentada en medio del piso, intacta, como una milagrosa deidad que movía su cabeza de lado a lado mientras observaba cómo sus abominables adoradores se postraban ante ella.

—¡Desastres! –gritó Bernardo, y la gata lanzó un chillido y salió corriendo de la cocina, con la cola levantada y una cucaracha viva, del tamaño del pulgar de un hombre, aprisionada en su boca. Después de aquello, hasta la gata aprendió a mantenerse alejada de la cocina por las noches; se acurrucaba a los pies de Bernardo para dormir y limitaba sus vagabundeos nocturnos al castillo. ¡Quién quería vérselas con tantas ratas! Y por supuesto que le contaron al capitán de ellas. Éste siempre andaba diciendo cosas como: ¿Saben? Vamos a tener que exterminar a las ratas antes de que zarpemos, si no queremos que hagan nidos en la carga, ¿verdad? Así que cuando el capitán mencionó el reloj e insinuó que había unas cuantas ratas a bordo, Panzón dijo:

—Sin duda, capitán, hay ratas. Bastantes.

El capitán Elias se inclinó sobre la voluminosa y flácida mole de Panzón, y empezó a hablarle como un hombre realmente ansioso por exponer un argumento antes de que éste perdiera su frágil lógica: le dijo que a las ratas les gustaban los objetos brillantes para sus nidos, y en la oscuridad de la cámara frigorífica, las manecillas fosforescentes debieron haberles parecido especialmente brillantes, ¿no? Y como el piso de las cámaras se encuentra enmohecido, las ratas debieron olerlo y pensar que era comida; incluso era probable que hubiera viejos restos de alimento entre las grietas, por lo que la cámara definitivamente era un lugar muy atractivo para cualquier rata que lograra escabullirse por debajo de los tablones del piso.

—¿Te das cuenta, Panzón? –exclamó el capitán, con una voz tan alta que casi lo dejaba sin respiración–. ¡Qué chinga, cabrón! ¡Fue una rata!

Aquella rata, aseguró, deseosa de llevar las brillantes manecillas hasta su nido, había roído por horas y tirado del horario hasta lograr arrancarlo. ¡Y ahora esa manecilla formaba parte de su nido! El capitán Elias, sonriendo forzadamente, fue por su linterna, y Panzón lo siguió hasta la cámara frigorífica.

Una vez dentro, el capitán frunció el ceño y dijo:

—¿Ves? Mierda de rata por todos lados. ¿No hueles?

Panzón estuvo a punto de decir que con certeza aquélla era una rata especialmente cagona, para haber dejado todas esas cagadas en el piso, cual si fuera un centenar de ratas. Pero todo aquel excremento parecía haber desmoralizado al capitán.

—Sin duda hay ratas –dijo, casi abatido, mientras deslizaba el haz de la linterna en círculos por el suelo.

Esteban era consciente de que debería haberle ofrecido su reloj de pulsera a Panzón, para que éste pudiera llevar la cuenta de las horas laborales de la tripulación. Pero no se decidía a hacerlo, no quería hacerlo. El reloj era su secreto. Un secreto muy extraño, el del Tiempo; un secreto que se malgastaba con él porque.. ¿a él qué más le daba que en realidad fueran las 4:37 de la mañana, o de la tarde, o cualquier otra hora? O, vos, la hora que es su tumba, un poco de aire flotando sobre su tumba, ahí metido dentro de su calceta. Cada vez que pensaba en ello, la culpa le quemaba las venas. ¿Qué clase de compañero era él, acaparando aquel reloj y convirtiéndolo en fetiche, como una vieja viuda beata?

Aunque, para tranquilidad de Esteban, Panzón rápidamente descubrió que no necesitaba ningún reloj, ni de pulsera ni de pared, para llevar la cuenta del tiempo. ¿Acaso no había pasado un año entero sobre la cima de una colina a las afueras de Managua como observador de una unidad antiaérea, mirando el cielo a través de binoculares y calculando interiormente sus turnos de noventa minutos? Aquel hábito está tan arraigado en él, que le bastaba con mirar el cielo para saber cuánto tiempo había transcurrido desde la última vez que lo hiciera, prácticamente al minuto, e incluso en días nublados su perfecto conocimiento del cielo parecía tan desarrollado como el de un viejo marinero. Ahora llevaba dentro de sí un reloj que, automáticamente, contaba horas de noventa minutos, y eso era todo lo que necesitaba para llevar su contabilidad.

Panzón trata de ser un sobrecargo diligente y minucioso. Pero ahora también cuenta como jornadas laboradas los días en que ninguno de los oficiales viene al barco y ellos no hacen nada, e incluso añade horas extra, aunque siempre trata de no salirse de lo razonable, pues tampoco hay que exagerar: el capitán ya sabe cuánto suelen durar sus jornadas. Bernardo fue el primero que le sugirió esa medida a Panzón, al alegar que, dadas las condiciones en las que se encontraba la embarcación y el hecho de que aún no les habían pagado un solo centavo de sus salarios, lo más justo era que cada día fuera considerado un día laboral, trabajaran o no, pues, vos, ¿acaso no es obvio? El mero hecho de estar allí ya era trabajar.

La tripulación aprobó la moción de Bernardo por unanimidad, y después acordaron unánimemente que el viejo camarero tenía el mismo derecho que ellos a cobrar horas extra. Justo como el capitán Elias había dicho, la rutina diaria de Bernardo no había cambiado en absoluto ahora que también era el «segundo», aunque la broma había seguido reverberando en el irremediablemente arraigado sentido de la jerarquía del viejo. Al ser el «oficial» de mayor nivel cuando ni el capitán ni el primer oficial se encontraban a bordo, Bernardo tenía derecho a servirse primero en cada comida, cosa que ni siquiera le pasaba por la mente hacer. En cambio, lo único que le molestaba a la hora de tener que ajustar su servicio al rango de la tripulación –los «oficiales» mecánicos y eléctricos de la sala de máquinas eran chavalos decentes, y siempre insistían en que dejara de ser tan exagerado– era tener que servirle en quinto lugar al Barbie, el contramaestre. Porque aparte del sobrecargo, quien por lo menos sí desempeñaba una nueva función, el Barbie era el único que se había tomado a pecho el ascenso y se creía el patrón de los marineros rasos, haciendo caso omiso de la creciente irritación y el desdén de éstos. Tan pronto como el capitán Elias, o Mark, o ambos llegaban por las mañanas, el Barbie iba a preguntarles qué instrucciones tenían para los hombres durante aquella jornada, pregunta a la que Mark siempre respondía con una sonrisa confusa o con un ademán de indiferencia. El capitán, por su parte, generalmente le decía al Barbie que se ocupara de que los hombres terminaran lo que fuera que hubieran estado haciendo el día anterior o, si acaso había una nueva tarea que realizar, le decía que él mismo se la explicaría. Y luego el Barbie se pasaba todo el día repitiendo como cotorro lo que el capitán había dicho.

Bernardo fue el primero en descubrir a la gata una tarde de julio: una hembra callejera, de pelaje anaranjado con el pecho blanco y la nariz del color de la carne cruda, ahí a mitad de la cocina, maullando como si se quejara de que aún no le hubieran servido su comida. Seguramente había subido furtivamente por la escalerilla, sin ser detectada, cuando la tripulación se hallaba ocupada trabajando. Todo barco debe tener un gato, pensó Bernardo enseguida. Los gatos a bordo son prácticamente una tradición marinera. Cazan ratas y ratones. Incluso hay quienes creen que ahuyentan a los fantasmas que pudieran existir a bordo. Bueno, y son suavecitos al tacto, una diversión pasajera para las manos y los corazones endurecidos, nada más.

Por las tardes, Bernardo y José Mateo normalmente se sentaban sobre unos cajones afuera de la cocina con cazuelas en los regazos, para cernir el arroz que comerían en la cena y que sacaban de aquellos sacos que los japoneses habían dejado en las bodegas. Espulgaban los granos en busca de cucarachas vivas y de caparazones de cucarachas muertas que arrojaban sobre una pila a sus pies, cuidando bien de aplastar las vivas con la suela de sus zapatos para después barrer y trapear aquella viscosidad cuando terminaban. Por lo general, Desastres rondaba cerca de ellos, aguardando alguna dádiva, pues siempre estaba dispuesta a jugar con las cucarachas y, en última instancia, a zampárselas. Tenía la costumbre de saltar al regazo de Bernardo o al de José Mateo para rastrillar el arroz con sus patas, y en una ocasión, cuando el cocinero la apartó con demasiada brusquedad, la gata lo arañó y le dejó unas rayas de color rojo vivo en el dorso de la mano.

Así que Bernardo, con gran paciencia, comenzó a enseñarle a la gata a sentarse a sus órdenes. «¡Sentate, Desastres!», le decía, y empujaba los cuartos traseros del animal contra el suelo. En menos de dos semanas, la gata ya obedecía igual que lo hubiera hecho Milagro ante la misma orden en inglés. Pero la diferencia era que cualquiera de ellos podía decir «Sit» y la perra acataba la orden, mientras que Desastres sólo obedecía a Bernardo, y no sólo eso: se quedaba ahí sentada durante muchísimo tiempo, por lo menos hasta que le daban una cucaracha o un pedazo de pan hecho bolita –cuando tenían pan a bordo–, empapado en aceite de sardinas. Mark y el capitán Elias decían que nunca habían visto o sabido de un gato que pudiera hacer eso, porque se suponía que los gatos no tienen la capacidad de obedecer como los perros, o incluso como los leones y los tigres, y es por eso que nunca ves manadas de gatos domésticos saltando a través de aros en los circos. Hasta llegaron a decir que llevarían a Desastres a un programa de televisión para que ejecutara ante las cámaras lo que ellos llamaban su truco «estúpido». En ocasiones, el simple hecho de ver cómo Desastres obedecía el mandato de sentarse y permanecía remilgadamente en la misma postura, bastaba para que Mark se doblara de risa y se pusiera a soltar carcajadas, con los brazos cruzados sobre el vientre; carcajadas que parecían roerle cada vez más profundamente las entrañas cuanto más tiempo permaneciera sentada la gata.

Cierto día, el capitán preguntó a Bernardo por qué había nombrado Desastres al animal.

—Porque no se me ocurrió ningún otro nombre, mi capitán –respondió Bernardo. Aquélla era la primera vez que el viejo camarero empleaba aquella fórmula respetuosa para dirigirse a él: *mi* capitán.

A Desastres le gustaba la compañía humana: ¿por qué otro motivo había acudido al *Urus*, que difícilmente podía ofrecerle a un gato un banquete continuo, cuando allá en los alrededores de la cala seguramente abundaban los ratones, los topos, los polluelos y las ardillas, o los restos de pescado que las gaviotas dejaban caer, y toda clase de insectos? Le gustaba sentarse en el regazo de los marineros y juguetear bruscamente con sus manos, morder las bases de sus pulgares y dejar en ellos pequeñas mordidas y arañazos; le gustaba meterse entre los pies de los hombres, como si quisiera hacerlos tropezar. Cebo, el antiguo cazador de langostas, se paseaba por cubierta con Desastres acurrucada entre sus musculosos brazos, sintiendo con la palma de su mano las vibraciones de sus ronroneos, o frotando entre sus dedos las patitas acolchadas de la gata, mientras la arrullaba con una tonada que repetía una y otra vez:

Mira la niñita,
ninguna más bonita…

Así pues, según las palabras del capitán Elias y de Mark, tenían a bordo del *Urus* una gata que podía hacer lo que ningún otro gato del planeta. Y si los oficiales lo decían, ¿realmente significaba que era verdad? Porque el capitán era un joven muy culto, de gran experiencia y sofisticación, y era obvio que aquella gata lo fascinaba. Nadie dudaba de que, si el capitán hubiera podido obligar a Desastres a obedecerlo a él de la misma forma en que seguía las órdenes de Bernardo –y lo había intentado, agachándose y canturreando: «¡Sentate! ¡Sentate, Desastres!», al tiempo que hacía oscilar entre sus dedos una cucaracha, que Desastres olisqueaba y trataba de coger de un zarpazo para finalmente echarse a correr–, se habría apropiado de la gata, la habría llevado inmediatamente al programa de televisión aquel y después a vivir a su casa, como si fuera un tesoro, para lucirse con ella ante su mujer artista y sus amigos académicos. Así que ése era otro de los prodigios de la gata: sin Bernardo, Desastres no pasaba de ser una de tantas bestias escuálidas y sin gracia que vagaban por los muelles, aunque una inusualmente amigable con los humanos. Nadie recordaba haber conocido otro gato que pudiera acatar la orden de sentarse, aunque la mayoría de ellos también reconocía que jamás en su vida le habían prestado demasiada atención a los gatos, bestias que, en el trópico, abundaban en cualquier recoveco o resquicio oscuro, y bastaba con hurgar en cualquier rincón para que de él se escabullera uno a toda prisa. ¡Pero aquí, en el *Urus*!… Uno habría pensado que la primera vez que la gata obedeció a Bernardo los cielos debieron abrirse para dar paso a un gran rayo luminoso que descendería para ungirlos a ambos con su luz milagrosa. Bueno, pues, alegaba Bernardo, cuando san José de Cupertino levitó hasta llegar al techo de una iglesia en Italia no hubo ninguna luz tampoco, sólo la gente que decía: Miren, ahí está otra vez el tarado del cura volando por los aires, y se rieron al atisbar su culo gordo y peludo por debajo de la sotana, y eso que aquel milagro fue mucho mayor que éste. Y cuando las Vírgenes de las iglesias nicaragüenses lloran lágrimas auténticas a causa de las vilezas cometidas en el país y las crecientes muertes, ¿dónde está el dichoso rayo de luz, o cualquier otro tipo de fanfarria celestial? Porque, a ver, ¿qué tiene de especial una gata que sabe sentarse? Incluso aunque fuera la única en el mundo capaz hacerlo, tampoco era para tanto, no era como que la gata volara. ¡Pero, puta, Bernardo! ¡Imagínate que es la única gata entre quién sabe cuántos trillones de gatos del mundo que puede hacer eso! Pensá solamente en los miles de barcos mercantes que surcan los mares del mundo en este preciso momento, y en todos los gatos a bordo de esos barcos, y pensá que sólo aquí, en este rincón mierdero de Brooklyn y en este barco mierdero que ni siquiera se mueve, se encuentra esta gata excepcional: ¡la gema más rara y preciosa del mundo montada sobre una sortija de hojalata! Sí, pues, ¡realmente es un milagro! ¡Vaya que lo es! Y por eso el pequeño y emocionante estallido de alegría que se manifestaba como la detonación muda de un petardo en el aire cada vez que Bernardo le ordenaba a Desastres que se sentara y el animal le obedecía, era mucho más emocionante aun que una extraordinaria racha de suerte y pericia en el dominó, una racha que, en aquel mismo instante, bien podría estar sucediendo en idéntica secuencia a bordo de cualquier otro barco del mundo, sin que por ello resultara más asombrosa que la singularidad de esta gata, y saberlo resultaba muy satisfactorio, de un modo extrañamente similar, aunque al mismo tiempo muy diferente por ser algo que todos compartían, a un sueño feliz que uno recuerda por la mañana y que saborea en silencio durante varios días, hasta que la lija de la añoranza termina por desgastarlo por completo. A los marineros en especial les gustaba pronunciar el nombre de la gata: ¡Desastres! ¡Desastres! ¡Ven, gatita! ¡Pss! ¡Ven!, debido a que resultaba más obvio que aquello fastidiaba al capitán. Bernardo sonreía para sus adentros cada vez que oía aquella palabra retumbando desde los extremos más recónditos del barco, como un grito de guerra subversivo –«¡Desastres! ¡Desastres! ¡Desastres! ¡Desastres!»–, y le gustaba pensar que aquel cántico despertaba por las noches al capitán Elias, todo sudoroso y sobresaltado.

Pero, después de todo, los hombres no deberían encariñarse demasiado con un gato: los gatos, ya se sabe, van y vienen; ni deberían sentir mucha pena cuando alguno de ellos, asaltado por el mal genio, se tropieza con el animal y se lo saca de entre las piernas con una patada que lo envía bufando al otro extremo de la cubierta... aunque, por suerte, sin arrojarlo nunca al fondo de uno de aquellos agujeros. Hay países donde la gente come gatos, les recordaba José Mateo. Había escuchado de embarcaciones chinas que almacenaban cuerpos de gatos en las cámaras frigoríficas, como si se tratara de cualquier otro tipo de carne. Todos los nicaragüenses habían oído historias de vecinos hambrientos que se comían a los gatos, a los perros, incluso a los cotorros: arroz con loro, pues, la única aportación de la Revolución a la cocina nacional, ¿no?

Igual que la mayoría de los gatos, Desastres era una vagabunda, una merodeadora. Una gata lista e independiente. ¿Acaso no se había apartado de su madre y de su camada? ¿De esos gatos que, por las noches y casi diariamente, elevaban su clamor histérico e incestuoso desde las ruinas que había alrededor de la cala, como almas demoniacas riñendo y refocilándose en un cementerio maldito? A veces Desastres desaparecía durante uno o dos días seguidos, perdida en las entrañas de la embarcación, cazando bichos acuáticos, insectos, crías de rata o quién sabe qué más.

Pero unas seis semanas después de su primera aparición en la cocina, Desastres se esfumó de nuevo y ya nunca más volvió. Y mientras los días transcurrían, la atmósfera de muda desolación causada por la desaparición de la gata se fue tornando cada vez más palpable. Se parecía un poco al sentimiento que experimentaron en los días posteriores a la golpiza que les propinaron en Los Proyectos: la misma sensación de fragilidad, indefensión y desconcierto. Buscaron en todo el barco; registraron cada rincón de los dos niveles de la sala de máquinas; bajaron a las bodegas y miraron detrás del tanque de lastre; treparon los peldaños de hierro de las estrechas escalerillas al interior de los mástiles. Cabezón llegó incluso a introducirse en el ducto de la quilla con la linterna de los oficiales, y se arrastró a gatas a través de aquel oscuro túnel anegado que se extendía a lo largo del fondo de la nave, llamando a la gata por su nombre, y se encaramó al eje de la hélice. Pero Bernardo sabía que Desastres estaba muerta. Cuando los gatos no vuelven, se decía a sí mismo, es porque están muertos o porque han hallado un hogar más hospitalario donde vivir, cosa muy improbable en aquel sitio. Bueno, no podés dejar que la pérdida de un gato te afecte tanto. Después de todo, somos hombres adultos. O bueno, casi adultos, en el caso de los pobres chavalitos que de cualquier forma tienen que ir madurando día tras día. No sabemos si uno de esos halcones o cernícalos que vuelan en el cielo se dejó caer en picada cuando ninguno de nosotros miraba, y atrapó a Desastres y se la llevó a su pestilente guarida llena de huesos de pescado y de roedor. O tal vez las ratas sí consiguieron matarla, después de todo… Algo más de qué lamentarse, un motivo más para suspirar por las noches. Bernardo echaba de menos a su gata, por supuesto, al igual que el resto de los hombres. Pero era sólo una gata, una que poseía un talento singular que había alegrado a todos por igual, aunque éste no pudiera ser tildado *realmente* de milagroso, ¿o sí? Una gata que merecía aparecer en la televisión para realizar su truco estúpido. Más de una vez el capitán Elias había dicho que llevaría una cámara de video para filmar a Desastres sentándose, porque de otra manera nadie lo creería posible, y por eso se le notaba visiblemente frustrado consigo mismo, por no haberlo hecho antes de que la gata desapareciera.

5

Justo esta misma tarde, Panzón le comunicó a Esteban que hasta la fecha, por los ciento once días que ha pasado a bordo de *Urus*, se le debían mil setenta y tres dólares con cincuenta centavos: más que suficiente para devolverles a sus tíos el dinero del boleto de avión y de los gastos de contratación. Gracias, tíos.

El capitán Elias siempre dice que a él y a Mark tampoco les han pagado. Pero el capitán Elias habla por teléfono con el propietario del barco, quien le asegura que les pagará a todos tan pronto el barco se encuentre rehabilitado, tan pronto la carga sea contratada y la nave esté lista para zarpar. En cualquier caso, el capitán les recuerda que son libres de marcharse a donde quieran, que los servicios de inmigración de Estados Unidos no ponen ningún impedimento para que los inmigrantes ilegales *se marchen* del país. Varias veces han sometido a votación la posibilidad de dejarlo todo y marcharse, pero nadie tiene ganas de regresar a casa después de tantos meses de trabajo sin un centavo en el bolsillo y aún endeudados. ¿Y además quién dispone de dinero para pagarse el boleto de regreso? ¿O quién tiene ganas de entregarse voluntariamente a los de Migración y permanecer en la cárcel hasta que ellos decidan si pagarán o no por su deportación? Al principio, algunos de ellos enviaban cartas a casa; se las entregaban al capitán o al primer oficial para que ellos las depositaran en el correo; cartas en las que la mayoría disimulaba el apuro en el que se encontraban metidos, hasta que se volvió imposible seguir haciéndolo: ¿cómo podían explicar que, después de tantos meses, aquellas cartas siguieran llegando de Nueva York? Así que dejaron de escribir; y casi ninguno tiene dinero para pagar las estampillas ahora. Esteban tiene un puñado de monedas nicaragüenses, pero nadie a quien desee escribirle en realidad. El otro día Cabezón y Panzón se arriesgaron a llevar las cartas que escribieron a sus novias hasta la otra punta de la explanada del muelle, donde se toparon con unos marineros chinos −o coreanos, o japoneses... ¿cómo iban a saber ellos lo que eran?− que regresaban a sus barcos, y a quienes trataron de entregarles las cartas para que las remitieran desde el siguiente puerto en donde recalaran. La comunicación se llevó a cabo con gestos: una mano que se fingía un barco, con el pulgar alzado para imitar la chimenea, y movimiento ondulantes del dorso para indicar «lejos, muy lejos». Pero quién sabe qué habrán entendido aquellos chinos o lo que fueran. Se limitaron a sonreírles con indiferencia, como si fueran un par de mendigos lunáticos y harapientos, y se dieron la media vuelta y se marcharon.

El *Urus* luce mejor ahora. Han pintado el castillo en su totalidad −de blanco, con parches de pintura base color minio que aún aguardan la aplicación de más capas−, pero aún no pintan el casco ni las partes de la cubierta donde varios meses de trabajo con lijadoras, esmeriladoras, arenadoras y amoladoras portátiles han estado demoliendo capas de herrumbre y pintura vieja hasta devolverle un nuevo brillo al acero. Muchos de los agujeros de la cubierta han sido resanados y soldados. Y se han tendido nuevos cables eléctricos de proa a popa, dotando el cuerpo viejo de la nave de un nuevo sistema circulatorio, aunque el barco aún no genera corriente; parece tratarse de un problema con los interruptores de circuito, que ya fueron encargados a Japón pero que al parecer se perdieron en el camino, y ahora aguardan la llegada de otros nuevos en estos días. Aunque tal vez el problema siga siendo el cableado; van a revisarlo nuevamente también.

Las hojas de los árboles agostados que se extienden del otro lado de los muros del recinto portuario y de la cala se están volviendo amarillas, y la otra mañana, la cubierta amaneció revestida de escarcha. Cada noche ahora encienden una fogata con madera que recolectan de entre las ruinas que hay alrededor de la cala. El gélido aire matinal hace que todo huela distinto, mucho más penetrante: el humo frío que despiden sus ropas y sus propios cuerpos, que olfatean llevándose las narices a los brazos y a los hombros. Un hedor fresco y pantanoso asciende de las bodegas, e incluso sus desperdicios y sus excrementos, apenas cubiertos con cal, arena y polvillo de cereal petrificado en el interior del silo tienen un olor nuevo y refrigerado. Se supone que, cuando el clima se torne realmente frío, las ratas abandonarán el barco en busca de una guarida más cálida, afirma el capitán. Él y Mark vienen menos al barco ahora, y no siempre juntos. Dicen que se pasan el día buscando interruptores en los depósitos de chatarra de los astilleros. Nunca les traen comida suficiente, aunque todavía les quedan sardinas y arroz.

Esa noche Esteban se encuentra parado junto a la barandilla en la oscuridad, y contempla el malecón, donde el generador y la compresora se encuentran guardados bajo sus tapas pintadas de amarillo y cubiertas de grafiti. Se dice a sí mismo: Bajá la escalerilla y vete, alejate de aquí. ¡Sólo alejate de aquí! Pero ¿a dónde? Cruza luego hasta la barandilla opuesta y se apoya en ella con los brazos cruzados y contempla la vasta y escarpada silueta de un embarcadero derruido, y las encrespadas y negras aguas de la marea entrante…

Bosteza y, con aire ausente, comienza a recorrer el barco en su longitud, caminando lentamente hacia la popa primero, y después hacia la proa por el centro de la nave, y de regreso. Tal vez se pondría a bailar, si tuviera una botella de alcohol y algo de música. Bailaría y bebería él solo ahí en cubierta hasta que el cansancio lo venciera y pudiera dormir… ¡Qué putas! Se conformaría con la pura botella.

En cualquier momento alguien subirá a mear por la borda. El pasado mes de septiembre, durante unos días, la mayoría de los marineros estaban demasiado asustados para hacerlo: una noche, alguien oculto entre las ruinas de la cala disparó tres veces contra la embarcación, tres balas que impactaron el casco como granizos de hierro que produjeron una débil reverberación, en parte real, en parte imaginada. Dos días después algunos bajaron por el costado de la nave en una guindola para ver si lograban hallar los impactos de bala sobre la vastedad de acero del casco, pero sólo pudieron hallar una pequeña hendidura brillante, que más bien parecía la huella dejada por un martillo de bola al golpear el metal. Nadie volvió a disparar nuevamente contra el barco, pero tuvo que transcurrir una semana por lo menos antes de que alguien se animara a bromear sobre lo sucedido. Todavía ahora, los hombres, menos Esteban y el Barbie, se niegan a cagar por la borda de noche y prefieren aguantarse las ganas hasta la mañana, cuando pueden bajar al silo en vez de colgarse con ambas manos de la barandilla como monos obscenos, con papel higiénico o trapos sujetos en una mano y los culos desnudos y expuestos a la cala...

Esteban sujeta una amarra que se extiende con firmeza entre el cabestrante de amarre y el bolardo en el muelle, una soga sintética más ancha que su brazo, y contempla su propia mano cerrada en torno a ella a través del vapor de su agitada respiración en el aire helado. Podría descolgarse por ahí si quisiera. Así es como las ratas suben a bordo, y como supuestamente abandonarán el barco cuando la temperatura descienda aún más. Del otro lado de la borda, la amarra pende un poco hacia un costado en dirección a la popa y luego descienden hasta el malecón. Él sabe muy bien cómo descender en cuerda; es la primera y la única cosa que le enseñan a los reclutas durante el entrenamiento antes de enviarlos a la guerra a que aprendan a combatir por instinto. Camina hasta la cubierta de proa. Allí la longitud de la amarra es mucho mayor, pero está más tensa en su recorrido hasta abajo, suspendida sobre la brecha de agua que separa la proa del muelle. Ésta es la buena. ¿Por qué no?

Vuelve caminando hasta el pañol que han improvisado entre la chimenea y la escotilla de la sala de máquinas, un cobertizo de paredes y puerta de tablones de madera toscamente martillados y techo de paneles de poliuretano. Está completamente oscuro ahí dentro. Tambaleándose entre rollos de cuerda, cadenas y cables, Esteban busca a tientas en las endebles estanterías.

Una espátula para raspar pintura. Un cuchillo para pelar cables. Un pequeño pero pesado punzón. Guarda el cuchillo en uno de sus bolsillos y el punzón en el otro.

Al salir del cobertizo, ve a Cabezón junto a la barandilla, orinando silenciosamente por el costado. ¡No jodás! No quiere cambiar su plan. Tal vez pueda escabullirse antes de que Cabezón lo vea, pero enseguida el cabrón vuelve su enorme cabezota y lo mira por encima del hombro.

—¿Qué onda?

—Pues nada.

Cabezón ya se está subiendo el cierre. Así de breves son las meadas de todos. Las vejigas se les están oxidando. Esteban a menudo se sorprende pujando y haciendo un esfuerzo para orinar un poco más, aunque a lo largo del día ha venido sintiendo una creciente urgencia por orinar. A veces incluso sueña que puede mear tan abundantemente como un elefante.

La testa de Cabezón parece encajada directamente sobre el cuello de su mugrosa sudadera, como si no tuviera pescuezo; parece una de esas enormes bolas de cristal con las que las videntes ven el futuro: una somnolienta cara amplificada que sobresale convexa y enmarcada por los cabellos. Esteban se mete las manos a los bolsillos para esconder las herramientas de la mirada de Cabezón, que se acerca hacia donde él está y apoya sus brazos cruzados sobre la barandilla.

—Estuve pensando en lo que hablamos la otra noche –dice Cabezón, farfullando como si estuviera borracho.

¿De qué habían estado hablando?

—Tenés razón, vos. Voy a comprar el caballo rosa.

—Ajá –responde Esteban. Jamás en su vida ha oído hablar de ningún caballo rosa. Cabezón delira. O tal vez es un sonámbulo que sueña con un caballo de color rosa. ¿Acaso no es ésta la conversación perfecta para despedirse de un barco fantasma?

—Eso será lo mejor de que nos paguen todo el dinero junto, ¿no? Cuando regrese voy a comprar el caballo rosa, así nomás.

—¿Cómo le vas a poner? –pregunta Esteban, impaciente pero fascinado: nunca antes ha hablado con un sonámbulo.

—El Caballo Rosa –responde Cabezón, encogiéndose de hombros–. Es un buen nombre. Ya te platiqué: el primo de Natalia es el dueño. Pero él se va a ir a Roatán. Dijo que me lo dejaría barato y que me daría tiempo para pagar. Natalia y yo podemos vivir ahí mismo y regentearlo entre los dos, y yo podría trabajar de mecánico durante el día. ¿Por qué no, pues?

—¿Es una cantina o algo así?

Cabezón se vuelve un segundo hacia Esteban, y con el rostro imperturbable, le contesta:

—¿De qué hablás, vos? Es un caballo rosa. ¿Qué nunca habés visto uno?

Esteban se queda un rato junto a la barandilla después de que Cabezón, lanzando una risita, se aleja pesadamente hacia su camarote. Luego vuelve con paso rápido al puente de proa, salta la barandilla y se cuelga de ella, buscando con la mirada la soga que emerge del tubo de amarre y las aguas negras de abajo. Con un solo movimiento, se suelta de la barandilla y sujeta la soga contra su pecho mientras cae, y enreda sus piernas en ella, tratando de mantener el equilibro tras algunas sacudidas pavorosas. A continuación desciende lentamente de espaldas por la amarra, bajando por el costado del casco y deteniéndose varias veces para volverse a meter bien las herramientas en los bolsillos. Al final gira sobre sí mismo para aterrizar de pie sobre el muelle.

Permanece inmóvil contemplando el barco, con los pulmones y las manos cosquilleándole, y trata de imaginarse a sí mismo allí arriba, yaciendo despierto en su camarote, al lado del viejo, como ha venido haciéndolo noche tras noche. Si volviera a trepar de nuevo, ¿las cosas seguirían siendo iguales? Será como recortar la figura de una persona de una foto grupal publicada en el periódico, una figura que se puede quitar y poner cuantas veces quieras.

¿Y ahora qué? La ciudad completamente desconocida. Los rascacielos de un pálido tono dorado en el horizonte. ¿Qué tal que mañana, a esta misma hora, ya tengo trabajo? ¿Puedo buscar trabajo con estas fachas? ¿Dónde dormiré? En el parque ese con caballos que aparece en todas las películas. Buscaré el edificio de las

Naciones Unidas y la oficina de Nicaragua y les diré que combatí en un batallón BLI y les pediré ropa. Aunque, ¿no pensarán que he hecho algo malo? ¿No me regresarán a Nicaragua?

Una blanca rebanada de luna pende sobre la escollera que forma el lado de la cala por la parte del puerto. Entretanto, ondas salpicadas de lentejuelas agitan la corriente que lame los pilotes. Alguien podría asomarse desde la borda. Se aleja del muelle rápidamente y rodea el silo y camina a través del terreno que hay detrás, pero una vez ahí duda como si se hallara ante una confusa encrucijada a mitad de la nada. Puede ir a donde sea, pues. ¿Qué dirán los demás en la mañana, cuando vean que Esteban se ha marchado y que la escalerilla sigue alzada?

Pero en vez de llevarlo hacia Brooklyn, sus pasos lo impulsan hacia el mar. No es el miedo lo que lo conduce por ese camino, sino más bien un anhelo de autoprotección. No quiere perder el sentimiento de libertad que experimenta en ese momento en su interior; quiere conocerlo más a fondo antes que arriesgarse a perderlo o arruinarlo en alguna desastrosa aventura que él no termina por imaginar aún.

La antigua terminal, inmensa, de madera del color de las ratas y parecida a un hangar de aeroplanos, se levanta en una extensión de playa y pilotes abatidos y escombros, entre la carretera y un campo lleno de hierbas altas. Cruza el terreno, un paisaje devastado de tallos secos y hojas quebradizas y plateadas, en dirección a la terminal, y escucha el tenue tintineo de las campanas de las boyas en la noche portuaria. Un cardo espinoso se alza de pronto en su camino como el fantasma de un puercoespín. Por dentro, la terminal abandonada le produce una sensación de inmenso vacío, semejante a una catedral eviscerada con suelo de arena, donde se respira una sensación de total y vasta oscuridad. Escucha arrullos y el batir de alas invisibles arriba, y al alzar la mirada en la negrura ve el apagado brillo del cielo nocturno a través de las rasgaduras del techo. Y se sienta justo ahí, sobre la fría arena; es como si una violenta marejada hubiera metido la arena allí dentro y, al retroceder, la hubiera distribuido uniformemente por todo el suelo de la terminal. La soledad, la repentina consciencia de sí mismo, de ser Esteban Gaitán y todo cuanto ha vivido y reprimido a lo largo de tantos meses, lo llenan de improviso de confusión, de una arrebatadora amalgama de sentimientos que por poco lo hacen llorar. Tiene la mirada fija al frente, como un animal salvaje hipnotizado por una hoguera al borde de un claro y, a través de las enormes puertas del recinto, contempla el cielo nocturno sobre el puerto a oscuras. Se recuesta sobre la arena. Llovía ligeramente en Quilalí la primera vez que la vio, que las vio a las dos: a ella y a su hermana, esperando junto a la puerta de la iglesia en el vaporoso resplandor de la luz que provenía del interior: ella sentada de cara a él sobre los escalones y la hermana de pie en el umbral, mirando cómo aquel padre yanqui de nombre impronunciable concluía la misa vespertina. Del otro lado de la calle, en un billar de paredes de adobe iluminado por un único y endeble foco, había varios hombres con sombreros vaqueros blancos inclinados sobre sus tacos. Un viejo montado en un caballo blanco de largas y raquíticas patas trotaba por la calle polvorienta en dirección a la oscuridad que señalaba la salida del pueblo. Esteban y su amigo Arturo iban de uniforme y llevaban sus AK colgadas al hombro. Su BLI había pasado las últimas tres semanas recorriendo los montes en un triángulo que se extendía entre allí, Wiwilí y el río Coco, en la búsqueda coordinada de una columna de contras a los que finalmente acorralaron y obligaron a cruzar nuevamente la frontera. Su compañía y otra más acampaban ahora a las afueras del pueblo, a la espera de que el batallón se reagrupara. Ni él ni Arturo estaban realmente interesados en buscar chicas cuando decidieron dar un paseo por el pueblo, aunque por supuesto que dijeron lo contrario. No era probable que en Quilalí hubiera algo más que toscas campesinas, con las que ni siquiera sería posible mantener un rato de conversación divertida, y aunque el ejército había asegurado el sitio, se decía que estaba lleno de simpatizantes de la Contra. Pero entonces vieron a las dos chicas vestidas con traje de faena afuera de la iglesia, y la que estaba sentada en los escalones alzó la mirada al acercarse ellos, con su largo cabello negro cayéndole sobre los hombros y aquellos enormes y brillantes ojos que se clavaron fijamente en Esteban, y le hicieron sentir algo que se abría suavemente como el girar de una llave en una cerradura, y que unas manos invisibles penetraban en su interior y envolvían su corazón con ternura. Al principio le pareció que la chica, con aquellos ojos, tenía un aire de lechuza, pero enseguida se dio cuenta de que era hermosa; que su rostro suave y redondeado era bello, tan melancólico, tan serio. Ella lo miró a los ojos como si ya lo conociera, como si no le sorprendiera nada verlo. La otra compita, la que llevaba el cabello muy corto y rizado, de tez más clara y una mano apoyada en la cadera para resaltar las nalgas que llenaban rotundas sus pantalones de faena, se volvió y los miró por encima del hombro. Esteban volvió a fijarse en la primera chica. Le preguntó qué estaba haciendo allí.

—Esperando para hablar con el padre –respondió.

—¿Para qué?

Esteban no tenía ningún motivo especial para querer saberlo, pero no se le ocurrió nada más qué decir. Notó que la chica llevaba un hilo atado en torno a su dedo meñique, y cuyo extremo subía hasta el cuello desabotonado de su camisa y desaparecía en el interior del suave triángulo de piel que precedía a su escote.

Ella miró a la otra muchacha y luego volvió a mirarlo a él y se encogió de hombros.

—Tenemos que hablar con él –dijo.

—¿Con quién están? –se entrometió Arturo.

—Con el BON setenta siete-sesenta y cinco –respondió la otra chica.

—¿Qué es eso?

—Es un batallón voluntario de la Juventud Sandinista de León –respondió–. De allá somos.

—No sabía que todavía existían –dijo Arturo.

—Existen.

La chica de Esteban –porque ya era suya– se llevó una mano al pico abierto de la camisa y la ahuecó entre sus pechos, y bajó la vista.

—¿Y qué hacen? ¿Cosechan café? ¿Dan servicio médico? –preguntó Arturo.

—No, hemos estado en la montaña –respondió la chica de pelo corto.

—¿Persiguiendo a la Contra?

El tono con el que Arturo lo dijo excluía cualquier posibilidad de que fuera cierto.

—Sí, pues… Para ser sincera, más bien son ellos los que nos han estado persiguiendo a nosotros.

—¿Dejan combatir a las mujeres?

—Sí, bueno, nosotras somos las únicas mujeres entre puros hombres.

—Me llamo Arturo, y él es Esteban. Estamos en un BLI.

Y la chica que estaba de pie respondió:

—Soy Amalia, y ella es Marta. Somos hermanas.

Ambas parecían muy serias. Pero, bueno, ¿qué otra cosa se podía esperar si combatían en un batallón de voluntarios?

—¿Para qué es el hilo, Marta? –preguntó Esteban. Quería que ella alzara los ojos y lo mirara de nuevo.

Pero ella pareció interesarse aún más en la abertura de su camisa, al grado de que Esteban sólo alcanzaba a ver ahora la punta de su nariz sobresaliendo de la cascada de cabellos que cubría su rostro. Se sacó algo que llevaba dentro de la camisa, algo que envolvió con ambas manos contra su pecho: una ardilla pequeñita, con el hilo atado a una de sus patas traseras. El animal tenía un pelaje rojizo y sedoso, y se acurrucó tembloroso en las palmas de sus manos, y después se dio la vuelta y quedó con la cola levantada hacia Esteban. La chica le tendió la ardilla, y Esteban dio un paso al frente y se inclinó y envolvió las manos de ella con las suyas y recibió al animal. El dedo atado de Marta se curvó al levantar un poco la mano siguiendo el hilo.

—¿Qué tal? –le dijo Esteban a la ardilla. Le pareció que su voz temblaba de la misma forma en que el cuerpo del animalillo lo hacía. Le preguntó a Marta dónde la había encontrado.

—En la montaña –dijo ella.

—¿Mataste a muchos contras? –le preguntó Arturo.

—No. Ni uno, la verdad –respondió Marta después de un breve

silencio, sin apartar la mirada de las manos de Esteban, con la mano aún levantada como si estuviera ofreciéndola como percha para que un ave llegara a posarse en ella.

—Pero sí nos mataron a nosotros... Bueno, mataron a muchos de nosotros –dijo Amalia, alzando la voz–. Antier mataron al compa que nos lideraba. Se supone que estamos aquí esperando la llegada del nuevo oficial.

Esteban, tendido de espaldas, contempla cómo el cielo comienza a iluminarse lentamente del otro lado del techo desgarrado de la terminal. Se ha pasado la noche entera escuchando el arrullo de las tórtolas, pero apenas ahora puede verlas, encaramadas como pinos de boliche violáceos sobre las vigas que sostienen el tinglado destrozado. De vez en cuando, una de las tórtolas emprende el vuelo hacia el cielo grisáceo, aletea y da vueltas bajo el tejado hasta posarse en una viga distinta.

Esa noche la besó por primera vez, horas después de que las hermanas entraran en la iglesia y hablaran con el padre mientras él y Arturo esperaban afuera. La estrechó muy fuerte entre sus brazos al tiempo que ella lloraba con el rostro pegado a su pecho y le empapaba la camisa con sus lágrimas saladas y su saliva, siempre con la ardilla acurrucada entre sus senos. Al final de aquella semana, todos en el batallón apodaban Ardilla a Esteban, por culpa del animalito ese.

—Sucedió tres noches seguidas –le contó Marta–. Pusimos centinelas en el perímetro de nuestro campamento, y a la mañana siguiente los encontrábamos a todos con las gargantas cortadas, apuñalados y mutilados. La tercera noche mataron a Beto. Amalia y yo conocíamos a Beto desde, uf, desde la escuela primaria. Se alistó al mismo tiempo que nosotras. Y cuando le dijeron que le tocaba montar guardia lloró, porque sabía lo que le esperaba. Pero igual fue. Le sacaron los ojos, como con una cuchara. Tienen este aparato, Esteban, que les permite ver de noche en la selva, ver a través de los árboles. Pero hasta entonces sólo nos habían amenazado e insultado; gritaban cosas sobre nosotros, para que supiéramos que podían vernos, o disparaban unas cuantas rondas...

—Vos, a nosotros no nos hacen esa mierda –dijo Esteban al final–. No usan esos juguetes. Nos huyen. Somos *nosotros* los que los perseguimos *a ellos*.

—Pudieron habernos liquidado a todos –dijo Marta–. A todos nosotros. Pero no lo hicieron. Nada más nos seguían. Jugaban con nosotros. Éramos su juguete.

Más tarde le contó que todos en su batallón estaban dispuestos a matar ellos mismos al oficial, si aquél hubiera insistido en que montaran guardia la cuarta noche. Pero ese mismo día, una bala salida de quién sabe dónde atravesó la selva y partió hojas y ramas y mató al oficial volándole un pedazo de la cabeza. Dejaron su cadáver ahí mismo, salieron a una carretera y caminaron hasta Quilalí.

Días más tarde llegó a Quilalí el nuevo oficial de mando de Marta y Amalia, quien colocó un letrero de cartón escrito a mano sobre la puerta de su alojamiento temporal en un viejo establo: LA VICTORIA MÁS GRANDE ES LA BATALLA QUE EVITAMOS TENER QUE PELEAR. Ningún entrenamiento puede prepararte para morir, aunque la guerra hace eso mejor que cualquier cosa, hasta que finalmente te das cuenta de que tienes buenas posibilidades de salir con vida y tu cuerpo vacila entre el terror y el gozo. Después de que el batallón de las chicas abandonara Quilalí, una semana después, Esteban pensaba todos los días en aquel pequeño letrero de cartón, confiando fervientemente en que el nuevo oficial de la Marta, un antiguo cartero y líder de la milicia en León, le hiciera honor a esas palabras cautas, o nobles, o lo que putamadre fueran.

Después de un rato, Esteban se levanta y camina hacia el vasto malecón que se encuentra frente a la terminal y toma asiento sobre la agrietada estructura de madera y contempla la doble fila de pilotes ennegrecidos y cundidos de percebes que penetran en aquella extensión de aguas, revueltas, picadas y grisáceas con matices rosas. Ahora puede ver la estatua completa, de pie en su propia isla. Cerca de la costa el agua tiene un tono verde semejante al de la estatua, y la espuma jabonosa, en la que se apilan los maderos picados, los cascotes y escombros y todo tipo de desperdicios provenientes de los embarcaderos, y metros de amarra podrida y amarillenta se asemejan a la trenza gigante de una princesa. Las boyas tintineantes, las luces que refulgen pálidamente en el amanecer, forman líneas que se atenúan a medida que recorren el puerto. Dos barcazas las atraviesan lentamente en direcciones opuestas. Del otro lado del puerto, los rascacielos forman una pared inmensa. Un remolcador pasa tan cerca que Esteban puede escuchar el resuello de sus motores y el chapoteo de las aguas al ser partidas, e incluso alcanza a ver a un hombre manejando el timón detrás del vidrio sucio. Lo sigue con la mirada mientras surca el mar en dirección al largo puente que se encuentra en el otro extremo del puerto. Allá, justo detrás del puente, se encuentra un enorme barco con el casco pintado de naranja y negro; un buque cisterna, probablemente. Las gaviotas descienden en picada y rozan la superficie con sus caras sonrientes de villanos de caricatura y las alas extendidas como perchas de alambre.

Camina de regreso a la terminal. Las primeras luces de la mañana entran por los boquetes del techo en extraños ángulos oblicuos. ¿Qué comen las tórtolas? ¿Ratones? Se imagina asándolas en una espeta sobre un fuego en cubierta. ¿Les haría mal a sus compañeros? De cualquier forma tendría que capturar una docena de ellas, por lo menos. Aunque, bueno, una vez comió colibríes sofritos en sartén, un bocado del tamaño de un cacahuate envuelto en una cáscara grasienta. Pero hacer una red y construirse un par de alas para revolotear hasta allá arriba para atrapar tórtolas... ¡ni verga, vos!

6

CLARO, LA CAMA DE ESTEBAN ESTÁ VACÍA. SU MANTA ES UN bulto hecho bola en el frío y mugriento camarote. La luz que se filtra a través del vidrio roto de la portilla junto con los quejidos de las gaviotas es la misma del amanecer plomizo que Bernardo acaba de presenciar desde la barra de un bar en la desierta Bourbon Street. ¿Qué sueño es éste, chavalito, que nomás viene y va, qué significa? ¿Y por qué siente que lo mejor sería no despertar nunca de él? En el barco fantasma reina un silencio absoluto, pero… ¿no es hora ya de partir, no deberían estar encendidas las máquinas? Sería muy reconfortante poder levantarse, asomarse por la portilla y no ver otra cosa más que surcos coronados de espuma, el gris océano completamente desierto hasta donde la vista se pierde en el horizonte y saber además que aquel sueño le durará, por lo menos, lo que dura una travesía por el Atlántico. Así él podría desempeñar con tranquilidad su trabajo: poner la mesa de la sala de oficiales tres veces al día, aunque nadie la usara y no hubiera nadie a quién servir; fregar el suelo del pasillo de la zona de oficiales, en balde; coser con diligencia el botón caído de la camisa del uniforme de su capitán imaginario, y pulir sus zapatos inexistentes. Pero en ese caso, ¿quién le pagaría? Bueno, es cierto que en este barco fantasma, al igual que en el otro, nadie llega nunca a pagarte, y aun así, considerando los pros y los contras, creo que prefiero quedarme aquí en éste, muchísimas gracias…

Si no fuera porque todas las mañanas cada parte de su cuerpo se manifiesta a través de distintos dolores y achaques: los riñones que han pasado la noche sobre una plancha gélida; los dedos que parecen de tiza; las rodillas de hojalata aplastada y los tobillos hinchados; cada mañana, y hasta que las articulaciones de sus piernas se relajan, Bernardo cojea por el barco como si sus pies fueran bandejas de servir. La pesadez que siente en el pecho le hace pensar en un elefante muerto yaciendo de costado en una zanja de talco húmedo. ¡Dios mío, qué desolación! Pero al menos una gran parte de su sueño ha sido apacible, e incluso placentera: un viaje sereno que lo acerca cada vez más a un conocimiento, a una comprensión: algo.

Sobre el mamparo junto a su colchón hay tres fotografías a color pegadas; imágenes algo borrosas a causa del plástico empañado con que Bernardo las ha forrado cuidadosamente. Justo ahora, una cucaracha gigante trepa por la escalerilla velada del carguero *Mitzi*, es decir, el insecto se desliza por el plástico que cubre la fotografía en donde él aparece de la mano de Clara ante la escalerilla del *Mitzi*; los cabellos de Clara y su piel y su vestido resplandecen como una margarita bajo el eterno sol tropical. Dentro de una fracción de segundo, un miembro de la tripulación cuyo nombre ya ha olvidado bajará la cámara mientras él suelta la mano de Clara y asciende la escalerilla con el sabor de su mujer en los labios, un sabor que tendrá que durarle casi un año. Otra de las fotografías es mucho más reciente y en ella aparece con las hijas que tuvo con Clara y con su nieto, en el porche de su casa en Managua. Sus hijas, huérfanas de madre e irremisiblemente adultas, contentas de haber podido quitárselo de encima, pero que esperan su regreso para dentro de un año, más o menos, cuando la agobiante inversión que hicieron al pagar su boleto de avión hasta Nueva York será finalmente reembolsada con los fajos de dinero redentor que llenarán sus bolsillos. La tercera fotografía es de Esmeralda, la hija que tuvo con su primera mujer, cuando fue elegida reina de belleza en Haifa. Hace trece años ya que no tiene noticias de Esme, y hasta donde sabe, tampoco las ha tenido Florencia, su madre, quien se volvió a casar con un pastor evangélico, negro como ella, con quien vive en Greytown. La hija no le ha escrito ni una sola carta, y él no tiene su dirección.

¡Santísima Virgen! ¡Tantos años ya! Cuando él tenía la edad de Esteban, o un poco más, y Esmeralda era una bebé, una risueña duendecilla de chocolate con pecas y hoyuelos en las mejillas, y vivían en Managua con Florencia y su hermana y el abuelo, don Peter Cooper, un sastre originario de Bluefields que trabajaba en casa, la gente le preguntaba a Esmeralda: «¿Dónde está tu papi, Esme?», o «¿Quién es tu papi, Esme?», y la pequeña señalaba un sombrero, el que tuviera a la mano en ese momento, una gorra de capitán que Bernardo había comprado en Veracruz, o una gorra de beisbol, o uno de los sombreros de palma del abuelo que colgaban sobre una percha. Siempre señalaba un sombrero. Y ahora cada vez que vea uno, ¿se acordará Esme de su papi?

Su papi, el viejo lobo de mar: un sombrero tirado sobre un colchón, soñando con los ojos abiertos, aguardando la hora de levantarse para ponerse a trabajar en un barco muerto llamado *Urus*.

Bueno, si uno cree que el mundo y todas las cosas y las personas que hay en él son prueba de la voluntad divina, ¿eso ayuda a encontrarle sentido a las cosas? Porque uno se da cuenta cuándo la Fortuna quiere joderlo… pero ¿cómo soportar la idea de que todo es obra de Dios? Porque Dios trata la vida de cada ser humano como un aburrido juego de solitario; descubriendo las cartas una a una con indiferencia, ¿no? O a lo mejor las cosas son así: Dios y la Fortuna son dos amigos que beben en una cantina y que se pelean por invitarse los tragos, farfullando como españoles «yo te invito ahora», a cada ronda.

Por ejemplo, digamos que Dios llevó a Esmeralda a Haifa para convertirla en reina de belleza, sabedor de lo que eso podría significar a largo plazo. Pero luego la Fortuna decidiría que la corona de Esme, más que ser el preludio de una larga carrera como beldad exótica que se marchita en un puerto, serviría para encandilar a un solitario policía israelí.

O ahí tenés a José Mateo, el cocinero, que se ganó cincuenta mil córdobas en la lotería y estaba a punto de retirarse de los barcos y comprarse una cantina cuando estalló la Revolución; prudentemente, decidió hacerse a la mar de nuevo hasta que la situación se estabilizara, pero ahora los córdobas que tiene en el banco carecen de valor. Lo despidieron de su trabajo anterior por las escandalosas borracheras que agarraba. Y ahora es el cocinero del *Urus* y pasa sus días friendo sardinas y arroz rancio.

Así que ya lo ves, chaval, no sólo perdés cuando apostás. La mala suerte me trajo a este barco, porque Dios no tenía ningún motivo para hacerlo. Pero una vez aquí, decidió que mi propósito sería el de cuidar a estos muchachos, especialmente a Esteban, como si fuera mi hijo. Eso fue lo que me propuse.

Pero la cama del chavalo está vacía. Y yo no soy otra cosa más que un viejo ridículo que vaga por la tierra desolada en un barco fantasma, un viejo que nadie quiere y de quien nadie se preocupa, y a quien todos han olvidado ya, pero mirá: en vez de entristecerme, esta verdad me llena de una paz inmensa. Ése es el mensaje del sueño, enviado para consolarme, para resignarme, para forzarme con ternura a renunciar a mi vanidad junto con todo lo demás. Finalmente comienzo a ver las cosas claramente. Una de las vanidades de la juventud es la de creer que sigues importándole a la gente que has amado, pues, por muy inconsistente o incompetente que haya sido ese amor. Que el amor crea lazos eternos, lazos que duran más que el tiempo, incluso cuando está tan dormido y callado como la sombra debajo de un árbol. Así que, hoy, este joven tonto que vive en el cuerpo de un viejo va a despertarse también todo viejo por dentro, ¿es eso? ¡Hacete a la idea, vos, viejo lobo! Ya todos te olvidaron. Hasta la pobre de Desastres te ha abandonado, desgraciado, dejá ya de enredar a los demás en tu vanidad. ¿De verdad creés que le sirves de algo a estos muchachos, que están jodidos contigo o sin ti? ¿De verdad creés que unas incubadoras de pollo, ese negocito propio que querés levantar durante los últimos años de tu vida para ganarte con el sudor de tu propia frente la ración de comida en tu plato, bastará para ganarte una pizca de respeto o de afecto a los ojos de tus hijas, sólo porque su papi, el viejo lobo de mar, se embarcó una última vez para poder vender a sus vecinos huevos envueltos en cucuruchos de papel periódico? Los cascarones embarrados de gallinaza y de la tinta de los diarios que anuncian con bombo y platillo las virtudes de una guerra escuálida y fratricida que ha despojado al país hasta de pollos y huevos, y convertido a todos, menos a sus Comandantes, en indigentes miserables. Sí, pues, Nicaragua tampoco tiene suerte; uno pensaría que ningún país debería sentirse afortunado en la guerra, o mientras está en guerra, pero eso no es del todo cierto: incluso en Nicaragua hay muchos que se piensan afortunados por esta oportunidad que tienen de hincharse de gloria mientras los demás mueren de hambre.

—¡Chocho!

La voz del muchacho lo saca obscenamente del ensueño. Así que, después de todo, no está solo en aquel barco... Esteban acaba de pisar el panel de hierro que atraviesa la parte inferior de la puerta del camarote, y ahora se ha quedado parado en medio de aquella penumbra submarina, mirando abiertamente a Bernardo con una sonrisa burlona y divertida:

—Vos, calentarse la cabeza con una foto de tu hija, ¿no creés que es asqueroso?

Bernardo mira extrañado la fotografía que ha estado sosteniendo con los dedos frente a su cara, con el plástico pelado hacia atrás, como si estuviera a punto de comérsela. Desde que recibió ese chichón en la cabeza aquella noche, ha estado haciendo cosas sin darse cuenta; su mente es como la pantalla de un televisor que se apaga de pronto y que, imprudentemente, vuelve a encenderse después de quién sabe cuánto tiempo. Y ahí está Esmeralda, con aquel penacho de plumas de avestruz teñidas de verde escapando del gorrito dorado que lleva en la cabeza; con el cabello alaciado y atusado y los labios color escarlata, tan gruesos que parecen una granada abierta; con leotardos de lentejuelas doradas y las piernas desnudas y los brazos alzados; uno de sus largos muslos se encuentra vuelto hacia la cámara, con la rodilla ligeramente alzada y el tacón dorado en punta. «Mirá, Papi. ¡Soy reina de belleza! Te quiere, Esmeralda. Haifa, Israel, 1964.»

Esteban se agacha, le quita la fotografía de las manos y se pone a contemplarla de pie a su lado. Cuando entró en el camarote, el chavalo tenía un brillo febril y sospechoso en la mirada, confidencial y remoto como el de un gato, y mirá, lleva las perneras de los pantalones todas llenas de yerbas secas y de abrojos, de arena, como si se hubiera echado sobre un campo…

¿Qué hacía Esteban echado en un campo? ¿Y con quién? ¿Y en cuál campo? Bernardo se sienta abruptamente y todas sus preguntas se van por el sitio equivocado, pues enseguida le viene un ataque de tos, y carraspea y jadea agitadamente mientras Esteban lo mira con suspicacia. Y, luego, cuando el viejo ha logrado recuperarse y permanece ahí sentado con la lengua de fuera como un sediento Milagro, Esteban le devuelve la fotografía con una sonrisa burlona:

—Bueno, ahora entiendo por qué el policía se fue detrás de ella. Pero, vos, ¿no creés que es un poco extraño que una chica le mande una foto así a su papá, y que el papá la guarde por tantos y tantos años?

—Es la única foto que tengo de ella. Florencia se quedó con las otras. Pero es una foto linda. Según su madre, es incluso bíblica…

—¿Sí? ¿Por qué? –pregunta Esteban, y suelta una carcajada–. Puta, me gustaría ver esa Biblia…

Esteban toma siento en el borde de su cama, se desata los cables eléctricos que usa en vez de cordones en sus botas, se las saca con los pies, se acuesta sobre el colchón, completamente vestido, y se cubre con la manta.

—Decime, ¿por qué es bíblica? –pregunta al cabo de un rato. Se ha dado la vuelta y ya no mira a Bernardo.

—¿Dónde estuviste toda la noche?

—¿Toda la noche? Aquí. ¿Dónde más iba a estar?

—Tenés campo en la ropa. Este barco no se transformó de pronto en una granja.

—Estuve aquí, pero no podía dormir. Así que me fui a dar un paseo.

—Un paseo.

Esteban se incorpora de pronto y lo mira con sorprendida indignación.

—Para ver el mar. ¡Oye! ¿Qué te pasa? —finalmente su expresión se suaviza—. ¿Sabés qué fue lo que hice? Me descolgué por la amarra y luego la volví a trepar. Nadie me vio. Así que no se lo contés a nadie.

El muchacho le sostiene la mirada un instante más y luego vuelve a echarse.

Bernardo reflexiona sobre lo que acaba de oír. Sí, pues, todo aquello era muy propio de Esteban. Algo que se le había metido en la cabeza hacer. Descolgarse por una amarra y luego volver a treparla, como un polizón que se da cuenta de que ha descendido en el puerto equivocado. Pero ¿por qué? ¿Y por qué decidió volver?

—¿Y entonces por qué regresaste?

Esteban no responde.

—¿Vos te irás… —a mitad de la frase, lo que comenzó como una pregunta se convierte en algo parecido a una orden. De pronto Bernardo se siente emocionado. ¡Cómo es posible que no se le hubiera ocurrido decírselo antes! ¿Acaso a un verdadero padre no se le habría ocurrido mucho antes?—. Deberías irte, Esteban. Aprovechá la oportunidad, chavalo. Yo prefiero morirme que regresar a casa con las manos vacías después de tantos meses, endeudado con mis hijas.

Y lo piensa: Es cierto, en verdad preferiría morirme.

—¿Quién dice que vamos a ir a ningún lado? Dentro de mil años nos encontrarán a todos aquí, y tu esqueleto aún seguirá aferrado a la fotografía esa, y a vos te pondrán en un museo: el primitivo viejo cochón.

—Deberías irte —insiste Bernardo—. Igual que Esmeralda. Para ella, aprovechar la oportunidad fue un triunfo.

—Bueno, yo también seré reina de belleza en Israel.

—Tomalo desde esta perspectiva, patroncito. La Fortuna invitó la última ronda y por eso estás aquí con nosotros… —pero Esteban es un escéptico de lo peor—. …Ahora te tocá a ti…

—Lo que me toca es *dormir*.

¿Acaso quiere acabar como yo?, se pregunta Bernardo. Ha bajado del barco y ahora necesita ir más lejos, como Esme, que triunfó.

¿Por qué habría de atreverse a cruzar ilegalmente la frontera el más pobre de los «mojados», si no tuviera tanta hambre? El problema es que Esteban es leal, leal a la idea de quién es y qué vino a buscar; leal a toda esa gente que ni siquiera le pagarán o le compensarán, ¿verdad? Tengo que ser convincente, formular mi argumentación como quien coloca una piedra encima de otra.

—Se fue ella sola desde Nicaragua hasta Israel, chigüín. Una chica valiente, esa Esmeralda, y nadie se lo puede quitar. Hasta se cambió de religión. ¿Sabés lo que su madre pensaba? Que a su manera, Esmeralda estaba reviviendo casi por completo la historia de la Biblia.

Según la madre, Esmeralda se había descarriado y se encontraba tan dominada por Satanás —aquella foto: ¡la reina de belleza satánica!—, que Dios decidió luchar por ella y planeó una escapatoria para la muchacha, prácticamente haciéndola retornar a los orígenes de la Biblia, donde le construyó una puertecita que la llevaría a vagar por el pagano desierto del Becerro de Oro sin cencerro, donde por fin encontraría al Dios Único en la improbable forma de un solitario, un tanto desorientado y lujurioso pero básicamente estable, decente y trabajador policía israelí, de atezados rasgos norafricanos: un hombre de familia que la conduciría a la tierra en donde mana la leche y la miel. ¿O acaso no ocurrió todo así? Sucedió, pues, que Dios situó a Esme y a su floreciente familia en Jerusalén, tierra santa para cristianos y musulmanes por igual; claro, una maniobra estratégica porque, según Florencia, allí Esme estaba destinada a seguir al Mesías a través de las perversiones idólatras de Roma, como el peldaño previo al último paso de la salvación, del Camino Verdadero, de la Palabra Purificada, etcétera. Para ese entonces Florencia ya había abandonado por completo su catolicismo, del que nunca fue particularmente devota: al volver a casa un día después de pasar un año en el mar, Bernardo se encontró casado con una ferviente protestante, una fundamentalista evangélica y pentecostal. No podés ni imaginarte, chavalo, la influencia que esta escandalosa salvación ejercía en ella. Fue una mala época. En muchos sentidos, una época tan triste como la que estamos viviendo.

Se la pasaba noche y día despotricando contra la licenciosa, innegablemente disoluta y mundana vida del marinero; le suplicaba que renunciara a ella, que se quedara en casa, que aceptara la Llamada del Señor. Así succionó por completo lo que de amor hacia ella quedaba en su corazón, con su incesante vociferar sobre Dios, Satanás, Condenación y Paraíso, hasta que a Bernardo no le quedó otro deseo más que escapar. Se embarcó de nuevo y nunca más volvió a su lado, mientras se culpaba a sí mismo por la transformación de su mujer, culpa de todos esos años en que la tuvo abandonada… El dinero que había estado ahorrando para que algún día él y Florencia pudieran abandonar la casa del padre de ella y comprar una casita propia, todo ese dinero acabó sirviéndole para casarse con otra mujer y tener otras hijas.

—Bueno, eso fue lo que Florencia vaticinó para Esme. Y cuando Esme le puso a sus dos primeros hijos Moisés y José, Florencia pensó que eran señales de la Providencia, que profetizaban a José el Carpintero, no al José de la túnica de colores. Así que, cuando nació la niña… ¡Muchacho! ¿No crees que debió haberla nombrado María, o ponerle el nombre de alguna santa? Pero en vez de eso, Esme le puso Chiniche. ¡Chiniche! Creo que es un nombre africano… –muy probablemente él tampoco se explica por qué su hija israelí eligió de pronto un nombre africano para la hija.

Esteban yace bocabajo en su colchón, inmóvil… ¿Lo ha estado escuchando? Bernardo se lleva una mano a la cabeza y toca con delicadeza su aún sensible chichón de piel amoratada. ¿Le habrá quedado claro lo que le quiso decir? ¿Se habrá hecho entender?

—Así que la predicción de tu mujer no sucedió, ¿eso es lo que querés decir? –comentó finalmente Esteban, somnoliento.

—No, no sucedió… ¿O quién sabe? Hace trece años que no sé nada de Esmeralda. Pero espero que no haya sucedido. Esme decidió convertirse a la religión de su marido, y ¿ves? Ha sido feliz y fértil, tuvo tres hijos en menos de cinco años. Tal vez incluso ha tenido más… Por mí, que les ponga los nombres de los reyes moros. Se ha olvidado de nosotros, pero ¿por qué no tendría que haberlo hecho? Su madre se la pasaba fastidiándola todo el tiempo;

parecía uno de esos predicadores gritones, uno como el hombre con quien terminó casándose. Su papi era un sombrero sobre una silla, alguien que no le servía en lo absoluto. Pero cuando la gente con suerte se arriesga, la fortuna las recompensa, o eso es lo que yo creo. Vos sobreviviste a la guerra. No creo que la fortuna te haya abandonado aún, chavalo. Tal vez sólo es cuestión de que te descuelgues de nuevo por esa cuerda y que ya no vuelvas.

Mira a Esteban que ni siquiera se mueve, que duerme tan silenciosamente como el humo en un barco hecho de humo; un humo tan tenue como la húmeda y coloreada luz matinal que se cuela por el vidrio roto de la portilla, mientras que el corredor al otro lado del umbral permanece en la penumbra. Llegan a sus oídos unos graznidos hambrientos y quejumbrosos, pero no se trata de gaviotas. ¿Tal vez serán cuervos?

¿Qué debería contarle ahora al muchacho? La tristeza es como una chimenea de la que manan palabras y recuerdos tiznados… Clarita enroscada, marchita y rígida como una araña muerta en la cama del hospital, muerta a causa del tétanos… Esteban nunca ha estado enamorado, o por lo menos jamás ha mencionado haber experimentado la euforia o las funestas consecuencias del amor; no piensa en otra cosa que no sea esa jodida guerra, que le ha robado todo a lo que un chavalo de su edad debería ser vulnerable… Florencia… La primera vez que la vio. Tan dulce y llena de vida, como cualquier niñita, pero con cuerpo de mujer. Había ido a la escuela y trabajaba en una panadería, en el centro de Managua. Una panadería que, como el resto de los edificios del centro, ya no existe, pues fue destruida en el terremoto del 72.

—Florencia estaba parada detrás del escaparate de la panadería, con su uniforme blanco y limpio, en una panadería que ya no existe…

Estaba parada detrás del escaparate, vestida con su limpísimo uniforme blanco, y colocaba pequeños cisnes de plástico blanco sobre las ondas de merengue azul que decoraban los pisos de un enorme pastel de bodas. Y allí estaba él, del otro lado del vidrio, su futuro sombrero en la silla, recién llegado de su primer viaje largo.

Se había embarcado dos años antes en la ciudad de Panamá, ¡dos años que pasó como un humilde lavaplatos de la tripulación, y como conserje! ¡Y la suerte que tuvo de encontrar ese trabajo! Eran muchos los marineros que recorrían los bares mendigando algún trabajo, pues sus miserables ahorros ya casi se les habían acabado... Pero Bernardo tenía una amiguita, una cimarrona llamada Miriam Monroy, que le regalaba comida y que trabajaba en una pequeña cantina que también era una suerte de burdel para marineros en el Casco Viejo, propiedad de una ruidosa y escuálida mujer, mitad siria, mitad china, que en ese entonces le parecía un vejestorio pero a la que ahora indudablemente consideraría joven. Aquella mujer era amante de un capitán griego de nombre Gorgo, cuyo barco llevaba ya tres meses en el puerto, sujeto a reparaciones... Pero ¿cómo se llamaba la mujer? Aún le vienen a la mente sus brillantes e incrédulos ojillos rasgados, su pequeña boca cargada de lápiz de labios, la piel colgante de su cuello y sus dedos nerviosos como libélulas con alas de cigarrillo. Gorgo le había entregado un pase portuario para que los yanquis de la garita de entrada la dejaran pasar y ella pudiera visitarlo en su barco cuando se le antojara, y la mujer se lo prestó a Bernardo con la condición de que, mientras buscaba trabajo, repartiera volantes impresos que anunciaban su «bar de marineros», subiendo a cuantos barcos pudiera para dejar montones de anuncios sobre las pasarelas. Que fue exactamente lo que él hizo, y así fue como logró que lo contratara aquel capitán griego cuyo barco estaba fondeado en el puerto, no Gorgo sino Aristóteles Voulgaris, capitán del *Opal*, uno de los cargueros de la pequeña flota propiedad de un tal señor Fedderhoff, un gringo que vivía en Ciudad de Panamá. Un barquito excelente, confiable y muy lucrativo. Tras cinco meses de navegación zarparon de Veracruz con un cargamento de garbanzos con destino a Barcelona, y festejaron la Navidad a mitad del Atlántico. El camarero del salón de oficiales era un gordo panameño de mal carácter llamado Zacarías Rojas, y, ¿qué creés que le sucedió, chavalo? Un día antes de la víspera de Navidad, Zacarías Rojas estaba en la cámara frigorífica con el mayordomo, los dos luchando con todas sus fuerzas por arrancar un pavo de Navidad de la capa de hielo sobre el estante a la que el pavo se había adherido, cuando de repente Rojas se desplomó fulminado por un ataque cardiaco. El hombre tenía a su familia en Panamá, una esposa e hijos. El señor Fedderhoff se comunicó por radio con el barco y dijo que debían traer a casa el cadáver de Rojas. En otras palabras, que lo dejaran ahí mismo en donde se había desvanecido, y así le ahorró a la tripulación el grotesco esfuerzo de tener que arrastrar al manatí aquel hasta cubierta para darle sepultura en el mar. Durante el resto de aquel viaje, que los llevó por el Canal de Suez a recorrer el Mar Rojo hasta la India y el Extremo Oriente, el cuerpo de Rojas permaneció en la cámara frigorífica sin poder ser llorado, congelado bajo una capa de hielo, duro como el concreto, mientras su piel adquiría un tono azulado, turbio e iridiscente. Su ánima tímida y arrepentida jamás molestó a nadie durante los siete meses que duró la travesía, cuando finalmente recalaron en Panamá de nuevo. Con barretas y agua hirviendo arrancaron el cuerpo de Rojas del suelo de la cámara y lo entregaron a su familia. ¡Pero adiviná a quién ascendieron a camarero del salón de oficiales al día siguiente de la muerte de Rojas! Y en la víspera de Navidad. Y no era mucho mayor que vos, chico (mientras que un marinero raso todavía muy verde –que había descubierto que odiaba el trabajo en cubierta– inició una nueva carrera en la cocina de la embarcación). ¿Más café, mi capitán? ¿Azúcar en su tostada, mi primero? Sí, jefe, su hígado sin cebolla. Nunca tenían que decirle las cosas dos veces; siempre se acordaba qué era lo que querían y cómo les gustaba, y soportaba con ecuanimidad y elegancia los antojos y caprichos y enfados de mitad de viaje de todos sin poner mala cara ni irritarse como Rojas, quien a menudo les negaba el postre a los oficiales de menor rango si se lo pedían dos minutos después de que hubiera pasado la hora de la comida. En los mares más bravos, chavalito, él actuaba como un alegre malabarista de platos. Instintivamente sabía cómo hacer para que un patán griego se sintiera como un almirante inglés, muchos años antes de que tuviera la inolvidable oportunidad, en 1969, de servir al capitán John Paul Osbourne, en calidad de camarero personal y mayordomo. El capitán Osbourne lo llamaba Bernie, o a veces «viejo amigo». ¿Cómo no iba a sentirse afortunado? ¿Acaso existía, en el resto de los barcos mercantes que surcaban los mares del mundo, un camarero del salón de oficiales tan joven como él, tan querido y tan respetado? Y no mal pagado, no... Y, bueno, ahí estaba él entonces, parado sobre una candente acera de Managua, con el sombrero panamá echado hacia atrás, las manos en los bolsillos y el cigarrillo en la boca, deleitándose en la belleza de aquella morenita, de su porte y su figura y sus miembros torneados y la blancura de su uniforme limpio mientras iba sacando cisnes de aquella cajita de cartón apoyada contra su generosa cadera. Preguntá a cualquier marinero y te dirá que no hay nada como los tugurios de Santos, en Brasil, pero si bien en aquel entonces Bernardo confundía la predilección por la piel africana con los sórdidos encantos de aquellas mujeres, la visión de la risueña Florencia frente al pastel –tan seductora y tan turbadora como la de cualquiera de aquellas sirenas de los bares de Santos–, lo desinfectó de la lujuria sin afectar en absoluto su deseo, y lo dejó con la urgente necesidad de poseer a la morenita, pero no por una sola noche, ¡sino para toda la vida! Impulsivo, sí, pues. Pero a menudo los marineros que desean casarse no disponen de mucho tiempo en tierra para pensárselo bien. Y es por eso, claro, que cometen errores, y también la razón por la cual les toma tantos años darse cuenta de que cometieron dichos errores, que ellos mismos son el error, carajo. Florencia miró por encima de su hombro y lo sorprendió admirándola; lo dejó estupefacto, paralizado en el sitio como si hubiera echado raíces, con la mirada directa, tremendamente inexpresiva, que le dirigió con sus ojos verdes casi grises, para enseguida reanudar su tarea de colocar más cines sobre el pastel, aunque luego se volvió de nuevo para mirarlo y, súbitamente, dedicarle una sonrisa tan tierna y ruborosa como una isla nevada y luminosa que de pronto aparece en el horizonte... Bernardo entró inmediatamente en la panadería y dijo que quería comprar ese pastel. Ella soltó una risita y dijo: ¿No va a esperar a que lo termine? ¿Quién tiene tanta prisa de casarse? Y Bernardo respondió: Yo, con vos, reina de mi vida.

El momento de mayor atrevimiento de toda mi existencia, chavalo. Cuando lo recuerda, aún es capaz de sentir una corriente eléctrica que estremece su corazón y su vientre. Ella lo miró incrédula, con un brillo en los ojos que él interpretó como la respuesta desdeñosa de una muchacha furiosa y altanera, pero ella chasqueó la lengua contra sus dientes –¡tch!–, y le preguntó: ¿Sos marinero? Sí, respondió él, pero no soy esa clase de marinero, no soy mujeriego ni mentiroso. Y ella soltó una carcajada y le aseguró que no lo había dicho con ese sentido. Porque, ¿ves?, recientemente Florencia había ido con una adivina, una hechicera que leía el futuro con cigarrillos. Le comprabas un cigarro a la vieja, ella lo encendía, le daba unas caladas y lo hacía girar entre su pulgar y su índice mientras se consumía, y en el patrón del papel quemado y la ceniza podía leer el futuro. El amor de su vida sería un marinero, le había dicho la brujita a Florencia. Un marino joven y guapo, que se casaría con ella y que después la dejaría sola en casa con los hijos durante muchos años; pero que no debía preocuparse, porque cuando el marinero finalmente regresara a casa sería tan rico como Petroceli...

—Florencia realmente creía que eso pasaría, cipote, y yo también lo creí. Quiero decir, ¿cómo podría no haberlo creído, en ese entonces? Sí, pues, en ese entonces. Y la manera en que...

—Los dos se merecían lo que les pasó, viejito –dice la voz de Esteban, enfática aunque ahogada por la almohada. La interrupción sorprendió a Bernardo.

—¿Qué –exclama, y tuerce la cabeza como un ave.

—Ella se merecía lo que le pasó –repitió Esteban, más alto, sin moverse siquiera–. Y vos también, ambos. ¡Mirá que creer algo así, el futuro en un cigarrillo! ¡Hombre, no jodás! ¡Y decís que nosotros somos los crédulos...!

A lo largo de su vida, Bernardo ha oído, por supuesto, incontables historias de gente que ha visto fantasmas, o que ha percibido o escuchado la presencia de espíritus, aunque ya ha pasado exactamente medio siglo y un año desde que él tuvo una experiencia semejante, el año antes de embarcarse, cuando se le apareció el fantasma de su propia madre. Aquel incidente lo dejó aterrorizado y apesadumbrado porque le hizo comprender que aquella aparición significaba que su madre no era feliz y que su espíritu no descansaba en paz. Pero hace años ya que no piensa ya en el fantasma de su madre, ni ha vuelto a recibir una visita parecida, ni siquiera de la pobre Clarita, a pesar de que él solía rezar para que aquello ocurriera, deseando en silencio por las noches que su mujer regresara para asegurarle que lo perdonaba y que lo amaba. Está convencido de que hace mucho ya que perdió aquello que hace a una persona receptiva a las apariciones, y supone que tiene que ver con la edad –¿por qué tendrían prisa los espíritus por verlo, si ya muy pronto él iría a reunirse con ellos?–, o con el enturbiamiento de su propia alma a causa de sus pecados y sus culpas.

Y, sin embargo, en el mismo momento en que Esteban se escabullía del barco por primera vez la noche anterior, Bernardo soñaba que se encontraba en un barco fantasma. La desolada impresión de aquel sueño ha persistido a lo largo del día, tal y como suele suceder con los sueños de ese tipo. Este aturdimiento, esta sensación de languidez y vacío entra en pugna con la emoción que experimenta a causa de la nueva obligación secreta que se ha impuesto –¡Esteban debe marcharse del barco!–, una inmanencia existente, como la sensación de un cambio en el clima que aún no sucede pero que se aproxima, un cambio que sus decrépitos nervios se esfuerzan por captar en el aire helado de octubre. De ahí su receptividad para percibir fantasmas.

Se encuentra lavando ropa en el muelle, con las perneras de los pantalones enrolladas y las manos entumidas por el agua fría que mana del grifo mientras talla inútilmente aquellas prendas andrajosas con una menguante esquirla de jabón. Y al levantar la vista los ve: una pareja de ancianos que aparece rodeando la esquina del silo, tomados del brazo y sosteniéndose el uno al otro mientras avanzan. El hombre lleva puesta una gabardina verde, una boina negra y lentes oscuros; la mujer va vestida con un abrigo de lana rosa y se cubre la cabeza con una mascada de tela floreada. Son las primeras personas que Bernardo ha visto de cerca desde aquella noche en Los Proyectos, exceptuando a los oficiales, a los miembros de la tripulación y a los *blacks* que se reúnen en el muelle... ¿Y vienen llegando a pie? Su primera y horrorizada impresión es que aquellos ancianos son fantasmas; que de alguna manera ha vuelto a sumirse en el sueño de la noche anterior, y que éste es un nuevo giro en la trama, una impresión que se ve instigada por la palidez ajada de la anciana, por sus arrugas que brillan bajo la luz del sol como si fueran azúcar espolvoreada, por sus labios pintarrajeados de labial color frambuesa, y por los efluvios de su pesado y florido perfume, lo bastante dulzón como para ahogar cualquier rastro de olor a tumba.

La anciana es la primera en hablar, y Bernardo, que los observa boquiabierto como un sapo agazapado en medio de su charca, balbucea en español que no sabe hablar en inglés. Las delgadas cejas pintadas de la vieja se alzan, y responde que ciertamente es una sorpresa muy grata encontrarse con un hispanohablante, oh sí, qué gran placer conocerlo, mi buen hombre, dice, empleando el «usted» formal.

—Gracias, señora –responde Bernardo. Cierra la llave del grifo y se incorpora–. Mucho gusto, a sus órdenes. ¿En qué le puedo servir? Dígame usted.

Y se baja las perneras de los pantalones y aprovecha para secarse las manos contra la tela, y de pronto tiene la incierta impresión de que los dos ancianos, incluyendo al viejo que oculta su mirada detrás de sus lentes oscuros, han hecho un gesto de extrañeza al escuchar su acento.

Por un momento, la pareja se dedica a mirar inexpresivamente a su alrededor. Contemplan el barco oxidado, los ruinosos despojos de los muelles y las terminales otrora prósperos; las obscenidades y la calavera pintarrajeada con aerosol sobre el silo, los herrumbrosos restos de su andamiaje y de la tolva que cuelgan de la alta ventana como ramas rotas que sobresalen de un viejo nido de águila.

—Somos argentinos –dice la anciana, y añade que llevan ya muchos años viviendo en Brooklyn. No se molesta en preguntarle a

Bernardo de dónde es. Realmente son viejos, piensa éste. ¡Por lo menos diez años más viejos que yo! ¡Y la anciana, probablemente aún más!

—Mi buen hombre, ¿podría usted decirme si éste es el que llaman el Muelle de Granos? –pregunta el anciano. Su voz es un poco ronca, aunque su pronunciación posee un timbre refinado y cortés; y, acto seguido, sonríe echando para atrás los labios y mostrando las encías sonrosadas y una dentadura completamente amarillenta pero bien conservada.

Bernardo le responde que en su opinión, y con el debido respeto, hace mucho que nadie llama a este lugar así, o de cualquier otra forma. Porque como pueden ver ustedes, señores, no hay mucha actividad aquí, sólo este barco viejo que estamos tratando de reparar, aunque si quieren conocer mi opinión, este barco zarpará cuando esa estatua de allá camine. Sí, señores, ¡hasta entonces! ¡Hasta que la estatua camine! ¡Y no antes, no!

Y se queda ahí mirándolos y sacude la cabeza enfáticamente, un poco avergonzado por aquel exabrupto.

La anciana lo contempla boquiabierta. Sus ojos castaños parecen empañados por una película de ámbar transparente.

—Qué idea tan extraña –dice finalmente.

El viejo parece un poco molesto por las palabras de Bernardo. Tiene los brazos rígidos, pegados a los costados, y entonces, como si al fin hubiera hallado la fuerza interior para hipar y librarse de un molesto aire atrapado en su cuerpo, exclama, en inglés:

—*Well*...

Y luego, en español:

—Estoy buscando a un empleado de una agencia naviera, que según me han dicho trabaja aquí. Un hombre llamado... Bueno, es un apellido terriblemente difícil de pronunciar: *Ponds-and-berry*. Francis, y este horrible apellido, *Ponds-and-berry*... –el viejo emite una risita seca, mostrando nuevamente las encías y los dientes–. Algo así... ¿No conoce usted a este hombre? ¿A este Francis *Ponds-and-berry*? En español sería Francisco Lagunas y Baya, pero me imagino que eso no es de mucha ayuda, puesto que no es así como se refieren a este caballero, ¿verdad? –y, nuevamente, emite aquella risa elegante y contenida.

—No– responde Bernardo, sintiéndose peculiarmente impresionado por el viejo–. No, nunca vemos gente por aquí, señor.

Aquellos ancianos le recordaban a una pareja para la cual había trabajado como chofer en Managua: un eremítico propietario de plantaciones azucareras a quien le gustaba tocar sones en el arpa todas las tardes, y su excesivamente afectuosa esposa, a quien Bernardo solía llevar a misa cada tarde a bordo de aquel convertible rojo, un De Soto deportivo de dos plazas con capota color crema. Los viejos le hacían llevar una chaqueta azul cielo, a pesar del calor, y todos los días le daban un clavel blanco para colocárselo en la solapa.

—Ah –dijo el hombre. Apretó los labios como si hiciera un gran esfuerzo para contener su decepción.

—Mi esposo padece una enfermedad muy extraña –dice la anciana–. Y el médico le ha dicho que este hombre…

—¡*Ponds-and-berry*! –la interrumpió el viejo, como retándola a repetir aquel nombre.

—… Este hombre es la única otra persona que padece la misma enfermedad –explica la mujer–. Bueno, tal vez no quiero decir la única en el mundo, sino el único otro caso que nuestro médico conoce.

—Es una enfermedad de la sangre muy rara, y la cual, me temo, no tiene cura –dice el anciano–. Aunque progresa tan lentamente que estoy seguro de que moriré de otra cosa antes. Sea como fuere, mi médico pensó que nos convendría conocernos los dos, este *Ponds-and-berry* y yo, para hablar acerca de nuestra afección y comparar nuestras experiencias, usted comprenderá…

—Pero no se encuentra aquí, ¿verdad? –dice la anciana.

—No lo creo, señora.

—En mi juventud me encantaba visitar las márgenes del Río de la Plata para mirar los barcos que entraban y salían del puerto –dijo ella, tras un momento de silencio–. ¿Conoce la «Oda marítima» de Fernando Pessoa? ¿Habla usted portugués?

—¿Perdón, señora...?

Pero ella ya se ha puesto a recitar, en ese portugués que a Bernardo le resulta bastante familiar después de tantas escalas inolvidables en los puertos brasileños, y lo suficientemente parecido al español como para que Bernardo consiga entender buena parte de las palabras. Pasa, lento vapor, pasa y no permanezcas, pasa de mí, pasa de mi vista, sal del interior de mi corazón, piérdete en la lejanía, en la lejanía, bruma de Dios...

Y cuando termina, la mujer añade:

—Una grandiosa y extravagante oda a los barcos y a los hombres que viajan en ellos, declamada en voz de alguien a quien le gusta bajar al puerto y mirarlos. Bueno, continúa así durante muchas, muchas estrofas.

Pero los versos que la anciana ha recitado le hacen pensar a Bernardo en su sueño, e incluso está a punto de contárselo a la mujer, cuando de súbito el anciano exclama:

—*Fifteen men on a Dead Man's chest! Yo-ho-ho and a bottle of rum!* –y ríe profundamente de nuevo.

La anciana ha bajado la mirada y contempla los empapados y sucios harapos que se acumulan en torno a los pies de Bernardo.

—Pero usted... ¿Qué está haciendo aquí?

—Lavando ropa.

La señora considera su respuesta por un momento.

—¿Es éste un barco moderno?

—No, señora, no muy moderno –responde Bernardo.

—¿Y cómo hace para... cómo se dice... navegar?

—¡Se guían por las estrellas y emplean un sextante, Maruja! –exclama el viejo con una sonrisa burlona–. Igual que Cristóbal Colón, ¿no?

Bernardo sonríe.

—Sí, pues. Con un sextante y las estrellas.

Entonces la mujer le pide a Bernardo que le haga el favor de mencionar algunas de las estrellas y constelaciones que los marineros emplean para trazar sus rutas. Algo perplejo, Bernardo menciona las primeras que le vienen a la mente: Orión, las Pléyades...

—A la estrella Polar puede localizarla con facilidad extendiendo su puño frente a usted y apuntando a las patas traseras de la Osa Mayor, y contando cinco puños, uno por uno, hacia la izquierda —explica Bernardo, y alza su mano hacia el cielo para mostrarle cómo es que tendría que hacerlo si fuera de noche.

—¡Qué maravilla! —dice ella, encantada—. Ahora puedo estar segura de que nunca volveré a extraviarme. Pero todas esas constelaciones que usted mencionó pertenecen al hemisferio norte, mi buen joven… ¿Y qué hay de las del hemisferio sur?

La mente de Bernardo se queda en blanco. En este instante es incapaz de recordar una sola constelación de ese hemisferio… Así que decide cambiar de tema.

—Perdón —les dice—, pero ya que ustedes se encuentran aquí, pues bueno, mire, debo ser honesto con usted. Esta embarcación contraviene todas y cada una de las leyes y regulaciones marítimas del mundo. La verdad es que estamos aquí varados como náufragos que hubieran ido a parar a una isla remota. ¿Cree usted que podría informarle a alguien de nuestra situación, cuando regresen a Brooklyn? El barco se llama *Urus*, y el capitán es un joven de nombre Elias. Eso es todo lo que sé. Sé que hay un propietario, pero ni siquiera conocemos su nombre.

Y enseguida se siente culpable de lo que acaba de hacer, pues no tiene derecho a suponer que sus compañeros estarán de acuerdo en que tomara esa iniciativa: insistirían, como de costumbre, en llevar a cabo una de sus interminables votaciones.

Los dos ancianos lo miran afablemente. Puede ver su reflejo en los cristales oscuros de los lentes del viejo. La anciana, doña Maruja, alza la cabeza para contemplar el barco de nuevo, y Bernardo la imita, preguntándose si acaso alguien más se encuentra presenciando la escena, pero no hay nadie en la barandilla. La mujer vuelve a mirar a Bernardo. Ni siquiera se ha molestado en preguntarle su nombre.

—Mi esposo, el maestro, es profesor de canto y de piano retirado. Y yo desconozco de estas cosas… ¿A quién tendríamos que informarle?

—Bueno, doña Maruja –responde Bernardo–, generalmente, en todos los puertos grandes hay una iglesia que vela por los marineros, o alguna…

—¡Religión! –interrumpe el viejo alegremente–. ¡Me cago en ella!

—¡Cállate, Jorge, no seas vulgar! –la mujer mira de nuevo a Bernardo–. Por supuesto, miraré en el directorio telefónico.

—Gracias, señora, eso sería muy amable de su parte –responde. Y sin embargo, tiene la impresión de que los ancianos no harán nada. Bien podrían ser fantasmas.

—Les diré que se encuentran en el Muelle de Granos.

—Descríbaselos lo mejor que pueda…

—Así lo haré, entonces.

Después de una pausa en el que los tres se han quedado en silencio, Bernardo se dirige a la mujer:

—Señora… ¿cómo es que sabe usted tanto de las estrellas?

—Soy astróloga. Es mi *hobby* de toda la vida. Ése y otras aficiones de esa naturaleza: quiromancia, las cartas del tarot... ¿Qué signo es usted, joven?

—Bueno… Tengo que admitir que no lo sé.

En realidad le parece que hubo un tiempo en que sí lo sabía. La mujer saca una pequeña libreta de tapas negras de su bolso. Le pregunta la fecha de su cumpleaños y él se la dice, y ella la anota, y después le pregunta la hora del día en la que nació, y Bernardo se encoge de hombros, con impotencia, y responde: «Por la mañana», y tiene la impresión de que es cierto, de que también alguna vez lo supo, de boca de su madre… Y la anciana, doña Maruja, parece enfrascarse un largo rato en sus pensamientos, mientras aparentemente realiza cálculos mentales mientras sus labios color frambuesa tiemblan ligeramente, y después se le queda mirando con una intensidad y una persistencia tales que Bernardo comienza a sentirse incómodo.

—Es usted sagitario, por supuesto –dice ella finalmente–. Y sufre, ¿verdad? ¿Le duelen las rodillas?

—Me duele todo, doña Maruja.

—Puedo afirmar con toda seguridad que, de haber sido usted mujer, habría tenido muchos problemas con sus ovarios.

—*Ponds and berries!* –exclama el viejo, mostrando signos de impaciencia–. *Woods and fairies*, ¡es lo que digo!

Y después de unas cuantas frases corteses más –*Bon voyage!*... *Bon chance!*–, la pareja de ancianos se despide de él sin estrecharle la mano, ni darle un cordial beso en la mejilla, ni tan siquiera preguntarle a Bernardo cuál es su nombre. Ambos siguen su camino y no tardan en perderse de vista tan pronto llegan al final del muelle y desaparecen tras el silo, a pesar de su lento y acoplado paso. Ahora Bernardo oye el ruido de las portezuelas de un automóvil que se abren y cierran, y el de un motor que se enciende, y alcanza a vislumbrar un taxi amarillo que se aleja del silo y atraviesa el terreno. Le parece raro no haber escuchado al taxi cuando llegó. Seguramente, pues, el agua que manaba del grifo ahogó el ruido del motor mientras él se hallaba ocupado lavando la ropa, perdido en sus pensamientos.

Bernardo recoge las prendas húmedas y heladas y, con ellas en brazos, sube por la escalerilla hasta cubierta, donde nadie trabaja hoy, por lo que nadie ha presenciado su encuentro con la anciana pareja o siquiera escuchado el taxi. La vida actual en el *Urus* es muy similar a la que se vive a mitad de una larga travesía a través del océano en un barco de verdad, piensa Bernardo: lasitud, gente reservada, aburrida de la compañía de los otros, sin nada que hacer más que jugar dominó, hacerse trastadas y ocuparse de la interminable tarea de lijar y pintar. Bernardo tiende la ropa sobre la cubierta de popa, para que se seque al sol, y trata de recordar las palabras del poema que doña Maruja le ha recitado. Pasa, lento vapor. No permanezcas. Pasa de mi corazón. Piérdete en la distancia... Sí, pues, en la lejana bruma de Dios.

Y después, como todas las tardes, se sienta sobre un cajón afuera de la cocina, con José Mateo a su lado, y comienza a cernir el arroz. Ésta era la hora del día en la que solía enseñarle a Desastres a sentarse, cuando él y el cocinero intercambiaban historias de marineros, y a menudo los demás se reunían en torno a ellos para escucharlos y admirar cómo el gato se sentaba. Pero ahora los dos tienen muy pocas cosas nuevas que contarse, tal vez ya nada, aunque Bernardo tiene ganas de conversar.

—En La Spezia, en Italia –está seguro de que ya le ha contado aquello a José Mateo–, es donde se encuentran los estibadores más flojos y cabrones del mundo, ¿no? Cada vez que teníamos que cargar o descargar mercancías allí, nos llevábamos el doble de tiempo que en cualquier otra parte, y la mitad de ese tiempo la dedicábamos a discutir a gritos y a insultarlos y hasta agarrarnos a golpes con esos italianos. Pero su sindicato es de puta madre. Les dan unos guantes de trabajo preciosos, hechos de piel marrón, muy suave. De gamuza, creo, con forro de piel de conejo por dentro. Cada vez que uno de esos italianos se descuidaba y dejaba sus guantes por ahí un segundo, ¡uno de los nuestros llegaba y se los robaba!

José Mateo entorna los ojos y asiente. Dice que esos huevones no han cambiado nada, como pudo comprobarlo hace dos años, cuando él mismo estuvo en La Spezia.

—Pero son unos genios para el contrabando –dice Bernardo–. Si les dábamos un par de botellas de buen ron mientras descargaban sacos de café, se aseguraban de rasgar con sus ganchos la arpillera de, uf, ¡por lo menos cien sacos! Y nosotros recolectábamos los granos y después los vendíamos por nuestra parte.

—Ya casi no se ve eso, viejo –responde José Mateo, mientras bosteza–. No con todo lo que ahora se mueve en contenedores. Pero las drogas son otro cuento. Los muchachos suben a bordo con su coca y su yerba. ¿Sabes qué es lo que me ponían a hacer cada vez que llegábamos a un puerto donde subirían perros a olfatear la carga? Me hacían quemar chiles dentro de unas ollas, hasta achicharrarlos, carajo, y el humo que salía te quemaba los pulmones y te dejaba casi ciego. Y estos muchachos agarraban las ollas y las paseaban por los corredores y los camarotes, como los curas con sus sahumerios. Y cuando los perros subían a bordo, ¡ay, tu madre! Se ponían como locos, esos perros; parecía que querían saltar de narices al agua.

Ya es casi de noche cuando Bernardo se levanta y se dirige a su camarote, y está a punto de librar el panel de hierro que atraviesa la puerta de la cabina cuando una sensación de pánico avasallante se apodera de él al sentir que algo, una sombra borrosa y traslúcida, vagamente anaranjada, se escabulle a toda velocidad bajo su pierna alzada y se desplaza hacia su colchón. Bernardo cierra los ojos, pero cuando los abre, aquella sombra colorida sigue allí… ¿Y acaso no parece la silueta de un gato sentado? Entre el dolor que siente en el hombro y el miedo que le atenaza, no puede moverse. Vuelve a cerrar los ojos y le parece que ahora alcanza a escuchar el crepitar radiactivo de la gata al ronronear, un sonido que proviene de un rincón del camarote. Es Desastres, piensa. Debo estar volviéndome loco. ¿Cómo puede volverse fantasma un gato?... Hace cincuenta y un años que Bernardo no ve un espíritu, desde aquel día en que, un año después de la muerte de su madre, entró en su antigua casa de Rivas y se la encontró en el interior, así: una sombra de color pálido, una nube marrón en vez de rostro y una bruma amarillenta por vestido; una impresión borrosa pero bien reconocible, acompañada de la aterradora certeza de que aquella aparición realmente era su querida mamita, ahí sentada en el suelo, colocando horquillas en un círculo a su alrededor. Las ánimas en pena se meten siempre por el hombro; así es como hacen sentir su presencia y como te permiten verla; él lo supo en ese entonces. Igual que supo que debía cerrar los ojos y rezar con todas sus fuerzas para que el alma de su madre encontrara la paz, y pedirle perdón por no haberla llorado con la intensidad y la constancia que requería, y prometerle una misa, y ponerle flores una vez a la semana, como siempre te gustó tanto, mamita, y suplicarle que volviera a evaporarse en la difusa materia espiritual de la vida eterna en el más allá. Por eso ahora se queda inmóvil en la puerta, rezando con la concentración hecha trizas y preguntándose si acaso aquella aparición no es simplemente un rayo de luz que se coló por entre las nubes y que penetró al camarote a través de la portilla… Pero él sintió la sombra moviéndose por entre sus pies, antes incluso de que lograra verla, y sintió el dolor en su hombro y el terror que se apoderó de él en ese instante, y se pregunta: Dios mío, ¿será un presagio…? ¿Y si Desastres no fuera ahora nada más que un montoncito de huesos que acompaña una manecilla de reloj en un nido de ratas? Tal vez hizo mal al no contarle a los chavalones sobre aquel gato que conoció en Rivas cuando era niño, un gato que pertenecía a un campesino pudiente que vivía a las afueras del pueblo, y que podía hacer los mismos trucos que un perro, menos ladrar: ir a buscar el palo que le tiraran, y echarse y rodar sobre el suelo; el campesino incluso lo había entrenado para que le ayudara a pastorear a sus vacas lecheras, y el animal seguía a su dueño los domingos, cuando éste bajaba al pueblo para emborracharse en la cantina, y se sentaba a sus pies cuando el hombre se desmayaba de ebrio, y más de una vez el padre de Bernardo lo llevó a la cantina para que viera al gato, y todos pensaban que aquel campesino debía ser la reencarnación de san Francisco de Asís, hasta que lo atraparon en la frontera con Costa Rica, metiendo cigarrillos yanquis y whisky de contrabando en una recua de mulas... ¿Vos, tan mal estuvo? No les conté de ese gato, Desastres, para que te quisieran a ti más... Y reza: vete, Desastres, nunca te olvidaré; te dejaré comida, pero debés encontrar la paz, gatita... Y cuando abre los ojos de nuevo el fantasma del animal se ha marchado. Pero... ¡Hijo de cien millones y novecientas mil putas! ¡Huele a orines de gato! Es un aroma tenue, pero lo percibe con claridad.

Sale del camarote y camina hacia cubierta. Vuelve a sentarse sobre el cajón, a pesar de que ya terminó de cribar el arroz. El hombro aún le duele y la espalda de su camisa sigue empapada de sudor frío. ¿Cómo es posible? ¿Qué clase de señal es ésta? Las manos le tiemblan como si sufriera de una especie de parálisis cerebral. Y después de un rato, el espanto que siente se entremezcla con una sensación de discreta alegría, incluso de alivio, pues ¿por qué otro motivo un alma en pena se le aparecería a él, después de cincuenta y un años, sino para probarle que sí existe algo después de esta vida terrena?

¡Qué día habés tenido, viejo lobo de mar! No se lo contará a nadie, ni siquiera a Esteban. Pensarán que su cerebro finalmente se fundió como un fusible. Tendría que ponerle algo de comida a Desastres, como ofrenda, pero... ¿qué? ¿Cómo podría prepararle un plato de cucarachas vivas? Por la noche dejará una lata de sardinas vacía, en un rincón de la cocina; tal vez Desastres llegue y lama el aceite antes de que las ratas lo hagan. ¿Por qué no se le ocurrió decirle: «Sentate, Desastres»?

Durante los siguientes diez días, con esa misma mezcla de alegría y de embotado terror que hace que todo parezca un portento, a la diáfana luz de los últimos y límpidos días de octubre en que las hojas amarillean y la escarcha lo cubre todo por las mañanas y las noches son gélidas como la cumbre de una montaña, Bernardo no podrá deshacerse de esa sensación mística que el espanto hizo brotar en su interior. No volverá a ver de nuevo el fantasma de Desastres, pero sentirá la presencia del animal, y tendrá la certeza de que puede oler sus orines en diversos rincones del barco, aunque ninguno de sus compañeros mencione haberlos olido también.

Como está y donde está

¿CÓMO ESTÁ Y DÓNDE ESTÁ

D ENTRO DE SEIS SEMANAS MÁS, EN DICIEMBRE, TRAS UNA noche de aguanieve, el visitador de barcos dará con ellos. Abordará una embarcación cuyo nombre y número de matrícula habrán sido ocultados bajo una nueva capa de pintura en la proa y la popa. En el ejercicio de su labor, el visitador de barcos aborda cerca de veinte o treinta navíos a la semana; ya lleva casi dos años haciéndolo y sabe bien cómo evaluar una situación al instante. No será la primera vez que habrá visto barcos y tripulaciones abandonadas, pero nunca hasta ahora lo había sorprendido el espectáculo de un viejo carguero oxidado cuyo único cargamento parece ser las hojas secas del otoño. Más allá de la dársena cerrada en la que está amarrado el barco se alzan varios árboles que han sido despojados de sus hojas por la tormenta de anoche, y al alzar la vista, todavía verá unas cuantas agitándose en el cielo nublado. Igual que en la película *Los pájaros*, pensará, igual que esas funestas aves que aparecen al final. Verá húmedas hojas pardas aprisionadas en el castillo, aplastadas contra las ventanas del puente de mando, pegadas a los estayes y a los obenques que cuelgan de los mástiles, como atrapadas y encogidas a causa de la alta tensión en el alambre galvanizado. Verá montones de hojas rígidas por la helada entre los amasijos de basura y desperdicios acumulados al azar en cada grieta y cada resquicio de la cubierta; hojas dispersas sobre el agua congelada de una bodega abierta, y al echar un vistazo hacia las profundidades de la sala de máquinas a través de una escotilla en la popa, verá también hojas y más hojas sobre las máquinas y las calderas, y también dentro de los camarotes desiertos. Aquí y allá, en los brillantes y ligeramente abombados sitios de la cubierta donde las lijadoras han eliminado la herrumbre, descubrirá una hoja plana, inmovilizada tras una fina capa de hielo. Sería lindo poder llevarse una hoja de ésas a casa, pensará; mostrársela en la mano enguantada: una hoja atrapada dentro de una placa de hielo, como si fuera una joya muy rara, y dejar que ella la lama, o colocarla sobre la redondez de su bello vientre desnudo y contemplar cómo el hielo se derrite y sólo queda la parda hoja húmeda como la sombra de una pequeña mano posada sobre su piel luminosa... Una vez que ella se le ha metido en los pensamientos, el visitador ya no podrá sacarla voluntariamente de ellos; por eso prefiere quebrar su recuerdo como si fuera una barrita de caramelo o una rama seca.

—Oigan, ustedes –Míralos, pobres diablos. *Pero míralos nada más*–. ¿Cuánto tiempo llevan aquí?... ¿Cuánto?... ¡Seis meses! –dirá, casi gritando. Y contemplará aquella cala de apariencia devastada abierta a un canal que desemboca en la Bahía de Gowanus...

Los miembros de la tripulación, que hicieron descender la escalerilla y que se reunieron con él en cubierta después de que el visitador de barcos los llamara desde el muelle, lo sorprenderán por su extraña apatía... O más bien, su timidez, o una suerte de estupor que los paraliza. Para protegerse del frío llevan sobre los hombros mantas percudidas que apestan a chamusquina y que cubren sus ropas sucias y harapientas. Sus rostros casi infantiles lucirán mugrientos y sin afeitar y muchos presentarán pequeñas barbas incipientes. Unos pocos harán gala de miradas endurecidas; los demás más bien parecen ausentes, aturdidos. Seguirán al visitador casi en silencio mientras él recorre la cubierta destrozada, inspeccionándola como es su obligación hacerlo al mismo tiempo que intentará bromear con ellos en su español anodino. La situación habla por sí misma y es estremecedora. Jóvenes, centroamericanos, ¡prácticamente unos niños! ¡Un montón de mugrosos y desafortunados muchachitos! Ninguna de sus bromas los hará reír, ni siquiera sonreír. Y dan la impresión de estar constantemente perdiendo el equilibrio, y casi cayendo, a cada paso que dan sobre la pulida capa de hielo que recubre la peligrosa cubierta despedazada, en la que ni siquiera los mojones calcáreos de excrementos de gaviota congelados son capaces de ofrecer alguna tracción. Con zapatos de lona rotos y descoloridos, y un par de botas de trabajo ordinarias, y mocasines de suelas duras y desgastadas, los muchachos se resbalarán y deslizarán obstinadamente por la cubierta, sin mostrar un ápice de humor o de perplejidad o siquiera una sonrisa avergonzada, como si en un despliegue de orgullo pueril y extemporáneo se negaran a adaptar su forma de caminar en el hielo, a torcer sus pies hacia los lados como patinadores.

Encontrará al resto de la tripulación durmiendo aún, o despiertos y acurrucados bajo sus mantas sobre el piso de la cocina de paredes oscurecidas por el humo y la herrumbre. Llevarán los pies enfundados en calcetas renegridas por cuyos agujeros alcanza a vérseles la piel.

Todos ellos muy jóvenes; excepto uno, un sujeto de mediana edad. Pero para nada viejo, como se lo describió la señora argentina. Un sagitario, había dicho, e incluso mencionó su edad: sesenta y ocho años. Hasta se sabía la fecha de su nacimiento. Bueno, aquella mujer estaba loca, de cualquier manera. Con su inglés estrafalario y rebuscado le había dicho: Mi buen hombre, hace un par de semanas mi esposo y yo descubrimos un barco muy extraño, y junto a él, en el muelle, se encontraba un viejo muy angustiado…

¡Seis meses, Jesucristo! Y si no hubiera sido por esa argentina loca…

—Fue una suerte que te viera, ¿no es así? —le dirá el visitador al sujeto de mayor edad, a quien acababan de presentarle como el cocinero.

Pero tanto éste como el resto de los muchachos allí reunidos le mirarán inexpresivamente, y al final el cocinero entornará los ojos y gruñirá:

—¿Quién?

—Tú sabes, la señora argentina, la que… La mujer argentina con la que hablaste en el muelle.

Y todos seguirán mirándolo de la misma forma, e incluso algunos sacudirán la cabeza para decir que no.

—Ella dijo que habló con un hombre, con un viejo, que lavaba ropa en el muelle.

Y, de pronto, uno de los muchachos sonreirá, mostrando un diente de oro en el hueco que dejaron otros perdidos.

—Es Bernardo –dirá el chico–. Sí, pues, Bernardo ya no está.

—¿Se fue?

—Sí, pues. Lo llevaron al hospital y ya no volvimos a verlo.

—¿Ya no volvieron a verlo?

—Se fue, pues. Pa' Nicaragua. El capitán lo envió a su casa nomás saliendo del hospital. Y eso es lo único que sabemos.

—Qué suerte la del viejo, ¿no? –dirá otro de los chicos, encogiendo sus corpulentos hombros–. Él si pudo regresar a casa, pues.

Más tarde, esa misma mañana, el visitador de barcos subirá a su furgoneta y abandonará el muelle en dirección a Brooklyn para comprarles a los hombres las cosas que más necesitan: comida, láminas de resistente plástico transparente para cubrir las portillas y las puertas de la cocina, y seis paquetes de calcetas. Y después pasará el resto de la jornada a bordo, escuchándolos, acurrucado junto a los muchachos en la gélida cocina y, más tarde, en torno a una pequeña fogata en cubierta, hasta que el interminable atardecer invernal finalmente comience a convertirse en crepúsculo. Declinará amablemente su invitación a quedarse a cenar. Y el chico del diente de oro le dedicará un pequeño y ceremonioso discurso dando las gracias a «nuestro estimado nuevo amigo» por las chuletas de puerco y los chícharos y las Coca-Colas y las láminas de plástico y los calcetines. Y casi toda la tripulación, salvo unos pocos, se pondrá en pie y contemplará al visitador con solemnidad y le dedicará un aplauso breve pero intenso. El visitador pasa sus días, cinco veces a la semana, en compañía de hombres y muchachos más o menos semejantes a éstos, aunque difícilmente más jodidos: hombres y muchachos, pero también mujeres y niñas provenientes de países empobrecidos, en movimiento permanente; tripulantes de barcos que navegan por los mares y océanos del mundo y que ocasionalmente recalan en este inmenso puerto, donde él se desempeña como visitador de barcos. Aun así, se sentirá conmovido y asombrado, y tal vez incluso un poco afligido, por la ferviente solemnidad de aquellos aplausos.

Y más tarde se alejará del muelle a bordo de su furgoneta y atravesará la explanada de la terminal marítima en dirección a Brooklyn, y cruzará el túnel bajo el río hasta llegar al Instituto del Marinero de Port Elizabeth, mientras piensa: «Realmente es mucho más fácil esconder un barco allá que de este lado». Las terminales y los depósitos de Nueva Jersey están prosperando. Pero los centenarios restos del muelle de Brooklyn, con sus gigantescas ruinas de ladrillos, sus kilómetros de embarcaderos hundidos, de canales de agua pestilente y ferrocarriles carcomidos por el óxido que ya no conducen a ninguna parte, no parecen lo suficientemente alejados de las instalaciones más modernas como para que estén tan abandonados y desolados. Es difícil creer que hubiera ocurrido allí algo más apocalíptico que el simple paso del tiempo.

Y habrá sido un día largo para el visitador de barcos, como son la mayoría de sus días. Antier habría tenido que arreglar aquel asunto de la lavandera filipina de un crucero que amenazaba con suicidarse engullendo una botella de cloro, y que repetía histéricamente, una y otra vez, que ella contaba con un diploma de estudios secundarios, que era cantante; que la habían contratado como animadora pero que al abordar el crucero, ¡la habían puesto a trabajar en la lavandería! Y al parecer también había alguna especie de acoso sexual de por medio. Por supuesto, el crucero tenía que zarpar rumbo al Caribe aquella misma noche; la historia de siempre: no había tiempo para prestarle ningún tipo de ayuda real a la mujer; a lo sumo, para convencerla de que soltara la botella de Clorox y tranquilizarla un poco antes de volver a la oficina a reportar el incidente. Y telefonear a la capitanía del puerto o al Instituto del Marinero de la siguiente escala en la ruta del crucero, para pedirles que le echaran un ojo a la chica, si podían. Y confiar en que para entonces no se le hubiera ocurrido saltar por la borda una noche… Suele pasar, sin que nadie se entere o le importe. Tripulantes tan anónimos como ratones.

No es un mal trabajo, éste de visitador, si puedes con él. Aunque, bueno, este caso podría ser distinto. Estos muchachos tendrán que quedarse en el barco un tiempo. Tal vez sí habrá tiempo de hacer *algo* al respecto. Mañana llevará a unos cuantos de ellos a ver a un abogado y poner en marcha un juicio para obtener el derecho de retención sobre el barco a cuenta de los salarios caídos. A ver en qué termina la cosa. Ojalá que bien, aunque es muy poco probable…

En las oficinas del Instituto del Marinero reinará el silencio: todos se habrán marchado a sus casas, con excepción del personal nocturno y de la reverenda Bazan, que se encuentra en el pequeño y económico restaurante italouruguayo que hay cerca, en compañía de cinco melancólicos marineros de las Maldivas a quienes ha invitado a cenar. El visitador telefoneará a la reverenda Roundtree a su casa y dejará un mensaje en su máquina contestadora, y a continuación escribirá un breve reporte del caso en la computadora. En la planta baja del Instituto del Marinero hay un bar y una capilla. En el sótano se encuentra la cafetería, y en el segundo piso un gimnasio, una sala de televisión, una pequeña biblioteca y una docena de dormitorios. Un piso más arriba están las oficinas. Después de una breve escala en el bar, donde pedirá su acostumbrado martini con Absolut en las rocas, el visitador tomará el tren desde Nueva Jersey hasta Manhattan y después el metro a la universidad, a la zona residencial en donde se encuentra el departamento de Ariadne. (El departamento del visitador se encuentra en Brooklyn, pero a ella no le gusta ir allí: comprensiblemente, lo encuentra incómodo.) Bueno, esta noche sí tengo una buena historia que contarle, pensará el visitador de barcos. Y se sentirá satisfecho de que así sea, y se dispondrá a emprender el largo camino que lo llevará a través de la noche hasta la casa de Ariadne con la ilusión y el consuelo de que al menos le lleva una historia, aunque no una hoja de árbol revestida de hielo.

Pero cuando finalmente llega, subirá al pequeño departamento en el ático y lo encontrará vacío. Y en el único sillón de la sala de estar hallará una nota en donde Ariadne le pide que se reúna con ella t.p.p.s.n.p. (tan pronto pueda, según normas del puerto) en cierto bar del centro de la ciudad, antes de las once y media. Recientemente su novia ha desarrollado cierto gusto por el lenguaje portuario. ¡Jesucristo, y él está exhausto! Se dejará caer sobre el sillón, de cara a los vidrios azogados de las puertas corredizas de aquella salita, y posará su mirada en la resplandeciente barandilla blanca del pequeño balcón al otro lado del vidrio. Durante el día, aquellas puertas corredizas ofrecen un panorama despejado del río Hudson, de los acantilados de Nueva Jersey y del puente George Washington al norte. El departamento de Ariadne, que ella se ganó en el sorteo de alojamientos organizado por la universidad, se encuentra en el *penthouse* de un edificio de dieciocho pisos destinado a albergar a estudiantes de posgrado. Aquí ha estado viviendo, desde agosto, el visitador de barcos de treinta y cinco años, con su amante trece años menor que él (justo en los límites del mismo campus en donde, el pasado semestre, Ariadne tomó aquel curso impartido dos veces por semana sobre teoría de la fotografía conceptual posmoderna, intitulado «El ojo que no ve», e impartido por la catedrática visitante Kate Puerifoy, que recientemente acaba de dar a luz a un niño, justo antes de las prolongadas vacaciones invernales. El visitador de barcos ignorará esta circunstancia; en realidad no hay motivo alguno para que la conozca. Es por eso que hoy, cuando uno de los marineros centroamericanos mencione que la esposa del capitán «es una profesora y una artista, así dijo el capitán, pues», el dato le habría pasado por completo inadvertido de no ser por la escandalosa situación en la que se hallaba aquel navío. Entonces sólo se le ocurrirá preguntarle al muchacho del diente de oro, con cierto escepticismo, qué más sabe del capitán. Él y su mujer acaban de tener un bebé, responderá Diente de Oro. Y no, ella nunca vino a visitar el barco de su marido. Y eso era todo lo que el muchacho habrá podido decirle).

El recio viento de diciembre sacudirá el vidrio. Todas las noches, las rachas de viento provenientes del río azotan el edificio y aúllan a su alrededor mientras él y Ariadne se abrazan bajo el edredón blanco en la recámara, que apenas es un poco más grande que el colchón sobre el que yacen. Ella lo llama «vientos de película». Que hacen que el mundo parezca un lugar siniestro y solitario, y que contribuyen a transformar aquel abrazo habitual en algo mucho más íntimo, algo como la solemne aceptación del destino. Hacer el amor en aquel departamento durante el invierno será maravilloso. Los atardeceres en el aire contaminado sobre el río llenarán los ventanales de colores, aún más vívidos por el acusado contraste con el paisaje invernal que se extiende a lo lejos. El visitador se imaginará cielos con nubarrones grises y crepúsculos violáceos; las farolas encendidas en el parque de abajo; una pared de nieve azotada por el viento. Si llega a haber ventisca, sacarán los barcos del puerto y los anclarán en fila río arriba. Y si el río se congela, los barcos se quedarán atrapados ahí por un tiempo, y tal vez Ariadne podrá verlo en acción a través del ventanal, a bordo de un rompehielos de la guardia costera durante una operación polar de salvamento.

Pobres chicos, pensará; deben estar pasándola muy mal en ese barco esta noche. Pero no morirán congelados: tienen sus fogatas y mucha leña en los alrededores, y por lo menos han podido llevarse un poco de comida a la boca. Ni siquiera la guardia costera podría hacer mucho más por ellos, a menos que las condiciones a bordo del barco empeoraran al grado de poner en riesgo sus vidas. Probablemente podrán proporcionarles algo de ropa abrigadora, mantas, más comida, lo acostumbrado, en lo que los trámites legales se arreglan, y ojalá que eso no tarde demasiado. Lo más humanitario, por supuesto, sería sacarlos de aquel barco y enviarlos en avión a casa, dejar que aguarden allá el resultado de las actuaciones judiciales. Es lo que las reverendas han propuesto en un par de ocasiones en el pasado, pero el consejo directivo del Instituto del Marinero es realmente laico y muy conservador, y sus miembros se han negado a soltar el dinero necesario para no sentar un precedente. El visitador de barcos acabará de encender un fósforo cuando un bostezo repentino le hará sacarse el cigarrillo de la boca, y procederá a bostezar tan larga y prolongadamente que el cerillo le quemará los dedos: ¡auch!

El teléfono comenzará a sonar, pero el visitador de barcos no se levantará para responder; dejará que la máquina contestadora lo haga por él. Ariadne tiene muchos amigos, y nueve de cada diez son varones; en su mayoría, estudiantes extranjeros adinerados, como ella: un bullicioso circo de enloquecidos admiradores que la asedian paciente y galantemente. ¡Aún existe tanta cortesía y buenos modales en el mundo! En todas partes menos aquí en Nueva York, parece. Incluso si uno toma en cuenta, como una amplia muestra de la humanidad, a la gente que un visitador conoce a bordo de los barcos que inspecciona. Hasta aquel barco que visitó en dos ocasiones el año anterior, el que arribó para cargar chatarra y cuya tripulación está enteramente conformada por criminales y convictos fugitivos sobre quienes pesan órdenes de captura internacionales y que supuestamente no pueden bajar a tierra nunca (aunque seguramente lo hacen, en puertos remotos y mucho menos vigilados que el de Nueva Jersey-Nueva York); pues bien, incluso esos hombres que prácticamente trabajan gratis a cambio de una libertad tan severamente restringida, en aquel barco en donde se respiraba una angustia maniática y homicida… ¡incluso ellos se comportaban educadamente! Los pretendientes de Ariadne le dejan largos mensajes, con voces alegres o gravemente seductoras, a menudo en idiomas que el visitador de barcos no domina, y a pesar de que los galanes rara vez se enteran de su existencia, se las arreglan para demostrar su indiferencia hacia él de la forma más cortés posible. Ariadne habla seis idiomas (sin contar el latín, que sería el séptimo), aunque se siente más cómoda expresándose con igual facilidad en francés, español e inglés.

—¿*Jooohn*? ¿Estás ahí? Soy Kathy, estoy…

La reverenda Roundtree. El visitador de barcos se apresurará a descolgar el teléfono. Ella querrá informarse a propósito de aquel mensaje que le dejó, sobre el barco de Brooklyn, aquél del que hablaba aquella anciana argentina que telefoneó a las oficinas un par de veces. Y él le contará todo lo que había logrado averiguar aquel día:

—Otra tripulación abandonada en un barco con bandera de conveniencia. Creo que en eso se resume todo.

—Así es, John. Y en un montón de preguntas sin respuestas...

La detective reverenda Roundtree, la padre Brown de los puertos de Nueva Jersey y Nueva York. Vodka en el congelador. Un trago no le caería nada mal.

—Ajá. Como de costumbre. Otro misterioso barco fantasma.

El visitador caminará hacia la cocina, con el teléfono en la mano, hasta que el cordón del aparato alcanza su máxima extensión. Extenderá el brazo tratando de alcanzar a tientas con los dedos la puerta del refrigerador, pero no funcionará. Le faltan milímetros, apenas...

—Ya es más que de costumbre –dirá ella–. ¿No lo crees? ¿Por qué se habrían pasado seis meses tratando de repararlo? ¿Cuál es la razón?

—¿Un propietario excesivamente optimista? Tal vez pensó que era posible repararlo y al final resultó que no.

—Bueno, eso no lo libra de la responsabilidad. Creo que, para variar, sí tendremos tiempo de hacer algo con este caso. Ya lo tenemos justo donde lo queremos, ¿no?

—Pero pronto estará helando ahí, y no tardan en caer las primeras nevadas, Kath. Cualquiera de estos días. No podemos dejar a esos chicos ahí hasta entonces. ¿Realmente quieres atrapar al propietario del barco? –Por favor, Kathy, pensó el visitador. El registro panameño, como la mayoría de las matrículas de conveniencia protege fervientemente el anonimato de los propietarios de los buques; el anonimato es la esencia misma de su sistema. Existen alrededor de doce mil barcos que izan la bandera tricolor de Panamá. Y el país no dispone ni de lejos la cantidad de personal necesario para asegurar el cumplimiento de las leyes panameñas en sus barcos, ni siquiera aunque que realmente les interesara imponerla. Especialmente en lo que concierne a los derechos de los marineros extranjeros embarcados en ellos. Es muy difícil identificar a los propietarios fantasma aquí en tierra, aunque nos conste que existan, porque si no fuera así, si la bandera de conveniencia de sus barcos no lo permitiera, y si no existieran tripulaciones baratas conformadas por trabajadores del tercer mundo que prescinden de las tarifas de incorporación, registro, tonelaje y otras por el estilo, entonces las exportaciones se rezagarían, y muchos estadunidenses perderían sus trabajos, y las mercancías de importación serían más escasas y mucho más caras... Tus faldas francesas de cuatrocientos dólares, Ariadne, y tus pantaletas de La Perla, y tantísimas de nuestras bebidas favoritas... ¡Todo esto llega por barco!

—Bueno, no me sorprendería que el propietario se hubiera largado de Nueva York –responderá la reverenda–. El capitán y su amigo seguramente están conchabados con el propietario. Llegan en auto, van y vienen a su antojo. De pronto mandan a cubrir el nombre y la matrícula del barco con pintura... Tal vez ellos son los propietarios, John. ¿No lo crees?

—Sí, pero tendrían que ser idiotas. De otra manera no veo cómo podrían obtener alguna ganancia, como no fuera un salario. Y, de cualquier forma, yo no supondría forzosamente una actividad criminal en este caso, Kathy. Incompetencia, mala suerte, un negocio que se fue al traste. Te apuesto a que ese barco ya está ahora mismo a la venta, tal como está y donde está. Terminará vendido o subastado para chatarra, seguramente. Ese barco no irá a ningún lado.

—Está bien, pero *alguien* llegó a pensar que sí podría ir a algún sitio. ¿Tú crees de verdad que a esos dos les están pagando?

—Yo creo que sí. Pero le dicen a los hombres de la tripulación que no. Porque están todos juntos en esto, y bla, bla, bla. Pero parece ser que ya casi no visitan el barco; y si efectivamente les han estado pagando, apostaría a que ya ni eso. No sé, ya veremos cómo reaccionan cuando hagan efectivo el embargo. Tal vez incluso también ellos demanden al dueño por los salarios caídos.

—O tal vez ni siquiera se aparecerán. Se esfumarán. Vigila eso, John. Y, bueno, ¿qué pasó con aquel viejo?

—Lo mandaron de regreso a Nicaragua. A finales de octubre, dijeron.

—Pero ¿por qué lo llevaron al hospital?

—Le cayó aceite hirviendo en las piernas. Estaba cocinando en cubierta, sobre una fogata. El capitán lo curó con algo, supuestamente tiene algunos conocimientos médicos, al parecer proporcionales a sus conocimientos marítimos… El viejo estuvo un par de días inmovilizado hasta que el supuesto primer oficial se lo llevó al hospital. Creo que aún me falta conseguir una versión más clara de lo que sucedió…

—Dudo mucho que lo logres, en un barco como éste.

Se refería a la protección y la indemnidad de las que gozaba el propietario.

—Sí, en un barco como éste, hasta yo también lo dudo.

—Veamos qué tenemos por el momento. No hay electricidad, cocinan en la oscuridad, carecen de atención médica de urgencia. Todo esto infringe la Ley Jones…

—A menos que el capitán realmente sea médico certificado, o algo así. ¡Ja!

—Negligencia del propietario que resulta en lesiones graves. John, claro que *podemos* llevarlos ante una corte federal por eso. Si todo esto no incumple la Ley Jones, entonces no sé qué más pueda hacerlo…

La Ley Jones es prácticamente la única reglamentación por la que puedes pillar a un propietario. Probablemente tendrá razón, claro. Aunque, como de costumbre, el entusiasmo exacerbado de la reverenda, tan a menudo refutado por la realidad, le hará adoptar una postura precavida, como quien se cubre con un paraguas.

—Sí, está bien, tal vez. Pero todavía no conocemos la historia completa –tal vez el cocinero enfureció y le tiró aceite hirviendo al viejo y nadie quiere decir nada.

—Quiero que encuentres a ese viejo, John. Obtén su declaración. Quiero saber quién pagó su boleto de avión a casa. Quiero ver sus registros médicos.

El visitador de barcos se dirá que Kathy está decidida a usar este caso para poner a prueba los límites de su interés en el ministerio que ejerce entre los marineros, ¿no? Es el caso que todos habíamos estado esperando. Una oportunidad para presionar al consejo directivo del Instituto del Marinero, ver hasta qué punto están dispuestos a dejarnos luchar a favor de los derechos de las tripulaciones y, por una vez, asestar un pequeño pero certero golpe contra los maléficos propietarios de barcos. Últimamente la reverenda Roundtree viene dando muestras de frustración y desasosiego en su trabajo, preguntándose si de verdad está decidida a renunciar a la idea de tener su propia parroquia en algún otro lugar, preferiblemente ahí mismo en la ciudad, en vez de atender durante el resto de su vida a la capellanía del puerto, ofreciéndoles hospitalidad y la buena nueva cristiana a los marineros.

—Volveremos al barco a primera hora mañana.

—¿A primera hora? —el visitante de barcos gemirá silenciosamente: si se reúne con Ariadne en el centro, no regresará a dormir antes de las tres de la mañana—. Bueno, está bien.

—¿Y cómo está esa damita fanfarrona tuya?

¿Fanfarrona? Apenas unos días atrás, Ariadne hubiera recibido el calificativo de «peligrosa», potencialmente peligrosa, en la opinión de la reverenda Roundtree, para el futuro bienestar psicológico y espiritual del visitador de barcos. Pero, bueno, ¿por qué una religiosa protestante tendría que preocuparse o inquietarse compasivamente por la pasión total y el amor?

—Está bien. Las cosas nos han ido muy bien últimamente —lo cual era bastante cierto. Sentirá el impulso irresistible de hablar sobre ella, como siempre le sucede, pero logrará contenerse: han pasado apenas un par de meses desde que la reverenda Roundtree rompiera con su «prometido», un acontecimiento demoledor para ella. El prometido, divorciado, abogado de almirantazgo (lo mismo que el visitador de barcos había querido ser, en otro tiempo, antes de dedicarse a su ocupación actual), había jugado hockey en la liga universitaria. Todo indicaba que serían una pareja más real, apropiada y aparentemente duradera... hasta que se terminó.

Después de colgar el teléfono, el visitante de barcos se servirá un vodka en las rocas; lavará un limón y pelará cuidadosamente una tira de corteza con un cuchillo, la pasará por el borde del vaso y la dejará caer dentro. Rara vez bebe más de un trago por noche cuando Ariadne está en casa. Hay un capitán inglés, cincuentón, tal vez unos diez años mayor que Kathy, que siempre acude a tomar un trago al bar del Instituto del Marinero cuando su barco está amarrado en el puerto, y que siempre se las arregla para convencer a Kathy de beber algo con él. Un sujeto conservador, muy propio y algo cohibido. Su padre fue conductor de autobús; vota por Thatcher. Llama a Kath «obispa», por supuesto. Locuaz, aunque con ese aire absorto y solitario tan típico de la gente de mar, ese melancólico vacío que les dejan las olas (el mar, el mar). Le gusta sondear a Kathy sobre el sentido último de las cosas y, mientras la escucha, parece que se esfuerza por adoptar la expresión justa de atención y adoración respetuosa, como si estuviera ensayándolas para lo que eventualmente pudiera ser su jubilación del mar y vivir permanentemente con una mujer por primera vez en su vida. En muchas cosas no estarían de acuerdo, pero él finge que eso le agrada, seguro de sus principios y sin tratar de disculparse por su falta de experiencia mundana tras haberse pasado casi toda la vida a bordo de barcos. Le gustaría intimar con ella, con su decorosa sofisticación y su intelecto, con esa naturalidad con la que se desenvuelve en el mundo. O en el mundo espiritual. O eso es lo que el visitador de barcos llevará algún tiempo sospechando. Tal vez las cosas entre ellos podrían funcionar. ¿Por qué no? Parece ser un tipo estable. Aunque nunca sabes qué puede ocultarse debajo de la apariencia de una persona, y mucho menos de estos tipos. A bordo son siempre «el capitán», y normalmente llevan una vida más bien introvertida, aunque cada puerto les ofrece un escenario para representar una personalidad distinta ante una audiencia que nunca te ha visto actuar antes y a la que ni siquiera le importa saber cómo te llamas… Debe ser difícil llegar a cierta edad y no tener nada de esto… Pero ¿qué es «esto»?: una mujer, dinero, saber por fin quién carajos eres… Probablemente estás condenado si no puedes obtenerlo, aunque no son tan raras las recuperaciones tardías. Pero aquí estoy yo, arriesgándolo todo por esta *chica*. Y encantado de hacerlo, ¿verdad? Aunque a veces esta voz interior me insinúe: ¿qué hace esta chica con un visitador de barcos trece años mayor que ella, cuánto puede durar una relación así? Ella está muy por encima de mi nivel. Es más inteligente que él, ene mil veces mejor educada, con una voluntad aún más poderosa; puro temperamento, cerebro y un cuerpo salvaje y prodigioso. Aunque ciertamente también tiene sus defectillos, sus... mmm... vulnerabilidades: ese genio que en ocasiones es como un cable roto de alto voltaje, serpenteando y lanzando descargas sobre el suelo. Pero gustosamente le ofrezco mi amor como una suerte de parque nacional donde sus neurosis pueden correr y retozar libremente. «Cuando estemos casados...», ha llegado a decir Ariadne, un par de veces ya, como preámbulo a una suposición pasajera sobre su aún inexistente futuro. («Cuando estemos casados tal vez vivamos en Lisboa; es un puerto, así que allí podrías ser visitador de barcos, Johnny.» «Cuando estemos casados, mi padre seguramente me desheredará para siempre.») Ella, que posee un fideicomiso de 50 mil dólares al año (casi el doble de lo que el visitador de barcos gana), limpios de todo gasto de colegiaturas y manutención, que le paga su padre (quien no le ha telefoneado ni una sola vez en los cuatro meses que llevan viviendo juntos en el departamento de ella).

A menudo Ariadne se sienta frente a su escritorio por las noches para estudiar, y el visitador de barcos toma un libro de la estantería y se acurruca sobre la alfombra para leer, o para pretender que lo hace, aguardando a que ella se quite las gafas de lectura, y apague la lámpara de su escritorio y se acerque a él y se acomode a su lado, sonriendo con la más descarada y arrebatadora de sus sonrisas...

«¿Qué valor tiene un amor que obliga a una vigilancia incesante?» Un par de semanas atrás se habría topado con esa frase, mientras hojeaba *Los hermanos Karamazov*, entre otros libros. «Otelo no era celoso; era un hombre confiado.»

¿Saben qué fue lo que le dijo la reverenda Roundtree una tarde en la oficina, poco después de que su prometido, con quien llevaba tres años de relaciones, la dejara el pasado octubre?: «A mi padre le gustaba decir que el hombre sabio siempre se casa con una mujer superior a él. ¿Siempre? Bueno, él se estaba refiriendo a mi madre, con toda razón. Por lo demás, supongo que no era peor que la mayoría de los hombres. Pero como ya te he contado muchas veces, mi familia estaba llena de alcohólicos, ¡totalmente entregados a una incesante mitomanía!».

—Dice que quiere conocer a un auténtico hombre estadunidense, que está cansada de peleles trajeados y de basura europea. Pero ¿no lo somos todos un poco?

—¿Yo?

Ariadne es hija de un financiero colombiano de ascendencia francesa, una suerte de inversionista de capital de riesgo, cuya fortuna procede de un imperio familiar cafetero con oficinas y sedes en toda Europa y Latinoamérica, y de una francesa de ascendencia polaca que se suicidó en París cuando Ariadne tenía catorce años. Se educó en internados europeos y en la Sorbona. Y es preciosa. Una chica alta, blanca, de rasgos euroasiáticos. Todo esto se lo contó al visitador de barcos una prima suya, Belle Carbonel, editora de la importante revista para mujeres en donde Ariadne realizó una pasantía antes de iniciar sus estudios de posgrado en otoño.

—En todo caso, Belle –respondió él–, los hombres trajeados *son* estadunidenses auténticos, y también los peleles. Y hasta hace poco, yo también era uno de ellos.

A pesar de su habitual tono caprichoso, Belle se mostraba, como de costumbre, franca, rotunda y extremosa en sus opiniones respecto a todo:

—Bueno, tú y yo sabemos que eres un pelele romántico de clóset, Johnny. Y un sibarita clandestino, también. Pero no creas que se lo contaré a nadie, aunque creo que es genial.

—¿No crees que soy un poco viejo para ella?

—¡Ay, vamos…! Sal con ella y ya veremos qué sucede. Le gustarás, te lo prometo. Los dos provienen de familias y contextos totalmente desquiciados. Te entenderá a la perfección.

—Tal vez eso no es algo bueno…

—Le costará un poco. Aunque tú nunca llegarás a comprenderla a ella. Pero ¿sabes qué? Apuesto a que te divertirás como enano intentándolo.

Bueno, pues he aquí a un pelele descaradamente romántico a ratos, aunque no tanto últimamente. Y a un sibarita tan clandestino que ni siquiera se ha dado cuenta de que lo es, si acaso Belle se refería a la definición que aparece en el diccionario.

Los trámites de su divorcio de Mona habían finalmente concluido en vísperas del pasado año nuevo, aunque en realidad llevaban más de tres años viviendo separados. Mona ya cohabitaba felizmente con otro hombre, pero hasta el último momento siguió insistiendo en que le gustaba seguir siendo su esposa, aunque a ninguno de los dos les pasaba por la cabeza la idea de volver a ser pareja. La dulce Mona O'Donnell, vulgar y alegre en el escenario, pero cuando la provocación más nimia le tocaba alguna fibra sensible –cuando su conductor de noticiero favorito sufría un accidente de tránsito, o cuando veía el anuncio de una compañía de teléfonos en donde una sofisticada mujer de piel oscura y marcado acento extranjero sorprendía a su madre, una campesina que vivía al otro lado del mundo, con una inesperada llamada telefónica llena de buenas nuevas– se le encendía el rostro y sus ojos, normalmente animados, quedaban velados tras acuosos nubarrones y se recogía al interior de sí misma para rumiar aquella emoción, cualquiera que fuera, y tal vez hasta volcarse en un buen y escandaloso lloriqueo. Por eso, la simple mención de la idea del divorcio ocasionaba que el pasado abrumara su presente: ¡pero es que le gusta tanto ser su esposa! Le costó mil dólares que no tenía obtener un divorcio de mutuo acuerdo, y lo único que aquello le brindó fue la novedosa sensación de sentir que estaba diciendo la absoluta verdad cuando contaba que era soltero. Una sensación que iba más allá del simple alivio. Porque las verdades parciales pueden atormentar más que una mentira, como un cordón de zapato desatado en una pesadilla, un cordón que tratas y tratas de amarrar sin poder conseguirlo, y que debes arrastrar por el piso mientras caminas sin poder anudarlo. Así que ha estado saliendo con tres mujeres diferentes desde la primavera: ¡sus conquistas! Casi llega a sentirse un mujeriego, en esta extraña etapa de su vida. Dejándose llevar por la situación mientras aguarda a la mujer indicada; sin prisa alguna, sin colgarse de la primera loca atractiva que le saliera al paso, como usualmente hacía. Era un hombre que comenzaba a sentirse estable en su propia vida, un hombre que no tenía nada que esconder. Con los zapatos bien atados. Un hombre que amaba su trabajo.

Y así llega su primera cita con Ariadne, una cita a ciegas, en una cálida y lluviosa noche a finales de junio, durante la misma semana en que la tripulación del *Urus* arribó desde Centroamérica para adscribirse a su barco. Nunca la olvidará. ¿Qué clase de mujer se presenta dos horas tarde a una cita a ciegas, confiando en que el hombre aún estará esperándola? ¿Quién se toma la molestia de aparecerse cuando lleva dos horas de retraso? ¿Y qué clase de sujeto se quedaría esperando? Bueno, no es cierto; él no estaba esperándola. No tenía nada que hacer. Transmitían un partido de beisbol en la televisión del bar; afuera caía un fuerte aguacero. Y había tenido un día extraño y terrible en el trabajo, además. Se olvidó por completo del asunto de la cita a ciegas; es más, ni siquiera se lo tomó a mal, y tal vez hasta se sintió un poco aliviado. Se quedaría ahí sentado, acunando su trago en las manos. Había pasado buena parte de la jornada en un hospital de Port Newark, sentado junto a la cabecera de un polizón colombiano. Él y otros tres amigos se habían escondido en el interior de un contenedor repleto de sacos de café cargado en un barco que zarpó de Buenaventura. Y cuando los inspectores de la aduana y el agente de la DEA abrieron el contenedor al pie del buque, de su interior surgió este chico esquelético en calzoncillos que se echó a correr. El visitador de barcos se encontraba en la cubierta con la tripulación cuando percibió un cambio en el tono de los gritos de los estibadores entre el fragor metálico de las grúas que bajaban los contenedores a tierra, y vio cómo el operador de la máquina se removía en el asiento de su cabina para observar lo que sucedía en el muelle mientras alzaba otro contenedor de la cubierta. El visitador se asomó por la borda y vio que los oficiales de aduanas y los estibadores trotaban hacia un cuerpo moreno, casi desnudo, atrapado en la cerca metálica como si el viento lo hubiera lanzado contra ella, y vio que otros agentes se congregaban en torno a la puerta abierta del contenedor y se llevaban las manos a las narices y a las bocas mientras algunos trepaban con renuencia al interior. Sacaron un primer cadáver retorcido, contorsionado, y dejaron dentro los otros dos; que los camilleros de la ambulancia se encargaran de ellos. Tres muchachos muertos por el calor asfixiante, por el hambre y la deshidratación, con los miembros torcidos y desparramados entre los sacos de café, tiesos a causa de la rigidez cadavérica. Y un sobreviviente que todavía tuvo suficiente energía para emprender una carrera enloquecida hacia el primer soplo de aire y luz del día...

Nadie tiene un trabajo como el mío, es lo que a menudo se dice el visitador de barcos, satisfecho de sí mismo, cuando se encuentra sentado en un bar como ése de Manhattan. La clase de bares donde se reúnen otros tipos más o menos similares a él, que bien hubieran podido ser compañeros de la misma universidad. Tipos blancos, para emplear la actual y fastidiosa terminología. Abogados, como él estuvo a punto de serlo, o empleados de empresas financieras, periodísticas o publicitarias, o artistas de tal o cual clase. Es curioso cómo nunca encuentras médicos en este tipo de lugares. Él encaja bien entre ellos. Y es entonces cuando se dice a sí mismo: sí, pero nadie tiene un trabajo como el mío.

Un trabajo que no es precisamente el mejor remunerado, aunque tiene sus compensaciones. A mitad del invierno, cuando todo el mundo a su alrededor empieza a ponerse pálido y escamoso, él luce las mejillas rubicundas, curtidas por el viento del océano, y conserva su fortaleza. Indudablemente, el trabajo ha mejorado su porte, su confianza en sí mismo. Son tantas las veces al día que debe subir la escalerilla de un barco en donde nadie lo conoce, y tratar de ganarse la confianza de la tripulación y de valorar su situación en el menor tiempo posible, a menudo a base de interpretar las miradas furtivas y los gestos de aquellos hombres, y no tanto las palabras que dicen. Muy pocos de entre ellos hablan inglés, mucho menos español. Y con frecuencia los capitanes y los oficiales no se muestran muy felices de verlo. Hay mucha escoria flotando en el mundo, pero también muchos barcos buenos.

Vagando por los puertos y los muelles en su furgoneta o a pie, el visitador ha aprendido a sentirse tan cómodo y alerta en su solitaria labor, como un avezado detective que recorre los bajos fondos. Y a todo esto se suma la cordial camaradería con sus colegas al terminar la jornada, las conversaciones con las reverendas y el resto del personal, y con los marinos y oficiales, provenientes de todos los rincones del mundo, que acuden al bar del Instituto del Marinero cuando su estancia en el puerto se los permite; o con los agentes de las navieras, los proveedores, la tripulación de los remolcadores, los estibadores, los agentes gubernamentales, la íntima cofradía samurái de los prácticos del puerto.

Ella entró al bar, proveniente del tórrido aguacero, con dos horas de retraso, y se acercó por el pasillo cerrando y asegurando su paraguas plegable, observando con expectación los rostros de los hombres sentados en el bar o en las mesas. Su impermeable era rojo, sus labios rojos, su rostro pálido y suave tenía un acabado mate, como de leche con una pizca de azúcar morena revuelta en ella, y negros cabellos, largos y lustrosos, cortados en un flequillo sobre sus ojos casi negros. Unos ojos que lucían un brillo huidizo aquella primera vez que los vio, colmados de inquietud y efervescente picardía, como si la mortificara presentarse tan tarde y, al mismo, tiempo, le divirtiera su travesura. Supo de inmediato que aquella chica era Ariadne, aunque la sonrisa que le dedicó, cuando al fin ella miró en su dirección y la vio hacerle señas desde su sitio, debió parecerle estupefacta. Se sentó a su lado, sonriendo, y sin someterlo a un prolongado escrutinio, dijo: «¡Oh… sigues aquí!», y soltó una carcajada. «La cena en la que estaba duró una eternidad. Lo lamento mucho, pero te agradezco que esperaras… ¡Pensé que valía la pena comprobar si aún estabas aquí!» Se había quitado el impermeable, y llevaba puesto un sencillo vestido negro sin mangas. Era una chiquilla. Con un ligero sonsonete francés en su acento. Y labios franceses, moldeados por aquella manera en que los galos besan las palabras de su idioma cuando lo hablan, hinchando un poco sus suaves mejillas (y la razón por la que muchos hombres franceses lucen mofletudos). Una belleza deslumbrante y vívida. Vas a romperme el corazón algún día, pensó él en aquel momento, allí mismo. Y más tarde, aquella larga noche, incluso llegó a farfullarlo, en la vertiginosa y embriagante atmósfera que los envolvía: «Debo tener cuidado, o vas a romperme el corazón algún día». Y ella acercó su rostro al suyo, riendo, para responderle: «Probablemente tengas razón. Pero, vamos, ¿de qué sirve preocuparse tanto?».

—La biología, la suerte, ¿cómo diablos puedes explicar algo así? –le dijo aquella noche, después de contarle la historia del polizón colombiano, el primero de los muchos relatos sobre su trabajo que le relataría en los meses venideros–. Está ahí, echado en la cama del hospital, tratando de pensar en una razón. Su fe en Dios. Su empeño en el trabajo. La percepción que tiene de sí mismo como un sujeto especialmente fuerte, con un carácter obstinado. Su fuerza de voluntad.

(Está ahí, con una sonda que bombea solución salina en sus venas y con el aspecto de no haber perdido mucho peso, y ninguna señal de molicie en su rostro, sólo el centelleo del trauma en sus ojos. Todo lo que hizo por llegar a Estados Unidos… y de cualquier forma lo deportarán tan pronto lo den de alta del hospital.)

(¿Y cómo podría haberle preguntado lo que él realmente quería saber? No se atrevía, por supuesto. ¿Cómo fue? ¿Qué pensaban? ¿Cómo se dieron cuenta cuando el primero murió? ¿Hizo algún ruido, lanzó un suspiro? ¿Y los otros dos? Finalmente le preguntó: ¿Cómo fue que no te volviste loco? Fue a lo más que se atrevió.)

—Pero yo creo en la fuerza de voluntad, Johnny, ¿tú no? –dijo ella, casi gorjeando–. Creo que debe de haber algo más, además de la biología y de la suerte, que lo hace diferente. Piensa en la tortura: hay hombres que se quebrantan bajo la tortura, y otros que la resisten. Yo siempre he pensado que sólo podría casarme con el tipo de hombre que no se derrumba al ser torturado.

Tenía muchas opiniones ridículas por el estilo. Una visión idealizada de la vida, llena de elevados principios jamás puestos a prueba. ¡Había que oírla cuando se ponía a filosofar sobre el amor! Pero esta mezcla de irrealidad juvenil y de alocadas y heroicas convicciones lo fascinaron desde el primer momento. Era muchísimo mejor y más estimulante para su intelecto que las charlas que sostenía con las reverendas, que además no te inspiraban ningún deseo de acostarte con ellas mientras las escuchabas.

Las historias que él le contó de su trabajo, teñidas de un tono fúnebre debido a los sucesos de aquel día, avivaron de algún modo la imaginación de Ariadne; tal vez cautivaron un poco su lado más oscuro, ella que poseía su propia y terrible historia agazapada como una temblorosa anciana enloquecida en un ático. En cualquier caso, aquellas historias le dieron a sus ojos un aura romántica, varonil… Justo lo que ella estaba buscando, ¿no es así? Un auténtico hombre estadunidense, no esclavizado a una oficina sino libre a la manera de los detectives de las películas, en contacto con el lado oscuro de la vida pero también con lo espiritual, con los espacios abiertos del puerto y del mar, y con las reverendas. Así es como Ariadne lo vio aquella noche. Un hombre que a diario volvería a casa con sal del océano sobre su piel, y con una historia que contarle.

—Te sientes cómodo entre los hombres –dijo ella, en tono de aprobación, cuando el visitador de barcos regresó de la barra con una nueva ronda de tragos. Eso fue todo lo que hizo: ir a la barra, pedir un par de bebidas y regresar inmediatamente a la mesa. Pero ella le explicó que los hombres con los que salía no solían sentirse cómodos entre otros hombres; tener que apretujarse entre «una masa de cuerpos fornidos» para ordenar los tragos les incomodaba, por lo que permanecían tímidamente en la orilla de la aglomeración, haciéndole señas con la mano al cantinero, y casi siempre Ariadne terminaba levantándose para ir a buscar ella misma las bebidas (¡como si algún camarero pudiera ignorarla a *ella*!). Pero ¿una «masa de cuerpos fornidos»? ¿En *este* bar? Seguramente Ariadne pensaba que aquellos hombres eran todos *obreros*.

—Mmmm, me gusta esto… –dijo Ariadne, dándole un zarpazo juguetón a su miembro erecto, visible bajo la tela de sus calzoncillos. Acababa de meterse en la cama de la compañera de departamento de Ariadne; la chica (una iraní que asistía al Instituto de

Tecnología de la Moda) se había marchado a visitar a su novio que estudiaba en Boston (Ariadne no se mudaría al edificio de los estudiantes de posgrado sino hasta el mes de agosto). No había querido acostarse con él; dijo que nunca dormía con un hombre en la primera cita. Aunque sí se besaron: en el bar, en la calle, en la sala de su departamento. Pronto amanecería; era demasiado tarde para que él regresara a Brooklyn, ¿no? Así que lo mandó a la cama de la chica iraní, y ella se metió en la suya. Horas después lo despertó al deslizarse denuda a su lado. Desde entonces no pasarían una sola noche separados, ni una sola, desde aquella primera. (Él hace lo posible por ir a su departamento en Brooklyn una vez a la semana, para recoger la correspondencia; sigue pagando la renta de esa condenada pocilga.)

También habrán pasado por rachas difíciles, claro. Por un tiempo, Ariadne sintió celos amargos y obsesivos –y francamente ridículos, considerando lo que él sentía por Ariadne– hacia su exmujer. En su opinión, John habría envilecido su alma al casarse sin nunca haber experimentado un amor tan grande como el que ahora sentían ellos dos. Él mismo habría desencadenado los celos cuando, al principio de su relación, cometió la imprudencia de decirle que jamás llegó a sentir algo remotamente parecido a lo que sentía ahora por ella cuando se enamoró de su anterior esposa. Ariadne se enfureció al escuchar aquello: no quiere que la compare con ninguna otra mujer, ¡de ninguna manera! ¡Oh, esta fastidiosa sinceridad estadunidense, esta franca y considerada honestidad! ¿Qué tiene que ver la honestidad en el amor? La consideración del pasado no tiene ningún lugar en la clase de amor que ella desea. Ella también tiene un pasado, ¿no es así? ¿Acaso le gustaría, lo desafió burlona, que ella fuera tan sincera con su propio pasado como él lo era con el suyo? Aunque, en realidad ella ya le había contado bastante de su vida, muchísimo más de lo que él le había contado a ella. Aquel actor de televisión francés casi cuarentón con quien ella comenzó a salir cuando tenía dieciséis o diecisiete años; que le dio una llave de su departamento y que la invitaba a las fiestas y las discos más decadentes, y de vacaciones al Caribe, a Grecia y a Bali, y que se ponía furioso y se encolerizaba como un mocoso malcriado si una noche ella no accedía a tener sexo con él; el hombre que la había corrompido, clamaba Ariadne. Tras la muerte de su madre, los sentimientos del padre se tornaron excesivamente fríos hacia ella, su única hija. Ariadne lo odiaba, y nunca podría perdonarle que no la hubiera protegido, tan joven e impresionable que era, de esa sórdida aventura. ¡Su padre tendría que haber matado al actor ese, de haber sido necesario! Eso es lo que tú hubieras hecho, ¿verdad, Johnny? ¿Si yo fuera tu hija? ¡El pasado *debe* quedarse en el pasado! ¿Qué tiene que ver la honradez en este asunto? Si digo que algo me lastima, es que verdaderamente me lastima. Y no importa que tú digas que es ridículo o neurótico o *injusto*; si me lastima, y si realmente me amas, ¡entonces tienes que protegerme de eso!

—Te protegeré, te lo prometo. Te protegeré de cualquier cosa que tú digas —le habría jurado.

—¡Ah, sí, el gran protector! Pero yo no soy un marino miserable, Johnny —respondió ella—. ¿Quién va a protegerme de ti, de tu cruel honradez, de tu sinceridad?

Ella respondería a su expresión desconcertada y herida con una mirada muy seria, que finalmente reventaría en una enorme y traviesa sonrisa…

De alguna manera, su trabajo como visitador de barcos se habrá convertido en una parte fundamental de la química orgánica de aquel pequeño mundo que compartían: la forma en que ella concebía su trabajo como una ocupación singularmente fantástica y heroica, que no puede compartir con nadie más que con ella. Pero el visitador de barcos no se habrá percatado en qué medida Ariadne lo sentía, hasta aquella noche en el bar del centro, la noche del día en que halló al *Urus* y a su tripulación abandonada. Por una vez ella se le habrá adelantado: la encontrará sentada en torno a una pequeña mesa en compañía de cuatro jóvenes y una chica que han tomado asiento en los sillones y mullidas butacas, en un rincón oscuro del local. A tres de los muchachos los identificará como amigos de la universidad de Ariadne. Todos lucen muy europeos, por la manera en la que conviven en torno a la mesa, enseguida te das cuenta. Europeos, o sudamericanos ricos, que es prácticamente lo mismo. Todos fuman. Con esa plácida y relajada forma de socializar. La otra chica, una pelirroja con los cabellos cortados al estilo príncipe valiente, pasa sus esbeltas piernas –enfundadas en pantalones de seda verde– por el respaldo del asiento sobre el que reposa, con el torso girado como una sirena y los brazos apoyados en su asiento de roca submarina. Roberto, de Milán, estudiante de leyes y concertista de piano, se apartará sin descruzar las piernas sobre el pequeño y robusto sillón para que el visitador de barcos pueda apretujarse junto a Ariadne, cuyas manos estrecharán delicadamente su brazo cuando él se vuelva para recibir un beso que le sabrá a pintalabios, a tabaco y a martini. Luego se apresurará a limpiarle con una servilleta las huellas de labial que le dejó en la boca, mientras le cuenta:

—Estamos discutiendo la caída del muro de Berlín, Johnny.

Y él no tardará en sentirse incómodo, bruto y torpe en compañía de ellos, como es de esperar, y sabe que a ella no le importa en lo absoluto, a menos de que haga el ridículo adoptando una estridente actitud defensiva, lo que no le ocurre nunca salvo en aquellas ocasiones en que ha bebido demasiado. Roberto sigue llevando la gabardina marrón que Ariadne le prestó cierta tarde en que fue a visitarla y comenzó a llover. Al parecer, no se la ha quitado desde ese día, en testimonio del amor no correspondido que él sufre con una inexpresividad que resulta, a la vez, dolorosa y cordial. Seguramente la lleva puesta en clase, y en la calle, cuando hace demasiado frío para la escasa protección que la prenda le proporciona; tal vez no se la quita ni para acostarse en la cama. No se la devolverá nunca. Una situación que Ariadne finge encontrar graciosa, pues Roberto no parece darse cuenta de que es justamente ese tipo de tonterías las que ella detesta, y que su actitud le parece patética e infantil. La gabardina es demasiado pequeña para Roberto, y sus mangas se interrumpen varios centímetros por encima de sus muñecas y de sus largos y pálidos dedos de estrangulador amanerado, que sobresalen ridículamente de los puños del impermeable. Y aun así, su apariencia no es ni de lejos tan absurda como tendría que serlo. Todo lo que lleva puesto debajo es Armani u otra jodida marca por el estilo; una bufanda de cachemira le rodea el cuello aunque permite un atisbo de su manzana de Adán. Tiene el rostro delicado de un halcón joven; ojos azules y brillantes, labios sensuales e insolentes y cabello rubio cenizo. Justo la clase de chico del que todo el mundo esperaría que Ariadne se enamorara, y es precisamente por este motivo, ¡Dios la bendiga!, que no lo ha hecho. Lo cual debe ser terriblemente injusto para Roberto. Tras la sonrisa desafiante pero imperceptible que les dedica a todos ellos, el visitador de barcos sabe que Roberto y los dos otros chicos –el francés estudiante de filosofía y el argentino que asiste a la facultad de economía– lo consideran una locura pasajera de Ariadne, que un día desaparecerá de la vista, y entonces ellos podrán reclamarle: «Oh, Ariadne, ¿en qué estabas pensando?».

El cuarto joven, que resultó ser un ejecutivo financiero suizo doctorado en literatura alemana, se pondrá súbitamente de pie y, colocando sus manos sobre los brazos de la butaca de la sirena, se parará de manos mientras la chica le dedica una sonrisa y lo toma del rostro para besarlo mientras se encuentra de cabeza.

—… Tan pronto pueda, según normas del puerto –se pondría a explicarles el visitador de barcos, con una inflexión áspera y una pronunciación arrastrada que realmente no son propias de él, como respuesta a una pregunta que los amigos de Ariadne le hicieron a propósito de la naturaleza de su trabajo; una explicación que lleva ya un rato ocupándolos, surgida tras una observación que él hizo sobre cómo la caída del Bloque Oriental afectaba a la industria naviera de esos países…

— T.p.p.s.n.p. –intervendrá Ariadne, inclinándose ansiosamente hacia el frente, con las manos en la rodillas y mordiéndose igualmente el labio inferior.

—Los barcos ya no permanecen en los puertos tanto tiempo como solían hacerlo, y con la tendencia a privilegiar el uso de contenedores y sistemas de carga rodada y todo eso, ya ni siquiera es necesario que lo hagan. Antes se necesitaban varios días para cargar y descargar un barco, pero ahora todo puede hacerse en menos de doce horas, si así se requiere. Así que la vida portuaria tal y como se conocía prácticamente ha desaparecido, sobre todo en grandes puertos modernos como el que tenemos aquí. Y las tripulaciones de los barcos, con excepción de los capitanes y algunos oficiales, ya no bajan a tierra tanto como solían hacerlo. Sus vidas ahora son peores. Se la pasan encerrados en los barcos.

Y entonces el ejecutivo financiero suizo hará referencia a la antipatía que Platón sentía por los marineros y el mar: un vecino amargo y salobre, dirá, citando una frase del filósofo, que da origen a almas furtivas y desconfiadas, los charlatanes, los usureros, los mercachifles estafadores de los puertos, y otros por el estilo. (El visitador de barcos tomará nota de hablarle de Platón a la reverenda Roundtree.) Y entonces Roberto señalará:

—Pero aún hay mucho de verdad en eso, ¿no es así? ¿Acaso los puertos no son sede de actividades criminales?

—Seguro, hay muchos delitos –responderá el visitador de barcos–. Contrabando. Tráfico de drogas. Todo tipo de fraudes. Y también una nueva forma de piratería: los secuestradores de remolques. Cargan los contenedores en un remolque, éstos salen del puerto, y, a veces en cuestión de minutos, … ¡zas!, los roban. Gran parte de la mercancía que se vende en las calles de Nueva York proviene de contenedores robados…

—No, no, a mí no me toca arrestar a nadie –responderá a otra pregunta que le hacen más tarde–. Yo sólo me ocupo de los crímenes, si así quieren llamarlos, cometidos en contra de los marineros. La gente que trabaja en los barcos no cuenta en realidad con muchas leyes que la proteja. Cada bandera tiene sus propias leyes. Cada puerto tiene también las suyas. Y realmente no existe un conjunto sólido, consistente o aplicable de leyes internacionales que regulen el trabajo marítimo. No es raro toparte, en pleno invierno, con una tripulación de Bangladesh que debe trabajar sobre una cubierta congelada y llena de nieve derretida, calzando sólo sandalias.

—Johnny les lleva zapatos y calcetines –interrumpirá Ariadne, en tono apesadumbrado–. Y también suéteres.

Y él añadirá:

—No, yo no diría que lo que hago es una obra de caridad, aunque sí, es cierto, es una pequeña parte de lo que hacemos. Lo que yo realmente hago es interceder, negociar, mediar entre las partes. Tratar de averiguar qué es lo que realmente sucede entre, digamos, un capitán y sus oficiales, todos ellos griegos, y los maquinistas provenientes del Punjab y una tripulación de origen tal vez latino o filipino. Tal vez se ha dado algún caso de brutalidad por parte de los oficiales. O incluso un asesinato que el capitán yugoslavo y la armadora quieren silenciar: ¿a ellos qué les importa, de cualquier forma, lo que sus subordinados egipcios se hagan entre ellos? A lo mejor el difunto se lo había buscado y no quieren verse retenidos en el puerto. O en otras ocasiones es preciso llevar a cabo un arresto y yo termino sirviendo de intermediario entre los federales o la guardia costera, el capitán y la naviera, cualquier autoridad nacional que tenga jurisdicción en el asunto, y el marinero que va a ser arrestado o extraditado o lo que sea. Pero no suele ser tan dramático. El conflicto más común es que les hayan robado la paga, o que no se la hayan enviado a sus familiares como se supondría que lo harían. O que algún marinero haya sido víctima de fraude por parte de una falsa agencia naviera de Tuvalu; que hubiera pagado una cuota para poder obtener el empleo y se hubiera gastado todos sus ahorros para volar hasta Nueva York y descubrir que el barco en el que iba a trabajar ni siquiera existe. U otro que realmente necesita que lo vea un médico pero el capitán no lo deja abandonar la nave porque no quiere tener que pagar por la consulta. A veces son tripulaciones enteras abandonadas, como la que hallé hoy. O barcos que no reúnen las condiciones para navegar, tal vez sin ventilación o sin agua corriente para la tripulación. O polizones. O algo que puede ser muy simple pero de gran importancia para los hombres de un barco, como la calidad de la comida. O conflictos religiosos. Contratan a un segundo oficial de máquinas y le prometen una dieta musulmana y ahora nada más se ríen de él cada vez que la solicita. O hay una serie de creencias y supersticiones en las que la tripulación originaria de Kiribati cree, pero su capitán polaco no;

y como no entiende lo que sucede piensa que sus hombres son un montón de mariquitas haraganes. Luego están las tensiones políticas. A veces, en un solo barco, puedes encontrar seis nacionalidades diferentes, cada una con una lengua distinta. Tal vez vienen de enfrentar una mala travesía o un temporal espantoso que los ha puesto a todos al borde del colapso, y es cuando afloran al mismo tiempo todos los problemas potenciales que ya existían desde antes. Todo puede suceder en ese momento, toda clase de cosas. Y nosotros vamos allí y hacemos lo que podemos.

»...Bueno, en realidad se supone que *debemos* utilizar el término marinero (*seaferer*). Algunas de las religiosas con las que trabajo decidieron, bueno, ya saben cómo son esas cuestiones, que la palabra marino (*seaman*) se prestaba a malas interpretaciones...

»Ajá, la gente *siempre* cree que estás diciendo "semen" y no "*seamen*". Y cuando hablas por teléfono siempre tienes que decir: "Sí, *seaman*, de navegante, ¿me entiende?". *Ja, ja.*»

—A Johnny siempre lo invitan a la cocina de los barcos a probar toda clase de comidas –dirá Ariadne.

—Bueno, la verdad es que no suele ser muy buena. Pero puedes probar una gran variedad de alimentos.

»En ocasiones me llevo a un montón de ellos al Instituto del Marinero para que puedan telefonear a sus casas desde allí. Una cosa tan sencilla como ésa significa muchísimo para esos hombres. Aunque, claro, muchos de ellos no cuentan con teléfonos en sus hogares, viniendo de donde vienen.

»¿Y eso de que un barco siempre es un barco? En lo absoluto. Una embarcación soviética es un mundo completamente diferente a... digamos, una embarcación coreana. Los capitanes rusos casi siempre te invitan a su camarote para convidarte un trago de vodka; les gusta la faramalla. Hay un buque portacontenedores que recala aquí unas tres veces al año; lleva bandera de Malta y está gobernado y tripulado exclusivamente por mujeres, de todas partes del mundo; un barco gestionado a la perfección...

»No, no son especialmente bellas. Algunas sí. La más guapa es la jefe de máquinas, aunque parezca extraño. También hay otro barco tripulado enteramente por criminales fugitivos. Y otro por monjes portugueses, aunque yo no lo he visto personalmente; estaba en casa con gripe cuando arribó el invierno pasado. La reverenda Roundtree fue...»

—Johnny y sus colegas se aseguran de que todos los marineros de todos los barcos que llegan a Nueva York y a Nueva Jersey en esta época del año reciban un regalo de Navidad –interrumpirá Ariadne–. Hasta los barcos israelíes y musulmanes.

—¡Ja! ¡Ya quisieran! No, les llevamos calcetas, pantuflas, mitones, gorros de lana, cosas de ese tipo.

»No, yo no envuelvo los regalos personalmente. Hay voluntarios de las iglesias locales...

»¿Que si me visto como Santa Claus? ¡No!

»Lo que me gusta de este trabajo es que puedes marcar una diferencia en las vidas de estas personas por las que nadie más se interesa. Hacemos cosas importantes; ahora estamos montando un centro para la defensa de los derechos legales de los marineros que, si logramos conseguir la cooperación internacional adecuada, podrá convertirse en un centro mundial para la elaboración de un nuevo código laboral marítimo que, esperamos, se respete a nivel internacional. Organizamos conferencias y foros. Pero lo que realmente me gusta es subir a la furgoneta y recorrer los muelles y subir a los barcos. La parte detectivesca, por decirlo de algún modo. Es un poco como ser policía, pero sin tener que soportar a otros policías ni dispararle a nadie. La libertad es increíble. La sensación de que estás relacionándote con el resto del mundo y experimentando empíricamente la realidad del mundo actual. Es un gran trabajo. A veces creo que realmente tengo una de las mejores ocupaciones del mundo...

El visitador de barcos se sentirá frustrado. ¡Por Dios! ¿Cómo podría hacerlos comprender? ¡Miles de historias y de imágenes se arremolinan en su mente, y ellos sólo son capaces de bromear despectivamente acerca de los regalos de Navidad! Apenas la semana anterior, el visitador de barcos conoció a una pareja de polizones provenientes de Hong Kong, un anciano y su nieta de once años de edad; llevaban casi dos años viajando por todo el mundo en aquel barco, pues las autoridades portuarias de todos los países a los que arribaban los rechazaban, y la tripulación marroquí y el capitán turco prácticamente los habían adoptado. El viejo trabajaba en la cocina y la niña estaba aprendiendo a hablar árabe con soltura; tenía una paloma de mascota, la paloma más gorda que el visitador de barcos había visto en su vida, casi tan grande como un pavo, que guardaba en una jaula que uno de los hombres de la tripulación le construyó con cuerdas endurecidas con alquitrán. Pero el capitán quería resolver aquel problema; estaba preocupado por el efecto que la niña tenía sobre la tripulación; aquél no era un buen sitio para una muchacha en plena pubertad: ¿para qué tentar a la suerte? Era casi como traicionarlos, pero debía hacerse: contactar a la gente de la UNESCO y convencerlos de que se encargaran del papeleo y de los gastos de repatriación de la pareja sin que las autoridades portuarias multaran al barco por llevar polizones, sólo ellos podrían hacerlo. El capitán Kemal incluso aceptó demorarse en el puerto seis horas más para ocuparse personalmente del asunto, e invitó al visitador de barcos a la cena de despedida y descorchó una botella de clarete marroquí que no estaba nada mal. Durante la cena, la niña se subió a su silla, pronunció con gran destreza un pequeño discurso en árabe y cantó una canción en cantonés… ¿Ven ahora las cosas que el visitador de barcos llega a conocer? La niña se llevó a su obesa paloma consigo de regreso a Hong Kong.

Pero algo le inspirará inquietud. Lo habrá notado ya desde el bar, pero después, a solas con ella en la acera, la sensación le parecerá más clara. Como si la atmósfera hubiera perdido esa complicidad que normalmente los une, esa gravitación interna que les permite pavonearse por las calles, codo a codo. Ella se moverá más despacio ahora, con las manos metidas en los bolsillos de su abrigo de cuero, la mirada absorta en las sombras que se extienden sobre la acera. Y cuando él la llame diciendo: «¿Ariadne?», ella alzará la vista para mirarlo como si le sorprendiera verlo ahí, con las cejas ligeramente enarcadas, y desviará la mirada enseguida y seguirá caminando. Un tifón de ira podría desencadenarse en cualquier momento, ahora. «¿Quieres que pidamos un taxi?», preguntará él. Ella no responderá y continuará caminando. Finalmente, dos cuadras más adelante, Ariadne bajará de improviso a la cuneta y alzará el brazo para llamar a un taxi, y él subirá al vehículo y se sentará a su lado pero ella se deslizará hasta el otro extremo del asiento y se pondrá a mirar por la ventana. La distancia que existe entre ellos es insuperable, causada –pensará él con ansiedad– por haberse pasado demasiado tiempo parloteando sobre su trabajo, por haberlos inmiscuido imprudentemente en algo que Ariadne, de una manera ilógica, claro está, considera un asunto exclusivo de ellos dos. Bueno, al menos no les habrá hablado demasiado del *Urus* ni de su tripulación abandonada ni de todas las historias que escuchó de boca de esos hombres. Tal vez eso arreglará las cosas, cuando tenga oportunidad de contárselo…

Ella volverá la cabeza hacia él y lo mirará con frialdad mientras el taxi se desliza por la autopista del West Side, paralela al río oscurecido.

—Caray –dirá ella–. Quedamos como un par de plomos ante esa gente, ¿verdad?

—¿Tú crees? –responderá él, forzando una sonrisa. Vamos, Ariadne, no es para tanto–. Mira, si alguien actuó como idiota fueron ellos. ¡Que si me vestía de Santa Claus! ¡Por favor!

Y entonces ella se reirá suavemente, con las manos enguantadas posadas sobre su regazo, la mirada nuevamente clavada en la ventanilla.

—Ese Roberto –dirá en voz baja–. Es todo un *diablillo*.

Por el resto de su vida, el visitador de barcos recordará este momento como el que vaticinó el final de su relación: la sombría y pesada sensación en su pecho de una puerta que se abre a patadas para dar paso a una caterva de fotógrafos de tabloide ataviados en sucios impermeables y ansiosos por captar la imagen de su iluso y esperanzado corazón enredado en la cama con un amor sentenciado.

Sin embargo, en el taxi, la primera respuesta del visitador de barcos será desafiante: cuatro generaciones de hombres nacidos y criados en Staten Island y que, de una manera u otra, han hecho de los barcos y del mar su forma de vida, hablarán dentro de él usando las mismas metáforas de siempre. Pensará: si dejas de amar mi trabajo, Ariadne, me dejarás de amar a mí también. Porque el amor viene y va, Ariadne, como los barcos, que se acercan y se alejan en el horizonte llevándose con ellos sus secretos, y a veces no te das cuenta en la porquería de nave en la que te has embarcado hasta que ya estás a bordo y en pleno viaje.

Y pensará: yo también tengo un deseo. Me rehúso a temer al vacío espiritual de la pérdida. Intenta afrontar sólo el presente. Deja que el amor haga su tarea sobrenatural.

—Ariadne, no vas a creer lo que me he encontrado hoy al subir a este barco, todo cubierto de hojas secas… La tripulación llegó a Nueva York hace seis meses, la misma semana en que tú y yo nos conocimos, Ariadne, y no se han movido ni dos centímetros. Es una jodida ruina, anclada ahí en el muelle de Brooklyn.

Al día siguiente, tras visitar nuevamente el *Urus* con la reverenda Roundtree, llevará en metro a cuatro de los tripulantes del barco a reunirse con un abogado. Por la tarde, de vuelta ya en el Instituto del Marinero, la reverenda estará esperándolo con la noticia de que el *Urus* ha sido recientemente declarado, en las últimas semanas, una nave apátrida.

—El propietario no cubrió el pago de las tarifas y los impuestos, John –le dirá–, y alegó que el barco no está listo para pasar una nueva inspección. Así que les han quitado el registro panameño. Por eso cubrieron el nombre del barco y del puerto de origen con pintura. Es una armadora de pantalla. Está registrada como la corporación Achuar de Ciudad de Panamá, pero nadie tiene la menor idea de quién o qué está detrás de ese nombre. Y la agencia naviera, la última que consta, es la Miracle Shipping, con domicilio en el número 19 de la calle Rector, en Lower Manhattan. Te apuesto a que no habrá nada ahí más que una máquina contestadora en un cubículo alquilado o prestado. El teléfono ya ha sido desconectado.

El visitador de barcos permanecerá en silencio: nada de aquello lo toma por sorpresa.

—Y hay algo más –dirá la reverenda–. La tripulación nunca ha estado bajo protección de las leyes panameñas. Son marineros ilegales, John. Al parecer nunca firmaron el contrato de embarco.

—Bueno, eso lo complica todo.

—Ay, John –suspirará la reverenda Roundtree–. ¿qué es lo que estamos haciendo en esto?

—La obra del Señor, creo yo, Kathy –respondió él, con un tono más cercano a la empatía que al sarcasmo.

—Claro. Aunque hoy en día cualquier escoria puede esconderse hasta de Dios. Todo lo que necesitas es, ¿qué?, una bandera de conveniencia, una compañía fraudulenta. Ya ni siquiera tienes que ser rico para poder hacerlo.

Un corte de pelo

(15 DE OCTUBRE-25 DE OCTUBRE)

1

E L DOLOR PERMANECE ESCONDIDO COMO UN DESPERTADOR sin manecillas preparado para sonar en lo más profundo del sueño. Pero el deseo yace despierto junto al aburrimiento, haciendo todo lo posible por mantener lejos del lecho a la depresión y a la tristeza más profunda, suplicando: No te desvanezcas, hazlo de nuevo, bella y sucia japonesa. Durante un tiempo, después de que el capitán Elias les contara su historia en julio, los barcos que llevan a los prácticos surcan oscuros y tempestuosos mares para llegar, cada noche, hasta el *Urus*, y cada una de esas noches también decenas de escalerillas son bajadas desde el borde del sueño para que la provocativa mujer que se desempeña como práctico portuario pueda subir a bordo de una docena de insomnios distintos y se despoje de sus pantalones ajustados. Fue la descripción de cómo la mujer pasó dos días encerrada con el capitán, y la mención del porno japonés, la que provocó e incitó este florecimiento de Yorikos. ¿Cómo será el porno japonés? Y se lo imaginaban… hasta donde podían. Porque, bueno, en realidad no habían conocido a una sola mujer en todo ese tiempo. (Como el Tinieblas solía recordarles a menudo, hasta en las cárceles había mujeres: visitas conyugales, trabajadoras administrativas, putas de contrabando que los mismos reos padroteaban, e incluso otras prisioneras. Pero aquí, lo más cercano a una hembra viva eran las imágenes de mujeres sensuales que el Tinieblas llevaba tatuadas en diferentes partes de su cuerpo.) Pero ya han pasado tres meses desde que escucharon la historia; y si además resulta que apenas tienes idea de cómo es Japón, los sueños terminan por transformarse en porno centroamericano, en porno universal, una vez que los kimonos se deshacen, pues es difícil persistir en la fantasía con alguien que ni siquiera has conocido realmente. Así que esta noche sólo hay cuatro Yorikos de visita en el barco, y dos de ellas han sido evocadas por el mismo y frenético insomnio. Y el que está teniendo más éxito en evocarla es justamente aquel que ha elaborado el escenario de su fantasía con más paciencia y decoro: ha llevado a Yoriko a su casa en Puerto Cortés; la ha paseado por los alrededores, la ha presentado a sus amigos y familiares, la ha engalanado con un lindo vestido que deja al descubierto sus hombros y su largo y bello cuello, y... ¡Hombre, parece que le encanta Puerto Cortés y está fascinada de que el Faro la haya llevado allí!

En todas partes a bordo, esa noche, al igual que todas las noches, en cada oscuro y silencioso camarote, el deseo hurga obsesivamente el mismo viejo baúl, escarba en la memoria con las garras desesperadas de un perro. Manos y mentes errantes buscan a tientas por detrás, por en medio, por arriba y por abajo sin hallar otra cosa más que muñecas mudas, sin rostros ni miembros, puñados de aire, hasta que no queda nada más que el fondo vacío del baúl, en el que alcanzas a verte a ti mismo regresando a casa después de tu gloriosa salida al mar, sin un solo centavo en la bolsa, endeudado... ¿Me estará esperando aún? ¿Y qué pensará de mí entonces? El perro escarba y escarba, cada vez más desesperado... ¿Qué estabas haciendo allá, Ana María, a esa hora, con tu hermana y nuestra hijita, tan lejos de casa de tu mamá? (Todas las noches, Roque Balboa le pregunta lo mismo a Ana María, mientras yace echado sobre su vientre, con los ojos cerrados, lo más inmóvil que puede, adelgazando incluso su respiración, con toda su concentración puesta en establecer un puente entre su memoria y su mujer.) De pie en la pequeña colina de tierra que se eleva del otro lado de la acequia, con un pañal de tela en la mano, deja que el viento juegue con él. Un viento cálido y constante subía del lago aquella noche, y yo caminaba a la cantina de Lino cuando de pronto te vi, ahí de pie sobre aquella colina de tierra, del otro lado de la acequia, a ti, con nuestra hija y tu hermanita. Y me acerqué un poco. Vos, agitando el pañal, sujetándolo con tus dedos, y la tela del pañal inflándose en el aire, agitándose y volviéndose a inflar, y la pequeña Norma lo miraba y se reía, con su cabello rizado flotando en el viento. Y el aire empujaba también tus suaves cabellos contra tu rostro, tiraba de tu vestido amarillo y lo ceñía contra tus muslos y tu cadera. Ay, no, muchacha, cómo duele. Cómo duele recordar eso, la manera en que mi mano acariciaba tu piel tibia por encima del vestido. Y vos aún no me habías visto. La nena sí, aunque no me reconoció, vestida con su batita blanca llena de manchas, dos años de edad tenía ahora. Un nudo en la garganta; va, pues. Y cuando me viste ahí de pie en el camino te quedaste paralizada y el viento tiró del pañal hacia un lado como si quisiera arrancarlo de tus manos, y tus ojos se ensancharon al verme y se llenaron de... carajo, ya sé, se llenaron de pura tristeza, de puro reproche. Y yo seguía parado en el camino, con ganas de saltar la maloliente acequia y quitarte ese paño de las manos, estrecharte entre mis brazos y besarte, decirte que iba a pasar el resto de mi vida disculpándome contigo, haciendo que nos fuera bien y besando tus orejitas de mono por encima de tu cabello, pero tenía miedo de echarme a llorar, Ana María, estaba a punto de llorar y por eso me di la vuelta y me alejé, y escuché cómo me gritabas en la oscuridad, a través del viento, con odio en tu voz: «¡Qué poco hombre sos, Chávez!», y seguí caminando hacia la cantina de Lino, «¡Chávez Roque, sos un hijo de la gran puta!». Y ahora, en este barco jodido en el que me enrolé poco después, diciéndome a mí mismo que en un año ganaría lo suficiente para recobrar tu amor y tu respeto... Y entonces sí lo hago, salto la acequia y trepo por la colina lodosa y te arranco el pañal de las manos, y cada vez que hago esto tú te desvaneces, y yo me quedo aquí solo sosteniendo este jodido pañal en las manos.

En el amor como en la guerra, cualquier hoyo es trinchera. Un chiste memorable, aunque no el del Peperami, ni mío, sino tuyo, Tusa, que sin duda te contaron, puta madre, para que pudieras repetírselo como perico a los marineros ebrios. Porque tenías pechos como una mujer y una piel tersa y humedecida de sudor perfumado y un vientre femenino que era como un océano que bullía en deseo y una suntuosa boca de labios pintados, y hasta perfumabas tus pantaletas de encaje como lo haría una mujer, a pesar de que debajo de ellos eras un macho. Hasta tu enorme verga amoratada apestaba a perfume de puta, y luego al sobaco de un luchador, cuando finalmente decidí metérmela en la boca, sabiendo que en adelante ya no sería el mismo, porque por muy borracho que estuviera siempre he sido capaz de evocar las abrumadoras impresiones y la irremediable degradación de aquella noche. Pero ahora vos ya no me querés, cabrón; es como dejar que una vieja solterona te haga una mamada: ni siquiera se me para; no huelo ni siento nada, no hay sorpresas ni humillación. Sólo me veo a mí mismo, veo mi cara esforzándose grotescamente en la oscuridad por recordar algo, lo que sea...

... Serás mi esposa, Natalia, mi esposa, por siempre y para siempre, y tendremos una gran recámara soleada y una cama enorme, porque voy a ser rico... El Caballo Rosa será el primer paso; porque puedo reparar cualquier cosa y tendré mi propio taller y mi propio patio de chatarra, compraré máquinas estropeadas de segunda mano y se las venderé a las fábricas... Pero seguiremos amándonos el uno al otro, igual que nos amábamos cuando éramos pobres, así que, por favor, déjame sentirlo ahora: la sensación eléctrica y escurridiza de nuestros cuerpos al tocarse, de tus pies fríos moviéndose entre los míos, de tu desnudez contra la mía; esa sensación que nunca esperé que realmente pudiera sucederme y que finalmente ocurrió, cuando el cálido y suculento aroma de tu piel llenó mi olfato como ninguna otra piel lo había hecho desde hacía tantísimo tiempo, cuando era pequeñito y una tía que después se volvería monja me tomó en brazos en la playa y yo me quedé dormido en ellos con mi nariz pegada a su dulce y meloso seno palpitante... ¿Por qué te perdí, Natalita? ¿Por qué apenas puedo recordar tu cara? Yo antes sentía que mi amor era un órgano inflamado que llevaba dentro, y ahora es como si alguien me hubiera operado mientras estaba durmiendo, como si alguien me hubiera extirpado ese órgano y me hubiera vuelto a coser y se lo hubiera vendido a alguien más, probablemente a Hércules Molina, que todo el tiempo trataba de desnudarte con la mirada aunque a mí ni me importaba porque sabía que yo era el único al que amabas...

Tenía once años y era virgen, decía la madre. Bueno, no hablaba español, por supuesto, y apenas alcanzaba a chapurrear el inglés como yo, pero entendí las palabras: *girl, eleven, virgin*, y que me indicaba con los dedos, en aquella clamorosa y humeante oscuridad llena de extrañas melodías y fragancias, que me estaba rebajando el precio: el acto más criminal que he llevado a cabo en mi vida. ¿Y por qué traigo a colación esto, por qué ahora? A la mañana siguiente ni siquiera me atrevía a mirar a los ojos al capitán J. P. Osbourne, de tan grande que era mi vergüenza. Me castigué a mí mismo dejando de visitar burdeles durante casi un año, y nunca se lo conté a nadie, y nunca lo haré: hay secretos que uno se guarda para uno mismo hasta la hora del juicio final. Y, una vez ahí, qué importaba que ella ni siquiera fuera virgen sino una chica de por lo menos quince años de edad, ni que la bruja arrugada aquella no fuera su madre, si yo no había sido capaz de resistirme y me dejé conducir mansamente como un cordero depravado. Vos, yo era joven entonces, más libre de lo que jamás me había imaginado, y tenía una esposa a la que no amaba, y era insensato y me sentía solo y lleno de deseos y estaba protegido por el anonimato, un pobre muchacho seducido por la magia del dinero que llevaba en el bolsillo, en un puerto miserable al otro lado del mundo, donde todos pensaban que yo era gringo, europeo: *Hey, ser! Yu inglish man? Grik? Ileven! Viryin! Ser!*» Y mira, vos, ahí está ella, con su rostro moreno y los ojos llenos del terror inocente de niña pequeña (o eso pensaba yo), esperándome otra vez en la cama, y cuando yo alzo la sábana pareciera que su cuerpecito flaco de camaleón se evapora y se imprime en el tejido como una imagen en un sudario, y sólo queda una cama vacía, y hasta el oprobio que bien te mereces vuelve a vos ahora como un fantasma...

Hay otro más a bordo que se lamenta por un amor muerto: Caratumba, el electricista guatemalteco, se lo guarda todo igual que Esteban, pero se atormenta a sí mismo de forma distinta porque él presenció la muerte de su amada, y huyó para salvarse y lo olvidó… para darse cuenta ahora de que no puede hacer otra cosa más que recordar aquel día, después del almuerzo, cuando salieron del campamento de exploración petrolera del río Usumacinta a bordo de una lancha a motor que les prestaron y se dirigieron al rumbo favorito de ambos, en el río Pucté. Ella trabajaba como lavandera; era una de las pocas mujeres que había en aquel campamento, donde los hombres vivían en tiendas de campaña y los geólogos y los técnicos gringos en cabañas de madera con mosquiteros y carpas montadas sobre plataformas. Ella iba y venía por aquellas filas de tiendas y carpas recogiendo la ropa sucia, y la devolvía limpia al atardecer, y se agachaba para asomar su rostro y los bucles de su cabello suelto por entre los faldones de la tienda de campaña en la gris y húmeda mañana, llena de aves canoras, para recibir un rápido beso, apenas un pico, sobre sus gruesos y suaves labios. Unos labios que, aunque los apretara con firmeza, siempre parecían estar sonriendo dulcemente, mientras que al mismo tiempo sus ojos parecían mostrar enfado. El río es un afluente manso cubierto de jacintos; sus aguas son apacibles y cristalinas, y la arena blanca del fondo se eleva en nubes como de azúcar en torno a sus pies; habían terminado de hacer el amor y ahora nadaban desnudos cuando el primer tiro, proveniente de un carrizal cercano, hizo añicos su radiante dicha. Un segundo tiro resonó y él se sumergió bajo el agua y la vio hundirse con la sangre manando a borbollones de su cabeza, como llamaradas magenta, y supo que estaba muerta y nadó para alejarse lo más que podía. Salió a la superficie por un segundo para respirar, nadó un poco más y escuchó otro disparo; ni siquiera podía arriesgarse a volver por su ropa a la lancha. Sabía quién era el responsable; el tipo seguramente los había seguido hasta allí: aquel soldado a quien él se la había quitado, el que siempre estaba molestándola y amenazándola desde entonces; uno de los soldados enviados para resguardar el campamento después de aquella incursión de la guerrilla en la que se llevaron parte de la dinamita de la compañía petrolera y quemaron aquel helicóptero. Huyó desnudo por la selva tropical. Ahora aquel recuerdo es casi como mirar una escena de la vida de otro hombre. Comparte el horror y la pena que siente éste, pero con cierta distancia, casi como un mero resentimiento. Sabe que está haciendo penitencia por un crimen que en realidad no ha cometido, y que tendrá que seguir mortificándose hasta el final de sus días...

Esteban se encuentra solo en la habitación y observa horrorizado cómo el nombre de la Marta se escribe solo en brillantes letras rojas sobre la pared. No hay brocha ni lata de aerosol ni mano alguna, sólo pintura que poco a poco va formando la palabra MARTA con letras enormes y chorreantes sobre la superficie gris, salpicada de insectos muertos de los mamparos. Pequeñas gotas escurren desde el nombre hasta el suelo... Se despierta jadeando en la oscuridad, con el corazón martilleándole en el pecho y el resto de su cuerpo inundado de terror.

—¿Qué hacés? –grazna sordamente Bernardo.

Su caja torácica se convulsiona, como si quisiera sollozar, pero no puede; sus casi sollozos son como los últimos rescoldos de una fogata que se quema despacio y que anhela encontrar la paz en las cenizas frías que la rodean.

—Nada, una pesadilla –alcanza a decir. Sí, pues, sólo una pesadilla...

—No tengo hambre –murmura Bernardo.

¿Qué?

—¡Me voy! –le dice Esteban. Salta de la cama como si ésta lo quemara.

—No volvás –responde el viejo, y enseguida, en voz más alta, ya completamente despierto, le grita–: ¡vos, Estebanito! ¡Vete!

Mientras desciende por la amarra, aún temblando, nota cómo el cuchillo para pelar cables se le sale del bolsillo, pero no se atreve o no puede soltar la mano de la soga para atraparlo, y la herramienta cae como un error fatal. La escucha chapotear en el agua, allá abajo, un ruido que alertará al enemigo; ahora tomarán sus armas y dispararán a ciegas en la oscuridad.

Qué sueño tan espantoso. No logra recordar haber tenido otro tan perturbador como ése. Se siente aterido y débil, aturdido y estafado. El nombre de Marta escribiéndose solo sobre el muro. ¿Por qué aquello le parecía tan aterrador y triste? Ojalá pudiera escapar corriendo. ¿Pero a dónde? ¡A la ciudad! Jamás, ni una sola vez, se me ha aparecido en sueños; se mantiene apartada de mí como si equivocadamente creyera que así puede protegerme. Y, chocho, ahora viene y escribe su nombre en la pared.

Una hilera de viejos edificios de ladrillo de tres pisos, con las ventanas tapiadas con ladrillos más recientes y sobresaliendo las puntas estrelladas de sus vigas. El arrullo de las palomas también resuena en el interior de esta oscuridad; proviene de los edificios, almacenes que son como enormes pajareras de ladrillo, llenas de palomas y de un vacío negro como el carbón. Una pareja de ratas se escabulle a lo largo de un muro como si fueran los zapatos de un merodeador por lo demás invisible, o la sombra invisible de éste dotada de zapatos. Sólo que tiene la impresión de que algunos de estos almacenes aún son utilizados; las puertas del piso inferior, de hierro y encajadas en arcos de ladrillo, están cerradas con candado. Encuentra una ligeramente entreabierta, con el candado atrancado inútilmente fuera de la armella de la puerta. Empuja la pesada plancha de acero para abrirla, observa la oscuridad mohosa y avanza hacia el interior.

Siente los pulmones llenos de una luz helada y polvorienta, pero la oscuridad es absoluta. Debe de estar lleno de ratas, este sitio. Da un cauteloso paso hacia delante, y luego otro y otro más, y pisa algo que no es ni blando ni duro sino que cruje fríamente, como plástico, bajo su pierna. Lo tantea con el pie, luego con las manos: es una envoltura de plástico flexible con trozos sueltos de algo dentro. ¿Galletas? ¿Cereal? Algo así. ¿Algo comestible? Al extender las manos en derredor se da cuenta de que la oscuridad está llena de paquetes como éste. Levanta uno; no es demasiado pesado. Lo saca al exterior, donde puede observarlo mejor bajo el resplandor mortecino que las luces de la ciudad reflejan en el cielo. Es un saco de plástico lechoso, plegado y engrapado en la parte superior. Abre con cuidado la costura y mete la mano…

Son virutas de madera. Se lleva un puñado a la nariz y aspira la fuerte fragancia que desprenden y que le recuerda al olor del solvente de pintura. ¿Será cedro? Un almacén lleno de virutas de madera. ¿Las embarcarán a alguna parte? ¿Acaso no sería una yesca excelente para sus fogatas? Encenderlas les toma siempre mucho tiempo pues los trozos de madera que recolectan de entre los escombros de las terminales abandonadas de la cala están impregnadas de la humedad y la brisa del océano. Aunque cuando los vetustos y costrosos maderos cubiertos de pintura y creosota finalmente se encienden, lo hacen despidiendo los mismos aromas que exhalaría al arder una bodega repleta de barriles con sustancias inflamables, harina de pescado, polvos de antiguas especias árabes y viejos escupitajos de estibadores del siglo pasado que súbitamente se encienden.

Regresa por el callejón cargando el saco de virutas de madera. ¿Qué dirán los demás por la mañana, cuando se enteren de que Esteban ha estado saliendo del barco, cuando vean lo que les ha traído? ¿Por qué seguir manteniendo en secreto sus escapadas? Ahora se darán cuenta de quién es él realmente. O deberían darse cuenta.

Se sienta sobre la arena de la vieja terminal y escucha las campanas de las boyas del puerto y los arrullos de las tórtolas en la oscuridad mientras sujeta el saco de plástico lleno de virutas de madera. Odia el gusto y la textura que siente en su boca; le recuerda el interior de un aguacate podrido. Odia la picazón que recorre sus ingles, su culo, su cuero cabelludo, donde se acumula pasivamente la suciedad. Unos débiles escalofríos –deben estar relacionados, de alguna manera, con el frío que siente en los pulmones– recorren de arriba abajo sus piernas, tenues como telarañas pero metidas en su piel, no por encima ni por debajo de ésta. Y sin embargo, es la primera vez en muchos meses que siente que finalmente ha logrado hacer algo que le permite volver a ser él mismo. Si ella pudiera verlo ahora, ¿no estaría acaso mucho menos desilusionada de él que cuando lo vio ayer? Así que se tiende de espaldas sobre la arena abrazando fuertemente el saco de plástico contra su pecho, como si lo amara.

En un prado a las afueras del poblado se sentó con la Marta entre sus brazos, debajo de un papayo sin frutos, cuyas hojas parecían enormes y verdes orejas de buey. Bajo otros árboles cercanos, los jocotes podridos atraían a las avispas. De vez en cuando, desde la rama más alta de los altísimos aguacates, un fruto se desplomaba y sacudía las ramas más bajas haciendo un ruido semejante al que hace una granada de mortero antes de caer al suelo y explotar. Cuando ella se estremeció entre sus brazos al oírlo, y se volvió para abrazarlo con más fuerza, él alcanzó a ver un mechón de su pelo pegado a su mejilla sudorosa, y atisbó sus ojos de potranca y se sintió más enamorado que nunca.

Había algunas reses en el prado, y aquella noche el batallón de Esteban iba a sacrificar uno de aquellos bueyes. Al campesino dueño de aquel pequeño rebaño se le pagaría por el animal, aunque no lo suficiente como para alegrarse por el trato. Lo asarían en grandes trozos sobre un tajo abierto, con las gigantescas costillas alzadas sobre las flamas como las murallas de una fortaleza sometida a un asedio infernal. Aunque eso no lo sabía él aún; de otro modo se habría comido a la manada entera con la mirada, tratando de adivinar cuál de aquellas bestias sería la elegida, y tal vez se maravillaría de que esa misma noche un trozo de aquel vigoroso animal terminaría en su estómago y se mezclaría y fermentaría con todo lo que pudiera beber de Marta. Ella y Amalia y otros sobrevivientes del BON Pesadilla serían invitados a cenar con sus héroes del BLI, y allí ella se enteraría de que todo el mundo apodaba «Ardilla» a Esteban.

La tenía abrazada bajo el árbol, rodeando su delicada y tibia cintura con los brazos, por debajo de sus pechos y de la ardilla. Las primeras veces que había lamido y besado las chichis de Marta —esos robustos pezones morenos, del color del fresno, en medio de aquellos globos suaves– pensó con preocupación que podría con-traer la rabia o alguna otra enfermedad, porque ella le había dicho que la ardilla estaba siempre orinándose sobre ella, aunque sus ori-nes apenas parecían las gotitas de un cuentagotas, y apenas olían, y se secaban tan rápido que difícilmente te percatabas de ellas. Ahora acababa de contarle a Marta que, de niño, Rubén Darío se salió un día de su casa y su familia se había vuelto loca buscándolo por todas partes hasta que finalmente lo encontraron en un prado, sentado debajo de una vaca y mamando leche directamente de la ubre. ¿Le sorprendía que él conociera anécdotas de ese tipo, sobre el gran poeta de Nicaragua? No, ella ya había escuchado esa histo-ria; claro que la conocía. ¿Acaso no había pasado Darío buena par-te de su infancia en la ciudad de León, y vuelto allí tras sus años de gloria en Europa, sólo para morir en ella?

—Te reto a que vos hagás lo mismo –dijo Marta–. A que te me-tas debajo de una de esas vacas y bebas su leche.

—Ésas no son vacas, son bueyes.

—¿Ah, sí? ¿Y qué tal ésa de allá?

Las costillas de la vaca se marcaban tanto bajo su pellejo que pa-recía que estaban a punto de desgarrarlo, y su ubre flácida estaba jaspeada de lodo y trozos de yerba, y salpicada de moscas y garra-patas. Pero de todas formas lo pensó.

—No quiero hacerlo –dijo finalmente, fingiendo tener dema-siado sueño como para moverse–. Darío era un bebé cuando hizo aquello.

—¿Ve? –respondió ella, con una enorme sonrisa–. Ya no me que-rés tanto como decís.

Le respondió que nunca le había gustado demasiado la leche, lo cual era verdad. Ella le pasó un brazo por el cuello, se volvió hacia él y se empezaron a besar. Los dos tenían las manos siempre sucias y olorosas a gasolina y aceite para engrasar pistolas, a causa de la cotidiana tarea de limpiar sus armas.

Ayer, cuando le estaba desabotonando la camisa, en aquel mis-mo prado, le dijo: tus pechos son yunques y ajos. Le dijo que aque-lla frase era una cita de otro poeta… ¡Puta! Olvidó su nombre.

Aquello la hizo reír. La Marta no reía mucho, pero cuando lo hacía, su risa hacía brotar a la niña alegre que llevaba escondida dentro. Ella respondió que jamás había sospechado que estar en un BLI sería como tomar clases de poesía. Bueno, ¡ja!, no era así exactamente, pero el oficial político de su compañía se la pasaba recitando poemas todo el tiempo.

Los ojos de Marta eran como zumbantes colmenas de miel cuando se posaban sobre los de Esteban. Ella estaba enamorada de él, estaba seguro de ello; si alguna vez en su vida había estado seguro de algo era de eso. Le era imposible pensar que, en unos cuantos días, estaría de regreso en la guerra. Amalia había rechazado a Arturo, el amigo de Esteban, y estaba horrorizada de ver cómo su hermana podía enamorarse tan rápidamente en medio de tanta muerte, pero Amalia tenía novio allá en León. La Marta alzó la vista hacia él: hacia *él*. Era como si necesitara su aliento; a veces pegaban sus bocas para respirar, para inhalar y exhalar el mismo aire caliente, una y otra vez, a través de los pulmones y la boca del otro. No había tiempo que perder: los segundos y las caricias se los llevaban a los dos, pedazo a pedazo, como los trocitos de hojas en forma de vela que las hormigas arrieras acarreaban en largas caravanas. Dos veces habían ya cogido al aire libre, sin atreverse a quitarse toda la ropa, y las dos veces habían sido sorprendidos por chiquillos traviesos, cipotes campesinos que no sólo se conformaban con espiarlos sino que finalmente se empeñaban en anunciar su presencia, arrojándoles terrones de tierra y jocotes podridos desde sus escondrijos tras las pequeñas colinas cubiertas de maleza que rodeaban el pastizal. Uno de los jocotes alcanzó a impactarse con un húmedo *paf* sobre las nalgas desnudas de Esteban, justo cuando lo estaban haciendo. Tenían que encontrar algún otro sitio. Esteban había oído hablar de estos dos hermanos cuyos padres los dejaron a cargo de una estación de gasolina con dos surtidores cuando se fueron a vivir a Estados Unidos, y que también se encargaban del puesto de la Cruz Roja sobre la colina; supuestamente, a los dos hermanos aquellos les gustaba seducir a sus muchachas en el interior de la ambulancia, y alguien del batallón se había enterado de que también solían prestársela a otros compas para que la emplearan con idéntico propósito. Esteban levantó el brazo de Marta, le alzó la manga de la camisa y miró el reloj de plástico rojo de Mickey Mouse: ya casi era hora de regresar. Y comenzó a desabotonarle la camisa. Mañana irían a la ambulancia. El débil y vagamente fecal olor del barro seco, del sudor y del miedo que persisten en sus trajes de faena militares, sin importar cuánto los lavaran, y que se vuelve más intenso con el calor. El sabor acre y salado de su cuello. Cada vez que besaba sus mejillas se decía que dentro de cincuenta años seguiría aún besándolas; que les contaría a sus nietos cómo se conocieron en la guerra –la famosa guerra emprendida por el futuro de su patria, por el futuro del mundo, ¡por el futuro de Esteban y Marta!–, en Quilalí, cuando ella tenía una ardilla salvaje metida entre los pechos y estuvo más cerca de la muerte que él mismo.

La hija de una dentista y un finquero. Que amaba la Revolución. Porque la Revolución también beneficia a la gente con dinero, ¿no? Tal vez hasta más de lo que beneficia a los pobres, quienes, ¡ni modo!, suelen pedirle a la Revolución justamente las cosas que ésta no pude darles: más de comer, más para comprar y vender, paz. Pero la gente que ya tiene dinero quiere otras cosas, cosas que pueden ser nombradas pero no realmente tocadas y mucho menos comidas; cosas que la Revolución sí parece ser capaz de proporcionarles, especialmente si tienes la fortuna de haber sido reclutado e incorporado en un BLI. Y por eso ahora Marta alzaba la vista hacia él. Y con motivo, porque sin el BLI, Esteban no sería nadie. O sería alguien distinto, alguien a quien ella jamás hubiera volteado a ver, y no habría tenido razón para hacerlo.

Bueno, la familia de Marta tampoco era millonaria de todas formas. Era gente acomodada, y ahora ni siquiera eso. Aunque de niñas, a Marta y Amalia las habían llevado a visitar Disney World, en Florida, y en otra ocasión viajaron a Miami, y a Filadelfia, en donde se quedaron un año entero. La Marta vivía con su familia en una casona de estilo colonial cuyos muros rosas y enmohecidos ocupaban media manzana en León. La madre de Marta era dentista y trabajaba en la clínica del gobierno, pero aún seguía tratando en su consulta privada a sus pacientes más antiguos y acaudalados. Ella era la revolucionaria fervorosa de la familia, la sandinista. Las había llevado al cine en tres ocasiones, a Marta y Amalia, para que vieran la película *Apocalipsis* y aprendieran cómo eran los yanquis, aunque el tiro le salió por la culata cuando las dos hermanas se enamoraron perdidamente del soldado rubio que practica esquí acuático y que termina, pobrecito, volviéndose loco. Esteban también la había visto, en Corinto, esa escena en la que los helicópteros yanquis llegan volando desde el océano, con música sinfónica tronando desde las bocinas, y reducen a cenizas aquel poblado vietnamita, y la atestada sala de cine se queda sin aire porque todo el mundo contiene el aliento y jadea, pensando todos lo mismo: ¡chocho! Ahora esos yanquis son capaces de hacernos eso a nosotros cualquiera de estos días. Ya habían minado el puerto, volado los depósitos de almacenamiento de combustible, y a diario la prensa daba cuenta de nuevas amenazas. ¿Cómo no ibas a sentir un pánico avasallante nomás de pensar en el asunto? El padre de Marta solía poseer dos fincas en donde cultivaba algodón y criaba ganado, pero el gobierno expropió la más grande y la convirtió en una granja colectiva. Ahora las dos propiedades eran improductivas. El padre de Marta dejó que la más pequeña decayera, indignado por los ridículos precios que el gobierno revolucionario, desangrado por la guerra, pagaba por el algodón y la carne. El año anterior, cuando su padre se negó a contratar mano de obra adicional para cosechar el remanente del algodón, María y Amalia y su grupo de las Juventudes Sandinistas habían acampado en la finca durante dos semanas, armados con un par de fusiles AK y FAL para defenderse de los factibles ataques de los contras, para recoger ellos mismos la cosecha y que así la Revolución pudiera disponer de un poco más de algodón para vender o para cambiar por armas, petróleo y papas polacas. Sin embargo, el padre trabajaba como inspector de almacenes para el Ministerio de Agricultura, porque le habían ofrecido el puesto y no se atrevió a rechazarlo; esto lo convertía en un posible objetivo de la Contra, susceptible a caer en una emboscada mientras conducía su jeep por algún solitario camino rural. Quería que la familia entera se mudara a Filadelfia, en Estados Unidos, donde su hermana vivía y estaba casada con un psiquiatra que también era nica. Amalia y Marta habían pasado un año entero en Filadelfia, donde vivieron con su tío y su tía y asistieron a una escuela católica para aprender inglés, y habían pasado también una parte del verano en un campamento en el bosque con otros niños yanquis, y la otra parte con sus familiares en una enorme y espaciosa casa de madera junto a una playa muy hermosa, donde se reunieron con su madre, su padre y su hermanito Camilo, que habían volado desde Nicaragua para reunirse con ellas. El padre incluso tenía algún dinero depositado en un banco de Filadelfia, para cuando fueran allá. Siempre estaba amenazándolas con adelantarse e irse por su cuenta, pero en el fondo amaba a su mujer y a sus hijas y a su pequeño hijo; no podía abandonarlos (y además, ¿qué haría solo en Filadelfia? Su esposa era la única que tenía una profesión), no podía prohibirles que vivieran donde ellas querían, ¡y ni siquiera fue capaz de evitar que sus dos hijas adolescentes se marcharan a la guerra en un batallón voluntario de la Juventud Sandinista!

Así que Marta amaba la Revolución, y Esteban amaba a su batallón: su BLI, concebido para operar, no como una unidad regular del ejército, sino como una célula guerrillera capaz de vivir de los recursos de las tierras en las que actuaban, siempre en movimiento, siempre implacables en su misión de dar caza al enemigo, acorralándolo y a veces combatiéndolo a diario durante semanas enteras hasta que finalmente lograban enviar del otro lado de la frontera a esos invasores, esos traidores, esas bestias: los antiguos torturadores del dictador y los estúpidos lumpen rurales convertidos en mercenarios de los yanquis, ¿no? Incluso en su batallón, existía la creencia común de que cuando hablaban de la Revolución en realidad estaban hablando de BLI, porque fuera del BLI no parecía haber nada, casi nada además de la jungla y las montañas y nada más que la jungla y las montañas y lo que las partes en conflicto llevaban a ellas. El BLI lo era todo: luchar, mantenerse con vida. Con mucho arte militar, como le gustaba decir a su comandante. Un concepto coherente y necesario una vez que veías lo que les pasaba a los que carecían de él. Así que en aquel escenario desgarrador se comportaban con garbo, hacían todo como se supone que debían hacerlo, jamás habían rehuido el combate ni caído en ninguna emboscada... hasta que aquella perra se les unió, y después pasó lo de La Zompopera; pero eso fue después de lo de Quilalí.

El comandante de su batallón, Milton, uno de los miembros originales de El Coro de los Ángeles, el primer BLI de la historia, formado al inicio de la guerra, era de origen campesino. Pero el jefe de la compañía, Noel, venía de una familia burguesa que era mucho más adinerada que la de Marta. Huyeron a Miami justo antes del Triunfo de la Revolución, en 1979, y Noel vivió allá durante cuatro años, donde disfrutó de una adolescencia como las de las películas, con playa-autos-sexo, hasta la edad de dieciocho años, cuando en lugar de ingresar a la universidad volvió solo a Nicaragua y se enlistó en el Ejército Popular Sandinista, y desde entonces no había hecho otra cosa más que combatir a los yanquis. El hermano mayor de Noel había luchado en la guerrilla y fue muerto en combate en Matagalpa, allá por 1975. Noel murió en la emboscada de La Zompopera, después de la muerte de Marta, después de que Milton fuera destituido del mando, después incluso de que la perra muriera, en aquella última y sangrienta contraofensiva. Otro oficial, Jacinto, había pasado dos años estudiando en Bulgaria. Otro compa, Guillermo, había vivido su infancia en el exilio en París, pues sus padres eran intelectuales; Guillermo también murió en la emboscada de La Zompopera. El médico del batallón, Nelson, que apenas tenía veintitrés años, aunque ya poseía el grado de doctor, había estudiado en Cuba. El mejor tirador, Frank, era un negro de Bluefields que había combatido en Angola con los cubanos, donde perfeccionó su pericia con las armas. Uno de los líderes del pelotón, Aldo, que era también payaso de circo y había impartido clases de este arte en la Asociación Sandinista de Trabajadores

Culturales, murió por culpa de la perra. Al igual que Marta y Amalia, unos cuantos de sus compas del BLI tenían padres que eran lo suficientemente ricos como para llevarlos a Disney World. Algunos incluso tenían padres y hermanos que vivían ahora en Estados Unidos. Pero casi todos los demás, la inmensa mayoría del batallón, eran simples conscriptos como Esteban, muchachos pobres que jamás habían estado en ninguna otra parte. Pobres a los que habían enrolado antes de que lograran huir de la leva, a Honduras o a Costa Rica o a cualquier otro sitio; y otros que, como él mismo, no habían querido evadirse. Muchos de ellos, sobre todo los compas de origen campesino, tenían parientes y amigos de la infancia que luchaban en el otro bando. Nadie quería dar muerte en combate a un primo o a un hermano, aunque todos sabían de otros a quienes eso les había ocurrido, y sabían también que, si se llegaba a dar el caso, lo harían y que cargarían para siempre con el remordimiento de aquella muerte, aunque no con la culpa. Muy a menudo hablaban de ello. Su compañía disponía también de un oficial político, Rodolfo, que había sido profesor (¿qué otra cosa podría haber sido?) antes de la guerra y cuya labor consistía en ayudarlos a reflexionar acerca de estos temas. Rodolfo les hablaba de asuntos como la Ley del Valor Verdadero, el proletariado, los lumpen, la democracia, la *perestroika* –conceptos que él les entregaba como si fueran cargadores de municiones suplementarios–, y trataba de explicarles los cambios que tenían lugar en el mundo y los levantamientos históricos como éste que ellos mismos se encontraban viviendo, en aquel frente despiadado, ¡en aquel batallón cuyas proezas ya añadían pequeños trazos de tinta fresca que algún día formarían parte de las grandes historias de aquel siglo sangriento y del mundo entero! Rodolfo también trató de enseñarles la clase de hombres que ellos tendrían que ser de ahora en adelante, revolucionarios, y también la diferencia que existía entre la revolución ideal y la viable (por ahora, el BLI era lo único viable); le gustaba también recitar poemas de memoria: poemas políticos, de amor, poemas que hablaban de las cosas cotidianas, sobre las chichis, y poemas tan extraños que, en el silencio que se hacía cuando terminaba de recitarlos, la selva entera parecía tensarse alrededor de ellos, hacerse más siniestra, como si el significado elusivo del poema encontrara un eco en el punzante bullicio de las ranas trepadoras. Tus pechos son yunques y ajos… Al menos aquello no era una mentira; jamás podría ser mentira si era poesía, que una vez dicha se convertía en un objeto más del mundo –un sombrero, un rifle, un buey–, ésa era la visión que Rodolfo tenía de la poesía. Así que incluso había aprendido a pensar en el amor de otra manera. Se suponía que tenías que hacer algo con él, no solamente dejar que ocurriera. Porque si no podías hacer nada con él, entonces, compa… aquello no era amor de verdad. Y de alguna manera esto era válido para todo, tanto para amar como para matar. Si sabías que debías matar y sabías por qué tenías que hacerlo, se suponía que encontrarías la manera de hablar sobre el amor. ¿Qué era lo que supuestamente debías amar? La Revolución, claro, que era como un poema que debías escribir en tu cabeza, y más importante aún: tu batallón BLI, que era real, y en el que había un único soldado a quien la Marta amaba.

¿Ve? Ya no volvería a ser un ignorante nunca más. Nunca volvería a formar parte del lumpen de aquel puerto, nunca volvería a ser un patán playero, el bastardo de una cocinera de mercado con una idea del mundo que no pasaba de los cuentos que las putas y los marineros borrachos le contaban. Todo había pasado por el tamiz de su conciencia: sus compas del BLI, todo lo que hablaban y sabían. Porque en cualquier momento, antes siquiera de que tuvieras oportunidad de comprender lo que realmente habías aprendido, podías recibir un trozo de metralla en la cabeza y todo ese nuevo conocimiento escapaba de ti, compa, más frío y más remoto que las estrellas.

O vivías. Y entonces, ¿de qué te servía todo eso que aprendiste? ¿Cuál era su propósito? ¿Dónde estaba ahora su oficial político, ese jodido Rodolfo? ¿A quiénes pertenecen los oídos que ahora él llena de palabras sobre la poesía, sobre la muerte, sobre la revolución y el amor y los héroes y los mártires? ¡Hijueputa! En algún lugar, en aquel preciso instante, allá lejos en Nicaragua, el hocico de Rodolfo seguramente sigue parloteando… Y mientras vos aquí, en Estados Unidos, tratando de reunir el valor para decidirte a desaparecer en las entrañas de este país, ¡puta!, buscando una razón para hacerlo. Y pensando que has hecho una gran hazaña al lograr escabullirte de un barco que ni siquiera se mueve para echarte aquí sobre la arena, con tu saco robado de virutas de madera, en esa oscuridad que te trae a Marta tan cerca como el aliento de los amantes…

La Marta y su hermana querían ser economistas o contadoras. Porque la Revolución necesitaba gente capaz de administrar el dinero. ¡Chocho, que si la necesitaba…! Les gustaban las matemáticas. Las tesoreras de la Revolución: eso era lo que Marta y Amalia querían ser.

El año anterior las hermanas habían solicitado un empleo de verano en una delegación del Ministerio de Comercio. Ambas se entrevistaron por separado con un hombre de mediana edad, alto y corpulento, de bigote escueto y calvicie incipiente, que se dejaba las gafas de sol puestas en el interior de la oficina y que iba siempre vestido con una impecable guayabera blanca y pantalones negros con la raya perfectamente planchada. Les aplicó a cada una de ellas un test psicológico y después volvió a llamarlas a su despacho, por separado, para sostener una nueva entrevista y hablar de los resultados de las pruebas:

—Me dijo cosas rarísimas –le contó Marta debajo de aquel árbol de papaya sin frutos, con aquella mirada de ojos inmensos, a la vez calma y asombrada, que ella ponía cuando estaba pensando en algo realmente serio–. Dijo que mi perfil psicológico mostraba que yo poseía una enorme capacidad para amar, y que sería una esposa y una madre ejemplar. ¿Y sabés qué me preguntó después? ¡Que si alguna vez había practicado el sexo anal! –inclinó su cabeza hacia atrás para mirarlo a los ojos.

—Pendejo –respondió Esteban–. ¿Qué pensaba? ¿Qué iba a culearte ahí mismo en el sillón?

—Vos, fue muy decepcionante –dijo Marta, y sonrió–. Le pregunté de qué estaba hablando, porque se había quitado las gafas y me miraba tan fijamente que me puse nerviosa. Y él dijo: «¿Sí sabe lo que es eso, no?». Y yo moví la cabeza así como para decir que sí y que no al mismo tiempo, y él dijo: «Porque usted no es virgen, ¿o sí?». Y yo le respondí: «Eso a usted no le incumbe. Y sí, sí se lo que es». Y entonces él se puso todo arrogante –la voz de Marta se tornó más grave y pomposa–: «Señorita compita», me dijo, «le estoy haciendo una pregunta directa cuya respuesta me ayudará a completar su perfil psicológico. Le pregunté si alguna vez había practicado el sexo anal, y justamente se lo he preguntado porque, por lo que he podido inferir de usted, la primera vez que practique el sexo anal será por amor verdadero, y con el hombre con quien usted finalmente se casará. Su test sugiere que usted es de esa clase de mujeres. Es importante que se conozca a sí misma. Tal es el inmenso beneficio que se obtiene de este tipo de pruebas psicológicas».

—¡Voy a matar a ese hijueputa! –exclamó Esteban–. ¿Quería engañarte para que lo hicieras porque pensaba que así te casarías con él, o qué? –y durante un buen rato siguió profiriendo amenazas e insultos contra aquel psicólogo, mientras Marta se recostaba de nuevo sobre su pecho, con la mirada perdida en algún punto más allá del prado en donde se hallaban, hasta que finalmente él se calmó. Y entonces volvió a hablar:

—Vos, Esteban, eso fue lo más extraño de todo. Cuando volví a casa, me enteré de que le había hecho las mismas preguntas a Amalia. Que le había dicho lo mismo que a mí, ¡palabra por palabra! Bueno, ¿qué onda con eso? ¿Era un pervertido, un psicólogo de verdad, o las dos cosas?

—Un completo pervertido, Marta. No trabajaste ahí, ¿verdad?

—Vos, tuve que hacerlo. A las dos nos dieron el trabajo. Pero él nunca volvió a mencionarlo. Siempre se portó muy educado y todo eso. Manteniendo las distancias. Y era un buen trabajo, muy educativo, y ellos quedaron muy contentos con nosotras, especialmente con Amalia. Vos, Esteban… ¿alguna vez lo hiciste de esa forma?

Estuvo a punto de mentirle.

—No –admitió finalmente, tratando de que su voz aparentara indiferencia. Él sabía que las putas lo hacían así todo el tiempo, y también las chavalas que no querían embarazarse.

—¿Ve? –respondió ella–. Lo que ese hombre me dijo era verdad. Porque si no fuera así, yo jamás lo haría.

Y así fue como la Marta le propuso matrimonio, si cabe expresarlo de esa manera. Al día siguiente, cuando Esteban fue a la estación de gasolina de los hermanos aquellos, no encontró a nadie en el local, sólo un letrero de cartón escrito a mano que decía que se les había terminado la gasolina. Subió hasta el puesto de la Cruz Roja, en la cima de la colina, y tampoco encontró a nadie allí. El puesto estaba conformado por un cuartucho casi vacío y una cochera adjunta con las persianas echadas. La puerta no estaba cerrada, así que Esteban entró en la cochera y le echó un vistazo a la ambulancia: tenía por lo menos treinta años de antigüedad, aunque por fuera se encontraba en impecables condiciones; era muy larga, de color crema, con cruces rojas pintadas en la parte trasera de los laterales, una capota abultada y una enorme defensa. La ambulancia se sacudía ligeramente hacia arriba y hacia abajo y los amortiguadores rechinaban como ratones discretos. Esteban abandonó la cochera y esperó. Finalmente, un adolescente, uno de los dos hermanos dueños de la gasolinera, salió abotonándose la camisa, seguido de una linda muchacha regordeta que se alisaba los húmedos cabellos con los dedos y que llevaba puesta una blusa con los faldones atados sobre su barriga morena.

—Claro, compa –dijo el hermano, después de que Esteban le explicara para qué quería que le prestara la ambulancia–. Para eso está, pues…

El duro suelo de la parte posterior del vehículo estaba cubierto por un paño acolchado de color café claro, salpicado de pequeñas manchas. Había almohadas apoyadas contra la parte posterior de los asientos delanteros, y dos camillas plegadas a los costados. Algo de la luz de la cochera penetraba a través del parabrisas. Pasaron cerca de cuatro horas ahí metidos, empapados de sudor, amándose el uno al otro en aquel calor semejante al horno de una panadería. Hasta la ardilla lucía mojada de pies a cabeza, paralizada en un rincón de la ambulancia aunque se encontraba temporalmente liberada del hilo que hacía de cordón umbilical. Las caricias de Marta, la manera en que extendía sus manos para tocarlo, y la facilidad con la que se acurrucaba contra él, y su completa falta de nerviosismo, corroboraron lo que él ya sospechaba: que ella tenía más experiencia en el amor que él. Era velluda como un monito recién nacido en algunos sitios, y lampiña y lustrosa y bronceada como el caramelo de leche en otros, salvo por las picaduras de insectos, los rasguños y erupciones que llenaban su cuerpo entero, como si hubiera rodado sobre espinas y húmedos pétalos de rosas. Sus brazos eran muy delgados, igual que sus pantorrillas afiladas, pero otras partes de ella eran espléndidamente redondas, con un toque aterciopelado que era un milagro que la guerra no le hubiera quitado. Su vello era como un ramillete de suavísimas púas de puercoespín que bajaban desde su ombligo hasta su pubis. Manos torpes y deseo apremiante, eso era todo lo que Esteban era, confundido como estaba por la embriagante cantidad de lugares a los que su boca y sus dedos podían acudir, mientras su miembro turgente saltaba entre sus piernas como un pez atrapado en una red. Su chunchita, rodeada de aquel vello montaraz, su sabor y su textura le recordaron al musgo terroso que crecía en la parte inferior de los troncos caídos en la jungla; hundió su rostro en ella como un oso hormiguero y exploró con su lengua la rubicunda y agridulce humedad, mientras los muslos de ella, pegados a los costados de la cara de Esteban, temblaban y se estremecían. Y cuando finalmente la penetró, con aquel enmudecido y firme empuje con el que intentaba verter en ella todo su ser, todas sus emociones, los dos llegaron al orgasmo casi enseguida, convulsamente. Él jamás había cogido así, de aquella manera tan solemne y tan pura, casi religiosa. Como una mujer, había pensado él; acababa de hacer el amor como lo hace una mujer enamorada. «Mi rey», lo llamó ella. Tenía una cicatriz, producto de una herida infantil, semejante a un diminuto ciempiés en la parte superior de su pantorrilla velluda, que él ahora recuerda como la marca que las garras del sigiloso enemigo dejaron sobre su piel, para mostrarle a la muerte el camino por el que debía ingresar. Él también estaba cubierto de picaduras de insectos y pequeños granos duros como guijarros, y ella pasó un largo tiempo recorriendo su cuerpo, exprimiendo con sus uñas el veneno purulento mientras él hacía muecas y pataleaba al sentir los dolorosos pinchazos. Sus pies estaban hinchados y cundidos de hongos y de podredumbre, y apestaban a vinagre. ¡Ay, Esteban! ¿Alguna vez volvería ella a sentir el cuerpo limpio y suave? (No, nunca.) ¡Lo que daría por un baño de burbujas! O una manicura y una pedicura: nunca antes había querido hacerme una, pero ahora sí la aceptaría, y creo que hasta dejaría que me pusieran aquella cera llena de pelos… Mami todavía va a que le hagan las uñas y le depilen las piernas, a papi le gusta así. Va a lo de una mujer que tiene un saloncito de belleza en su casa en León. Una vez la acompañé y fue asqueroso, Esteban; la mujer esa tenía un cuenco lleno de cera amarilla toda dura y llena de pelos de las piernas de quién sabe cuántas mujeres, todos ahí mezclados porque usan la misma cera una y otra vez. Y yo le dije: ¡Puta, qué asco, mami! ¡A vos que te embarren esa cosa si querés, pero a mí no! Y volvieron a hacer el amor, casi con la misma intensidad que la primera vez. Después de un rato ella se volvió para mirarlo por encima del hombro, con aquella expresión tan seria que la hacía parecer un pequeño búho, y le dijo que quería que lo hicieran de aquella manera, la del amor verdadero. Su pequeño ojo marrón lo miraba en medio de un mechón de oscuridad musgosa. No estaban muy seguros de cómo proceder. Les tomó un tiempo conseguirlo, pero cuando finalmente él logró entrar en ella, tal vez no con tanta delicadeza o calma como tendría que haberlo hecho (aunque lo había intentado), ella se puso a gemir y agitó tanto los brazos que terminó golpeando a la ardilla y enviándola por los aires como un guante mustio que chocó contra el costado de la ambulancia, y él tuvo que dejar de moverse dentro de ella mientras Marta la recogía entre sus manos y murmuraba una disculpa contra el pelaje del animal antes de volver a dejarlo en su sitio. «Mi rey, ¿te gusta?», gemía ella,

«¿te gusta, mi rey?» Los dos se quedaron anonadados, abrumados por un placer vergonzoso, cuando Esteban se retiró de ella y vieron que su pene estaba embadurnado de pequeñas y brillantes partículas de mierda. Desconcertado, miró a su alrededor, buscando algo con qué limpiarse, y finalmente cogió sus pantalones y se limpió con el interior del dobladillo manchado de lodo endurecido, y sonrió. Era algo monumental: aquel día los dos habían llegado juntos a un lugar que ninguno de ellos había visitado antes, y sus cuerpos manifestaban una confianza radiante. Él volvió a hundirse en los brazos de ella, húmedos y resbaladizos a causa del sudor, y le preguntó: «¿Esto significa que nos vamos a casar?», y ella respondió: «Sí, mi amor, claro que sí. Tan pronto esta jodida guerra se termine». Pasaron el resto del tiempo acariciándose y haciendo planes para el futuro, acariciando el futuro. Dos días después él volvió a la guerra con el reloj de Mickey Mouse de Marta en el bolsillo y la obscena huella de su compromiso camuflada entre el barro de las vueltas de sus pantalones; abandonó Quilalí y, casi de inmediato, se zambulló en los peores y más mortíferos meses de aquella guerra. Un hombre enamorado, con un futuro. Siempre estaban diciéndoles que aquella guerra se peleaba por el futuro, ¿no? Pero en realidad se trataba siempre del momento presente: un mundo punzante y ensombrecido por presagios que preveían el siguiente segundo, el siguiente minuto, la siguiente hora y jornada, sin ir más allá. Y ahora el futuro se encuentra aquí mismo, y nomás hay que verlo, hijueputa: es un barco que no se mueve.

Unas semanas antes, mientras se hallaban en cubierta, a la luz de una fogata que siseaba y estallaba y crepitaba despidiendo una penetrante humareda, el Tinieblas se había quitado la camisa y luego se había bajado los pantalones para narrarles la historia de su vida: era la primera vez que les contaba por qué lo habían mandado a prisión y cuánto tiempo tuvo que permanecer allí. Algunos de sus tatuajes eran meramente decorativos; otros, simbólicos: el escorpión que luce en cada brazo, la Superchica en tanga, la Santa

Muerte con su túnica encapuchada. Otros representan momentos clave y puntos decisivos de su historia: esos platanales representan la plantación costera en la que nació, y, claro, ésta de acá es Chiquita Banana pero también representa a su mamita, y éste de acá es el cementerio en donde está enterrada, y esa luna llena que llora por encima de los muros del panteón es él mismo. Éste es el Kentucky Fried Chicken de Tegucigalpa que asaltó, aunque el golpe fue un fracaso: le cayeron dos años por eso, y apenas tenía dieciséis cuando entró a prisión. Y ésa es su novia, Leticia. Está sentada así, con modestia –las rodillas encogidas contra el pecho y los brazos asiendo las espinillas– porque no quería faltarle el respeto, no iba a permitir que medio mundo le conociera los secretos, sobre todo porque ella solía ir a visitarlo en la cárcel dos veces a la semana para la visita conyugal. Hasta que dejó de ir. Y esto de aquí, sobre la parte superior de su muslo, son los guardias de la prisión propinándole una paliza por haber vomitado el envoltorio con mariguana y pastillas que apresuradamente se tragó durante uno de los cateos sorpresa: un año más sumado a su condena, nomás por eso. Y aquí, sobre la pantorrilla, su fecha: 13/5/86, encerrada dentro de una serpiente descuartizada: el día en que Leticia fue a verlo a la cárcel para decirle que estaba embarazada; que el niño tal vez era suyo o tal vez no, pero que ella iba a casarse con otro hombre…

Los tatuajes casi siempre se los hacía otro preso, empleando una cuerda de guitarra conectada a las pilas de una radio y cables enrollados en una revista; la punta afilada de la cuerda de guitarra se sumergía en la preciosa tinta, cuidadosamente vertida sobre la tapa abollada de un tubo de pasta de dientes. De esta manera, cuando los guardias registraban las celdas, no hallaban nada: las baterías habían vuelto a la radio, la pasta de dientes se hallaba tapada, la cuerda colocada de nuevo en la guitarra. Las reglas de la prisión prohibían los tatuajes, pero a diario los presos amanecían con nuevas rúbricas, como si las imágenes de sus sueños nocturnos se revelaran sobre sus cuerpos al llegar la mañana.

—Cuando esto termine no tendrás espacio para que te tatúen un barco –dijo el Faro.

—No– respondió el Tinieblas–. Bueno, tal vez uno chiquito.

—Pero de todos modos sería una mentira hacerte un tatuaje de barco –dijo Esteban–. Porque si vos te tatuás uno la gente pensará que viajaste por el mar.

—Es verdad –dijo el Tinieblas–. Todo el mundo pensará que he sido marinero, y cuando me pregunten: «¿A dónde has viajado?», yo tendré que explicarles una y otra vez que estuve en este barco sin ir a ningún lado. Puta.

—Pero sí sos marinero –le dijo Tomaso Tostado–. Sólo uno que no ha viajado a ninguna parte.

—¿Saben qué? –respondió el Tinieblas– A lo mejor, el día que esto termine, como sea que vaya a terminar, voy a escoger un símbolo de cómo me sienta en ese momento. Algo que sólo sea para mí. Como éste de aquí, ¿lo ven? Sólo yo sé lo que éste significa –se alzó la camisa de nuevo y le dio unos golpecitos a un diminuto y emborronado tatuaje de una cuchara sobre su pecho–. Es una cuchara. Y jamás le diré a nadie lo que significa.

—Puta, vos, mejor no te tatués nada, entonces –exclamó el Barbie–. Mejor hunde el puto barco. Húndelo para que nadie pueda volver a verlo nunca. No te hagás ningún tatuaje, así podrás decir: «¿Ve? ¿Aquí?» –y golpeó su propio pecho desnudo– … «Aquí debajo hay un barco hundido».

—Tatuado en tu corazón –dijo Panzón.

—Sí, pues, tatuado en tu corazón –repitió el Faro, asintiendo con los ojos entornados.

—Tatuado en mi culo –remató el Barbie.

Dentro de siete días, Esteban conocerá a Joaquina Martínez. Dentro de diez, Bernardo sufrirá su accidente. Seis semanas más tarde, el visitador de barcos los hallará. Pero durante las siguientes siete noches, comenzando a partir de ésta, Esteban merodeará por los alrededores del muelle buscando cosas que robar… Mucho tiempo después recordará lo que el Tinieblas dijo acerca del tatuaje que se haría cuando terminara su estancia en el *Urus*, y se preguntó si acaso era posible tatuarse un saco de virutas de madera.

—No entiendo por qué no te marchás, patroncito. ¡Ésta es una ciudad llena de oportunidades! Debe de haber miles de extranjeros de países como el nuestro, jóvenes igual que vos pero menos preparados, menos afortunados... Te juro que este barco no irá a ninguna parte.

El viejo se está volviendo loco. Está hiperactivo y tembloroso. ¿Por qué se la pasa oliendo su manta? De repente se ha obsesionado con olfatear la manta. Se la pasa preguntándole si acaso no huele algo extraño.

—¿Vos, qué te pasa? ¿Por qué olés la manta?

Bernardo se le queda mirando con cara de cipote regañado.

—¿No olés a orines de gato?

—No.

El viejo suelta la manta sobre su regazo.

—Bueno –responde–. Yo tampoco.

¡Viejo loco!

—Traje virutas de madera.

—¿Virutas de madera?

Se lo explica. Le cuenta cómo ocultó el saco detrás del silo y cómo trepó de regreso al barco por la amarra.

—Servirá muy bien para encender la fogata.

Y se cubre con la manta y se vuelve hacia el muro e inmediatamente se queda dormido.

El día está parcialmente nublado; el sol lucha por atravesar las nubes. Un ocasional viento helado, característico de mediados de octubre, trae consigo las primeras y agudas dentelladas del invierno. Hace jirones el aire y se cuela desagradablemente por las perneras de los pantalones, por las mangas y las roturas de sus camisas, dejando en la piel una sensación de quemadura. El viento zumba alrededor de los mástiles y los estayes, a través de las grúas y las jarcias; convierte el mar de la cala en una lisa y metálica superficie que las gaviotas pasan rozando. La luz del sol incide sobre el pecho de un ave que desciende en picada y que después describe un arco de blancura radiante a través del cielo.

Aún no los han abandonado. Todavía no: Mark llega ese día a bordo de su Honda, con Milagro y comestibles. Ninguno de los dos oficiales ha ido a verlos en tres días, pero la llegada de Mark –el alivio que ésta implica– no es llevada a cabo ni recibida con grandes aspavientos. Mark no saluda a nadie, y ninguno de los miembros de la tripulación le dedica algo más que una mirada.

El primer oficial pone un pie en cubierta y dice en inglés:

—*Brought some food and stuff…* –y señala hacia el muelle. Se vuelve hacia la barandilla, seguido de Roque Balboa y de Cebo, que bajarán las compras del auto. Instantes más tarde, ambos vuelven a cubierta: Roque Balboa cargando una abultada bolsa de papel de estraza, y Cebo un gran saco de papas, que llevan a la cocina. Mark y el perro se dirigen al puente de mando.

Así que ni el capitán ni el primer oficial se han dado por vencidos con el *Urus*… Y si los oficiales no se rinden, significa entonces que hay algo aún… algo que esperar. Tan pronto oyeron que el auto se acercaba al muelle, todos los marineros rasos, exceptuando a Esteban –que aún dormía en su camarote– reanudaron inmediatamente sus labores; abrieron las tapas de los botes de pintura y sumergieron en ellas las brochas; siempre había algo que hacer. La llegada del primer oficial, más que meramente activar el mecanismo de una obediencia innata, les ha proporcionado una excusa, y un contexto, para trocar el tedio que los aletarga por otro que de alguna forma resulta más dinámico. Sólo los mecánicos y los electricistas se mantienen ocupados cuando no están ni el capitán ni el primero: ya se encontraban abajo, en aquel foso de dos niveles que es la sala de máquinas, cuando Mark arribó, ocupados de nuevo en la tarea de desmontar piezas, limpiarlas, engrasarlas, reajustarlas y volverlas a montar, especulando sin cesar sobre cómo aquellas máquinas funcionarían si tan sólo pudieran ponerlas en marcha. Porque la satisfacción ilusoria que les proporciona el examinar y destripar esos motores, generadores y bombas, tan complicados, tan misteriosos e inertes, demanda y exige un amor que no es correspondido. La semana pasada el capitán puso a algunos de los marineros rasos a soldar las fisuras en los tanques de lastre ubicados en una de las cubiertas inferiores, debajo de la bodega: un trabajo serio y peligroso, y sin gafas protectoras, sólo con trapos que los hombres ataban a sus rostros para cubrirse las narices y las bocas, y que exigía tanta concentración que en eso se les iba la jornada entera. Pero no habían podido completar la tarea puesto que nadie había venido para encender el generador y la compresora. Ni tampoco los enciende Mark hoy.

Una vez pasado un tiempo apropiado, algunos de los hombres dejan las brochas y las herramientas y se dirigen a la cocina para echar un vistazo a los comestibles, que José Mateo y Bernardo ya han desempacado. Papas, aceite vegetal, hígados de pollo, seis latas de chícharos, una bolsa de plástico llena de brillantes y rubicundas manzanas, jabón, tubos de pasta de dientes, papel higiénico. Pero el primer oficial ha vuelto a olvidar las maquinillas de afeitar.

Los cajones con latas de sardinas, herrumbrosas y con las etiquetas de papel todas podridas, que encontraron abandonadas en un rincón remoto de la bodega en junio, han sido la salvación de la tripulación, pero también su condena. Todavía quedan más de trescientas –las llavecillas para abrirlas se han oxidado a los costados de las latas, pero José Mateo y Bernardo las abren con un abrelatas, o a martillazos–, así que los oficiales saben que pueden desentenderse de la obligación de traerles alimentos sin que se mueran de hambre. Pero el arroz se les agota; apenas quedan cinco sacos.

Más tarde ven a Mark en una de las alas del puente de mando, fumando con los brazos apoyados en la barandilla y la mirada perdida en las tierras yermas del puerto y la cala. Lástima que no les hubiera traído también cigarrillos, aunque en realidad nunca lo hace. ¿Y no sería maravilloso poderse fumar uno? ¿Sentir cómo el humo cálido calma y baña y limpia tus pulmones? El primero permanece allí un largo rato. Como si hubiera venido al barco nada más para dejarse ver, como diciendo: No se preocupen, el capitán Elias y yo seguimos aquí, pendientes de todos ustedes, queridos corderillos. Se le ve tranquilo y ensimismado allá arriba, como si el barco ya se encontrara en alta mar y él estuviera lanzando las colillas de sus cigarrillos de tal forma que describieran largas parábolas en el viento para luego caer en medio del mar. No parece darse cuenta de que Esteban ha eludido sus tareas el día de hoy. O tal vez no le importa. De cualquier forma, no es probable que les reclame nada puesto que lo único que acostumbra decirles es «Hi, *guys!*», o «¿Qué pasa?», y hoy ni siquiera les ha dicho eso. El viejo les ha contado a los hombres que Esteban no se siente bien, que dejen en paz al chavalo hoy. Panzón le apuntará la jornada completa, de cualquier manera, y hasta incluirá unas cuantas horas extra.

Y, tras el alivio de ver allí al primer oficial, las emociones y los resentimientos se desatan. Rabia, humillación, frustración, brotes de autocompasión: lo mismo que un amante cruelmente despreciado siente cuando por fin la persona amada le habla. ¡Y pensar que su sentimiento de seguridad más básico depende de que cualquiera de estos dos huevones se presente en el barco! Alivio por sentirse seguros de nuevo, y luego furia por este fraude camuflado de seguridad: y sólo porque aquello que más temen no ha pasado todavía. El Barbie deja lo que está haciendo y deambula por la cubierta con la brocha en la mano, chorreando pintura por todas partes, echando chispas: él, más que nadie en aquel barco, confiaba en su capitán, e incluso lo apreciaba, y por ello, por respeto a su autoridad, ha tratado con deferencia al maricón del primer oficial. Permite que le llamen Barbie, pero él no ha olvidado quién es Omar Usareli, y ellos tampoco deberían olvidarlo. Fue Omar Usareli quien se permitió aceptar el honor de ser ascendido a contramaestre, para dignificar aquel honor con su propia dignidad; porque déjame decirte, cabrón, que cuando invocas la dignidad y el honor de Omar Usareli lo que estás pidiendo es que dé lo mejor de sí mismo, que lo arriesgue todo por vos, esperando recibir respeto a cambio… Y no sucede a menudo que Omar Usareli se tope con alguien a quien respete lo suficiente como para hacer tal cosa, y eso era justo lo que trataba de hacer ahora, y mirá, ¡se han burlado completamente de él! ¡Agarremos al pendejo del primer oficial, dejémoslo en cueros y cubrámoslo de pintura! ¡Sujétenlo mientras le pinto la verga de rojo, a ver si así quiere volver a jugar a romper la galleta, maricón jodido!

¿Qué pasará si el capitán y el primer oficial dejan de venir al barco? Si se dan por vencidos y renuncian. ¿No vendrán por lo menos a avisarles, a prepararlos para lo que pueda avecinarse? Ésa es la pregunta que retumba en sus pensamientos por las noches como un súbito deslave. ¿Cuántos días tendrán que pasar sin que sus oficiales acudan al barco para que ellos tengan que aceptar el hecho de que han sido abandonados de una vez por todas? ¿Cómo sabrán cuándo los han abandonado definitivamente, y qué harán al respecto entonces?

José Mateo dice que las tripulaciones y los barcos abandonados son comunes, pues. Una tripulación abandonada puede quedarse eternamente atrapada en un barco mientras todas las pendejadas legales se resuelven; hasta que averiguan quién es el responsable, y qué es lo que se le debe a cada uno, y a quiénes les pagarán qué cosa al final de todo. A veces, les cuenta, terminan vendiendo el barco como chatarra para poder pagarle a la gente, y funden los barcos como éstos para convertirlos en hojas de afeitar, en latas de cerveza, en refrigeradores…

Bernardo se imagina a los gringos afeitándose con sus lágrimas, sacando latas hechas con su bilis de refrigeradores fabricados con su odio. La inmortalidad más perfecta.

Tres horas después de su arribo, y sin haber descendido del ala del puente de mando ni una sola vez, Mark y Milagro se marchan sin despedirse.

Esteban sube a cubierta; desciende veloz por la escalerilla y regresa un rato después cargando un enorme saco de plástico, que después coloca a sus pies.

—¿Qué es eso?

Todos comen manzanas mientras se reúnen en torno a Esteban y su saco misterioso. El fresco crujido de las mandíbulas mordiendo la pulpa de las manzanas. Les explica lo que hay en el interior y por qué piensa que les será muy útil.

—¿Dónde lo conseguiste?

—En una bodega –señala con su brazo–. Por allá. Lo robé, pues.

Los labios y la nariz del Barbie se tuercen de estupefacción, franca incredulidad y envidia automática; la confusión lo deja mudo. Los demás miran a Esteban con preocupación mientras sopesan la novedad de aquel sorprendente acontecimiento y su significado.

—He estado bajando del barco por las noches –les confiesa Esteban, incapaz de reprimir un tono levemente jactancioso y desafiante–. Ésta es la primera cosa útil que he podido encontrar.

Así que, mientras todos ellos dormían o trataban de dormir, el malhumorado masticador de uñas, el nieto del viejo, el taciturno niño soldado ha estado abandonando el barco y merodeando por los muelles.

—¿Sólo esto? ¿Virutas de madera? –dice el Barbie.

—¿Y vos qué? –responde Esteban–. ¿Qué habés traído *vos*? –alguien le obsequia una manzana y él le da un mordisco: la fruta tiene una textura granulosa, casi seca y algo insípida para ser una manzana, pero de todos modos le sabe dulce y deliciosa.

Nadie se baña al pie del muelle ese día: a pesar de la nueva provisión de jabón, hace demasiado frío, aunque sí disfrutan la explosiva sensación de la pasta de dientes en sus bocas. La noche llega más temprano ahora; borra enseguida los apacibles rosas y azules del cielo, el manso sol que se hunde detrás de las copas de los árboles, en medio de un fulgor amarillo. Las gaviotas se alejan para dormir en otro sitio, y los gatos –los parientes de Desastres– elevan su acostumbrado clamor incestuoso. Después de recoger la leña, tres hombres recogen la escalerilla, gruñendo mientras la izan, tirón a tirón, con sogas y poleas.

Sobre cubierta, Esteban coloca las virutas bajo los maderos apilados, a modo de yesca. Las virutas se encienden de inmediato y arden como pequeñas llamas centelleantes que despiden colores químicos, pero enseguida se consumen como malvaviscos y se queman por completo sin dejar residuo alguno, más que un penetrante olor. Malvaviscos de madera y químicos. ¿Para qué sirven entonces, estas mierdas? Como yesca son inútiles.

Pero ni siquiera el Barbie siente deseos de burlarse por el fracaso de Esteban con las virutas. Ninguno de ellos se ha atrevido a abandonar el barco mientras que él sí. Súbitamente, el prestigio de Esteban crece y supera incluso al de Tomaso Tostado, que no es más que un muchacho listo, rápido y decidido.

—Ni modo –dice Esteban, encogiéndose de hombros–. Veré si encuentro algo más esta noche,

El guapo Pimpollo y el Tinieblas le preguntan si pueden acompañarlo, pero Esteban se niega. Si va solo, dice, podrá escabullirse y robar mejor. El Tinieblas se ofende; después de todo, él se dedicaba antes a robar, aunque nunca con mucho éxito. Se ofrecen a bajar la escalerilla, a montar guardia y esperar a que regrese. Pero él se niega también. No hace falta. Y además, no sabe cuánto tiempo tardará en volver.

Ahora mete en sus bolsillos unas tenazas para cortar cable, una navaja, un pequeño punzón y unos alicates. ¿Debería también llevarse el reloj, en caso de que decida no regresar al barco? Pero… ¿y si se lo roban? Faltan algunas noches para que por fin se atreva a recorrer las calles de las zonas comerciales de aquel barrio, y es por eso que no se ha dado cuenta de que las pocas personas con las que llegará a toparse a esas horas en las calles lo mirarán con recelo, o harán como que no lo han visto, o de plano fijarán en él sus ojos llenos de furiosa conmiseración o de repugnancia, pero que a nadie se le ocurrirá siquiera robarlo, así como va, todo mugriento y vestido en andrajos.

2

P OR LAS NOCHES TIENE PRÁCTICAMENTE PARA ÉL SOLO ESTAS remotas calles que dan al puerto. Casi nunca ve a nadie caminando por esos rumbos, y cuando ocurre, pasan como sombras. El muelle se extiende a lo largo de kilómetros y kilómetros en ambas direcciones del sitio en donde se encuentra amarrado el *Urus*: ruinas y baldíos cubiertos de matorrales se intercalan con áreas que aún se encuentran en funciones, bodegas y zonas industriales, manzanas y manzanas de ellas. Yo nomás estoy caminando, ¿ve? Con determinación. Vestido con sus pantalones de mezclilla harapientos manchados de pintura-grasa-óxido, tres camisetas sobrepuestas para no pasar tanto frío y las botas atadas con cables eléctricos de color naranja. Deja atrás los almacenes amurallados y los estacionamientos de camiones protegidos por cercas coronadas de alambre de púas; una que otra terminal naviera bardeada que aún se encuentra en funcionamiento; accesos pavimentados bloqueados por barreras o portones cerrados y garitas de seguridad, detrás de los cuales se insinúa el resplandor de las aguas del puerto. De vez en cuando logra atisbar un barco amarrado, las luces de su castillo encendidas, el vibrante zumbido de su motor auxiliar: nidos de acero en donde la vida prosigue, arropada, en medio de este laberinto portuario que sólo poco a poco va descifrando. Oye el distante aullido de las sirenas; escucha balazos, las rápidas detonaciones de un tiroteo, aunque estos sonidos ya le son rutinarios y apenas los nota. La sirena de un buque brama en el puerto a la distancia. Oye también el ahogado e indignado canto de un gallo, y eso sí le sorprende; no está seguro de que sea real, pero sí, lo oye una vez más, procedente de algún sitio en medio de todos esos túneles de ladrillo y concreto. Deben ser las tres de la mañana. Distingue un gato que se desliza a través de la oscuridad, pegado a la base de una pared, y se acerca presuroso para ver si se trata de Desastres, pero no, no lo es. Hay muy poco tráfico. La mayoría de los vehículos que circulan por ahí son camiones de múltiples ejes, con motores que rugen circunspectos como si se hallaran en medio de maniobras militares, arriesgadas maniobras nocturnas demasiado ruidosas como para poder mantenerlas en secreto.

Y ahora, al dar la vuelta a una esquina, alza la mirada y descubre un local que sigue abierto y en cuya fachada de estuco rosado resplandecen, como apariciones angélicas, las siluetas recortadas de mujeres desnudas; la música resuena desde el interior como los latidos de un corazón asustado; afuera del lugar están estacionados varios vehículos, muy lujosos, relucientes y masculinos: jeeps, camionetas pick-up, motocicletas. La puerta roja se abre con estrépito y aparece un hombre gigantesco que, a pesar del frío, sólo lleva puesto un chaleco de cuero negro encima de una camiseta sin mangas, y que cruza el estacionamiento con pasos firmes y pesados. Es aún más enorme y posiblemente aún más peludo que el Pelos, con una barba rojiza y enormes antebrazos tupidos de vello como los de un oso. Fuma un cigarrillo. Se acerca a la puerta de un jeep Cherokee estacionado justo frente al lugar donde se encuentra parado Esteban, y saca sus llaves. Impulsivamente, Esteban se decide a pedirle un cigarrillo al hombre, ¿por qué no?

—Hi! –le dice–. ¿Un cigarro? *Plis, mister?* –puta, cómo odia el sonido chillón de aquella voz extraña que sale de su boca…

El gigante barbado, cuyos cabellos rebeldes adquieren una coloración estridente debido al fulgor rosáceo de las lámparas de sodio del estacionamiento, lo mira con el ceño fruncido. Sus ojos azules de borracho brillan con la frialdad de medusas.

—*Fuck you* –le responde, y sus ojos se abren como platos, como asustado.

Esteban se aleja.

—*Hey!* —lo llama el hombre—. *Hey, you, c'mere!*

Esteban se vuelve y lo mira. El hombre le muestra el paquete de cigarrillos en la mano. Lo baja, extrae de él un cigarro y se lo tiende como si fuera una espada diminuta, mientras dice algo en inglés.

Esteban siente el nervioso aleteo del miedo en su pecho. Se da la media vuelta y sigue caminando. El hombre dice algo; lo escucha soltar otro *fuck you*, pero ahora en un tono casi quejumbroso, seguido del ruido de la portezuela del vehículo al cerrarse, y del motor que se enciende. Un instante después el jeep se encuentra a su lado en la calle, y el hombre, con un cigarrillo encendido en la mano con que maneja el volante, lo contempla con la misma curiosidad despectiva y le arroja el paquete de cigarrillos por la ventanilla, que aterriza a los pies de Esteban.

—*You don't say thank you?* —le pregunta el hombre.

Esteban asiente.

—*Tenquiu* —le responde, en voz baja.

—*Yu jomles?* —o algo así le pregunta el hombre.

Se le queda mirando un momento más, y después se encoge de hombros y se aleja a bordo de su vehículo. Vos, los nicas no aceptamos regalos de yanquis que les gritan *fuck you*. Y pues... yo tampoco. Pero ahí están los cigarrillos sobre el suelo, de la marca esa que tiene un camello en el paquete. Lo levanta; se siente tibio entre sus manos heladas. Dentro de la envoltura de celofán hay una carterilla de fósforos, a la que sólo le quedan cuatro. Saca un cigarrillo de la caja; tiene filtro. Lo pasa por debajo de su nariz para olerlo, y después lo enciende en el hueco de sus manos. La primera calada lo hace toser. Mete el paquete en el bolsillo trasero de sus pantalones y camina por la calle, fumando cautelosamente. Todo ha vuelto a quedar en silencio de nuevo. Piensa: Ya no soy nadie. ¡Puta! He desaparecido por completo... Me pregunto dónde estaré dentro de un año... ¿Y dentro de diez? ¿Quién sabe? A lo mejor en dos años estaré en Italia. Encontraré trabajo en otro barco, viajaré a Italia y me quedaré ahí. Bernardo dice que Italia es estupenda. Una vez conoció a una mujer ahí, una mesera que trabajaba en una de las tabernas del puerto, que lo llevó a ver esa torre inclinada;

fueron en tren y bebieron una botella de vino durante el viaje. Cada vez que escucha la historia de boca de Bernardo tiene la impresión de que el mundo solía ser un lugar más hospitalario antes. Nada de eso podría pasarle ahora, aquí. Por un momento todo parece posible, y al siguiente segundo nada lo es.

Trata de imaginarse a sí mismo en su casa en Corinto. Escuchando el repiqueteo de la lluvia gris cayendo sobre el techo de lámina de zinc, y salpicando y bullendo sobre el lodo afuera, mientras yace en su cama sin nada que hacer, tratando de olvidar a la Marta y a la guerra, o de recordarla, cualquiera de las dos opciones porque su memoria siempre hace lo que se le da su jodida gana. Con sus pertenencias metidas dentro de bolsas de plástico que cuelgan de las paredes, y que le sirven de armario. Su mamá y el tío Nelson sentados durante horas frente a la estufa oxidada, allá detrás de la casa, en el pequeño patio de piso de cemento, con la lluvia desbordando las canaletas combadas del techo de zinc sobre sus cabezas, y parte del agua yendo a parar ruidosamente a un barril colocado debajo del canalón de aluminio. La peste de la letrina, de las inmundicias que quedan sobre la playa al bajar la marea. El tío Nelson remendando una red con sus dedos torpes. El tío Nelson trabajaba antes en una naviera, pero ahora casi todo el mundo está desempleado porque muy pocos barcos arriban a Corinto. Las putas languidecen en una apatía perpetua esperando la llegada de los parcos marineros rusos provenientes de Vladivostok o de los rusos acantonados en el enorme hospital militar de Chinandega. Mamá soplándose con un abanico de palma tejida, soplando aire sobre los rescoldos de la estufa, tratando de interesar a su aburrido hermano en el último chismorreo que escuchó en el mercado, con aquel arrugado y delicado rostro suyo, tan lleno de paciencia como el semblante de una sabia china aquejada de amnesia. Esteban no tiene ni la más remota idea —ni siquiera la menor fantasía— de quién podría ser su padre. Claro, aquello no es extraño en Corinto, aunque él jamás pudo reivindicar ningún rasgo distintivo como los ojos verdes de un marinero danés, o los cabellos rubios de un australiano, o la mirada seductora o los rasgos parecidos a un halcón de los marineros egipcios. A sus tíos les gustaba bromear diciendo que la nueva generación de habitantes de Corinto estará marcada por una abundancia de pelos nasales y seis dedos en cada pie, característicos del cura vasco, y por los pechos con tres tetillas de los rusos pálidos.

Caminando de noche por las calles cercanas al puerto, Esteban a menudo pasa por callejones y lotes cercados; y detrás de sus puertas cerradas con candados, hacia el final de aquellos terrenos, a veces alcanza a ver luces encendidas en las zonas de carga, y camiones estacionados con las puertas abiertas, y hombres empujando carretillas o conduciendo montacargas, yendo y viniendo una y otra vez por el mismo camino, saliendo y entrando de la luz. Hay montones de letreros, en inglés y en español, que advierten de la presencia de perros a los intrusos. Y a veces, cuando pasa junto a las verjas, los perros corren hacia él y le ladran, y se quedan con las patas delanteras apoyadas en la malla de alambre como prisioneros desamparados… Justo como estos perros que han salido ahora. Son cinco y corren hacia la cerca ladrando.

Esteban ve con estupefacción cómo uno de los animales logra escabullirse a través de un agujero en la malla, seguido de los otros cuatro perros: es como una pesadilla que de pronto se vuelve realidad, como una manada de lobos que de repente salen de la pantalla del cine y se arrojan sobre los espectadores. Los perros atraviesan la verja como una serpiente de cinco cabezas y se lanzan en pos de él, ladrando y gruñendo, empujándolo hacia la acera, acorralándolo contra la pared de un edificio del otro lado de la calle, con los pelos erizados, los lomos encorvados, lanzando dentelladas al aire, chasqueando sus mandíbulas y mostrando los colmillos como el Barbie. Esteban se queda paralizado, inerme ante el ataque. ¿De dónde rayos han salido esos perros locos y salvajes? Tiene que hacer algo, arriesgarse ahora mismo… Así que se da la vuelta y se aleja, su cuerpo temblando de anticipación al presagiar la primera dentellada, pues los ladridos se arrecian y se tornan cada vez más frenéticos, pero la mordida no llega nunca. Esteban continúa caminando con el corazón martilleándole en el pecho y la sangre helada en las venas, hasta que los perros, todavía ladrando pero ya con mucho menos furor, se van quedando rezagados a su espalda, aunque aún se mueven amenazadoramente en pequeños círculos, como dispuestos a reemprender el ataque, y uno de ellos se detiene y levanta la pata para orinar sobre una farola antes de dar otro paso adelante y lanzar unos cuantos y débiles ladridos por puro trámite. A diferencia de cualquier otro animal domesticado o incluso salvaje, como los monos rabiosos –y, bueno, exceptuando el caso de las serpientes venenosas–, sólo los perros parecen capaces de odiar como lo hacen los humanos: echando chispas por los ojos, mostrando los dientes con desprecio, desgañitándose y alardeando estúpida y cobardemente, lanzando amenazas y a veces cumpliéndolas mortalmente, como en el caso de Ana. Perros y hombres, todos cobardes hijos de puta. La manera en como Ana se lanzó sobre aquel contra herido y le desgarró la garganta fue lo que condujo al pelotón a la emboscada. Y aquel calvo capitán Elias, con sus ojos tristones de perra sarnosa, y sus dos cachorros: Mark y Milagro. Si dicen que los monos son los animales que más se parecen a los humanos, ¿cómo es que nadie ha visto nunca a un mono orinando contra el tronco de un árbol?

Da la vuelta para internarse en un callejón que discurre entre edificios con las ventanas rotas, hasta llegar a otro muelle demolido, destruido desde hace mucho tiempo, tanto que ya ni siquiera necesita una cerca. Desciende hasta la orilla cubierta de escombros y comienza a caminar junto al borde de las aguas picadas en dirección a un andén de carga que se encuentra iluminado. Tras escalar un amasijo de bloques de concreto geométricos y enormes fragmentos de vigas, la noche del puerto se abre a su derecha como un abismo ventoso y centelleante sobre el que sería fácil despeñarse. Ayudándose con los brazos, se alza para trepar a una saliente de concreto de un malecón ubicado en la parte posterior de una bodega, y camina unos cuantos metros hasta llegar a una alta alambrada, de aspecto reciente, que le corta el paso y que se interna un buen trecho en el mar. Las olas azotan con furia el rompeolas de concreto que hay debajo… construido precisamente para evitar la clase de merodeos que Esteban lleva a cabo. Pero él lo rodea con facilidad, tanteando en la alambrada con dedos que pronto comienzan a dolerle, y apoyándose también con la punta de las botas, primero de un lado, sobre las olas espumosas, y luego de regreso por el otro, siguiendo hasta flanquear la doble barrera, donde un estrecho sendero rodeado de maleza lo conduce por la parte trasera del edificio aledaño. Finalmente, se desliza por debajo de una flexible alambrada y se agazapa en un rincón sin luz de la bodega, justo detrás del andén de carga. Desde allí observa la zona iluminada y las cajas de cartón apiladas sobre la plataforma, ubicada a unos veinte metros de donde él se encuentra. Dos hombres van y vienen de la bodega al camión, con carretillas de mano cargadas de cajas. No hay perros, hasta donde alcanza a ver. Al viejo le gusta decir que uno sólo pierde cuando apuesta, pero, viejo, ¿cuándo apostás vos? Calcula el tiempo que le toma a los trabajadores entrar y salir de la zona iluminada, y entonces avanza despacio, con el cuerpo pegado a la pared. Sólo tiene que levantar el brazo, agarrar una de las cajas y, ¡puf!, desaparecer de nuevo en la noche, ¡ni verga!, dirigiéndose ahora hacia el otro extremo para evitar la chochada de las alambradas aquellas…

El Tinieblas, Canario, Caratumba, Tomaso Tostado y hasta el Barbie se quedaron despiertos esperándolo, a pesar de lo que él les dijo. Como si estuvieran demasiado emocionados como para dormir, ante la posibilidad de que Esteban regresara con algo, con algo rico de comer. Ven a Esteban cuando aparece por un costado del silo en la oscuridad, su silueta torcida por el peso de la gran caja de cartón que lleva sobre los hombros. Bajan todos corriendo por la escalerilla, haciéndola resonar estruendosamente como si fueran un rebaño de bestias que descienden por una pendiente y se acercan a Esteban… que ya se encuentra en el muelle, abriendo la caja con una navaja.

Cuando ve lo que hay dentro, a Esteban le viene a la mente un recuerdo: el de aquella vez que pasaban hambre y no había nada de comida, y el tío Beny se había ido a pescar, internándose en el mar en su bote de remos, porque ni siquiera se podía conseguir gasolina para el motorcito. A la mañana siguiente de su segunda noche en el mar, lo vieron a lo lejos en el horizonte, remando bajo el sol abrasante y deteniéndose para achicar el bote; finalmente lograron distinguir la forma de lo que tenía que ser un tiburón amarrado a uno de los costados de la embarcación, ladeada por el peso. Les parecía que el tío Beny tardaba una eternidad en llegar a la playa, en arrastrar al tiburón a través de la candente arena oscura, un tiburón sierra que proporcionaría suficiente caldo y carne a un centenar de personas por lo menos. Las manos de su tío estaban hinchadas y llenas de ampollas por tanto remar, y su nariz quemada por el sol parecía una vieja remolacha. Una multitud se apiñó a su alrededor. El tío Beny pidió un cuchillo. Alguien le alcanzó uno, y él lo hundió en la carne del pez, justo debajo de la aleta; lo sacó y olió la cuchilla manchada de sangre marrón. «Podrido», dijo el tío Beny, y dejó caer el cuchillo en la arena, se dio la vuelta y se alejó de la playa cojeando después de pronunciar aquella única palabra, «podrido», abandonando ahí mismo al incomible animal.

La caja está llena de otras cajas largas, rectangulares, que apenas pesan, envueltas en celofán y cubiertas con un vistoso diseño en donde destaca una palabra: PARCHÍS. Sacude una de las cajas con ambas manos; parece que está casi vacía, con excepción de unas cuantas piezas sueltas en el interior. No es comestible. Parece algún tipo de juguete. Deja caer la caja sobre el muelle y se dirige a la escalerilla mientras los demás se agachan para averiguar qué es.

Va a la mitad de la pasarela cuando se detiene y les grita: «Oigan»; y ellos, aún arremolinados en torno a la caja de cartón, todos con cajas de parchís en las manos, alzan la mirada hacia él. Saca el paquete de cigarrillos de su bolsillo trasero –ya se ha gastado los cuatro fósforos, de todas formas– y se los lanza. Al instante se arrepiente de haberlo hecho; debió habérselos dado a Bernardo. Les grita:

—Compártanlos con todos. Y no me despierten mañana.

Se da la vuelta y sube a cubierta.

Esteban no vuelve a cometer el mismo error la siguiente noche: ve nubes de vapor blanco alzándose desde el andén iluminado, y piensa: Debe tratarse de algo congelado. El vapor blanco brota de la parte trasera de un camión estacionado junto a la plataforma, y también del almacén, y los trabajadores van tan abrigados como cazadores de focas rusos. De hecho, tal vez son rusos. Los fragmentos de conversación que alcanza a oír mientras se acerca sigilosamente hasta ellos no son en inglés; más bien suenan a ruso. Uno de los trabajadores se parece muchísimo al papa, aunque es mucho más joven; lleva puesto un gorro de piel y sus ojos son claros y azules, como los de una muchacha…

Regresa al *Urus* con una caja llena de camarones congelados, tan helada que le quema los brazos. Sobre la tapa puede leerse: «Producto de Honduras». Las primeras luces del alba comienzan a filtrarse en la oscuridad y la disuelven lentamente. Largas filas de tinacos se alzan contra el cielo pálido como sombrías torres de vigía. Esteban encuentra bajada la escalerilla del barco; sube por ella hasta llegar a cubierta y comprueba que nadie lo ha esperado. Carga la caja de camarones hasta su camarote y la deja a los pies del lecho de Bernardo, tratando de no perturbar el sueño del viejo, que duerme con los ojos abiertos e inexpresivos, antes de tumbarse sobre su propio colchón y quedarse allí frotándose los ateridos brazos con las manos, mientras la picazón le quema las ingles y el cansancio le entibia el resto del cuerpo. Se queda dormido pensando en putas enfundadas en ligeros vestidos de seda que caminan llevando sus zapatos de tacón en las manos; putas que regresan a sus hogares a pie, descalzas en medio del fango tibio, bamboleando las caderas, con las cabezas gachas. Ellas también duermen durante el día; ellas también se esconden del día para reaprovisionarse y acumular la miel amarga que venden durante toda la noche a los hombres que también huyen del día.

Esteban duerme durante el día y nadie lo molesta, ni siquiera cuando el capitán Elias y Mark se presentan simultáneamente en el barco, cada uno a bordo de su propio automóvil. Más tarde los hombres de la tripulación los escucharán gritarse acaloradamente en el puente de mando, aunque ninguno de ellos alcanza a entender las palabras de aquella discusión.

Esa noche, José Mateo pone a hervir los camarones. Miren, la tapa de la caja dice: «Producto de Honduras», el plato típico de los catrachos. Claro, muchos habitantes de las zonas costeras se emplean en esos barcos que permanecen meses enteros en el océano, pescando camarones con redes de arrastre y congelándolos en sus bodegas. Y otros, como solía hacerlo Cebo, bucean sin equipo en busca de langostas –aunque muchos acaban tullidos o turulatos y a veces ahogados por culpa de la enfermedad del buzo–, langostas que también van a parar a los grandes barcos congeladores. Pero ¿cuántos de esos hombres llegan a probar los mariscos que pescan? Nunca llegan a darse un festín como éste, bueno, ¡ni siquiera en las grandes ocasiones! Tenemos tantos camarones que cada uno de nosotros bien podría comerse treinta y tres, o incluso treinta y cuatro piezas. ¡Qué cabrón es este Esteban! Tomaso Tostado encabeza una ronda de ovaciones y chiflidos en honor de Esteban, que se sienta allí y nomás asiente, sintiendo un calorcillo de felicidad, mientras piensa: Sí, ¡realmente es una noche muy especial!

A mitad del festín se les presenta la ocasión de recobrar el apetito, pues el tanque de butano que alimenta la estufa se queda vacío. Tienen que encender apresuradamente un fuego en la cubierta, poner a hervir el agua de nuevo.

Tal abundancia de mariscos le recuerda a Caratumba otra ocasión en la que pudo atracarse de comida de la misma manera, pero no con camarones sino con peces de río, principalmente percas. La guerrilla había atacado el campamento de exploración petrolera en donde trabajaba, en el Petén, a orillas del río Usumacinta…

—Es una larga historia –cuenta, restándole importancia con un movimiento de la mano entre cuyos dedos sujeta la cola de un camarón–, pero el ejerci… –hace una pausa para chupar el marisco; lo introduce en su boca, apretada como una rendija y frunce los delgados labios como si quisiera moldear la cola del camarón entre sus incisivos. «El ejerci» es como él llama al ejército. Y de pronto Caratumba deja de masticar y se queda ahí sentado sobre la brazola de la escotilla, con los brazos apoyados sobre las rodillas y la expresión abismada, ignorando el plato repleto de camarones sonrosados que se encuentra sobre su regazo. Un mechón de ásperos y lacios cabellos negros pende sobre su frente como el ala rota de un cuervo, ocultando en parte unos ojos penetrantes que parecen profundamente hundidos en sus cuencas.

—¿Y los soldados qué? –le pregunta Pimpollo.

—Nadie los quería ahí –responde Caratumba con una mueca, como si le hubieran pedido su opinión sobre el ejército y no que prosiguiera su historia.

—Sí, pues, mano. Pero ¿qué tenían que ver esos majes con que te dieras un atracón de pescado?

—Vinieron a vigilar el campamento, porque tenían miedo de que en la siguiente incursión los guerrilleros nos robaran el resto de la dinamita para usarla contra *ellos* –Caratumba se encogió de hombros. De cualquier manera, les explicó, por lo menos la mitad de los trabajadores del campamento eran informantes de la guerrilla, y la otra mitad le pasaban información al ejerci, y algunos a ambos. Los gringos se lo sospechaban, pero ¿qué podían hacer ellos? La guerrilla sólo había atacado el campamento para destruir el helicóptero y así poder extorsionar a la compañía petrolera con la promesa de que ya no volverían a atacar el campamento; pero nunca se comprometieron a no atacar a los soldados que lo vigilaban.

—Una tarde, estos dos soldaditos entraron en donde guardábamos la dinamita –prosigue Caratumba–. Se robaron tres cartuchos; los cabrones querían usarlos para pescar, vos. Así que se alejan a poca distancia del campamento, siguiendo la orilla del río, y enciendan la dinamita. ¡Pero en vez de arrojarla río abajo, los hijos de puta la tiran aguas arriba!

Caratumba sonríe. Sus tensos labios apenas se separan lo suficiente como para dejar entrever sus dientes torcidos. Se lleva otro camarón a la boca.

Esteban lanza una risita. Los otros sonríen, pero no están seguros de haber entendido...

—¿Y qué pasó? –pregunta Pimpollo–. ¡Contá ya, hombre, no jodás!

—Bueno, pues funcionó –responde Caratumba con la boca llena–. Había pescado por todas partes. Como si hubieran llovido peces del cielo.

Y Esteban no puede parar de reír mientras dice:

—¡...Y esos hijos de puta...!

—No eran problema nuestro. Los soldados tuvieron que recoger los pedazos que quedaron de ellos. Nosotros recogimos los peces. ¿Por qué íbamos a dejar que se desperdiciaran?

—¡Aaahhh! –exclama El Faro.

—Pero ¿por qué no corrieron cuando vieron que la corriente llevaba la dinamita hacia ellos? –preguntó Bernardo, con expresión horrorizada–. Pobres...

—No hubiera servido de nada, la corriente era demasiado rápida –responde Caratumba–, y ellos estaban justo en la orilla. Seguramente explotaron frente a ellos. Esos dos eran tan ignorantes, vos, que arrojaron los tres cartuchos al agua cuando uno solo hubiera sido más que suficiente. *¡Pum, pum, pum!* Tres explosiones sacudieron la tierra. Todos pensamos que era otro ataque de la guerrilla. Los gringos corrían por todas partes gritando «¡Al suelo! ¡Al suelo!», y se refugiaban bajo las plataformas de sus carpas y sus cabañas. Era una dinamita muy potente; los técnicos perforaban estos agujeros profundos, metían dentro un cartucho y lo detonaban para tomar mediciones sonoras, y los gringos geólogos estudiaban los resultados con sus computadoras para averiguar qué clase de rocas había allá abajo. Una vez encontraron una pirámide maya muy antigua bajo tierra; ahí podía verse en la pantalla de la computadora, perfectamente delineada. Yo la vi con mis propios ojos; qué maravilla, ¿no? Así que pueden imaginarse. Había pescado por todas partes. Esos hijos de puta del ejerci... Perdóname, Diosito, pero ¡ojalá todos ellos hubieran reventado en el río, igual que aquellos dos payasos!

—¡Comunista! –dice el Barbie, riendo.

—No precisamente por eso –dice Caratumba con frialdad, y luego se mete otro camarón en la boca–. No tanto, vos.

—¡Vos, Piri! –dice el Barbie, más tarde–. A ver si para la próxima conseguís carne, ¿no? Unos buenos bisteces, jugosos y grasientos...

—Oigan, y esos chunches, esos parchises... –dice Tomaso Tostado–. ¿No creen que podríamos venderlos?

El botín de la siguiente noche es una caja llena de paquetes con calzoncillos de hombre, tres en cada envoltorio de plástico. Sin embargo, todos vienen en talla extragrande, por lo que a ninguno de ellos les sirven, ni siquiera a Panzón, pero de todas formas se los ponen. Bromean diciendo que es como llevar pañales debajo de los pantalones. ¡Pero al menos están limpios! Y la noche siguiente, ¡carajo!, Esteban regresa con una caja llena de gafas para bucear. ¿Por qué es tan difícil encontrar comida?

Todas las noches recorre las calles sin saber el nombre de los barrios que atraviesa, aunque esa semana se las arregla para llegar hasta Sunset Park y Owl Point, en una dirección, y a través de Red Hook hasta el muelle abandonado que se encuentra en el extremo de Cobble Hill, en la otra. Pero pronto los nombres de las calles comienzan a parecerle lo suficientemente familiares como para orientarse por ellas: Columbia, Halleck, Coffee, Lorraine, Pilgrim, Bush, y la Segunda y Tercera avenidas. La autopista elevada y la avenida que corre por debajo de ella delimitan un largo trecho del puerto y señalan una suerte de frontera: más allá las calles numeradas remontan las colinas de Brooklyn.

Los Proyectos ya no lo asustan. En sus idas y venidas de esa semana pasa a un costado de ellos, en todas direcciones, aunque nunca los atraviesa. Durante las horas de sus escapadas, el vecindario parece más silencioso y oscuro que la noche en que la tripulación trató de cruzarlo; ráfagas de viento llenan los huecos entre los edificios con hojas amarillas que parecen centellas. Atraviesa el parque, las canchas de césped marchito de futbol y de beisbol, donde un pequeño grupo de hombres aún más harapientos que él duermen sobre las bancas bajo mantas andrajosas o cajas de cartón plegadas; algunos de ellos lo llaman, con voces chillonas o aguardentosas, y su aliento forma nubes de vapor frente a sus rostros.

A veces pasa por delante de alguna tiendita que da servicio durante la noche, aunque siempre con la puerta cerrada y a través de un vidrio oscuro y manchado de grasa; los pocos clientes que llega a ver realizan sus compras desde la acera, y pagan y reciben su pedido a través de la ventanilla corrediza. Algunos de los letreros de esas tiendas están en español (¿qué significa *quisqueya*, por cierto?). Hay un grupo de hombres parados afuera de una de esas tienditas iluminadas, al final de una calle oscura; escucha sus gritos apremiantes y ve cómo la gente deambula por la calle y la cruza de un lado a otro como si una tremenda calamidad los hubiera desorientado. Esteban se aproxima a ellos con cautela, en parte esperando ver sobre la acera el cadáver de alguien que ha sido asesinado, a la multitud esperando la llegada de la policía, agitada y nerviosa por el crimen. Pero al pasar junto a la tiendita se da cuenta de que no ha pasado nada en aquel lugar; de que la gente se apiña afuera de la entrada sin ninguna razón en particular, gritando y vociferando a pesar de que sólo faltan una o dos horas para que amanezca. Y de pronto se da cuenta de que un pordiosero de cabellos grises lo sigue, tambaleante y con las manos extendidas, mientras grita: «¡Papi! ¡Papi! ¡Un peso para algo de comer, papi, por favor! ¡Es para comer!», y Esteban le responde que no tiene dinero y sigue caminando como si supiera a dónde se dirige, y dobla en la esquina: en el horizonte, detrás de la autopista elevada, se levanta otro puente, y a veces alcanza a ver largos trenes que se deslizan por él como fuego líquido a través de un tubo transparente.

Los andenes de carga para camiones son más fáciles de robar cuando poseen un acceso directo al puerto. Esteban recorre las calles arriba y abajo hasta el puerto, buscando puntos débiles. Con sus alicates separa un par de cajas que se encuentran embaladas sobre una plataforma de carga, sin saber siquiera qué contienen. Pero se imagina que es comida, pues ahí cerca hay otras cajas rotuladas con la leyenda «tomates», aunque se hallan demasiado cerca de la puerta del camión como para arriesgarse a robarlas. Se encuentra ya escabulléndose con ellas en la oscuridad, cuando escucha el primer grito de un hombre que acaba de salir del tráiler. El tipo grita: *Hey! Hey, you! What the fuck…!*, y Esteban huye a ocultarse detrás de los escombros de madera que se acumulan en el terreno detrás de la bodega. Al escuchar que los hombres siguen dando voces de alarma, corre por un caminito tortuoso que sube y baja por pendientes lodosas y resbaladizas, entre árboles negros que lo azotan con sus ramas, y deja atrás pilas de basura y esqueletos de autos destrozados. Puede sentir cómo los ridículos calzones que lleva puestos se le deslizan por las nalgas y los muslos, formando una bola de tela en su entrepierna. Sigue aquel sendero hasta llegar a la orilla del puerto donde se detiene a escuchar si aún hay voces siguiéndolo, pero el rumoroso oleaje del mar ahoga todos los demás sonidos. ¿Lo están siguiendo? ¿Estarán armados? Aguarda y escucha, acurrucado detrás de los matorrales con las dos cajas sobre su regazo, la vista clavada en la oscuridad detrás de los árboles... Después de un rato, se incorpora y mira a su alrededor. Un estrecho espigón hecho de tierra, rocas, escombros y arbustos se interna en el mar desde la orilla. ¿Qué hay dentro de las cajas? Arranca la tapa y la encuentra llena de cajas más pequeñas de plástico, con tapas de celofán sujetas por ligas de goma. Abre una de ellas y mete la mano y agarra un puñado de diminutas y regordetas moras, sorprendentemente pesadas, que inmediatamente se lleva a la boca. Mmmm, qué rico. Ácidas, jugosas, dulces. Observa la tapa, en donde la palabra clave parece ser «BLUEBERRIES». ¡A saber! Las frutillas le dejan pequeños restos duros entre los dientes, que él trata de sacarse succionándolos. Deja la caja sobre el suelo y agarra el envase del que ha estado comiendo. Con él en la mano se interna en aquella especie de península hecha de cascotes, entre altos yerbajos que asemejan espigas de trigo y matorrales y montones de escombros de concreto, trepando y saltando de roca en roca hasta alcanzar la punta. Largas olas coronadas de espuma se agitan a su alrededor, como si se encontraran en pleno océano. Se queda un momento parado sobre una losa de concreto inclinada. El mar rompe a sus pies, levantando salpicaduras que lo mojan; el viento sopla con fuerza. Come otro puñado de moras; alcanza a distinguir el sabor salobre del mar mezclado con el jugo de las frutillas. Pero qué buenas están, chocho. El puerto parece más ancho desde ese punto. La noche es una vasta negrura, ventosa y espesa, hueca en el centro, que ha sido salpicada de lentejuelas de luz multicolor. Las columnas iluminadas del colosal puente. Cuando termina de comerse las moras arroja el envase vacío al viento y se da la vuelta.

Se siente un poco mareado. Al día siguiente, varios hombres de la tripulación sufrirán diarrea después de haberse atascado de moras.

La noche siguiente, mientras se encuentra debajo del paso a desnivel de la autopista, escucha de pronto un creciente graznar de patos y le llega a la nariz un tufo pútrido. Se vuelve y ve un camión que cruza lentamente la intersección, en dirección a las oscuras calles del muelle. Su larga plataforma está llena de centenares de jaulas de alambre rectangulares, perfectamente apiladas, que contienen patos blancos de picos amarillos. Esteban se encarama a la parte trasera de la plataforma, en el mismo instante en que el camión, chirriando al cambiar la marcha, se endereza después de dar vuelta a la curva, y se queda muy quieto a pesar de que los patos le pinchan los dedos mientras él sujeta una de las jaulas con una mano mientras hurga en su bolsillo con la otra en busca de sus alicates, conteniendo las arcadas que le produce el hedor de los excrementos de los patos. Corta rápidamente el alambre, mete la mano a la jaula, sujeta un pato y lo aprieta con fuerza contra su pecho mientras el animal se sacude, grazna y lo muerde en la cabeza y en la oreja. Agarra otro del cuello y lo saca de la jaula justo en el instante en que salta del camión de espaldas, y cae mal porque los pies y las piernas se le doblan y aterriza en el suelo de lado, con el muslo, las costillas y el codo, aunque sin soltar a los patos, en medio de un frenético tumulto de aleteos, chillidos y briosos picotazos, mientras el ruidoso camión prosigue su camino hacia la oscuridad. Esteban le tuerce el cuello a uno de los patos al tiempo que el otro huye contoneándose y agitando sus inútiles alas; suelta entonces al pato muerto y persigue al otro, al que azota contra su rodilla sin conseguir matarlo, por lo que lo sujeta del cuello con las dos manos y vuelve a estrellarlo contra su rodilla alzada. Siente cómo el pescuezo del animal se quiebra como una ramita e instantáneamente el animal se inmoviliza y queda colgando como un pesado saco en su mano. Esteban se queda ahí jadeando por unos segundos. Los dedos le sangran; un hilillo de sangre caliente le escurre por el cuello a causa de la mordida que tiene en el lóbulo de la oreja. Se ha raspado el codo y el muslo le punza de dolor.

Dos hombres negros salen de la oscuridad y de pronto ya se encuentran a mitad de la calle. Van vestidos con largos abrigos y gorros de lana, y ríen excitados y le gritan palabras en inglés a Esteban. Él se queda ahí parado y los observa mientras se limpia la sangre de la oreja con la manga de una de sus camisetas, y se frota el codo con otra, y se talla los adoloridos y sangrantes dedos mordidos por los patos contra las perneras de sus pantalones. Decide que aquellos hombres son más bien inofensivos: dos alegres borrachines. Con el pato en la mano, retrocede unos metros en busca de los alicates que se le han caído; los encuentra y se los mete en el bolsillo, y regresa para recoger el otro pato. Los dos negros están ahora de pie junto al cadáver. El pato yace sobre su vientre, suave e inmaculado, con el cuello torcido, la cabeza ladeada y sus enormes patas alzadas que parecen de goma, como los pies de un mendigo aquejado de elefantiasis. Los hombres lanzan grandes carcajadas y bromean con gran escándalo. Esteban se fija en sus ojos amarillentos y lacrimosos, y alcanza a oler vestigios de licor rancio en sus alientos. Sus rostros están surcados de profundas arrugas, los cutis llenos de cicatrices y pequeñas heridas; uno lleva una barba corta y descuidada; el otro tiene labios gruesos y muy pocos dientes. «*Yo*», dicen, «*yo*», y también «*duck*» y «*fuck*» y más palabras que Esteban no entiende. Pronto aquello se convierte en una clase de inglés.

—*Duck, duck! Yo, it's a duck, man!* –gritan con voces estruendosas y carcajadas que retumban como aviones despegando de sus gargantas atascadas de flemas–. *Duck's fuck!*

Y Esteban lo repite todo:

—*Duck*… Ajá, sí. *Duck*. En español es «pato»–. Toca al animal que se encuentra sobre el pavimento con el pie–. *Duck*. Gracias.

—*You too, brother. Gras-si-as* –responden los hombres, y dicen más cosas que Esteban no comprende, aunque le parece que se están contando el uno al otro, en un tono más bien hilarante, la hazaña del robo de los patos de Esteban. Uno de ellos imita al animal, aleteando con sus brazos y sus manos y graznando como si se ahogara–: *Cuac! Cuac!* –y el otro, el que casi no tiene dientes, toma de pronto entre sus dedos la camiseta manchada de sangre de Esteban y le pregunta algo con toda seriedad: seguramente algo que se refiere a la manera en que va vestido. Dice algo como «*Ragmffn*», algo así, pues, y cruza los brazos frente al pecho y finge que tirita de frío, sacudiendo la cabeza e inflando los carrillos mientras suelta gruñidos. Esteban se encoge de hombros con impotencia y le sonríe. Y el otro, el de la barba y el rostro alargado, ceniciento y sin brillo, le pregunta:

—*You Rican?*

—¿Qué?

—*You Porta Rican?*

—Ah, no. Nicaragüense.

—*Mexican?*

—Nicaragua.

—*Oh, yeah!* Sandinistas, *right? Cuidadou, cuidadou!* Sandiniiistas *are comin'*! El presidente *say the* sandinistas *be comin' right up through Texas! Auuuuu! Kill us all!*

Todo esto Esteban ha podido más o menos entenderlo, y se ríe con ellos.

—Sandinista, sí, pues –le dice. Se toca el pecho–. Soy sandinista.

O solía serlo, en todo caso, piensa.

Los hombres vuelven a reírse. Levantan sus enormes y suaves manos en el aire, con las palmas arrugadas hacia arriba, y lo animan a que él choque sus propias palmas con las de ellos.

—...*Duck? C'mon, broda, yes, one* –le dicen. ¿Le están pidiendo uno de los patos? Está seguro de que ellos también pasan hambre, pero aquellos patos son para la tripulación del *Urus*. Agarra el que aún sigue tirado en el suelo. Le parece que no hace mal quedándose con los dos.

—Bueno. Adiós. Gracias –les responde. ¡Puta, qué locura! ¿Qué otra cosa podría decir? Levanta uno de los patos en un gesto de despedida–. *Duck* –dice de nuevo, con firmeza, y los hombres vuelven a atacarse de risa y a querer chocar sus palmas con las suyas. Se mete un pato debajo de cada brazo, se despide de nuevo, se da la vuelta y se aleja de allí, sonriendo. Estos patos están gordos y pesados; no flacos como pollos. Varias cuadras más adelante aún sigue riéndose a solas.

Se sienta en la terminal con los patos a su lado sobre la arena. El muslo le duele y el codo raspado le quema. Se abraza a sí mismo para protegerse del frío húmedo. Arriba, el aleteo de las palomas y sus arrullos semejantes a sollozos estremecen el aire. Esteban repasa el cuello roto del pato con uno de sus dedos, examinando con el tacto la herida fatal, el cráneo duro del animal, su pico helado. Le toca un ojo: se siente como el interior baboso de un caracol; y coloca su mano sobre el ala y la aprieta contra el resto de las plumas para comprobar la resistencia de la carne que hay debajo. Recuerda la vez que sostuvo a una garza herida entre sus manos, cerca del río Coco; sus plumas eran así de blancas y su cuerpo sumamente ligero, tan hueco y liviano como un sombrero de plumas, pero con un corazón que latía frenético dentro del frágil armazón de su esqueleto. Esta noche la Marta quiere hablarle de cómo y cuándo murió, pero él no quiere escuchar. En realidad sólo estuvieron juntos aquella única semana en Quilalí. Pero siempre se sale con la suya. Como debe ser. Lo que vos quieras, Martita. Desde que ella murió, Estaban siente que no ha vuelto a hablar realmente con nadie. No como hablaba con ella. Ni siquiera con sus compas. Ni siquiera con Bernardo. Ha vivido todo ese tiempo como encerrado dentro de sí mismo, de una forma que él ni siquiera se imaginaba hasta que la conoció y la perdió, ¿no? Descubrió la soledad, que tampoco había conocido de verdad hasta el día que supo que la Marta había muerto. Descubrió también un miedo que era distinto al miedo a morir: el miedo a vivir una vida como la que llevaba ahora, una vida que se extendía ante él como una espantosa y larguísima calle llena de barro, iluminada por un sol implacable. Por eso, a pesar de todo, fue una buena decisión enrolarse como embarcado. Y durante los meses siguientes, hizo todo lo que pudo para preservar en su interior lo que la Marta le había hecho sentir esa semana que estuvieron juntos; llevaba dentro de él ese amor cuyo recuerdo era como una ambuesta de agua de manantial que milagrosamente no se le escapaba por entre los dedos. Y de la misma forma guardaba la voz de Marta en su interior. Y en los peores momentos esa voz lograba siempre arrancarle carcajadas y hacerlo sonreír de nuevo: llevaba dentro de sí a la Marta que le decía: «Fíjate, Flaquito, que anoche soñé que volvía a León y que en la casa había un oso polar suelto».

Él sabía que aquel humilde cartero que era su nuevo comandante se encargaría de mantenerla con vida. El bon Pesadilla permanecería estacionado en Quilalí de ahí en adelante. Ya les encomendarían alguna tarea: plantar un huerto, tender tuberías de agua potable, construir conejeras o quitarles las garrapatas a los burros de las orejas para gloria de la Revolución. Ésa era la promesa plasmada en el letrerito que su nuevo líder había rotulado: LA VICTORIA MÁS GRANDE ES LA BATALLA QUE EVITAMOS TENER QUE PELEAR. Y hasta el cura yanqui había prometido ejercer su influencia sobre la Comandancia en Wiwilí. Esteban sentía un alivio supersticioso y una gran ternura cada vez que veía una ardilla roja encaramada sobre la rama de un árbol o cruzando a toda velocidad un sendero. Una noche, desde la cumbre de una montaña, vio cómo una estrella fugaz atravesaba el cielo repleto de astros, y la siguió con la mirada hasta que se perdió del otro lado de las montañas de Honduras, sin apagarse, lo que significaba que la Marta seguía viva, y que aún lo amaba y pensaba en él. Y luego, casi tres meses después, su batallón volvió casi arrastrándose a Quilalí, y él comprobó que las cuadras donde Marta y Amalia solían tender sus camas de heno, aterrorizadas por las ratas y las serpientes, se hallaban abandonadas. Y el letrero que su jefe había escrito no era otra cosa más que un trozo de cartón que aún colgaba afuera, emborronado por la lluvia.

El padre yanqui se encontraba en el interior de su pequeño despacho, delante de la iglesia, cuando Esteban irrumpió en él. Se encontraba conversando con un viejo y arrugado campesino que apoyaba su sombrero de palma sobre sus piernas. El padre escuchaba inexpresivamente las quejas del hombre: alguien le había robado su único macho, ¿cómo iba a sobrevivir ahora? ¿No podía acaso el padre prestarle dinero para comprar otro caballo, o tal vez una mula?

—¿Dónde está Marta? –lo interrumpió Esteban–. ¿Dónde está el batallón de voluntarios de León?

El padre lo reconoció en el acto, pero aun así le preguntó su nombre… Y entonces Esteban lo supo: por el tono de la voz del sacerdote, por esa súbita expresión de penosa alarma que apareció en sus ojos azules. El padre se puso de pie y el campesino alzó la mirada y lo contempló con ojos asustados.

—Esteban… –dijo el padre yanqui, con el rostro completamente colorado y los ojos azules humedecidos y amplificados por las lentes de sus gafas con montura de acero–. Tu amiga Marta… –el sacerdote dio un paso al frente y le tendió las manos–. Atacaron por sorpresa a su batallón. Amalia resultó gravemente herida pero Marta no pudo salvarse, Esteban. Su alma está con Dios.

Esteban guardó silencio un instante.

—Pero usted lo prometió –logró finalmente balbucear. ¿Acaso no había dicho que hablaría con el comandante de Wiwilí, para insistirle que el BON Pesadilla se quedara en Quilalí? Y entonces se soltó a llorar.

—Lo hice, Esteban –respondió el padre; su mano temblaba sobre el hombro del chico–. Pero estallaron muchos combates en el norte al mismo tiempo, y mandaron allá a todo el mundo, Esteban, hasta a las milicias locales, como refuerzos. Los mandaron a todos. La gente del pueblo aún sigue furiosa por eso, indignada, Esteban. No hubo nada que yo pudiera hacer.

El campesino, descalzo, con aquellos pantalones que parecían haber sido confeccionados con sacos de azúcar, con su camisa deshilachada y prácticamente sin botones, y su rostro arrugado del color de las hojas secas del tabaco, siguió ahí sentado con el sombrero sobre las rodillas, boquiabierto y apenado, con sus ojillos aterrorizados clavados en los paneles de la pared de enfrente.

—¿Los mandaron como refuerzos? ¡Hijueputa! ¡Esos pobres no podían haber reforzado ni una conejera!

—¡Es esta guerra! –exclamó el sacerdote casi con indignación, con su mirada acuosa clavada en la de Esteban–. ¡Ya no le pido a Dios sino que termine!

—Sí, pues –agregó el campesino con brusquedad, sin desclavar la vista de la pared, antes de pasarse sus retorcidos dedos de viejo por el cabello por los enmarañados cabellos grises–. Si Dios quiere lo hará. El padre Guillermo es un buen padre. Ayuda a los pobres. Aprecia a los jóvenes.

Habría querido golpear al campesino. Tomar su fusil AK y aplastarle la cabeza con la culata.

—Pero ¿qué pasó? –preguntó–. ¿Dónde está?

—Fue con una de esas bazucas LAU, Esteban –respondió el padre–. Dispararon contra su campamento, y Marta estaba parada justo enfrente. Ellos… Se hallaban bajo fuego enemigo, así que cuando el helicóptero llegó sólo se llevaron a los heridos, y a unos pocos de los muertos. A Marta la enterraron ahí mismo. Estoy seguro de que van a regresar por ella.

—¿Estaba muy cerca? –preguntó Esteban.

—Sí –dijo el padre–. No tuvo tiempo de darse cuenta de nada, ni de sentir nada. No sufrió en lo absoluto.

Esteban se volvió sin despedirse ni agradecer al cura por sus palabras, y salió del despacho hacia el sol y el polvo de la calle. Una bazuca LAU. Él había visto los cráteres que esas armas abrían en el suelo, las esquirlas de acero que quedaban profundamente incrustadas en los troncos de los árboles. Ella estaba parada justo enfrente… Había visto lo que una bazuca podía hacerle a un cuerpo. A veces los encontrabas hechos trizas, diseminados sobre los arbustos y las ramas de los árboles…

Más tarde, la mañana después de la emboscada de La Zampopera, vio el camión de la IFA que había estado transportando a las muchachas del cuerpo de intendencia y que había recibido un impacto directo de un lanzacohetes. Vio una cabeza separada de su cuerpo, con largos cabellos negros y el cráneo tan hundido que la achicharrada faz ya ni siquiera parecía un rostro humano. Parecía un lenguado, con aquellas cuencas sin ojos que miraban hacia arriba. Y entonces se dio cuenta, y perdió por completo la imagen de la Marta íntegra que hasta entonces había sido capaz de conservar en su mente (aunque aquí, en esta terminal abandonada, la Marta vuelve a él entera).

Más tarde se enteraría de que Amalia permaneció en coma por tres días después de que la rescatara el helicóptero, con tantísimos huesos rotos y severos daños neurológicos, incluyendo la pérdida de la memoria... No fue a visitarla al hospital militar, en Managua. Se convenció de que ella no lo reconocería; o de que, si llegaba a hacerlo, seguramente no querría verlo. Pero él sabe que debió haber ido. Sólo que nunca pudo reunir el valor necesario para hacerlo.

El letrerito de cartón decía: LA VICTORIA MÁS GRANDE ES LA BATALLA QUE EVITAMOS TENER QUE PELEAR. El líder-cartero no les estaba pidiendo que fueran cobardes, sólo les ofrecía otro concepto de lo que podía ser la victoria. Un concepto perfectamente adecuado para un batallón de voluntarios de la Juventud Sandinista que carecían de todo arte militar. Aunque Esteban nunca ha podido averiguar qué es lo que significan en realidad esas palabras. Claro, la batalla que evitamos *tener* que pelear es una victoria, porque significa que aquellos que nos obligan a combatir han resuelto sus conflictos de otra manera, han decidido que la paz es mejor, y esta decisión implica la existencia de una clase de seres humanos diferentes a los que existen en la vida real, y es por eso que la idea es demasiado simple, una fantasía completamente ajena a la realidad, y no culpa o responsabilidad del cartero. ¿A qué se refería él entonces? ¿Que permanecer en Quilalí ya era una victoria? Ojalá hubiera sido así.

Ahora Esteban, sentado en la arena, endereza la espalda y piensa: ¿ha sido él un cobarde? Es sólo una simple palabra, ¿no? A veces a las personas se les olvida que no deben ser cobardes, pero viven cobardemente sin darse cuenta de ello. No tienes que pelear todo el tiempo; basta con que no te avergüences de ti mismo. Y en nuestro barco todos estamos enfermos de vergüenza, porque nuestra situación se ha convertido en algo vergonzoso. Si abandono el barco, como el viejo no deja de insistirme, ¿estaría siendo valiente o cobarde?

Arte militar. Aquí van a aprender a vivir y a pelear con mucho arte militar, les había dicho Milton, el primer día que Esteban se incorporó al BLI. Y sí, todos ellos habían aprendido; no tenían otra opción. Pero finalmente a Milton lo despojaron del mando del batallón justamente por un exceso de arte militar. El Milton, con su duro y cacarañado rostro de indio, su complexión pétrea, su personalidad enérgica y efusiva, siempre hablando del arte militar y del amor, del amor que él quería (y exigía) que todos sus hombres sintieran los unos por los otros, sin necesidad de emplear toda aquella palabrería que los oficiales políticos usaban para mostrarse más convincentes. Milton estaba lleno de amor; todo el tiempo estaba llevándose a la cama a las compitas que el cuerpo de intendencia del BLI arrastraba a las batallas; incluso las buscaba y esperaba en sus campamentos. Fue miembro de El Coro de los Ángeles, el primer batallón BLI de la historia, que para el 83 ya había perdido a casi la mitad de sus hombres en la legendaria batalla de Jalapa y Teotecacinte, cuando repelieron casi sin ayuda a la primera gran invasión de la Contra y los yanquis, que tuvo lugar en la amplia llanura dominada por el triángulo de las colinas hondureñas, desde donde los contras los atacaban con ráfagas incesantes de artillería pesada y morteros, sobre todo durante las noches. Los problemas de Milton empezaron durante aquella última ofensiva de los contras, cuando se negó a cumplir la orden de obligar a sus hombres a cargar en sus mochilas trescientos cartuchos de munición en cargadores, en lugar de los cien que habitualmente llevaban. Además del parque suplementario, el Grupo Operativo de la Comandancia quería que todos los miembros de las tropas BLI llevaran morteros de 82 mm, granadas adicionales y minas, además del armamento habitual que consistía en un fusil AK, una pistola Tokarev y un cuchillo. Cuando les explicó a sus hombres por qué había rechazo vehemente las órdenes dictadas para el BLI, Milton dijo: Si todos ustedes llevaran una sola bala por cabeza, les garantizo que con cada una de ellas matarían a un contra. Porque cuando los soldados disponen de una excesiva cantidad de municiones, disparan a tontas y a locas, pierden la concentración y se entregan al miedo, y acaban convertidos en un montón de cipotes indisciplinados que disparan contra los árboles y contra lo que les salga al paso, sin acertar a nada ni a nadie, y la guerra se convierte en un jodido juego de niños. Además de que cargar mochilas tan pesadas hace que, cuando llega el momento de enfrentarse al enemigo, los soldados estén ya demasiado cansados por la marcha como para combatir correctamente. Pero en la Comandancia cundía el pánico: ¡los yanquis habían equipado a la Contra con una enorme potencia de fuego! Qué bueno, había respondido Milton; dejemos que sean ellos los que se cansen y agoten en balde. Y el BLI de Esteban siguió combatiendo tal y como lo habían hecho hasta entonces: ligeros de pies, asestando buenos golpes a dondequiera que iban, de cachimbeo en cachimbeo, siempre a la caza de sus enemigos (la única calamidad que les ocurrió fue aquélla de la perra, cerca de Wamblán).

Pero, en aquella ocasión, dos mil soldados de la Contra se infiltraron por Wina y el cerro de Chachagua, en la confluencia de los ríos Coco y Bocay, y la contraofensiva quedó en manos de Milton: tres BLI completos, bajo su mando, convergieron en el frente. Y cuando todos se encontraban en sus posiciones, Milton ordenó un ataque triangular: en menos de una semana, el enemigo fue repelido hacia la frontera, cercado por los tres lados. Por radio, el Grupo Operativo le ordenó a Milton que avanzara y completara el ataque. Pero Milton pensó que, de continuar la ofensiva, demasiados compas morirían: los contras estaban bien atrincherados y habían puesto minas por todas partes; tenían el control de las riberas de los ríos y ocupaban posiciones en las colinas; aquello le recordaba demasiado a la situación que El Coro de los Ángeles había enfrentado en Jalapa y Teotecacinte. Quería que enviaran helicópteros; que bombardearan primero el territorio desde los temibles helicópteros m-27 soviéticos de transporte y ataque. Pero el Grupo Operativo sólo le concedió permiso de emplear los helicópteros para transportar a los soldados a la línea del frente, pues temían perder más de estos aparatos bajo el fuego de los nuevos misiles Redeye de los contras. Tenían miedo de provocar a los yanquis. Y les preocupaba que hubiera demasiados civiles en la zona en donde los contras se hallaban atrapados. Milton se puso furioso: ¿Por qué debían morir sus hombres en vez de los contras? ¿Por qué debían ellos morir en vez de los civiles que apoyaban al enemigo? Evidentemente toda esa gente formaba parte de la Contra; si no, ¿qué carajos hacían ahí metidos? Sátrapas degenerados: así había comenzado Milton a referirse a los oficiales de la Comandancia y el Grupo Operativo, la nueva raza de subcomandantes que prosperaba en el ejército: cochones y borrachos que disfrutaban de los beneficios de la guerra desde sus cuarteles en Managua, temerosos de hacer enojar a los yanquis y dejándose aconsejar demasiado por esos malditos cubanos. Milton ordenó que la compañía de Esteban se pusiera al frente de la ofensiva, y mandó traer a los helicópteros. Llegaron diez de ellos, inmensos, pintados de negro y verde, erizados de lanzacohetes y ametralladoras, apestando a petróleo y levantando huracanes de aire caliente con sus hélices zumbantes. Pero, en el último minuto, Milton cambió las órdenes: los pilotos estaban bajo su mando y era él quien comandaba la ofensiva, así que les ordenó que llegaran listos y armados para atacar… Milton subió al helicóptero que encabezaba la operación y la compañía de Esteban se quedó en tierra. Volaron alto, disparando bengalas de magnesio para distraer a los Redeyes, y se dirigieron derecho a las colinas, donde lanzaron misiles y peinaron el terreno con sus armas de alto calibre, y después regresaron a la base para reabastecerse de municiones y volvieron a la carga, y así durante todo aquel día, mientras los bli y las unidades de artillería que permanecieron en tierra asolaban la misma zona con el fuego constante de sus misiles Katyusha y sus obuses. Ni un solo helicóptero fue derribado durante la batalla. Y finalmente, el día siguiente, la compañía de Esteban se embarcó en los helicópteros, que aún iban disparando más misiles: Rigoberto Mazariego incluso sacó de la cabina por un instante a la muñeca de su novia, para que pudiera contemplar las polvorientas y humeantes explosiones que tenían lugar en el paisaje que se extendía debajo, y el viento le arrancó unos cuantos cabellos a la muñeca. Aterrizaron junto a unas trincheras desocupadas a las afueras de una aldea abandonada que la Contra había tomado. No encontraron gran resistencia. Había muchos contras muertos, que a menudo aparecían en grupos. Los muertos siempre llaman a otros muertos, y aquellos cadáveres apenas se diferenciaban unos de otros por las muecas de dolor, de miedo, de sorpresa y a veces de paz plasmadas en sus rostros; algunos ya estaban hinchados y apestaban. Había buitres por todas partes. Y mulas y caballos muertos. Milton aseguró que había cuatrocientas bajas enemigas, pero seguramente exageraba porque no había tantos cadáveres. Aunque, ¿quién sabe cuántos muertos se habrían llevado los contras en su retirada al otro lado de la frontera? Como mínimo recuperaron una cantidad semejante de armas, radios, toda clase de artículos militares yanquis que los enemigos abandonaron en su huida. Milton quería cruzar la frontera para exterminarlos, pero la Comandancia se lo prohibió. El BLI de Esteban sólo perdió a cinco compas, tres a causa de las minas; había además nueve heridos, varios por culpa de los cazabobos, esas minas que podían arrancarte un pie. Pero el problema fue que, supuestamente, hubo un gran numero de muertos civiles: mujeres y niños. Aunque él personalmente sólo vio unos cuantos: una familia caída cerca de la orilla del río, una madre con sus tres hijos, dos de los cuales eran chavalitas cuyos vestidos hechos jirones estaban manchados de sangre marrón y cuyos cuerpos se disolvían ya en el barro tibio. No era la primera vez que Esteban veía un espectáculo tan espantoso: en varias ocasiones habían llegado a las ruinas aún humeantes de alguna aldea o granja colectiva arrasada uno o dos días antes. Supuestamente el número de civiles muertos era demasiado elevado. Supuestamente los yanquis ya se estaban quejando de aquella contraofensiva. Milton fue llevado en helicóptero a la Comandancia de Wiwilí, y apenas bajó de la unidad fue despojado del mando y degradado públicamente por el jefe del Grupo Operativo, acusado de haber desobedecido órdenes y de haber actuado de forma irresponsable. Y mientras esperaban los resultados de la investigación que se llevaría a cabo sobre las bajas de civiles en Wina, fue transferido al campamento de instrucción de reclutas en Mulukukú. Y al BLI de Esteban se le ordenó permanecer en el sitio, en medio de aquel paisaje dominado por el silencio de la muerte, a esperar la llegada de su nuevo comandante.

Su nombre era Eliseo. Era buena onda. Aunque el BLI ya no volvió a ser el mismo de antes; por un tiempo fueron como los demás: cargaban todas aquellas municiones suplementarias en sus mochilas y también peleaban menos, lo cual era bueno, aunque todos recordaban cómo solían ser las cosas antes, y era bastante confuso: sentirte orgulloso de tu pasado mientras aún debes seguir luchando. Lo que pasó en La Zampopera ni siquiera fue culpa de Eliseo. Sucedió después de su regreso a Quilalí, después de que Esteban se enterara de la muerte de Marta, por lo que todo aquel peso extra que debía cargar sobre sus espaldas no era nada comparado con el peso del dolor y del espanto que le oprimían el pecho. Aunque tal vez era verdad lo que algunos dijeron: que Eliseo debió haberse asegurado de que la Comandancia hubiera ejecutado y confirmado la orden que él había solicitado, de que las tropas regulares protegieran la carretera contra posibles emboscadas antes de que el convoy del BLI la recorriera. Al final resultó que el oficial de la Comandancia que recibió la solicitud de Eliseo se encontraba borracho.

Tiempo después escucharon que Milton había abandonado el país y que vivía en Miami, donde trabajaba como guardia de seguridad de un almacén de perfumes. ¿Un almacén de perfumes? Ahí fue a parar todo el arte militar de Milton. Pues, al menos no estaba en una bodega de parchises. ¿Seguirá allí? Tal vez podría viajar a Miami y buscar a Milton…

José Mateo sabe cocinar pato. Una vez, cuando su barco se encontraba amarrado en Shanghái, algunos hombres fueron al mercado y compraron media docena de ellos. Pero en ese entonces disponía de un horno en la cocina. Dice que es una lástima que se hubieran comido todas las moras, pues con ellas podría haber hecho una excelente salsa. Pero ¿cómo iban ellos a saber que Esteban les llevaría patos? Pato guisado en un caldo suculento con chícharos y papas, acompañado de arroz. El caldo vertido en sus vasos de plástico, con una capa de dorada y humeante grasa de pato en la superficie. ¡Delicioso!

—Vos, ¿saben a qué sonaba aquel camión? —les contó Esteban—. ¡Como a mil patos cubanos chillando «coño, coño, coño» dentro de sus jaulas.

HA CRUZADO POR DEBAJO DE LA AUTOPISTA ELEVADA Y subido a Brooklyn. Hay muchos letreros en español en este barrio. *Paco Naco's Tacos.* Un local en donde puedes hacer transferencias de dinero y llamadas telefónicas a México y todos los países del Caribe y de Centroamérica. Hay mucha gente en las calles, sobre todo hombres, de aspecto mestizo. Llevan gorras de beisbol y abultadas chaquetas de telas plastificadas de diferentes colores, y dan la impresión de tener mucha prisa por llegar a donde se dirigen, seguramente al trabajo. Muchos descienden las escaleras que conducen a los trenes subterráneos; puedes sentir y escuchar el ruido atronador que hacen a través del pavimento bajo sus pies. Nadie lo mira con simpatía. Falta poco para que amanezca pero en una esquina ve un pequeño restaurante que ya está abierto: paredes pintadas de azul insípido, mesas de bufet junto a las ventanas; reconoce algunos de los platillos –arroz con pollo… con la apariencia de haber pasado ahí toda la noche–, aunque hay otros que jamás ha visto. Le gustaría tener algo de dinero para poder entrar, ordenar un café y refugiarse del frío. El grasiento aroma de la comida, el olor a pollo en su jugo, a pescado y a fruta demasiado madura hacen que su estómago ruja, todo eso mezclado con el humo de los escapes de los autobuses y la brisa helada y vagamente salobre que asciende por la calle, proveniente de los muelles.

Nunca ha permanecido tanto tiempo en la calle. En este momento, sus compañeros deben estarse despertando en el barco, preguntándose dónde se habrá metido. En una calle lateral descubre un anuncio desconcertante: una hoja fotocopiada de papel blanco, con letra hecha a mano, pegada con cinta adhesiva al escaparate de un local, detrás de los barrotes de una cortina cerrada; alguien ha perdido a su gata, llamada Dolores, y ofrece una recompensa de cincuenta dólares a quien la encuentre. El letrero incluye una imagen en blanco y negro de Dolores, demasiado oscura y borrosa como para poder distinguir a la gata del resto de los ejemplares de su especie. Pero lo más raro de todo es esto: el color del pelaje del gato es descrito como «aceituna». Pero hay aceitunas verdes y negras. Y si el animal es del mismo color que una aceituna negra, ¿por qué mejor no poner que es «negro» y no «aceituna»? Y de cualquier forma, ¿quién ha oído jamás hablar de un gato color verde aceituna?

—¡Tú, güey!

Se vuelve y ve que una muchacha de rubios y rizados cabellos, menuda y delgadita, lo mira con dureza. Lleva en las manos las llaves de la cerradura del local que ha perdido a la gata. El suave rostro de la muchacha es casi del color del dulce de leche y sus enormes ojos son dos lagos tempestuosos enmarcados por el delineador azul y por sus largas pestañas negras. Nariz pequeña y abultada. Labios coquetos y pintados que se fruncen en un mohín de rencor.

—Tú eres el güey que siempre se orina en la puerta, ¿verdad? ¡Pinche asqueroso!

Ahora sus ofendidos ojos castaños *palpitan* de furia.

—¡No! –exclama Esteban–. ¡Es la primera vez que vengo aquí!

—Ah, ¿sí? –le reclama ella, en tono acusatorio.

—¡Sí!

Puede oler su perfume. ¿Cuántos años tiene? Es joven. Más o menos de la misma edad que él, ¿no? Lleva puesto un largo abrigo de lana azul, con un cuello que parece de lana cruda de borrego, del que descienden un par de piernas muy delgadas y enfundadas en leotardos blancos rematados en un par de zapatos de charol negro, de grueso tacón alto. Ahora ella también lo mira de arriba abajo.

—Qué triste, güey –le dice, en un tono sarcásticamente compasivo–. Andar por la calle vestido de esta manera. Eres demasiado joven como para ser indigente, güey. Cualquier cabrón aquí puede encontrar *algún* trabajo, el que sea.... Bueno, ¿qué le vamos a hacer? Otro desgraciado sinvergüenza –la chica se encoge de hombros; lo mira con una expresión de compasión exagerada y sacude la cabeza–. En fin...

Él la mira boquiabierto. Los labios de la chica lucen un poco hinchados, como agrietados bajo la capa de color... ¡Y la forma en la que le ha hablado! ¡Hombre, no es de extrañar que tenga los labios partidos!

Ella se vuelve hacia la puerta; se detiene un segundo y después arremete otra vez; su boca comienza a moverse como la de un cantante en medio de un coro agitado, marcando su propio y furioso ritmo con las llaves que tiene en la mano y que sacude de arriba abajo.

—...¡Hijos de la chingada, patanes! ¡Vienen y se quedan toda la noche aquí en la puerta, meándola y tomando cerveza y fumando mariguana y nomás dejan su cochinero! ¿Y la policía, qué hace? ¡Cabrones de mierrrrda! ¡No hacen absolutamente nada! No, no, ya no puedo soportarlo. Es demasiado. Tener que empezar el día pisando toda esta porquería. ¡No! ¡Pinches degenerados...!

Ha dado un paso atrás; por un momento ni siquiera lo mira mientras refunfuña ante la puerta del local, pero luego se vuelve para mirarlo nuevamente con rabia. Esteban suelta una carcajada, no puede evitarlo, y ella exclama:

—¿Ah, sí, pinche güey? ¡Ríete! ¡Ándale, ríete todo lo que quieras de aquí a tu refugio de indigentes!

—¡Chocho! –exclama Esteban–. ¡Qué agresiva!

—¿Qué dijiste? ¡Eres un vulgar!

—Bueno, ¡ya! –responde Esteban, abriendo los brazos. Le sorprende encontrarse en una acera de Brooklyn, ¡y discutiendo con una loca! La muchacha se muerde una esquina del labio inferior mientras lo fulmina con la mirada como una abuela furibunda. ¡Pero qué ojos!

Por fin, después de calmarse un poquito, le dice:

—¿No te da vergüenza andar así por la calle? ¡Y con el frío que hace! ¡Vas a enfermarte de algo! Bueno, ¿a mí que me importa?… Aunque podrías enfermarte de tuberculosis, güey, y luego contagiar a la demás gente. Suele pasar, ¿sabes? Lo vi en las noticias.

—No soy un vago –responde él–. *Sí* tengo trabajo. Soy marinero. Llevo cuatro meses atrapado en un barco allá en el muelle, sin sueldo, sin casi nada que comer, trabajando. Todos los otros miembros de la tripulación están igual que yo. Allá abajo… –y señala en dirección al puerto.

—Esas cosas no pasan aquí –responde ella con frialdad–. ¿Cuatro meses trabajando sin sueldo? Güey, sería muy tonto. Y se ve que tú no eres ningún idiota. Te lo estás inventando. No te creo nada.

—Muy bien, pues, ¿a mí qué me importa si no me cree? –le responde él, súbitamente enfadado–. Pensábamos que nos iban a pagar. Vos, pensábamos que zarparíamos en unos cuantos días. Pero en lugar de eso nos pusieron a reparar este barco viejo, todo roto. Nos siguen diciendo que cuando el barco esté arreglado, zarparemos y nos pagarán. ¡Chocho! ¿Qué se supone que podíamos hacer? Nadie tiene dinero para regresar a casa. Apenas sabemos dónde nos encontramos –se mete de súbito las manos a los bolsillos y saca algunas de sus herramientas, que le muestra a la chica en la palma de su mano: un punzón para empalmar cables y los alicates–. ¿Qué cree que son éstos, vos?

—¡Qué sé yo qué son! Parecen herramientas de ladrón. Te dedicas a robar coches estacionados, ¿verdad? Vas a ver lo que te va a pasar si la policía te agarra con eso, güey –sacude la cabeza–. Justo el pretexto que buscan para meterte la madriza de tu vida.

—Son herramientas de marinero –le dice, y piensa: ¡Chocho! Supongo que *también* sirven para robar…

Ella estudia los instrumentos y luego lo mira a los ojos.

—Tienes un acento chistoso –le dice–. ¿Qué es eso de *vos*?

—Soy de Nicaragua –responde él–. Esteban Gaitán, mucho gusto. ¿Y usted es…?

—Joaquina –responde ella, cautelosa, y luego, con cierto sarcasmo y una leve sonrisa–: encantada… Bueno, en fin –agrega bruscamente, mientras alza las llaves y se dirige de nuevo hacia la puerta, haciendo una mueca de repugnancia mientras se acerca–. Hasta luego, marinero.

—¿Cómo es que el gato tiene el pelo color aceituna? –Esteban señala el letrero de la ventana–. ¿Por qué no pusieron que es negro, nomás?

Ella se aleja de la puerta de nuevo, con una sonrisita burlona: una rebanadita de sonrisa que de pronto se ensancha y le ilumina el rostro de tal forma que, súbitamente, parece una chiquilla de ocho años.

—No lo había pensado –responde–. Gonzalo cree que Dolores es de color verde oliva. Y claro que no lo es. Más bien es de un tono gris sucio. A lo mejor Gonzalo es daltónico y trata de disimularlo. Porque, imagínate: ¿tú crees que las mujeres van a querer venir a que les pinte el pelo, si supieran que es daltónico? Pero mi jefe, bueno, así es él: está lleno de imaginación –suelta una risita–. Igual que tú, ¿verdad?

—¿Aquí trabaja?

—Pues claro –responde ella, y de pronto parece de nuevo enfadada con él–. Soy la que viene a abrir el local a primera hora de la mañana. ¿Qué no sabes leer? –le espeta, señalando el rótulo sobre la puerta: «Salón de Belleza Tropicana-Unisex».

—Sé leer –responde él.

Ahora ella lo mira pensativa; ya no parece enojada con él, como antes.

—¿De verdad eres marinero?

—Sí, pues.

—Entonces debes ser bueno trapeando, ¿no? ¿Qué no los marineros se la pasan todo el día trapeando la cubierta?

—A veces.

—Bueno, te propongo algo. Si barres y friegas el frente del local, te daré una taza de café. ¿Órale? –pregunta ella, enarcando las cejas.

Esteban sonríe. No sabe qué significa esa palabra.

—¿Órale? –repite.

—¡Papas! –exclama ella. ¿Papas?, se pregunta él. La chica avanza hacia la puerta y la abre, haciendo girar varias llaves en diversas cerraduras. Al pasar al interior, se vuelve para mirarlo ahí pasmado sobre la acera, y lo llama–: ¡ven!

Esteban sigue a Joaquina al interior del salón, donde reina un aroma tan dulzón que casi resulta molesto, y una oscuridad en la que distingue el gris resplandor de los espejos; se queda parado junto a la puerta mientras ella cruza la habitación para encender las luces. Todo se ilumina y ella desaparece tras una cortina estampada de tonos rojos y amarillos en el fondo. Escucha el ruido de agua llenando un balde metálico. Se mira en el espejo y se queda impactado, sobrecogido ante el aspecto de pordiosero que tiene, con los cabellos largos y sucios, la barba descuidada, el rostro hundido y aquellos ojos espantados: parece un niño criado por los lobos. El chorro del agua cesa. La muchacha aparece de detrás de la cortina; se ha quitado el abrigo y lleva una falda de lana plisada de color gris oscuro, un suéter rosa y, debajo, una blusa blanca con cuello de encaje. Le hace un gesto.

—Ven –le ordena–. Saca esto *tú*, güey.

Esteban la sigue al otro lado de la cortina, por un pasillo en donde hay tres puertas cerradas, un perchero en el que cuelga su abrigo y unas batas azules, así como productos de belleza alineados sobre unos estantes y un fregadero industrial. Joaquina vierte amoniaco de una botella de plástico en el agua del balde, y cuando termina, coloca el tapón sobre la botella con cuidado, sosteniéndola lejos de su cuerpo. Esteban se fija en el arete que lleva en uno de sus lóbulos: una pequeña estrella esmaltada de color morado. Ella le entrega un trapeador y una escoba y atraviesa la cortina. Esteban la sigue, con la escoba bajo el brazo, el trapeador en la mano y el chorreante balde en la otra.

—Me hace falta un corte de pelo –le dice, intentando hacer una broma que lo dignifique un poco–. Y una afeitada, pues.

—¡Pinche güey! –exclama ella, lanzándole una mirada de reojo–. Qué mala suerte tienes. Yo sólo hago la manicura –Esteban camina hacia la puerta cuando ella dice de pronto–: Bueno, también podría depilarte las piernas con cera. ¡Y hasta la línea del bikini, güey! ¡Ja!

Esteban se vuelve para mirarla. Se encuentra de espaldas, lidiando con la cafetera colocada sobre una mesita junto a la pared.

—Gonzalo te cortará el pelo por diez dólares —el borde inferior de su suéter cuelga como una suave campana sobre su compacto trasero—. Limpia todo muy bien, güey, y chance hasta te dé también un pastelito.

La peste a orines es muy fuerte delante de la puerta. Esteban piensa: Es una bocona, una mandona. Realmente no le gusta la forma en la que le habla: maleducada, autoritaria, condescendiente, ¿no? Recoge dos botellas de cerveza de a litro que alguien ha dejado dentro de una bolsa de papel en el suelo, entre la puerta del salón de belleza y la puerta contigua, provista de varios timbres y números garabateados sobre una maltrecha placa de metal; lleva las botellas hasta los cubos de basura que hay sobre la acera, y al levantar la tapa para arrojar las botellas, ve una bolsa de plástico desgarrada llena de cabello, sobre todo mechones de tono oscuro. La cera llena de pelos, recuerda: la Marta. Barre las colillas de cigarro, un par de diminutas bachas de mariguana envueltas en arrugado papel rosa. La gente camina apresuradamente a su lado sobre la acera, lo dejan atrás. Baja la vista y mira sus botas y la escoba que sostiene entre sus manos. Piensa: Qué cosa tan rara, ¿no? Sus raspadas botas negras, manchadas de grasa, fabricadas en la Unión Soviética y amarradas con cables eléctricos, que lo acompañaron a lo largo de toda la guerra; las mismas botas que la Marta le desató y ayudó a quitarse en más de una ocasión; las botas que la perra rastreadora olisqueaba con su hocico afligido; botas que caminaron sobre una inestable pila de cartuchos vacíos mientras él respondía con fuego virulento a través de los tablones de la caja del camión durante la emboscada de La Zampopera, que se empaparon de la sangre de sus compas mientras él salvaba milagrosamente su vida, y que después lo acompañaron a Corinto y pisaron el asqueroso barro caliente y salobre de sus calles; las botas que, extraña pero previsiblemente, se encargaba de limpiar su tío Nelson y no su mamá; las mismas que presenciaron aquel patético ataque de pánico que sufrió en el burdel con la puta aquella; que permanecieron vacías junto a la cama, apestando el ya de por sí maloliente cuartucho, llenando la atmósfera con gritos silentes de dolor insoportable, y que a la semana siguiente lo acompañaron al mar. Y ahora aquí están, vos, barriendo el frente de un salón de belleza de Brooklyn, estas botas que son como el único testigo que existe de su vida, la única prueba de la vida de Esteban Gaitán... Alza la mirada y contempla la desigual fila de casas que se alinean sobre ambos lados de la calle: fachadas de ladrillo, madera, concreto y aluminio, algunas provistas de diminutos jardines llenos de desperdicios, encerrados detrás de portones herrumbrosos. Mira los cubos de basura, los autos estacionados, la avenida que ahora bulle de tráfico y apresurados peatones. Esa gente que pasa junto a él seguramente piensa: «Miren ese sucio pordiosero que barre el frente del salón de belleza; debe ser un retrasado mental o un borracho, por trabajar a cambio de algunos centavos». ¡Puta! ¿Y qué? Termina de barrer, empuja la pequeña pila de polvo entre dos cubos de basura y procede a trapear minuciosa y vigorosamente el piso con el trapeador, retorciéndolo entre sus manos y respirando el intenso olor a amoniaco, esparciendo el agua por todas partes, desde la puerta del salón hasta el borde de la acera...

—Oye, chamaco –dice Joaquina, desde la puerta–. ¿Qué te pedí que trapearas todo Brooklyn?

Adentro del local, toman asiento sobre unas sillas plegables colocadas junto a la pared y sorben su café; en medio de los dos, sobre una silla vacía, Joaquina ha colocado una caja blanca que contiene unos cuantos pastelillos. Esteban se pregunta cómo es que debe hablarle a la muchacha. ¿Como si fuera su patrona?

—¿Y de dónde es usted? –le pregunta.

—De México –responde ella, bostezando y llevándose el dorso de la mano a la boca, para cubrirla–. Y no tienes que hablarme de *usted* –le señala la caja–. Ésos sobraron de ayer, así que están un poco duros.

Ya le ha explicado cómo preparó el café en aquella máquina de allá; le dijo que es café de verdad. Sí, pues, como el que tomó en el avión. El primero que se toma en meses, desde que los oficiales dejaron de llevarles frascos de café instantáneo, que al parecer no es café auténtico. Paladea el sabor fuerte y terroso; siente el calor y el efecto de la cafeína en sus entrañas, retorciéndole los intestinos. Observa el salón a su alrededor, las brillantes fotografías a color de hombres y mujeres que exhiben diversos peinados; una imagen enmarcada de la Virgen del Cobre sobre un fondo rojo en el que hay palmeras y un faro pintado, con conchas de mar pegadas al marco, y otra fotografía, también enmarcada, de un hombre vestido como Pedro Picapiedra, con una túnica que parece hecha de piel de leopardo, sosteniendo en alto con sus musculosos brazos a una rubia platinada enfundada en un leotardo plateado y con las piernas y los brazos completamente extendidos.

—Normalmente no suelo venir tan temprano –dice Joaquina–, pero tengo cita con un cliente.

—Ajá –responde él, sin mirarla. Extiende la mano y toma uno de los pastelitos; tiene forma de media luna y está glaseado y espolvoreado de azúcar. Muerde la tiesa corteza y la boca se le inunda de mermelada. Le apena ver la forma en que mastica, a través de su reflejo en los espejos.

—¿Entonces eres un náufrago, güey? –pregunta la muchacha–. ¿De veras?

Marinero de un barco que se hunde: hay mucho de verdad en ello.

—Sí, pues –responde él–. De veras. Pero no me llamo «güey», me llamo Esteban. El capitán siempre nos llama «güey».

—¿Es chilango?

Esteban le pregunta qué es un chilango y ella le explica que es el nombre que se les da a las personas provenientes del Distrito Federal.

—*Meksicou Ciri* –dice ella, tratando de imitar el acento gringo.

—No, no creo que sea chilango. Pero sí es un pendejo, independientemente de donde venga. Americano. Inglés. Griego. Del Amazonas. Creo que es todas esas partes –se encoge de hombros–. ¿Tú vienes del Distrito Federal?

—Sí. Bueno, no. De Zacatecas. Pero viví en el D.F. varios años; ahí fui a la escuela de belleza y también trabajé por un tiempo, antes de venirme para acá a vivir con mis hermanos. Todos hemos vivido allá un tiempo.

—Es una ciudad muy grande, ¿verdad?

—Sí, güey, es una ciudad enorme. Mucho más grande que ésta, dicen, aunque no lo parezca.

—¿Es difícil vivir aquí como inmigrante?

Por alguna razón, la pregunta de Esteban la hace reír: una carcajada breve y graciosa.

—Más o menos. Bueno, es bonito… Esteban –toma un sorbo de café, con los ojos chispeantes, como si hubiera dicho algo gracioso; sostiene la taza con el dedo meñique alzado, y alza la barbilla y lo mira con una pequeña sonrisa de labios apretados, como saboreando el gusto de aquello que le parece tan divertido, y que no es precisamente el café.

Los dos se quedan callados mientras ella acerca la taza a sus labios y le da constantes sorbitos. Esteban nota que lleva las uñas de los dedos muy cortas y arregladas, barnizadas. Está sentada, algo encorvada hacia la taza de café, con las piernas estiradas y un poco separadas, y balancea suavemente las puntas de sus pies apoyadas en los tacones; la tela de sus mallas luce algo arrugada bajo la tira que ajusta sus zapatos al tobillo. Esteban deja que sus ojos se deslicen rápidamente por la curva esbelta de sus pantorrillas. Respira por la nariz para extraer lentamente su perfume y el tenue olor a jabón que despide, y percibe también los aromas del café y del salón de belleza. Su nariz está llena de los olores del *Urus*, ¿no? Esas fosas nasales que a estas alturas son como fragmentos portátiles del *Urus* y sus olores: a óxido y pintura, a grasa y diesel provenientes de las entrañas del barco, a la suciedad de sus compañeros. No es de extrañar que se sienta un poco mareado, sudoroso a causa del helado y burbujeante dolor que siente en las tripas. Y el perfume de la muchacha comienza a afectarle la respiración, como si de pronto los conductos de sus pulmones estuvieran llenos de borra.

Se ha bebido el café de su taza; observa que aún queda más en la cafetera. ¿Debería pedirle otro poco? No está muy seguro de que quiera más. Pero no se le ocurre qué más decir. ¿Debería pedirle permiso de usar el baño? No se atreve, ¿qué tal que lo deja apestando? Una parte de los rizos rubios de Joaquina pasa por detrás de sus orejas y luego desciende hasta rodear su fina garganta y el cuello de encaje de su blusa; una delgada cadenita de plata pende sobre su menudo pecho y desaparece bajo el suéter. En cada lóbulo lleva una de esas estrellitas moradas. Tiene una voz sorprendentemente grave y recia; una voz de mujer hecha y derecha que se torna estridente cuando se altera. Pero su cara es la de una chiquilla, a pesar de toda su altivez y fanfarronería. ¿Qué edad tiene? Tal vez incluso es más joven que él, porque todo ese maquillaje que lleva puesto debe hacerla lucir mayor. Seguramente se tiñe el cabello. Decide que no le gusta… tanto. Comparada con la Marta, concluye, Joaquina le parece engreída y artificial.

—¿Entonces te gusta vivir aquí?

—¡Sí! Está padre, está chingón.

Emplea demasiados modismos que él no conoce.

—¿Y entonces qué es lo que vas a hacer? –pregunta ella.

—¿De qué?

—Con lo de tu *barco*, güey.

—Tal vez me vaya –responde Esteban–. Tal vez trate de encontrar trabajo en la ciudad. Aunque, claro, primero necesito un corte de pelo. Algo de ropa –se pregunta si podría encontrar la manera de vender las cajas de parchís y también las gafas de natación.

—Claro –dice ella.

—Pero creo que antes debería ir a las Naciones Unidas. Ver si puedo hacer algo para resolver nuestra situación. ¿Sabés cómo puedo llegar allá?

—Creo que está en Manhattan –responde ella, sin mostrarse impresionada por aquel nuevo y arriesgado plan suyo–. Seguro puedes llegar allá en metro. Pero, claro, no puedes ir vestido así; van a pensar que eres un terrorista. Te prestaría algo de ropa pero… Bueno, de mis hermanos, pero son más bajos que tú, y más gordos, y además no creo que les guste la idea de que ande regalando sus cosas…

—Bueno –dice Esteban–. Gracias de todos modos.

—Por nada –responde Joaquina–. Mira, de todas formas hay

lugares en donde venden ropa muy barata, de segunda mano; a veces encuentras cosas buenas... ¡Ah! ¡Ya llegó mi cliente! Esteban, tienes que irte ahora.

Esteban alza la vista y ve a un hombre parado afuera de la puerta. Es muy ancho de hombros, alto pero con una complexión fornida, y va vestido con un conjunto deportivo de color rojo brillante con franjas blancas. Lleva el cabello negro relamido hacia atrás sobre una ancha cara de acusados rasgos indígenas. Joaquina le abre la puerta y él se inclina para abrazarla. Se besan en las mejillas, y ella dice:

—Chucho, corazón, ¿cómo te va, eh?

—Joaquina, ángel de mi alma —su voz es un sonsonete áspero—. No hice que te desmañanaras demasiado, ¿verdad? ¡Y con este pinche frío!

—Sí está friolín, ¿no?

Chucho mira a Esteban, y el breve y perplejo vistazo que le dirige se transforma enseguida en una mirada hostil de ojos entornados. Su barbilla da la impresión de querer replegarse en el musculoso cuello. Chucho calza unas lustrosas botas negras remetidas bajo los pantalones deportivos; lleva tres anillos de oro con gemas en una mano, y un enorme reloj de pulsera de oro que asoma bajo la manga roja.

—Éste es Esteban —dice Joaquina. Mira en su dirección y abre mucho los ojos, como si lo estuviera reprendiendo—. Es un marinero náufrago. ¡Imagínate!

—Ah —responde Chucho—. No me digas...

—Mucho gusto —dice Esteban, levantándose de su asiento.

—Sí, pues —responde Chucho, que vuelve a mirar a Joaquina.

—En serio, es verdad... —dice Joaquina, un poco nerviosa, mientras se cuelga del brazo de Chucho y lo conduce a través de la habitación (Esteban piensa que Joaquina camina como si las zapatillas fueran demasiado pesadas y le quedaran un poco grandes, aunque con cierta gracia y ritmo elástico), mientras le explica cómo fue que se encontró con Esteban afuera del local—. Me preguntó cómo es posible que el gato fuera de color verde aceituna. ¿A poco no es tierno? Cuando dijo eso enseguidita pensé que debía tenerle miedo. Limpió la entrada... –le cuenta todo esto a Chucho entre risas, mientras lo conduce a un sillón metálico con respaldo y apoyabrazos de cuero, colocado junto a un taburete y un carrito con ruedas repleto de botellas de barniz de uñas y otros menjurjes, con delicadas herramientas plateadas colocadas sobre la superficie, y un tarro lleno de limas de cartón que le recuerdan a Esteban los abatelenguas de los consultorios médicos. Y cuando lo tiene ya sentado, le dice, ansiosa–: Chucho, espérame un momentito y ya –y Chucho responde que tiene mucha prisa, güerita, y ella le dice–: sí, sí, corazón, tengo que despedirme de Esteban.

Le dirige a éste una mirada muy seria, y Esteban se vuelve un instante para decirle adiós a Chucho, y la alcanza en la puerta, que ella sostiene abierta con el hombro. Le da la mano.

—Oye, gracias por todo –le dice–. Y mucha suerte. Si hay algo que pueda hacer para ayudarte... ¿Órale?

—¡Gracias a vos!

—Por nada, güey. ¿Órale?

—¡Órale!

—¡Papas!

Una sonrisa fugaz y ya se encuentra de vuelta en el salón. Ve cómo se apresura para volver al lado de Chucho, cómo coloca el pequeño taburete frente al sillón y toma asiento en él mientras se alisa la falda. La ve tirar del carrito a su lado, mientras Chucho levanta la mano y la extiende hacia ella; puede ver que hablan mientras ella toma la mano de Chucho entre las suyas. Esteban piensa que más vale marcharse, y se marcha. ¡Qué cosa, qué cosa!, piensa. ¡Ese macho prepotente haciéndose la manicura a primera hora de la mañana!

Se siente eufórico y luego desconcertado y luego un poco menos exultante mientras avanza a grandes zancadas por la acera. ¡Ojalá le hubiera pedido permiso para usar el baño! ¡Pero era una mandona insoportable! ¡Y una engreída! Ella y Chucho... ¿y qué? ¿Qué tenía de especial la forma en la que Chucho iba vestido? Es una de esas chicas plásticas. No de las que se fijan en tu corazón, en tus valores, en quien realmente sos.

4

CEBO, EL ADONIS DE CARÁCTER DULCE, EL ANTIGUO CAZADOR de langostas, jura que una vez vio en el fondo del océano a una sirena de cabellos rubios haciéndole señas en el instante mismo en que, ya sin aire y con los pulmones adoloridos, estaba a una brazada de sacar a una langosta de entre las rocas sobre las que se encontraba la sirena. Pero Cebo ya sabía, por otros buceadores, que la sirena rubia sólo se aparece cuando quiere distraerte un poco, lo justo para que mueras desmayado por falta de aire. Así que se resistió, y volvió a la superficie, tan rápido que estaba ya casi inconsciente y desgarrado por lo que a él le parecían las dentelladas de tiburones invisibles cuando finalmente su cabeza emergió del agua. Así de cerca estuvo de sufrir la enfermedad del buzo. Dejó de capturar langostas después de eso. No quiso volver a ver a la hermosa sirena rubia. Así fue como empezó a buscar trabajo en un barco. Aunque Bernardo a menudo piensa que lo más seguro es que todas esas inmersiones ya le hayan afectado el cerebro. Y no es que Cebo parezca retrasado mental. Es sólo que alguien que siempre se muestra afable y que nunca se queja, ni siquiera en una situación como la que están viviendo, tiene a fuerzas que estar un poco *zafado* del coco.

Pero fue Cebo –¡precisamente él!– quien golpeó a Canario en la boca, temprano esta mañana, antes de que amaneciera, en el camarote que comparten. Le metió un puñetazo que le ensangrentó la boca a Canario, y todos los demás despertaron a causa de los gritos, y ahora ninguno de los dos quiere explicar el motivo. Sólo

Bernardo lo sabe, porque Cebo fue a contárselo al viejo, y los dos acordaron mantenerlo en secreto. Cebo le contó que Canario entró tambaleándose al cuarto después de haber estado inhalando los vapores de unos trapos empapados de solvente, con Pimpollo y el Tinieblas, en el camarote de éstos, y que estaba completamente enloquecido y se reía como enajenado, y se hallaba tan desorientado que hasta trató de meterse en la cama con él. Cebo le prometió a Canario que no se lo contaría a nadie, a cambio de que Canario no volviera a inhalar solventes nunca más. Son malas noticias, claro. ¡Santísima Virgen, lo que les faltaba! ¡Un barco lleno de drogadictos! Bernardo ha accedido a tener una pequeña charla privada con el muchacho guapetón y con el exconvicto tatuado, si los dos siguen en las mismas, aunque el viejo se muestra renuente: teme que no tendrá ninguna influencia en ellos. Como que le falta energía; como que le faltan ganas. Una parte de él piensa: Déjenlos drogarse si quieren; déjenlos destruirse el cerebro si así se les antoja. El Tinieblas probablemente ya lo tenía jodido mucho tiempo antes de llegar aquí. Pero Bernardo decide que de todos modos lo hará: tratará de hablar con ellos. Especialmente si se empeñan en seguir haciéndolo y si aquel repugnante hábito comienza a propagarse entre los demás.

Más tarde el capitán Elias se presentó en el barco y los convocó a todos a una reunión. Varios miembros de la tripulación se encontraban aún dormidos, entre ellos Canario, Pimpollo y el Tinieblas. Tuvieron que ir a sacarlos de sus camarotes, y llegaron dando tumbos como si estuvieran borrachos. Bernardo notó que José Mateo los miraba con suspicacia, como preguntándose de dónde habrían sacado alcohol aquéllos y por qué no lo habían compartido con él. Esteban tampoco se encontraba en el barco: se marchó la noche anterior y todavía era hora que no regresaba. Pero el capitán pareció no percatarse de su ausencia.

El capitán se echó otro de sus discursitos. Dijo que ya era hora de volver a trabajar de firme otra vez, a lo largo de toda la jornada. Canario lo escuchaba tapándose la cara con las manos, y Pimpollo, sentado sobre la cubierta con las piernas cruzadas, cabeceaba y cabeceaba cada vez más fuerte, hasta que terminó desplomándose de lado. Sólo el Tinieblas parecía ser el mismo de siempre, imperturbable, con los diminutos rasgos de su cara tan impasibles como los de un caracol. Aparentemente, el problema de los interruptores estaba a punto de ser resuelto. Y la semana siguiente habría una inspección. Luego el capitán puso en marcha el generador y la compresora, y los marineros rasos reemprendieron la labor de soldar los tanques de lastre de la bodega, mientras el capitán bajaba a la sala de máquinas. Después de un rato subió, enfurecido por el desempeño de Pimpollo y Canario, a quienes acusó de ser unos idiotas babeantes. Más tarde descendió a la bodega por la escalerilla metálica y vio que los muchachos soldaban los tanques con las gafas de natación puestas. ¿Qué podía decirles? Después de todo, él se había negado a llevarles gafas protectoras. «¿Dónde las consiguieron?», les preguntó el capitán. «Las compramos», le respondió Tomaso Tostado. ¿Qué podía responder el capitán a eso?

Pero *entonces* se percató de la ausencia de Esteban. «¿Dónde está Esteban?», preguntó. Y supuestamente todos le dijeron: «No sé, mi capi» o «A saber, mi capi». «¿Quién sabe a dónde se fue?» «Hoy no lo hemos visto, mi capi.» Claro, al capitán pareció enfurecerle el tono insolente con que los hombres le respondían. Pero ¿qué podía decirles? ¿Acaso todos eran sus esclavos? ¿Acaso Esteban estaba despedido? Pero en vez de eso le dijo a Panzón: «Si Esteban no quiere cobrar el día, es su problema, ¿no?». Y después de eso se marchó. Ese día ni siquiera les llevó comida.

Entonces Tomaso Tostado y el Buzo sacaron la caja de parchises del camarote de Tomaso, donde las tenían guardadas, y se las llevaron a Los Proyectos. Regresaron una hora después, sin la caja. Les contaron que la habían colocado sobre la acera frente a Los Proyectos, y que se habían puesto a gritar en inglés: *Guan dolar! Guan dolar!* Vendieron ocho enseguida. Pero luego un grupo de aquellos delincuentes hizo su aparición y los echaron de ahí, y se quedaron con la caja y el resto de los parchises, aunque en esta ocasión no les ocasionaron ningún daño físico ni les quitaron los ocho dólares que habían ganado.

Y, claro, todos estaban preocupados por Esteban y se preguntaban por qué aún no regresaba. Esperaban que no le hubiera pasado nada, y tenían curiosidad por saber qué les traería esta vez.

Sí, pues, un día lleno de incidentes. Se avecinan cambios, algunos ambiguos y otros siniestros, cavila Bernardo, mientras trapea el lúgubre pasillo revestido de paneles de acero al que dan los camarotes, en el segundo piso del castillo. Pero entonces vuelve a percibir el olor a orines de gato. Sale del corredor y se sienta con la espalda apoyada contra la pared del castillo, cerca de la pasarela, ahogado por la apatía.

Sigue ahí sentado, abrazándose las rodillas con las manos, cuando Esteban regresa. La tripulación se reúne a su alrededor. Por supuesto que todos están contentos de verlo regresar sano y salvo, pero sus expresiones no pueden ocultar la decepción que sienten de que no les haya traído nada de comer. Después de los camarones, los patos y las moras, es realmente difícil no dejarse llevar por la ilusión, y más difícil aún volver a comer sardinas. Hasta el propio Bernardo se ha dedicado a fantasear ávidamente con lo que Esteban podría llevarles.

Pero Esteban, lacónico, no da explicaciones ni pide disculpas. ¿Por qué tendría que hacerlo? Se ha pasado toda la noche afuera, y buena parte de la mañana también. Conociendo a Esteban, seguramente se esforzó en encontrar algo pero no tuvo suerte, y ahora debe sentirse cansado y frustrado.

Pero, claro, el Barbie tenía que abrir su bocota para decir:

—¿Qué? ¿Nada? ¿Habés estado todo este tiempo fuera y nada?

Esteban lo mira con el ceño fruncido, como diciéndole: «¿Vos qué?».

Y Bernardo piensa que Esteban no se da cuenta de que así es la forma de ser del Barbie; que en realidad el Barbie quiere la amistad de Esteban, pero así es como es.

—¿Por qué no salís vos a traer algo, güevón? –responde Esteban–. Ya no voy a volver a hacerlo, güey. He tenido suerte hasta ahora, pero ¿qué tal si la policía me agarra? Me van a meter una madriza.

¿*Güey*? ¿*Madriza*? Y antes de que el Barbie pueda responderle, mientras aún mira a Esteban furibundo y encrespado, tratando de pensar en una réplica que sin duda será belicosa, el Faro anuncia emocionado:

—El Buzo y Tomaso Tostado han vuelto con algo: ¡ocho dólares! ¡Vendieron las cajas de parchís!

El rostro de Esteban se desencaja.

—¿Qué? –dice. Y, honestamente, parece que el chavalito no sabe si llorar o golpear a Tomaso Tostado, que se ha puesto a contarle la aventura que vivieron él y el Buzo–. ¡No eran suyos, no tenían derecho a venderlos! –les dice.

Y ahora es Tostado quien se muestra molesto, y es su turno de exclamar:

—¿Qué? ¿De qué putas hablas, mano?

Y el Barbie ríe por lo bajo.

—De la verga. ¡Este Piri!

—Eran mías –responde Esteban.

Y Bernardo se estremece de consternación.

Tomaso Tostado abre los brazos, recorre al grupo con la mirada y dice:

—Esteban… ¿qué le pasa? Estamos todos juntos en esto…

—¡Juntos! ¡Pero yo soy el único que hace algo!

—Sos un comemierda, de veras –espeta el Barbie con desprecio–. Llevás una semana haciendo algo después de haberte pasado cuatro meses chupándote el dedo. ¿Y quién te cubre cuando dormís todo el día cuando los demás trabajamos, eh, Piri…?

—Si me volvés a llamar así, te mato. Lo juro…

—¡Comemierda, Piri!

Al fin y al cabo, ¿qué tiene que temer el Barbie? Es más grande que Esteban, físicamente más fuerte…

Pero Esteban se le va encima y el Barbie se incorpora. Hay una vorágine de golpes y patadas mientras todos, menos Bernardo, se meten a la trifulca gritando y forcejeando con los dos combatientes para apartarlos, en tanto que Bernardo permanece sentado, preso de una angustia desesperada. Pero nadie sale lastimado de la pelea, y esta vez no hay sangre. Al fin logran separarlos, y los dos se quedan jadeando ruidosamente… Pero ¡Dios mío! ¡Mirá nomás eso!… El hombretón del Barbie tiene los ojos húmedos y enrojecidos, y gruesos lagrimones corren por sus mejillas mugrientas. Ni siquiera puede hablar; está tratando de decir algo pero las palabras se le atoran en el gañote. Y Esteban lanza miradas furiosas a los demás mientras resopla por la nariz como una nutria enfadada. Hasta que el Barbie, con la voz entrecortada, ahogándose a causa de la emoción y la rabia, con su macizo pecho respirando agitadamente, logra al fin decir:

—Sos un hijueputa, Piri, sos un cabrón. Y yo sé que también lo soy. En el fondo, te respeto. Pero somos muy diferentes y te voy a decir por qué. Te voy a decir en qué nos diferenciamos. Uno: yo no soy un estirado como vos. Dos: yo sí creo en Dios. Tres: yo sí soy capaz de aguantar una broma, y ¡vos no podés! —la intensa emoción abruma al Barbie, que ya no puede seguir hablando; mira al suelo mientras los demás lo contemplan desconcertados, todos menos Esteban, que sigue ahí parado, completamente inexpresivo, como si no hubiera escuchado nada. El Tinieblas murmura algunas palabras de ánimo, apoya su mano en el hombro del Barbie, pero éste se la quita de un manotazo.

—Cuatro… —continúa—. Vos, el número cuatro es que Tostadito ha estado diciéndote durante cuatro días que deberíamos vender esos chunches, y vos nomás no le hacías caso, y a eso me refiero cuando digo que sos un estirado. Y número cinco, Piri, hijo de puta…

—¡Ya, Barbie, es suficiente! —grita Bernardo, poniéndose lentamente de pie—. ¡Carajo! ¡Detengan esta locura!

—¿Cuál es el número cinco, vos? —dice Esteban tranquilamente, posando sus ojos tristes sobre el Barbie—. Quiero escucharlo.

—La quinta razón por la que somos diferentes es que yo no rompí la manecilla del reloj.

Panzón interviene:

—Vos, Barbie, Esteban no rompió el reloj…

—¿Y quién podrá saberlo, hombre? Pero yo creo que sí lo hizo —el Barbie sonríe ahora—. A ver, Estebanito, hagamos un trato. A partir de ahora, vos me tratás con respeto y yo haré lo mismo por vos. Pero no volvás a decirme que no puedo decir algo, porque podés estar completamente seguro de que voy a decir lo que se me pegue la gana. Y la próxima vez que nos peleemos, te voy a reventar el culo a patadas.

—Bueno –responde Esteban con indiferencia. Da un paso al frente y estrecha la mano del Barbie.

No parece que el discurso del Barbie hubiera tenido el efecto que él deseaba, pues de pronto parece sumido en una oscura melancolía.

—Chavalos, no podemos seguir teniendo este tipo de diferencias –dice Bernardo–. Hiciste mal en enfadarte de que Tomaso y el Buzo vendieran esas cosas.

Esteban asiente.

—Lo siento –dice–. ¿Cuánto dinero les dieron?

—Ocho dólares –responde Tomaso Tostado.

—Está bien –dice, y se encoge de hombros–. Discúlpenme, estoy cansado.

Se da la vuelta y se dirige a su camarote.

Y, antes de que el Barbie pueda decir algo, Bernardo se adelanta:

—Claro que está cansado. ¡Se ha pasado toda la noche en vela! Y se siente mal porque no ha podido traernos algo. Es hora de que encendamos el fuego para la cena.

—El menú de hoy, gallos –croa José Mateo–, es sardinas con arroz.

Cuando Bernardo entra en el camarote se queda sorprendido de hallar a Esteban completamente despierto. Está echado sobre la cama, con las manos cruzadas bajo su cabeza y sonríe al techo.

—Un centavito por tus pensamientos…

Esteban hace una mueca y lo mira de reojo, y después vuelve a clavar la vista en el techo. Ya no sonríe.

—Estaba pensando en lo bueno que sería echar veneno para ratas en las sardinas de todos.

—Si tuviéramos ese dichoso veneno, yo preferiría dárselo a las ratas.

—Así vos y yo podríamos vivir aquí, arreglar el lugar, mudarnos allá arriba y tomar baños de vapor. Sería como tener nuestra propia mansión de Playboy, ¿no?

—No creo que al capitán y al propietario les guste la idea.

—Los envenenaremos también. Malditos.

—De veras, chico. La gente que sabe lo que es matar no debería bromear al respecto. No es nada gracioso.

Esteban chasquea la boca.

Claro, Bernardo se da cuenta de que ha idealizado a Esteban. De que lo ve como un muchachito de corazón de oro, inocente incluso, olvidando el hecho de que hasta hace poco era un rorro homicida. ¿Y no es verdad que los que matan, incluso a causa de la guerra, se mueren también por dentro, al menos de cierta manera? Tal vez es por eso que este chavalo nunca parece tener miedo; que se haya revelado como un ladrón despreocupado e intrépido: justamente porque ya se siente muerto. Aunque nunca habla de ello; sólo una vez, cuando le contó aquella historia brutal del perro rastreador. Nunca ha estado enamorado, piensa Bernardo. Es lo más triste de todo. Jamás ha hecho la menor alusión a la alegría, la pena o la rabia que causa el amor…

—Ya sé que me porté como un pendejo allá afuera –dice Esteban–. Pero estaba planeando vender yo mismo esas cosas, los parchises, y sacar dinero para cortarme el pelo.

—Ah.

Bernardo camina hacia el ojo de buey y lo cierra; un gesto más bien inútil puesto que el vidrio está roto.

—Tenemos que encontrar la manera de arreglar esta cosa –dice–, ahora que las noches se han vuelto frías.

—Hoy conocí a una persona que trabaja en un salón de belleza –dice Esteban–. Es un local unisex.

—¿Unisex?

—Quiere decir que te cortan el pelo sin importar si sos hombre o mujer.

—¿Dónde está ese lugar?

—En una parte de Brooklyn donde hay letreros en español. Creo que es un barrio donde viven muchos mexicanos.

—¿Ve? ¿No te lo decía yo? Apuesto a que ahí podés encontrar un trabajo así… –y chasqueó los dedos.

—A lo mejor. Pero no con esta pinta que tengo. Ése es el problema. Esta muchacha me dijo que un corte de pelo me costaría diez dólares.

—Está tratando de robarte. ¿Era bonita?

—No. Bueno, más o menos. ¿Y qué?

—¿Joven?

—Eso parece.

—¡Vos, pues, entonces no tendría que ser un problema! ¡Ah, Esteban…! –suelta un suspiro–. Creo que no has entendido cómo es que un hombre debe andar por la vida. Hay que ser audaz, muchacho: la engatusás, la adulás, la seducís para que te corte el pelo gratis. Y cuando te vea todo acicalado verá lo guapo que eres y se enamorará de vos. ¡Y ésa será tu entrada en Nueva York! Te hará bien, pues. No estás en condiciones de ser exigente.

—Ella no corta el pelo –responde Esteban, indignado–. Es la manicurista. Su jefe es el que lo corta. Se llama Gonzalo. ¿No querés que trate de seducirlo a él? ¡Hijueputa, güey! ¡Las cosas que se te ocurren!

—¿Por qué decís *güey*?

Esteban lanza una carcajada, sin quitar la mirada del techo.

—¡De veras! Me lo pegó ella, creo. Nunca se calla y siempre está diciendo esa palabra, por lo menos la dice dos veces en cada frase: «Tú eres el güey que se ha estado orinando en la puerta, güey»…

—¿Le orinaste la puerta?

—¡No! Pero eso fue lo primero que me dijo. Yo sólo estaba ahí mirando. Es una loca, una agresiva. De ahí en adelante, todo lo que me decía era para molestarme…

Esteban le cuenta a Bernardo todo acerca de su encuentro con Joaquina.

—Seguro que algo se trae con ese tal Chucho… Ya parece que

ese pato macho estaba ahí a las ocho de la mañana nomás para que le arreglaran las uñas… ¡Por favor!

¡Así que esta pistolita sí tiene gatillo, después de todo! Bernardo ha escuchado el relato de Esteban con creciente asombro.

—¡Chavalo! ¡Las mujeres mandonas y difíciles son lo mejor de este mundo! –exclama–. O, bueno, a condición de que no exageren. Mi Clarita era así. Te digo… Sólo lo hacen por amor y nunca dejan que te quedes dormido al timón. Después de estar con una así, las mujeres dóciles siempre te parecerán desabridas. ¿A ti qué te importa que la muchacha tenga un amante? Mejor que no sea una mojigata. Enseguida te quitarás de encima al tipo ese, si ella ya te habla de esa manera, si ya está tratando de controlar tu vida, ¿eh?

—¿Qué? ¡Ella no está tratando de controlar nada…! ¡Chocho! Bernardo lanza una risita socarrona.

—¡No sabés ni en qué lío estás metido, muchacho! Decepcioná a una mujer así y te quemará en leña verde. No tendrás más remedio que triunfar en la vida. Así que vete acostumbrando, chigüín: ¡ya hasta se ha quedado con tu paga!

Esteban se ha incorporado ahora, y mira a Bernardo con furia.

—¿Mi paga? Estás completamente chiflado, viejo… ¡Chocho! ¡Y lo peor es que ella sí exagera! ¿Quién quiere quemarse en leña verde?

—Ya, ya –responde el viejo–. Si tan seguro estás, entonces quedate aquí en nuestro barquito. Tarde o temprano, supongo, tendrán que deportarnos… Sí, pues, eso es lo que yo haría si tuviera tu edad: quedarme aquí esperando hasta que nos regresen a casa. Nuestro país tiene un futuro magnífico, sí, pues. ¿Qué hace tu familia para ganar dinero? ¿Robar mercancía de barcos que ya ni siquiera arriban? ¡Buena vida es ésa!

Se ha tumbado sobre su lecho y escucha con secreta satisfacción los resoplidos que lanza Esteban, sus indignados cuchicheos.

—Clara fue el amor de mi vida. Pero sí, a menudo exageraba –prosigue–. Pero era porque yo siempre la defraudaba. Tal vez tú no la decepcionarás.

—¡Ya! ¡Yo sólo quiero un corte de cabello!… ¡Qué latoso sos!

—Un corte de pelo te vendría bien, claro.

Guarda silencio mientras la furia de Esteban se disipa.

—Bueno, está bien… –susurra finalmente el chavalo–. ¿Cómo la defraudaste?

—Yo era marinero. Le había prometido que cuando nos casáramos lo dejaría, pero no había otra manera de escapar de la pobreza. La misma historia de siempre.

—Ella debió haberlo entendido.

—Tenía veinte años menos que yo, y sólo nos veíamos una o dos veces al año. Poco a poco fui envejeciendo, y ella, que todavía era joven… –lanza un suspiro–. Bueno, ya sabés qué fue lo que pasó…

Deja pasar un largo silencio, y después añade:

—Bueno, las latas de sardinas me esperan.

La atmósfera durante la cena es deprimente. Esteban se ha quedado en su camarote. La tripulación parece tomar su ausencia como un reproche injustificado, y mastican hoscamente, como si los estuvieran obligando a comer arena revuelta en aceite. Bernardo piensa que tienen toda la razón del mundo de estar hartos de las sardinas y del arroz rancio. Pero al menos son alimentos nutritivos, y tienen suerte de contar con ellos; a menudo es la única comida que hacen en todo el día, y generalmente la devoran como los hombres hambrientos que son. Antes, cuando Bernardo se sentía demasiado exhausto o apático como para lavar los platos de la cena –o cuando los *blacks* ya habían hecho presencia en el muelle–, los dejaba para el día siguiente con la conciencia tranquila, pues sabía que no les estaba ofreciendo a las ratas más que los platos casi limpios. Pero esta noche son varios los hombres que dejan sobre cubierta los platos con restos de comida. Bernardo los observa con cansancio, esperando el ataque de mal genio que hará aflorar a sus labios un sentido reproche, pero éste nunca llega.

—¿No tienen hambre? –pregunta, después de lanzar un suspiro desolado–. Entonces cómanselo mañana.

Nadie responde.

—¿De verdad creen que voy a tirar todo esto?

—Yo le dejo lo mío al Piricuato –le espeta el Barbie.

Cuando Esteban sale de su camarote, Pimpollo ya ha comenzado con el postre, aunque ya no queda nada de azúcar para espolvorearle encima: está rascando y extrayendo con sus dedos pedacitos de «raspado», el arroz quemado que se queda adherido al fondo de la olla. Normalmente los hombres se van pasando la cacerola, y cada uno come unos cuantos trozos de crujiente y grasiento arroz achicharrado. Pimpollo alza la mirada cuando Esteban se acerca; le sonríe y le extiende la cacerola chamuscada. Esteban la coge y se la lleva hasta la barandilla de estribor; la coloca encima y se pone a comer de ella mientras contempla la escollera y la noche que cae sobre el puerto. Después de un rato, se vuelve y se sienta con la espalda apoyada en el trancanil y la olla entre las piernas, inclinándola con una mano y extrayendo el raspado y llevándoselo a la boca con la otra, hasta chuparse y lamerse los dedos. La tripulación evita mirarlo aunque no dejan de escuchar el sonido que producen los dedos de Esteban al raspar el interior de la olla, un ruido que se mezcla con el repiqueteo de las fichas de dominó contra la cubierta, con las ingeniosas réplicas de los jugadores, los chasquidos y silbidos de la fogata y el susurro de las olas en la cala. Finalmente, Esteban coloca la olla bocabajo sobre cubierta. Murmura «buenas noches» y regresa a su camarote.

Cuatro de los hombres forman un círculo sobre cubierta. Están echados de lado y usan sus brazos para formar cercos protectores en torno a sus fichas de dominó.

—¡Me quedé sin zapato! –y el clac de una ficha al caer bocabajo.

—¡En la playa!

Otro clac.

—¡Yo no me meto con nadie! –exclama el Buzo y planta una mula de seis.

—¡Hacé la sopa, cabrón!

Bernardo se levanta. Recoge la olla del arroz y mira el interior; el fondo está reluciente como si lo hubieran tallado con una estopa de metal. Luego se pone a recoger los platos. No puede apilarlos debido a los restos de comida. Toma dos y, en la oscuridad, algo más allá donde han dejado otro plato, ve cómo una rata enorme se desliza a través de uno de los agujeros que aún no han sido reparados en la cubierta, y la observa contonearse hasta llegar al plato y atacar una sardina con ávido frenesí. Sólo entonces estalla su mal genio: le arroja un plato a la rata, pero falla por mucho; las sardinas y el arroz se desparraman por la cubierta, el plato se hace añicos junto a la barandilla y alguien grita: «¡Otra vez las botellas!», y la rata huye con la sardina de regreso al agujero. Bernardo se vuelve; todos lo miran asombrados. Pero no les explica nada; se limita a recoger los platos, a llevar los que aún tienen restos de comida, uno por uno, hasta la borda, y raspar las sobras con un tenedor para tirarlas al agua.

Cuando vuelve a su camarote, Esteban ya está dormido. Avanza en aquella oscuridad absoluta, se sienta sobre el colchón, se saca los zapatos y se cubre con la manta, completamente vestido, haciendo caso omiso del hedor agrio que despiden las sábanas. El ambiente del camarote, sin embargo, es mucho más limpio debido al salino viento otoñal que fluye por la portilla. Permanece ahí acostado, escuchando los apagados latidos y arañazos que resuenan en aquella silenciosa barranca de acero que es el barco, la respiración de Esteban, que inhala el aire por la boca abierta y ronca al exhalarlo por la nariz mocosa. Le parece que el chavalo ha pillado nuevamente otro resfriado.

Decide dormirse pensando en Clara. Quiere recordar aquel largo y tortuoso cortejo: cuando la esperaba, todos los días, a la hora de la siesta y al caer la tarde, en el parquecito de los framboyanes que crecían junto al lago, justo enfrente del edificio de la compañía telefónica donde ella trabajaba como cajera, hace más de veinticinco años. Ésa era casi la edad que Clara tenía cuando él se propuso convencerla de que lo que ella realmente necesitaba en su vida, en lugar de aquellos muchachitos traicioneros que constantemente la perseguían en pos del efímero premio de sus cabellos rubios y su apellido alemán a pesar de sus rasgos toscos y francamente vulgares, era un apasionado camarero de barco un par de años más viejo aún de lo que ahora sería su difunto padre; alguien que podría brindarle toda la seguridad y la devoción que una dama se merecía; y que prácticamente ya había ahorrado el dinero necesario para comprarle una linda casita con agua corriente. Y una calurosa tarde, mientras la acompañaba, como siempre, de las oficinas de la telefónica a casa de su madre, con los labios teñidos de púrpura a causa del jugo de pitaya que ambos bebían de una bolsa de plástico a la que le habían practicado un agujerito en una de las esquinas, llevándosela a la boca y apretando la bolsa como si ésta fuera una ubre traslúcida, ella finalmente cedió: se dieron el primer beso, uno triunfal y prolongado, ocultos bajo las sombras de los árboles y al resguardo de un muro. Pero ahora, de alguna extraña manera, es como si estuviera viendo su propia nostalgia disfrazada con los rasgos toscos y las ropas de Clara, diciéndole adiós con la mano desde el muelle que se aleja. Su amor resultó ser un demonio de lengua afilada que exigía cariño, un demonio que él alegremente trataba de contentar. Ella lo odiaba cada vez que se embarcaba, pero cuando Bernardo volvía los dos andaban por todas partes tomados de las manos, como un par de amantes adolescentes… hasta que él debía marcharse de nuevo, mancillado por las injurias que ella le dirigía a causa del abandono en que la dejaba. Por eso trataba de ahorrar cada centavo de su paga, y sus hijas estaban siempre tan bien alimentadas y tan bien vestidas que sus compañeros de la escuela pensaban que el papá era capitán de barco o contrabandista. Cierta vez, mientras se hallaban a un día de distancia del puerto de Suez, el capitán J. P. Osbourne fue a buscarlo a la cocina, donde Bernardo se encontraba jugando dominó, y llamándolo discretamente aparte le dijo:

—Lamento molestarlo, Bernardo, pero me temo que necesito que me cosa un botón de la camisa para cuando desembarquemos mañana.

Aquello era inquietante, porque normalmente el corpulento capitán siempre lo llamaba Bernie o viejo amigo. El capitán lo condujo hacia la escalerilla en zigzag que conducía a sus habitaciones y subió los peldaños con precaución a causa de la gota que sufría en el dedo gordo de su pie izquierdo, mientras parloteaba banalmente sobre el botón que se le había caído de la camisa:

—Supongo que debería beber menos cerveza y tratar de hacer abdominales, ¡pero qué fastidio!

Una vez en el interior de su camarote, el capitán cerró la puerta y dijo:

—Tome asiento, por favor, Bernardo.

Y él mismo se sentó en la butaca que se encontraba del otro lado del escritorio, mientras Bernardo se preguntaba con ansiedad qué habría hecho para merecer un despido con semejante cortesía inglesa. El capitán Osbourne le dijo que hacía dos días había recibido por radio la notificación de que su esposa, Clara, había sido internada en un hospital de Managua, que su estado era aparentemente muy grave y que él y el operador de radio habían acordado no decirle nada hasta ahora, para ahorrarle la angustia de saberse atrapado en aquel barco, tan alejado de tierra firme. La naviera iba a pagarle el vuelo de Egipto a Nicaragua... Ah, sí, y una vecina se estaba haciendo cargo de sus hijas. Y luego el capitán Osbourne añadió con delicadeza:

—Y en cuanto a lo del botón, viejo amigo... Me temo que no fue sólo una excusa para traerlo hasta aquí...

Siente que la frialdad del aire es una luz candente que toca las lágrimas que llenan sus ojos y las calientan hasta quemarle las mejillas. Comienza a sumirse en el sueño, con la boca abierta e inclinada hacia la mirilla, soñando ya que el vigorizante aire que engulle a bocanadas es en realidad el aire que Esteban exhala, el aire fresco y húmedo de un nuevo amor. Parece llenar por completo el camarote de un olor sorprendente; un olor que resulta otoñal y tropical a la vez, como si el gélido clima del norte hubiera descendido de pronto sobre un puerto que ha estado pudriéndose en un sofocante bochorno desde el comienzo de los tiempos.

5

ESTEBAN HABÍA TOMADO LA DECISIÓN MIENTRAS COMÍA raspado junto a la borda y miraba el puerto: había aceptado el reto del viejo, o por lo menos estaba dispuesto a seguir el consejo del viejo en sus aspectos más prácticos. Se había ido a la cama, impaciente por que llegara ya la mañana, bien arrebujado en su manta y eructando a causa del nervioso revoloteo con que su estómago digería aquella escoria de arroz grasiento y chamuscado. Daba vueltas sobre el colchón, nervioso a causa de la emoción, y tragaba bocanadas de aire frío como queriendo apaciguar el ardor de las llamas oleosas que trepaban desde su esófago. Y encima de todo, sentía la nariz acatarrada y obstruida a causa del aire helado; justo así había comenzado aquella terrible gripe con tos que sufrió el mes pasado, de improvisto. Pensó que aquélla sería una de esas noches terribles, en las que cada minuto transcurre como un goteo insoportable. Pero su arraigado hábito militar de responder a los nervios y al miedo con sueño se impuso, y ni siquiera alcanzó a escuchar cuando Bernardo ingresó en el camarote.

Cuando despierta por la mañana, el capitán Elias ya se encuentra a bordo, lo que le impide marcharse. Su gripa ha empeorado y se pasa la jornada entera sumido en una vorágine de impaciencia mientras aplica una nueva capa de pintura sobre un rincón de la cubierta que meses atrás había sido pintado con demasiada prisa y que ahora se descascara por el óxido y el salitre. Desde el lejano Brooklyn le llega el tañido de las campanas de una iglesia.

—¿Querés hacer un hoyo con esa brocha?

Esteban alza la vista y ve al viejo de pie a su lado, con las cejas enarcadas y una expresión bobalicona en la cara.

—¿Soñás con la que te tiene prendado, chavalo? –le dice Bernardo, guiñándole un ojo–. ¿Una cierta manicurista?

Esteban le lanza una mirada horrorizada, sacude la cabeza y gruñe: «¡Puta!», y vuelve a concentrarse en su trabajo. Pero siente una punzada de culpabilidad cuando alza de nuevo la vista y ve a Bernardo alejándose con los hombros hundidos y arrastrando los pies.

Para cuando el capitán Elias deja por fin el barco esa tarde, Esteban ha decidido que no volverá a poner un pie en el *Urus*. Mete el reloj de Marta en su bolsillo y le pide a Tomaso Tostado tres dólares del dinero obtenido de la venta de los parchises.

—Decile a Panzón que lo descuente de mi paga.

—¿A dónde vas? –le pregunta Tostado.

No puede aguantarse las ganas de decirlo.

—A cortarme el pelo y a buscarme un trabajo de verdad.

Y abandona el barco sin despedirse de nadie más.

Ya está anocheciendo cuando llega al barrio donde se encuentra el salón de belleza unisex. En cada una de las calles adyacentes las hojas secas danzan en el aire azul amarillento detrás del resplandor de las farolas. Y ahora una pálida luna llena se alza, muy baja aún, contra un cielo inusualmente claro de color añil, sobre la calle y el puerto distante. Probablemente aquélla será una bella y prometedora noche, piensa Esteban, aunque no puede olerla ni degustarla por culpa de su nariz acatarrada por la gripe. Y aquel viento fresco seguramente se sentiría bien también, si tan sólo llevara puesta ropa más abrigadora. Entre más reflexiona sobre la estrategia que empleará, más imposible le parece, y se pone a caminar sin rumbo, evitando la calle en donde está el salón. Viejo ridículo, piensa; uno no puede llegar así nomás y pedir que le corten el pelo por tres dólares. Se para, tiritando de frío, en la avenida que cruza la calle del salón, y permanece allí contemplando la luz que desde el local se proyecta sobre la acera. La vista de aquella franja iluminada de concreto y de los cubos de basura junto al bordillo lo llenan de emociones confusas, anhelos mezclados con premoniciones funestas.

Tal vez si le suelta un discurso sincero a la muchacha, si apela a sus sentimientos de solidaridad para con un potencial inmigrante recién llegado, ella logre convencer a su jefe de cortarle el pelo a cambio de barrer diariamente el frente del local. O prometerá pagarle hasta el último dólar más tarde, cuando logre conseguir un trabajo. Siente un nudo en el estómago sólo de pensar que en cualquier momento Joaquina podría salir del salón de belleza y subir por la misma acera en la que él se encuentra, con su decidido paso de gacela atrapada en aquellos voluminosos zapatos de suela de madera. «¡Hola!», le dirá. «¿Qué tal? Aquí estoy, dando una vuelta, buscando trabajo. ¿Cómo está tu amigo Chucho?»

Retrocede por la avenida y se detiene delante de una tienda que exhibe flores en cubos de plástico, algunos con ramos ya envueltos en papel. Un muchacho de chaqueta negra y gorra de beisbol está sentado en un cajón en medio de las flores. Esteban le pregunta cuál es el precio de una docena de rosas, en español, sin detenerse a pensar si la lengua que emplea es la indicada.

—Diez dólares, jefe –responde el muchacho.

—¡Puta! ¿Cuántas me podés dar por tres dólares?

—Tres.

—Dame una –dice Esteban–. Una roja –una sola rosa le parece igual de buena que dos o tres para su propósito: hacer que ella se sienta bien dispuesta hacia él. El muchacho le muestra un rojo capullo cerrado que ha sacado del cubo, pero Esteban dice–: no, ésa de allá –y señala una rosa grande y abierta, casi púrpura, que pende del extremo del tallo, húmeda y fragante como el corazón aún palpitante de un buey.

—Como guste, maestro –responde el muchacho, encogiéndose de hombros–. Pero ésta que yo le mostré está más fresca; se abrirá hasta mañana, y para entonces la suya ya estará marchita.

Esteban trata de averiguar si hay algún ardid detrás de las palabras del muchacho.

—Bueno –cede finalmente, con una sonrisa–. ¿Me la podés envolver en papel?

El muchacho corta un trozo de papel plateado de un rollo, lo extiende sobre la mesa y coloca el capullo de rosa encima. Toma unas cuantas hojas de helecho de otro cubo y comienza a colocarlos en torno al tallo...

—¡Vos, no te pedí que le pusieras eso!

—Cálmate, güey –le responde el chico con una sonrisa–. Son gratis. Así lucen más. Con más clase. ¿Quieres que le ponga un moño?

—Gracias.

Dentro del bolsillo de su pantalón, ya ha separado un billete de un dólar de los otros dos y lo sostiene entre sus dedos sudorosos. Se pregunta si tal vez no tendrá fiebre. El muchacho le entrega el cucurucho de papel atado con un moño, con una sola rosa escondida entre las hojas de helecho. Esteban le da las gracias y le entrega el dólar.

—Buena suerte, maestro –le dice el muchacho.

Esteban se da la vuelta con el ramo en la mano, furioso a causa de los acelerados latidos de su corazón. ¿Qué te pasa, güey?, se recrimina a sí mismo. Se detiene afuera de la vitrina iluminada del salón de belleza, sobre la que aún sigue pegada por dentro con cinta adhesiva el anuncio de la gata color aceituna. Mira adentro, pero no ve a Joaquina. Mierda. ¿Dónde está? Su corazón deja de latir de repente, como un motor desconectado de la corriente, y puede sentir cómo su sangre, convertida en lubricante inerte, desciende lentamente hasta acumularse en sus botas. Tal vez está en la parte de atrás, piensa. Hay un hombre ahí: debe ser Gonzalo, su jefe. Se encuentra cortándole el pelo a una mujer, cuya cabeza está llena de mechones de cabellos sujetos con pinzas. Bajo su suéter blanco, los hombros de Gonzalo son tan anchos como los de un levantador de pesas olímpico y su cintura tan estrecha como la de una jovencita: tiene piernas y nalgas tan musculosas que la tela de sus pantalones de mezclilla se tensa y estira mientras se menea al ritmo de la música: una estridente salsa que Esteban alcanza a oír desde la calle. Su nuca está cubierta por una melena de cabello negro y ondulado, atado en una improvisada coleta. Así que Joaquina trabaja ahí con ese cabrón, que tiene toda la pinta de ser un mujeriego de lo peor, ¿eh? ¿Y qué hay del tal Chucho ese? ¿Por qué no aparece ya Joaquina de detrás de la cortina? Tal vez salió a comprar más pastelitos. Sus dedos se cierran con fuerza en torno al tallo de la rosa y de las hojas de helecho; siente cómo el papel se deshace al contacto con el sudor de su puño. Gonzalo le da la vuelta al sillón para comenzar a cortar el cabello del otro lado de la cabeza de la mujer; ahora puede verlo de frente con las tijeras congeladas en el aire. ¡Y, encima de todo, el hijueputa aquel tiene esmeraldas por ojos! Una nariz recta, aristocrática, y labios carnosos que revelan la gran autoestima que tiene, ¿no? Se ruboriza mientras Gonzalo clava en él su mirada verde, llena de curiosidad. Y de pronto puede verse a sí mismo justo como Gonzalo seguramente lo ve: patético y enclenque como un niño de la calle. Se da la vuelta y se aleja del local. ¡Chocho! ¿Y ahora qué? ¡Ojalá pudiera hacer retroceder el tiempo a unos segundos atrás, y en lugar de sellar su destino alejándose, se hubiera quedado ahí esperando, o hubiera entrado en el salón y preguntado por Joaquina! Pero ¿cómo podría hacerlo ahora sin verse ridículo? Se detiene y mira hacia atrás, hacia el resplandor de la luz del salón sobre la acera. Tiene ganas de azotar la rosa contra una de las farolas pero se contiene. Idiota, se enfurece, ¿qué vas a hacer ahora?

Él se había imaginado que el tal Gonzalo sería un viejo aletargado, como la mayoría de los peluqueros que conocía, lleno de hondos suspiros e incesantes quejas sobre el mundo, totalmente indiferente hacia todo lo que no fueran sus fantasías sobre gatas de color aceituna, como para poner objeción a los argumentos que él y Joaquina emplearían para convencerlo. Así se lo había imaginado, pues. Pero esa arrogante efigie humana con cara de estrella de cine nunca accedería a cortarle el pelo gratis. Esteban le da la vuelta a la manzana y luego baja por la calle del salón, pero caminando por la acera contraria. Acelera el paso al acercarse al escaparate del salón de belleza, hecha un vistazo dentro y ve a Gonzalo trabajando en el cabello de la misma mujer, pero no ve ningún rastro de Joaquina. Decide utilizar el papel que envuelve la rosa para sonarse la nariz, pero luego decide no hacerlo.

Esta vez recorre un largo trecho de la avenida; deja atrás el distrito comercial y avanza a lo largo de un muro muy bajo, detrás del cual se extiende un parque oscuro, lleno de colinas y de sombras vívidas creadas por la luz de la luna. Y entonces llega a otro vecindario, con menos gente en la calle y menos establecimientos comerciales. Se da la vuelta y al llegar de nuevo al salón de belleza encuentra el local apagado y la cortina cerrada. Cruza la calle y se asoma para mirar el oscuro interior a través de los barrotes de la cortina, y ve su imagen reflejada sobre el vidrio. Saca el reloj de la Marta y lo inclina sobre su palma para capturar algo de la luz que emite la farola. Son casi las ocho de la noche. Tiene frío, está sudando, le duele la cabeza y la garganta está comenzando a arderle. Pero decide: pase lo que pase, no voy a regresar al barco.

Bernardo está calentando aceite en la olla del arroz. El cilindro de gas butano de la estufa se agotó durante el festín de los camarones, hace ocho noches ya, pero los oficiales no lo han reemplazado: desde entonces han estado cocinando todos sus alimentos en cubierta, en una fogata sobre la que han colocado un par de barras de acero sostenidas por ladrillos. Todo aquel día se ha sentido contento, sabiendo que Esteban ha vuelto a Brooklyn para ver a la manicurista, aunque en el fondo también se siente un poco preocupado. Son como dos desapariciones paralelas, piensa: el chavalo que desaparece del barco en busca de la vida y, tal vez, del amor, en busca de su juventud; y la de él mismo, dejado a un lado y desapareciendo, pues, en lo contrario. Claro, un viejo no puede evitar repasar sus propios viejos recuerdos en ocasiones como ésta.

Cuando el aceite se encuentra chisporroteando y echando humo, se agacha para sacar la olla del fuego, sosteniéndola con unos trapos. Y justo en el instante en que se vuelve hacia José Mateo para que éste pueda echar el arroz dentro, siente el roce vagamente eléctrico de algo que frota contra su pantorrilla, seguido del golpeteo de una cola de gato, y entonces se vuelve con un grito que se le entrecorta en la garganta: «¡Desastres!», y sus talones se deslizan al pisar algo resbaloso y azota de nalgas en la cubierta, aún sujetando la olla, que se ha volcado sobre su pierna. El aceite ardiente atraviesa la pernera de su pantalón, la piel de su pierna y chisporrotea hasta alcanzar el hueso.

Puede oler la tela quemada y su propia carne friéndose. Su pierna entera está en llamas, pero él no alcanza a sentir nada ni a ver las flamas: es lo último que piensa antes de desmayarse.

Llevan a Bernardo a su oscuro camarote y lo recuestan sobre su colchón. Algunos de los hombres tratan de quitarle los pantalones pero la tela se ha pegado a su carne y se resiste a desprenderse, como si estuviera clavada a la herida. Finalmente se los arrancan de un tirón. Cebo llega con un cubo lleno de agua. Tomaso Tostado, empleando el trapo más limpio que ha podido encontrar, lava la quemadura de Bernardo con agua y jabón, en la oscuridad. Los miembros de la tripulación se turnan para permanecer sentados junto a la cama, entrando y saliendo del camarote, discutiendo en susurros sobre lo que deben hacer; discusiones que siempre terminan con la decisión de esperar a que llegue el capitán. La luna llena que brilla del otro lado de la portilla disuelve un poco la oscuridad que reina dentro del camarote, de modo que, cuando Bernardo abre los ojos, los hombres alcanzan a vislumbrar el brillo opaco de los globos oculares del viejo. Le preguntan entonces si le duele, y tratan de animarlo con palabras de consuelo. Le acercan una taza de agua a los labios. Piensan que se encuentra en estado de shock: tiene los ojos abiertos pero no parece escuchar nada de lo que le dicen. Maldice a Desastres. ¿A Desastres? Esteban debería estar aquí; el viejo se sentiría mejor si Esteban estuviera a su lado.

Horas más tarde sólo Panzón sigue con él en el camarote, dormitando sobre el colchón de Esteban. Al oír que Bernardo llama a Esteban con voz tranquila y lúcida, se despierta y ve, en la oscuridad, que el viejo se ha sentado sobre el colchón.

—¡Chavalo! –susurra Bernardo con gran emoción–. ¡Escuchá! Ya lo habés oído antes, ¿verdad? Aquel viejo son de marineros…

Y el viejo comienza a cantar con voz grave y rasposa:

Quiero morir cuando decline el día
Con la cara al sol
Y la mirada al cielo…

Y, cuando termina de cantar aquella canción que habla de un marinero que anhela una muerte honorable en el mar, suelta una carcajada, y comenta:

—Estaba recordando una historia que mi viejo amigo Gustavo Flores me contó un día que lo fui a visitar a Panamá, muchacho. A lo largo de los años habíamos coincidido a bordo de algunos barcos. Toda la gente lo apodaba el Dominó porque tenía tres enormes lunares que formaban una línea sobre su mejilla…

Gustavo Robles, un marinero de gran categoría, tenía una hijita, su única hija hasta entonces, que vivía con su esposa en su hogar en Ciudad de Panamá. Claro, esta chiquilla era la niña de sus ojos, chavalo. Pero aun así, siempre que estaba en casa le daba por cantarle el son de aquel marinero que quería morir al declinar el día, con la cara al sol y la mirada al cielo y todo eso, y la niña siempre lloraba: «No cante esa canción, papi. Me pone triste porque si usted muere no volveré a verlo nunca. Por favor, no cante la canción, papi». Pero los hombres somos malvados, ¿no? Y Gustavo siempre cantaba esa canción para que su hijita llorara y él pudiera sentir lo mucho que ella lo quería antes de hacerse de nuevo a la mar. Total que Gustavo se embarcó de nuevo, en un barco llamado *La Reina de Guayaquil*, que se topó con un huracán en el Golfo de México, y las cubiertas de algunas escotillas, que habían sido mal instaladas, salieron despedidas a causa del oleaje que golpeaba la cubierta. Con el bamboleo, las bodegas se anegaron y el barco se hundió rápidamente, arrastrando con él a la mayor parte de la tripulación. No tuvieron la menor oportunidad de salvarse, chavalo. ¡Treinta y dos muertos! Pero Gustavo se las había ingeniado para agarrar una balsa salvavidas, y cayó fuera de borda mientras la sujetaba. Logró inflarla en medio de la fuerte marejada, y se subió a ella, y de alguna manera consiguió sobrevivir a la tempestad. Permaneció a la deriva por muchos días, mientras el sol lo achicharraba vivo. Y todo ese tiempo él pensaba en su hijita y en la canción aquella, y se maldijo a sí mismo: ¡Ya se cumplió tu deseo, hijo de la gran puta! ¡Pero no quiero morir con la cara al sol, mirando al cielo! ¡No quiero morir! ¡No quiero! ¡Carajo, yo sólo quiero ver a mi hijita de nuevo! Así que rezó; pero no le rezó a Dios, sino a su hijita; le prometió que, si lograba sobrevivir, nunca jamás volvería a cantarle aquel son, y que nunca volvería a hacerse a la mar tampoco. Cuando un buque cisterna de Pemex lo recogió, dos días después, Gustavo estaba delirando, rezándole como loco a su hija.

—«¡Me salvó la vida, mi hija me mantuvo vivo!», fue lo que Gustavo me contó, completamente convencido, chavalo, cuando fui a visitarlo a Ciudad de Panamá –dice Bernardo, en medio de la oscuridad–. Y él cumplió su promesa.

Y entonces Panzón escucha que Bernardo se ríe bajito, para sí mismo, y un momento después ve que la silueta del viejo vuelve a tumbarse sobre el lecho.

Y escucha que el viejo murmura:

—Maldita gata de mierda.

6

E STEBAN DECIDE IR AL PEQUEÑO RESTAURANTE QUE VIO
la primera vez que llegó a ese barrio. Sobre la puerta hay un
letrero de cartón escrito a mano que informa que está abierto las veinticuatro horas. Hay mesas de bufet junto al escaparate y
fuentes bajo lámparas calefactoras en estanterías de vidrio detrás
de la barra, donde tres hombres comen, separados por taburetes
vacíos. Hay pocas mesas en el local, una de ellas ocupada por una
pareja joven con un niño pequeño. Dos carteles turísticos de los
Alpes suizos decoran las paredes azules. Suena un merengue en la
radio. Camina hacia el final de la barra, se sienta en el último taburete y coloca ante él su rosa envuelta. Mira los platos y los precios
escritos con crayón rojo sobre pliegos de papel blanco pegados al
muro. Su nariz no le permite oler nada, pero está contento de hallarse en un lugar cálido.

—¿Qué te puedo servir, papi? —le dice la mesera, una mulata
cuarentona de piel morena, con pecas sobre las mejillas y ojeras
de cansancio bajo sus ojos acuosos. Lleva los ásperos y lacios cabellos rojizos peinados en una trenza sobre su nuca. Es flaca y espi-
gada; viste pantalones de mezclilla y una ajustada blusa de manga
larga color azul marino con franjas blancas, de las que cuelgan algunos hilos sueltos.

Se lo piensa un instante.

—Agua —le dice—. Gracias.

Se suena la nariz con una servilleta que después guarda en su
mano, pues no está muy seguro de dónde tirarla.

La mesera vuelve con un vaso de agua. Lo coloca frente a él con tanta brusquedad que el ruido lo sobresalta.

—¿Listo para ordenar?

Suena como una orden. Esteban asiente.

—Bueno. Un café con leche.

—¿Nada más? –pregunta ella, y él vuelve a asentir.

Se bebe el resto del agua en rápidos sorbos y coloca la servilleta arrugada en el interior del vaso.

La mesera le lleva su café. Esteban le pregunta cuánto cuesta y ella le dice que cincuenta centavos. Mira inexpresivamente el ramo de Esteban, cuyo papel parece ya medio desecho en jirones alrededor de los tallos, mientras él hurga en su bolsillo para sacar los dos dólares y entregarle uno. Ella se lleva el vaso con la servilleta dentro. Esteban toma otra del dispensador y vuelve a sonarse la nariz. El poco aire que consigue inhalar a través de sus fosas nasales le parece ardiente. Esconde la servilleta en su mano y le da un sorbo a su café. El líquido le quema dolorosamente la garganta pero entibia sus inquietas y enfebrecidas entrañas. Le duelen los ojos; realmente se siente hecho una mierda. La mesera vuelve con su cambio: dos grandes monedas plateadas. Deben ser cincuenta centavos en total. Entonces le queda suficiente dinero como para pedir tres cafés más, que va a necesitar si es que pretende pasar la noche sentado ahí dentro. La mesera sigue parada frente a él. Esteban la mira a los ojos, aquellos ojos duros pero solícitos, y le pide otro vaso de agua.

Bebe lentamente su café, pero vacía inmediatamente el vaso de agua que le llevan y coloca la servilleta sucia adentro. La camarera lo retira. Más tarde, cuando él le pide un nuevo vaso de agua, ella lo mira con una sonrisa escéptica, saca de debajo del mostrador un gran cenicero de plástico, lo coloca frente a él y le dice:

—No voy a traerte un vaso de agua cada vez que quieras sonarte los mocos, muchacho.

Pero de todas formas va y regresa con un nuevo vaso de agua.

—Ésa no es manera de curarse la gripe –le dice–. Mezclando bebidas calientes y frías. Deberías beber té.

—Bueno –dice él. Saca el reloj de Marta de su bolsillo: son las nueve y media. Tendría que ordenar una bebida caliente cada tres horas–. ¿Cuesta lo mismo que el café?

—Claro.

Le dice que tomará un té dentro de un rato.

—¿Eres mecánico?

—No, ¿por qué?

—Tu ropa, muchacho –responde ella, llevándose una mano a la blusa y pasándosela por encima de las costillas. Sus dedos son largos y muy delgados, con las uñas pintadas de un tono verde que combina muy bien con su piel color chocolate–. ¿Por qué estás tan sucio, entonces?

—Soy marinero.

—¡No! ¿De veras? –la voz de la mujer se torna un poco chillona a causa del entusiasmo que de pronto manifiesta.

—Ajá.

Parece que en Brooklyn los marineros son toda una novedad, piensa.

—¿Uno de esos marineros que tienen una mujer en cada puerto, eh? –toca con un dedo el envoltorio de la rosa, y Esteban sonríe pensativo. Un cliente llama a la mesera por su nombre, Marilú, y ella lo atiende–: ¿qué necesitas, papito?

Marilú va de aquel cliente a otro y después se dirige a un grupo sentado en torno a una mesa, y aparentemente se olvida por completo de Esteban en el proceso de tomar las órdenes de sus clientes y chacharear con ellos, regresar a la barra, dirigirse a la ventana que da a la cocina, y de ahí a las mesas de bufet y de nuevo a la mesa de sus clientes. Pero la luz que baña el local lo pone contento. Afuera está oscuro, y él está adentro, en aquel interior iluminado… ¿Cuándo fue la última vez que experimentó aquello? Saborea un bostezo. ¡Ojalá que fuera tan largo y profundo que pudiera durar lo mismo que una taza de café! Piensa que por lo menos debió haberse despedido de Bernardo y de los demás. Incluso siente una punzada de compasión por el Barbie, aunque enseguida piensa: Que se joda, ridículo güevón.

La música de la radio se desvanece y, por primera vez desde la noche en que celebraron la parrillada a bordo, en julio, Esteban se encuentra oyendo las noticias. El locutor habla tan rápido como un cubano, y para cuando Esteban finalmente comprende que, mientras él permanecía atrapado a bordo del *Urus*, el mundo ha cambiado, el locutor ya está hablando de un sangriento tiroteo en el que la policía de Brooklyn abatió a una anciana mujer negra que los amenazaba con un cuchillo. Varios de los comensales vociferan palabrotas al escuchar aquella última noticia, mientras Esteban los mira boquiabierto y aturdido.

Finalmente, cuando Marilú se acerca, se inclina hacia ella sobre la barra y le pregunta:

—Oiga, ¿los sandinistas siguen en el poder en Nicaragua?

La mesera parece asustarse por su expresión.

—Creo que sí –dice. Y después repite la pregunta a gritos a los hombres que están sentados en la barra, quienes enseguida le responden con un aluvión de ambiguos improperios. Se vuelve a Esteban y le dice–: parece que sí. Pero no por mucho tiempo, ¿eh? Así como andan las cosas… Pero ¿qué sé yo?

—Honecker dimitió en la República Democrática Alemana –dice Esteban–. O eso es lo que acaban de decir en la radio. Eso y que los días del comunismo en Alemania están contados, que todo es un caos y que los soviéticos no están haciendo nada para evitarlo –la radio también había dicho que se habían marchado ya de Polonia, y que estaban a punto de abandonar Checoslovaquia, y próximos a irse de casi todas partes.

—Así es, papito –respondió ella, con aire cansado–. Los comunistas se van. Pero Balaguer sigue y sigue.

Y como respuesta a la expresión perpleja que Esteban puso, ella hizo una referencia más explícita al decrépito y eterno jefe político de República Dominicana.

—¿Y en Cuba?

—¡Ja! ¡Ese cabrón también se quedará ahí para siempre! Oye, pero ¿qué allá en el mar no les llegan las noticias? Aquí, cada vez que enciendes la tele, hay una bola de locos tirando estatuas y corriendo por las calles.

—¿Y cómo va la guerra en Nicaragua? —le pregunta, y ella responde:

—¡Qué vaina, muchacho! ¿Qué te crees que trabajo para Telemundo?

Pero vuelve a gritar la pregunta hacia la barra y de nuevo recibe una breve ráfaga de opiniones contradictorias y palabrotas de oscuro sentido, de las que Esteban deduce que la paz parece mantenerse aún en el país.

Vuelve a sonarse las narices. Seguramente se ha quedado un buen rato perdido en sus pensamientos, con la servilleta pegada a la cara y los codos apoyados en la barra, porque Marilú le da una palmadita en el hombro, y le dice:

—¿Aló? Es la primera vez que veo a un hombre quedarse dormido mientras se suena la nariz.

Esteban baja las manos y ve la sonrisa desconcertada de la mesera.

—¿Me puede traer un té? —le pide.

—¿Con limón?

—Ajá. Gracias.

—¿Quieres que te lo ponga en agua? —señala el ramo de Esteban. Éste le da las gracias de nuevo y ella toma el ramo, mira adentro y se ríe—. ¿Tanto envoltorio para una sola rosa? ¡Muy elegante!... ¿Te lo regaló alguien, o tú eres el que lo va a regalar?

—Ni una ni otra —responde él plácidamente.

Marilú retira con cuidado el arrugado papel que rodea los tallos y coloca el ramillete, un poco inclinado, dentro de un vaso de agua. Cuando le trae el té, le pregunta a Esteban si de casualidad es de Nicaragua. Hay varios nicas que acuden con frecuencia al restaurante, le cuenta, entre ellos un matrimonio de carniceros. Y luego se aleja para atender a otros clientes que acaban de entrar al restaurante o que se marchan.

Tiene hambre, pero apenas puede mantener los ojos abiertos debido a la presión que siente dentro de su cabeza. Bebe su té a sorbos y piensa: ¿Y nosotros? ¿Nosotros somos comunistas? Bueno, muchos dicen que no, y otros, como mis tíos, dicen que sí lo somos. Pero, chocho, incluso en el batallón BLI no podían ponerse de acuerdo al respecto: unos decían que no y otros decían que sí y a la mayoría no le importaba una mierda. Aunque sin las armas y el dinero de los comunistas, no hubiéramos tenido la menor oportunidad. Rodolfo y los oficiales políticos deben estar ahora mismo discute y discute aquello, tratando de componer el mundo, ¿no? Y yo, aquí en Brooklyn, donde no soy nadie. ¿Será que los barcos del bloque oriental siguen llegando a Corinto? ¿Algún día regresarán los demás barcos? El mundo cambia, pero el capitán Elias nunca hace mención de ello. Hasta que aquí, en este restaurante, surge de pronto, entre canción y canción, un borbotón de noticias, tan breves que sólo sirven para bromear al respecto. Y la Marta, enterrada. Con una roca conmemorativa plantada cerca de su casa. Y Amalia destrozada, vegetando en un hospital militar. Ciento cuarenta y siete compas fueron asesinados en La Zampopera, casi un tercio de su batallón... ¿entre cuántas decenas de miles más? Y el mundo cambia. Como una ráfaga de viento que ahoga las voces y que, cuando cesa, te das cuenta de que ya no puedes escuchar a las voces. Y yo aquí, con el reloj de la Marta... Lo saca de su bolsillo. Son las once pasadas.

—Papito... –lo llama Marilú.

Él está ahora con la cabeza apoyada sobre los brazos cruzados sobre la barra. Alza la mirada.

—Tu barco, papito –dice ella–. ¿No tienes que volver a tu barco? ¿O a otro lado?

—Ya no –responde él. Ella lo mira con preocupación, así que añade–: no tengo que estar en ningún lado hasta mañana por la mañana.

Ella le dirige una mirada que parece decir: «no trates de engañarme».

—¿De verdad eres marinero?

—Ajá.

—Muy bien –responde ella–. Yo no me meto donde no me llaman. Pero, dime: ¿planeas quedarte aquí toda la noche?

Esteban se encoge de hombros.

—Más o menos –responde. Mira las uñas verdes de Marilú y un pensamiento cruza su mente–: oiga, ¿usted va a la manicurista a que le hagan las uñas?

Ella sonríe, extrañada.

—Sus uñas son muy lindas –dice, poniéndose nervioso–. Tengo una amiga que es manicurista. Trabaja aquí mismo a la vuelta. Se llama Joaquina.

—¿Dónde dices que trabaja?

—En el salón de belleza, el salón Tropicana.

—Claro, el negocio de Gonzalo. Tú hablas de la rubia esa, ¿verdad? La conozco, si te refieres a la misma chica que viene aquí con Gonzalo de vez en cuando.

—¿Vienen aquí, los dos juntos?

¿Acaso está hecho de vidrio? Porque la carcajada de Marilú retumba estentórea en el local.

—No te preocupes, amorcito –le dice enseguida–. Gonzalo ya no puede ser más homosexual de lo que es porque sería imposible. Por eso lo expulsaron de Cuba junto con todos los marielitos, ¿tú sabes? Llegaron un día a tocar la puerta de su casa a decirle que tenía que largarse del país. Era bailarín del Tropicana, y aun así lo obligaron a marcharse. A él y a todos los *gays* que pudieron atrapar. ¡Caray, qué bárbaro!

Ahora Esteban recuerda la fotografía enmarcada que colgaba de la pared del salón de belleza: aquel hombre musculoso de la túnica de piel de leopardo que cargaba a la mujer era Gonzalo. O sea que el galán resultó ser pato…

De pronto, Marilú abre mucho los ojos.

—No me digas que te rechazó la rosa… Ay, no, ¡pero qué dramática!

Esteban se ríe.

—No, para nada. No sé, yo quería que me cortaran el pelo…

—¿Ajá?

—Y, bueno, pues fui, pero ella no estaba.

—A lo mejor no trabaja los domingos, muchacho.

—Ah, sí, pues… ¿Me puede traer otro té?

Ahora se siente casi completamente despierto. Por un largo rato, el restaurante permanece vacío, con él y Marilú sentados a la barra. A pesar de su catarro y de los regaños que le hace ella, la mesera le comparte de sus cigarrillos. Y para cuando termina de contarle la historia del *Urus*, ella se levanta de inmediato y le trae un tazón lleno de arroz y frijoles rojos y dos piezas de pollo y una Coca-Cola. Marilú le cuenta su vida también: vive con sus tres hijos y su hermana en la calle Smith, un rumbo que él conoce bien a causa de sus vagabundeos nocturnos. El esposo la dejó por una boricua, y ahora vive con ella en otro vecindario, predominantemente dominicano; trabaja como portero. En este barrio ahora casi todos son mexicanos, pero también hay gente proveniente de toda Latinoamérica. Y es verdad, dice Marilú, puedes vivir en Nueva York sin tener que hablar inglés con nadie, más que con las operadoras telefónicas y los cobradores. Más tarde salen dos hombres de la cocina, Melgar y Juvenal; el primero es el cocinero, originario de Barranquilla, Colombia, y el segundo es lavaplatos, un ecuatoriano con rasgos indígenas. Marilú dice que no tiene suficiente espacio en su apartamento más que para ofrecerle unos cuantos cojines sobre el suelo, pero le dice que es bienvenido en caso de alguna emergencia; le anota su dirección y su número telefónico en una servilleta, y Juvenal hace lo mismo. Melgar le dice que el lugar en donde vive no tiene teléfono, y que ni siquiera cuenta con cojines para ofrecerle, pero que en caso de necesidad puede hacerle un espacio para dormir en el suelo.

Esteban se queda dormido con la cabeza apoyada sobre los brazos, en una mesa, y más tarde, cuando despierta y se estira, se da cuenta de que el restaurante está vacío. Marilú se ha marchado a su casa, y el cocinero está sentado detrás de la barra y contempla la avenida mientras fuma. Mira el reloj: son las cuatro con veintitrés minutos. Le duele la garganta y se siente embargado de tristeza; seguramente tiene que ver con lo que sea que estuvo soñando, aunque no puede recordar nada al respecto. Vuelve a recostarse sobre sus brazos. Los comunistas se van, piensa, pero la Marta se ha ido para siempre. Se ha ido. Y es demasiado horrible pensar a dónde se ha ido. De pronto siente que su cuerpo se engarrota y se encoge como siempre que el recuerdo de La Zampopera regresa a él como un súbito ramalazo de locura clarividente: se recuerda dormitando en la caja del camión y, segundos más tarde, el fuego de las metralletas embiste la cabina del vehículo con un martilleo de proyectiles propulsados por cohetes, y el camión se estremece, y los tablones de madera de la caja se sacuden y revientan en astillas bajo el torrente de balas proveniente de la oscuridad a ambos lados de la carretera, los gritos y alaridos de los compas a su alrededor, al frente y detrás, sobre el camino; por todos lados resonaba aquella lluvia de plomo, de metal destrozando metal, de explosiones y llamas y voces que los llaman a gritos desde la oscuridad, amenazando con matar a todos los piris comunistas hijueputas. Se agazapa muy cerca de la cabina en llamas y dispara a matar a través de los tablones; el AK salta entre sus brazos y los casquillos caen a su alrededor y coloca un nuevo cartucho y dispara enloquecido hacia la oscuridad y un trozo de tablón desprendido lo golpea en la cara, lo tira de espaldas y lo aturde un segundo y lo deja con la sensación de que la vida se le escapará por aquella herida en la cara. Y permanece ahí tendido, encima de alguien que se encuentra todo mojado, durante segundos que le parecen horas, aferrado a un brazo que resultó no ser el suyo, hasta que siente que alguien tira de él para levantarlo y ponerlo de pie, y se da cuenta de que aún sostiene su fusil AK, y distingue el pelo rojo de la muñeca de la novia de Rigoberto Mazariego, y se arrastra por encima de los cuerpos que yacen en la caja del camión, con los ojos clavados en aquella pequeña tea roja y las fosas nasales y la cara completamente empapada de sangre, y tropieza y los dientes le rechinan al notar los cabellos húmedos de la nuca de alguien. Se arroja fuera de la caja, hacia la carretera, y rueda y se oculta detrás de los neumáticos del camión, de los que escapa el aire en silbidos, y segundos u horas más tarde escucha el alarido de Rigoberto Mazariego, siempre acompañado de la muñeca de su novia, que sale de la parte posterior del camión y pega la carrera para llegar hasta las sombras y prepararse para resistir el ataque del enemigo durante toda la noche, hasta la llegada de los helicópteros y los refuerzos. Y por la mañana vieron la larga fila de camiones IFA de Alemania Oriental, desperdigados caprichosamente y volcados a lo largo de la carretera y fuera de ella, con el acero verde de las capotas y de las puertas desgarrado, como si los vehículos hubieran sido atacados por las garras y los picos de gigantescas aves de rapiña metálicas, todos llenos de impactos de bala que refulgían como pequeñas estrellas de hojalata, y cientos de casquillos que cubrían el suelo junto a los neumáticos reventados. Y escucharían los quejidos y el llanto de los heridos, y verían cadáveres uniformados despatarrados sobre las cajas de los camiones y sobre charcos de sangre casi seca en el suelo, entre nubes de moscas, y algunos comenzarían a disparar las rondas de municiones que les habían sobrado contra los buitres, y fue entonces cuando Esteban vio el camión que transportaba a las compitas del cuerpo de intendencia…

Se queda ahí echado con la cabeza recostada sobre los brazos durante un largo tiempo, con la mirada perdida y respirando a través de la boca. Debe de haberse quedado dormido otra vez, porque cuando vuelve a levantar la mirada se percata de que la luz del exterior es gris y que hay unos cuantos clientes en la barra y una nueva mesera, y que alguien ha colocado sobre la mesa el envoltorio de su rosa, aún metida dentro del vaso lleno de agua verdosa. La nueva mesera le lleva una taza de café con leche, le da una palmadita en la espalda y le dice que ha estado roncando. Él se suena la nariz y bebe el café; le da las gracias a la mesera, le da las gracias a todos los presentes, aunque ya no queda ninguno de los que estaban allí la noche anterior, y toma su rosa y sale por la puerta al aire frío de la calle.

7

CUANDO BERNARDO OYE LA VOZ DEL CAPITÁN J. P. OSBOURNE llamándolo por su nombre, como si estuviera excusándose por tener que molestarlo pero realmente necesita que le vuelva a coser el botón de la camisa, piensa que se trata de una de sus inquietantes pesadillas nocturnas. Pero entonces abre los ojos, desde el fondo de aquel pozo de dolor en el que se encuentra atrapado, y se topa con la mirada tristona de cordero enviado al matadero del capitán Elias. El oficial está sentado en cuclillas junto a su lecho; lleva una chaqueta de cuero desabrochada y apoya sus manos sobre las rodillas de sus pantalones de mezclilla negros. Levanta una mano, la posa sobre la frente de Bernardo y la deja un rato ahí. Al viejo le parece que aquella mano es como una esponja fría. Luego sujeta su muñeca y le busca el pulso con los dedos.

Bernardo yace sobre el colchón, sin mantas, desnudo de la cintura para abajo, y tirita de frío.

El capitán señala su pierna con un movimiento de cabeza.

—Es una fea quemadura –le dice–. Más grave de lo que parece, estoy seguro. Probablemente aún sigues en estado de shock.

Bernardo gruñe; trata de incorporarse sobre sus codos y por primera vez alcanza a ver su pierna a la luz; su espinilla está cubierta de blandas pústulas rosadas, algunas de ellas orladas de jirones de tela chamuscada. Siente la cabeza demasiado pesada. Vuelve a tumbarse sobre el colchón.

—…¿Bernardo?

Abre nuevamente los ojos y ve que el capitán sigue arrodillado a su lado, frotando lentamente una de sus sienes rapadas con una mano mientras contempla las tres instantáneas envueltas en plástico polvoriento, que ahora se encuentran en el suelo.

—¿Bernardo? –vuelve a llamarlo el capitán.

Lo mira y él nota su presencia.

—Tengo alguna formación médica –dice el capitán, y añade algo que Bernardo no alcanza a comprender: palabras complicadas y algo relativo a las plantas–. ...A eso me dedicaba antes. Luego decidí que me gustaba más el mar y los barcos.

—Me alegra escucharlo –dice Bernardo, sorprendido por el tono de furia en su voz–. Pero sólo es una quemadura. ¿No deberíamos tener a bordo un botiquín de primeros auxilios?

—Sí lo tenemos –responde el capitán, al tiempo que le da una palmadita a una caja de metal verde que se encuentra en el suelo, junto a él–. Estaba arriba, en el puente. Pero tienes toda la razón: tendría que haber estado en un lugar accesible. Hemos tenido que enfrentar problemas tan complejos que, supongo, a menudo olvidamos las cosas más obvias.

Ahora el capitán se dirige al otro extremo del colchón y roza levemente con un dedo una de las pústulas de su pierna.

—¿Te duele?

—No siento nada. Pero el dolor parece venir de toda la pierna.

—Voy a hacerte unas cuantas preguntas, Bernardo. Tal vez te parecerán un poco extrañas, pero son parte integral del método homeopático.

—Bueno –responde Bernardo, con desgano.

Siente que el capitán Elias lo sacude para volver a despertarlo.

—¿Has tenido últimamente algún antojo extraño de comida?

—¿Cómo?

—¿Antes del accidente y desde entonces?

—¿Eh?

El capitán sonríe con tristeza.

—¿Hay algún alimento en el que no puedas dejar de pensar porque realmente se te antoja comerlo? ¿O hay algún otro que te provoque asco sólo de imaginártelo?

Leche agria, bien fría, con una pizca de sal. Una jarra entera de jugo de pitaya. Helado. Un enorme y humeante plato de mondongo… no…

—Esas moritas azules… ¿cómo se llaman?

—Bueno, ¿arándanos?

—Son frescas y jugosas y muy dulces… Creo que me apetecería comer algunas ahora. En cuanto a lo que me repugna, creo que sería feliz si no tuviera que volver a probar otra sardina en mi vida.

—¿Hay alguna hora del día en la que te sientas especialmente feliz o melancólico? –pregunta ahora el capitán, inexpresivamente, aún sentado sobre sus talones.

—Melancólico por las noches, capitán. Como todo el mundo, ¿no?

—¿Y dónde te siente más feliz, en las montañas o en el mar?

—La verdad es que nunca he estado en las montañas. Las he visto muchas veces, claro, allá en el horizonte, desde la costa.

—Creo que no es una pregunta adecuada para un viejo lobo de mar como tú. Definitivamente el agua es tu elemento.

—A lo mejor sí me sentiría feliz en las montañas, aunque lo dudo.

—¿Bernardo?

El viejo vuelve a abrir los ojos.

—¿Te da miedo la muerte? –pregunta el capitán Elías–. Quiero decir… Cuando piensas en la muerte, ¿sientes miedo?

El temor y la congoja estrujan el corazón de Bernardo al escuchar estas palabras.

—¿Miedo? No, no tanto. Aunque un hombre de mi edad, claro, siempre piensa en la muerte.

—¿Te enoja la muerte?

Ahora mismo estoy enojado, pero con esa gata hija de la gran puta.

—Me enojaría mucho no poder volver a ver a mis hijas.

—Las verás muy pronto, estoy seguro.

Por un momento parece que el capitán Elías mira su rostro pero sin verlo realmente. Luego dirige su mirada más allá de la cama y, apoyando una mano sobre el colchón, se incorpora y se inclina hacia Bernardo para alcanzar una de las fotografías envueltas en plástico. Vuelve a acuclillarse con un gruñido y contempla la imagen. Después se la entrega a Bernardo.

—Tus hijas –le dice.

—Sí, pues.

Bernardo contempla a sus hijas y a su nieto, reunidos en el pequeño porche delantero de su casa, a través del plástico empañado que cubre la instantánea.

—Eres un hombre afortunado. Yo también seré padre dentro de poco.

De pronto, el espigado y completamente vestido de negro cuerpo del capitán vuelve a extenderse por encima del colchón, y al volver a su posición original, Bernardo nota que el capitán tiene en la mano la fotografía de Esmeralda y que la estudia a través del plástico, mientras sonríe levemente.

—¿Un viejo amor?

—No, otra de mis hijas –responde Bernardo, de nuevo sorprendido por el tono furioso en su voz.

—Muy bonita.

—La otra foto es de Clara, mi esposa, la madre de mis hijas.

—Ah –exclama el capitán, y vuelve a estirarse por encima del lecho y al momento siguiente está mirando la borrosa imagen de Clarita y Bernardo parados frente al *Mitzi* en Veracruz; la compara con la imagen de Esmeralda, que sostiene en la otra mano, y por un momento su expresión es de desconcierto–. Encantadora –dice–. Se ven muy contentos.

Bernardo alza la mano que tiene sobre el vientre para devolverle la fotografía de sus hijas. El capitán tarda unos segundos en reaccionar, pero luego toma la foto, se incorpora y esta vez rodea la cama para colocar las tres imágenes más o menos en el mismo sitio en donde se hallaban antes.

El capitán permanece de pie junto al lecho mientras echa un vistazo al camarote. Mira el colchón vacío de Esteban, las dos maletas que yacen abiertas a los pies de cada uno de los lechos, con las ropas ajadas y mugrientas perfectamente dobladas en el interior. Y después vuelve a escudriñar a Bernardo.

—Creo que eres del tipo arsénico –le dice finalmente.

—¿Cómo?

—No estoy del todo seguro, pero creo que te conozco bastante bien como para poder afirmarlo –el capitán sonríe–. Las personas de tipo arsénico son aquellas que deciden suicidarse metiendo la cabeza en el horno, porque les parece la forma más pulcra de llevarlo a cabo. Pero cuando se deciden a hacerlo, se dan cuenta de que el horno está sucio por dentro. Y mientras se ponen a limpiarlo, se olvidan de sus ideas suicidas.

—Sí, pues... Es sólo una quemadura lo que tengo, ¿no?

El capitán vuelve a arrodillarse junto a la cama y hurga en el contenido del botiquín metálico.

—Claro, sólo es una quemadura. No es un caso complicado. Pero voy a aplicarte un tratamiento constitucional junto con otro fundamental, por si acaso. ¿Has estado bebiendo mucho café?

Hace semana que ninguno de los hombres de *Urus* prueba café.

—No –responde Bernardo.

—Excelente, porque el café interfiere con la efectividad de estas medicinas –dice el capitán, mientras se mueve hacia la pierna de Bernardo, tirando del botiquín–. No debes de tomar ni una sola gota hasta que estés curado. Vamos a limpiar un poco tu herida.

Con unas pinzas, el capitán empieza a retirar los trocitos de tela chamuscada que aún tiene en la pierna.

—¿Siente algo? –le pregunta al viejo.

—Nada.

El capitán vierte agua proveniente de una botella de plástico sobre su pierna, y luego se pone a darle toquecitos a sus tumefactas heridas con torundas de algodón.

—Esto te arderá –le dice.

Vuelve a limpiar sus heridas con más torundas de algodón, esta vez empapadas con líquido de otra botella, y Bernardo no siente nada hasta que de pronto, en donde el capitán le ha aplicado el remedio, cientos de ardientes agujas de dolor le atraviesan la piel.

—Volveré en una o dos horas –le escucha decir, en medio de aquel terrible ardor que le quema como una fogata.

Cuando abre los ojos de nuevo, Tomaso Tostado se encuentra limpiando las torundas de algodón que quedaron sobre el colchón de Bernardo. Parado en el umbral del camarote, Panzón anuncia:

—El capitán dice que está licenciado en... ¿qué fue lo que dijo?

—En herbolaria –dice Tomaso–. Y en algo llamado... No sé. Es un médico homeópata, ¿no?

—Eso dijo –Bernardo vuelve la cabeza hacia la voz que acaba de hablar y ve a José Mateo, que contempla la fotografía de Esme que sostiene en la mano. José Mateo continúa–: el Buzo, ese cabrón, le dijo al capi que eso de la homeopatía le sonaba a brujería; le dijo que por qué mejor no te llevaban al hospital, vos. Y el capi le dijo que no, que ésta es la medicina que usan los reyes de Inglaterra. Es la medicina más nueva, la más moderna. Igual o hasta mejor que la que le darían en el hospital. ¿No fue lo que dijo?

—Sí, pues –responde Panzón–. Y que tu cuerpo entero es una vibración. ¡Qué sé yo!

—Una fuerza vital –añade Tomaso Tostado.

—Sólo es una quemadura –dice Bernardo–. Dejá esa foto donde estaba.

—Sí, pues, compadre –responde José Mateo–. Él sabe lo que hace. Puta, ni que fuera cirugía.

—Qué loco ese capitán, ¿verdad? –dice Panzón.

—Pero es una persona muy culta –dice Tomaso Tostado.

—¿Qué fue eso que contó de la rata?

—Con este tipo de medicina –dice Tomaso–, para curar una quemadura, lo que hacés es poner una medicina que queme un poquito menos, y así el cuerpo sabe lo que tiene que hacer. Lo similar cura a lo similar, eso fue lo que dijo. Que unos científicos le dieron de esta medicina a una rata y que la metieron dentro de un horno, y que la rata podía quedarse ahí dentro sin quemarse mientras que las otras ratas que no la tomaron sí ardieron.

—A punto estaba de querer meterme la cabeza en un horno –gruñó Bernardo.

—¿Estás diciendo que para curarle una quemadura el capitán tiene que quemar a Bernardo? –pregunta Panzón.

Y de pronto el capitán Elias está tratando de despertarlo de nuevo. No queda nadie en el camarote más que él y Tomaso Tostado.

El capitán sostiene en sus manos un recipiente de plástico rojo con tapa blanca, algo más pequeña que el recipiente en donde les llevó la medicina que les dio cuando todos se enfermaron por tomar agua de rata. Le está explicando a Tomaso Tostado que Bernardo necesita beber aquel líquido cada media hora.

—Es una combinación de cantárida y árnica –dice el capitán–. Tal vez las conozcas como mosca española y veneno del leopardo.

El capitán vierte un poco del líquido en la tapa de plástico. Bernardo la bebe; sabe a agua con residuos de óxido. Hay otro remedio más con el que deben lavarle la quemadura, una tintura, dice, hecha a base de caléndula y yerba de San Juan. Y unas gasas para colocárselas sobre la pierna.

Antes de marcharse del camarote, el capitán le dice al viejo:

—Trata de pensar en cosas alegres, Bernardo. Eso ayuda al proceso de curación.

—Gracias, capitán –responde éste–. Ya me siento un poco mejor.

—Esta medicina actúa muy rápidamente. En unos cuantos días, el segundo oficial del *Urus* volverá de nuevo a la carga, ¿eh, güey? –pero tan pronto lo dice, el capitán frunce el ceño, como apesadumbrado por su propia falta de tacto. Se queda ahí parado un segundo, con las manos metidas en los bolsillos–. Y, recuerda, Bernardo –dice finalmente, con una sonrisa forzada–, es inmoral que un hombre bueno se ponga triste.

El capitán Elias sale del camarote. Bernardo no volverá a verlo nunca.

8

ESTEBAN YA HA RECOGIDO LAS BOTELLAS DE CERVEZA QUE estaban en la entrada del salón de belleza, las ha tirado en los cubos de basura y ha pateado las colillas hasta el bordillo de la acera, cuando finalmente, y después de llevar casi tres horas allí, ve a la Joaquina acercándose por la acera, envuelta en su abrigo y caminando con aquel paso tan suyo, a la vez ágil y cansino, como si los zapatos le vinieran demasiado grandes. Esta vez lleva mallas negras. Cuando lo ve esperándola, sus ojos se transforman en dos discos oscuros y se detiene un instante, pero no sonríe. Para cuando llega a donde él se encuentra, ya tiene las llaves del salón en la mano. Él ve que los ojos de Joaquina se clavan en el ramillete que lleva en la mano y que después se deslizan, con una expresión suspicaz, hasta su rostro.

—Buen día, Joaquina –dice Esteban, tan falto de aliento y con la cabeza tan constipada que apenas puede escuchar su propia voz.

—El marinero –responde ella, con su habitual voz grave–. Esteban, ¿no? ¿Qué pasó?

—Joaquina...

La actitud contenida, casi apagada, de la muchacha, lo confunde. Parece una persona totalmente distinta de aquella tirana voluble que conoció el otro día. Le dice que quiere hablar con ella de una cosa.

—Bueno, ¿de qué?

El poco interés que ella demuestra lo llena de consternación.

—Ya limpié el portal –le dice, nervioso–. Fregaré el suelo si querés...

—Oye, güey, ¿no estarás tratando de robarte mi trabajo, o sí? Porque hago más cosas que barrer la entrada, ¿sabes? —y ahora sí le sonríe.

Esteban se siente tan aliviado al ver que la personalidad de Joaquina ha vuelto a brotar, que estalla:

—¡Ya sé! Y tendrían que pagarme un millón de dólares para que le agarrara las manos al tal Chucho ese —nada más de decirlo, se encoge por dentro al pensar que se ha delatado a sí mismo.

Pero ella suelta una carcajada y mete la llave en la cerradura.

—¿Y cuánto cobrarías por hacerle los pies?

Piensa: ¿Así que a Chucho le gusta que le arreglen las uñas de los pies? Pero se obliga a no decir nada y sigue a Joaquina al interior del salón, y una vez adentro le dice:

—Te traje esto —y le extiende el ramillete para que, cuando ella se dé la vuelta, sólo tenga que alzar las manos para tomarlo.

—Ay, Esteban, ¿por qué? —dice ella.

Mira la única rosa en el interior del envoltorio, sonríe débilmente y le da las gracias. Luego se vuelve y camina presurosa hacia la parte trasera del local para encender las luces. Atraviesa la cortina; Esteban oye el ruido que hace el agua al correr, pero cuando ella vuelve a salir no trae nada en las manos. Lleva puesto un vestido de terciopelo rojo que parece una bata de trabajo, con dos hileras de botones dorados al frente y un lazo negro que le cae del cuello. Se pone a preparar el café.

Esteban toma asiento en una de las sillas junto a la pared. Mira su imagen en los espejos y luego mira la fotografía en donde aparece Chucho vestido como Pedro Picapiedra y sosteniendo a la bailarina por encima de su cabeza. Se siente como drogado a causa de la gripe y de la falta de sueño, con la piel pringada de mugre y sudor seco. Está furioso consigo mismo por haberle traído la rosa a Joaquina, y furioso también con Bernardo por haberle calentado la cabeza con sus ideas ridículas. A Joaquina le incomoda su presencia. ¿Y a quién no le incomodaría, pues? Pero luego recuerda la manera tan amable en como Marilú lo trató anoche, y se siente dolido por la forma en que Joaquina ha malinterpretado su gesto de llevarle una flor.

Joaquina le trae una taza de café y se sienta a beber de la suya, dejando una silla vacía entre ambos, con las piernas extendidas y los pies separados, igual que la vez pasada. Le pregunta de qué quiere hablarle.

—He decidido abandonar el barco –le dice, y aguarda a que ella termine de bostezar. Joaquina deja caer la mano con la que se tapó la boca y lo mira.

—Perdón –le dice, con una sonrisa adormilada–. ¿Decías?

Esteban nota que hoy lleva aretes distintos. En lugar de las pequeñas estrellas esmaltadas, ahora lleva pequeños triángulos esmaltados, de color amarillo.

—He decidido...

—Te dije que te ibas a enfermar si te sigues vistiendo así, ¿no te lo dije? –se levanta de la silla, cruza velozmente el salón y regresa con una caja de pañuelos desechables, que coloca entre ambos, sobre la silla vacía–. Güey, tienes que aprender a cuidarte mejor...

Esteban le repite que ha decidido abandonar el barco. Ella asiente y él prosigue:

—Me preguntaba si había algo que yo pudiera hacer, a lo mejor limpiar la entrada, y aquí dentro también, por los días que ustedes quieran, a cambio de un corte de pelo.

Ella parece considerar seriamente su propuesta.

—Vamos a tener que preguntarle a Gonzalo –le dice finalmente–. Ya no debe tardar en llegar.

Y permanecen sentados, en absoluto silencio, hasta que ella le pregunta si no quiere una aspirina. Se va a la parte de atrás y vuelve con un vaso de agua y dos comprimidos.

Y cuando él ya no puede soportar más el silencio y está a punto de preguntarle si aquel hombre vestido como cavernícola de caricatura de la fotografía es Gonzalo, se da cuenta de que eso podría revelar lo que hizo y lo que averiguó sobre su patrón anoche, y con una oleada de vergonzoso temor, se da cuenta también de que Gonzalo podría reconocerlo a él.

—¿De verdad los hombres se pintan las uñas? –pregunta finalmente.

—Algunos —dice ella—, pero Chucho no —y entonces clava su mirada en la de él y le pregunta—: ¿por qué, güey? ¿Qué tiene de malo que los hombres se hagan la pedicura?

—Nada —responde Esteban. Aunque por supuesto que le parece mal—. Yo nunca lo haría.

—A algunos hombres les gusta —dice ella, y sonríe de una forma extraña, como si a ella también le desconcertara un poco aquel hecho—. A mi novio le gusta que le arregle las uñas de los pies, pero creo que es diferente. No se pone esmalte ni nada, claro, pero creo que a todo el mundo le gusta que le mimen un poco los pies, ¿no? Que les corten las uñas, les quiten la cutícula y los callos, y todo eso.

—¿Tenés novio? —¿ve? Ni siquiera le molesta. De cualquier manera ella ni siquiera es de su tipo. Una manicurista. Una chica plástica, con el cabello teñido; seguramente hasta sus rizos también sus falsos…

—Bueno… sí —dice ella—. Pero está en México, en el D.F. Es abogado.

El corazón de Esteban da un vuelco al escuchar un atisbo de duda en la voz de Joaquina. Y un instante después, ella añade:

—Hay una pesadilla que tengo desde hace años. Un gordo vestido de traje viene a que le haga la manicura, y yo le digo: «Siéntese, en un momentito». Y cuando regreso, el gordo sigue ahí sentado pero se ha quitado los zapatos y los calcetines, y sus pies son espantosos: sucios, peludos, apestosos. Y yo le digo: «Ah, ¿y también va a querer que le haga los pies?». Y él se voltea a verme y dice: «No» —hace una pausa—. Y ahí es cuando siempre me despierto.

Cuando Gonzalo entra, lleva un largo abrigo de lana negra, y un periódico doblado bajo el brazo. Se detiene un momento en el interior del local para sacarse un guante de cuero y está a punto de quitarse el otro cuando nota la presencia de Esteban, y una sonrisa divertida aparece en sus labios.

—Éste es el marinero del que te hablé —le dice Joaquina, algo turbada—. Esteban.

Gonzalo termina de quitarse el guante, al parecer únicamente para liberar su dedo índice y ponerse a sacudirlo y blandirlo en el aire mientras dice:

—Ayer dio por lo menos dos vueltas a la cuadra, y no dejaba de mirar para dentro, con un ramo de flores en las manos. Al principio pensé que me las traía *a mí* –y ríe mostrando una dentadura blanca y perfecta, irradiando buen humor por aquellos ojos esmeralda y las mejillas rubicundas. Y añade–: ¡coño, qué genial!... ¿Sabes?... Más tarde, cuando regresaba a casa en el *subway*, tratando aún de resolver el misterio de ese loco chico demasiado tímido para entregar sus flores, se me ocurrió de repente que tal vez podría ser ese marinero náufrago del que Joaquina me había hablado...

Esteban permanece muy tieso en la silla, atormentado por la humillación, con el rostro colorado como acero al rojo vivo.

—Era el día libre de Joaquina. Debiste haber entrado de todos modos –pero el tono alborozado desaparece de su voz cuando se vuelve para mirar a Joaquina–. Oye, niña, no te enfades. Sólo estaba...

Esteban mira a Joaquina y descubre que los ojos de la chica han vuelto a transformarse en dos lagos tempestuosos que miran furiosos a Gonzalo, de la misma forma en como le habían mirado a él la mañana que se conocieron.

—¡No puedes controlar tu bocota nunca, Gonzalo! ¡Hocicón!

—¿Hocicón? ¿Yo? ¡Mira quién habla!

Joaquina se levanta, atraviesa la cortina del fondo y, cuando vuelve a salir, lleva en la mano un delgado florero dentro del cual descansan la rosa y las hojas de helecho. Lo azota con tanta fuerza sobre el mostrador que a Esteban le sorprende que no se rompa.

—Qué elegante –dice Gonzalo.

—Sí, pues –responde ella–. Y me lo trajo a mí, no a ti, güey. ¿Órale?

—Claro –responde él–. Muy bien –le lanza una sonrisita furtiva a Esteban, y vuelve a mirar a Joaquina–: ¿tuviste un buen día de descanso?

Joaquina aún lo mira con el ceño fruncido mientras se pone a juguetear nerviosamente con su cabello, rizando y desrizando un bucle dorado en torno a su dedo.

—Ajá —le dice.

—Te fuiste de compras como siempre, ¿no?

—¿Y qué?

—Y compraste otro escurridor, ¿verdad? O un colador de té o algo por el estilo, ¿no?

Gonzalo da la impresión de estarse aguantando la risa.

—No empieces —dice ella.

—Esta Joaquina es una de las mujeres más excéntricas del mundo entero —le dice Gonzalo a Esteban—. Ve cualquier cacharro de cocina con agujeros y tiene que comprarlo. ¿Qué crees que diría un psicólogo de esto? ¡Y ni siquiera cocina!

—¡Ay, no! ¡Y dale con tus obsesiones!

—¿Mis obsesiones? ¡Yo no soy el que compra y compra coladores y escurridores!

—¡No es una obsesión, es una colección! Me gustan los escurridores. ¡Eres tú el que está obsesionado con que a mí me gusten! A mí no me obsesiona *nada* de lo que tú haces, güey —se tapa los ojos con la mano—. Ay, no, ya no soporto a este hombre. ¡*Chiiin*!

Y Gonzalo se carcajea profusamente. Se quita el abrigo y lo lleva a la parte trasera del local. Va vestido de la misma forma que el día anterior, sólo que ahora el suéter que lleva es gris, y así de cerca, la figura del hombre resulta aún más hercúlea y gallarda.

Joaquina se sienta en la silla contigua a la de Esteban, cuya cara seguramente refleja una tremenda estupefacción pues el tono que ella emplea para hablarle es solemne y tranquilizador:

—Esteban, lamento mucho que Gonzalo te hiciera sentir mal. Es un insensible de lo peor.

—¿Sentirme mal? No, claro que no.

Ella suelta una risita.

—¿Entonces te quedaste dándole vueltas a la cuadra?

Esteban suspira.

—No sé —responde—. No tenía otro lugar a donde ir.

Gonzalo vuelve y se sirve una taza de café y va a sentarse al otro lado de Esteban.

—Joaquina y yo —le dice— somos como una de esas horribles

parejas de casados. Nos odiamos el uno al otro, pero si uno de los dos faltara el otro ya estaría en la calle, gritando de dolor y jalándose los pelos de desesperación.

—¡Eso quisieras, güey! –responde ella–. Lo mismo decías de Dolores.

—Era nuestra gata –le explica Gonzalo a Esteban–. La contratamos para que acabara con los ratones que tenemos, y un día salió por esa puerta y nunca más volvió. Tal vez se fue a trabajar para alguien que le pagaba más. O tal vez se la llevó la Migra.

—Oye, Gonzalo. Esteban necesita cortarse el pelo –le dice Joaquina a bocajarro–. Pero no tiene dinero.

Se pone a contarle la situación de Esteban y su oferta de fregar la entrada del local y barrer el piso del salón hasta pagar su deuda, aunque añade que no cree que sea conveniente que Esteban limpie afuera mientras aún sigue enfermo.

—Pero ése es tu trabajo –responde Gonzalo cuando Joaquina termina de hablar–. Es parte de las labores por las que te pago –pero enseguida se dobla de risa al ver la expresión herida que aparece en el rostro de Joaquina, y se pone de pie y dice que por él está bien–. Pero lávale el pelo –le dice a la chica–. Y revisa si no tiene piojos. Sin ofender, Esteban.

Joaquina había crecido en un pueblito cercano a la escasamente transitada carretera que atraviesa la parte desértica de la Sierra Madre Occidental, en el estado de Zacatecas, ubicado en el centro de México. Su padre trabajaba como mecánico de automóviles en un taller al borde de la carretera, un local que apenas ocupaba un diminuto cuarto lleno de chatarra, y cuya supervivencia dependía principalmente de las ocasionales averías o pinchazos de neumáticos que se producían en las inmediaciones. El poblado en el que vivían se hallaba tan lejos de todo que Joaquina y sus hermanos –eran ocho en total, cinco varones– no tenían manera de ir y volver de la escuela a menos que su padre los llevara a bordo de su viejo automóvil. Pero a menudo el vehículo se descomponía –a pesar del oficio del padre, ninguna de las puertas del auto abrían desde afuera, y sólo una podía ser abierta desde el interior– y Joaquina y sus hermanos quedaban varados en el poblado donde se encontraba la escuela y debían repartirse entre varias casas del lugar para pasar la noche. La madre de Joaquina era una mujer muy austera, una campesina en cuya vida no había lugar para ninguna clase de lujos femeninos. Así que Joaquina jamás había visto una lima de uñas hasta que tuvo siete años, cuando su tía Hermalina viajó desde el Distrito Federal para visitar a su hermano y su familia. A Joaquina la dejaron maravilladas las hermosas, relucientes y pulidas uñas rojas de su tía, y la manera en que la mujer se pasaba horas enteras limándoselas despreocupadamente, ajena a casi todo lo que ocurría a su alrededor, matando de esta forma el tiempo de una visita que sin duda le parecía interminable. Joaquina codiciaba aquella lima de uñas como el objeto mágico que era en realidad para ella, y se sentaba en el patio de la escuela a limarse sus propias uñas, imitando los movimientos de su tía con un palito de paleta. Y justo antes de que la tía Hermalina emprendiera el viaje de regreso a la ciudad, Joaquina abrió furtivamente el bolso de la mujer y le robó la lima. Era una de esas anticuadas limas metálicas. Aunque la cuestión del esmalte siguió siendo un misterio para ella. Probó a mojar el papel de China que usaban en la escuela y a frotarlo sobre sus uñas para ver si se les pegaba el color. Probó con crayolas. Una vez, mientras se encontraba en el taller de su padre, descubrió que éste tenía un poco de pintura que usaba para retocar la de los autos, y que brillaba como el esmalte de uñas incluso una vez que se secaba. Pero cuando su padre la sorprendió embadurnándose los dedos con aquella pintura, ocultó las latas entre el caos de chatarra que abarrotaba el taller, donde ella nunca logró encontrarlas a pesar de las exhaustivas búsquedas que emprendía cuando el padre se ausentaba del taller. Para entonces Joaquina ya se ponía a limarle las uñas a cualquiera que se le pusiera enfrente –a sus compañeras de la escuela, a su madre, a sus hermanas, incluso a sus hermanos menores y a las pocas vecinas que tenía–, hasta que no quedó una sola mujer o niña en los alrededores que no luciera siempre unas uñas perfectas, aunque sin pintar. Ella misma tuvo que esperar dos años más para poder lucir un verdadero barniz de uñas, cuando la enviaron a visitar a la tía Hermalina en la mayor y más contaminada ciudad (y también la más loca, surreal, escandalosa, triste y divertida, en opinión de Joaquina) del mundo entero. Y cuando cumplió quince años pudo finalmente hacer realidad el sueño de su vida: irse a vivir al D.F. con su tía e ingresar en una escuela de belleza. Las clases de peluquería nunca fueron de su interés. Realmente era como si su verdadero destino fuera el de llegar a ser manicurista…

Esteban se entera de una parte de esta historia mientras está sentado sobre un sillón acolchado, en la parte de atrás del local, del otro lado de la cortina, con una especie de delantal azul de algodón puesto y la cabeza reclinada hacia el lavabo, mientras Joaquina le lava los cabellos; y del resto de la historia se enterará más tarde. Joaquina mantiene muy cortas sus propias uñas, a causa de su trabajo, y prefiere pintárselas a la francesa, como ella llama a ese estilo de barniz muy brillante pero transparente, con finas franjas blancas a lo largo de los bordes. Ella misma se las pinta, por supuesto. Antes de empezar a lavarle la cabeza, le ha mostrado sus manos para que Esteban pudiera admirar sus uñas, y después las ha enfundado en un par de guantes de goma traslúcida. Aquí, en el salón, Joaquina tiene que hacer toda clase de cosas además de manicuras y pedicuras: desde depilar piernas con cera hasta hacerle los mandados a Gonzalo. Pero no puede buscar trabajo en un salón especializado –uno de esos establecimientos que se encuentran a la vanguardia de toda moda e innovación relacionada con la ciencia y el arte de embellecer las manos y los pies, y en donde ella ha oído que te dan el título de «técnica en uñas» en vez de «manicurista»– mientras siga siendo una inmigrante indocumentada y no hable inglés. Aunque buena parte de los salones especializados son propiedad de coreanos, y sólo contratan a coreanos. A veces le gusta pararse afuera de esos salones, para observar el interior desde el escaparate. Pero Gonzalo es un jefe honesto y honrado, muy padre; casi siempre se la pasan muy bien juntos.

El cabello de Esteban está tan sucio y enredado que Joaquina decide que necesita tres lavados. Pero no tiene piojos, le anuncia con gran alegría. La fragancia femenina del champú que emplea es tan intensa que Esteban cree que debe estar aspirándola por los ojos, porque aún tiene la nariz demasiado tapada como para oler nada. En el suelo, apoyado contra la pared, ve un recipiente de hierro esmaltado lleno de cera de color amarillo tirando a marrón, completamente limpia y libre de pelos, y siente un instante de triste asombro de haber sido capaz de identificar aquella sustancia que la Marta le describió por primera vez como cera para depilar las piernas. A la mitad del segundo lavado, Joaquina se quita los guantes de goma y él siente entonces las yemas de sus dedos deslizándose por entre sus cabellos, dándole masaje hasta que su cuero cabelludo se puebla de explosivas estrellas, provocándole un agradable cosquilleo que recorre su espina dorsal y lo hace estremecer. Abre los ojos e inclina aún más la cabeza hacia atrás, para verla; su mirada deja atrás los labios agrietados de la muchacha, sus fosas nasales, y se fijan en la expresión ausente de sus ojos.

—¿Por qué necesitaba Chucho una manicura tan temprano?

—Porque da clases de cocina por televisión. En el canal 67, o algo así, allá en Nueva Jersey. Pero nunca lo he visto.

—¿Y tu novio viene a verte?

—Vendrá muy pronto –sus dedos dejan de moverse entre el pelo de Esteban. Es como si estuviera a punto de soltarle una confesión trepidante, pero esto no sucede y Joaquina reanuda la tarea. A Esteban le llega un pensamiento inesperado: no le importa que Joaquina tenga novio, ni le importa que el novio venga a visitarla pronto, porque al final él y Joaquina terminarán juntos, sin importar lo que suceda. ¡Chocho!, susurra para sus adentros. Tal vez es su orgullo el que habla, o tal vez se encuentra demasiado relajado en aquel cómodo sillón, sintiendo un placer visceral mientras ella le lava la cabeza, como para preocuparse por un rival. ¡Que venga el abogado! Cierra los ojos y se acomoda mejor para disfrutar aún más de aquel masaje sobre su cuero cabelludo, y se concentra en usar el poder de su pensamiento para comunicarle a Joaquina, a través de las yemas de sus dedos, la determinación que acaba de tomar.

Hasta que siente que lo despierta el sonido de su voz:

—Marinero, despiértate.

Le dedica una sonrisa boba a Joaquina, sorprendido de hallarse en aquel lugar en vez de despertar en su camarote al lado de Bernardo.

—¿Estabas roncando por culpa de la gripa? –le pregunta ella–. ¿O siempre roncas?

—Es por la gripa –responde él, aunque no está tan seguro.

Joaquina ya no está lavándole el pelo. Ha tomado asiento al lado de él, en lo que espera a que el acondicionador actúe sobre su cabello.

—Lo mismo me pasó a mí el otro día, mientras le hacía la pedicura a una señora –dice Joaquina–. Ya sabes cómo es: las mujeres vienen aquí y se ponen a hablar y hablar y hablar y hablar. Y algunas tienen unas voces que… No sabría cómo explicarlo… Como que te hipnotizan. De pronto nomás sientes que cabeceas y cabeceas y tratas de mantener los ojos abiertos y de tomar Coca-Cola para seguir despierta porque te da miedo que la mano se te resbale y cortes a la clienta. Pues ¿qué crees que me pasó el otro día, güey? Ahí estaba yo, con la barbilla apoyada sobre el pecho; me había quedado completamente dormida y hasta las tijeritas se me cayeron al suelo. ¿Y sabes cómo me despertó la vieja esa? ¡Con el dedo gordo de su pie! ¡*Chiiin*! Me lo puso sobre la nariz y me dio un empujoncito con él y se paró hecha una furia. Pero yo también me enojé. ¡Me puso el dedo en la nariz! La mandé a la chingada, güey.

Joaquina le enjuaga el pelo. Luego Esteban la sigue a través de la cortina, llevando una toalla atada en la cabeza, como un turbante. Gonzalo ya se encuentra cortándole el pelo a una mujer. Un negro muy corpulento que habla español, vestido de traje negro con finas rayas blancas y un chaleco rojo, se encuentra esperando a que le hagan la manicura. ¿Por qué será que cada vez que él está ahí solo vienen hombres a que les hagan la manicura? ¿Y por qué son siempre tan corpulentos los tipos a los que les gusta que les arreglen las manos?

Joaquina se queda de pie detrás de Gonzalo, de nuevo retorciéndose un rizo de pelo en el dedo. Esteban sonríe para sí, reconociendo en aquel gesto un signo de ansiedad.

—Gonzalo –le dice–. Esteban no puede quedarse ahí esperando con el pelo mojado, no con la gripa que tiene.

—Pues ponlo debajo de la secadora –responde Gonzalo–. ¿Qué estaban haciendo los dos allá atrás, que se tardaron tanto? ¡No, no quiero saberlo! Tengo una cita tras otra a partir de este momento.

Es hasta las seis y media de la tarde que a Esteban le llega su turno de ser convocado a la silla de barbero de Gonzalo. Para entonces, la luz en la calle se ha tornado gris, turbia y deprimente bajo las farolas, mientras que una constante procesión de personas que regresan del trabajo a sus hogares desfila ante el escaparate del salón, exhalando volutas de vapor que flotan en torno a sus bocas. Esteban se ha pasado la mayor parte de la jornada sintiéndose ignorado por Gonzalo y Joaquina, quienes han tenido que atender a un cliente tras otro hasta que ambos parecen haber perdido por completo su habitual buen humor y sus emociones, de la misma forma en que la tarde allá afuera ha perdido todo parecido con un soleado mediodía de otoño. Esteban ha comenzado a aprenderse las letras de las canciones más populares que transmiten en la estación de habla hispana en la radio. Ha escuchado más fragmentos de noticias sobre los cambios que han sucedido en el mundo, sin tener con quién compartir su asombro. Ha leído cada página del periódico neoyorquino de Gonzalo, publicado en español, y varias veces la sección internacional y otra llamada «Nuestros Países». En esta última se enteró de que las guerras en El Salvador y en Guatemala aún continúan, pero aquel día no aparece ninguna noticia sobre Nicaragua, lo que le produce de nuevo la inquietante sensación de que todo y a todos cuantos conocía han desaparecido para siempre mientras él se hallaba atrapado en el *Urus*. Pero, a pesar de todo, su horóscopo señalaba que aquél era un día propicio para reanudar las relaciones rotas con familiares distantes y con amores antiguos. Ha hojeado media docena de viejos ejemplares de *Vanidades* y *¡Hola!*, y se ha puesto al corriente de las desdichas amorosas que estremecen la vida real de las artistas de las telenovelas y de otras gentes que aparentemente también son famosas, pero de quienes jamás ha oído hablar. Se ha terminado él solo una caja completa de pañuelos desechables y ha pasado muchas horas tratando de no quedarse dormido, ahí sentado en medio de un estupor soporífero mientras construye y reconstruye andamios en el aire para mantener sus ojos abiertos y así poder observar a Joaquina inclinada sobre las manos y pies de sus clientes, trabajando con la meticulosidad de un cirujano. Le fascina la variedad y la delicadeza de los instrumentos que emplea –parece tener a su disposición casi tantas herramientas como ellos a bordo del *Urus*, pero en versión miniatura– y también el halo de rigurosa concentración y de calma que envuelve a Joaquina, ya sea que se encuentre recortando cutículas, o limando los bordes de las uñas, o puliéndolas con una pequeña piedra pómez, o aplicando cremas, o empleando una toalla de tocador para secar los pies recién sacados de una palangana de agua caliente, o dando masaje, o pintando uñas, o extrayendo pegamento de un diminuto tubo para adherir uñas postizas, y después colocar los dedos de las mujeres y sus nuevas uñas bajo una maquinita cuyas bobinas despiden un brillo púrpura. Después de todo, la mayor parte de su clientela sí está constituida por mujeres, y es cierto que tienden a parlotear tanto que Joaquina se ha transformado en alguien que apenas abre la boca. Esteban ha escuchado disimuladamente toda clase de chismes románticos, familiares y de vecindad. Y el susurrante sonsonete de una mujer con un ligero ceceo casi consigue dormirlos a él y a Joaquina al mismo tiempo.

A la hora del almuerzo, Gonzalo abrió el cajón en donde guarda el dinero y le entregó a Joaquina un billete de veinte dólares, pidiéndole que fuera a buscar unos sándwiches y que después pasara por el bazar del Ejército de Salvación para comprarle a Esteban un suéter o cualquier otra cosa con el vuelto. En la tienda, Esteban pidió un sándwich de queso y jamón como el que ha pedido Gonzalo, y Joaquina se compró una bandeja de cartón envuelta en plástico llena de chícharos crudos. Eso fue todo lo que comió: dijo que era uno de sus alimentos preferidos. Una vez que salieron de la tienda, rasgó el envoltorio de plástico y comenzó a llevarse los chícharos crudos y verdes a la boca, uno por uno.

—Hijue –dijo Esteban–. Comés como pavo real.

—Qué chistoso que lo digas –respondió ella–, porque en inglés los chícharos se llaman *green peas*. Y el pájaro aquel, *peacock*. ¿Te das cuenta de lo listo que eres?

Le contó a Esteban que asiste a clases de inglés dos noches por semana, en una iglesia del vecindario; que las clases son gratuitas y que él también debería inscribirse.

—¿Y vivís cerca de aquí?

—No muy lejos.

Luego lo llevó al bazar del Ejército de Salvación, ubicado al final de un estrecho tramo de escalones: una habitación atiborrada con toda clase de prendas de segunda mano extendidas sobre largas mesas, embutidas dentro de cajas o colgadas de percheros. Y cuando vio la cara de pasmo que puso Esteban, le dijo que a ella también le gustaba más la ropa nueva, y se disculpó por haberlo llevado a ese lugar. Pero el poco dinero con el que contaban les rendiría mucho más ahí que en cualquiera de las otras tiendas de la avenida, incluso en las más baratas. Pero Esteban le respondió que no estaba decepcionado, sino más bien sorprendido, porque nunca antes había estado en una tienda de ropa de verdad. En Corinto siempre compraba prendas de contrabando en los puestos del mercado, o directamente con los intermediarios que adquirían los bienes robados, como sus tíos; pura mercancía nueva, recién sacada de las bodegas de los barcos o pasada de contrabando por las fronteras. Se probó una docena de suéteres, por lo menos, y ni siquiera tuvo oportunidad de mirarse en el espejo hasta que Joaquina escogió el que más le gustaba. Era un suéter de gruesa lana verde, con una franja negra en torno al cuello, que sólo estaba ligeramente desgastado de los puños y del dobladillo, y que despedía un agradable olor a bolas de naftalina y a leche hervida.

—¿Sabes qué, chamaco? –le dijo mientras él se miraba de pie ante el espejo, lleno de gratitud pero aún pensando que lucía como si lo hubieran criado los lobos–. Me gusta tu pelo así de largo, ahora que está limpiecito –extendió su mano y le apartó el cabello de la cara, atusándoselo con sus dedos–. Una despuntada, a lo mejor, es todo lo que necesitas. Y, claro, una buena afeitada.

—Quiero cortármelo. Este pelo me ha traído pura mala suerte. Bueno, vos… hasta aquel día, cuando te conocí.

—¡Ay, no, qué cursi! –gritó Joaquina, aunque sonrió con timidez y hasta se sonrojó un poquito, y luego se concentró en examinar un perchero lleno de vestidos, pasando rápidamente las prendas mientras le daba la espalda a Esteban. Y él supo que su comentario, por cursi que efectivamente hubiera sido, había dado en el blanco, despertándola a la súbita conciencia de que él ya formaba parte de su vida, algo que hasta entonces no había conseguido lograr, ni siquiera con la rosa.

Quedó suficiente dinero para comprarle, además, una camiseta roja sin ningún tipo de emblema y un par de gruesos calcetines. Se llevó puesto el suéter todo el camino de regreso al salón, y durante el trayecto no dejó de mirar el reflejo de la pareja que él y Joaquina formaban en los escaparates de las tiendas frente a las cuales pasaban, aunque lo único que alcanzaba a ver era una pareja de fugaces sombras traslúcidas que apenas destacaban en el fulgor del mediodía. Joaquina seguía comiendo chícharos mientras le contaba que había estado ahorrando dinero para poder asistir al concierto de José José en Manhattan, que se celebraría en un enorme estadio que había allí, dentro de seis semanas, pero que el otro día quedó destrozada al enterarse de que las localidades ya estaban agotadas. Su amiga Rebeca tenía dos entradas, pero la muy traidora pensaba invitar a un galán. Esteban se sintió lleno de satisfacción por lo natural que resultaba y que debía parecerle a todo el mundo que él y Joaquina caminaran juntos por la acera, ella tan absorta en sus chícharos y su historia, y tan pegada a él que Esteban sentía la constante presión del hombro de ella contra su bíceps, un contacto que se deslizaba pero que no se perdía cada vez que ella se llevaba un chícharo a la boca. Pero también presentía que si él llegaba a decir algo que llamara la atención de la chica hacia esta prueba de la intimidad instintiva que existía entre ambos, o que si trataba de apurar las cosas poniéndole una mano en la espalda o volviendo su rostro para enterrar su nariz en el áureo prado de sus cabellos, tal y como él se moría de ganas de hacer, ella se apartaría de inmediato. El amor aún no nos alcanza, pensó, pero sigue el rastro de guisantes sobre la acera. Quería impresionarla haciendo alguna observación ingeniosa, pero no encontró la manera de hacer que aquel pensamiento sonara menos arrogante y más creíble. De cualquier forma, ella dejó caer muy pocos chícharos al suelo, y cada vez que sucedía exclamaba: «*Chiiin*» o «¡Mierda!».

Cuando al fin Esteban se encuentra sentado sobre la silla de barbero, le da profusamente las gracias a Gonzalo por el corte de pelo y promete devolverle tan pronto pueda el dinero que se ha gastado en la ropa y el sándwich.

—Coño, ni te preocupes –dice Gonzalo–. Los refugiados de países comunistas debemos apoyarnos los unos a los otros, ¿no?

Esteban siente que se sonroja de nuevo. No sabe qué responder pero sabe que debe decir algo si no quiere terminar extraviado en un laberinto de mentiras. Y mientras Gonzalo le coloca en el cuello un rasposo peto de papel, Esteban le dice:

—La verdad es que soy refugiado pero de un barco…

Joaquina está de pie junto a ellos, bebiendo una lata de Coca-Cola con una pajilla y observándolos por el espejo.

—Pues sí –le responde Gonzalo–. Tú eres de Nicaragua y yo soy de Cuba. Venimos del *mismo bote*, como dicen por aquí, ¿no? –Gonzalo rocía el cabello de Esteban con agua de una botella de plástico–. Del mismo bote que se está yendo a pique a toda velocidad, o eso espero. ¿Por qué huiste? ¿Querían atraparte y meterte en esa horrible guerra?

—Estuve en la guerra –dice Esteban. En el espejo, Joaquina alza la vista de su lata de Coca-Cola–. En el Ejército Popular Sandinista –le dice, sosteniéndole la mirada a través del cristal, hasta que ella aparta la suya–. Serví durante dos años en un batallón irregular. Y eso es todo lo que voy a decir al respecto. Y, bueno, si eso significa que ya no me harás el inmenso favor de cortarme el pelo, yo lo entiendo. Yo…

—¡Ya cállate, niño! –exclama Gonzalo–. Aquí no discriminamos a la gente buena. A los malos… ¡a ésos les rebano las orejas! Pero te será más fácil arreglar tus papeles aquí si les dices que estás huyendo de esos malditos sandinistas. Si les cuentas lo otro, chico, no tendrás la menor oportunidad…

—¿Sabes? Hace rato estaba pensando que así con el pelo largo te pareces a ese güey famoso, el revolucionario –dice Joaquina, tomando asiento en una de las sillas que están alineadas junto a la pared–. Ese güey, ya sabes cuál, el que sale en las playeras que venden en el Zócalo…

—Tú te refieres al famoso asesino psicópata homofóbico ese, ¿verdad? –le responde Gonzalo–. Es justamente por eso que se lo voy a dejar bien corto –tira del lóbulo de la oreja de Esteban y cierra ligeramente las tijeras a su alrededor–. ¿Estás de acuerdo? Porque tienes tres segundos para decidirte, ¡Che Güey!

—¡Gonzalo, putísima madre! –grita Joaquina, entre risas.

Pero Esteban no responde nada: aún sigue devanándose los sesos acerca de lo que Gonzalo ha dicho sobre su situación legal. Es como si hubiera olvidado por completo las implicaciones de encontrarse en Estados Unidos. ¿O qué, tendrá que traicionar a los viejos dioses de la guerra para poder permanecer en este país al lado de Joaquina? Vos, ahora que el mundo está cambiando tanto, ¿no tendría él que averiguar por sí mismo lo que desea preservar intacto del suyo?

Gonzalo se ha puesto a cortarle el pelo. Joaquina desaparece en la trastienda y vuelve con el abrigo puesto y una libreta escolar de brillante cubierta amarilla. Esteban se queda impactado de que ella tenga que marcharse.

—Me tengo que ir –dice–. O llegaré tarde a mi clase.

Pero está haciendo eso de retorcerse el cabello entre los dedos.

—¿No quieres ver cómo queda el niño marinero cuando le quite todo este pelo?

Ella se ríe.

—Marinero o soldadito. ¿Quién sabe qué nos dirá la próxima vez? Creo que Esteban está tan lleno de fantasías como tú, corazón.

—Nadie está tan lleno de fantasías como yo, corazón –responde Gonzalo, y le propina a Esteban un firme golpecito en la coronilla, al que el muchacho responde poniéndose muy rígido, como alarmado.

—¿Ah, sí? –dice Joaquina. Parece a punto de añadir algo más pero entonces se despide con un simple «*Bye*» y cruza la puerta. Afuera ya es de noche. Joaquina mira hacia el interior del local mientras pasa apresurada por la acera, llevando consigo su libreta amarilla. Le dedica a Esteban un breve adiós con la mano, y desaparece.

Esteban se queda mirando el escaparate vacío.

—Sí, mi reina, vete –dice Gonzalo entre dientes, como si se sintiera ofendido de que Joaquina no quisiera quedarse a ver cómo le queda el corte de cabello de Esteban–. Que Dios te acompañe.

Jamás antes en toda su vida ha tenido Esteban la conciencia de hallarse tan cerca de un homosexual, y ciertamente jamás se ha sentido tan en deuda con uno. Claro, en Corinto abundaban los patos, pero la mayor parte de ellos dependía de los marineros extranjeros para satisfacer el tipo de amor que buscaban, igual que las putas, y estaban obligados a hacerlo de una manera aún más furtiva. Pero debido a lo que Gonzalo dijo justo antes de que Joaquina se marchara, Esteban siente como si lo hubiera arrojado por la borda hacia un mar de inquietud y suspicacia.

Gonzalo debe de percibirlo, porque después de seguir cortándole el cabello por un rato decide liberar a Esteban de su angustioso tormento y de su hostilidad, con lo que parece ser un comentario cuidadosamente estudiado:

—¿Por qué a ustedes los heterosexuales les gustan tanto esos jueguitos? Se la han pasado todo el día empañando los cristales con las miraditas que se echan, y ve, apenas y se dijeron adiós. Supongo que ella quiere que pienses que tal vez no volverás a verla nunca más –suelta una carcajada–. Quiere que *sufras* por ella. Y ella quiere *sufrir* por ti.

Esteban se queda demasiado sorprendido como para desmentir las palabras del estilista. Se le ocurre que, de cierta forma, la primera impresión que tuvo de Gonzalo es la correcta, y que le sucede lo mismo que a cualquier otro mujeriego empedernido: su forma de ver las cosas es tan simplista porque, a causa de su belleza física y su gran seguridad en sí mismo, está acostumbrado a salirse siempre con la suya… enseguida.

—Me dijo que tiene novio –le dice por fin.

—¿Quién? ¿El abogadito? No te preocupes por ése –Gonzalo continúa trabajando en silencio por un rato–. Ya sabes lo que dicen: «Amor de lejos, amor de pendejos».

El refrán amoroso más repetido en todo el mundo. Hasta la Marta se lo dijo de broma cuando tuvo que regresar a la guerra. Y él había respondido: Pero no me voy a ir tan lejos. Y ambos se sintieron afligidos por la inevitable mina tendida escondida al fondo de aquella frase, porque ambos sabían que a donde Esteban se dirigía era muy fácil terminar en la lejanía infinita. Y luego la Marta había…

—Vos, Gonzalo… ¿Joaquina se tiñe el pelo?

—Es tan rubia como ruedas de un camión. Y los rizos también son falsos. Evidentemente no hace falta decir que yo soy el responsable. Traté de convencerla de que se lo pintara de rubio platino, pero no quiso.

Trata de imaginarse a Joaquina con cabello negro y lacio, y la imagen que resulta le parece tan adorable, tan curiosamente erótica y privada –como si acabara de desvestirla y estuviera mirándola desnuda por primera vez, lo cual es justamente lo que se pone a imaginar a continuación– que la pija se le endurece y le dan ganas de gritar de pura sorpresa al sentir aquel vibrante calor recorriéndole el cuerpo entero.

—¡Chocho! –exclama. Su reflejo sonríe como un mono diabólico.

—¿Y eso qué?

—Usamos esa palabra igual ustedes dicen «coño». Creo que las dos palabras significan vagina, ¿no?

—Coño –responde Gonzalo–. Si ustedes dos llegan a tener hijos, van a salir muy malhablados.

Ha terminado de cortarle el cabello. Pero Esteban se siente desilusionado: parece un monje loco, con el pelo muy corto por arriba y casi tan rapado como el capitán Elias a los costados, y las orejas sobresaliendo y la parte inferior de su rostro aún cubierta de vello fino y descuidado. ¡Es imposible que Joaquina pudiera haber sentido algo por ese gnomo lascivo que lo mira desde el espejo! Pero Gonzalo vuelve de la trastienda con una humeante toalla húmeda que coloca sobre su cara, y emplea una brocha corta y regordeta para embadurnarle las mejillas con la crema de afeitar que ha mezclado en un pequeño recipiente, y afila una navaja con el suavizador de cuero que está atado al sillón, y procede a afeitarlo lenta y cuidadosamente. Cuando termina, se llena las manos de talco de una lata verde en la que aparece la imagen de un hombre muy elegante con sombrero de copa, y lo extiende sobre el cuello de Esteban con palmaditas, y sólo entonces lo libera del delantal cubierto de pelos y del peto de papel. Gonzalo sostiene un espejo ovalado para que Esteban pueda mirarse la parte posterior de la cabeza, redondeada y negra como una ciruela bien madura, con un pequeño mechón colgando como una cola de ratón.

—Te dejé un poco largo atrás. Puedes dejártelo crecer, incluso trenzarlo. Es la última moda entre los jóvenes machos.

A Esteban le perturba tanto esta última idea que le cuesta trabajo apreciar lo sorprendentemente limpio, pulcro y cambiado que luce, con aquel corte de pelo y su suéter nuevo. Se acuerda de una maestra que tuvo en Corinto, la compañera Silvia, que se pintaba las uñas de color púrpura brillante y que llevaba pantalones militares especialmente adaptados en los últimos meses de su embarazo, y que se dejó crecer los pelos que le salían de un lunar que tenía debajo una de las comisuras de su boca hasta que pudo hacerse una trencilla fina, que le colgaba como uno de los bigotes de Ho Chi Minh.

—Mira qué guapito –dice Gonzalo–. ¿Te gusta? ¡Más te vale…!

—Claro –responde Esteban–. No sé cómo mostrarte mi gratitud, Gonzalo.

—Bastará con una semana de barrer y fregar. Ahora que estás en

Nueva York, chico, vas a tener que aprender: en esta vida no hay nada gratis. *Nada.*

Gonzalo abre la puerta de un armario y saca una botella de color verde oscuro. La descorcha y vierte el líquido rojo oscuro en dos vasos.

—Te hará bien para el resfriado –dice.

—¿Es vino? –pregunta Esteban, tratando en vano de olisquearlo.

—Pues claro –Gonzalo hace entrechocar su vaso con el de Esteban–. Salud.

Gonzalo toma asiento en el otro sillón de barbero. Se queja de sus pies exhaustos mientras sorbe lentamente su vino.

Esteban se incorpora en el sillón y le da un largo trago a su vaso. Al principio no le gusta mucho: nota algo amargo en la boca, pero no percibe ningún gusto. Aun así, y a pesar de su gripa, nota que la boca le cosquillea y decide que le gusta la sensación.

—¿Dónde vas a dormir? –le pregunta Gonzalo.

—No sé –¡Hijueputa, es una cosa tras otra! No tiene dónde dormir–. En el barco –responde finalmente.

—Pero no puedes volver allá después de todo lo que has pasado para llegar aquí, chico.

Ambos permanecen en silencio unos segundos.

—Donde yo vivo apenas hay espacio para la cama en la única recámara que tenemos –dice Gonzalo–. A lo mejor podrías pasar la noche en el suelo, pero tendría que preguntarle a Marco.

Esteban no dice nada. No tiene más opción que el barco. Al menos allá tiene un colchón…

—Oye –dice Gonzalo–. ¿Por qué no te quedas aquí esta noche? Puedo inclinar el sillón hasta abajo. Será como dormir en un avión, ¿no? Y hay una manta allá atrás –Gonzalo se levanta de su sillón y le propina a Esteban una palmadita en el brazo–. Y así lo primero que verás cuando despiertes será a ella.

Pero la suerte no es para todos

1

ELIAS HABÍA ENCONTRADO EL BARCO EL PASADO MES DE abril, en un pequeño astillero en los muelles de Saint John, en New Brunswick, en condiciones que lo hacían inservible para la navegación, después de haber sido declarado pérdida total por los aseguradores y mientras aguardaba a ser vendido como chatarra. En febrero el barco, que en ese entonces se llamaba *Seal Queen*, con matrícula del puerto de Monrovia, había quedado inutilizado debido a un incendio en la sala de máquinas que se desató durante un fuerte temporal mientras viajaba de Yarmouth, Nueva Escocia al puerto de Sídney para embarcar un cargamento de pulpa de madera. El *Seal Queen*, a oscuras y sin electricidad, quedó varado frente al puerto de Saint John, con toda su tripulación a bordo, incluyendo a dos hombres que sufrieron severas quemaduras a causa del vapor y del diesel vertido y que necesitaban ser evacuados con urgencia, así como el cadáver de un mecánico, pero los helicópteros de rescate no pudieron bajar al barco hasta que la ventisca comenzó a amainar.

Elias se había enterado acerca del siniestro del *Seal Queen* a través del informe de accidentes de Lloyd's, y realizó algunas llamadas telefónicas. La armadora del barco, que según los registros se trataba de la Gemco Corporation de Monrovia, aparentemente había decidido que no valía la pena, ni la molestia ni los gastos, de reparar la nave a los precios vigentes en el astillero. Probablemente aquél era el único barco que la compañía poseía y ahora deseaban abandonar el negocio. O eso fue lo que Elias dedujo durante la conversación telefónica que sostuvo con el sujeto griego que fungía como representante de la compañía naviera, la Corfian Ship Management, ubicada en Staten Island. Elias voló al puerto de Saint John, después de hacer escala en Montreal. Cuando llegó al astillero, los trabajadores ya habían comenzado a retirar del barco todas las partes vendibles: el equipo de la cocina, el mobiliario y las instalaciones de iluminación, los paneles de los mamparos e incluso algunas de las cubiertas de las portillas y las puertas estancas.

Esa noche Elias telefoneó a Mark a Nueva York.

—Creo que es justo lo que necesitamos –le dijo Elias–. Tal vez es un poco más viejo de lo que queríamos; fue fabricado en Japón en mil novecientos setenta y uno. Eslora total de ciento treinta y siete pies y siete pulgadas. Adaptado para transportar carga seca; tonelaje de cuatro mil ochocientas ochenta y ocho toneladas de porte bruto, y tres mil seiscientas treinta y ocho de porte neto.

—Ya, entiendo –dijo Mark, impaciente como siempre con los detalles–. Es grande.

—Bueno, mediano, más bien. Las máquinas son Mitsubishi y se encuentran en buen estado; gracias a Dios no llegaron a desmontarlas. Los generadores Janmar están algo... chamuscados; necesitaremos algunas piezas nuevas. Pero en general el principal problema es el cableado. Puedo encargarme de eso, y con un poco de suerte podremos solucionarlo a la primera. El equipo de carga está perfecto, aunque hubiera sido mejor que tuviera compuertas hidráulicas. Y, tomando en cuenta la paliza que recibió durante el temporal, el casco se encuentra bastante bien, sólo un poco raspado y oxidado. Y acordaron reponer la mayor parte del equipo de navegación.

—¿Cuánto?

—Hablé con el agente y...

—Vamos, Elias, ¿cuánto?

—Mark, *relájate*, carajo... Le dije al sujeto: «¿Cuánto espera obtener si lo vende como chatarra?», y él respondió: «Cincuenta mil». Le ofrecí cinco mil más y le dije que nos haríamos cargo de los gastos de mantenimiento generados desde el primer día.

Los ánimos de Mark se desploman. ¿Acaso esperaba un descuento?

—Es más o menos lo que habíamos calculado –reconoció.

—Yo estoy satisfecho –dijo Elias. Y en efecto, su voz se escucha tan animosa como de costumbre–. ¿Sabes qué hay arriba, en la zona de los oficiales? Tienen estos increíbles cuartos de sauna japoneses. Prácticamente valen lo que nos costará el barco entero.

Conseguir a precio de ganga uno de esos registros de bandera de conveniencia. Importar la tripulación más barata posible y hacer que ellos mismos paguen su transportación aérea. Trabajar día y noche y reparar el barco lo antes posible, en el plazo de un mes a seis semanas. Mantener los gastos al mínimo, acumular deudas. Y, al final, decidir si quieren venderlo: una embarcación como ésta podría reportarles, *por lo menos*, medio millón de dólares, siempre que se encuentre en condiciones de navegar. Y, sólo entonces, pagarle a los hombres de la tripulación, pagar los derechos portuarios, la renta del equipo, los materiales y todo lo demás, suma que no debería ascender a más de cincuenta mil dólares, si trabajaban aprisa. O tal vez podrían conservar el barco y ponerlo a trabajar; ver si aquello les conviene. Atraer a unos cuantos inversionistas para repararlo y modernizarlo de verdad. De entrada, no sería una gran cantidad la que ganarían, pero una embarcación como el *Urus*, en buenas condiciones de navegabilidad, podría reportarles cerca de cinco mil dólares diarios en fletes, de los que habría que descontar los gastos de operación. Tal vez podrían dedicarse al comercio de madera en el Amazonas; con todos los contactos que Elias tenía en Sudamérica, no tardarían en hallar algún buen negocio. Más tarde podrían diversificar sus actividades, construir un *resort* ecológico en la selva tropical y cobrarles un dineral a las estrellas de rock y demás celebridades que quisieran hospedarse allí. Hey, una vida de lujo, Mark, el tipo de cosas con las que soñábamos cuando estábamos en la universidad. Un sujeto que había estudiado con Elias en la Escuela Náutica, allá en México, llevaba ya varios años dedicado a esta clase de ardides, en Panamá y en Venezuela: había vendido algunos barcos y se había quedado con otros, y así había logrado reunir una pequeña flota. Un negocio que, como tantas otras operaciones de riesgo, resultaba ligeramente ilegal al inicio pero que finalmente se convertía en algo legítimo y rentable. A Elias le gustaba usar una metáfora homeopática para explicar esto: la Ley de los Similares. Un poquito de mal actúa como defensa ante la corrupción intrínseca del mal mayor, y conduce a una pujante salud.

Aquéllos fueron los argumentos que Elias Tureen empleó para convencer a Mark Baker, su mejor y más antiguo amigo, de que invirtiera en aquel negocio el dinero que Mark había recibido del seguro de vida de su padre. Elias iba a ser padre pronto, y aunque estaba convencido de que Kate lo amaba, le preocupaba que su hijo tuviera como padre a un perdedor. En cambio, un aventurero, un hombre que recorría los mares y las selvas y que realizaba especulaciones de alto riesgo, un magnate de la navegación y del comercio de maderas, propietario de un hotel ecológico y dueño de su propio negocio de herbolaria medicinal en el Amazonas (Elias siempre relacionaba holísticamente sus sueños), bueno, eso sería muchísimo mejor. Mark sabía que a Elias le angustiaba la idea de que su hijo o hija no pudiera verlo como un ejemplo a seguir, y sí como lo que realmente era: un hombre mañoso, mujeriego, inconstante, profundamente inseguro y bueno para nada, mientras que la madre aportaba todo el prestigio y el dinero y siempre se las arreglaba para acumular cada vez más. El amor que Kate sentía por Elias parecía ser incondicional, pero ¿realmente duraría para siempre?

«Mark, tú tampoco tienes nada que valga la pena ahora mismo», le diría Elias con la contundencia permitida entre viejos amigos. Y era cierto: el negocio de alquiler de videos de Mark había fracasado. La cadena Blockbuster llegó al vecindario en donde tenía su local y lo aniquiló enseguida, aunque claro, como buen idiota que era, cometió el error de no liquidarlo a tiempo. Tuvo que volver a trabajar como mesero, hasta que su padre sufrió un ataque cardiaco (originalmente, la póliza de vida que su padre contrató tenía como beneficiarios a él y a su hermana menor, Linda, por partes iguales, pero un año antes de morir, tal vez debido a una intuición poco habitual en su padre, o tal vez por… ¿lástima?, había modificado la cláusula para que fuera Mark quien recibiera la mayor parte del dinero de la indemnización, pues Linda ya era suficientemente rica). Fue en esa misma época que Sue, una diseñadora gráfica que tenía su propio despacho de diseño, abandonó a Mark después de seis años de vivir juntos. Ella se quedó con el departamento, así que en realidad no lo abandonó, más bien corrió a Mark junto con Milagro. Y ahí estaba él desde entonces, rondando ya los cuarenta años de edad, viviendo con su perro en un diminuto estudio de mil dólares al mes en el Upper West Side, sin nada entre manos que no fuera aquella estresante y tentadora cantidad de dinero que tenía en el banco. ¿Y si algún día no le quedaba más remedio que regresar a New Hampshire y trabajar con su madre en el pequeño negocio de tintorería que tenía, sólo para no morirse de hambre? Tan preocupado estaba Mark por su futuro, y tan convencido de que aquella pequeña fortuna que le heredó su padre representaba su última oportunidad para hacer algo con su vida por cuenta propia, que a lo largo de toda aquella semana que pasó considerando la propuesta de Elias se despertó varias veces durante la noche para correr a vomitar al baño, y en una de esas ocasiones tropezó con Milagro y no alcanzó a llegar al excusado a tiempo.

A Elias jamás se le ocurrió pensar que sería casi imposible conseguir interruptores de circuito de repuesto para un generador fabricado en Japón. Fue justo por ese motivo que la otra tarde él y Mark discutieron a gritos en el puente de mando. Elias empezó a decir que tendrían que comprar un nuevo panel de control para el generador, lo que costaría alrededor de treinta mil dólares, que era poco menos de lo que a Mark le quedaba en el banco, y estaba resuelto a no soltar un solo centavo más. Y Elias ya no podía pedirle más dinero prestado a Kate. ¿Y cuánto era lo que debían ya? Incluyendo el salario de los hombres de la tripulación, cerca de ciento cincuenta mil dólares.

Elias vuela hoy a Los Ángeles. Debido a que los puertos de la Costa Oeste mantienen un tráfico comercial más intenso con los asiáticos, es más probable que puedan encontrar en las chatarrerías y astilleros de allá los interruptores. Probablemente ésta es su última oportunidad. Difícilmente habría podido Elias encargarle la misión a Mark. Difícilmente consigue hacerlo ir al barco. Mark no soporta ya la visión del *Urus*. No soporta la visión de ninguno de aquellos hombres, esos cretinos inútiles.

Anoche, después de la patética y pretenciosa cena ofrecida por Kate y Elias –en donde al menos Mark tuvo la suerte de sentarse junto a Moira Meer–, él y Elias se escaparon al bar para echarse un último trago y charlar un poco de negocios. Kate y una amiga se quedaron lavando trastes en la cocina del departamento ubicado en el Imperial Loft; Kate vestía lo que probablemente era un vestido de maternidad diseñado por algún modisto del Soho, y lucía espléndida bajo la tenue iluminación de estilo industrial proyectada por las antiguas y restauradas formas metálicas de un alambique de ron de principios de siglo que Elias había encontrado en el Amazonas y que mandó traer a Estados Unidos, con dinero de Kate: las enormes calderas habían sido convertidas en estanterías; los tubos de condensación servían para colgar los utensilios de cocina, y en las chimeneas aquellas que parecían silbatos de vapor habían colocado las luces.

—Oye, Mark –lo reprendió dulcemente Kate, desde la vasta tundra del *loft*–, ¡deja ya mis ahorros en paz! ¡Es muy caro tener un hijo!

Una vez en el bar, Elias fue directo al grano.

—Creo que tenemos un pequeño problema –dijo.

—No me digas –Mark ya estaba borracho pero algo eufórico a causa de Moira Meer. Un vaso de bourbon más y perdería el control de sí mismo. Lo pidió, de todos modos.

Elias asía el tarro de cerveza que había pedido, sin beber de él siquiera.

—Esto es serio, Mark.

—Moira es una chica realmente maravillosa…

—Mark, cállate. Bernardo tuvo un accidente. Se quemó.

—¿El viejo?

—Bernardo. El camarero.

—Me cae bien ese tipo…

Justo aquella noche, Mark le había contado a Moira aquella anécdota de los pistaches y los marineros con los labios pintados de rosa, y ella había soltado una risilla.

—Le apliqué un tratamiento esta mañana…

—¡Oh, por favor, Elias!

—Es sólo una quemadura. De segundo grado, principalmente.

—Elias…

—Mark, carajo, estudié homeopatía durante dos años, y siempre he tratado de actualizarme, y prácticamente me licencié en Londres, y…

—Lo sé, Doc, lo sé, los chamanes… –dijo Mark. En el techo del *loft*, Elias ha montado un invernadero de alta tecnología y un herbario, todo un pequeño laboratorio de alquimista. Incluso Kate accede a probar los menjurjes que le prepara para el embarazo y la cosa aquella que lleva extracto de piña para su codo de tenista.

—Si lo llevamos al hospital podríamos terminar demandados y nos quitarán todo lo que tenemos y hasta lo que no. Incluso podríamos terminar en la cárcel, ¿te das cuenta? ¿Conoces la Ley Jones?

—Está bien –respondió Mark.

—Sin mencionar que tendríamos que hacernos cargo de los gastos médicos.

—¿Le pusieron así en honor a John Paul Jones?

Elias cerró los ojos.

—No –respondió. Los abrió de nuevo para mirar a Mark con frialdad–. ¿Captaste lo que quería decir? No podemos arriesgarnos a llevarlo al hospital.

—¿Qué tan grave es?

—Es sólo una quemadura. Ya se está curando. Estoy casi seguro de que evité que se infectara la herida. Esos idiotas trataron de limpiarla con un trapo sucio.

—¿Y qué debo hacer yo?

—Dejarlo tranquilo. Ya lo están cuidando en este momento. Tomaso Tostado…

—¡Jesús, esos malditos nombres!... ¿Quién es ése?

—El del diente de oro. Él y Panzón se ocupan de cambiarle los vendajes y darle su medicina. Les enseñé cómo hacerlo.

—Tienes que admitir que el Barbie es un nombre muy cómico para un tipo con esa pinta...

—Ajá.

Mark ordena otro *bourbon*. Y después dice:

—Elias, esa Moira Meer... Es una chica realmente maravillosa, una mujer extraordinaria...

—No es para ti –le espetó Elias, enfurruñado, echando chispas por los ojos–. Es mía, y si no puede ser mía, de Phil.

—¿Que ella...*qué*? ¿Qué dices? ¿De Phil? ¿Phil, el del basurero?

—Moira es perfecta para Phil.

—¡Elias, es la mujer perfecta para mí! Y de cualquier forma, ¿quién diablos eres tú para...? ¿Qué carajos quieres decir con eso de que es tuya?

—Te crees un regalo del cielo para las mujeres, Mark –dijo Elias–. Pero te tengo noticias: no es así.

—¿*Yo*? ¿*Yo* me creo un regalo del cielo para las mujeres? ¡Caramba, Elias!

¡Un regalo del cielo para las mujeres! Si su desmoralización fuera un poco mayor, estaría cogiendo con Milagro.

Mark Baker y Elias Tureen se habían conocido dieciséis años atrás, en el Bley College, una pequeña universidad privada que contaba con venerables y vetustas instalaciones y suficiente hiedra como para atraer a la mayoría de sus estudiantes de los institutos privados de los acaudalados suburbios del noreste: chicos que no habían sido aceptados en las mejores universidades, pero cuyos padres de cualquier forma estaban dispuestos a pagar colegiaturas y gastos de manutención semejantes a los que pagarían en aquéllas. El Bley College estaba ubicado en la parte norte del cinturón de nieve del estado de Nueva York, entre los helados lagos Finger. Cada noviembre, un tropel de psicólogos era enviado a los viejos dormitorios dotados de calefacción central –donde difícilmente habrían podido encontrarse, grabadas sobre la madera de una puerta o un alféizar, las iniciales de algún personaje eminente o famoso que hubiera estudiado allí– para brindar a los alumnos orientación psicológica contra las depresiones suicidas que los largos y brutales inviernos en aquella zona ocasionaban inevitablemente. Elias llegó a vivir al piso de Mark a mitad del curso, transferido de otra escuela. Era muy raro que alguien pidiera ser transferido al Bley College. Los que lo tenían en la más alta estima pensaban que era un buen lugar para dejarlo una vez que obtuvieras buenas calificaciones, una especie de segunda oportunidad en una época en que las segundas oportunidades eran especialmente valoradas (todos ellos habían estado consumiendo drogas desde que tenían catorce años de edad, y se pasaron el primer año de la carrera aceptando que, después de todo, jamás llegarían a ser poetas). La mayoría de los alumnos de los últimos cursos vivían en fraternidades o fuera del campus, así que los alumnos que llegaban a mitad de ciclo eran alojados con los de primer año. En el dormitorio de Mark eran tres los transferidos: dos veteranos de la guerra de Vietnam, originarios de pequeños poblados rurales de la zona, que se encontraban estudiando ahí gracias a la ley que beneficiaba a los excombatientes. Uno de ellos aparentaba casi cuarenta años de edad, tenía de mascota a un lagarto que mantenía escondido debajo de su cama y desertó de la universidad a las pocas semanas. El tercero era Elias Tureen, que creció en la Ciudad de México, donde su padre, un experiodista de origen inglés, era analista financiero, y donde su madre, una estadunidense de origen griego, dirigía una pequeña galería de arte. En México, Elias había estudiado en escuelas privadas; era un alumno precoz pero rebelde, lleno desde temprana edad de ideas románticas acerca de una vida de aventuras por el mundo, como las que su padre había vivido cubriendo guerras y conflictos armados durante los años cincuenta y sesenta. A la edad de dieciséis años ingresó en la academia marítima más importante de México, la Escuela Náutica de Veracruz, donde decidió especializarse en ingeniería mecánica para ser maquinista naval, en vez de estudiar navegación para convertirse en oficial de puente, pues lo primero le parecía más práctico y más imbuido de tosco romanticismo. La preparación y la educación que recibió fueron excelentes, pero la disciplina era severa. Después de pasar un año recorriendo el mundo desde la sala de máquinas del buque escuela, ya de regreso en Veracruz, al comienzo de su cuarto año de estudios y mientras se encontraba confinado en su habitación por haber infringido el toque de queda, había sido sorprendido fumando mariguana y fue expulsado de la institución. El Bley College aceptó a Elias como estudiante del tercer año de ingeniería. Según él, varias escuelas de la Ivy League lo habían aceptado como estudiante del segundo año, por lo que prefirió ingresar a Bley. Ése fue el resumen de su vida que el propio Elias le contó en ese entonces.

Mark no era estudiante de nuevo ingreso; cursaba el tercer año, y además fungía como consejero residente para los alumnos del piso mixto en donde se encontraba la habitación que Elias compartía. Probablemente no tenía las calificaciones necesarias para solicitar su transferencia a otra clase o a otro establecimiento. No, definitivamente no tenía las calificaciones necesarias para lograrlo, pero amaba a Bley. A su modo, había destacado en aquel sitio. En Bley halló aceptación, algo que jamás había sentido antes; una paz externa que pronto se convirtió en interior. El sano y alegre temperamento de Mark –la sana alegría que poseía en aquel entonces– provenía en parte de su timidez, en parte de su infancia transcurrida en un suburbio de Manchester, New Hampshire, y en parte por la dicha que sentía de encontrarse lejos de su padre, su madre y su hermana, que vivían como si se despreciaran violentamente los unos a los otros, y a él, por supuesto. Mark era un chico tranquilo al que su padre solía azotar con un cinturón, o golpear en el rostro con la mano abierta, o darle de rodillazos en la espalda a menudo mientras le decía: «Te voy a borrar esa sonrisa idiota de la cara». Sus padres eran dueños de una cadena de tintorerías, con sucursales en cada uno de los centros de esquí más prósperos de New Hampshire. En su ciudad natal, donde no destacaba en ningún deporte –era malísimo jugando al hockey, esquiaba pasablemente, le aburría la pesca, la cacería y las carreras de autos–, su brillante hermana Linda, un año menor que él, había adquirido una gran fama que durante años agobió y deprimió a Mark. Era todo un prodigio: a pesar de tener una pierna atrofiada por debajo de la rodilla a causa de la polio, su impresionante busto, su actitud desafiante y su animosa belleza atraían la atención de todos; era una estudiante de excelencia que no temía ser vista en compañía de las chicas peor portadas y de los pandilleros locales, y que para noveno grado ya tenía fama de ser la muchacha más fácil de todo el pueblo, donde afectuosamente le apodaban «Linda la Sinvergüenza» (sería admitida en la Universidad de Stanford y, a pesar de aquella pierna paralizada que le daba un aire de pirata al caminar, dio pie a rumores, jamás verificados, pero que circularon en el pueblo por años, especialmente entre sus envidiosas y fracasadas excompañeras de clase, de que se pasaba las vacaciones de verano trabajando como bailarina exótica en los antros de San Francisco; ahora Linda se encontraba en su segundo año de residencia en el Hospital General de San Francisco, vivía en Berkeley con su esposo, músico y productor de discos, y sus dos hijos). Así que Mark nunca tuvo una adolescencia especialmente feliz, y cuando llegó a Bley aún era virgen. En la universidad, las chicas lo encontraban lindo y tierno, dulce y atractivamente neurótico: chicas judías de Nueva York que se vestían como gitanas adineradas y cuyos padres eran psiquiatras; chicas ricas de Long Island, increíblemente mimadas pero también cariñosas; chicas hippies de California; chicas con aspiraciones bohemias, provenientes de todos los rincones del país. Sólo las típicas chicas blancas, protestantes y de origen anglosajón, provenientes de las escuelas preparatorias privadas, se mostraban inmunes al recién descubierto encanto de Mark, pero estas chicas formaban parte de una especie aparte, indiferentes a quien no despidiera las mismas feromonas que ellas. Durante su primer año en Bley un famoso poeta místico acudió a la universidad a impartir una conferencia, y cuando descubrió a Mark sentado en la segunda fila del auditorio, escuchándolo absorto, se volvió hacia la estudiante encargada de asistirle y preguntó:

«¿Quién es ese muchacho de rostro angelical? Apuesto a que despierta sentimientos maternales en todas las chicas. Tiene en sus ojos la misma luz que Federico García Lorca».

La luz de Lorca. Sí, claro. La recién descubierta sensibilidad de Mark no terminó por convertirlo en poeta, pero la chica en cuestión asistía a una clase de escritura creativa y estaba completamente chiflada por Lorca; se quedó tan impresionada por lo que el poeta conferenciante dijo de Mark, que aquella misma noche, después de la fiesta que tuvo lugar tras la disertación, llevó a Mark hasta su dormitorio, le ordenó a la chica con la que compartía la habitación que se fuera a dormir a otra parte, y se lo tiró. ¡Por Dios santísimo que así fue como perdió la virginidad! La luz de Lorca... ¿pueden creerlo?

Y ahora la dirección de la universidad incluso lo había nombrado consejero residente. Era como una recompensa por aquella tranquila y alegre sensibilidad, cultivada pero no insincera, que Mark había descubierto en su interior durante su estancia en Bley. Sus padres ciertamente estaban felices de que sus gastos de alojamiento y pensión corrieran por cuenta de la escuela, y aquél era un motivo menos para atormentarlo durante las vacaciones. Como consejero residente, Mark tenía ahora su propia habitación. De un extremo al otro del largo corredor que atravesaba su piso se alternaban las habitaciones de las chicas de primer año con las de los chicos del mismo curso. Y en el otro extremo del corredor estaba el cuarto de Elias Tureen, el estudiante de cabello cortado al rape que había crecido en México pero que hablaba inglés con acento británico, que había pasado tres años soportando la disciplina militar de una academia náutica y otro año en alta mar, y quien inmediatamente comenzó a aterrorizar a su compañero de cuarto de primer año, un estudiante del curso preparatorio de medicina proveniente de New Rochelle que peinaba sus finos cabellos a la manera de Jane Fonda en *Mi pasado me condena*, y que se pasaba todo el día poniendo canciones de Bread en su estéreo. Davey, se llamaba. No David ni Dave. Davey tenía una novia que estudiaba en la vecina Universidad de Cornell, y con quien salía desde la escuela secundaria. Iba a formar parte del equipo de golf. Tenía magníficos hábitos de estudio, lo que significaba que su presencia en Bley se debía a que no era un alumno especialmente brillante, aunque siempre encontraba tiempo para colgarse del teléfono con su novia, o para pasarse horas enteras acicalándose el cabello con una secadora de mano mientras comía sándwiches de queso fundido que preparaba en su horno portátil mientras oía a Bread. Y así, pronto sucedió que cada vez que Davey ponía a Bread en su estéreo, Elias metía en su propia consola una cinta de alguna cantante de boleros mexicana de voz áspera y aguardentosa, o de algún estruendoso conjunto de mariachis, y subía el volumen al máximo y se sentaba en el borde de la cama frente al aparato con una botella de tequila barato en la mano y acompañando la música con sus propios gritos y alaridos.

Cuando los estudiantes tenían algún conflicto con alguno de sus compañeros de dormitorio, o cualquier otro tipo de problema del que necesitaran hablar, se suponía que debían acudir a Mark, su consejero residente. Y a menudo lo hacían. Los chicos, en especial, llamaban suavemente a su puerta a altas horas de la noche, con los ojos colorados por haber fumado mariguana o por haber estado llorando, o ambas cosas a la vez, y se sentaban en el pequeño sofá del cuarto de Mark a despepitar sus cuitas. Las chicas podían subir a hablar con Tish Carter, la consejera asignada al piso de arriba, aunque a veces también acudían a Mark, y él a veces se acostaba con ellas. Le resultaba sencillo, porque a menudo aquélla era la razón por la cual las chicas iban a verlo. Y mientras yacían a su lado en la cama, en las horas más avanzadas de la madrugada, con la conversación abandonando ya los problemas habituales con los padres, amigos y novios para internarse en los linderos del sexo, en la forma en como aquella chica de California lo entendía, mientras hablaba acerca de la aventura veraniega que tuvo con aquel surfista que ahora se encontraba en la cárcel o algo así, y al tiempo que ella describía con minuciosidad y nostalgia las fogatas que habían encendido en la playa, y lo maravillosamente bien que se había sentido yaciendo de espaldas sobre la arena, desnuda e intoxicada, contemplando las estrellas y escuchando el rumor de las olas mientras el surfista le hacía sexo oral durante horas, durante horas, hermanito, horas enteras, bueno, todo aquello las ponía –y ponía también a Mark– tan calientes que, bueno, ¿qué otra cosa podían haber hecho?

Davey había ido varias veces a ver a Mark para quejarse de su compañero de cuarto. Al principio, Mark recomendó que Davey y Elias llegaran a una especie de acuerdo en donde fijaran turnos para escuchar sus discos y soportaran mutuamente los gustos musicales del otro. No tenía muchas ganas de imponer su autoridad ante Elias, quien le parecía demasiado reservado, demasiado burlón, demasiado *extranjero*. Mark le tenía miedo: con su cabello cortado al rape y su cuerpo alto y magro, y su rostro oscuro y angosto que asemejaba a la huella que un brazo deja sobre la arena mojada, y aquellos inquietantes ojos sombríos. Se suponía que los conflictos sobre gustos musicales entraban en la categoría de problemas que los compañeros de dormitorio debían ser capaces de solucionar por sí mismos a través de la madurez y las habilidades sociales. Pero cada vez que se cruzaba con Elias en el corredor o en el cuarto de baño, a Mark le parecía que Elias se mofaba de él en silencio. O empleaba una voz chillona y quejumbrosa para saludarlo: «¿Cómo está usted, señor consejero?». Una noche, Mark caminaba por el corredor y se encontró sentados en el vestíbulo a Elias, a dos jugadores de futbol becados de primer año y a un par de chicas en camisón, bebiendo tequila y cerveza y fumando mariguana –lo cual estaba prohibido hacer allí en el vestíbulo–, y cuando pasó de largo, Elias le gritó a sus espaldas: «¿No tienes ningún consejo que darnos, hijo de puta?».

Pronto Elias empezó a acostarse con Tish, la consejera residente del piso de arriba. La chica se enamoró tan perdidamente de Elias que comenzó a acudir a Mark para pedirle consejo, y cuando más tarde Elias la botó, quedó tan trastornada que reprobó todos sus exámenes finales y tuvo que dejar Bley por un periodo escolar. Pronto Elias comenzó a acostarse con algunas de las chicas con las que Mark solía hacerlo, y a menudo se encerraba en el cuarto con ellas y dejaba a Davey fuera; Mark tuvo que dejarlo dormir en el suelo de su habitación en varias ocasiones. Y ahora, cuando las chicas acudían a la habitación de Mark a altas horas de la madrugada, era casi siempre para hablar de Elias, del dominio que sobre sus corazones ejercía aquel marinero inglés mexicanizado, aquel seductor o lo que fuera, aquel «hombre», decían a menudo las chicas, entre tantos «muchachos». Hasta el día en que Davey se presentó ante la puerta de Mark hecho un mar de lágrimas porque su novia Elaine había ido a visitarlo desde Cornell, y él tuvo que asistir a unas prácticas de laboratorio que duraban tres horas, ¡y ahora Elias estaba ahí dentro, cogiéndose a Elaine con Bread y Chabela Vargas sonando a todo volumen al mismo tiempo!

Aquello sí era un problema. Aquello era espantoso. Mark estaba dispuesto a derribar la puerta con un hacha de emergencias, de ser necesario. Le prometió a Davey que, sin importar lo que pasara, el siguiente periodo escolar tendría un nuevo compañero de dormitorio. Salieron al corredor y Mark llamó a la puerta, preparado para echarle la bronca a ese hijo de puta prepotente. Davey se sentó en el suelo y se tapó el rostro con las manos, pero de repente saltó como impulsado por un resorte y se lanzó contra la puerta y la pateó mientras maldecía a gritos a Elaine.

Finalmente Elias abrió la puerta, con los dos estéreos aún llenando el aire de la habitación con aquella ridícula mezcla musical, y bostezó somnoliento.

—Estaba tomando una siesta –dijo, imperturbable–. ¿A qué se debe tanto alboroto?

Davey se precipitó al interior de la habitación y comenzó a registrar los armarios, gritando el nombre de Elaine como si esperara verla surgir de algún escondite inverosímil, a la manera de un genio emergiendo en forma de humo debajo de su tapete para practicar golf.

—Pensé que Elaine se había marchado –dijo Elias–. ¿Acaso no se despidió de ti? –le lanzó una sonrisa a Mark y se encogió de hombros.

—Davey la oyó adentro contigo –dijo Mark.

—*Bollocks*, cabrón –respondió Elias, en inglés y en español. Mark no estaba familiarizado con ninguno de estos dos términos y seguramente puso cara de confusión–. Pues no estaba. Tal vez deberías aconsejarlo un poco antes de que le rompa la cara.

Para entonces Davey profería toda clase de gritos horribles contra Elias, y varios estudiantes de pisos inferiores y superiores se acercaron a ver qué pasaba.

—¡Ya contrólate! –le dijo Elias, y apoyó una mano sobre el hombro de Davey. Davey le soltó un puñetazo; el golpe le dio de lleno a Elias y aparentemente le hizo daño. Después de todo, Davey, el apasionado golfista, no era ningún alfeñique. Para sorpresa de Mark, Elias no le devolvió el golpe; simplemente se quedó ahí, mirándolo furioso y frotándose la quijada como si le dolieran las muelas.

—¿Dónde está Elaine? –berreaba Davey–. ¡La escuché ahí dentro contigo, sé que es verdad! ¡Maldito mexicano degenerado, pedazo de mierda…! –y siguió gritando incoherentemente en un tono de voz semejante al de un vociferante pato predicador enloquecido por el don de lenguas: su personal y hastiada imitación de la jerga mexicana con la que Elias había estado insultándolo durante meses enteros.

De nuevo, Elias no se molestó siquiera en responderle. Se limitó a contemplar con aire consternado la exhibición de Davey, y luego miró a Mark.

—Ven conmigo –le dijo éste. Elias lo siguió hasta su habitación, a través de la multitud que se agolpaba en el corredor y que miraba la escena con rostros risueños o escandalizados.

—Se escapó por la ventana –dijo Elias, con una breve sonrisa sarcástica, mientras tomaba asiento en el sofá de Mark–. Una chica valiente, hay que reconocérselo. ¡Chíngale! Até unas sábanas y unas playeras, ya sabes, con nudos de marinero; la até de la cintura y la fui bajando despacio hasta el suelo, mientras todos ustedes trataban de tumbar la puerta. Y luego bajé su equipaje. Lo más gracioso de todo es que no creo que nadie la viera –la parte de atrás de aquel edificio daba a una cancha de frontenis y a los bosques–. Ya estaba harta de aquel idiota. Nunca volverá a verla. Era muy poca cosa para ella. Y ahora es mía.

Mark soltó una carcajada. No pudo evitarlo: la compostura y el dominio de sí mismo que Elias manifestaba le parecieron desopilantes. Y su despiadada vanagloria le recordó de pronto a Linda, su hermana menor.

—Supongo que en este momento estará tomando el autobús de regreso a Ithaca –continuó Elias–. Iré a verla en un par de días. Es curioso: estuve a punto de asistir a esa universidad, pero querían que empezara desde el segundo año. No tengo su tiempo, güey.

—¿*Way* qué?

Elias deletreó la palabra «güey» y se encogió de hombros.

—Es una palabra mexicana. Obviamente no prestaste atención a la clase de español que Davey impartió allá afuera.

—Creo que deberías tener un nuevo compañero de dormitorio –dijo Mark–. O, ¿sabes qué? Creo que es mejor que vivas solo.

—Tal vez podría quedarme en el cuarto que era de Tish. Creo que yo también podría ser un buen consejero residente, ¿no lo crees?

Permanecieron los dos en el cuarto de Mark charlando y fumando mariguana hasta que oyeron que Davey llamaba a la puerta y Mark se dio cuenta de que se habían olvidado por completo de él. Dios, se sentía terrible al respecto, pero la yerba de Elias era realmente muy potente.

Mark salió dando tumbos al corredor. Los ojos de Davey estaba hinchados y enrojecidos de tanto llorar.

—¿Estás drogándote ahí dentro con *él*?

—Estoy tratando de conseguirte un nuevo compañero de cuarto.

—Sí, lo sé. Pero ¿dónde está Elaine?

—No sé… Davey, ¿estás seguro de que no te lo imaginaste todo, las cosas que oíste? Porque un comportamiento así tendría que ser increíblemente cruel de su parte.

Más tarde, aquella misma noche, él y Elias fueron a la ciudad a tomar cervezas y pizza en la taberna Onondaga, y después visitaron un par de sitios más para ver si podían ligarse a las chicas locales.

El *streaking*, el acto de correr desnudo en sitios públicos, estaba de moda en aquel entonces, y a mitad de los largos y crudos inviernos, especialmente durante las tormentas de nieve nocturnas, a Elias le gustaba cruzar corriendo desnudo el patio interior de la universidad, gritando a todo pulmón en medio del viento y la nieve. Y, cosa aún más extraña, comenzó de pronto a obsesionarse con los *preppies*, los chicos ricos y sofisticados que no se mezclaban con el resto de la población estudiantil. Comenzó a adoptar su forma de hablar, especialmente cuando se dirigía a otros *preppies*, llamándolos con los apodos que ellos mismos utilizaban, como «As» o «Campeón». Comenzó también a vestirse como ellos: con chaquetas de *tweed*, camisas de tonos pastel perfectamente abotonadas hasta arriba y amplios pantalones de gabardina de color caqui o de mezclilla, que llevaba puestos sin otra cosa encima cuando salía al exterior en pleno invierno, con el añadido de que también iba descalzo. Elias andaba sin zapatos en invierno, decía que era bueno para el espíritu, algo semejante a caminar sobre carbones incandescentes. Y a pesar de todas estas excentricidades, los *preppies* trataron de atraerlo a su fraternidad, e incluso llegaron a invitarlo a los cocteles que daban en la mansión en la que vivían, una casona de estilo sureño, con porche de columnas y aire de haber sido construida antes de la Guerra Civil, atendida por mucamas y frente a la cual siempre había un montón de autos Mercedes Benz y BMW estacionados. Muy pronto, claro está, Elias ya estaba seduciendo a las chicas de aquella residencia. Muy a menudo Mark lo acompañaba durante aquellas salidas, aunque el grupo de las *preppies* no quería saber nada de él. No importaba con cuánto empeño y dulzura él tratara de cautivarlas: ellas apenas se mostraban corteses con él, y pronto Mark volvió a sentirse tan miserable como se había sentido en la escuela secundaria.

Aquel verano, mientras Mark volvió a casa en New Hampshire y pasó las vacaciones trabajando como camarero en un hotel turístico, Elias se fue al Amazonas, donde halló trabajo como ayudante de guía fluvial en una empresa de turismo de aventura, y se las ingenió para obtener créditos escolares por ello. Regresó para graduarse durante el trimestre de invierno. Ahora Elias estaba lleno de historias acerca de chamanes y de viajes con una droga llamada ayahuasca, que te hacía vomitar y cagarte por todas partes antes de lanzarte a un viaje increíble que duraba cerca de veinticuatro horas y durante el cual tu espíritu se fusionaba con los espíritus de la selva y de los animales del río; él mismo se había convertido en jaguar y en un delfín rosado. A Mark no le apetecía en lo absoluto la idea de tomar aquella droga, pero fingió que se moría de ganas de ir al Amazonas con Elias para probarla. Claro, hombre, algún día; tal vez podrían incluso hacer negocios allá: formar su propia empresa de turismo de aventura, hallar la manera de comercializar las maravillas medicinales que ofrecen los chamanes; comprarían uno de esos antiguos barcos fluviales operados a vapor y lo convertirían en un hotel flotante de superlujo, y abrirían un bar en las playas de Río. La gran vida, Mark. ¿Acaso quieres pasarte el resto de tu vida vestido de traje y metido en algún triste cubículo de oficina? Porque tampoco es como si estuvieras a punto de entrar en la escuela de Derecho de Harvard, ¿verdad?

Inmediatamente después de graduarse de Bley, Mark se mudó a la ciudad de Nueva York con su nueva chica, Mindy Olin, que quería ser actriz; ambos trabajaron de camareros. Mark y Mindy rompieron y él se mudó al Lower East Side. Continuó trabajando como mesero y se sumergió en la vida nocturna de un fanático de rock —no salía nunca del CBGB, del Barnabas Rex, del Mudd—, mientras los años transcurrían en un lodazal de madrugadas letárgicas, drogas y alcohol, cambios mínimos en las modas y un tropel de chicas citadinas que, en variados tonos, repetían todas la misma y sorda nota de desesperación, con la que Mark armonizaba bastante bien. Elias le escribía con frecuencia, y lo visitaba por lo menos una vez al año; a veces llegó a quedarse a vivir con Mark hasta por espacio de seis meses, siguiéndolo de departamento en departamento, cada uno más miserable que el anterior. Por un tiempo, Elias hizo bastante dinero cazando crías de mono araña en la selva que luego vendía en el mercado de mascotas. Le aseguraba a Mark que llevaba a cabo estas operaciones de la manera más humana posible;

contrataba indios del Amazonas que empleaban cerbatanas para incapacitar a las hembras, con dardos bañados en dosis de curare que no resultaban letales sino que apenas las dejaban fuera de combate por un momento (y además las puntas de los dardos habían sido afiladas y alisadas para que las monas pudieran arrancárselos fácilmente), mientras Elias y sus «muchachos» trepaban a los árboles y capturaban a las crías con redes. (Una noche, Elias contó aquella historia en el CBGB, y una *punk* alemana le escupió en la cara y se soltó a llorar.) Así anduvo, uniéndose a una empresa de turismo de aventura tras otra, sin perder nunca el interés por las plantas medicinales y los alucinógenos naturales; en cierta ocasión lo contrataron para servir de guía a un grupo de doctores y especialistas estadunidenses que querían conocer de primera mano la forma en que los chamanes del Amazonas atendían a los enfermos en las profundidades de la jungla tropical. En aquel grupo se encontraba una joven doctora, también licenciada en naturopatía, que había incorporado a su práctica profesional tratamientos homeopáticos y naturistas. Por poco se casan, ella y Elias; la joven vivió por varios meses con él en el departamento que Elias tenía en Iquitos, Perú, mientras estudiaba sobre plantas y árboles medicinales con los chamanes acreditados que habían establecido allí sus propias clínicas, casi como los médicos occidentales, y que compraban esquejes, cortezas y raíces a la gente del río y de la selva que viajaba hasta Iquitos para vendérselos. Después de que su relación terminara, Elias se hizo a la mar de nuevo: se embarcó como tercer jefe de máquinas en un buque de carga que partió de Santos, Brasil. (Para entonces, los rebeldes peruanos de Sendero Luminoso ya eran una presencia furtiva en la cuenca superior del Amazonas, lo que por años arruinó la industria turística de aventura.) Vivió en Londres por espacio de dos años y se matriculó allí en un instituto de medicina homeopática. Regresó brevemente al Amazonas, y después pasó un año en México, trabajando en Isla Mujeres como primer oficial de un yate que llevaba turistas mar adentro a pescar en aguas profundas; un yate que pertenecía y era capitaneado por un antiguo compañero de la Escuela Náutica. De vuelta al Amazonas se involucró en el mercado de las maderas finas, donde trabajó como prestanombres de un inversionista sueco que conoció en la Ciudad de México, y a quien le procuraba cargamentos de troncos de una especie de árbol relativamente raro que sólo crecía en las profundidades de la jungla y cuya madera naturalmente azulada era exportada a los más distinguidos y refinados fabricantes de muebles europeos. Durante unas vacaciones en Río conoció a la joven fotógrafa conceptual Kate Puerfoy, quien en ese momento exhibía sus obras en una galería de arte, su famosa serie de cuadernillos animados en gran formato con ilustraciones de platillos típicos del Medio Oeste estadunidense. Los dos se enamoraron perdidamente, y Elias la siguió hasta Nueva York, donde se alojó en el departamento en donde Mark llevaba ya dos años viviendo con Sue, y con Milagro –Milagro había sido un regalo de cumpleaños, un cachorrito esperándolo dentro de una caja de cartón sobre la mesa a la hora del desayuno–, hasta que Kate decidió que ya estaba lista para dejar que Elias se mudara con ella a su recién adquirido *loft*. Elias y Kate se casaron un año más tarde. De todo esto hacía ya tres años.

En todo el tiempo que Elias estuvo entrando y saliendo del Amazonas, Mark sólo llegó a visitarlo en una ocasión. En Iquitos, en la barriada flotante de Belén, en medio del tráfico de larguísimas piraguas y barcazas que llegaban cargadas de las riquezas arrancadas a las selvas y los ríos del Amazonas, él y Elias bebieron un licor hecho con testículos fermentados de mono que supuestamente aumentaba tu potencia sexual, aunque por nada de este mundo Mark se hubiera tirado a una de esas putillas sudorosas y pintarrajeadas de Iquitos, por muy atractivos que fueran sus briosos cuerpecillos de senos diminutos. Y no, tampoco quiso probar la ayahuasca; ya de por sí tenía diarrea, muchas gracias. Pero Elias realmente se desvivió por darle a su amigo una auténtica experiencia del Amazonas: se embarcaron en una especie de barcaza colectiva, larga y estrecha, protegida por toldos, a la que llamaban *El Gusano*, que muy lentamente y en medio de estertores fue navegando río abajo durante una lluvia que duró dos días completos; tuvieron que pelearse con el resto de los pasajeros –en su mayoría pobladores de las pequeñas aldeas ribereñas que viajaban a Iquitos a vender esto o lo otro– para encontrar un lugar donde tender sus hamacas. Muchos viajaban con gallinas vivas que amarraban juntas de las patas hasta formar enormes plumeros con múltiples ojos. Se apearon en un pequeño y desolado poblado a orillas del río, donde todos vivían en chozas de madera que se elevaban sobre pilotes hechos con troncos de palmeras por encima de un pantanoso cenagal. Ahí tomaron prestada una piragua y Mark se sentó en la proa, envuelto en su poncho; ya no le quedaban cigarrillos y sudaba miserablemente en aquel calor asfixiante, y tenía la piel acribillada de picaduras de insectos. Alumbraba el camino con una linterna mientras Elias remaba a través de la noche por un afluente del río, esquivando los árboles caídos o pasando por debajo de sus troncos con tanta pericia que ni una sola vez Mark llegó a golpearse con las ramas que se cernían sobre el agua, aunque en algunas ocasiones estuvo cerca de hacerlo. Los peces saltaban al interior de la piragua y golpeaban el fondo con sus cuerpos peligrosamente cubiertos de espinas o blindados como rinocerontes miniatura; algunos conseguían saltar de regreso al agua, y uno incluso surgió de pronto de la oscuridad y golpeó a Mark en el pecho con la fuerza de un perro pequeño y mojado. Algunos de esos peces eran pirañas, decía Elias, entre risas. De vez en vez, Elias dejaba de remar y barría las márgenes del río con su linterna en busca del resplandor colorado que despedían los ojos de los cocodrilos. Mark se aseguraba bien de mantener siempre las manos dentro de la canoa. O a veces Elias se ponía de pie sobre la embarcación, y con las manos sobre las narices y la boca se ponía a emitir extraños bufidos y gruñidos, alegando que podía escuchar el ruido que hacían los jabalíes al avanzar en estampida por la selva, y que estaba llamándolos. Y en cierto momento, Elias detuvo la piragua en medio del cauce y Mark se encontró cara a cara con un sapo venenoso de color verde limón y del tamaño de una pelota de baloncesto, posado sobre la horqueta de un árbol caído en el río. Y finalmente llegaron a su destino: un villorrio fluvial aún más pequeño y destartalado que aquél de donde venían. Allí vivía el gran chamán amigo de Elias, con su familia: aparentemente todos y cada uno de los habitantes de aquel poblado eran sus parientes y lo habían seguido hasta allí desde algún rincón aún más apartado y lúgubre de la selva; un lugar tan húmedo y fangoso, decía Elias, que la gente de allí creía que las piedras eran objetos mágicos sólo porque las únicas que habían visto provenían de lugares muy lejanos.

Bueno, muy bien. Aquéllas eran historias dignas de contárselas a sus nietos. Y Cumpashín era todo un caso. Mark apenas comprendió algo de lo que sucedió durante los siguientes tres días. Cumpashín y los que Mark pensaba eran sus familiares más cercanos, vivían sobre una de esas chozas elevadas: una de las más grandes de la aldea, sin paredes, con el piso formado por elásticas tiras de un árbol parecido al bambú que milagrosamente lograban sostener el peso de todos y hasta el de una especie de brasero en donde se encendía el fuego para cocinar. El tejado era de juncos, con un altillo al que Cumpashín siempre estaba trepándose para bajar cráneos y pieles de jaguar, largas cerbatanas y una escopeta de dos cañones, que era todo lo que poseía. Por todas partes había animales, niños, matronas y concubinas. Cumpashín le había puesto Elias a uno de sus hijos, Thriller a otro, y tenía también una hijita bebé llamada Elvis. (Las empresas de turismo de aventuras más intrépidas llevaban ya muchos años llegando hasta aquel sitio.) Todos y cada uno de los habitantes de la aldea, e incluso algunos de los animales, dormían en hamacas; Elias y Mark colgaban las suyas en la amplia y alegre casa de Cumpashín. El chamán solía cambiar de tocado, todos ellos confeccionados con plumas de distintas aves, unas tres veces al día, y usaba collares con dientes de jaguar. Las mujeres llevaban amplias y andrajosas camisetas de algodón como si fueran vestidos, e intrincados collares y brazaletes hechos de púas de puercoespín y semillas de diversos colores. A Cumpashín ya casi no le quedaban dientes; su cara era tersa y marrón como una calabaza de Día de Brujas. Iba siempre con el pecho desnudo y unos deshilachados pantalones de mezclilla negros. Tenía la complexión y el tono muscular de un boxeador de peso ligero.

—Adivina cuántos años tiene –dijo Elias.

—Debe de ser tan viejo como el padre de todos los grandes ríos –conjeturó Mark.

—Por lo menos cincuenta años… ¿Puedes creerlo?

—Bueno, este club naturista parece ser muy bueno.

No podía dejar de actuar como un neoyorquino nefasto.

Mark se sentía nervioso en presencia de Cumpashín. Cada vez que el chamán se le quedaba viendo largamente, con aquella maldita mirada escrutadora, Mark tenía la sensación de que, de alguna manera, su aura y su alma inefable quedaban expuestas, como si su espíritu mancillado escapara a través de las picaduras de mosquitos que cubrían su cuerpo en forma de púas o rayos, y trataba entonces de devolverle a sus ojos aquella luz de Lorca perdida hacía tanto tiempo.

Cumpashín y Elias hablaban todo el día en su media lengua, una mezcla del escaso español que Cumpashín sabía y las palabras en lengua amazónica que Elias había aprendido del curandero, con la particularidad de que Cumpashín hablaba en una especie de ronroneo susurrante tan desprovisto de consonantes como su tierra originaria estaba despojada de rocas, y Mark no entendía cómo es que Elias podía comprender lo que decía. Pero los dos estallaban de pronto en carcajadas, y pataleaban contra el suelo y se llamaban Cumpashín *el uno al otro*, algo que a Mark le parecía un misterio. La primera mañana que Mark despertó en la choza palaciega de Cumpashín, echó un vistazo al suelo desde su hamaca y vio una cabeza de jabalí colocada dentro de una palangana de plástico, y otra palangana llena de entrañas de jabalí, y carne de jabalí colgada en rojos jirones por todas partes, envuelta en nubes de moscas. Cumpashín cazaba con cerbatana y sólo en contadas ocasiones utilizaba su escopeta, pues era difícil conseguir municiones. Para pescar empleaba una vara, un hilo y un anzuelo sin carnada que ponía a danzar sobre el agua, y de alguna manera se las arreglaba así para atrapar trece peces en menos de media hora, peces que después colocaba enteros sobre el fuego, como si fueran papas asadas. Cuando a Mark se le acabó todo el repelente de mosquitos que habían comprado, Elias le enseñó cómo preparar con sus manos una pasta rudimentaria de hormigas rojas que después se aplicaba sobre la piel para mantener a los mosquitos alejados.

A la noche siguiente de su llegada, Mark presenció cómo Cumpashín curó a un paciente que parecía aquejado de piedras en la vesícula, a juzgar por la manera en que el hombre se retorcía y gemía sobre el piso de juncos mientras se llevaba la mano a la parte superior de la ingle. Aquello fue cosa de locos: Cumpashín se puso a beber de unas jícaras que contenían una bebida de aguardiente con ralladuras de raíz de ajo silvestre, y también fumó una especie de tabaco montés cuyo humo ponía temblar a Mark a causa de la abstinencia de cigarrillos que sufría. Y entonces el chamán sacó una pequeña piedra de una bolsa de cuero, una especie de gema lisa en forma de huevo, que Cumpashín sostuvo entre sus manos ahuecadas y con la que se puso a conversar afablemente por espacio de una hora, diciendo: «Sí… No… Ajá… Sí… No, no… ¡Sí!… A mí también me parece un problema de la vesícula», ¿o quién demonios podía saber lo que le decía? Es su piedra mágica, le susurró Elias solemnemente. La halló cuando era un joven aprendiz de chamán: la piedra había estado brincando de un lado a otro sobre un sendero en la selva. A través de ella, Cumpashín consultaba a los espíritus de las plantas medicinales de la selva. Los espíritus le indicaban al curandero cómo proceder: aparentemente, le habían ordenado a Cumpashín que succionara con su boca la enfermedad del cuerpo de su paciente. El chamán colocó sus labios sobre el vientre del hombre y realizó fuertes ruidos de succión; luego se incorporó, tapándose la boca mientras emitía horribles sonidos de arcadas y se fue tambaleándose hasta uno de los extremos de la cabaña, donde procedió a escupir con gran teatralidad la enfermedad hacia la oscuridad de la selva. (Ahora, cada vez que Mark se despierta en medio de la noche con ganas de devolver y corre vacilante hacia el baño con el vómito llenándole la boca, recuerda aquella escena.) Y, por último, Cumpashín se marchó y regresó una hora más tarde para darle de beber a su paciente un menjurje preparado con la corteza de un árbol.

Más tarde, aquella misma noche, Cumpashín se ofreció a curar a Mark de cualquier mal que lo aquejara. El curandero se dio de golpecitos en la sien, como insinuando que le gustaría curar a Mark de alguna enfermedad mental; aquello hizo reír con ganas a Elias y al propio chamán.

—Pase lo que pase, no quiero que éste me chupe nada —dijo Mark, pero luego añadió—: bueno, no sé. Creo que me gustaría dejar de fumar.

Cumpashín preguntó si Mark llevaba consigo una fotografía suya. ¿Una fotografía? Bueno, claro, llevaba una consigo: una instantánea que le había sobrado de cuando sacó el pasaporte. Cumpashín tomó la foto de Mark y la metió en su pequeña bolsa de cuero junto con su piedra mágica, le lanzó una mirada a Elias y dijo algo que sonó como: «Ya está».

Mark llevaba varios días sin cigarrillos, y la única calada que intentó darle al tabaco silvestre de Cumpashín, una simple hoja de tabaco enrollada, lo había hecho toser de tal forma que pensó que los sesos se le saldrían por las orejas. Para cuando él y Elias regresaron a Iquitos, había transcurrido más de una semana sin fumar y el ansia por hacerlo se le había pasado. Mark no había vuelto a fumar desde entonces, ni un solo cigarrillo, hasta hace un mes. Ahora fuma cerca de dos cajetillas diarias. En las fiestas como las de esa noche, a Elias le encantaba contarle a la gente cómo Cumpashín curó a Mark del vicio del tabaco.

Las fiestas como la de esa noche parecían ser lo más interesante que Elias había hecho durante los últimos tres años y pico que llevaba fungiendo como marido de Kate en el Imperial Loft: eran su oportunidad para volver a figurar evocando sus aventuras en el Amazonas ante un público cautivo. Había algo conmovedor en Elias; una inquieta grandeza de espíritu que lentamente se echaba a perder; así era como Mark comenzó a ver a su amigo en aquellos años. ¿Quién sabe de qué hubiera hablado Elias, si todo aquel asunto de la selva tropical no estuviera tan de moda? Bueno, tal vez aquello no era en realidad lo *más* interesante que Elias había hecho, sino todas aquellas mujeres secretas. Se la pasaba diciendo que volvería a la universidad para licenciarse en herbolaria, naturopatía u homeopatía, o una combinación de las tres disciplinas, y después abrir su propio consultorio… Pero ¿en serio? ¿De verdad pensaba volver a la universidad, a su edad?

Y entonces Elias encontró el barco. Y tres semanas más tarde, y dieciséis años desde la primera vez que los amigos se imaginaron compartiendo aventuras semejantes, Mark dejó a Milagro en una pensión canina y cogió un avión a Saint John, tomó un taxi al astillero y subió por la escalerilla del barco hasta lo que era la encarnación herrumbrosa de su sueño por fin hecho realidad. Un barco, que además también era suyo. De él, que jamás había sido dueño de nada, ni siquiera de un auto. Un barco varado, abandonado por un propietario demasiado impaciente y avaro, excesivamente falto de imaginación y apegado a las reglas para saber cómo ingeniárselas para hacer navegar aquella embarcación de nuevo; un barco que sólo fingía estar muerto mientras esperaba la llegada de alguien capaz de reconocer su verdadero valor y salvarlo del deshuesadero. A bordo se encontraban ya Haley, el corpulento y peludo amigo de Elias que había sido soldado –estuvo adscrito en Iquitos a un cuerpo de los marines y de la DEA que monitoreaba las actividades de tráfico de drogas que Sendero Luminoso llevaba a cabo en la cuenca alta del Amazonas–, y Yoriko, una bella y esbelta chica japonesa de unos veintitantos años que vestía de negro, y con quien Elias llevaba algún tiempo viéndose en secreto. Haley se desempeñaba ahora como encargado de seguridad de un club nocturno; Mark y Elias lo habían contratado para que los ayudara a poner las cosas en marcha.

—Es un buen trasto oxidado –lo saludó Haley, con una sonrisa burlona, mientras le tendía la mano.

—Ten cuidado con los agujeros en la cubierta, Mark –dijo Elias–. No quisiera que te cayeras y fueras a dar a un sitio desde donde no podríamos oírte pidiendo ayuda.

—No pensé que estaría tan oxidado –dijo Mark.

—Realmente han estado operando este barco al mínimo costo –replicó Elias–. Empleándolo sobre todo para cabotaje, como si fuera un camión, llevando carga entre este puerto y Halifax. Y aun así han sacado dinero con él. Pero, aunque no lo creas, esta nave solía navegar hasta Japón, a través del canal de Panamá. Encontré en el puente el manifiesto de los últimos tripulantes. Oficiales polacos y una tripulación casi exclusivamente china.

Todo estaba ya arreglado para remolcar el barco hasta Nueva York. El único problema era que la sociedad de clasificación naval a la que la nave pertenecía, la Nippon Kaiji Kyokia, informada de la venta, se negaba a declarar al barco apto para la navegación, ni siquiera para ser remolcado, hasta que un inspector pudiera viajar desde Halifax para efectuar la revisión requerida. La actitud de Elias era de: «Que se jodan, nos iremos de todas formas». Ya había previsto aquel problema y sabía que podían salirse con la suya. La compañía remolcadora cobraría dos mil dólares diarios por el lento viaje de tres días hasta Nueva York. Apoyando en la barandilla el talonario de cheques, Mark extendió uno que cubría la parte que le correspondía del pago. Contempló las apacibles aguas del puerto y de la Bahía de Fundy, la titilante y tersa extensión de la marea al retirarse. Anochecía. Jamás había viajado tan al norte, y se dijo a sí mismo que nunca antes había respirado un aire tan fresco y tan limpio. Las barcazas de madera de los pescadores ya ingresaban traqueteando al puerto, con densas parvadas de gaviotas a la zaga, y la luna había emergido, pálida como un manchón de jabonadura sobre el espejo del límpido cielo azul.

Mientras los hombres del remolcador preparaban los cables de remolque, Mark, Elias y Yoriko subieron las oscuras escaleras que conducían a la cabina de controles. Mark empuñó la rueda de radios montada sobre el girocompás y pasó la mirada por la extensa y caótica cubierta, y a través del lío que formaban los palos y los mástiles, hasta posarla sobre el mar. Elias le explicó brevemente cómo funcionaba el radar –un equipo muy primitivo, dijo–, el sistema de navegación de largo alcance, la ecosonda y la radio VHF, todos los cuales requerían energía eléctrica para funcionar. Este botón de aquí activa la sirena del barco, aunque ahora también se encuentra muerta, claro. Había una mesa de mapas y varias gavetas estrechas aún llenas de cartas de navegación. Sobre el muro había un cronómetro de cuerda que marcaba la hora del meridiano de Greenwich, un barómetro y un afiche amarillento que ilustraba la escala Beaufort de vientos.

Elias y Yoriko ya habían bajado antes a tierra para conseguir colchones y ropa de cama para el viaje: dos colchones para los dos camarotes vacíos de los oficiales, y otro para la *suite* de dos habitaciones que conformaban el aposento del capitán, que Elias naturalmente apartó para él y Yoriko. En Saint John, con su flamante tarjeta de crédito a nombre de la empresa Achuar Corp. de Ciudad de Panamá (llamada así en honor a la tribu de Cumpashín), Elias había comprado lámparas de keroseno de la marca Coleman, una gran cantidad de casetes de música y baterías de repuesto para la radiograbadora, hieleras repletas de comida y cerveza, botellas de alcohol, bidones de agua potable, un pequeño asador y una parrilla de gas de dos quemadores, la cual trasladarían posteriormente a la cocina del barco para que fuera utilizada por la eventual tripulación que contratarían para realizar las reparaciones. Incluso había comprado uno de esos pequeños inodoros que se emplean al acampar. Parecía como si estuvieran a punto de emprender una excursión de tres días en el interior de una montaña flotante.

Fueron a echar un vistazo a los baños individuales de vapor que se encontraban detrás de unas puertas de caoba que lucían casi nuevas, adornadas con picaportes de latón: el único vestigio de lujo que quedaba a bordo del barco. Los mosaicos blancos y negros de aquel cuarto resplandecían.

—Algún día, muy pronto, volverán a funcionar –dijo Elias–. Y tomaremos baños de vapor aromatizados con hierbas –estrechó fuertemente el talle de Yoriko con su brazo y sonrió con ironía–. Oh, Yoriko, amor mío, qué emocionante…

—Son muy bellos –respondió Yoriko, acurrucada contra el cuerpo de Elias–. Puedo ver que éste será un barco magnífico –alzó el rostro para sonreírle a Elias–. … Aunque ahora luzca bastante estropeado –se volvió hacia Mark y entornó los ojos, añadiendo–: y este rufián machista me tuvo todo el día limpiando este desastre.

Los mozos canadienses que trabajaban para la compañía remolcadora les hicieron el favor de subir la escalerilla –que se elevaría automáticamente con güinches cuando tuvieran energía eléctrica–, y después se descolgaron por el costado de la nave hasta el muelle con una escalera de cuerda. Luego Elias, Haley y Mark recogieron las amarras, como si fueran marineros de verdad, aunque Mark no podía dejar de reír a causa de la excitación que le producía tirar con todas sus fuerzas de aquel cabo grueso y pringoso y oloroso a keroseno, mientras Yoriko les tomaba fotografías.

Con un potente remolcador bautizado *Lilly* –4,300 caballos de fuerza, dijo Elias– dirigiendo la operación y tirando de dos gruesos cables de remolque amarrados a las bitas de proa y adujados tras la borda, y otros dos remolcadores más pequeños dispuestos uno junto a popa y el otro invisible bajo el abanico de proa, el barco comenzó a moverse y a maniobrar para alejarse de su puesto de atraque y adentrarse en la Bahía de Fundy y sus aguas jaspeadas con los suaves tonos pastel del crepúsculo, mientras las estrellas comenzaban a destacar sobre el intenso y nítido azul del firmamento. El *Lilly*, capitaneado por un escocés de mediana edad llamado Maurice que lucía un bigote de morsa y a quien le gustaba que lo llamaran Capitán Mo, hizo resonar su sirena. Elias le concedió a Yoriko el honor de romper una botella de champaña contra la borda de proa, y después sacó cuatro copas de cristal y dos botellas más de Moët & Chandon que descorcharon ruidosamente. Tomaron asiento sobre las bitas de negro acero, se recostaron contra la barandilla y bebieron el champán a sorbos mientras brindaban.

—Por mi primer oficial –dijo Elias, entrechocando su copa con la de Mark.

—¿Ah, sí? Déjame adivinar quién será el capitán…

Y Elias, en su mejor imitación del fuerte acento de Long Island replicó:

—¡Ya quisieras *túuu* ser capitán de *aaalgo*!

Mark soltó una carcajada y Elias se puso a explicarles a los demás aquel viejo chiste: se remontaba a los tiempos en que estudiaban en la universidad, donde también estaba este sujeto, el capitán del equipo de golf o de *algo*, con quien Elias se estaba peleando, y entonces una chica se había puesto furiosa y había gritado aquello, y desde entonces él y Mark empleaban la frase como una especie de refrán cómico...

—¡Vaya! –exclamó Yoriko–. Creo que ustedes dos se conocen *demasiado*...

Al poco rato se encontraban en alta mar, en medio de un océano pacíficamente surcado por olas diminutas e iluminado por la luz de la luna bajo el cielo nocturno, y los dos remolcadores más pequeños se alejaron tras hacer sonar sus silbatos, y el remolcador de adelante –*El Pequeño Remolcador Que Sí Pudo*, lo llamaban, a pesar de que era el más grande– enfiló rumbo al sur, más allá de Nueva Escocia, dejando tras de sí una estela de espuma que era como la luminosa cola de encaje de un vestido de novia que se extendía hacia ellos desde Nueva York.

Asaron hamburguesas al aire libre, sobre una de las alas del puente de mando. Y Elias les estuvo contando historias sobre cómo era posible hacer dinero mediante el fraude naviero.

—Supongamos que alguien en Brasil ha ordenado un cargamento de, digamos, aspiradoras a través de un concesionario en Alemania del Este... El tipo de Brasil paga el importe de la venta a un banco –explicó Elias–. Y el concesionario gestiona la transacción, asegura el cargamento de aspiradoras, consigue las facturas originales, se asegura de que el pedido sea cargado en el barco, y después lleva los documentos de embarque al banco y recibe su dinero. Hasta ahora todo va a las mil maravillas. Pero lo que nadie sospecha es que el capitán del barco es también su propietario, y que el nombre de la nave es sólo uno de tantos con los que el capitán ha estado navegando en los últimos meses. Así que se dirige a Brasil, con la bodega cargada de mercancías cuyo valor suma más de un millón de dólares, y se topa con una tormenta, una tormenta que no aparece en ninguna fotografía satelital ni en ningún otro sistema de vigilancia meteorológico, pero... ¡qué demonios! Todo ha sucedido mar adentro y las autoridades no pueden rastrear todos y cada uno de los tifones que se producen súbitamente,

¿verdad? El barco va a dar al fondo del océano. Pero la mayoría de la tripulación sobrevive. Logran encontrarlos a bordo de un bote salvavidas bien aprovisionado y todos ellos narran el terrible relato de la tempestad y el naufragio y el trágico destino que enfrentaron el capitán del navío y el jefe de máquinas y unos cuantos hombres más que se refugiaron en el *otro* bote salvavidas, al que perdieron de vista durante la tormenta, y cuya radio súbitamente enmudeció sin que lograran recibir ni la menor señal de ellos en los días posteriores. Oh, bueno, el comprador de las aspiradoras en Brasil se limita a cobrar el dinero del seguro, lo mismo que el resto de los consignatarios, mientras que el barco, provisto ya de un nuevo nombre, arriba discretamente a algún modesto puerto de la Guyana, tripulado por su anónima y reducida plantilla de hombres; enrola a más marineros y parte rumbo a, no sé, digamos a Cuba, o a México, o tal vez hacia el Medio Oriente, donde el capitán liquida todo lo que transportaba en las bodegas, se embolsa el dinero y lo divide (inequitativamente, por supuesto) entre sus leales socios de conspiración.

Elias le contó un par de historias más de este tipo. La manera más fácil de ganar dinero con un barco como aquél, dijo, era justamente ésta: repararlo a bajo costo, asegurarlo por muchísimo más dinero del que pagaste por él, y luego hundirlo. Es fácil volverse rico; todo lo que necesitas es imaginación y un par de cojones. Y todos brindaron jovial y alegremente por ello.

Más tarde, Mark se encontraba apoyado en el antepecho de los ventanales del puente de mando, mirando a través de los cristales entintados mientras daba sorbos a un vaso con whisky escocés. Apenas habían transcurrido un par de horas desde que zarparan y el mar oscuro ya le parecía un espectáculo bastante monótono. ¡Ni siquiera tendrían el consuelo de avistar alguna ballena! Elias y Yoriko se encontraban afuera, en uno de los laterales del puente, charlando y riendo. Elias le estaba mostrando cómo usar un sextante y alardeaba de su conocimiento sobre las estrellas. Haley había bebido demasiado y se encontraba sentado ante la mesa de mapas con la cabeza descansando sobre sus brazos cruzados. El barco avanzaba firme y sólidamente a través de las calmas aguas del océano… pero, entonces, ¿por qué se sentía él tan mareado? Sentía celos de Elias y Yoriko; no tanto de su romance *per se*, sino de la desenvoltura que Elias manifestaba siempre ante las mujeres. Mark estaba un poco obsesionado con el matrimonio de Elias y Kate; se la pasaba estudiándolo para ver si así lograba instruirse respecto a lo que había salido mal entre él y Sue. ¡Porque Elias y Kate se llevaban tan endemoniadamente bien! Elias jamás se mostraba perezoso, o absorto en sí mismo, o abiertamente egoísta como para dejar de prestarle atención a Kate, y parecía sentir un placer extraordinario al entretenerla y divertirla. Era como si los dos acabaran de conocerse y se esforzaran por mostrarse el uno al otro la mejor de sus caras… o la que Elias y Kate pensaban que era la mejor de sus caras. Elias era el mejor amigo de Kate, y aunque Elias siempre sabía actuar como si fuera el mejor amigo de todas las mujeres, con Kate la cosa realmente resultaba verosímil. Desde que Sue lo había abandonado, e incluso desde antes, Elias se la pasaba diciéndole: «Mark, no hagas *eso* con las mujeres», o «Mark, la próxima vez que te enamores haz *aquello* otro…». Una vez llegó a decirle: «Mark, el error que cometiste con Sue es muy común pero también muy estúpido, y fue pensar que sólo por haber vivido tanto tiempo juntos tenías el derecho a desnudar *tu verdadera personalidad* como lo hacías de niño en el seno de tu familia psicótica. Que podías lloriquear y excederte emocionalmente sin límite alguno. Que no tenías que refrenarte ante ella. Así que Sue tuvo que soportar cada uno de los pequeños traumas que sufriste por el fracaso de tu negocio de alquiler de videos. Porque, dime, Mark: si apenas hubieras empezado a salir con Sue, ¿te habrías permitido pasarte toda la noche ahí sentado, sumido en la depresión por lo de tu negocio? ¿Habrías tratado de conseguir que ella compartiera su vida contigo a base de contarle lo desesperado que te sentías por tu situación? Sólo las mamitas, Mark, incluyendo a la tuya, te siguen soportando cuando tienen ganas de deshacerse de ti; no te corren de la casa ni te expulsan de la familia aunque te hayas convertido en una plasta, pero las mujeres, sí. Especialmente cuando aún son lo bastante jóvenes y atractivas y justificadamente suspiran por que las valoren y les brinden un poco de diversión, como Sue. (¿Acaso Elias se había acostado con Sue también?) Elias decía que la clave con las mujeres radicaba en conseguir ponerlas de tu lado, día tras día. «Tienes que ser *galante*, Mark. Y hasta un poco formal.» Y decía también que lo mejor de esta estrategia es que no excluye la sinceridad, pues con el paso del tiempo todo se hace cada vez más sencillo y no más difícil de sobrellevar. Decía que había que reservar la tristeza y la depresión para los momentos en que vivieran una auténtica crisis, para cuando realmente tuvieras la necesidad de tener a tu mujer de tu lado... a quienquiera que sea, Mark; seguramente pronto lograrás encontrar otra pareja.

Un día, poco después de que Sue lo abandonara, cuando Mark se sentía *realmente* destrozado, le dijo a Elias: Siento como si llevara en el pecho una carga de mil libras de plomo, Doc... ¿No tendrá Cumpashín algún remedio chamánico para curar un corazón roto?

Por supuesto, Mark, respondió Elias. Agarra una piedra y ponla a hervir. Y cuando el agua se enfríe, bébetela. Hará que tu corazón se endurezca.

Mark salió a la otra ala del puente de mando, la opuesta a donde Elias y Yoriko se encontraban, para tomar un poco de aire. Permaneció largo rato ahí de pie, con el viento helado del océano azotándole el rostro, retumbando en sus oídos, llenándole los pulmones. Miró hacia lo alto, al cielo lleno de estrellas fulgurantes, y luego hacia abajo, a las aguas agitadas que formaban un abanico al ser partidas por el barco, olas que ahora se encontraban ligeramente salpicadas de espuma resplandeciente; y después miró hacia delante, a la cálida luz de *El Pequeño Remolcador Que Sí Pudo*, allá a lo lejos, como una cabaña solitaria en medio de una jungla salvaje.

Cuando regresó al interior de la cabina de mando, Haley roncaba sobre la mesa de mapas, y la puerta que daba hacia la otra ala estaba cerrada y pensó que Elias y Yoriko seguramente habían ido a acostarse, pero entonces oyó una risa aguda, algo apagada, que provenía del exterior: la risa de Yoriko. Tomó una de las linternas y bajó a explorar la cubierta del barco, sumida en una densa penumbra. Elias ya le había advertido lo peligroso que podía resultar pasearse por ahí de noche; estaba demasiado oscuro y había una gran cantidad de objetos mal amarrados por todas partes; el barco podía cabecear y balancearse y te romperías una pierna. Sujetándose a la barandilla de la escalera con una mano, descendió más allá del nivel en donde se encontraban sus camarotes y llegó al piso inferior, ahí abrió una puerta y se topó con un pasillo. Lo recorrió a paso inseguro, tambaleándose mientras avanzaba e iluminaba con su linterna los pequeños y despojados camarotes donde dormiría la tripulación –en éste y en el piso de abajo–, con el siniestro mar visible desde las mirillas. Desde ahí podía escuchar los suspiros y chirridos que emitía el barco vacío, tan semejantes a los de una casa embrujada y causados por la fuerza de arrastre que lo hacía avanzar. Oyó el lejano estruendo de los objetos que parecían caer al fondo de un profundo pozo metálico. Descendió un nivel más, siguiendo el haz de su linterna a través de la oscuridad, fascinado por la incómoda sensación de hallarse completamente solo en un sitio tan extraño y espeluznante: un sitio del que ahora era dueño, después de todo. Un hombre había muerto en aquel barco recientemente. Se sintió atraído hacia la sala de máquinas, donde había ocurrido todo. Al final del pasillo encontró la manija de la puerta de acero que conducía hacia ella; la accionó y empujó la puerta hasta abrirla, y descendió por una escalerilla de metal y luego cruzó la puerta que conducía al puesto de control y se quedó ahí inmóvil, haciendo saltar la luz de su linterna a lo largo y ancho de aquella caja de acero de dos pisos, circunscrita por una pasarela metálica, que contenía la planta de máquinas. La peste a diesel, grasa y fuego extinguido era muy fuerte. Dirigió la luz hacia una mesa metálica ennegrecida por la grasa, aún cubierta de herramientas y papeles viejos, y luego hacia el panel de control, las cajas de interruptores chamuscados, la caldera que se encontraba al fondo, las gruesas tuberías, los cables achicharrados, racimos de ellos. Se desplazó hacia la pasarela, sujetándose firmemente de la barandilla, y alumbró una serie de artefactos cuya función era un misterio para él, y luego dirigió la linterna hacia el fondo, a la gigantesca máquina que se encontraba en el centro de la sala, con sus seis cilindros brillando débilmente, rodeada de toda clase de aparatos y mecanismos de bombeo. Tomó asiento en la oscuridad de la pasarela, dejó que sus piernas colgaran y se puso a pensar que apenas unos meses atrás alguien había muerto en algún lugar de aquella sala. Apagó su linterna y permaneció un rato ahí sentado en la oscuridad absoluta. Le pareció que podía escuchar el gemido del viento en las cavernosas bodegas vacías que se extendían del otro lado de la sala de máquinas; y el profundo aunque sordo rugido del océano al ser hendido por el casco del barco. Y ahí permaneció sentado, bamboleándose de un lado a otro, hasta que de nuevo comenzó a sentir una sensación de mareo en su agitado estómago. Se sentía triste. En verdad no estaba acostumbrado a tener esperanza: su relación con este estado de ánimo fue durante muchos años de profunda desconfianza. Por favor, haz que esto funcione, se dijo. Por favor, que algo bueno salga de todo esto.

A la mañana siguiente despertó en su camarote; se había salido del colchón y yacía en el suelo. Trató de incorporarse pero el piso pareció hundirse bajo sus pies, y sus piernas se derrumbaron hacia atrás como fichas de dominó hasta que golpeó el mamparo con la espalda. Dio tumbos hacia el otro lado del camarote, hasta que logró sujetarse a la portilla con las dos manos, y miró hacia fuera y contempló la niebla gris y las olas color pizarra que se alzaban y colapsaban pesadamente bajo crestas de espuma pulverizada. El rumor del viento era desolador; un aullido grave, infatigable que parecía provenir de un interminable túnel de hierro. Volvió al colchón y se aferró con ambas manos a sus costados, y así permaneció durante quién sabe cuánto tiempo. Podía escuchar el estruendo que producían los objetos sueltos que caían y chocaban por todas partes.

Más tarde, cuando bajó a cubierta para vomitar, comenzó a llover con fuerza. Vio cómo un gancho de carga se balanceaba furiosamente de un lado a otro al extremo de un aparejo flojo. Sujetó la barandilla con fuerza y vomitó por la borda mientras el viento se lo llevaba todo y él contemplaba las olas que se elevaban contra el costado del barco y que rompían sobre cubierta en ráfagas de espuma silbante que sacudían el barco y lo empujaban a él hacia atrás.

Regresó al interior completamente empapado, agarrándose a la barandilla de la escalera con las dos manos mientras subía lentamente hasta llegar a la cabina de controles. Yoriko y Haley estaban sentados en el suelo, uno junto al otro, con las espaldas apoyadas en el mamparo, frente a los ventanales barridos por la cortina de lluvia, bamboleándose de un lado a otro. Haley le sonrió débilmente. Elias estaba de pie junto a ellos, agarrado con una mano al riel que corría bajo los ventanales. Incluso él se veía más pálido que de costumbre.

—Claro, nada de esto sería tan malo si estuviéramos avanzando bajo nuestra propia fuerza propulsora –dijo Elias, tratando de atenuar su responsabilidad por el clima–. Es, a lo sumo, un viento de fuerza cinco en la escala Beaufort. ¡Nada!

Mark se paró a su lado y miró al frente a través de la lluvia hacia el remolcador que avanzaba subiendo y bajando entre la marejada.

—¡Vamos, *Pequeño Remolcador Que Sí Pudo*! –exclamó Mark lánguidamente, pero el mero hecho de hablar le produjo una nueva oleada de náuseas. Fue a sentarse junto a Yoriko.

Sólo Elias comió aquel día. En una ocasión los llamó para que se asomaran por las portillas de babor, y entonces pudieron ver otro barco, con una gran cubierta llena de contenedores apilados, que avanzaba corcovando hacia el brumoso horizonte. El peso de la carga hacía que la nave se hundiera en el mar con cada cabeceo, mientras las olas rompían sobre su proa y su cubierta, levantando grandes explosiones de agua y rocío.

La lluvia y el viento y el incesante cabeceo y balanceo del barco prosiguió con pasmosa monotonía a lo largo de todo aquel día y toda la noche, y hasta bien entrada la mañana siguiente. Aquéllas fueron las horas más largas que Mark vivió en toda su vida, en las que el tiempo se convertía en una magnitud muerta de la que entrabas y salías, entrabas y salías, haciendo de la luz y de la oscuridad factores irrelevantes. Pero entonces el clima comenzó a calmarse.

Al anochecer se encontraban ya próximos a Nueva York, navegando por las aguas externas de la isla Sandy Hook y el canal Ambrose para acceder a la parte baja de la bahía del puerto de Nueva York. Ya podían ver a lo lejos las finas franjas luminosas de las costas de Staten Island, y las luces más débiles de otros barcos situados delante de ellos, aguardando a que la marea subiera lo suficiente para que sus calados libraran los bancos de lodo de los canales para entrar en el puerto.

Libre por completo de toda carga, sin energía de ninguna clase y arrastrado por *El Pequeño Remolcador Que Sí Pudo*, como si fuera una inmensa cometa de hierro, el *Urus* podría entrar directamente en el puerto. Los tripulantes se situaron en el ala que daba a estribor; el aire nocturno era más tibio ahora: una brisa húmeda y pesada que presagiaba el verano bochornoso que les esperaba. Soltaron exclamaciones de alegría cuando vieron que se acercaba el barco del práctico, quien franqueó las dos bordas contiguas de un salto para subir al *Lilly*.

Muy pronto pudieron ver las luces de Coney Island y el azulado destello de las luminarias del puente Verrazano Narrows. Pasaron junto a un enorme barco cisterna, iluminado completamente como una central eléctrica de noche, que estaba trasvasando su cargamento de crudo a una barcaza. Y arrastrado contra la marea de repunte, el *Urus* se deslizó por debajo del puente y a través de los estrechos, y enfilando hacia la parte alta de la bahía entre Staten Island y los fondeaderos de Bay Ridge. Ahora las luces del puerto bullían por todas partes alrededor de ellos. Haley sirvió whisky en sus vasos. En la boca de Kill van Kull, donde la mayoría de los barcos mercantes viran para pasar entre Staten Island y Bayonne en dirección a las terminales y los parques de depósitos de Newark Bay y del Arthur Kill, dos remolcadores más salieron a su encuentro; se pegaron al casco del *Urus* e hicieron que éste se estremeciera suavemente. Al mirar al frente vieron que el práctico abandonaba el heroico *Lilly* y abordaba de nuevo su barco, que partió veloz hacia su siguiente misión. Estallaron en vítores y entrechocaron sus vasos y se abrazaron los unos a los otros como antaño los inmigrantes hacían cuando vislumbraban la Estatua de la Libertad iluminada, y detrás de ésta, el apretado racimo de brillantes rascacielos refulgiendo desde la punta de Manhattan.

Dejaron atrás las extensas y sombrías costas de los atracaderos abandonados de Sunset Park para ingresar en la Bahía Gowanus y proseguir por un canal que prácticamente se hallaba a oscuras. Dejaron atrás también un parque de depósitos y un pequeño muelle para barcazas, y atravesaron la boca de una dársena casi cerrada; los remolcadores danzaban en torno al casco, conduciendo e impulsando al *Urus* contra la marea como si fuera una veleta, hasta que finalmente lo sujetaron de proa y de popa y lo atracaron en un largo muelle de embarque presidido por una elevada estructura rectangular de concreto, rodeados de terminales abandonadas y espigones derruidos.

—Es el puesto de atraque más barato de todo este condenado puerto –dijo Elias mientras Mark, Haley y Yoriko miraban boquiabiertos las siluetas de aquellas ruinas.

Había dos furgonetas estacionadas sobre el muelle pavimentado, y un grupo de trabajadores portuarios sindicalizados alineados a lo largo de la zanca de madera, de pie junto a los bolados (su trabajo ya estaba incluido en las cuotas de amarre). Elias condujo a sus compañeros hacia cubierta y dijo:

—Tengo que arrojarles los cabos, pero hace años que no practico.

Alzó un rollo de guindaleza, lo apoyó contra sus muslos y giró sobre sí mismo, casi a la manera de un lanzador de martillo olímpico, y arrojó las amarras con fuerza. El extremo del cabo, atado en un nudo de puño de mono, surcó los aires y fue a caer sobre el muelle. Elias repitió la operación una y otra y otra vez más, y luego permitió que Haley lo intentara también, mientras los cuatro recorrían el barco de proa a popa.

Luego Elias les enseñó cómo bajar la escalerilla simplemente caminando por ella, y así concluyó el primer y último viaje de Mark por el océano.

Ahora Mark es *El Pequeño Remolcador Que Sí Pudo*, convertido en babosa. Tirado en la cama, con una terrible resaca y el cenicero de la mesita de noche rebosante de asquerosas colillas de cigarrillo. Más vale que *El Pequeño Remolcador* se levante pronto a mover su auto, si no quiere que la grúa se lo lleve. Sacar a pasear a su perro. Salir a comprar comestibles para su «tripulación». *El Pequeño Remolcador* estuvo anoche en la cena que Kate y Elias organizaron, ¡y vaya la nochecita que tuvo! Pero al menos le tocó sentarse junto a Moira Meer… que es propiedad de Elias, y si no es de Elias, será de Phil. Ajá. He aquí una pequeña y divertida frase musical que Mark desarrollará y compondrá durante el desayuno (café, arroz frito de un paquete que ya lleva dos días en el refrigerador) para enviarla al programa «Hablando de esta Puta Ciudad de Juguete». ¿Cómo conducirte si te encuentras en una cena en compañía de jóvenes y acaudalados artistas, humanistas buenos para nada y la mujer más notable y extraordinaria sentada inocentemente a tu lado, cuando resulta que eres dueño de un barco de esclavos anclado en secreto en los muelles de Nueva York? Alquilas al *Pequeño Remolcador* para que arrastre tu alma y la tire junto con el resto de la basura, ¿cierto?

Esa primera idea hay que trabajarla, pero más vale que se ponga en movimiento: *El Pequeño Remolcador* tiene que llevarle comida a su «tripulación», comprobar el estado de aquel viejo herido. Nuestros muchachitos morenos, propiedad del capitán Elias Cortés y del primer oficial Mark Pizarro. Y que conste, Su Señoría, que cuando él los llama así no está siendo racista, *noooo*, para nada; simplemente recurre a una expresión de ironía y burla hacia sí mismo por pura honestidad, una pizca de humor negro para llegar a la esencia de la que ahora es una situación espantosa y de su propia y culpable, aunque inicialmente bien intencionada (o por lo menos exenta de cualquier intención negrera) actitud frente a ésta. Aunque, bien mirado, no todos ellos son muchachitos, y ni siquiera todos son morenos. Está harto de recordarlos constantemente, de sentir rabia y culpa a dondequiera que vaya, porque los ve en todas partes: en los mozos que levantan los platos en los restaurantes, en el McDonald's, incluso trabajando en pizzerías en donde antes sólo había italianos y griegos, o formados afuera del remolque que vende tacos en la esquina de las calles Noventa y cuatro y Broadway; en el metro, trabajando detrás los mostradores de los *delis*, a las órdenes de coreanos que siempre están mandándolos al sótano para traerte la bolsa de hielos que pediste, sujetándola entre sus manos, mientras escudriñan a los clientes de la tienda con ojos oscuros llenos de ansiedad, buscando a alguien que dé la impresión de estar esperando una bolsa de hielos porque ni siquiera saben suficiente inglés como para preguntar en voz alta: «¿Quién quería hielo?». Muchachitos morenos, casi nunca muchachitas morenas, parloteando en español, con un brillo oscuro en los ojos, bajos y rechonchos como pequeños Napoleones, con rostros orgullosos y serios como de aztecas (o lo que sea). A estas alturas Mark ya se ha dado cuenta de que no hay un solo coreano dueño de un *deli* que no sepa cómo decir al menos «¿Qué pasa?». Lo cual, dicho sea de paso, es todo el español que el propio Mark conoce... Y todas esas nenas millonarias en la cena de Elias, tan interesadas en escuchar sus historias sobre la magia de los chamanes de las selvas amazónicas... ¿Por qué no les cuentas también las historias de los marineros esclavos de Centroamérica, eh, Elias? No verás a estos chicos levitando, ni vomitando mariposas ni haciendo vudú o comunicándose con fantasmas y espíritus; son sólo un montón de infelices jodidos como tantos y tantos infelices jodidos que existen en el mundo (aunque por un momento hayan tenido aquel Gato Que Se Sentaba).

Nunca habla con ellos, de todas formas. Se esfuerza en guardar las distancias. No trata de agarrarlos de tontos para después burlarse de ellos como hace Elias. Bueno, como no habla español no podría hacerlo aunque quisiera. Elias cree que estos chicos lo soportarán todo porque él es un tipo buena onda. Se cree un jodido Indiana Jones, ¡un explorador de la jungla! ¡Nacido en el siglo equivocado, como al cabrón le gusta decir! (en el siglo equivocado porque en éste ya no se permiten los esclavos, piensa Mark). El Señor Buena Onda de las regiones ecuatoriales, que sabe cómo hacer negocios con rufianes selváticos, con chamanes y contrabandistas y cazadores de monos y putas y marineros. ¡Elias pudo haber formado parte de «La Pandilla Salvaje», pudo haber sido el mismísimo Bart Oates! ¿Sabes lo que es El Paraíso, Mark? (citando a alguien, ya olvidó quién). El Paraíso es una cantina en los trópicos, llena de *machos* y de *putas*... ¿Qué era lo que significaba aquella última palabra: *pooo-tah*? *A whore*, Mark, ¡carajo! ¡Hey, al menos sí sé lo que significa *ma-chou*! A Elias le gusta decir que en el fondo, muy en el fondo, no es realmente un hombre blanco. No como tú, Mark. Ajá, sí, *okey*, Doc, lo que tú digas.

Su mejor amigo desde los tiempos de la universidad, el padrino de su boda con Kate y seguramente también del chiquillo que esperan... ¿Cuántos años lleva ya sirviéndole de tapadera? ¿Cuántos años de mentir por él ante Kate? ¡La cantidad de mujeres que Elias ha tenido! ¿Y qué fue lo que el cabrón le dijo anoche cuando Mark insinuó que estaba interesado en Moira Meer? Y no es que Elias tenga la última palabra en el asunto; el problema es que *cree* que sí la tiene. Nunca antes habían pretendido los dos a la misma mujer. ¿Acaso pensaba Mark que si alguna vez ocurría algo semejante sería Elias quien se apartaría para dejarle el campo libre a Mark, porque era quien estaba casado y todo eso? ¿Tan competitivo es? ¿A ese grado tan enfermo? ¿Phil, en serio? ¡Pero si es un pobre niñato, un bicho raro! Phil el del basurero, tan chispeante y encantador como la bazofia que administra. No es para ti, es mía, y si no puede ser mía será de Phil, dijo Elias, tras la inteligentemente organizada cena de disfraces de Kate –porque en realidad era cosa de Kate–, en la que todos los presentes, de ordinario gente nada pretenciosa, debían actuar como farsantes presuntuosos, sólo que Mark el primer oficial no era tan inteligente como ellos. Pero al menos al primer oficial le tocó sentarse junto a Moira Meer, cuyos ocasionales suspiros, de un gris aterciopelado, y cuyas miradas ahumadas (uno de los invitados decía: «Sí, son fotografías perversas, retorcidas, pero si logras... *curarlas*...», y otro más preguntaba: «¿Con el acto de *contemplarlas*, quieres decir?» «Por supuesto.») no tardaron en darle a entender a Mark que ella también encontraba todo aquello tan fascinante como él. Moira había sido, tres o cuatro años atrás, la mejor estudiante de Kate, y siempre se mantuvieron en estrecho contacto, a pesar de las insinuaciones de que Moira no aprovechaba su talento ni las oportunidades que se le ofrecían, de que su obra era demasiado pobre por haberse desviado de la integridad conceptual para terminar en una triste subjetividad burguesa; incluso permitió que Moira se instalara en su *loft* mientras ella y Elias se fueron de vacaciones a Tailandia, el invierno pasado. Elias siempre se jacta de sus aventuras, porque necesita alardear de estas conquistas, frutos de una labor paciente. Y por eso, y porque así se lo había dicho el propio Elias, Mark siempre creyó que, en lo tocante a Moira, aquél había optado por una especie de casta y hasta paternal amistad a pesar de los sentimientos de profundo afecto que sentía por aquella joven realmente adorable, pero también vulnerable. Mark había empezado a oír hablar de ella dos veranos atrás, cuando Kate rentó aquella casa en la isla de Shelter e invitó a Moira a pasar una semana con ellos (Mark había sido el invitado de la semana posterior a ésa, y tal vez hasta los ferris que los llevaron se cruzaron en el camino). Durante aquellas vacaciones, el trato alegre y afectuoso que siempre se profesaron, se transformó en una verdadera amistad entre la alumna favorita y el marido de la profesora. Recuerda cómo se la describió Elias: una chica estupenda, un poco insegura pero muy dulce, que necesita toneladas de amor y devoción por parte de un hombre de verdad; lástima que su novio sea un *pendejo*. ¡Moira adora a Kate! Adora su genialidad, su confianza, su belleza y sus logros. (Mark admite que no está capacitado para juzgar los ensayos teóricos que Kate escribe, aunque no puede dejar de percibir en ellos un tufo a basura reciclada con laboriosidad: sólo un inca puede fotografiar a otros incas, y así sucesivamente, pues de lo contrario resulta racista, imperialista y carente de *verdad*, y ésa es la razón por la cual ella sólo fotografía recetas de cocina, su propio cuerpo, etcétera.) En los últimos años, Mark ha coincidido, visto y hablado con Moira en unas pocas ocasiones, cuando él aún vivía con Sue y con Milagro, y Moira tenía aquel novio con el que por fin ha roto también.

Así que anoche realmente hubo una especie de conexión entre ellos, ¿no es cierto? Y él se dijo: ¡Vaya, esta Moira es una chica realmente maravillosa! ¡Una mujer extraordinaria! Eso fue todo lo que dijo: ¡una chica realmente maravillosa, una mujer extraordinaria! No simplemente un bombón, etcétera. No es para ti, es mía: qué estupidez decirle eso a tu viejo amigo, Elias. Estás casado, con una hermosa y sofisticada mujer embarazada que te mantiene, que todos los días te pasa una asignación fija *para que almuerces* y que, reconozcámoslo, es capaz de besar el maldito lodo que pisas. ¡Qué demonios…! Seguramente hay algo entre él y Moira, ¿verdad? ¿Verdad? En el bar le preguntó: Elías, ¿hay algo entre tú y Moira? No, respondió Elias. Estamos enamorados el uno del otro pero ella sabe que no tengo nada que ofrecerle. ¡Enamorados el uno del otro!, dijo. Con la mirada enternecida, lleno de solemnidad. *Pero no tengo nada que ofrecerle. Porque sigo enamorado de Kate, por supuesto. Y además, después de todo, tengo que tomar en cuenta al bebé.* Moira tampoco es rica… Pero ¿Phil? ¿No hubiera sido mucho más decente, por no decir justo, que Elias dijera: Haré todo lo que pueda para ayudarte, Mark, te lo prometo? O que por lo menos lo hubiera animado. Cualquier cosa menos aquello que le dijo. Como nada, por ejemplo, ¿sabes?… Pero no. Moira es suya, y si no es suya, es de Phil. ¡Lo que quiere es usar a Phil de pantalla! Sabe que Phil es tan despistado, tan raro y tan egotista que ni siquiera notará las maniobras de papito Elias. ¿O será que sólo trata de actuar como un buen padre adoptivo al emparejarla con Phil, porque Phil es el hombre más rico que él y Kate conocen? Pero Moira ni siquiera le dirigió la palabra a Phil durante toda la noche, ni siquiera pareció notar que se encontraba allí. Mark sí que lo hizo, durante el coctel que precedió a la cena. Alto, rubio, empalagoso, aristocráticamente escuálido, Phil llevaba un suéter amarillo brillante y parecía el pajarraco aquel de Plaza Sésamo en la etapa terminal de una jodida enfermedad. Estoy planeando un documental sobre el auge de la derecha cristiana, dijo, con su voz engreída y petulante. Bueno, pues ¡yuju! Siempre está planeando cosas pero nunca hace nada. ¿Cuándo comenzó aquello, el auge de la derecha cristiana?

¿Comenzarás antes de Cristo o después de Cristo? ¿Y cuál será la secuela: un documental sobre la *izquierda* cristiana? ¿Vas a pagarle a alguien para que lo haga todo, verdad, Phil? ¿Sabes qué fue lo que Jesús le dijo a los puertorriqueños mientras ascendía a los cielos? «¡No hagan *nada* hasta que yo regrese!» Tienes que poner eso en tu documental, Phil, para que remonte, verás que remontará…

—¿Qué tal va el negocio de la naviera? –preguntó Phil secamente.

—Bastante deprimido por el momento, Phil –respondió Mark.

Déjame decir algo acerca de la depresión: en el metro te asaltan extraños impulsos de sacar el encendedor y prenderle fuego al periódico del tipo que está sentado junto a ti, o de lamer el suelo. ¿Y qué es lo que te detiene? Caray, las cosas tan desagradables que de repente te pasan por la cabeza… Durante la cena fui yo quien se sentó junto a Moira, yo quien disfrutó de su mirada gris humo: hay algo en sus ojos que hace juego con su voz grave y apagada, como las luces de un escenario que refulgen detrás de una espesa nube de humo de cigarrillos en el sótano oscuro de un cabaret. Le encantó aquella historia de los marineros adictos a los pistaches. Ese viejo camarero es un buen sujeto, espero que no esté gravemente herido. El resto de la tripulación… Bueno, en realidad ni siquiera los conozco. Son como zombis. Y mira, seguro ellos piensan que también yo soy raro, lo sé, desde aquella noche en que yo… Auch… Apenas podía oírla reír tímidamente, pero bajó su copa de vino y se inclinó hacia mí, con todo su cuerpo temblando a causa de aquella prolongada risa que soltó al escuchar la historia de los pistaches. Es la historia más graciosa que he escuchado en siglos, me encanta, dijo ella, mientras se hallaba inclinada hacia mí y yo alcancé a percibir el olor a champú de su cabello, el tenue y terroso aroma que despedía su piel, su aliento húmedo endulzado por el vino y salpimentado con un toque de sal de ajo. Y entonces ella me contó un chiste acerca de lo que lleva en su bolsa de almuerzo la gente de Notre Dame. Se ríe con los dientes apretados, sus hermosos dientes blancos, y los ojos cerrados, y en sus mejillas se forman hoyuelos tan profundos que te entran ganas de enterrar la nariz en ellos. Te hace sentir que eres el único hombre en la tierra que ha comprendido su extraño sentido del humor. ¡Ganas su corazón con chistes malos! ¿No es algo sencillamente maravilloso, por Dios santo? Y entre tanto bla, bla, bla, él y Elias, magnates navieros, comparten la mesa con los artistas. El capitán y su excitado primer oficial. Y Elias, como siempre, desempeñando su papel de afable pero desdeñoso y escéptico y relajado hombre de mundo vagamente británico. Elias dijo: En el Amazonas existe una tribu que es la más paranoica de la tierra, a cuyos últimos miembros tuve oportunidad de conocer. Verán, ellos creen que cualquier cosa mala que ocurre, desde una nariz acatarrada hasta un sedal de pesca roto o la muerte de un anciano durante el sueño, es causada por la malevolencia de alguien de la tribu, por un conjuro o tal vez sólo por un pensamiento malicioso, el cual debe ser apropiadamente vengado. Así que para ellos no existe ninguna muerte, por naturales que hayan sido sus causas, que no deba ser vengada mediante otra muerte. No es de extrañar que sólo queden vivos unos cuantos de sus integrantes. No es precisamente la tribu amazónica de la selva tropical que normalmente ves en los carteles de la UNICEF, ¿verdad? Es justo lo mismo que sucede en el mundo del arte, comentó alguien. ¿En el mundo del arte?, se mofó Elias. *Bollocks!* ¿Cómo, en el mundo del arte? ¿De qué manera? Pues en él abunda también la gente paranoica y los que desean lo peor para los demás, definitivamente. ¿Pero quiénes de ellos tienen realmente los cojones para exigir una venganza justa, o sobre todo, una venganza *bien merecida*? Porque, claro, ¡qué tal que ofenden a alguien *importante*! Oye, interrumpió Mark; oye, Elias, ¿cómo vengarías apropiadamente una nariz acatarrada? Con insectos, Mark, respondió él secamente.

Aquello hizo reír también a Moira, hasta prácticamente dejarla sin aliento. ¿Insectos en la nariz? Y Mark sintió que su crucero del amor zarpaba sin él, mientras Moira celebraba con risitas aquella réplica infantil que Elias formuló con cara de palo. Sus ojos brillaban llenos de alborozo al mirarlo a través de la mesa con una modestia tan generosa que el corazón de Mark dio un vuelco. Le voy a llamar por teléfono de todas maneras. Claro, Mark, dijo ella. Llámame. Y le sonrió…

Cargando tres bolsas de comestibles para su «tripulación», Mark se encamina hacia su auto, dentro del cual lo espera Milagro, cuando descubre a un muchacho latino que se dispone a cruzar la avenida Broadway mientras sujeta un ramo de flores envuelto y adornado con un moño. Un vendedor de flores, piensa, o tal vez un repartidor. ¡Enviarle flores a Moira! Tal vez incluso debería comprarle a ese muchacho el ramo que lleva, decirle a dónde debe llevarlo después de garabatear una nota *galante*. Pero entonces se da cuenta de que el chico seguramente no es un vendedor de flores, porque normalmente los vendedores suelen ir de un lado a otro con un carrito lleno de flores, y probablemente tampoco se trata de un repartidor. Porque el muchacho sostiene el ramo con demasiado cuidado, y acaba de ajustar quisquillosamente la cinta del moño. Y además va en compañía de un amigo. Ahora cruza la avenida Broadway con el amigo, con quien charla y ríe. Sin duda le está llevando aquellas flores a alguien que ama.

Mark se siente fatal. ¿Qué hubiera pasado si llamaba al chico y le ofrecía comprarle su ramo, preguntándole con su acostumbrada brusquedad: «Cuánto»? ¡Qué situación tan vergonzosa hubiera sido! Pero es lo que ha estado a punto de hacer. Ni siquiera baja de la acera para cruzar Broadway sino que se limita a observar a los dos amigos mientras llegan al otro lado de la calle y siguen caminando por la calle Noventa y cuatro. Elias se está cogiendo a Moira. ¡Claro que sí! Y Moira está enamorada de Elias. Bueno, él te lo había dicho, ¿no es así?

2

Más tarde, después de que Gonzalo se hubiera marchado a su casa, Esteban se puso a recorrer el interior en penumbras del salón de belleza, para entonces cerrado y con la cortina echada, mientras bebía a sorbitos el vino con el que había vuelto a llenar su vaso, acompañado por la radio tocando con el volumen bajo. Gonzalo le había dicho que podía terminarse la botella, que no era un vino muy caro. Y antes de marcharse y de dejarlo encerrado, le había pedido que apagara las luces después de barrer el piso para no atraer la atención de nadie y que se supiera que había alguien durmiendo allí. Le mostró cómo podía salir por la parte trasera al callejón asfaltado en caso de que, Dios no lo quiera, hubiera un incendio. Gonzalo es el único cubano que Esteban ha conocido que no tiene el vicio de fumar.

Había puesto completamente horizontal el sillón de barbero, y dejado una manta doblada encima. Esteban caminaba lentamente a través del oscuro follaje de las sombras producidas por la poquita de luz que penetraba a través de la ventana y los barrotes de la cortina metálica. Examinó su situación: un corte de pelo, un suéter nuevo; llevaba puestos calcetines nuevos –los viejos, casi podridos, yacían hechos bola en el interior de una bolsa de plástico de supermercado, metida a su vez en una bolsa de basura junto con el pelo que había barrido, el suyo y el de todos los demás clientes. No tenía dónde vivir, ni dinero, ni trabajo, ni derecho legal a estar ahí (aunque aparentemente eso último no detenía a nadie). Pensó en los que había dejado en el *Urus*, y se preguntó por qué era mucho más fácil olvidarlos ahora que se encontraba ahí. Sí, pues, ellos nunca bajaron del barco y él sí; hubieran podido hacer lo mismo. Pero aquella facilidad con la que podía dejar de pensar en sus compañeros lo hacía sentirse culpable. Al menos debió haberse despedido de Bernardo. Se dijo a sí mismo que ya no debía pensar más en el barco, que se concentrara únicamente en el presente y en el futuro. Pero aquella nueva existencia que implicaba dormir sobre sillas en lugares extraños y depender de la suerte y de la generosidad de otros, le parecía tan furtiva como la de un ratón, y sabía que no podía durar mucho. Y a cada instante que pasaba, la desconcertante realidad de su situación minaba cada vez más la falsa ilusión que se hacía de estar avanzando en el camino hacia el amor y hacia una nueva vida.

Pero ahí estaba, ¡bebiendo vino directo de la botella! Habían pasado casi cinco meses desde la última vez que estuvo recostado sobre un asiento parecido a éste –tal y como Gonzalo había dicho, era como dormir en una butaca de avión–, en aquel providencial vuelo a Nueva York que lo llevó hasta el *Urus*. En aquella ocasión había querido celebrar con vino, pero no se atrevió a pedirlo debido a la categórica abstinencia de Bernardo. Y lo extraño era que la sensación que entonces tuvo de hallarse a punto de iniciar una nueva vida era muy parecida a la que sentía ahora mismo. Y aunque en el pasado su optimismo era mayor, por supuesto, ahora se sentía más a sus anchas, como en casa, justo ahora que no tenía ningún hogar. Más temeroso del mundo, pero menos temeroso de sí mismo. Puta ¿quién sería capaz de encontrarle sentido a eso? Tal vez sólo eran los efectos fortificantes del vino.

Fue a la parte de atrás, se quitó toda la ropa y, de pie frente al fregadero industrial, se lavó con jabón y agua, en completa oscuridad. Después decidió restregarse las manos con un cepillo de cerdas duras sobre el fregadero y cortarse las uñas. Salió desnudo de detrás de la cortina y avanzó hasta el carrito de manicura de Joaquina y rebuscó a tientas entre los instrumentos que ahí había. ¡Chocho! ¿Quién iba a decirlo? El único instrumento que Joaquina no poseía era un vulgar cortaúñas. Eligió un pequeño utensilio de punta afilada para limpiarse la suciedad que tenía debajo de las uñas, y unas tijeras pequeñitas, y entró en el baño, cerró la puerta y encendió la luz. Le pareció haber tardado por lo menos una hora en quitarse todo rastro de pintura y grasa de las manos, hasta que los dedos le quedaron casi en carne viva, sonrosados. Luego hizo lo mismo con sus pies, sentado sobre el escusado primero y parado después frente al pequeño lavabo, maniobrando torpemente para colocar y sujetar cada uno de sus pies bajo el chorro de agua. Usó las tijeritas para cortarse las uñas lenta y cuidadosamente, y después limpió la mugre que se acumulaba debajo. Cuando terminó, volvió a colocar las herramientas de Joaquina exactamente en donde las había encontrado, se puso la camiseta limpia y encima el suéter, luego sus enormes calzoncillos, los pantalones y los calcetines, todo menos las botas. Dobló cuidadosamente las tres camisetas andrajosas y sucias que había llevado puestas y las colocó sobre una silla.

Tapó con el corcho lo que quedaba de la botella de vino. Se tendió sobre la silla de barbero y se cubrió con la manta. Se quedó dormido pensando en aquella historia que Gonzalo le había contado sobre sus tiempos como bailarín en el Tropicana, que le había hecho pensar que el mundo era aún más imprevisible que nunca. Gonzalo y una legendaria bailarina llamada Lisette solían estelarizar juntos un número en el que ella interpretaba a una mujer que escapaba de su tribu salvaje de la jungla porque querían castigarla por haberse enamorado de alguien que pertenecía a otra tribu; así que ella trepaba hasta una pasarela colocada en lo alto del escenario y se arrojaba desde ahí buscando la muerte, pero su amante la sorprendía, atrapándola con sus fuertes brazos: justamente la imagen que aparecía en la fotografía, tomada en el instante mismo en que Gonzalo la cachaba. La bailarina había ejecutado su famoso salto del cisne hacia los brazos de Gonzalo desde balcones y andamiajes montados en lo alto de escenarios de todo el mundo, recibiendo siempre atronadoras ovaciones; aunque la ocasión que Gonzalo nunca olvidaría fue la que tuvo lugar cierta noche en La Habana, cuando el Líder en persona los dejó a todos estupefactos cuando se levantó de la mesa que compartía con dignatarios extranjeros y funcionarios del gobierno para subir al escenario, vestido con su impecable uniforme militar, para entregarle un ramo de rosas blancas a Lisette y darles un abrazo a los dos bailarines. A Gonzalo le sorprendió mucho la suavidad femenina de la mano del Líder cuando se la estrechó, y al abrazarlo y acercar su rostro para recibir un beso en la mejilla, casi se desmayó extasiado al notar lo sedosa que era la barba del Líder, y la tersura satinada de la mejilla de éste contra la suya, y la abrumadora fragancia a talco de bebé y a colonia que despedía su piel. ¡Era tan regia!, había exclamado Gonzalo al contarle la historia a Esteban. ¡Esa jota gorda y mariposona! ¡Tan regia como cualquiera de nosotros! Y a pesar de todo, había sido él precisamente quien expulsó a Gonzalo de Cuba por la única razón de ser homosexual; lo había mandado a Florida en un bote atestado de lunáticos y criminales y todos los pajaritos que la policía había logrado atrapar. ¿Y qué tú crees qué fue lo que pasó, chico? Que la primera vez que la Lisette tuvo que ejecutar su salto con un nuevo compañero de baile, éste falló al atraparla y la pobre se fracturó el cráneo en el escenario; se rompió el cuello y pasó un año en el hospital y no volvió a bailar nunca más. Gonzalo le contó que cada vez que conoce a alguien que va a viajar a Cuba, generalmente un europeo o un sudamericano rico, le envía con ellos un regalo a Lisette: aquellos chocolates carísimos a los que la bailarina se volvió adicta durante los largos meses que el grupo de gira del Tropicana estuvo actuando en Roma, y una vez incluso, aunque aquello le costó una verdadera fortuna, le mandó lo último de lo último en rellenos invisibles para el busto, incorporados en un elegante sostén. Porque la Lisette tiene las tetas chiquiticas, dijo Gonzalo, y le encanta ponerse esas cosas.

En algún momento de la noche lo despertaron las voces de los borrachos parranderos: los infames meones. A través de la cortina bajada pudo vislumbrar las sombras de aquellos hombres apiñados unos contra otros, y pudo oír también sus escandalosas carcajadas; voces que hablaban en inglés, y luego la de uno que preguntaba en español por lo que alguien acababa de decir, y la de otro que le tradujo: «¡Dijo que picó al puto judío!». Y más risas. ¡Puta! Como un grupo de amigos que recuerdan con nostalgia algún viejo chiste, ¡sólo que en este caso lo que recordaban con nostalgia era un asesinato!

Cuando vuelve a despertar se ha hecho de día y las luces del salón están encendidas. Por un momento no sabe dónde está; se encuentra aún bajo el influjo del espanto y la tristeza que le produjeron las voces. Se incorpora en el sillón de barbero y, a través del espejo, ve a Joaquina sentada en una de las sillas que están pegadas a la pared, bebiendo café. Sus ojos se encuentran un instante en la superficie del espejo, y luego ella dice: Buenos días, y le pregunta si quiere una taza de café, y él le responde que sí, y le da las gracias con voz ronca. Joaquina lleva puesto otro de esos vestidos que parecen batas, sólo que éste no tiene mangas, y debajo la misma blusa blanca de encaje que traía el día en que la conoció.

—Después de que me fui, me di cuenta de que seguramente no tenías dónde dormir –le dice ella–. Estaba muy preocupada por ti. Ni modo. Pero veo que Gonzalo se hizo cargo.

—Sí, pues.

Se acerca a él con la taza de café en la mano. Lleva puestos los mismos aretes que ayer.

—Te ves súper diferente –dice ella, con una sonrisa–. Pero sigo creyendo que te quedaría mucho mejor el pelo largo.

Esteban frunce el ceño.

—Vos, no me gusta esta colita. ¿Podrías cortármela?

Ella se queda mirándole, como evaluando el efecto, y al final se encoge de hombros.

—¿Quieres que lo haga ahorita?

Esteban asiente y ella deja su taza de café, abre un cajón y saca un par de tijeras.

Se para junto a él. Esteban aún tiene la nariz taponeada, pero cómo le gustaría poder olerla.

—Bueno, chamaco –dice ella–. Agacha la cabeza –Esteban siente la tibieza de la mano de Joaquina contra su nuca–. No te muevas –le ordena, y por un momento su cuerpo entero se estremece en una risa silenciosa–. ¡La verdad es que me parece muy chistoso, no sé por qué! –le dice, incapaz de contenerse.

—Cortala ya –dice Esteban–. ¡La odio!

¡Hacelo!, se dice a sí mismo. ¡Tenés que hacerlo! El corazón le late con fuerza. ¡Ahora mismo!

Y un segundo después ella se inclina hacia él, sonriente, con el mechón de cabello cortado, de aproximadamente unos doce centímetros de largo. ¡Hacelo! Esteban alza la mano y coge el meñique de Joaquina entre su índice y su pulgar y no lo suelta. Los dos se miran fijamente, hasta que de pronto la expresión de Joaquina se torna seria.

—Esteban –dice ella–. Hay otro hombre, ya te lo dije. No quiero mentirte. Es sólo que no sé lo que va a ocurrir.

—Me da gusto que me lo cuentes. Pero a mí no me importa en lo absoluto.

Le toma el rostro con las manos y levanta la cabeza para besarla mientras los ojos de ella se abren de par en par. Ella tiene los labios tan resecos debajo del labial que la primera reacción de Esteban es apartarse, pero no lo hace, y finalmente el beso termina por humedecerlos y suavizarlos. Se besan por largo rato, y de pronto él siente cómo la lengua de Joaquina busca la suya dentro de su boca. Ha levantado los brazos para pasárselos alrededor del cuello.

Y entonces dejan de besarse, y Joaquina permanece inclinada hacia él, con una mano en cada hombro, sosteniendo aún entre sus dedos el mechón de pelo cortado.

—Vamos allá atrás. Hagamos el amor ahora mismo –dice él. Pero enseguida siente un ramalazo de pánico, al recordar aquella última vez, en el burdel de Corinto, cuando la mujer se quitó la ropa y su cuerpo desnudo, sudoroso y frágil, le trajo a la mente lo que le había pasado a la Marta. La mujer se había dado la vuelta para ofrecerle las nalgas y le sonrió por encima del hombro y le dijo: Chupame aquí, amorcito… ¡Se odia tanto a sí mismo! ¡No pensés en eso! No pasa nada. No pasa nada, excepto que… ¡Puta! ¡Es como tener la cabeza llena de voces lunáticas, incontrolables! Está temblando.

—Estás loco, güey –responde Joaquina–. ¡Gonzalo está a punto de llegar en cualquier momento! Ni siquiera deberíamos estar besándonos. No quiero que me pegues tu gripa.

Esteban se siente aliviado de que no vayan a hacerlo en ese preciso momento. Pero de todas formas le insiste:

—Quiero que hagamos el amor ahora mismo.

Vuelven a besarse, y él se siente momentáneamente liberado del pánico al sentir las caricias de los labios y la lengua de Joaquina. Desliza las manos por el interior de su vestido y acaricia sus pequeños pechos por encima de la blusa.

—Esteban, ¿qué haces? –murmura ella, alejándose de él lentamente–. No seas naco. Allá fuera hay gente.

Joaquina da un paso atrás y contempla a Esteban en silencio por un largo rato, con los ojos oscuros de un gato embelesado.

—Me siento a gusto contigo –le dice–. Pero no podemos hacerlo ahorita –y entonces sonríe–. Cuando lo hagamos, güey, no va a ser enfrente de un público.

—Bueno.

—Porque voy a comerte vivo –dice ella–. Ya lo verás, guarrito.

La pija se le pone más dura aún. Tiene que tragar saliva para poder decir:

—¿Ah, sí?

Ella sonríe y, con una expresión de escepticismo, le dedica una mirada de reojo.

—Eres el soldadito, ¿no? –toma su mano y coloca sobre ella el mechón de pelo–. ¡Te corté la colita!

Toma de nuevo su taza de café y va hacia las sillas que se encuentran apoyadas contra la pared y se sienta remilgadamente.

Y así permanece en silencio unos instantes, mientras Esteban trata de acomodarse en otra de las sillas. Y vuelve a sorprenderlo nuevamente con su franqueza:

—El único problema es dónde. En mi casa no podemos hacerlo, no con todos mis hermanos ahí. ¿Qué tal en tu barco?

—Olvídalo. Aquí. De noche.

—Está bien –dice ella–. Si no hay otra opción…

—Vos, Joaquina –le advierte Esteban después de unos instantes de silencio–. Si llegás a venir sola de noche y esos hijueputas están allá afuera, hagás lo que hagás, no te metas con ellos –hace una pausa; está a punto de decirle que son una banda de asesinos, pero no quiere asustarla–. Te conozco, Joaquina. Tené mucho cuidado. Son gente peligrosa.

Aquella mañana, Esteban se marcha del salón antes de que Gonzalo llegue, pero ha quedado de regresar por la tarde para que él, Joaquina y Gonzalo puedan hacer planes, intentar encontrarle un sitio donde vivir y buscar trabajo. Antes de salir, Esteban se quitó su suéter nuevo, lo dobló y lo colocó en un estante en la parte de atrás del salón. Se ha puesto su ropa vieja. No quiere ensuciar su suéter: va a regresar al barco. En su euforia, ha concebido un plan, aunque todavía no perfila todos los detalles: confrontará al capitán Elias y le exigirá su paga y renunciará formalmente. Joaquina dice que con los más de mil dólares que le deben no le será difícil alquilar una habitación, y que ni siquiera tendrá que compartirla como ella se ve obligada a hacer con uno de sus hermanos. Si tan sólo pudiera encontrar la manera de presionar a ese capitán hijueputa, algo con lo que pudiera amenazarlo.

Va camino al muelle cuando ve el camión estacionado en una calle lateral, a un costado de una carnicería ubicada en una esquina. Las puertas traseras del vehículo están abiertas, y el interior está lleno de enormes piezas de carne. Reses partidas en canal, piernas y muslos jaspeados de grasa cuelgan del techo del camión, y apoyadas contra el fondo hay largas tiras de costillas que semejan teclados de piano ensangrentados y grotescamente desgarrados. La única persona a la vista es una mujer negra que camina por la acera de enfrente empujando una carriola, casi al final de la calle. La puerta lateral de aluminio, ubicada a un costado de la carnicería, sobre un muro de ladrillos, se encuentra entreabierta. Tal vez los del camión están adentro, demorándose en torno a una taza de café. Se había prometido a sí mismo que ya no volvería a robar, pero en este momento siente que el ánimo y la suerte lo impulsan a cometer algo que no es otra cosa más que un deber. Si alguien sale, tirará la carne y correrá como loco. Se trepa a la caja del camión, se coloca debajo de uno de los perniles que cuelgan del techo, lo empuja hacia arriba con la espalda y las manos hasta que el alambre del que cuelga se zafa del gancho y la res partida en canal cae sobre su espalda, y luego lucha para poder apoyarlo firmemente contra su hombro. Salta entonces del camión a la calle, con aquella gigantesca tajada de carne sobre los hombros, sujetando con ambas manos el corvejón del animal, y se aleja caminando.

Cuando Mark aborda el *Urus*, lo primero que ve es la mitad de una res tirada en cubierta y rodeada de gaviotas: un trozo de carne rojo, veteado de grasa, con un gancho de alambre alrededor de la pezuña. Abandonado ahí como si se hubiera caído del cielo, mientras las gaviotas le arrancan trozos grasientos con sus picos y extienden sus alas ribeteadas de negro y se picotean las unas a las otras entre gritos y chillidos, revoloteando en el aire y aterrizando y cubriéndolo todo de mierda. Milagro se muestra aún más asombrado que él por aquel espectáculo: ladra y arremete contra las aves y luego retrocede, mientras éstas pegan de alaridos y emprenden el vuelo para planear en círculos sobre el perro y la carne. Y enseguida algunos de los hombres aparecen para rodear la res y espantar a las gaviotas agitando los brazos y gritando cosas en español, mientras que los demás tratan de apartar a Milagro. Mark les pregunta «¿Qué pasa?», de dónde ha salido aquello, pero los hombres lo empujan hacia el castillo, hacia los camarotes, diciendo algo acerca de Bernardo.

Lo conducen hacia uno de aquellos lúgubres camarotes en donde Mark nunca ha estado, y ahí descubre al chico aquel que supuestamente estuvo en la guerra, sentado con las piernas cruzadas y el mentón apoyado en las manos junto al colchón donde yace el viejo, desnudo de la cintura para abajo, con las piernas envueltas en vendas de gasa mugrienta. Una de sus piernas está hinchada, lívida y cubierta de pústulas supurantes. Huele a podrido. El viejo tiene los ojos en blanco, los labios ampollados y partidos. Tirita y tiembla. Y el chico se incorpora y se pone a gritarle algo, le grita: «Hospital». Le grita otras palabras pero repite una y otra vez la misma: «¡Hospital!». Y entonces Mark se da cuenta de otra cosa extraña, algo tan insólito que por un momento se queda inmóvil, cavilando, como si estuviera preguntándose dónde es que ha visto al chico antes, y entonces se da cuenta de lo que le parece tan extraño: el chico se ha cortado el cabello.

—¡Sí –responde Mark–. ¡Sí, *okay*!

Y abandona el camarote y sale a cubierta. La res partida en canal ha desaparecido. Los hombres han debido llevársela a alguna parte. Milagro olisquea y lame el sitio en donde estuvo posada la carne. Las manos le tiemblan y el corazón le palpita presa del miedo. ¿Qué es lo que hará? Bueno, tiene que llevar al viejo al hospital, ¿no? ¿O acaso Elias querría que lo dejara ahí? Es una quemadura, probablemente infectada, en el hospital podrán curársela, pero entonces el viejo hablará y ellos terminarán hundidos en la mierda. Pero ¿cuál es la alternativa? ¿Esperar a que el viejo se muera y abandonar su cadáver en los muelles? Ni siquiera Elias… Pero Elias está en Los Ángeles y no es él quien tiene que tomar una decisión.

El muchacho que siempre sonríe –aunque ahora no lo hace– ha sacado a cubierta a Bernardo en brazos. Le han puesto al viejo uno de esos enormes calzoncillos. Y el chico del pelo cortado le sigue gritando y lo empuja contra el mamparo del castillo y Mark aparta las manos del chico de su pecho y le grita:

—¡Quítame tus jodidas manos de encima! Voy a llevarlo al hospital. ¡Súbanlo al auto! –señala hacia el vehículo y exclama–: ¡al auto! ¡Vamos a llevarlo al hospital!

Y Diente de Oro trata de calmar al chico del pelo cortado. Entonces se da cuenta de que la camiseta exterior del chico tiene una mancha de sangre sobre el hombro, con unos cuantos grumos de sebo adheridos a la tela, y la imagen le produce arcadas.

Mark inicia el descenso por la escalerilla. El muchacho grandulón lleva al viejo en brazos, seguido de todos los demás y de Milagro, hasta llegar al embarcadero y al auto. Mark abre la puerta, saca las bolsas con comestibles, las coloca sobre el muelle y ajusta el asiento del copiloto echándolo hacia abajo lo más que puede.

—¡Pónganlo ahí! –el grandulón y el Barbie recuestan a Bernardo sobre el asiento, y Mark se dirige a la otra puerta y llama a Milagro–: ¡Milagro, entra! –el perro trepa al asiento trasero y Mark se acomoda tras el volante. Se da cuenta de que el chico del pelo cortado también quiere subir.

—¡No! –le grita–. ¡No hay espacio! –y es la verdad–. Voy a llevarlo directamente a la sala de urgencias, ellos se encargarán de sacarlo del auto –mira al chico a los ojos, casi suplicante–: lo llevaré a urgencias. ¡Todo va a estar bien!

Los hombres parecen entender sus palabras. Casi todos se han quedado en silencio ahora, rodeando el auto, observándolo.

—Voy ahora mismo al hospital, ¿está bien? –mira a cada uno de los hombres a los ojos–. ¿Está bien?

Cierra la puerta y enciende el auto y se aleja del muelle con el viejo postrado, completamente mudo, y su horrible pestilencia. Mark baja la ventanilla y enciende un cigarrillo.

No sabe a dónde dirigirse. No conoce ningún hospital en Brooklyn, no sabe dónde se encuentran ubicados. Un hospital que acepte indigentes. Un hospital en Manhattan. Eso es lo mejor: alejarlo lo más que se pueda del barco. Como si aquello pudiera retrasar la ola de mierda que les caerá encima. Como si la mierda pudiera demorarse en algún atasco de tráfico al intentar cruzar el puente de Brooklyn, como él ahora.

Finalmente logra cruzar el puente y toma la avenida Roosevelt con el tráfico aún avanzando con lentitud entre bocinazos. Bernardo ni siquiera se mueve, aunque Mark puede escuchar su seca y ronca respiración. Ellos lo curarán. Y después tal vez sólo se limiten a deportarlo: un inmigrante ilegal que de alguna forma logró entrar en el país en calzoncillos y con una pierna quemada e infectada. O tal vez nadie se interese en él lo suficiente como para hacerle preguntas: es algo para tener en cuenta en Nueva York.

Se estaciona en un lugar prohibido, por supuesto, donde ve ambulancias que se detienen frente a la entrada de urgencias y una gran cantidad de personas, algunas ataviadas como personal médico. Alguna de esas personas tendrían que echarle la mano. Pero decide que no. Así que, él solo, comienza a maniobrar para sacar al viejo del asiento delantero y tomarlo en brazos, mientras le ordena a Milagro que se quede en el auto. Y cargando a Bernardo como si fuera una novia desmayada, cierra la puerta del auto con una patada, sin siquiera molestarse en cerrarlo con llave; si alguien quiere robarle a ese maldito perro, que lo haga. Y carga a Bernardo hasta la entrada de la sala de urgencias, crispado por dentro a causa del hedor, la enfermedad y la intimidad con el cuerpo de aquel viejo. Le sorprende lo poco que pesa.

Lo deja en el suelo frente al mostrador de recepción mientras las enfermeras, una negra y la otra asiática, se le quedan mirando. Y las palabras le salen atropelladamente; ni siquiera ha tenido tiempo de ensayarlas:

—Miren, encontré a este tipo frente a la puerta de mi casa. Está muy mal, miren su pierna. Creo que la tiene infectada. No sé cómo se llama. No sé quién es…

—¡Pero usted no puede traerlo aquí así! –exclama mordazmente la enfermera asiática–. Debió haberle hablado a una ambulancia. Este hospital ya se encuentra saturado, señor…

—¡Hice lo correcto! –grita Mark, pensando: Vamos, pierde los estribos–. Sólo quiero ayudar a este tipo. Les ahorré la molestia de recogerlo, ¿no? ¿O debería haberlo dejado morir? ¿Debería haberlo dejado ahí tirado? ¡Claro, claro, porque así es como funcionan las cosas en Nueva York!

—No tenemos espacio. No podemos aceptarlo…

—Mire, me voy. Llévenlo a otro hospital, entonces. Ustedes tienen la *obligación* de ayudarlo. ¿Qué no hicieron un juramento o algo así?

Y se da la vuelta para largarse.

—Tiene que firmar, señor, no puede dejarlo sin…

Alguien le extiende un sujetapapeles.

—¡No tengo tiempo para esto! –grita Mark–. Mi nombre es Mark Baker, ¿está bien? –¿por qué les ha dicho eso? Siente el pecho convulso, como si estuviera a punto de soltarse a llorar–. ¡Vivo en el 529 de la calle Grand! –aquello fue lo primero que le vino a la mente: la dirección de Elias. Bueno, excelente. Pero no ve que ninguna de las enfermeras escriba nada: se limitan a mirarlo iracundas mientras Mark se aleja hacia la salida; una de las enfermeras llama a gritos a un guardia, pero Mark ya está empujando la puerta y vocifera furioso que él sólo ha hecho lo correcto, que lo dejen en paz, maldita sea, y antes de darse cuenta ya está en la calle, en el helado aire otoñal, corriendo hacia su auto. Mira hacia atrás y no ve más que a un montón de gente observando la escena desde la entrada de la sala de urgencias, así que sube al vehículo y arranca.

Cuando llega a casa, deja un mensaje en la máquina contestadora de Elias: «Elias, llevé al viejo al hospital. Estaba muy mal. Supongo que todo se ha ido al demonio, Doc. Tu medicina no funcionó. Lo siento, viejo». Y cuelga. Que Elias se lo explique a Kate.

Esa misma noche, Mark, con Milagro sedado y metido en una perrera portátil, y la maleta llena de cheques de viajero, se embarca en un vuelo que sale del aeropuerto Kennedy con destino a Yucatán, vía Cancún. Ha sido inteligente: ha mantenido sus tarjetas de crédito personales al margen de las operaciones del *Urus*. Alquilará una casita en la playa. Se relajará hasta que todo aquello haya quedado en el pasado. Tal vez incluso aprenda español. Miren, él puede aceptar la pérdida del dinero invertido, e incluso sentirse afortunado de no tener que dilapidar un solo centavo más. Saliste bien librado, Mark. Eres un héroe, viejo. ¡Un prodigio! ¡Supiste mantener impoluta tu alma!... O algo así.... Sí, claro, tomará los audífonos. ¿Qué película están pasando? Bah, ya la vio, es una porquería pero qué demonios. Y otro Jim Beam doble en las rocas, por favor. Hiciste lo correcto el día de hoy. Probablemente le salvaste la vida al viejo. Elias estaba dispuesto a dejarlo morir. ¡Elias puede irse al infierno!

ELIAS REÚNE A LA TRIPULACIÓN TAN PRONTO SUBE DE LA sala de máquinas. No puede extrañarles que bajara allí tan pronto subió al barco, cargando las dos cajas de interruptores de circuitos, ni tampoco que se haya puesto como energúmeno cuando vio que no encajaban. Pero ahora tiene que sobreponerse. Tranquilo, no pasa nada. Claro, te sientes un poco dolido, un poco humillado de que tu medicina no funcionara, de que el viejo hubiera tenido que recurrir a los alópatas, lo que significa que debes adoptar un aire afligido pero digno y magnánimo, cabrón. De cualquier forma, fue culpa de ellos... Algunos de estos chicos comienzan a tener muy mal aspecto, completamente ausentes y aletargados.

—Bernardo se encuentra muy bien y les manda saludos y abrazos a todos –les dice–. Le han curado la infección. Una infección que, mucho me temo, fue causada por los trapos sucios con los que le limpiaron la noche del accidente, güeyes. Pero afortunadamente no ha ocurrido nada irremediable, aparte de la factura del hospital, ¡que es astronómica! El sistema de salud de este país es una *mierda*. Pero, gracias a Dios, no tuvieron que amputarle la pierna; un día más y tal vez habría sido necesario. Pero Bernardo se encuentra muy débil, y hemos decidido que lo mejor es que regrese a Nicaragua. Volará a casa tan pronto los doctores crean que está en condiciones de hacerlo, en un par de días más, espero. Así que les agradecería si algunos de ustedes pudieran reunir y empacar sus pertenencias, incluyendo su pasaporte, muy importante, y me las trajeran...

Es un detalle necesario aquel: dejar abierta la posibilidad de que pasen algunos días, por si el viejo llega a volver inesperadamente al barco. En cuyo caso tendrá que inventar alguna otra cosa.

Esteban dice que quiere visitar a Bernardo en el hospital. ¿De dónde sacó ese corte de pelo?

—Esteban, no puedes, cabrón –le responde con una sonrisa. Guarda la compostura, Elias. No te pongas nervioso. Recuerda: son *buenas* noticias las que les traes: el viejo se encuentra bien. Nada del otro mundo: un marinero lesionado que regresa a casa, pasa todo el tiempo–. Ya te he dicho, una y otra vez, que en cuanto pongas un pie en tierra te conviertes en un inmigrante indocumentado. Bernardo tiene permiso porque está herido. Si quieres seguir bajando a tierra como lo has estado haciendo, Esteban, es bajo tu propio riesgo. Pero si te detienen en el hospital, voy a ser *yo* el que se meta en problemas. Qué lindo corte de pelo –le sonríe de nuevo–. ¡Muy guapo!

¿Ves? Incluso algunos de los hombres sonríen. Parecen aliviados al oír que el viejo camarero se pondrá bien; tal vez hasta sienten celos de que pronto será enviado a casa.

—¿En qué hospital está? –pregunta Esteban.

—En el hospital de Nueva York. Pero no puedes ir. Es una orden de tu capitán.

—¿Van a pagarle antes de enviarlo a casa? –pregunta Esteban.

—Yo pensaría que sí –responde Elias–. El propietario debe pagarle, sí.

—¿Y le va a descontar los gastos del hospital de su sueldo? –pregunta Esteban.

—No. Mira, no voy a mentirte… ¡Seguramente querrá descontárselos! Pero yo me aseguraré de que no suceda. ¿De acuerdo? En serio, Esteban, no te preocupes –y concluye dándole una palmadita en el hombro.

—Tal vez la factura del hospital no habría subido tanto si lo hubiera llevado para allá inmediatamente, en lugar de tratar de curarlo usted mismo –dice Esteban, echando fuego por los ojos–. ¡Deberían descontársela a *usted*!

—¡No fui yo quien le limpió la pierna con un trapo sucio! ¡Tal vez ese dinero deberían descontárselo a *todos ustedes*! –exclama con vehemencia, mientras trata de fulminar al muchacho con la mirada. ¡Jesús! No pierdas la calma, Elias. Y prosigue cambiando de tema–: tendremos una inspección dentro de pocos días…

Lo cual es verdad. El registro panameño enviará a alguien para llevar a cabo la inspección anual. Dejaron un mensaje en la contestadora de la Miracle Shipping. Ya va siendo hora de desconectar esa cosa. El encargado del astillero de Los Ángeles dijo que era posible que aquellas cajas de interruptores pudieran servirle, pero que no podía garantizarlo. Y no servían. Y de no ser porque tenía que resolver este otro problema, seguramente se habría soltado a llorar ahí mismo en la sala de máquinas. De hecho prácticamente le dio de patadas al panel de control. Le dirá al inspector que el barco sigue en reparación, que todavía no está listo para hacerse a la mar.

Cuando termina de explicarles lo de la inspección y las cosas que deben hacer antes de que ésta se efectúe, Elias se queda un rato en cubierta, con los codos apoyados en la barandilla, contemplando la cala. Dos somormujos negros se han posado en el agua; se sumergen en ella como si fueran focas, permaneciendo muchísimo tiempo allí abajo, y luego reapareciendo cincuenta metros más allá, como nutrias. Se percibe en el aire un olor a carne chamuscada. ¿De dónde provendrá? El oscuro círculo de hollín en cubierta, donde los hombres encienden sus fogatas, parece más ancho ahora.

¿Dónde demonios está Mark? Sue no sabe nada de él, tampoco Moira. Tal vez se suicidó, el muy pendejo. ¿A *cuál* puto hospital lo llevaste, Mark, maldito *idiota*? Al regresar anoche de Los Ángeles y escuchar el mensaje que el pendejo le dejó, se puso a telefonear a todos los hospitales de Brooklyn para preguntarles si habían ingresado a un paciente llamado Bernardo Puyano, por quemaduras. Afortunadamente, aún conservaba la lista de tripulantes que Constantine Malevante le había enviado por fax (utilizaba el de una papelería), en donde aparecían todos los nombres, apellidos y números de pasaporte de los hombres (por cierto que aún le debe a Malevante los honorarios de contratación). Y después hizo lo mismo con los hospitales de Manhattan.

¿Qué otra cosa puede hacer más que esperar? Una crisis. Lo que separa a los niños de los hombres. Una respuesta rápida. Afróntalo, cabrón. Has estado en peores atolladeros. Bueno, no, probablemente no. La policía o las autoridades portuarias podrían presentarse en el muelle en cualquier momento. Tal vez debería ponerse inmediatamente a buscar un nuevo comprador para el barco; venderlo así como está, donde está, por la cantidad que sea. Tal vez ni siquiera le queda tiempo para hacer eso. Le dirá a Kate que Mark ha huido con todo el dinero. Así podrá declararse en bancarrota cuando el viejo suelte la sopa y lo lleve a juicio. Porque seguramente alguien le dirá que puede interponer una demanda; oh sí, alguien lo hará. Le confesará todo a Kate, buscará un buen abogado. O también podría huir. Y así, cuando el viejo suelte la sopa y lo demande, tal vez no serán capaces de encontrarlo por mucho que lo busquen. Depende mucho de lo que Mark haya dicho en el hospital. Pero si huye lo perderá todo. Y el bebé nacerá en diciembre… De no ser por eso, se largaría. Tal vez debería volar a Japón y registrar los astilleros de chatarra de allá…

Esa noche, mientras conduce a casa con la maleta de Bernardo en el asiento de al lado, siente la tentación de lanzarla a las aguas del puerto, como meses atrás hizo con la correspondencia de los hombres. Pero lo más probable es que Bernardo regrese al barco… a menos que Elias logre hallarlo primero y mandarlo de vuelta a casa o sobornarlo, no sé. ¡Piensa! Lo más prudente es conservarla. Sí, conservar la maleta. Estaciona el auto y guarda bajo llave la maltratada valija en el maletero. ¿Y si Kate mira adentro? Será mejor que robe su copia de la llave.

Esa noche, Elias se encierra en su laboratorio y pasa horas telefoneando a los hospitales y preguntando por un paciente con quemaduras en la pierna llamado Bernardo Puyano. Finalmente se rinde y se queda ahí sentado, con la mirada fija en el suelo y la cabeza acunada entre las manos.

5

LA PERRA RASTREADORA ALEMANA GUÍA A TRAVÉS DE LA JUN-
gla a los soldados que avanzan formados en una larga columna. El chavalo se lo está contando: cómo tenían que
moverse muy despacio, cómo solían confiar en sus propios ins-
tintos e intuición mientras que ahora en cambio debían fiarse de
aquella perra hija de puta llamada Ana, y que por eso estaban todos de mal humor. Cada media hora, o así, o incluso con mayor
frecuencia cuando el compa que sostenía la correa de Ana decía
que el enemigo debía encontrarse cerca, la columna entera se veía
obligada a hacer un alto mientras los soldados se desplegaban por
la espesura y se arrastraban por el suelo por si les tenían prepara-
da alguna emboscada. Por eso se desplazaban tan despacio; aunque la Contra también lo hacía, porque ellos llevaban a cuestas a
sus heridos. Un campesino admitió que los había visto pasar, que
había tenido que entregarles unas pencas de plátano. Encontraron
las varas dispersas de los cobertizos que habían construido la noche anterior, y un único papel de liar colgado de una mata. Luego
empezó a llover y marcharon todo el día, agradecidos por el fres-
cor de la lluvia. Como siempre que llovía así, los invadía la sensación de que ellos mismos estaban hechos de selva y de lluvia, y que
las gotas de agua que hacían vibrar a las anchas hojas los hacían vibrar también a ellos, mientras seguían a la perra que a su vez seguía el rastro. Y entonces, más adelante, en un pequeño claro, un
contra herido se incorporó de la angarilla sobre la que yacía y Ana
se soltó de la mano del muchacho que sostenía su correa y atacó al

pobre hijo de puta. Los sobrevivientes del grupo que marchaba a la vanguardia de la columna contarían después que apenas tuvieron tiempo de ver la sangre que comenzaba a manar a chorros del cuello del contra cuando escucharon el primer disparo y la perra soltó a su presa y cayó muerta.

Y Bernardo grita:

—¡Ya! ¡Basta! ¡Puta, qué bárbaro! ¡Ya bastante malo es que los envíen a matarse hermano contra hermano, como para encima soltar a esa perra caníbal extranjera contra los hermanos…!

Despierta en la camilla, con la mirada fija en los tubos fluorescentes que despiden una luz grisácea y ronroneante que apenas logra iluminar el techo oscuro, sin reflejarse en él. Gira la cabeza hacia donde debería estar el lecho de Esteban pero no ve nada más que una ensombrecida pared pintada de un tono amarillo opaco. ¿Dónde está Esteban?, se pregunta. Y luego recuerda: Esteban, con aquel corte de cabello, inclinado hacia él. Y él alzó los brazos y sujetó la cabeza del chavalo entre sus manos y tiró de él para depositar un beso en su mejilla, y luego todo se volvió oscuro… ¿O fue sólo una ilusión?

Y ahora, con gran esfuerzo, alza un poco la cabeza y alcanza a ver otras camillas como la que él ocupa alineadas a ambos lados del largo pasillo; algunas tienen frascos de solución intravenosa colgando de atriles junto a ellas. El dolor de cuello le hace recostar nuevamente la cabeza sobre el lecho. Santísima virgen, ¿dónde estoy? Escucha gritos: los gritos más espantosos que jamás haya oído, y luego escucha varias voces que reprenden en inglés al que grita.

Cierra los ojos. Nunca ha sufrido un dolor de cabeza como el que siente ahora. Pero tiene la pierna adormecida. No tiene fuerza en ninguno de sus miembros. El jugo de pitaya refresca su boca reseca, abrasada por la sed. Oye que alguien pasa a su lado, caminando tan suavemente como el soplo de una brisa. Trata de llamar a esta persona pero no puede; siente la garganta llena de arena caliente. Cuando regresaba a casa después de haber estado en el mar, Clarita siempre lo saludaba con un «Qué tal, Bernardo», como si fuera un amigo al que no hubiera visto en un par de días, en vez de un marido ausente desde hacía más de un año. Y él tenía entonces que encender de nuevo la llama de su amor. ¿Qué tal? ¿Ya vieron? ¡He traído dos incubadoras! De ahora en adelante me dedicaré a sentarme en esta silla en mi porche y a envejecer en ella. Hice un amigo, un buen chavalo; era mi compañero de camarote en el *Urus*, deberías tratar de que se case con vos, Freyda, vendrá a visitarnos uno de estos días… Pues ¿qué tal, Clarita? Bajó del barco en Puerto Cabezas y tomó un autobús y dio inicio a uno de esos viajes que duraban días enteros bajo un calor agobiante, primero a bordo de aquel autobús y después en el ferri de Rama y después en otro autobús con destino a la ciudad de Managua, sólo para escuchar a Clarita decir: «Qué tal, Bernardo». Había una anciana indígena en el autobús, probablemente de la etnia miskito, que apestaba terriblemente a queso podrido. El hijueputa del cobrador quería echarla y los pasajeros insistían en que lo hiciera porque su hedor llenaba por completo aquel horno atestado que era el autobús. Al parecer la indígena no hablaba español y parecía incapaz de justificarse o de defenderse; estaba aterrorizada. Para entonces se encontraban en medio de la nada, y este hijo de las cien mil putas del cobrador y el chofer querían sacarla del autobús porque no era más que una pobre indita apestosa. El mismo Bernardo sentía náuseas a causa del hedor, del calor, de la falta de ventilación y del traqueteo del autobús al avanzar por los caminos llenos de baches. Pero arrojar a una anciana de un autobús le parecía algo abominable, y no iba a permitirlo; descendería con ella a mitad de la jungla de ser necesario, aunque para hacerlo tuviera que agarrarse a golpes con todos. Se levantó de su asiento para defenderla. Primero le habló a ella en un tono gentil: No voy a permitir que la saquen, mamita. ¡Y aquello bastó para calmar las cosas! La anciana indígena le confió en susurros que olía así porque se ganaba la vida haciendo quesos. Y él se volvió hacia los demás pasajeros y gritó: ¡Que huele así porque se dedica a hacer queso!

E L HOSPITAL SE ENCUENTRA TAN SATURADO DE PACIENTES que el doctor Ofori, proveniente de Ghana, con su barba negra bien recortada y su cabeza calva de color cobrizo, pasa la mitad de su guardia haciendo rondines en pasillos llenos de camillas como el que ahora recorre. Se encuentra de pie frente a una de éstas, contemplando al viejo de los ojos abiertos y la mirada perdida: otro indigente anónimo, inmundo, con la melena revuelta y apelmazada por el sudor y las mejillas y la barbilla cubiertas por una barba de pocos días. Sus pies desnudos están bien formados pero se encuentran sucios e infestados de hongos, con uñas que más bien parecen las zarpas de un tigre de la jungla. Y comienza a gritar con su autoritaria voz de barítono, esa voz que se torna quejumbrosa al elevarse en un tono de indignado reproche, mientras las exhaustas enfermeras se acercan corriendo.

—¿Cuánto tiempo lleva aquí este paciente? ¡Ni siquiera le han limpiado la pierna! Hay tejido necrosado por todas partes, hasta el hueso. Está claro que hay infección. ¡Veo síntomas de gangrena, de *clostridium*! ¡La pierna de este hombre está gangrenada y lo han dejado aquí tirado! ¡La infección podría haber pasado ya al torrente sanguíneo! ¿Qué es esto, un hospital o un depósito de cadáveres?

Pero entonces se da cuenta. Agita su mano frente a los ojos abiertos del viejo. Revisa su pulso y deja caer la mano ya fría.

—Lleven a este hombre a la morgue –ordena, con un tono llano que ha perdido ya toda su furia. Otro cadáver más destinado al Potter's Field, el cementerio para indigentes ubicado en la isla Hart. ¡Ve con Dios, viejo! Y, estremeciéndose, el doctor Ofori pasa a la siguiente camilla, mientras piensa: Cualquiera que sea ese Dios.

CHATARRA

1

C UANDO POR LAS NOCHES COMIENZA A HELAR, LOS HOMBRES de la tripulación arrastran sus colchones y mantas a la cueva de paredes de hierro donde se encuentran la cocina y el comedor. Noche tras noche, allí dentro, encienden fuego en el interior de un barril oxidado que han partido a la mitad. Los curtidos trozos de madera que han recogido de entre las ruinas, manchados de pintura y creosota, arden lentamente, chisporrotean, restallan y crepitan, despidiendo una gran humareda que, en vez de subir y salir por la portilla bajo la cual colocan el barril, se extiende por entre los hombres que duermen o que tratan de dormir, haciéndoles toser y despotricar.

—¡Putísima madre, sacá a esa bestia jodida de aquí! –grita Cabezón una noche, como si acabara de tener en sueños la revelación de que no tienen por qué soportar la presencia del dichoso barril. Desde entonces, casi cada noche, alguien se levanta cuando las flamas están a punto a morir y lo saca a rastras a cubierta, entre más humo y chisporroteos, quemándose los dedos y lanzando maldiciones para después volver a la cocina zapateando de frío. Ninguno de ellos duerme mucho ni bien. En realidad, ninguno de ellos ha podido dormir profundamente desde hace meses.

Cuando Esteban vuelve al barco por las mañanas, se pone sus ropas viejas; no quiere que las nuevas se le ensucien. Ahora posee también una chaqueta de lana a cuadros rojos y negros, adquirida en la tienda de ropa de segunda mano, y también un gorro de lana para cubrir su cabeza. Y tiene una manta nueva. Él también arrastró su colchón a la cocina, pero cuando regresa al barco, habitualmente de día, prefiere ir a dormir a su camarote, en el colchón que perteneció a Bernardo. Esteban ha encontrado trabajo en el turno de noche de una pequeña fábrica de sillas. Y tiene novia, la Joaquina; está ahorrando para poder irse a vivir con ella. Pero gasta parte de lo que gana en la tripulación; les lleva comida, sacos de papas, de arroz y de frijoles, y claro, otra parte de su salario la gasta con su novia. Les trajo unos suéteres viejos que consiguió de caridad en una iglesia, para dárselos a los que no tenían con qué abrigarse. Y compró botes de Vick Vaporub y un frasco de aspirinas para los que están resfriados. Esteban gasta demasiado dinero en ellos; su sueldo no alcanza para mantener a una tripulación de catorce hombres. La fábrica de sillas es propiedad de un colombiano, y Esteban gana poco más de dos dólares la hora trabajando allí. Pero es arriesgado porque, si las autoridades de migración lo descubren, casi todos los trabajadores de la fábrica terminarán en prisión en espera a ser deportados. Esteban nunca lleva a Joaquina de visita al barco.

Esteban tiene muchos apodos ahora, casi uno nuevo cada día: el Patrón, el Millonario, el Capitán, Don Joaquina, el Manicurista, el Niño Mimado o, más corto, el Mimado. Y el Cazapatos, como el Barbie lo llama cuando quiere probar que Esteban aún no es capaz de aguantar una broma.

Han pasado ocho días desde la última vez que el capitán Elias visitó el barco. Finalmente parece que los han abandonado por completo. El capitán se marchó a casa con su mujer y su hijo recién nacido, llevándose su derrota con él. ¿Y ahora qué, pues? Han estado aguardando a ver qué ocurriría. No parece probable que un barco pueda permanecer amarrado eternamente sin que venga alguien a reclamar algún tipo de propiedad sobre él. El generador y la compresora siguen en el malecón. Han tratado de pensar en algún plan. Esteban les ha dicho que por lo menos tienen allí un lugar donde dormir. Hasta ayer mismo por la mañana, cuando John el visitador de barcos apareció, todos ellos –menos los drogados, que se la pasan inhalando solvente de pintura y ya no son capaces de sostener una conversación coherente– han estado hablando de intentar encontrar un trabajo como lo ha hecho Esteban.

Por cierto que Esteban nunca lleva a su novia al barco, aunque una tarde, hace pocas semanas, los llevó a todos a tierra firme, y los hombres pensaron que por fin Esteban los conduciría a Brooklyn a conocer a Joaquina, a que les cortaran el pelo gratis y les consiguieran trabajos. Pero no llegaron muy lejos, apenas hasta el campo de futbol cercano a Los Proyectos, y la novia de Esteban no se encontraba allí. Se quedaron un rato a un costado de la cancha viendo cómo un grupo de muchachos uniformados jugaban futbol mientras dos árbitros con camisas rayadas corrían de un lado a otro. La mayoría de aquellos muchachos resultaron ser guanacos, salvadoreños, pues, aunque entre ellos también había algunos catrachos y chapines. Bueno, centroamericanos, en general, y Esteban era amigo de algunos de los jugadores de uno de los equipos. También había algunas mujeres, que cocinaban y vendían pupusas en un hornillo que instalaron en el campo, y unos cuantos hombres más viejos sentados en sillas y bebiendo ron. El campo de futbol estaba bordeado de árboles llenos de hojas pardas; árboles que más bien parecían los marchitos despojos de un bosque incendiado, con la desolación de los muelles como fondo, y en el aire se arremolinaban las hojas secas y la basura que el viento levantaba. Los hombres miraron el juego ahí a un costado de aquella cancha llena de malezas y de parches ralos de tierra, mientras el viento alzaba nubes de polvo que iban a dar a los rostros de los presentes, y vitorearon con tanta pasión al equipo en donde jugaban los amigos de Esteban que luego se sintieron deprimidos cuando los derrotaron. Compartieron también unas pupusas que las mujeres les regalaron: la masa de maíz que envolvía al relleno no les pareció tan suculenta como la que comían en casa, pero tenía col y salsa picante encima. Se sintieron un poco avergonzados por la forma en como los futbolistas, con sus uniformes satinados y sus extravagantes cortes de pelo, y las mujeres y sobre todo los niños, se les quedaban mirando: como si fueran monos en un zoológico, peleándose por unas cuantas pupusas. Los viejos sentados en las sillas no dieron muestras de estar dispuestos a compartir su ron con ellos, ni siquiera con José Mateo, el cocinero, que se acercó para pedirles. Un dólar, le dijeron, por un vasito de ron. Malditos guanacos de mierda. Y Esteban dijo que no estaba dispuesto a pasarse media hora pegando asientos en la fábrica de sillas nomás para que José Mateo pudiera echarse un copetín de guaro. Luego regresaron todos al barco, contentos de saber que en Brooklyn vivían muchos centroamericanos, de haber podido conocer a algunos de ellos y haber sido tratados con tanta amabilidad.

A veces Cebo, el Buzo o Caratumba acompañan a Esteban a Brooklyn, generalmente para comprar papas o frijoles en el supermercado. Esteban nunca permite que el Barbie, a pesar de lo fuerte que es, lo acompañe a comprar y cargar de vuelta al barco las papas o lo que sea. Ahora todos bajan de vez en cuando del barco, pues, aunque nunca llegan muy lejos; de entrada porque el aspecto que presentan los avergüenza, y además no tienen dinero para gastar, y el vecindario les sigue dando miedo. Estas breves excursiones han aumentado el respeto que sienten por el ingenio y la buena suerte de Esteban, porque ninguno de ellos ha conocido a nadie que se haya mostrado ni remotamente amistoso.

Pimpollo, el Tinieblas, Roque Balboa y el Faro –que se ha quedado prácticamente ciego sin sus lentes– se están consumiendo por inhalar solventes. (Después de la noche aquella en que Cebo le pegó un puñetazo en la boca, Canario no ha vuelto a inhalar solventes ni una sola vez.) Ya ni siquiera se molestan en esconderse. Van por ahí con trapos empapados que sostienen frente a sus narices. Dicen que así no sienten el hambre ni el frío. Lo mejor es ignorarlos. Porque si tratas de conversar con ellos ahora, te dirán puras locuras –hasta el Faro, pobrecillo–, y eso pone furioso y triste a todo el mundo.

El otro día el viento le trajo a Cebo un cabello de mujer: una larga y fina hebra de cabello rubio que aterrizó sobre su recio tórax. De no ser porque ahora Pimpollo era tan sólo la patética sombra del muchacho que había sido, debido a los vapores de los solventes, tal vez el cabello lo habría elegido a él para posársele encima. ¡Típico del cabello de una mujer hermosa, bromean: elegir al cabrón más guapo que queda! El otro chiste era la actitud de Cebo, que se negaba a dejar que los demás tocaran el cabello. Le ha puesto nombre: la Gringuita. La guarda dentro de un envoltorio de plástico que lleva metido en el bolsillo, y está siempre sacándola para contemplarla, para pasársela por los dedos o metérsela a la boca, tomando a la gringuita por uno de sus extremos para hacerse cosquillas con la punta en el interior de una de sus fosas nasales hasta provocarse estornudos. ¡Quién sabe lo que hará el cabrón con ella en la noche! Seguramente se la amarra alrededor de la pija.

Esteban tiene amigos en un restaurante de Brooklyn, que a veces les mandan comida, principalmente frijoles para servir encima del arroz, un par de pollos asados ocasionalmente, o carne de puerco. Y la Joaquina tiene un hermano que trabaja en un puesto de flores, frutas y verduras afuera de una tienda de comestibles propiedad de unos coreanos, que permanece abierta toda la noche. Por lo visto tiran la mercancía tan pronto se pone algo pasada. A veces Esteban se deja caer por ahí a la hora justa y, si el hermano de su novia puede hacerlo porque los coreanos no lo están mirando, deja que Esteban meta todo lo que puede en una gran bolsa de plástico y la lleva al barco. Para celebrar el cumpleaños de Panzón, Esteban incluso le trajo unas gardenias marchitas. Pero nada de lo que Esteban les ha traído, ni antes ni ahora, puede compararse con el festín que se dieron con la res. Un pernil entero, con todo y muslo, de carne sangrante, que Cabezón el Carnicero cortó en tajos con las herramientas de la sala de máquinas, y que asaron sobre una fogata que encendieron en cubierta. ¡Puta, cómo se atracaron de carne aquella noche! La misma noche que Mark se llevó a Bernardo al hospital, y que fue la última vez que los hombres de la tripulación los vieron a los dos: al primer oficial y al viejo camarero, allá por octubre, hace casi seis semanas. El capitán llevó a Bernardo al aeropuerto inmediatamente después de que fue dado de alta del hospital, pues; ni siquiera tuvo tiempo de venir a despedirse de ellos.

Sólo entonces, cuando Bernardo hubo regresado a Nicaragua, se dieron cuenta de la enorme cantidad de tareas que el viejo desempeñaba. Bernardo era quien barría y fregaba los suelos. Ahora la cubierta está toda resbalosa a causa de la basura, las hojas secas y los desperdicios que el viento arrastra, sobre todo por las mañanas, cuando amanece todo cubierto por una delgada capa de hielo. Bernardo solía lavarles la ropa, pero últimamente nadie tiene la iniciativa o la energía para bajar al muelle a lavar las prendas en el agua gélida.

Las gaviotas vuelan en círculo en torno al barco, chillando y cagándolo todo; a veces se posan sobre cubierta para pelear por algún trozo de basura, y en cierta ocasión una de ellas bajó en picada y le arrebató a Panzón una sardina de los dedos: era una de las últimas sardinas que les quedaban, proveniente de una de las últimas latas oxidadas.

Pero una noche, hará un par de semanas, Canario salió a cubierta a orinar y volvió corriendo a la cocina, donde los demás estaban tratando de dormir sin morir asfixiados en el intento por el humo que despedía el barril, gritando con su voz aguda y temblorosa: ¡las ratas se están yendo! Y todos ellos, hasta los drogados, salieron dando tumbos a cubierta para ver cómo las ratas abandonaban el barco porque finalmente el frío que en él reinaba era demasiado hasta para ellas. Aquél fue un espectáculo inolvidable: un raudal de ratas se apiñaban en torno a las regalas y los tubos de amarre, de los cuales iban emergiendo, una por una, sus negras siluetas para luego descender por los cabos hasta el malecón, en una procesión tan ordenada que parecían diminutos elefantes de circo desfilando y agarrando cada uno con su trompa la cola del elefante de adelante. Al ver a las ratas marcharse de aquella manera, todos experimentaron una misma sensación de repugnancia. En vez de sentirse aliviados por haberse deshecho de aquella plaga, el espectáculo de las ratas huyendo del *Urus* los dejó casi mudos de vergüenza y horror. Como si las ratas hubieran sido culpa *de ellos*, como si estuvieran escapando de *su* propio interior y no del interior del barco. Y por eso ninguno aplaudió o lanzó vítores o dijo algo en absoluto.

Aunque el capitán sí pareció alegrarse al enterarse de la noticia. Ya lo había predicho durante el verano, que las ratas se largarían tan pronto comenzara a hacer demasiado frío. Esto ocurrió durante una de las últimas ocasiones que el capitán vino a verlos.

—Bueno, esto nos ahorrará un buen dinero, ¿no, güeyes? –dijo, sonriendo–. Al menos no tendremos que pagarle a los exterminadores.

Pero seguramente para entonces el maldito hijo de puta ya sabía que él también estaba a punto de abandonar la nave.

Con la excepción de que había algunas ratas a las que no les importaba vivir en un barco prácticamente congelado. De vez en cuando todavía oyen los arañazos de alguna por detrás de un mamparo, o descubren otra chapoteando en el cenagal al fondo de las bodegas, o escondiéndose entre la basura; y tampoco puedes dejar nada de comida afuera. O sea que todavía quedan algunas ratas, y ésa es la razón por la que cada vez que le preguntan a Esteban por qué no trae a su novia de visita al barco él les responde:

—¿Qué? ¿Con todas esas ratas? ¿Y si la muerden?

Lo que sí llevó Esteban al barco fueron unas tijeras de peluquero. Todos se fueron sentando por turnos sobre un cajón en cubierta para que José Mateo tratara de cortarles el pelo. José Mateo no es ningún peluquero, y al final todos terminaron luciendo casi igual que antes, pero eso sí, con los cabellos más cortos, por lo menos. Nadie barrió el pelo que quedó sobre cubierta y el viento se lo terminó llevando. El chiste que contaban era que tal vez uno de los cabellos de Cebo aterrizó sobre la Gringuita, allá donde la chica viviera en Brooklyn. Una verdadera historia de amor, ¿verdad?

Ayer por la mañana, bien tempranito, cuando la mayoría aún dormía en la cocina, después de una noche de lluvia helada y viento aguzado, la noche más fría y húmeda que hasta entonces han sufrido, los pocos que se encontraban en cubierta oyeron una voz que los llamaba desde el malecón. Y cuando se asomaron por la borda vieron una furgoneta azul estacionada y un gringo alto y pelirrojo vestido con un abrigo acolchado de color verde, ahí parado haciéndoles señas con las manos.

Bajaron la escalerilla y el hombre –John, el visitador de barcos– subió a la helada cubierta. Evidentemente quedó impresionado por lo que vio, por las condiciones en las que se hallaban el barco y su tripulación. Esteban no se encontraba a bordo; seguramente se había ido a ver a la Joaquina después de salir del trabajo, como a menudo hacía, y no había querido caminar hasta el muelle bajo aquella lluvia helada. No le contaron nada al visitador de barcos sobre Esteban o sobre Joaquina, o sobre el trabajo ilegal de Esteban en la fábrica de sillas. El visitador de barcos afirma que no es policía ni agente del gobierno ni nada parecido. Pero deben tener cuidado con lo que le dicen, especialmente si se trata de algo que infringe las leyes. El visitador de barcos les trajo comida y calcetines y láminas de plástico para tapar las portillas y las puertas. Dijo que ha venido a ayudarlos, que ése era su trabajo.

El visitador de barcos sostuvo una conversación muy extraña con José Mateo: le preguntó si él era el viejo con el que una señora argentina había estado platicando en el malecón. Finalmente se dieron cuenta de que el visitador de barcos se estaba refiriendo a Bernardo, pues. Pero Bernardo nunca les había dicho nada de que hubiera conocido a nadie en el malecón o en alguna otra parte.

No habían olvidado a Bernardo, pero de pronto les pareció como si hubieran transcurrido muchas semanas desde la última vez que alguno de ellos se refirió al viejo algo más que de pasada. De pronto les pareció que había pasado muchísimo tiempo desde que el camarero estaba ahí con ellos, limpiándolo todo, quejándose de todo, molestando a todo el mundo pero especialmente a Esteban, contándoles sus historias. ¡Las cosas habían cambiado tanto desde que el viejo regresó a casa! Y al final, sin embargo, Bernardo tuvo bastante suerte, ¿no? ¡Dichoso viejo lobo de mar! Regresó a casa con sus hijas sin más daños que un chichón en la cabeza y una pierna quemada, pero curada ya, y su vieja maleta llena de harapos y fotografías, y tal vez hasta su paga… si es que el capitán no mentía. Tal vez para entonces Bernardo ya habrá comprado aquellas incubadoras y ya se encuentra vendiéndoles pollos y huevos a sus vecinos, y contándoles las historias de horror que vivió a bordo del *Urus*. O tal vez incluso se ha olvidado ya del *Urus*, feliz de haber salido de allí con vida, y con su paga, y con parte de su dignidad recuperada.

El visitador de barcos tiene nariz de papa, ojos celestes y un mechón de cabello que le cae sobre la frente. Es un sujeto callado y confiable. Su español no es tan bueno como el del capitán, aunque, claro, es un millón de veces mejor que el del primer oficial. Le gusta permanecer sentado y fumar mientras escucha las historias de los hombres, aunque a veces da la impresión de que no los está escuchando realmente: es decir que su atención va y viene como la lucecita que anima sus ojos. Pero lo cierto es que, a excepción del rato en que se marchó a comprarles comida, calcetines y láminas de plástico, se pasó todo el día con ellos, primero sentado en la cocina, y más tarde en cubierta en torno al fuego, escuchándolos y haciéndoles preguntas. Pareció un poco decepcionado de que nadie pudiera decirle nada acerca del misterioso propietario del barco. Pero luego quiso saberlo todo del capitán Elias y del primer oficial Mark, y volvió a decepcionarse de que nadie se supiera los apellidos de éstos. Aun así, trataron entre todos de describírselos lo mejor que pudieron, y le contaron todo lo que había ocurrido desde el mes de junio, esforzándose por hacerlo de forma ordenada, aunque a menudo se interrumpían los unos a los otros, porque cada uno de ellos quería contar su propia versión de ciertos hechos, de manera que el visitador de barcos tuvo que oír muchas veces la misma historia, una y otra vez, y, claro, era entonces cuando parecía que ya no los estaba escuchando. Y los drogados no dejaban de interrumpir a los demás para maldecir entre gruñidos: «¡Que se joda el capitán!» o «¡Qué pato, ese primero!», y así por el estilo.

Pero ya habían pasado seis semanas desde la última vez que vieron a Mark. Le contaron al visitador de barcos que no le concedieron mucha importancia al hecho de que el primero no hubiera ya vuelto después de haber llevado a Bernardo al hospital, porque para entonces ya lo veían mucho menos que al capitán Elias. Éste luego les contó que Mark había encontrado un nuevo trabajo, uno donde no sólo le pagaban mejor que en el barco, sino que de hecho sí le pagaban, bromeó el capitán. En un banco. El capitán dijo que Mark estaba más capacitado para trabajar en un banco porque como primer oficial dejaba mucho que desear, ¿no?

Trabajaron muy duro durante aquellos pocos días, preparándose para la inspección. Los marineros rasos, sobre todo, se dedicaron a pintar, como si trataran de disimular las flaquezas del barco bajo capas de pintura reluciente, mientras que Cabezón y los demás de la sala de máquinas –menos Pimpollo, que ya se estaba volviendo un completo inútil de tanto inhalar vapores de solvente– prosiguieron con su incesante tarea de dar mantenimiento y armar y desarmar las piezas. La inspección aquella les parecía un claro signo de que, después de todo, no estaban atrapados en el interior de un barco fantasma. El capitán no es un completo lunático, se decían a ellos mismos. ¿Por qué iba a querer que nos preparáramos para una inspección sin motivo alguno?

Lo más extraño es que, ahora que se saben abandonados, la situación no les parece tan terrible como habían imaginado que sería. Tal vez lo peor ya ha pasado. Es decir que –y más o menos así lo admitieron ante el visitador de barcos– la tripulación del *Urus* ha tenido bastante tiempo para acostumbrarse a la idea de algún día volver a casa sin dinero y endeudados, como unos completos fracasados sin honra. Sí, han tenido suficiente tiempo para hacerse a la idea.

El capitán Elias y el propietario del barco estaban pasando por graves problemas financieros, o eso era lo que ellos habían entendido. Bueno, era obvio que el propietario fantasma se había quedado sin dinero. Especialmente después de que, según el capitán Elias, se hubiera visto obligado a pagar las facturas médicas de Bernardo. El capitán les dijo que al propietario le habían exasperado tanto aquellos gastos, sumados a las deudas que de por sí ya tiene, que incluso había amenazado con cederle la propiedad del *Urus* a Bernardo.

Cuando Esteban (que aún no conseguía su trabajo en la fábrica de sillas) le exigió al capitán que le pagara, el capitán le respondió:

—No, Esteban, no se te puede pagar, ni a ti ni a ninguno de nosotros, no hay dinero. Es por eso que ésta es nuestra última oportunidad.

Porque va a haber una inspección. Y creo que es probable que el dueño quiera vender el barco después, aunque sea para poder pagar una parte de sus deudas, incluyendo los salarios de ustedes.

Y fue así como, después de tantos meses tratando de convencerse a sí mismos de que cuando el barco estuviera reparado zarparían y recibirían su paga, la letanía cambió. Ahora era: cuando vendan el barco nos pagarán.

El capitán Elias jamás había lucido tan serio, triste y preocupado que durante aquellos días en que todo el mundo se puso a trabajar en los preparativos para la inspección, justo después de que Bernardo fuera conducido al hospital y después a casa. Y había otro motivo por el cual los hombres creyeron que aquélla era su última oportunidad: al igual que durante las primeras semanas a bordo del *Urus*, el capitán acudía al barco a diario y les llevaba comida; los hombres percibían una urgencia en su actitud, tan diferente como diferente parecía el propio capitán ahora. Se mantenía siempre alejado de la sala de máquinas, como si finalmente se hubiera dado por vencido de ponerla en marcha después de ver que los nuevos interruptores no habían servido. Pasaba horas enteras en la pasarela, junto a la barandilla, a menudo con la vista clavada en el terreno que se extendía detrás del silo. Llegaba y se quedaba todo el día en el barco y apenas les dirigía la palabra; se ponía a mirar hacia la lejanía como si estuviera esperando a alguien: como si extrañara a su viejo ayudante y amigo, como si esperara ver aparecer a Mark a bordo de su Honda amarillo, cruzando el terreno y avanzando por el malecón, con Milagro sentado en el asiento del copiloto.

Los días fueron pasando y el capitán comenzó a relajar aquella actitud distante y abatida. Volvió a ser un poco como el de antes. A veces le daba por hacerle preguntas a la tripulación: ¿Qué fue lo que hizo que Mark decidiera llevar a Bernardo al hospital? Una pregunta que confundió a los hombres, aunque el capitán parecía estar haciéndola por pura curiosidad. ¿Por qué quería saber aquello? ¿Acaso el propietario hubiera preferido que Bernardo no fuera al hospital para poder ahorrarse ese dinero? Pero ¡puta! ¿Entonces qué le hubiera ocurrido al viejo? ¿Acaso el capitán creía que sus medicinas habrían funcionado de haber tenido un poco más de paciencia?

Tomaso Tostado le respondió al capitán que el primer oficial había llevado a Bernardo al hospital porque su pierna había comenzado a oler mal y a podrirse, y porque el viejo deliraba.

(El capitán también les preguntó: ¿A dónde va Esteban todo el tiempo? Y ellos respondieron: No sé. A saber. ¿Quién sabe, mi capi? Y cuando el capitán le preguntó a Esteban directamente a dónde es que iba, Esteban simplemente le respondió: A ninguna parte. Aunque no le contaron nada de esto al visitador de barcos.)

Un día el capitán bajó del barco y se fue a dar un largo paseo al terreno baldío que había detrás de aquella enorme terminal abandonada, y cuando regresó llevaba consigo un montón de yerbajos grises que había arrancado de raíz. Dijo que era adelfa, una de las plantas que había empleado para preparar el remedio que les administró al final de su primera semana en el *Urus*, cuando todos se enfermaron por beber agua de rata, y que les había hecho mucho bien, ¿no es así? El capitán dijo que sólo necesitaba las raíces, así que cortó los tallos y las hojas con una pequeña navaja y los arrojó por la borda. Luego guardó las raíces en los dos bolsillos de su chaqueta de cuero.

Pero por muy seguros que se sintieran de que su última oportunidad se avecinaba, tan ostensiblemente como se aproximaban las heladas, cada día más cercanas a causa del descenso en la temperatura que experimentaban por las noches, la mayoría de los hombres perdió la convicción y la energía en el trabajo. Porque se dieron cuenta de que el capitán no parecía realmente interesado en el progreso de sus tareas. José Mateo dijo:

—A lo mejor van a vender el barco, pero como chatarra, después de todo.

Bueno, pensaron ellos, entonces ya no importa cómo luzca.

La inspección fue sorprendentemente breve. Un auto llegó y se estacionó en el malecón, y un hombre de cabello cano, vestido con una gruesa chamarra azul de nailon y pantalones negros, descendió de él. Los que se encontraban junto a la barandilla lo vieron permanecer en el malecón un buen rato examinando el casco. Después el capitán Elias se apresuró a bajar por la escalerilla para encontrarse con el hombre, y cuando los dos subieron juntos a bordo, oyeron que el capitán se dirigía al inspector llamándolo *capitán* sepa cómo, porque no alcanzaron a oír su nombre. Se percataron de que el capitán Sepa Cómo cojeaba ligeramente al caminar, y que sus pesados mofletes lucían tan rojos como si se hubiera afeitado con una lija, y que pareció simpatizar de inmediato con el capitán Elias. Pero también se percataron de que el capitán Sepa Cómo no llamaba «capitán» al capitán, sino que se dirigía a éste llamándolo Elias a secas. Su acento era muy parecido al de Elias; un acento presuntamente británico. *All right then*, Elias, lo oyeron decir varias veces, entre otras palabras que no llegaron a entender. Tomaso Tostado está seguro de que oyó que el capitán Elias decía «*February*», y que el inspector había repetido la misma palabra mientras asentía. Y después oyó que el capitán Elias decía «*The Amazon*». El inspector ni siquiera se molestó en bajar a la sala de máquinas, ni en echar un vistazo a los camarotes o la cocina, ni pareció interesarse en absoluto por los hombres. Se dieron cuenta de que sí comentó algo sobre el bote salvavidas que faltaba, pero sobre todo se fijó en los aparejos de carga, alzando la mirada para examinar detenidamente los mástiles y las botavaras, los motones y las grúas, y bajándola para observar los tornos y cabrestante al pie de los mástiles, mientras que de vez en cuando llamaba la atención de Elias sobre tal o cual cosa. Y después de eso el inspector estrechó la mano de Elias y lo escucharon decir: «*Good luck, old boy*».

Cuando el inspector se marchó, el Barbie le preguntó al capitán Elias cómo había ido la inspección, y éste respondió tranquilamente:

—Bien, Barbie. Le dije que no estábamos listos para una inspección completa porque aún estamos reparando el barco, es todo.

Después de eso, el capitán Elias ya volvió al barco con la misma frecuencia. Decía que tenía que permanecer en casa con su esposa, porque su hijo estaba próximo a nacer. Pero también les avisó que muy pronto comenzaría a llevar a potenciales compradores para que le echaran un vistazo al barco. Y los previno de que no intervinieran durante la visitas ni contradijeran nada de lo que él pudiera decirles a estos potenciales compradores, o que, llegado el caso de que estas personas les preguntaran algo, no dijeran nada que pudiera comprometer la impresión que tenían del barco. Y el capitán dejó escapar una risita después de decir aquello.

—Reconozcámoslo, güeyes –les dijo–. Éste no es un barco que se pueda vender diciendo la verdad.

Comprendieron por qué el capitán estaba tan preocupado por lo que ellos pudieran decir cuando se presentó en el barco en compañía del primer comprador potencial: el hombre hablaba en español con el capitán, aunque en ningún momento le dirigió la palabra a los marineros. Lucía un abrigo de piel y una boina roja, un bigotito muy fino y una nariz como la de un tapir. Se limitó a dar unas cuantas vueltas por el barco y bajó a la sala de máquinas, donde Cabezón, Caratumba y Canario, aunque no Pimpollo, trabajaban tan duro como siempre. Escucharon al capitán decirle al hombre que no le resultaría difícil encontrar repuestos para los interruptores de circuito, pero que el propietario había decidido vender el barco así como estaba porque ya no quería invertir más dinero en él.

Vinieron otros potenciales compradores, gringos que hablaban en inglés con el capitán. Uno de ellos era un hombre muy robusto, de aspecto risueño y risa atronadora; tenía cejas gruesas y un vello muy espeso que sobresalía por el cuello de su camisa y que incluso le poblaba los orificios de las orejas. El Pelos Segundo, lo apodaron instantáneamente. El capitán Elias también llamaba «capitán» a este hombre, que según José Mateo parecía ser griego. El capitán Elias trataba al capitán Pelos Segundo con forzada deferencia, que poco a poco se fue transformando en un humor sombrío a medida que el otro recorría el barco y lo inspeccionaba entre risas. Aquel capitán risueño fue el único de todos los potenciales compradores que entabló conversación con los hombres de la tripulación: en la sala de máquinas, felicitó a Cabezón, Caratumba y Canario por el excelente estado de mantenimiento en el que se encontraban las máquinas, y les dijo que tenían todo lo necesario para ser un equipo de maquinistas de primer nivel.

Hace ocho días, el capitán vino al barco y les contó a todos que su hijo, Hector, había nacido dos días antes. Casi todos lo felicitaron. El capitán aparejó una guindola y le pidió a Cebo y a Barbie que lo bajaran por el costado con una lata de pintura gris, y personalmente se dedicó a cubrir el nombre de *Urus* en la proa. Después pidió que lo bajaran por popa, donde cubrió las letras que decían *Urus* y *Ciudad de Panamá*. ¿Cómo no se les ocurrió al Barbie y a Cebo tirar a ese hijo de puta al agua? Pues porque creyeron que el capitán se disponía a rebautizar el barco con el nombre de su hijo recién nacido, dicen ahora.

El capitán reunió a toda la tripulación y les contó nuevamente de su hijo, y les dijo:

—Tenemos un comprador para el barco. Por eso acabo de pintar el nombre. En uno o dos días más, caballeros, todo habrá terminado.

Y ya. Se despidió de ellos, abandonó el barco y desde entonces no han vuelto a verlo.

El visitador de barcos pareció decepcionado de que a nadie se le hubiera ocurrido anotar o memorizar las matrículas del auto del capitán Elias o del primer oficial.

Esteban se encuentra allí cuando el visitador de barcos regresa a bordo de su furgoneta, con cajas de cartón llenas de ropa abrigadora de segunda mano, y acompañado de una mujer que conduce un pequeño auto blanco. La mujer del auto es la reverenda *Runtri*.

—Veamos, ¿qué es todo eso que cuentan acerca de un viejo? –pregunta ella al subir a bordo. También habla español, un poquito. Es pelirroja, con ojos azul celeste, y todos los miembros de la tripulación piensan que es muy hermosa, aunque ya no es joven, y claro, es una reverenda protestante, más como un sacerdote que como una monja. Les espeta toda clase de preguntas y en ocasiones parece impacientarse ante lo dilatado de sus respuestas, y los interrumpe para preguntarles otras cosas.

Más tarde, cuando la reverenda se ha marchado y todos (menos Esteban) se han probado los abrigos, los guantes y los gorros, el visitador de barcos les pide que elijan a cuatro miembros de la tripulación para ir al despacho del abogado. El visitador de barcos se recarga contra la barandilla y procede a contemplar cómo se llevan a cabo las votaciones. Parece obvio quiénes serán los cuatro elegidos: Esteban; Tomaso Tostado, que es el más inteligente de todos ellos; Panzón, porque es quien lleva el registro de lo que se le debe a cada uno; y Cabezón, porque es el «oficial» de más alto rango de la sala de máquinas, pero todos se sienten obligados a destacar las buenas cualidades de cada miembro de la tripulación, menos de los drogados. José Mateo, el cocinero, es el más viejo de todos ellos, y el más entendido en asuntos marítimos; Cebo es el más amable y el más fuerte de todos; Caratumba, el más serio y el que más trabaja, después de Cabezón. ¿Y qué hay del Buzo? Es el mejor jugador de dominó y el único que habla un poco de inglés, aunque sólo sean las letras de las canciones del fulano ese del *reggae*. El Tinieblas, cuya voz se escucha más apagada que nunca debido a los vapores de los solventes, alega que el Barbie merece ir con el abogado porque el capitán Elias lo ascendió a contramaestre en julio. Y el Barbie responde que gracias, que nomás estaba esperando a ver a qué horas lo proponían, pendejos, aunque yo esperaba que me nominara el Cazapatos. Las posibilidades de Canario se van a pique cuando Cebo alega neciamente que su compañero de camarote, Canario, debería ser elegido porque fue el único que se quedó de guardia a bordo del barco la noche que cruzaron Los Proyectos, ¡siendo que aquello fue el mayor golpe de suerte que aquel cabrón aflautado tuvo en toda su vida! Así que todos, incluyendo los drogados, emiten su voto alzando las manos, y José Mateo, Cabezón y el Buzo empatan para el cuarto puesto. Después de dos rondas más de votación, José Mateo dice que de cualquier modo él no puede ir porque tiene que preparar la cena, y Cabezón finalmente obtiene esta última plaza.

El visitador de barcos los lleva al despacho del abogado en metro, para que así puedan ellos volver solos si necesitan repetir el viaje. Resulta que hay una estación de metro a sólo veinte minutos a pie desde el barco. Y están en un vagón atestado, volando a toda velocidad, frenando entre chirridos y bamboleándose a través de un túnel, cuando Esteban se vuelve de pronto hacia Panzón y exclama:

—¡Puta! ¡No puedo ir con el abogado!

Porque para cuando hayan llegado el despacho y se entrevisten con él y finalmente regresen, ¡ya se le habrá hecho tarde para llegar al trabajo! Es injusto que Esteban no haya pensado antes en eso, porque el Buzo podría haber venido en su lugar, pero bueno, así es Esteban. Probablemente sólo quiere ir a ver a Joaquina. Así que cuando las puertas del metro se abren en la siguiente estación, Esteban se abre paso entre la multitud apretujada y sale del vagón y éste arranca tan de súbito que Panzón sale despedido hacia delante y aterriza contra la espalda de una gringa muy bonita, metiendo la nariz entre su pelo, y ella se vuelve y lanza un grito asustado y mira a Panzón con odio, pero él ni siquiera se da cuenta porque está demasiado ocupado recuperando el equilibrio y chocando contra otros pasajeros mientras se aferra a su libro de contabilidad y, al mismo tiempo, trata de asirse a la barra metálica que corre sobre su cabeza.

Cambian de trenes, cruzando el andén en una de las estaciones subterráneas, de la línea F a la A. Pero el visitador de barcos no se ha dado cuenta de que Esteban se marchó mientras se encontraban aún en la línea F, porque cuando se bajan del tren A en otra estación, se les queda viendo con expresión atónita y dice:

—¿Qué no eran cuatro los que venían?

Busca con la mirada desesperadamente entre la gente que entra y sale del andén mientras el tren A desaparece por el túnel, y después se vuelve hacia ellos con expresión angustiada y exclama:

—¡Oh, no! ¿Qué no se fijó que íbamos a bajar? ¡Mierda! ¡Ese chico nunca podrá encontrar el camino de vuelta! ¡Oh, no!

Los observa boquiabierto, uno por uno: a Tomaso Tostado, a Panzón (que aún sigue secretamente alborozado por el aroma limpio y dulzón y el tacto sedoso de los cabellos de la gringa), y a Cabezón, pero los tres están pensando lo mismo: se supone que no debemos decirle nada al visitador del trabajo ilegal de Esteban.

El visitador de barcos está tratando de controlar su pánico. Les dice:

—No entienden, se trata de un tren *express*… ¿Creen que va a poder encontrar el camino de regreso? –se lleva una mano a la frente, cubriéndose parcialmente los ojos–. ¿Sí? ¿Por qué? –casi les grita en inglés–. ¡Díganme por qué!

Otro de aquellos largos trenes plateados llega rugiendo a la estación y los sobresalta y hace estremecer con sus chirridos de hierro. Una vez que se ha marchado, Tomaso Tostado farfulla:

—Ha ido a ver a su novia, pues.

—¡Su novia! –exclama el visitador de barcos–. ¿Tiene novia?

—Sí, sí tiene.

Y el visitador de barcos sonríe con sorprendido alivio.

—¿Y ustedes, muchachos, también tienen novias?

—No, no, sólo Esteban. La conoció en la época en que a Bernardo lo mandaron a casa, pues. Él compartía el camarote con el viejo.

—¿Esteban? ¿Se llama Esteban?

—Sí, Esteban.

—¿Y cómo fue que Esteban se consiguió una novia? ¿Estaba atrapado en aquel barco y aun así logró conseguirse una?

Por lo visto, el visitador de barcos no se ha dado cuenta de que hoy ha sido la primera vez que ve a Esteban, de que no se encontraba a bordo ayer.

—No sé –responde Tomaso Tostado–. Se la encontró, pues.

Suben las escaleras que los conducen a la calle, y ahí están, en medio de aquella remota isla mágica que llevan tantos meses mirando desde su barco: edificios que se remontan hasta el cielo a su alrededor, cuyos sucios muros abruptos y pronunciados se pierden en la lejanía del cielo; y allí abajo, al nivel de la acera, todo es frío, lleno de sombras densas, y de luces en los vestíbulos y los escaparates de las tiendas, y la calle abarrotada de tráfico; y a cualquier parte a donde mires hay gente, gente apresurada, arropados en largos y calientes abrigos, y tantísimas gringas bonitas. Pero la secretaria del despacho del abogado es una mujer mayor, gorda, con gafas y cabellos anaranjados y labial rosa, y que más bien parece un desaliñado payaso de circo. La oficina del abogado se encuentra atestada y caldeada en exceso, pero ninguno de ellos se quita el abrigo nuevo, sólo los gorros. El abogado, Mr. Angus Moakly, es también muy gordo, joven pero con calvicie incipiente, y usa tirantes y corbata. Come chocolates que saca de una bolsa blanca de papel, la cual les ofrece. Hay una bicicleta estática para hacer ejercicio cerca de su escritorio. El licenciado Angus Moakly parece somnoliento: habla por largo rato en un tono de voz adormecedor, hasta que a todos les comienza a dar modorra a causa del calor que reina en la oficina y del ronroneo de la voz del abogado, y ninguno entiende ya nada de lo que les están diciendo, hasta que el visitador de barcos les explica en parte, y entonces firman unos papeles.

Todo se resume a esto: el abogado va a hacer que se declare un «embargo» sobre el barco, lo que significa que, si el misterioso propietario no les paga sus salarios caídos y sus pasajes de avión para regresar de inmediato a casa, el gobierno decomisará el barco y lo subastará y de lo que se obtenga por la venta les pagarán sus salarios y el dinerillo que cobrará el abogado.

Ya en el metro, de vuelta al barco, Tomaso Tostado toma asiento junto al visitador, quien ahoga un bostezo y luego mira a Tomaso y le pregunta su nombre por enésima vez.

Y Tomaso Tostado le devuelve la mirada al visitador con un par de ojos que parecen chorrear adoración, puesto que se siente sumamente feliz y agradecido, y responde:

—Tomaso Tostado, a sus órdenes.

El visitador de barcos dice que seguramente aquélla es la última vez que volverán a ver a Esteban, ¿no? Levanta la mano que lleva sobre el regazo, imitando un aleteo, y añade:

—¡Voló! Se escapó para irse a vivir con su novia.

Y sonríe.

Y Tomaso Tostado le dedica al visitador de barcos una leve sonrisa de incomprensión, descubriendo el brillo de su diente de oro por encima del hueco dejado por los que ha perdido, porque él sabe bien que Esteban regresará, aunque se pregunta por qué al visitador de barcos parece alegrarle tanto la idea de que Esteban se hubiera ido a vivir con su novia... Pero después piensa: pues sí, una novia es algo maravilloso. Y se acuerda de Ramona Goyco, que es lo más parecido a una novia que Tomaso ha tenido en su vida... hasta que el marido de Ramona amenazó con matarlo a balazos si volvía a verlo y fue por eso que tuvo que embarcarse, y apenas ahora se le ocurre que él no tiene nada que hacer allá en su pueblo, y que si algún día llega a regresar es posible que aquel matón loco aún quiera acribillarlo a balazos cuando lo vea, y de pronto ya no se siente tan contento de volver... El tren se ha detenido a mitad del túnel, pero por lo visto es algo normal pues nadie parece desconcertado. Tomaso echa un vistazo a su alrededor y se dedica a mirar a los demás pasajeros. Pocos hablan, la mayoría parecen absortos en sus propios pensamientos mientras esperan pacientemente a que el tren vuelva a moverse. Muchos lucen cansados; hay gente blanca, negra, morena, amarilla; algunos evidentemente parecen tener dinero y otros evidentemente no, pero todos lucen cansados por igual. Como esa negra anciana repantigada sobre su asiento, con una bolsa de compras entre las piernas y la boca rodeada de profundas arrugas de desdicha. Hay gente sentada con la cabeza apoyada contra el respaldo de los asientos o contra las ventanillas, algunos con los ojos cerrados. Recorre el vagón con la mirada hasta que se encuentra con Cabezón y Panzón: la enorme cabeza del primero está inclinada también hacia atrás mientras contempla el techo, en tanto que Panzón lleva su libro de contabilidad sobre el regazo y tamborilea sobre sus tapas mientras lanza miradas furtivas hacia un grupo de muchachos y muchachas de piel muy oscura que hablan y ríen tranquilamente en uno de los extremos del vagón. Mira a su alrededor y ve a un par de muchachos que bien podrían ser catrachos o de cualquiera de los países de Centroamérica, y que lucen cansados pero tranquilos. Si Panzón y Cabezón no estuvieran tan sucios y desaliñados, ¿acaso no encajarían perfectamente entre los pasajeros de este vagón? Tomaso

Tostado observa a uno de los muchachos de aspecto latino y se pregunta qué y quién lo estará esperando en su casa. Trata de imaginarse sentado aquí mismo dentro de un año, y se pregunta qué y quién lo estará esperando en su casa, y de dónde será. Se imagina trabajando en una oficina, vestido con traje y corbata, ocupado en estampar hojas de papel, una linda gringa de vestido pasando a su lado, diciéndole… Este… ¿qué es lo que le diría? «Hace frío afuera, Tomaso, es mejor que te abrigues.» Pero él ya sabría eso. Se imagina regresando a casa… donde una muchacha como la que se ha imaginado lo espera sentada en la sala, hojeando un ejemplar del *Vanidades*, con audífonos en las orejas. Es muy bonita, ¿no? Con una cara seria, un porte agraciado, unas manos delicadas que pasan las hojas de su revista. Puede imaginarse a sí mismo claramente volviendo a casa para reunirse con ella. Pero ¿dónde vivirían? El tren reanuda la marcha. La gente sale por un instante de sus posturas abstraídas; algunos miran a su alrededor, despertando. La mirada de Tomaso se encuentra con la de Panzón, quien le sonríe mostrándole sus dientes amarillentos y torcidos.

Tan pronto suben al barco, el visitador les explica a los hombres cuáles serán las medidas legales que se tomarán; medidas que aún tardarán, como mínimo, unos cuantos días más en ser interpuestas. Y les dice:

—Creo que todos ustedes tienen derecho a saber con claridad en qué se están metiendo, porque ciertamente ya los han engañado mucho.

No es que el abogado les esté mintiendo, pero sí es posible que les haya pintado un panorama demasiado esperanzador. El visitador afirma que el abogado es una buena persona y que les está cobrando una tarifa de honorarios muy baja, pero que finalmente es un hombre al que le gusta demasiado el sonido de su propia voz. Por eso el visitador de barcos quiere advertirles que, de entrada, duda mucho que el misterioso propietario del barco se presente de la nada a pagarles. Que si los tribunales incautan el barco y lo subastan, lo más probable es que lo vendan como chatarra, lo que significa que el dinero que se obtendrá de la venta será una cantidad mucho más modesta que la que se podría obtener si el barco se encontrara en buenas condiciones de navegación. Desafortunadamente, la tripulación tendrá que permanecer a bordo del barco hasta que eso ocurra, cosa que el visitador lamenta enormemente. Y, por desgracia también, una vez que el barco haya sido subastado, las autoridades portuarias y judiciales serán las primeras en cobrarse las cantidades que se les adeudan, y es posible que el dinero que quede no alcance para cubrir los salarios que se les adeudan a ellos y que, según las cuentas que Panzón ha llevado con exactitud, ascienden ya a más de dos mil dólares por cabeza. Aun así, les dice, sin duda obtendrán una parte de la cantidad que les deben, aunque tal vez tarden un poco en poder cobrarla. Que es una lástima que el capitán Elias nunca les hiciera firmar sus contratos de embarque, porque en realidad ninguno de ellos ha sido nunca miembro de una tripulación legalmente enrolada y, en consecuencia, su caso es menos sólido. En la opinión del visitador de barcos, es muy posible que el capitán Elias ni siquiera sea capitán de verdad.

El visitador es muy buena onda, de verdad, y también lo es la reverenda; toda esa cantidad de malas noticias no son culpa de ellos. Y, claro, por supuesto, las cosas podrían ser aún peores. ¿Quién puede dudar de la integridad del visitador de barcos, después de todo lo que ha hecho por ellos? Pero cuando el hombre se dispone a abandonar la nave, Pimpollo se adelanta a tropezones, aún envuelto en su manta a pesar de las ropas nuevas, y le bloquea el paso antes de que el visitador alcance la pasarela. Pimpollo se pone a despotricar contra todos los gringos hijos de puta que le han robado su paga y llama mentiroso al visitador de barcos y le suelta una sarta de babosadas. Con las manos dentro de los bolsillos de su abrigo acolchado, el visitador de barcos mira a su alrededor con expresión confundida, mientras Pimpollo sigue desvariando. Pero entonces el Barbie se adelanta y, con firmeza, aparta a Pimpollo del camino del visitador de barcos y lo envía de un empujón al suelo; Pimpollo se queda allí tirado, como muerto, aunque naturalmente no se encuentra herido, sólo incapacitado por los vapores de los solventes. El visitador de barcos, con una sonrisa apenada, le da las gracias al Barbie con un murmullo. Y entonces Tomaso Tostado propone dedicarle un fuerte aplauso al visitador de barcos, y todos, menos Pimpollo, baten las palmas y lanzan chiflidos, tal como ahora hacen cada vez que el visitador abandona el barco. El hombre se queda inmóvil, se sonroja y esboza una sonrisa más bien apenada, hasta que terminan de aplaudirle, y entonces les da las gracias; agita el brazo para decirles adiós, y desciende la escalerilla para montarse en su furgoneta.

2

JOAQUINA SÍ COLECCIONA COLADORES, AUNQUE TAMPOCO ES que tenga tantos; la mayoría son de peltre, porque son los más baratos y porque le gustan sus colores brillantes: allá en México, su mamá siempre cocinaba con trastes de peltre. El colador que Gonzalo le regaló en Navidad está hecho de acero inoxidable, y es tan brillante y plateado que parece un espejo con agujeros. No le gustan los que están hechos de plástico. También colecciona de esas bolas de metal llenas de agujeritos diminutos, que sirven para meterles dentro hojas de té y luego sumergirlas en agua. Y cucharas: de las grandotas que tienen un agujero en el centro, y de esas otras que parecen pequeñas palas, y que, según Joaquina, las emplean los chinos para pescar las bolas de masa del caldo. Tiene cucharas que realmente no son cucharas sino más bien cestillos de alambre de cobre al extremo de mangos de madera. Joaquina no sabe cómo explicar su preferencia por los utensilios de cocina perforados. Incluso cuando Esteban le preguntó: ¿Por qué te gustan tanto las cosas con agujeros?, Joaquina se ruborizó y luego sonrió de oreja a oreja, como si por primera vez se estuviera dando cuenta de esto y ella misma lo encontrara extraño y vergonzoso. Y entonces Joaquina lo miró con una expresión casi esperanzada, como si le estuviera pidiendo *a él* una explicación al respecto, ya que se supone que Esteban es el más imaginativo de los dos.

Al principio Esteban pensó que tal vez era porque cuesta más trabajo hacer una cuchara con agujeros que una sin ellos, por lo que Joaquina podría pensar que así obtenía más por su dinero. Un tazón de metal agujereado parece un objeto mucho más elaborado que uno que no tiene agujeros. Pero cuando Esteban descubrió, en sus viajes de compras con Joaquina, la increíble variedad de coladores y demás tipos de utensilios perforados que había a la venta en aquella ciudad, comenzó a comprender cómo alguien con los ojos curiosos de una urraca, como Joaquina, podía obsesionarse con esa clase de objetos: es el desafío de reconocer lo que hace que un utensilio sea más bello que otro, y el placer de orquestar tu propia colección: una en donde todos esos utensilios llenos de hoyos, todos de distintos tamaños y colores, conformaban un pequeño mundo ordenado, un mundo que no tenía ninguna otra justificación para existir. Pero si hubiera tenido que explicárselo a alguien más, también habría podido decir que Joaquina desea tener algún día una cocina fabulosa, y que lo más metódico es comenzar a coleccionar utensilios empezando por los coladores. Porque, de lo contrario, cuando salieras de compras, querrías adquirir todo al mismo tiempo, y el resultado sería un completo caos.

Joaquina también colecciona distintos tipos de tés para ponerlos dentro las bolitas de metal, y latas donde los conserva. Y colecciona especias, que compra en bolsitas de plástico en tiendas indias, árabes u orientales de los barrios más lejanos de la ciudad, y contenedores para guardarlas. Y también acapara delgadas cajas de cartón que contienen arroces de distintos sabores, y que también venden en estas tiendas. Estas cajas de arroz vienen en colores brillantes y están cubiertas de inscripciones exóticas, como las leyendas, apenas legibles ya, que aún pueden leerse en la ruinosa terminal de Wienstock, allá en el muelle, y de evocadores motivos tales como elefantes o flores tropicales. La mayoría de estos artículos los compra porque puede permitírselo. Y debido a que el inglés de Joaquina sale de su boca en enunciados vacilantes y entrecortados que parecen provenir de una transmisión desde Marte a punto de perderse –y que provoca que los tenderos le dirijan sonrisas indulgentes que enseguida desaparecen de sus rostros tan pronto las miradas furibundas de Joaquina los arrojan a los desbordantes calderos en donde hierve todo lo que le frustra–, ella suele terminar señalando con el dedo lo que quiere adquirir.

Esteban ha recorrido toda la ciudad en compañía de Joaquina durante estas salidas; ha pasado horas enteras en vagones de metro y autobuses para llegar a vecindarios habitados por barbudos patriarcas indios y paquistaníes y sijs tocados con turbantes, que pasean por las calles en compañía de sus familias, y cuyas mujeres lucen sueltos y llamativos vestidos de seda; o hasta el maloliente laberinto del Barrio Chino, donde Joaquina es capaz de pasarse horas hipnotizada en una especie de trance, tan quieta y concentrada como cuando hace la manicura, mientras trata de elegir un cucharón perforado de tres dólares. Después de haber efectuado su elección, Joaquina trata de convencer a Esteban de la perfección estética del utensilio que ha comprado, una belleza que no es práctica aún, pues Joaquina no cocina. Llegan hasta una hilera de tiendas árabes en Brooklyn sólo para que ella pueda comprar una bolsa de comino negro, o un tarro de esa pasta de tamarindo, o de aquel jugo concentrado de granada con la hermosa etiqueta que lamentó no haber comprado la última vez. En algunas de estas tiendas, los comerciantes a veces se muestran tan intimidantes o tan confianzudos y descaradamente coquetos con Joaquina que ésta no puede sino maravillarse que tantas y tan diferentes lenguas puedan terminar sonando igual que el español de un tendero mexicano en el mercado.

Joaquina exhibe pulcramente sus compras en una pared de la habitación que comparte con su hermano Martín, o las amontona en una estantería de tres niveles que tiene en un rincón, como si se estuviera preparando para abrir su propia tiendita especializada. Le gusta soñar con la cocina que algún día tendrá, con las clases de cocina que tomará para aprender a usar todas esas especias, aceites, pastas y utensilios perforados. Porque ahí donde vive debe compartir la cocina con muchas personas, en su mayoría muchachos muy desaseados, algunos con personalidades que le parecen repelentes o incluso amenazadoras. Por eso apenas utiliza la cocina más que para hervir el agua en donde prepara sus tés aromáticos, y que luego lleva a su habitación en una de sus teteras de peltre.

Al igual que sus tres hermanos, Joaquina envía parte de lo que gana a sus padres y sus hermanos más jóvenes en México, aunque no tanto como aquéllos. Gasta más de lo que debería en ropa, y Martín se ha cansado ya de pelearse con ella por un espacio en el interior del pequeño clóset de la habitación que comparten, y prefiere guardar sus ropas dentro de una maleta, o dobladas en una pila en el suelo en la pared opuesta a aquélla en donde su hermana exhibe su colección. Los aretes que usa y que cambia cada pocos días vienen pegados en trozos de cartulina; Joaquina les retira el papel que cubre el adhesivo que llevan y se los pega en los lóbulos. Tiene las orejas perforadas pero dice que prefiere esa clase de aretes, que son muy baratos y que compra en una tienda de la avenida y en el Barrio Chino.

A Esteban le parece que el lugar en donde Joaquina vive es espantoso, y no desea otra cosa más que sacarla de ahí. Es un edificio de tres pisos cuyas paredes han sido derribadas y reemplazadas por laberintos de cubículos con paredes de madera comprimida y candados en las puertas, con una cocina y dos baños en cada piso. La mayoría de la gente que vive ahí son mexicanos, casi todos originarios de los estados de Puebla y de Guerrero, aunque también hay gente de otros países. A veces, cuando a Martín le toca el turno de día o de la tarde en la tienda de abarrotes en donde trabaja, en vez de su habitual turno de noche, él y Joaquina deben dormir juntos en la misma cama. Casi al fondo del corredor, sus hermanos Abel y Juan, que es el mayor de todos ellos, comparten también una pieza. El alquiler de cada uno de esos cubículos es de trescientos cincuenta dólares al mes. En una ocasión, cuando Esteban y Joaquina se dirigían al baño a través de aquel laberinto de cubículos, se toparon con una muchacha de aspecto masculino que llevaba los cabellos teñidos de un tono rojo poco natural, y que vestía pantaloncillos cortos elásticos y una blusa sin mangas, mientras blandía un bate de beisbol con clavos incrustados ante un gringo que se hallaba en el umbral de la puerta abierta de uno de los cubículos.

El gringo trataba de decir algo en un tono de voz que quería resultar conciliador pero que más bien estaba lleno de tembloroso pánico. Llevaba puesta una camisa blanca y la chaqueta de un traje pero no pantalones, y sostenía su corbata en la mano. La mujer del bate lo amenazaba con una voz feroz y grave, diciéndole que iba a partirle la cabeza si no se callaba. El hombre dijo: «Está bien, está bien» y levantó las manos. Al fondo del pasillo se hallaba otra muchacha sentada en el suelo, completamente desnuda; era más joven que la muchacha del bate, tenía rostro de adolescente y pechos respingados del color de la mantequilla; los pantalones del gringo estaban en su regazo, con los bolsillos vueltos, mientras la chica le sacaba todo lo que llevaba en la cartera.

Joaquina inmediatamente condujo a Esteban de vuelta a su habitación. Él estaba horrorizado de que pudiera vivir en semejante lugar, y furioso con ella por mostrarse tan glacialmente indiferente con lo que acababan de presenciar.

—Así es como trabaja la putita esa –le dijo Joaquina–. Mete gringos a la casa, y antes de que ellos puedan cogérsela, la machota esa entra en el cuarto. ¡Pinche gringo! La culpa es de él, por andar de putañero.

Y cuando Esteban se mostró en desacuerdo con ella, los ojos de Joaquina se transformaron en puñales afilados y le preguntó si acaso él tenía un lugar mejor que ofrecerle para vivir. ¡Tendría que vivir como una monja, si tuviera que pagar un alquiler más elevado! ¿O qué, acaso preferiría que se fuera a vivir con él a su barco? ¡Eh, güey! ¿Eso es lo que prefiere?

Decidieron que, en cuanto tuvieran dinero, buscarían un lugar donde pudieran vivir juntos, sin importar lo que los hermanos de Joaquina dijeran. Claro que la suya era una existencia muy extraña, sin nada resuelto más que el amor que sentían y con aquel tedioso trabajo suyo en la fábrica de sillas al otro lado de Brooklyn, y obligado aún a regresar al barco cada día a dormir. La vida a bordo del *Urus* seguía casi exactamente igual que antes, aunque ya no estaban Bernardo ni el primer oficial ni su perro. Esteban ignoraba por completo al capitán en sus idas y venidas del barco. Compró sellos y papel y sobres para que los compañeros que así lo quisieran pudieran escribir a casa contando a sus familiares y novias lo que les había sucedido en aquellos meses, aunque sólo cuatro de ellos decidieron hacerlo. Gracias a él, los marineros no comen peor que antes de que se les acabaran las sardinas, aunque en el último mes sus compañeros le han costado casi la misma cantidad de dinero que le costaría alquilar entre dos uno de esos cubículos de paredes de madera comprimida.

La noche que Mark se llevó a Bernardo al hospital, los hombres asaron la carne que Esteban les trajo sobre una inmensa hoguera que encendieron en cubierta, en espetones que improvisaron con largos tubos de acero. A Esteban ya se le había pasado el coraje que sintió en la mañana cuando vio la forma en que habían desatendido la herida de Bernardo; pensaba que el viejo se encontraría feliz en aquel momento, cómodo y calientito en su cama de hospital, tratado por médicos yanquis. Al menos ya no está aquí, pensó. Porque si estuviera allí ya estaría jodiendo con sus comentarios cursis y sus insinuaciones a propósito de Joaquina. ¡Puta, lo último que necesitaba! Ya de por sí se sentía lo bastante nervioso y excitado él solo. Esteban pretendía regresar al salón de belleza y hacerle el amor a Joaquina esa misma noche. Ya estaba oscureciendo; sacó el reloj de la Marta. Muy pronto tendría que marcharse, porque Joaquina le había dicho que normalmente Gonzalo cerraba el salón poco antes de las ocho. José Mateo le estaba calentando un tazón de sangre de res y tuétano, asegurándole que le sentaría bien para la gripa. El fuego estaba a punto ya pero Cabezón seguía troceando la carne. Esteban tenía hambre, sin embargo aún no habían cocinado nada. Sus compañeros no sabían que tenía que irse, ni a dónde iría, ni a qué; Esteban no les había contado nada. Agarró un gran trozo de carne del montón y lo ensartó en un punzón para empalmar cables y lo puso sobre el fuego hasta que el trozo quedó chamuscado por fuera y el hierro del punzón comenzó a quemarle la mano. Devoró primero la grasa carbonizada del exterior, pero cuando le pegó un mordisco al trozo de res, sosteniéndolo entre sus dos manos como si fuera un melón, se dio cuenta de que la carne estaba casi cruda por dentro y la boca se le llenó de sangre caliente. Apuró entonces el contenido de la taza de plástico que José Mateo había llenado con aquel caldo de sangre y tuétano, tuétano que el cocinero había extraído de los huesos partidos. Bueno, todo aquello le serviría como un potente reconstituyente, ¿verdad? Pensó que no sería nada romántico llevarle a Joaquina una enorme tajada de carne cruda de regalo. Se despidió rápidamente de sus compañeros y abandonó el barco, aún masticando el trozo de carne. Ni siquiera pudo terminárselo todo. Arrojó el resto por encima de una cerca para que los malditos perros escandalosos se pelearan por aquella piltrafa sangrienta y gomosa.

Cuando llegó al salón se quiso morir: la cortina estaba echada y las luces pagadas. ¡Se habían ido! Pero se acercó a la ventana y se quedó ahí parado frente a las rejillas de la cortina metálica, y entonces la vio incorporarse en el interior oscuro del salón. Joaquina se había quedado sentada ahí, en la penumbra, esperándolo. Le abrió la puerta y él entró.

—¡Ven! –dijo ella. Lo tomó de la mano y lo condujo hacia la parte de atrás, pero enseguida lo soltó–. ¿Qué tienes en la mano? ¡Estás todo pegajoso!

Él se aguantó las ganas de reír.

—Es sangre –le dijo.

Apenas podía verla en la oscuridad, pero sabía que ella lo miraba con extrañeza. De repente se le escapó un eructo. Ella exclamó:

—¡Cerdo!

—Perdón.

—¿Qué estuviste comiendo, chamaco naco?

Y Esteban tuvo que contener el aliento a causa del miedo y de la excitación que agitaban el espeso mar de sangre y tuétano que llenaba su estómago.

—Carne y sangre, pues –respondió–. Creo que demasiado de las dos.

Se besaron, y entonces ella dijo:

—Te huele el aliento a carnicería –él se rio, y Joaquina lo condujo al otro lado de la cortina–. Lávate las manos –le ordenó.

Cuando Esteban salió del baño, vio que había encendido una vela pequeña dentro de un vaso rojo, junto a una manta extendida en el suelo, y luego notó la forma en que ella le sonreía. Se besaron ahí mismo de pie durante largo rato.

Luego ella se sentó, se bajó los tirantes del vestido hasta descubrir sus hombros y comenzó a desabotonarse la blusa. Él se sentó en el suelo y desató los cordones de sus botas. Tenía ya una erección, de modo que se apresuró a sacarse las botas y luego los calcetines, como si se hubiera apoderado de él una prisa frenética. Quería decir algo, algo que pudiera calmarlo, centrarlo y dejar bien claro por qué se encontraba allí. Y cuando se puso de pie para quitarse los pantalones, se sorprendió a sí mismo murmurando en silencio las palabras: «te quiero», y se preguntó si tal vez no estaría precipitándose al hablar en voz alta de amor a esas alturas.

Y entonces escuchó la voz de Joaquina que decía:

—Manos pringosas. Nariz mocosa. Eructos –él se volvió para mirarla–. ¡Eres como un pantano humano! Goteando y rezumando por todas partes. De seguro hay vacas enteras que han desaparecido en tus arenas movedizas, ¿verdad? ¡Caray! ¿Dónde chingados me estaré metiendo?

Joaquina sonreía, completamente desnuda ahora, con las piernas cruzadas por los tobillos bajo la silla y agarrada con las dos manos a los lados del asiento. Esteban se quedó inmóvil, con los pantalones a medio bajar, inclinado, contemplando el cuerpo desnudo de una mujer por primera vez en seis meses, desde aquella visita al burdel de Corinto, cuando el espectáculo de la desnudez de aquella puta, de su bella y lozana piel resplandeciente de sudor bajo la violenta luz del foco desnudo, lo había llenado de un súbito e intenso terror al recordar lo que le había pasado a la Marta. Y ahora contemplaba las chichis de Joaquina, pequeñas y erguidas, de un tono cobrizo pálido a la luz vacilante de la vela, y los dos pequeños conos que formaban sus pezones turgentes. Y miró también sus delgados brazos, sus hombros finos, su vientre de aspecto suave y las costillas que se le marcaron cuando se levantó de la silla para acercarse a él, mostrándole sus muslos elásticos y aquel triángulo de vello negro. Él se irguió y soltó los pantalones, que cayeron en torno a sus pies mientras la rodeaba con sus brazos y acariciaba su fina y dura espalda y luego sus tersas y redondas nalgas, notando el calor de sus labios contra su cuello, sus mejillas, su propia boca. Y entonces ella murmuró: «¿Qué te pasa?», en el instante mismo en que él dejaba escapar un largo suspiro, de perplejidad y de alivio de que ella siguiera entera, de que su cuerpo permaneciera íntegro, y ya no supo qué hacer con aquella repentina oleada de placer. Y entonces ella comenzó a desnudarlo, a sacarle por la cabeza las camisetas sucias, y enseguida sintió que su mano acariciaba su miembro por encima de la ropa interior, y ella se echó a reír. «¡Ay, no! ¿Ya viste? ¡Goteas!», porque había una mancha de humedad pringosa sobre la tela de sus calzoncillos. Y cuando se los quitó, un largo hilillo de lubricación que salía de su trompeta brilló con destellos plateados y rojizos a la luz de la vela y los dos comenzaron a reírse. ¡Aquello era demasiado! ¡Qué ridículo! Esteban no podía contenerse. Se abrazaron riendo, y las carcajadas de uno incitaba más risas por parte del otro, y ella gritó: «¡*Uyuyuy*! ¡Esteban, el monstruo del pantano!», y rodeó su cuello con sus brazos, y se dejaron caer sobre la manta. Antes de que él se diera cuenta ya estaban cogiendo, y tardó aproximadamente dos segundos en venirse. Fue toda una explosión: mayor aún que la abundante meada de elefante con la que soñaba en el *Urus*, cuando se hallaba tan deshidratado que sentía que la vejiga se le había oxidado. Sintió como si los órganos de su cuerpo estuvieran colapsando, dejándolo tan vacío que le parecía escuchar los latidos de su corazón resonando en su interior hueco. Joaquina murmuró: «¡Qué desmadre, Esteban! Ahora yo me siento como un pantano también». Estuvieron besándose y acariciándose –él volvió a eructar– hasta que Esteban se sintió listo para hacerlo otra vez. Joaquina, tal y como se lo había prometido, se lo comió vivo. Y cuando terminaron se quedaron acostados por un largo rato, abrazándose estrechamente el uno al otro. Esteban volvía a sentir la respiración agitada e invadida por una luz dorada, irritada por las pesadas y dulzonas fragancias que inundaban el salón.

Durante los tres días a mediados de noviembre en que el otro novio de Joaquina, el abogado de México, estuvo en la ciudad, Esteban se sintió más atrapado en el *Urus* que nunca. El abogado se hospedaba en un hotel en Manhattan. Había sido cliente de Joaquina en la Ciudad de México, donde ella trabajaba como manicurista en un salón de belleza de la colonia Polanco. Joaquina insistió en que necesitaba ver al abogado, que ella jamás le había mentido a Esteban con respecto a su existencia, y que por lo tanto él no tenía derecho a enfadarse. Esteban la amenazó con romper con ella para siempre si iba a ver al abogadito aquel que pagaba para que le hicieran la manicura. Joaquina mandó a Esteban y a su madre a la chingada, en el curso de un virulento y procaz meteoro de insultos e improperios tras el cual le juró que la que no quería verlo más a él era *ella*.

Y tal vez así hubiera sido si, cinco días más tarde, de camino al trabajo, Esteban no se hubiera parado frente al escaparate del salón con una rosa envuelta en papel en una mano y un tremendo catarro, en perfecta imitación de su primer intento por conquistarla. Y completaron el nuevo ritual regresando al salón después de que Gonzalo lo hubiera cerrado para hacer el amor en la parte de atrás del establecimiento, sobre una manta en el suelo, sólo que esta vez sin la vela. Después Joaquina lo obligó a sentarse, completamente vestido y con la manta echada sobre los hombros, y a meter los pies en una palangana de agua hirviente, y le dijo que nunca, absolutamente nunca, podría preguntarle lo que había sucedido entre ella y el abogado.

—Él y yo hemos terminado –le dijo–. Y si vuelves a molestarme con eso, güey, ¡vas a ver lo que es amar a Dios en tierra de indios!

Ahora suelen coger en la habitación de Joaquina, pero sólo cuando ella está segura de que ninguno de sus hermanos anda por ahí. Joaquina constantemente memoriza los cambiantes horarios de trabajo de sus hermanos. Los tres tienen cabellos negros, y dos de ellos son más morenos que Joaquina. Sólo Abel posee el mismo tono de piel que su hermana, del color de la nuez moscada con crema, pero con más pecas. Los tres hermanos son muy aficionados a las continuas palmadas en la espalda y los saludos excesivamente cargados de modismos, y cuando salen a la calle lo hacen siempre en manada junto con otros muchachos. Parece que la relación de su hermana con Esteban les es indiferente, aunque Martín, a quien Esteban ve con mayor frecuencia que a los demás, es quien se muestra más amistoso de los tres. Pero la actitud que demuestran hacia su hermana y hacia Esteban es como una máscara impenetrable que procede no tanto de una suerte de mezquindad personal sino de una postura impersonal con la que creen estar realzando y protegiendo su propia posición y la de ella. Así que esta actitud de sus futuros cuñados irrita a Esteban, que está acostumbrado a las maneras mucho más espontáneas y despreocupadas de las ciudades portuarias tropicales.

Cada vez que él y Joaquina se las arreglan para encontrar un poco de tiempo para estar a solas, en el cubículo de paredes de madera comprimida calentado por un pequeño calefactor de espirales anaranjadas y cuya atmósfera está tan cargada del olor de las especias que incluso él, con todo y su nariz tapada, alcanza a olerlas, Esteban es el único de los dos que aún se siente superado por sus inhibiciones secretas. Joaquina, en cambio, se despoja de su recato, asume el control y hace lo que quiere hasta que, con sus voraces manos y bocas y finalmente con la totalidad de sus cuerpos, se comen vivos el uno al otro. En ocasiones ella lo monta a él y se deja ir, se pierde dentro de sí misma y viaja a través de los senderos de su propio placer, con los ojos cerrados y los labios pronunciando palabras en una lengua secreta, hasta que de repente se le escapa un grito y tiembla y sus mejillas se encienden hasta adoptar un tono ceniciento y abre los ojos como si estuviera despertando de un sueño que duró más de cien años para encontrarlo todavía ahí, contemplándola; un poco turbado por haber sido dejado tan atrás pero feliz de que ella lo hubiera encontrado de nuevo. Después es su turno de abandonarse al placer, si es que aún no lo ha hecho. Ella le dice que no siempre es así, que debe haber amor y que, incluso entonces, no siempre será así. ¿Qué puede saber él? Chocho,

Joaquina, él ahora vive para estos ratos que pasan juntos en este cubículo. Cree que no existe mejor respuesta a la vida que ésta. Y Joaquina también le corta y le lima las uñas de sus manos y pies, le recorta las cutículas y le pule los talones con piedra pómez, le aplica lociones en los pies, y le dice que ahora ya no puede burlarse de los hombres que se hacen la manicura y la pedicura. Joaquina ama a Esteban con una ternura obsequiosa, con una pasión exigente que disipa las dudas y los miedos de Esteban, que los sobresaltan o asustan como a una parvada de cuervos. El amor de Joaquina parece provenir del mismo pozo sin fondo de emociones de donde provienen todos sus caprichos y arrebatos, de la rabia a la alegría. Cuando está abatida su rostro parece desinflarse: se transforma en una abuela con enormes ojos ciegos que acusan al mundo de una vida entera de dolor insoportable. Y cuando está de buenas, su sonrisa se estira de oreja a oreja como una chiquilla delirantemente feliz, y los ojos le brillan como si estuvieran contando chistes que sólo los gatos pueden oír. A veces a Esteban le alarma que en un cuerpo tan pequeño pueda caber tanta emoción: la ha visto despeñarse, en una fracción de segundo, del cariño más atolondrado a la cólera blasfema y sollozante, a veces sin más provocación que la de sentirse avasallada por un amor que escapa a su control.

Esteban ya le ha contado todo sobre su vida. O casi todo, pues. Joaquina ya sabe lo de la Marta; sabe hasta lo del reloj que él lleva en el bolsillo. Lo deja en paz cuando lo ve hundirse en uno de sus estados de ánimo distantes, cuando se pone a mordisquear la uña de su pulgar y a respirar ruidosamente por la nariz. Joaquina se preocupa por él y lo cuida, y posee un gran talento para encontrar soluciones prácticas a los dilemas que Esteban cree irresolubles. Fue idea de ella comenzar a asistir los viernes por la noche a los bailes que cierto restaurante salvadoreño organiza en el otro extremo de Brooklyn, que atrae a centroamericanos de toda la ciudad, e incluso, regularmente, a un par de exsoldados de raza negra que estuvieron acuartelados en la base militar estadunidense de Palmerola, en Honduras, donde adquirieron un sincero gusto por las muchachas locales. Una banda de música en vivo toca ritmos tropicales las noches de los viernes, y él y Joaquina se toman un par de cervezas y bailan con ese meneo de nalgas centroamericano que al principio a ella le parecía lascivo y de mal gusto, y sobre el que aún manifiesta ciertas reservas. El restaurante es propiedad de una mujer de mediana edad, doña Chilcha, que había sido jefa de cuartel en El Salvador y que, al ver cómo se desarrollaba la guerra, decidió huir a Nueva York con sus cinco hijos. La primera noche que acudieron al baile, Esteban conoció a un nica que trabajaba de capataz en la fábrica de sillas y que le escribió en un papel la dirección de la empresa y la estación de metro más cercana y le dijo que se presentara el lunes por la mañana. Ahí ha conocido también a refugiados de la guerra salvadoreña y de la guatemalteca, incluyendo a una chavala chapina, flaquita y con enormes ojos de cierva, que perdió a dieciséis miembros de su numerosa familia, y que hasta hacía poco había estado viviendo con una congregación de monjas de Coney Island, quienes la habían ayudado a huir de Guatemala y que se habían mostrado extremadamente bondadosas con ella, pero cuya bondad también le había impedido a la chica sobreponerse del enorme dolor que la paralizaba. Hasta que el pasado invierno, durante uno de los bailes del viernes, conoció a un estudiante salvadoreño, y poco tiempo después abandonó el convento y se fue a vivir con él. El amor que aquella pareja se profesaba impresionó a Esteban por lo arrebatado y maduro que era; ambos trabajaban de noche, y ella aún asistía a la escuela secundaria de día. Una de las cocineras del restaurante, una mujer que siempre estaba palmeando un interminable tren de pupusas, era nicaragüense también: tenía un hijo que murió combatiendo en un BLI, y otro que aún vivía en un campamento de la Contra, y dos chicos más viviendo con ella en Brooklyn. La mujer besó a Esteban entre lágrimas cuando lo llevaron a la cocina para que se conocieran, y se lo presentaron como un sobreviviente de la guerra, un antiguo soldado de un BLI. Otra noche, Esteban se sentó en una mesa en donde nicaragüenses de tres generaciones distintas discutían sobre la movilización sandinista con la misma ardiente vehemencia con la que podrían haber discutido aquello en casa, si todos hubieran sido miembros de la misma familia, hasta que una muchacha llamada Bárbara, que no había dicho una sola palabra durante la discusión, se paró de la mesa hecha un mar de lágrimas por su novio desaparecido y huyó de la atestada atmósfera llena de humo del restaurante para recobrarse afuera en la calle, en el aire gélido de la acera. Esteban podía ver la sombra de la muchacha a través de la ventana empañada y estaba a punto de levantarse también para salir a llorar con ella, pero la hermana mayor de la chica lo agarró del brazo y le dijo que la dejara a solas, que siempre que venía a los bailes le sucedía lo mismo. Pero muchos de los que acuden al restaurante los viernes son tan jóvenes y llevan aquí tanto tiempo que las guerras que han asolado al istmo durante la pasada década son para ellos como oscuros cuentos de hadas, y se consideran a sí mismos tan «nuyorkinos» como el que más; sobresalen por encima de sus padres y crecen más altos que ellos, radiantes y mofletudos ya que aquí hasta el agua de la llave es buena para la salud. De tal forma que Esteban, que en enero cumplirá 20 años (durante cinco meses, él y Joaquina tendrán la misma edad), tan agobiado por aquella guerra que le rompió el corazón, a menudo se siente como un abuelo irrelevante entre todos esos animados jovenazos que, en su mayoría, son incluso mayores que él.

Muchas de las personas que acuden al restaurante los viernes por la noche, y también otras gentes que viven en Brooklyn, cuando se enteran de la ambigua situación de Esteban como refugiado de un barco fantasma amarrado en el muelle de Brooklyn, le ofrecen un lugar temporal donde alojarse, un sofá o un suelo donde dormir hasta que él y Joaquina puedan encontrar un departamento. Él siempre anota sus nombres, sus direcciones y sus números telefónicos en una pequeña agenda de bolsillo que Joaquina le dio exclusivamente para ese propósito.

La noche en que cayó el Muro de Berlín, Joaquina compró una botella de vino tinto y se llevó a Esteban a su cuarto, para celebrar lo que había decidido que era la liberación final de Esteban de una confusa obsesión que ella ni siquiera se molestaba en comprender, y que incluía un oscuro sentimiento de lealtad hacia cierta marca de camión de transporte militar y una constante indignación hacia cierta perra caníbal llamada Ana.

Desde hace ya un mes, Esteban calcula el tiempo que le lleva ir y venir del barco para reunirse con Joaquina –que es, por supuesto, extremadamente puntual– con el reloj de la Marta. Aún sigue pensando en la Marta como si todavía estuviera con él. Claro, ha corregido la hora, de modo que ya no marca la que es en su tumba, lo que ha sido como un tímido adiós de su parte. Pero tampoco está obsesionado con la Marta al grado de pensar que la ha traicionado al enamorarse de la Joaquina. Se dice a sí mismo que nunca podrá amar a nadie como amó a la Marta, a la que conoció por un tiempo tan breve que es justamente a causa de esa brevedad que su amor, en estrecha relación con su ausencia, está destinado a durar para siempre. Ni siquiera la guerra que vivieron juntos, en comparación, podría durar tanto en su interior como ella. La Marta era sólo una chavala, una que llevaba creciendo dentro de sí a una mujer majestuosa, seria y valiente. Hasta tenemos hijos, piensa Esteban un día, atrapado en el barco, apoyado en la barandilla, esperando a que fuera hora de ir a ver a Joaquina. ¿Y quiénes son estos hijos? Piensa: son huérfanos. Son todo lo que es invisible pero mucho más duradero que un jodido barco pirata de acero que ha vuelto aún más pobres a un montón de hombres pobres. Todo lo que se pierde, todo lo que nunca tiene oportunidad de aprender qué es lo que iba a ser.

—Joaquina, ¿sabés lo que ha pasado hoy? Un gringo vino al barco. Dice que es un visitador.

—¿Un qué? –pregunta ella, adormilada.

—Un visitador de barcos.

Ha tomado asiento sobre una de las sillas que están apoyadas contra la pared, muy cerca de Joaquina, que se encuentra sentada sobre su banquillo, haciéndole la manicura a Chucho. Esteban no le cuenta que viene llegando de la estación del metro, después de haber decidido que, después de todo, no irá al despacho del abogado. Tiene que presentarse en la fábrica dentro de dos horas.

—Güera –lo interrumpe Chucho–, Hueso va a dar una fiesta el sábado por la noche. Se va a poner…

—Chucho, *shhh* –le dice ella–. Un momentito –y Gonzalo, que se encuentra cortándole el cabello a otro cliente, les lanza una mirada severa.

—¿Qué pasó, Esteban? –pregunta ella.

Y Esteban le sonríe a Gonzalo un poco cohibido, porque bien sabe la razón por la cual el estilista lo ha mirado de aquella manera. Antes, cuando Esteban se quedaba sentado en el salón durante horas viendo cómo Joaquina realizaba las manicuras, a veces se sentía algo celoso cuando algunos de sus clientes masculinos coqueteaban con ella. Se ponía entonces a suspirar y a mirarlos fijamente y a hacer ruidos con la nariz hasta que Gonzalo perdía la paciencia y mandaba a Esteban por un café con leche con Marilú, o por pastelitos, o a la oficina de correos, o a hacer cualquier otro mandado sin importancia. Hasta que finalmente, tras uno de estos episodios de celos, Gonzalo reventó:

—¿Qué clase de hombres crees tú que son los que vienen a hacerse la manicura? –le gritó a Esteban, y antes de que éste pudiera responder, le espetó–: ¡pues claro! Es esa clase de hombres a los que les gusta sentirse como reyes por un ratico, con una linda chica sentada a sus pies. ¡Lo último que quieren es tener al novio de la manicurista sentado ahí al lado de ellos, haciendo pucheros y mirándolos con ojos de asesino cada vez que coquetean un poco! ¡Coño, Esteban! ¡Te estás volviendo un verdadero grano en el culo!

Pero esto es diferente; Esteban ignora el gruñido de impaciencia de Chucho y dice:

—Este visitador de barcos cree que es muy probable que nos paguen, y ahora mismo se llevó a Panzón, a Tostado y a Cabezón a ver a un abogado. Finalmente se ha terminado, Joaquina. ¡Chocho!

Tres días más tarde nieva, en monótonos copos que han estado cayendo toda la mañana, y el gris fango helado que se acumula en la cuneta comienza despacio a cubrirse de una capa blanca. Esteban, que no ha dormido desde que salió de su turno de noche en la fábrica, está parado afuera del escaparate empañado del salón de belleza, añadiendo un poco de nieve a todos los demás elementos que sus indestructibles botas, felices con sus agujetas nuevas, han conocido hasta ahora. Joaquina sale del salón canturreando: «Hace friolín, friolín», porque está helando allá afuera, y se para junto a él y saca su lengua rosa. Esteban le dice:

—La nieve es igual a como siempre me imaginé que sería una lluvia de ceniza volcánica, Joaquina. Sólo que es fría en vez de caliente.

Y entonces le cuenta de aquella excursión escolar a la que lo llevaron cuando tenía once años, a un volcán que era considerado un sitio histórico porque su erupción, un siglo y medio atrás, había volado una de las paredes del cráter con explosiones tan tremendas que, según decían, todos los cuarteles militares de Centroamérica, e incluso algunos de Jamaica, fueron alertados pensando que se trataba de una invasión británica. A lo largo de toda aquella parte de la costa del Pacífico, la erupción convirtió el día en noche durante una semana, y provocó una lluvia de cenizas que dejó en el suelo una capa que medía más de medio metro de altura y que lo cubrió todo y a todos, de modo que ni siquiera las madres podían reconocer a sus hijos o a sus maridos en las calles. Durante el viaje en autobús hacia el volcán, su maestra, la compañera Silvia, de quien Esteban ya le había hablado a Joaquina («Vos sabés, la que se trenzaba los pelos del lunar»), les contó la historia del volcán, que ya muchos conocían. Pero también les contó que muchos animales domésticos, los que no murieron ahogados en las cenizas, y también muchos animales salvajes, tigres incluso, y monos, habían tratado de refugiarse de la ceniza bajo cualquier techo que pudieron encontrar, metiéndose a las iglesias, a los conventos, a las chozas de paja, sacando a las monjas y a los niños de sus camas. ¡Qué buena onda era, la compañera Silvia! Esteban se ríe en voz alta al recordar aquella historia. Bueno, pues cuando llegaron al pie del volcán, todos los cipotes se pusieron a rodar sobre la vieja ceniza que aún cubría los campos de lava, sólo por diversión. Y cuando regresó a casa, todo cubierto de pies a cabeza de ceniza blanquecina, ¿sabés qué fue lo que hizo? Entró por la puerta saltando y moviendo los brazos y aullando, emocionado por la idea de asustar a su mamá con aquel disfraz de zombi fantasma. Y su mamá se llevó la mano al pecho y exclamó: «¡Dios mío, Estebanito, te ves igualito a tu papi!».

—… ¡Y ésa fue la única vez en toda mi vida que oí a mi mamá decir algo sobre el aspecto de mi papá!

—¡Chamaquito, qué historias! –le dice Joaquina, con una de sus sonrisas de oreja a oreja–. Esa cabeza acelerada tuya, no tiene adentro más que puras historias, ¿no?

Y entonces Joaquina le dice que hay algo que le gustaría poder mostrarle en aquel mismo momento, algo que ella fue a ver el pasado invierno cuando nevó. En el jardín botánico de Brooklyn, le explica, hay un invernadero que mantienen caliente con vapor, y está lleno de plantas tropicales, palmeras, árboles de plátano, pues, todo lo que crece en la jungla, y hasta hay lagartos correteando libres por ahí, e iguanas.

—Y si estás adentro cuando está nevando y miras para afuera, Esteban, es como ver nevar en la selva. Qué chingón, ¿no?

Pero él apenas tiene oportunidad de decirle lo mucho que le gustaría ver aquello, porque entonces oye que alguien grita su nombre a través de la nieve y ve la furgoneta azul del visitador de barcos estacionada en la acera de enfrente, y después ve al propio visitador de barcos en persona y cruzando la calle con su abrigo acolchado y su gorro de lana negra encasquetado hasta las cejas, calzado con unas botas negras de gruesas suelas de caucho que crujen ruidosamente al pisar la nieve.

Esteban estrecha la mano del visitador y le presenta a Joaquina, aunque le inquieta y le confunde el hecho de que el visitador hubiera logrado encontrarlo allí, pues da por hecho que sólo el más completo anonimato podrá protegerlo en su nueva e ilegal existencia fuera del barco. Y el visitador de barcos le explica cómo fue que se le ocurrió preguntarle al marinero del diente de oro dónde era que la novia de Esteban trabajaba, y que después había atado cabos y conducido hasta el vecindario y preguntado en el restaurante si alguien conocía un salón de belleza cuyo dueño había sido bailarín del Tropicana. Y Esteban piensa: Ese Tomaso es un bocón. Fue muy estúpido de mi parte contarle a Tomaso Tostado de Gonzalo. Antier, durante una de sus visitas al barco, el visitador le confesó a Esteban el susto que le había dado al desaparecer del metro de aquella manera, y Esteban se había reído y le había pedido disculpas con timidez. Pero entonces el visitador de barcos le había preguntado por Joaquina, y aunque Esteban en ningún momento negó tener novia, sí tuvo mucho cuidado en no contarle ningún detalle. Y después el visitador de barcos le había preguntado si de casualidad conocía el apellido de Bernardo, pero Esteban no pudo recordarlo.

—Sólo quería avisarte, Esteban –dijo el visitador– que debido a la nieve, el Instituto del Marinero ha decidido evacuarlos a todos del barco. Sucederá mañana, aunque todavía no sé a qué hora –el consejo directivo del Instituto del Marinero había autorizado una acción sin precedentes: sacar a los hombres del barco, alojarlos en las instalaciones del instituto durante unos cuantos días, y después pagarles el viaje de avión de regreso a sus hogares–. Tengo el presentimiento de que tú no quieres venir, Esteban –dice el visitador de barcos, sonriéndole a Joaquina–, aunque por supuesto que serás bienvenido, si quieres hacerlo.

Le explica que el Cuerpo de Alguaciles de Estados Unidos declarará el embargo preventivo del barco y que lo incautará oficialmente ese mismo día.

—Ajá… –asiente Esteban. Pero advierte que el visitador de barcos parece preocupado por algo…

—Quería hablarte de algo más, Esteban –añade el visitador–. Porque sé que eras el más cercano de todos a Bernardo.

A pesar de que no recuerda el apellido del viejo, lo cual lo había hecho sentir mal…

—Ajá –repite Esteban, sintiendo que el frío comienza a lastimarle las orejas–. Compartíamos el camarote, pues.

El visitador de barcos, que se alza imponente junto a Esteban y Joaquina, baja la vista para mirarlo a través de la nieve con una expresión de angustia en sus ojos claros, y luego se encoge de hombros y alza los brazos separándolos de sus costados.

—Esteban –le dice–, el apellido de Bernardo es Puyano. Finalmente conseguimos su nombre completo a través de la Embajada de Estados Unidos en Managua, pues le expidieron el visado el pasado mes de junio.

Le contó que él y la reverenda han estado haciendo un montón de llamadas telefónicas y que todos han estado muy ocupados tratando de comprobarlo, y que seguirán haciéndolo, pero que hasta ahora no hay ningún registro que indique que Bernardo Puyano salió de Estados Unidos en octubre, ni de que hubiera entrado en Nicaragua. Y que un empleado de la embajada les había hecho el favor de ir a la dirección de Bernardo para ver si se encontraba allí, pero no estaba.

—Se los he contado a ellos, en el barco, antes de venir –dice el visitador–. Te podrás imaginar cómo se sienten. Después de todo lo que han tenido que enfrentar, y ahora esto.

—Sí, pues –responde Esteban. Nota que Joaquina le agarra un brazo con sus dos manos y que se pega a él–. Me sentí mal –admite llanamente– de no haber sido capaz de recordar su apellido.

Y entonces comienza a comprender que esta terrible y para nada desconocida sensación que se agita en su interior es el terror. Y siente cómo las lágrimas, diminutas como cuentas ardientes, se derraman por los ateridos bordes de sus párpados.

Joaquina les pregunta si quieren entrar. Les dice que Gonzalo siempre tiene puesta la calefacción al máximo. Adentro, pone a funcionar la cafetera mientras Esteban permanece sentado, en medio de un silencio horrorizado, junto al visitador de barcos. Se escucha una descarga de agua en la parte trasera del salón, y segundos después Gonzalo emerge de detrás de la cortina.

—¿Viene a que le corten el cabello o a que le hagan la uñas? –le pregunta en inglés al visitador de barcos.

Sin volverse del estante donde tienen la cafetera, Joaquina le responde en español:

—Esto es serio, Gonzalo, es sobre el viejito que estaba con Esteban en el barco. No saben qué ha sido de él…

—Ojala pudiera tener la certeza de que sí llevaron a Bernardo al hospital –dice el visitador de barcos, volviéndose hacia Esteban–. Pero no hay registro suyo en ningún hospital de Brooklyn; ninguno recibió el ingreso de un paciente llamado Bernardo Puyano.

Vamos a seguir buscando, por supuesto. Tiene que haber una explicación. No sé, tal vez, quién sabe cómo, Bernardo aún sigue aquí en Nueva York.

Esteban se cubre el rostro con las manos y se recuesta contra el respaldo de su silla. Recuerda el día en que volvió al barco con su flamante corte de pelo, eufórico por su nuevo amor y con aquella res en canal al hombro, y cómo de pronto los demás lo estaban empujando hacia su camarote, que apestaba a queso podrido y a enfermedad de viejo. Bernardo estaba delirando, con los ojos girando en sus órbitas, ciegos, pero había extendido los brazos y lo sujetó con gran fuerza para atraer su cabeza hacia él y poder besarle con los labios secos. Pero Esteban se hallaba demasiado absorto en su nuevo amor como para darse cuenta de lo alarmado que estaba, hasta que sus ojos se posaron sobre Mark y enseguida se sintió capaz de asesinar a ese inútil hijueputa a menos que llevara a Bernardo al hospital. E inmediatamente se había vuelto a sentir mejor, ¿no? Tan enamorado que no se había permitido preocuparse por el viejo. Si se suponía que estaba en un hospital yanqui, pues. ¿Por qué tendría que haber sospechado algo malo? Y ahora aquí estaba, derramando lágrimas de culpa y de pena, tanto por el viejo como por él mismo. ¡Hijo de cien mil putas, apenas había vuelto a pensar en Bernardo después de que se enteró que lo habían enviado de regreso a casa! Aunque es verdad que le ha contado todo a Joaquina sobre el viejo. De cómo fue Bernardo quien prácticamente lo obligó a bajar del barco para irla a buscar, picándole el orgullo. ¡Ese viejo loco y sus mañas y sus regaños y sus historias tristes y sus fotografías plastificadas y sus lecciones pedantes y su gata que se sentaba y sus sueños ridículos de incubadoras de pollos! ¡No puede ser posible! ¿Qué le hicieron a Bernardo? ¡Puta! *¿Por qué?*

—¿Qué cree usted que pasó? –le pregunta Esteban al visitador de barcos, cuando finalmente puede descubrirse los ojos y la cara. Joaquina está sentada a su lado y lo abraza con fuerza.

—No lo sé, Esteban –responde aquél–. Estoy tan desconcertado como ustedes. Lo que debemos hacer ahora es encontrar a ese Elias y al tal Mark.

Después de que el visitador de barcos se marcha, Gonzalo anuncia que cerrará el local temprano a causa de la nevada. Esteban despierta en el cuarto de Joaquina, bajo una manta en la cama, apretando el cuerpo de la chica contra el suyo. Hunde su nariz en el suave hueco entre la parte superior de su brazo y su busto, y aspira profundamente… Bernardo *Puyano*. Se siente culpable de no haber sido más afectuoso con el viejo. Pero el efusivo y tenaz cariño del viejo era tan generoso y a menudo tan asfixiante que Esteban siempre se había sentido como bloqueado para demostrarle demasiado afecto a cambio. O tal vez era que el amor había dejado de brotarle, hasta que conoció a Joaquina… Y mientras intenta comprender, o siquiera imaginar, el misterioso abismo que de algún modo se ha tragado a Bernardo, Esteban se da cuenta de que aquello no es algo que le hayan hecho solamente al viejo, sino que es algo que le han hecho a todos ellos, y que el que ellos jamás supieran o sospecharan esta verdad la hace aún más aterradora. Y también más parecida a lo que le sucedió a la Marta y a quién sabe cuántos compas más, todos los que ha perdido hasta ahora: otra cosa que jamás había comprendido, hasta el día de hoy…

Es de noche cuando finalmente se siente listo para volver al barco. Aún queda mucho tiempo. Se guarda en el bolsillo de la chaqueta el rollo de monedas de veinticinco centavos que ha conseguido ahorrar para esta ocasión y se pone su gorro tejido. Desde el teléfono público que se encuentra en una esquina se reporta enfermo por primera vez a la fábrica, y luego se pone a hacer todas las demás llamadas, pasando las hojas de la agenda de bolsillo con los dedos ateridos. Cuando termina, se queda mirando un instante el auricular a través de las nubes de vapor que desprenden su aliento, deseando que hubiera alguna forma de localizar a Milton en Miami, simplemente para poder charlar con él. Escucha el crujido que producen los neumáticos de los autos al circular sobre la nieve apelmazada de la avenida; por todos lados se escuchan ruidos de palas que rascan el pavimento. Ha dejado de nevar ahora. Todo parece cubierto de chispeante azúcar blanca. Sobre la avenida han colgado ya las luces y los adornos navideños.

— HA DEJADO DE NEVAR.

Elias le da la espalda a la ventana y mira a Kate, que está dándole el pecho al bebé. Hector. Dos semanas de edad. La Ley de los Similares. Lo igual sana a lo igual. Por consiguiente, esos cuatro kilos de carne pura e inocente sanan al padre.

Kate está decepcionada con él, por supuesto. Muy decepcionada. Cree que la ha cagado completamente. Pero Mark huyó con todo el dinero, ¿qué podía hacer? Kate siempre ha pensado que había algo abyecto en Mark Baker. Espera que Elias haya aprendido algo de todo este asunto. Estos negocios arriesgados tienen su encanto pero, Elías, realmente es hora de que te tomes las cosas en serio. Él le ha explicado ya todos los «tecnicismos»: la tripulación sigue viviendo en el barco. Tarde o temprano las autoridades federales lo incautarán; habrá una subasta y le pagarán a los hombres y los enviarán a casa. Será un fuerte golpe para todos, para todo el mundo, pero así son las cosas. En la industria marítima.

¿Y a dónde se habrá ido el pendejo de Mark? ¿Y el viejo camarero, Bernardo?

Aún espera descubrirlo. Ha estado seis semanas esperando descubrirlo. Sintiéndose muerto de *miedo*.

Pero no encontrarán su nombre en ningún papel. Y no pueden inculpar legalmente al registro panameño, porque nunca los contrataron oficialmente como marineros. Se aseguró de que la «Declaración jurada del oficial o del agente de la empresa» estuviera firmada por el señor Mark Baker, en representación de la corporación Achuar, de Ciudad de Panamá. Y el señor Mark Baker parece haber desaparecido de la faz de la tierra. ¿Y quién obligará al Registro panameño a entregar esa hoja de papel?

Es fácil esconderse. La ayahuasca puede hacer que te sientas invisible. En la selva tropical la gente veía fantasmas, los espíritus de sus ancestros; *tunshi*, los llamaban: siluetas alargadas de pálida niebla que flotaban de noche por la selva. Y si llegas a ver uno, podías sufrir un ataque de *manchari*: de espanto. Un espanto duradero, que te consume por dentro como una enfermedad debilitante. Los niños, sobre todo, pueden llegar a morir a causa de él. Les puede dar *manchari* por ver un simple reflejo en el agua de un charco, especialmente si se trata del reflejo de un arcoíris; o por un sobresalto, o por una caída súbita: ese instante inicial de pánico crece dentro de ellos y perdura como una enfermedad. A menos que lo lleves con el chamán. Cumpashín podía curarle el *manchari* a los niños, soplando sobre ellos el humo de su tabaco silvestre, pues aquel humo mágico apartaba de ellos el espanto. Gente proveniente de todas partes iban a ver a Cumpashín para que curara a sus hijos de espanto. La gente del río sentía un especial temor por los arcoíris. La ropa que se ponía a secar cuando salía un arcoíris debía ser lavada de nuevo. Así es el mundo en el que viven, el mundo que conocen y entienden. Aterrorizados por los arcoíris. Y él vivió ahí, entre ellos, durante muchos años.

Y ahora tiene miedo de mirar a su hijo a los ojos. Tiene miedo de contagiarle el espanto. Le preocupa pasarle el mal de ojo.

Así que no mires a papi, Hector, hagas lo que hagas, porque papi sospecha que tiene mal de ojo, y eso podría espantarte. Aunque Hector nunca lo mira. Su pequeño rostro, arrugado como una ciruela pasa, está siempre pegado al pecho de Kate, y ella tiene la cabeza inclinada hacia él y lo arrulla.

En un negocio verdaderamente legítimo, piensa Elias, furioso, hay reglas, reglas muy claras que deben ser cumplidas, lo que da origen a responsabilidades. Como las demandas por negligencia profesional. Y este tipo de amenazas son las que hacen que los güeyes procuren evitar los problemas, ¿verdad?

El otro día fue al apartamento de Mark y subió las oscuras escaleras: seis pisos, completamente atemorizado. Se acordó de una chica a la que conoció hace mucho, mucho tiempo, en la época en la que apenas acababa de conocer a Kate y todavía dormía en el sofá de Mark y Sue. La chica vivía en un departamento tan pequeño y deprimente como el de Mark, y tenía un perro pastor alemán, como el de Mark, llamado —y esto jamás logrará olvidarlo— Cuchara. La chica murió de una sobredosis de heroína; nadie se dio cuenta durante varios días, hasta que empezó a apestar, y cuando finalmente derribaron la puerta a causa del terrible olor, descubrieron que Cuchara se había comido parte del cuerpo de la chica. Que su propio perro le había devorado la cara. Y por eso sentía tanto temor ahora. Pero afuera de la puerta color caca del deprimente departamento de aquel pendejo no olía a nada. Así que bajó las escaleras y llamó a la puerta del conserje del edificio y le habló al hombre en español, aunque el tipo resultó ser marroquí. El conserje le dijo que Mark ya no vivía allí. Que unos cuantos días antes se habían presentado los trabajadores de una compañía de mudanzas y que se habían llevado todo en un camión; y no, el conserje no sabía a dónde, y no, Mark no había estado presente, sólo los empleados de la compañía de mudanzas. Y nadie había dejado tampoco ninguna nueva dirección.

Supongo que podría rastrearlo a través de los cargos a sus tarjetas de crédito o a través de los retiros de efectivo realizados en cajeros automáticos, se dice Elias, si yo fuera la ley. Pero no lo soy. No esa clase de ley. La Ley de los Similares. Pero ni siquiera puede ver a los ojos a su hijo recién nacido. Kate cree que simplemente está teniendo una de esas crisis de padre primerizo: el temor a la muerte, el fin de la juventud, esa clase de cosas.

Elias se levanta y entra en el baño; cierra la puerta y se mira en el espejo. Contempla sus propios ojos enrojecidos y heridos —sí, heridos—, que los demás han considerado siempre como, bueno, su mejor rasgo, tan tiernos e inteligentes. Puede oír el llanto de

Hector ahora, y también los suaves y tranquilizadores murmullos de Kate.

Es demasiado fácil esconderse. Pero de ti no me puedo esconder, Hector. Se pregunta si no se estará pasando de sentimental... ¿O tal vez es lo más apropiado? ¿Acaso no es perfectamente normal que un padre mire a su hijo de dos semanas y piense: «No sería capaz de esconderme de ti»? No hasta que seas lo bastante mayor, Hector, para empezar a esconderme de mí mismo, en todo caso. Y ésa es la razón por la cual todas las almas culpables temen la mirada sincera de los niños pequeños.

Moira Meer no tiene la menor idea de dónde está Mark, ni tampoco Sue. Elias realmente ama a la dulce Moira. La ama y no sería capaz de hacerle daño y por eso seguirá amándola hasta que ella encuentre al hombre indicado, alguien que pueda sustituirlo en el corazón de la muchacha y, por supuesto, que sea capaz de darle a Moira mucho más de sí mismo. Y, sin duda, no será Mark. Ella jamás lo consideró siquiera, pobre pendejo iluso. Aunque tampoco está interesada en Phil. La otra noche, Elias fue a ver a Yoriko: justamente la víspera del día en que Kate ingresó en la sala de maternidad de los alópatas. Yoriko estaba a pocos días de partir a Japón con su novio, con la intención de llevarlo a casa para pasar la Navidad con sus padres. Con el parto tan cercano ya, Elias imaginó que aquélla sería su última oportunidad de ver a Yoriko, así que le dijo a Kate que iría al club deportivo y se marchó a verla. Yoriko le mostró las instantáneas que había tomado de él, de Mark y de Haley, alzando sus copas de champaña y brindando por el futuro en la cubierta del *Urus*, durante el viaje remolcado a Nueva York. ¡Tiempos felices! ¡Grandes esperanzas! Porque, en realidad, el hecho de haber tratado de conseguir que aquello funcionara casi lo justifica todo, ¿no? Casi. Porque tratar de salir adelante, de innovar, de hacer algo de ti mismo es una empresa honorable, güey. Hay un honor implícito en el puro esfuerzo, eso es. Y si acaso ese honor no lo justifica todo, por lo menos te ata, te entrelaza, te conecta a todos los que han hecho un esfuerzo semejante antes que tú, a sus éxitos lo mismo que a sus fracasos. Porque así es como está hecho este puto mundo. Porque si no hay ningún honor en eso, incluso en el fracaso, entonces no hay nada en absoluto. Porque el éxito y el fracaso están unidos por el esfuerzo y el riesgo. ¿Y cuál es la diferencia que existe entre fracasar y triunfar? Tal vez sólo una mínima alteración del ADN, un golpe de buena suerte por aquí, otro de mala suerte por allá, una decisión estúpida que casi era una genialidad, una decisión tenaz que, de haber funcionado, habría parecido justa e incluso inspiradora (¿Qué tal que si *hubieran* zarpado? ¿Qué tal que a los hombres sí les *hubieran* pagado hasta el último centavo de lo que les debía, hasta el *último centavo*?) Básicamente, el esfuerzo y la intención son lo mismo. He tenido éxito, piensa Elias. Me he casado con Kate. No soy un cobarde pendejo que ha tomado el camino más fácil y obvio, que nunca ha hecho nada ni visto nada. Pero siento mucho haber decepcionado a Kate.

Sale del baño y cruza el inmenso espacio vacío del *loft* y se asoma por la ventana y mira la calle cubierta de nieve límpida, sintiendo el frío a través del vidrio mientras escucha los gritos de los adolescentes, ahogados detrás de sus bufandas, y mira cómo entablan una guerra de bolas de nieve: una guerra muy irónica, sin duda, dado el carácter del barrio. Aún siguen ahí, en el barco, en medio de la nieve, esos pobres güeyes. ¿Dónde carajos está Bernardo? ¿A dónde lo llevaría realmente Mark? ¿Cómo podría estar muerto? Sigo esperando el momento en el que su *tunshi* se me aparezca. El espanto me está consumiendo.

Se vuelve y mira a su mujer: su hombro desnudo que asoma, sensualmente blanco, por encima de la bata negra; sus largos y rizados cabellos negros que le caen sobre el pecho, su rostro inclinado hacia el bebé acurrucado allí.

—Kate, cariño –dice. Y ella levanta la cabeza y esboza una sonrisa tierna, como una Madonna, claro–. Voy a ser un buen padre para Hector. Espero serlo. Pondré todo mi empeño, Kate. Esto de ser padre será algo en lo que nunca te decepcionaré.

Y los ojos oscuros de Kate le sostienen la mirada por un largo, largo rato, como si supiera que eso es justo lo que Elias necesita, como si estuviera apartando el espanto de él como humo con su propia mirada invencible; como si estuviera diciéndole en silencio que no es verdad que él tenga mal de ojo. Elias siente que un sollozo trepa por su garganta, a pesar de que él nunca, nunca llora.

—¡Oh, amor, claro que lo serás! –responde ella. ¡Oh, cariño! ¡Ahora se siente lleno de cariño, no de espanto!

Y camina hasta donde Kate se encuentra y toma al bebé de sus brazos y lo sostiene en el aire con su mameluco blanco, con sus manos rodeando sus frágiles y minúsculas costillas, y mira directamente a sus ojillos bizqueantes, diminutos como pasas, que aún no pueden reconocer nada, y le dice:

—No le tengas miedo a nada, Hector. ¡Sé un cabrón audaz y generoso!

Por última vez, Esteban emprende la larga marcha que lo lleva hasta el puerto y el barco. Sus botas crujen sobre la nieve. Cuando llega al predio que se extiende detrás del silo, se percata de que el sonido que ha estado siguiendo desde hace un buen rato es el bufido del generador encendido en el muelle. Pero no ve el Mazda negro estacionado por ningún sitio, ni ningún otro auto. La cubierta de acero pintada de amarillo del generador ha sido forzada con una barreta, y de él salen cables que suben hasta la nave a oscuras. Esteban sube la escalerilla y mira a su alrededor pero no ve a nadie en cubierta. Se asoma en la cocina y en los camarotes pero tampoco encuentra a nadie. Luego sigue los cables tendidos en cubierta, por detrás del castillo, y los ve descender por la escotilla abierta hasta la sala de máquinas, de donde proviene un bufido aún más estridente, distinto al ruido que hace el generador sobre el muelle. La escotilla abierta es un cuadrado de luz suave y difusa. Se asoma por las brazolas y alcanza a ver a Cabezón, a Canario y a Caratumba trajinando de un lado a otro en el nivel inferior de la sala de máquinas, sobre el piso mojado y salpicado de hojas secas. Y José Mateo también se encuentra allí, sosteniendo la linterna amarilla de Elias y Mark. Hay también colgadas unas cuantas lámparas de obra. El resto de los marineros se encuentran encaramados a lo largo de la pasarela, de pie o sentados entre las sombras.

—¡Vos, nos vamos a casa! –le grita Tomaso Tostado por encima del ruido del generador, cuando ve que Esteban entra en la sala de máquinas y se instala en la pasarela.

La radiograbadora que Elias y Mark siempre guardaban bajo llave en el puente de mando se encuentra también en la pasarela. El pequeño foco rojo está encendido, pero no alcanza a escucharse ninguna música a causa del ruido. Mira en silencio a Tomaso Tostado, que le grita:

—¿Ya sabes lo de Bernardo?

Esteban asiente.

—¡Es por eso que nos vamos a robar este barco de mierda! –vuelve a gritar Tomaso–. ¡Para darle más problemas a ese capitán hijo de puta!

¿Robarse el barco?

Ve cómo Panzón suelta una lúgubre carcajada, a pesar de que no puede oírlo.

—¡Cabezón dice que puede encender esta cosa! –grita Panzón–. ¡Le ha puesto un «diablito»!

—¡Nos vamos a casa! –grita de nuevo Tomaso Tostado, entre risas. Su diente de oro lanza destellos.

Cabezón está tratando de puentear el motor. Le ha puesto un «diablito»: ha sorteado los inexistentes interruptores del circuito principal conectando uno de los generadores del barco directamente a las barras colectoras de cobre que se encuentran en la parte posterior del tablero de mandos, conectadas a su vez a los interruptores más pequeños que alimentan las bombas. Todo lo demás que necesita electricidad en el barco permanecerá muerto. Ha puesto en marcha el generador de la sala de máquinas con electricidad proveniente del generador portátil del muelle. El puenteo de los interruptores del circuito principal implica que ya no pueden modular el amperaje, por lo que la salida de electricidad es constante y no tienen manera de controlarla. Podría ocasionar un incendio. Pero Cabezón cree que funcionará. Todavía hay agua en las calderas y en los depósitos y suficiente combustible. Todo se encuentra en excelente estado de mantenimiento: las tuberías han sido drenadas, llevamos meses trabajando en esta cosa. No habrá *ningún* incendio, pues. Sólo se necesitan un par de horas para que el motor arranque. La bomba de gasolina está activada. Las bombas de transferencia envían ahora el diesel al tanque de sedimentación y de ahí al sistema que lo purifica y calienta a punto de ignición. Todo lo que tiene que hacer ahora es subir al puesto de mando y bajar la palanca. Eventualmente, las bielas empezarán a levantarse del cigüeñal y los pistones se activarán uno tras otro. Y finalmente la hélice comenzará a girar. Un barco sin nadie al frente de los controles, sin ningún mecanismo de dirección, sin nadie al mando del timón…

Ahora el estruendo en la sala de máquinas es ensordecedor, y todos en la pasarela se llevan las manos a las orejas, pero nadie abandona el lugar; hasta los drogados se encuentran hipnotizados por este fragor rítmico, este estrépito metálico. Las paredes de hierro de aquella caverna comienzan a vibrar. Y cuando Cabezón finalmente les ordena que salgan, siguen sintiendo las vibraciones bajo sus pies, al atravesar la helada cubierta entre caídas y resbalones. Algunos se abalanzan por la escalerilla para llegar al muelle y soltar las amarras; dejarán que los cabos se arrastren libremente detrás del barco. Para cuando vuelven a subir, la embarcación ya se aleja del muelle, empujada por la corriente.

Suben a la cubierta de proa a mirar. Esteban se para junto a la barandilla y contempla la cala, las ruinas del puerto transformadas por la nieve. El espigón derruido que se extiende desde la terminal abandonada parece ahora, debido a la nieve que cubre las vigas y los maderos inclinados, una larga línea de letras chinas sobre el fondo negro de las aguas.

El agua retumba desde el lejano fondo del barco. La embarcación entera parece temblar, gruñir y estremecerse cuando la hélice comienza a girar a más de cuatrocientos pies bajo la popa. El barco se mueve y avanza, tan imperceptiblemente al principio que apenas se siente como un ligero mareo. Pero de pronto Esteban ve que el malecón va quedando atrás. Y entonces el barco comienza a virar despacio hacia donde la marea lo conduce.

C UANDO EL VISITADOR DE BARCOS RODEA EL SILO A BORDO
de su furgoneta, esto es lo que ve: un muelle vacío. La conmoción que sintió en aquel momento permanecerá para
siempre en su recuerdo como una explosión silenciosa. Por una
fracción de segundo llega a pensar que, de algún modo, ha sido
víctima de un enorme y misterioso engaño: que el barco jamás estuvo averiado y que simplemente ha zarpado. Mira por el espejo
lateral los muros cubiertos de grafiti del silo allá atrás y luego, en
medio de las aguas verdigrises, descubre el barco encallado, con su
enorme y herrumbrosa proa encajada contra los pilotes del embarcadero y las ruinas de la terminal abandonada y la parte superior
de su hélice negra sobresaliendo del agua, envuelta en fango. Las
amarras penden y oscilan y la escalerilla cuelga del casco como la
prótesis rota de un brazo. El visitador de barcos puede ver, flotando sobre el agua y chocando contra los pilotes y rodeando el casco
de la nave, los restos y escombros de la ahora completamente destruida antigua terminal de especias. Y en el muelle, ahora vacío,
descubre el generador con la tapa forzada y abierta, y los cables saliendo de él y cruzando el muelle hasta hundirse en el agua…

Se baja de la furgoneta y comienza a caminar despacio hacia las
ruinas cubiertas de nieve que rodean la cala. Cuando llega al otro
lado, se queda de pie bajo la inmensa pared de la proa, tratando de
comprender la mecánica de la marejada que de alguna forma consiguió empujar al barco contra los pilotes. Una escalera de cuerda

cuelga de la barandilla, en el centro del barco, y desciende hasta llegar a los escombros. Y el visitador de barcos piensa que esta embarcación ya de por sí adeuda cerca de cincuenta mil dólares en cuotas de amarre. ¿Y ahora cuál será el costo de sacarla de ahí? Con suerte la venderán en setenta mil o sesenta y cinco mil dólares, cuando la subasten como chatarra. Ya pueden olvidarse de su paga. Perdedores. ¡Qué situación tan miserable! No sé cómo puedes pasarte la vida rodeado de esa clase de gente, Johnny, tontos que se dejan embaucar, que no son capaces siquiera de ayudarse a sí mismos. Eso fue lo que le dijo Ariadne la otra noche, cuando le contó la historia del *Urus*, de su tripulación abandonada y del chico que logró encontrar una novia.

Los llama a gritos pero nadie responde. Aguarda un rato. Y entonces sujeta el extremo de la escalera de cuerda y después de varios saltos, gruñidos y esfuerzo, logra encaramarse al último peldaño y comienza a trepar hasta la barandilla. La cubierta inclinada es traicionera, y tiene que avanzar sujetándose con las dos manos a la barandilla, mientras llama a gritos a los hombres. Y entonces descubre a uno de ellos, uno de los chicos más jóvenes, uno que siempre le había parecido que se encontraba en peor estado que los demás. Está sentado con la espalda apoyada en la parte de atrás del castillo, sollozando, con un pequeño trapo en la mano.

—¿Qué pasó? –le pregunta.

El chico lo mira bizqueando con sus pequeños ojos enrojecidos; su cara sucia está surcada de lagrimones. Sacude la cabeza.

—No quiso llevarme –dijo, sin aliento, y se pone a llorar de nuevo y se deja caer de lado.

El visitador rodea el costado del castillo, pasa junto a la lámina de plástico que cubre la entrada a la cocina, mira adentro a través de una portilla y descubre al muchacho tatuado y a otros dos más; uno de ellos parece ser aquel chico de rostro más o menos agraciado y ojos hundidos que se enfrentó a él cuando iba a descender del barco. Los tres están sentados en el suelo, arrebujados en mantas, con las espaldas apoyadas contra los mamparos.

—¿Qué pasó? –les pregunta–. ¿A dónde se fue todo el mundo?

Uno de los chicos responde con una especie de murmullo ininteligible. Y entonces el visitador de barcos escucha que alguien lo llama desde arriba, y alza la mirada hacia una de las alas del puente de mando y distingue al marinero más viejo, al cocinero aquel de ojos como rendijas, que le hace señas agitando el brazo.

Sube los cuatro tramos de la escalera en zigzag que comunica con el puente y, al entrar en la devastada cabina, ve al muchacho aquel de la cabeza grande tumbado sobre un colchón con las manos en la nuca, y los brazos, la cara e incluso la ropa que recientemente le donaron completamente manchadas de grasa lubricante. Y el cocinero está ahí parado, empuñando la rueda del timón.

El chico de la cabeza enorme le sonríe desde el colchón. Y el visitador de barcos exige saber lo que ha ocurrido, y el cabezudo le cuenta todo mientras el cocinero se limita a reír entre dientes.

—No llegamos muy lejos –dice Cabezón–. Pero, bueno, no lo hicimos tan mal, ¿no?

—¿Y dónde están los demás? –pregunta el visitador.

—Se fueron con Esteban –responde José Mateo–. Decidieron probar suerte, y si las cosas no les salen, siempre podrán regresar a casa sin un solo centavo después, ¿no? Esteban tiene amigos en la ciudad, gente que se ha ofrecido a ayudarlos por un tiempo. Los drogadictos también querían ir pero Esteban no lo permitió, pues. Dijo que no podía hacerles eso a sus amigos de la ciudad –el cocinero se encoge de hombros–. ¿Y yo? Ya estoy muy viejo para eso. Iré a casa, descansaré un poco y luego me pondré a buscar otro trabajo.

—Los drogados –dice el mecánico que puenteó el motor–. Pobres. Cómo sufren, ¿no?

Y el cocinero asiente, impasible.

—Sí, pues, están sufriendo.

—¡Cómo *suuuuufren*! –canturrea en voz baja el mecánico, y luego hace chasquear la lengua contra los dientes.

—¿Y qué hay de ti? –pregunta el visitador de barcos.

—¿Yo? –dice Cabezón–. Yo tengo que regresar a casa. Me voy a casar, pues.

Aquella noche, mientras viajaba a bordo del tren PATH que lo devuelve a Manhattan y a Ariadne, después de haber estado en el Instituto del Marinero, el visitador de barcos reproduce, una y otra vez en su mente, aquel instante de absoluta sorpresa que sintió al llegar al muelle y ver que el barco no estaba ahí, y alzar la vista y encontrarlo encallado. Y piensa: al menos esta noche sí tengo una buena historia que contarle... Y empezaré así: imagínate un muelle, Ariadne, un viejo muelle cualquiera, uno que tal vez tiene más de un siglo de haber sido construido, pero que está pavimentado y aún es resistente. Y no hay ningún barco amarrado en él. Y ahora piensa en lo que este objeto en concreto representa, los recuerdos que evoca: todos los barcos que alguna vez han amarrado ahí y todos los que serán amarrados en el futuro, y todos los puertos lejanos de donde esos barcos provienen y hacia donde se dirigen, y todas las vidas anónimas de los marineros que estuvieron embarcados en ellos. Y ahora imagínate de nuevo ese mismo muelle cuando está vacío. Un muelle sin ningún barco amarrado en él. Es un vacío, sí, pero una clase muy particular de vacío. Como un amor sin amantes. Porque, en cierto modo, así es el amor, Ariadne, como ese muelle, y tú y yo y nuestro amor es como uno de esos barcos que se han detenido allí. Y este Esteban, él es como otro barco... Bueno, eso es lo que pienso cuando me encuentro frente a un muelle vacío. Un visitador de barcos debe sacar poesía de donde pueda, ¿no?... Y hoy, cuando llegué en la furgoneta al muelle para recoger a la tripulación abandonada, me di cuenta de que el barco se había ido.

Agradecimientos

En noviembre de 1982, un reportaje enterrado en las páginas centrales del periódico neoyorquino *Daily News* llamó mi atención: «Marineros abandonados» rezaba su titular. El reportaje estaba firmado por Suzanne Golubski, y decía lo siguiente: «Diecisiete marineros abandonados han estado viviendo durante meses en un infierno flotante en el muelle de Brooklyn, a bordo de un misterioso barco infestado de ratas y carente de calefacción, agua corriente ni electricidad, hasta que una organización internacional de ayuda a los marineros se hizo cargo de ellos ayer... Los marineros fueron traídos desde Centroamérica con la promesa de buenos salarios, pero terminaron abandonados, sin recibir ningún tipo de paga, en este barco que es una verdadera casa de los horrores... Cuando se aventuraron a abandonar el barco para escapar a esta infernal situación, varios de ellos fueron atacados con tubos y golpeados por maleantes de los alrededores». Y la historia continuaba. El barco tenía una bandera de conveniencia y se desconocía la identidad de su propietario.

Yo acababa de volver de una estancia de casi dos años en Centroamérica, y me encontraba viviendo en Manhattan y repartiendo mi trabajo entre la escritura de ficción y el periodismo, por lo que lo primero que me llamó la atención del reportaje fue la conexión con Centroamérica. Inmediatamente un amigo y yo fuimos a ver el barco.

La tripulación ya había sido evacuada y se alojaban temporalmente en las instalaciones del Instituto Eclesiástico de Ayuda al

Marino, en el extremo sur de Manhattan. Pero cuando llegamos al muelle vimos un auto estacionado allí, y la escalerilla del barco estaba bajada. Subimos a bordo y nos encontramos con un hombre de mediana edad que vestía un rompevientos azul y que fumaba apoyado en la barandilla. El hombre se acercó a nosotros y nos preguntó qué queríamos. Le respondí que estaba interesado en comprar el barco. El sujeto se encogió de hombros y dijo que no era más que el jefe de máquinas de la nave, contratado para supervisar las tareas de reparación. Comenzamos a recorrer el barco y, después de un rato, el hombre se nos acercó de nuevo y nos confesó que en realidad sí *podía* vendernos la nave, y nos preguntó cuánto estábamos dispuestos a pagar. Seguramente le ofrecí una suma ridícula, porque enseguida nos pidió que abandonáramos la embarcación.

Entonces acudí al Instituto Eclesiástico de Ayuda al Marino y hablé con los miembros de la tripulación y con el reverendo Paul Chapman, director del Centro de Derechos de los Marineros de esa institución. Estaba fascinado con mi relato, pues en realidad sospechaba que el hombre que conocimos a bordo era en realidad el «propietario fantasma», o por lo menos alguien relacionado con los armadores. Los hombres de la tripulación eran costarricenses y nicaragüenses, casi todos muy jóvenes con excepción del camarero y el cocinero, que eran hombres maduros. Pasé dos días enteros escuchando sus historias, algunas de las cuales, muchos años después y transformadas por la ficción, aparecen en esta novela. Espero que, si alguno de ellos llega a toparse con *Marinero raso*, encuentre en mi relato una representación fiel de lo que vivieron durante aquellos meses en el muelle de Brooklyn. Tengo una deuda especial de gratitud con el anciano camarero, Bernardo Iván Carrasco M. Recuerdo que me impresionó con una alusión literaria que hizo, al compararse con el protagonista de la novela *El coronel no tiene quien le escriba*, de Gabriel García Márquez. Y luego me escribió un relato de doce páginas en el que narraba las tribulaciones vividas en el barco, el cual tituló *Los últimos días de un viejo lobo de mar*, y me lo entregó, insistiendo en que hiciera buen uso de él. El destino que el Bernardo del *Urus* tuvo que enfrentar es mucho más trágico que el que le tocó a Bernardo Carrasco en aquel entonces. Con el Bernardo real sólo hablé brevemente aquellos dos días, pero la impresión que me produjo fue tan grande que decidí, en esta novela, rendirle un modesto homenaje conservando su nombre de pila.

Así que hacía mucho tiempo que quería escribir esta historia. Y, de cierta manera, la he estado persiguiendo por todo el mundo. Pasé los años ochenta dividiendo mi tiempo entre Centroamérica y Nueva York, y siempre que podía visitaba las ciudades portuarias y hablaba con la gente, especialmente con los marineros que suelen frecuentar los locales nocturnos de peor fama. Cuando un querido amigo mío, ya fallecido, Bruce Johnson, trabajó durante un tiempo como proveedor de buques en Puerto Barrios, Guatemala, me permitía acompañarlo como su «ayudante», y así fue como pude subir a bordo de varios barcos mercantes por primera vez. En 1990, cuando me encontraba viviendo en México, viajé en numerosas ocasiones al puerto de Veracruz: cierta noche, me encontraba bebiendo solo en un cavernoso «bar de marineros» de techos altísimos, cuya *madame* estaba a punto de trasladar su establecimiento a otro local en medio de la noche. Acabé jugándome la vida por esa *madame*: trepando hasta lo alto de una desvencijada escalera –mientras algunas de sus chicas la sostenían abajo– para descolgar de las vigas del techo unas insignias náuticas que la mujer quería llevarse a su nuevo centro de operaciones. Aquélla fue la escalera más alta e inestable que he escalado en mi vida. Nos hicimos amigos. Ella tenía un amante, el capitán de un barco que se encontraba retenido en el puerto por reparaciones. El hombre le había regalado un pase portuario, y ella me lo prestó a mí, con la condición de que, una vez que cruzara la entrada al recinto, distribuyera volantes anunciando su nuevo «bar de marineros», dejando pilas de ellos en las pasarelas de los barcos que lograra abordar.

Mientras tanto, el reverendo Paul Chapman había escrito y publicado un excelente informe de la a menudo horrorosa explotación que marineros de todo el mundo enfrentan en la industria marítima: el libro *Trouble on Board* (publicado por la Cornell University Press). En él, Chapman narra la historia de la tripulación y del barco abandonado que llamaron mi atención años atrás en aquel reportaje. Los «propietarios fantasma» de aquel barco lograron evadir toda responsabilidad penal, pero fueron excluidos del Registro de Liberia e imposibilitados para volver a obtener una bandera de conveniencia de este país. Sorprendentemente, el barco, una vez incautado y subastado como chatarra a una compañía de maquinaria, fue readquirido por los miserables dueños originales, que algún tiempo después fueron sorprendidos tratando de repetir el mismo fraude, con el mismo barco, en Staten Island, y posteriormente en el Caribe. (Tal vez al *Urus* le aguarda un destino parecido.)

El libro del reverendo Chapman me llevó al capitán W. A. Chadwick, jefe de investigaciones del Registro de Liberia. Este registro es único entre todos los que ofrecen matrículas de conveniencia, pues opera como una empresa independiente cuya sede se encuentra en Reston, Virginia, sin que le afecte en lo absoluto los cambios que puedan ocurrir en el gobierno de Liberia, caracterizado por los conflictos internos, aunque una parte de los ingresos del registro va a dar a las arcas de este país. El Registro de Liberia, probablemente con más firmeza que ningún otro de su tipo, intenta hacer valer las leyes marítimas internacionales y las normas de calidad a bordo de sus barcos: de lo cual es muestra la investigación y subsecuente exclusión de los «propietarios fantasma» del barco mencionado. Pasé dos días conversando con el capitán Chadwick en Reston durante el otoño de 1994, y estoy en deuda con la generosa hospitalidad y la información que me brindó.

En enero de 1995 me mudé de nuevo, de Brooklyn, Nueva York, a la Ciudad de México. Me sentía un poco como un náufrago de mi propia vida, y tal vez fue esta situación la que generó el impulso de dejar de lado otro proyecto en el que llevaba varios años trabajando para sumergirme en esta novela. Aún sentía que me hacía falta una verdadera experiencia de la vida a bordo de un barco, pero confiaba en que mi imaginación sería capaz de inventar algo coherente con los fragmentos y los detalles que había podido recoger a lo largo de los trece años que llevaba persiguiendo esta historia. Al menos, dado que la historia ocurre en un barco que nunca se mueve, pensé que no necesitaría saber gran cosa de navegación.

El trabajo avanzó despacio. Y en el verano de 1995, un golpe de suerte lo cambió todo. Conocí a Miguel Ángel Merodio en un restaurante de la colonia Condesa. Nos pusimos a conversar y resultó que su «primo hermano», Juan Carlos Merodio, es el director de asuntos marítimos de Transportación Marítima Mexicana (TMM), la compañía naviera más grande de México. Es una larga historia, pero al final, y gracias a Miguel Ángel y al licenciado Juan Carlos Merodio, y también al licenciado Fernando Ruiz de TMM, me encontré, en noviembre de 1995, zarpando del puerto de Veracruz a bordo del buque *Mitla*, propiedad de TMM. Recalamos en varios puertos antes de que yo abandonara el barco en Barcelona, tras un viaje que duró cerca de un mes. Muchas gracias al capitán de navío Guillermo Cárdenas, al jefe de máquinas José Millán y al resto de los oficiales y tripulantes del *Mitla*. También quiero agradecer al jefe de máquinas Tom McHugh, de Baltimore, Maryland; al héroe de guerra nicaragüense Noel Talavera y a la reverenda Jean Smith, del Instituto Eclesiástico de Ayuda al Marino. Álvaro Mutis me prestó valiosísimos libros sobre navegación y cargueros trampa, y me exhortó y comprometió a escribir esta historia «por los dos». Nada podría haber tenido más significado para mí. A Álvaro y Carmen, mi más profundo cariño y agradecimiento.

Morgan Entrekin es el editor más solidario y comprensivo que un escritor pueda desear, y también un magnífico amigo. Gracias también por el espacio que me prestaste en tus oficinas, Morgan. A todo el equipo de Grove/Atlantic: Elizabeth Schmitz, Eric Price, Judy Hottensen, Miwa Messer, Carla Lalli, John Gall, Tom Ehas, Kenn Russell, y a todos los demás. Quiero agradecer también a Bex Brian y a Jon Lee Anderson. Amanda Urban es mi propia «reina de la suerte» y una excelente amiga de hace ya muchos años.

Estoy en deuda con Verónica Macías, «Musa de Desastres y más…», compañera de viaje a bordo del *Mitla*. Ella me enseñó a jugar bien al dominó, aunque aún sigo perdiendo nueve de cada diez partidas que juego contra ella. Gracias a Verónica, y sólo a ella, no salimos tan mal parados durante la prolongada y continua partida de dominó que se celebraba en el comedor de la tripulación. También se sometió de buena gana a diversas manicuras en la Ciudad de México, y a una carnicería de sus uñas de los pies y cutículas cierta tarde en Washington Heights, y sólo para que yo pudiera observar por encima de su hombro y hacer preguntas idiotas, tratando de entender un poco el refinado y meticuloso arte de las manicuristas. Ella me ha proporcionado un caudal constante de perspicacia e inspiración.

Esta obra se imprimió y encuadernó
en el mes de junio de 2017,
en los talleres de Impregráfica Digital, S.A. de C.V.,
Calle España 385, Col. San Nicolás Tolentino,
C.P. 09850, Iztapalapa, Ciudad de México.